Alex Logan

Weltenwächter

Erstes Buch

Der Nephilim Fall

*Bibliografische Information der Deutschen Nationalbibliothek:
Die Deutsche Nationalbibliothek verzeichnet diese Publikation
in der Deutschen Nationalbibliografie; detaillierte
bibliografische Daten sind im Internet über http://dnb.dnb.de
abrufbar.*

© 2018 Alex Logan

Lektorat: Anna Maria Angelova

Herstellung und Verlag: BoD – Books on Demand, Norderstedt

ISBN: 9783748121336

Inhaltsverzeichnis

Kapitel 1	Erste Station	3
Kapitel 2	Angebote	15
Kapitel 3	Qual der Wahl	35
Kapitel 3	Heiß und Kalt	63
Kapitel 4	Caelestis	98
Kapitel 5	Neue Mitbewohner	124
Kapitel 6	Mein Schutzengel	137
Kapitel 7	Die Jagd der Zwölf	156
Kapitel 8	Traumbotschaften	183
Kapitel 9	Hüter des Wissens	202
Kapitel 10	Die Augen Gottes	221
Kapitel 11	Neue Mitspieler	239
Kapitel 12	Über den Wolken	260
Kapitel 13	Refugium	280
Kapitel 14	Kassandra	307
Kapitel 15	Kein Phönix	327
Kapitel 16	Auf der Flucht	357
Kapitel 17	Endstation	389

Kapitel 1 Erste Station

«Jeder Tod ist auch der Beginn eines neuen Lebens. Ein Neuanfang... Amen.» – Alien III

Einen schönen guten Abend und willkommen in meinen Leben. Oder zumindest, was davon übrig ist.
Mein Name ist Liam Nathaniel Mustermann (Nachname von der Redaktion geändert.) Oder einfach kurz und knapp nur Nate.
Dies war zwar nur mein Zweitname und ich mochte ebenso wie meine Mama den Schauspieler Liam Neeson, aber irgendwie hatten zu meiner Geburtszeit auch zig andere Mütter diese Ansicht. In meiner Grundschulklasse konnte ich mich vor lauter Finns, Flynns, Liams und Kevins kaum retten. Und da ich neben Alpha Kevin nicht Beta Liam sein wollte, wurde ich schon von Kindesbeinen an Nate gerufen. Allerdings auch, weil meine liebe Mum diesen Namen wunderbar über den ganzen Spielplatz brüllen konnte und nicht fünf andere Sandkastengräber mit dem gleichen Namen erschreckt zusammenzucken mussten.
Ich bin Anfang oder Mitte Zwanzig, je nachdem wie man möchte.
Ich würde mich nicht unbedingt zur Nerd Fraktion zählen, dennoch bin ich ein großer Fantasy und Science-Fiction Fan und liebe Netflix Abende zu zweit auf dem Sofa.
Und ich war seit einer halben Stunde tot.
Oder zumindest sollte ich das sein. Eine Kugel in den Kopf und eine Weitere in die Brust sollten auf jeden Fall dafür gesorgt

haben. Dennoch erfreute ich mich bester Gesundheit, wobei das auch nicht ganz zutreffend war. In meinen Kopf spielte ein Stück Metall Flipper auf dem Weg zum Highscore. Meine Brust rasselte, pfiff und gurgelte in unregelmäßigen Takt wie Thomas die kleine Lokomotive auf Crack.
Mich überkam das unangenehme Gefühl, von innen heraus zu ertrinken. Mir war kalt, was aber womöglich daran liegen konnte, dass ich auf dem Rücken in einer riesigen Pfütze aus Regen, Gehirnfetzen, Blut und Straßenmüll lag.
Über mir blinkte eine Reklametafel in rosa Neonschrift auf. Leider war ich ohne meine Sehhilfe im Dunkeln so blind wie ein Maulwurf.
Meine Brille hatte sich als nicht Kugelsicher erwiesen. Ein glatter Schuss zwischen die Augen hatte mich augenblicklich niedergestreckt. Ein Profi, würde ich sagen. Wer aber konnte Interesse daran haben, mich auf diese unpersönliche und vor allem drastische Weise aus der Welt zu blasen? Nun, da ich im Moment eh nichts tun konnte außer hier rumzuliegen und auf den Tod zu warten, der offenbar heute seinen freien Tag hatte, kann ich noch ein wenig mit Details aus meinen aufregenden Leben aufwarten. Übrigens, auch auf die Gefahr hin zu enttäuschen, ich habe weder ein gleißendes Licht am Ende des Tunnels gesehen noch ist mein Leben als Film an meinen Augen vorbeigezogen. Aber vielleicht kam das ja noch. Man sollte die Hoffnung ja nie vorschnell aufgeben. Seltsamerweise spürte ich weder keine Angst oder Schmerzen, was man in meiner Situation eigentlich erwarten sollte. Nun, darüber wollte ich mich nicht beschweren, aber zurück zu der Frage, warum zur Hölle man mich umnieten wollte.
Ich erwähnte eingangs mein aufregendes Leben. Man möge mir diese Notlüge verzeihen, aber das war gelogen. Mein Leben war bis zu diesem Zeitpunkt ungefähr so aufregend wie das von Susi Sorglos oder eines Big Brother Bewohners gewesen. Nur mit weniger Sex und ohne Kameras.

Ich stamme aus einer Kleinstadt im Umkreis von Hannover, die so erwähnenswert war, dass es dort bis vor ein paar Jahren nicht mal einen McDonalds gab.
Dort wuchs ich als jüngster Spross unter vier Geschwistern auf. Meine Eltern leben immer noch dort, allerdings in einem noch kleineren Dorf bei der kleinen Stadt.
Ich war vor ein paar Jahren nach Hannover gekommen, um an der Leibniz Universität zu studieren. Nebenbei und um diesen elitären Luxus zu finanzieren, arbeitete ich in einer Verwaltung und mache dort vorwiegend den Lauf - und Kopierburschen.
Dieser bedeutungsvolle Posten wäre jedenfalls nicht der Grund mich hinzurichten, denn so selten waren diese schlechtbezahlten Minijobs nicht. Außerdem waren die Pausenzeiten beschissen.
Also, wem war ich auf die Füße getreten? Illegale Sachen hatte ich nicht am Laufen, dafür hatte ich zu viele Crime Serien gesehen. Ich wohnte in einer ruhigen WG in der Südstadt und hatte ab und an mal eine weibliche Bekanntschaft. Ein ganz gewöhnliches Leben, möchte man meinen. Lohnte sich dafür der Aufwand, zwei Kugeln an mich zu verschwenden? Eher nicht. Vielleicht war es auch nur der klassische Fall von zur falschen Zeit am falschen Ort? Aber Hannover war nicht New York. Hier wurden normalerweise die Leute nicht auf offener Straße weggeschossen. Gut, einige würden jetzt vielleicht das Hannoveraner Rotlichtviertel Steintor als Argument einwerfen, aber diese professionelle und vor allem radikale Vorgehensweise war dennoch nicht alltäglich für meine geliebte Wahlheimat.

Falls euch meine Gedankensprünge etwas wirr und holprig vorkommen: Es ist schwer, klare Gedanken zu fassen, wenn man a) dezent betrunken ist und b) einem das bisschen Restverstand nun durch ein Loch im Hinterkopf in den Abwasserschacht sickert. Dabei hatte die Woche ganz vielversprechend angefangen. Heute war ein freier Tag für mich gewesen. Keine Termine, keine Uni, nur ich und mein Bett. Abends war dann ein Treffen mit meiner Clique geplant. Wir haben uns bei mir in der WG getroffen, die wir wegen ihrer Lage «die Festung» getauft hatten. (Sie lag im Hinterhof hinter einem riesigen Holztor verborgen.) Dann hatten wir fröhlich was zusammen getrunken und waren ab in den nächsten Club, um uns, man verzeihe mir die Formulierung, richtig volllaufen zu lassen. Das war die Zielvorgabe des Abends und ich hatte mich zu meiner persönlichen Schande minutiös daran gehalten, vielleicht etwas zu gewissenhaft. Als ich gegen halb Zwei erkennen musste, dass in meinen Kopf wohlformulierte Sätze mit zündenden, kreativen Witz bei den Damen nicht mehr ankamen, was wohl auch daran lag, dass sich meine Zunge in meinem Mund wie ein toter Leguan anfühlte und ich mich dabei außerdem noch am Tresen festhalten musste, beschloss ich, den Heimweg anzutreten. Wenigstens das konnte ich zu meiner Ehrenrettung beisteuern, ich wusste wann für mich Schluss war. Auch wenn dieser Punkt wahrscheinlich schon vor zwei Stunden überschritten worden war. Ich war noch nie der Schnellste. Nachdem ich dann unter den zwei potentiellen Ausgängen beim zweiten Versuch den Richtigen gewählt und frenetisch über den Regen im Speziellen und die Frauenwelt im Allgemeinen geschimpft hatte, trottete ich Richtung Heimat- Eigentlich ein Fußmarsch von höchstens zwanzig Minuten oder aber mit Glück nur Fünf, falls eine Bahn fahren sollte. Leider hatte ich es nur über die Straße und unter die Unterführung geschafft. Und dann...Bäng! Weg war ich. Nun lag ich hier in einer schlecht beleuchteten Gasse, wo sich nur ein Penner zum erleichtern hin verirren würde, was auch den Geruch erklärte, und wartete darauf, dass ich aufhören würde zu bluten. Spitzenabend. Und nun spürte ich allmählich doch Schmerzen, die langsam in mir hochzukriechen begannen. Der Schockzustand hatte mich wohl im Stich gelassen und gewährte mir das volle Bewusstsein, dass mein Körper nun mit zusätzlichen, ungeplanten Ausgängen versehen worden war. Zum Glück musste ich nicht allzu lange leiden. Die Welt um mich herum wurde doch noch dunkel... sie verblasste in roten Tönen...und zum Abschied ertönt die Melodie von *Butcher and Fast Eddie* von *Rose Tattoo*,...wie passend...Moment, Butcher and Fast Eddie? Musik zum Abgesang? Etwas zu viel Hollywood Drama, oder? Jetzt kapierte ich es auch. Mein verdammtes Handy klingelte in meiner löchrigen Brusttasche. Wenn ich wenigstens meinen Arm hätte bewegen können. Dank meiner fantastischen Klingelton Einstellung trällerte das Lied solange durch, bis man den Knopf drückt, oder der Song zu Ende war. So wurde ich mit dem langsamen melodischen Bass Takt und der rauen Soulstimme von Angry Anderson auf meine letzte Reise geschickt. Starkes Stück. Starker Abgang. Und keine Sau bekam es mit.

Story of my Life, wie es so schön heißt.

Obwohl...war ich schon im Delirium oder hörte ich zwischen den Takten des Liedes tatsächlich Schritte, die sich mir näherten? Ich versuchte, die Musik auszublenden und mich auf meine Umgebung zu konzentrieren. Ich hätte dazu auch die Augen geschlossen, wenn ich hierzu in der Lage gewesen wäre. Ich hatte schon genug damit zu kämpfen, die sich um mich rotierende Welt anzuhalten. Ich wollte sprechen, aber mein Mund gehorchte mir nicht. Wieder hörte ich das Klacken. Jetzt war ich mir ganz sicher. Da näherten sich gemächlichen Schrittes ein Paar Stiefel samt Besitzer. Zu gemächlich für meinen Geschmack, um zu einem unbescholtenen Passanten zu gehören. Immerhin war ich in meiner Notsituation nicht zu übersehen gewesen. Es blinkte sogar ein verdammtes Schild über mir. Der Schütze? Meine Sicht auf das Reklameschild wurde plötzlich durch den Umriss eines Körpers verdeckt. Eine Frau, soweit ich das erkennen konnte. Ihr womöglich sportlicher Körper steckte in einem schwarzen, geschlossen Ledermantel. Dunkle Haare umrahmten ihr Gesicht. Ich sah ihre perlweißen Zähne, während sie mich in aller Seelenruhe anlächelte. Ihrem Verhalten nach und nachdem was ich erkennen konnte, war sie eine glatte Zehn auf der weiblichen Psychopathen Killer Skala. Kennt ihr die Theorie, dass Frauen in Relation zu ihrer Attraktivität immer verrückter wurden? Sie sprengte quasi diese Skala. Mittlerweile war ich mir ziemlich sicher, dass mit ihr was nicht ganz koscher war. Aber was hatte sie vor? Sie stand einfach nur lächelnd da und sah zu, wie ich den Fußboden mit meinem Blut dekorierte. Ich wollte um Hilfe schreien, sie anflehen, einen Krankenwagen zu rufen oder Dr. House, aber ich war komplett erstarrt. Sogar das Atmen wurde von Sekunde zu Sekunde anstrengender.

Unvermittelt beugte sie sich zu mir herab, griff in meine Brusttasche, ignorierte dabei mein schmerzverzerrtes Stöhnen, zog mein blutverschmiertes Handy heraus und schaltete das Klingeln ab.

«Ein wenig zu theatralisch oder, Nate?»

Ein Zittern durchlief meinen Körper.

«Woher zur Hölle kennst du meinen Namen?» Wäre meine überraschte Frage gewesen, wenn ich hätte sprechen können.

Doch irgendwie schien sie mich doch verstanden zu haben, denn ihr Lächeln wurde eine Spur breiter und sie wedelte tadelnd mit dem linken Zeigefinger.

«Tssss, so ein rüder Umgangston. Du solltest so nicht mit deiner Retterin reden.»

Ihre Stimme klang recht freundlich und beinahe fröhlich, vielleicht ein bisschen hoch.

Sie hatte feine Gesichtszüge und ihre Haut war sehr Hell, fast Alabasterfarben, sofern mein verschleierter Blick das noch zu sagen vermochte. Meine Retterin? Dafür kam sie wohl etwas zu spät. Ich fühlte meine Beine bereits nicht mehr und eine unsägliche Kälte ergriff von mir Besitz. Sie lächelte weiter, als sie mit der Hand über meine Wange fuhr. Das Blut schien sie nicht im Geringsten zu stören. Dann beugte sie sich über mich und küsste meine Stirn, genauer gesagt direkt auf die Eintrittswunde, während sie ihre Hände auf meinen Oberkörper legte, ebenfalls direkt auf das Loch in meiner Brust. Auch wenn das verrückt klingen mag, sie begann plötzlich zu leuchten. Ein Feuer ging durch meinen Körper, ich zuckte wie unter Starkstrom, doch ich fühlte dadurch keine Schmerzen, im Gegenteil. Wie eine Woge warmen Wassers spülte das Licht durch meinen Körper und trieb die Kälte und den Schmerz hinaus. Dann verschwand das Licht. Ich stöhnte erleichtert auf und ich konnte mich wieder bewegen. Überrascht klopfte ich meine Brust ab. Kein Blut floss aus mir heraus. Vorsichtig fasste ich mir an den Hinterkopf, jederzeit bereit, schmerzerfüllt zusammenzuzucken. Doch dort fühlte ich Nichts, alles war tadellos intakt. Zusätzlich ich war so klar wie ein Priester am Sonntagmorgengebet. Oder zumindest wie ein Katholischer.

«Was zum Teufel?» entfuhr es mir, dann sah ich mich nach der Unbekannten um, doch sie war einfach verschwunden. Unsicher zog ich mich auf die Beine, die sich überraschend leicht anfühlten. Ich wüsste nicht zu sagen, wann ich mich das letzte Mal so topfit gefühlt hätte. Vielleicht war das so vorher sogar noch nie der Fall gewesen. Was für ein merkwürdiger Abend. Ich spähte in die Dunkelheit und war erstaunt darüber, wie scharf ich alle Details in der Ferne erkennen konnte, fast so als stünde ich direkt davor. Abgefahren. Ich sah mich um. Mein Blick blieb auf der Blutlache haften, die sich dort gesammelt hatte, wo ich eben noch gelegen hatte. Ich prüfte meine Klamotten. Kein Blut klebte daran, aber das Einschussloch war noch da. Was ging hier ab? Ich rotierte suchend um die eigene Achse und rannte dann die Gasse hinunter.

«Hallo? Unheimliche Frau? Miss Miyagi? Hallo?»

Aber keine Antwort. Stattdessen begann meine zerschundene Lederjacke zu vibrieren. Kurz darauf erklang die Melodie von Guns'N Roses - Knocking on Heavens door. Den Titel hatte ich gar nicht auf meiner Playlist. Was auch immer hier für eine kranke Scheiße abging, sie hatte Humor. Es wurde Zeit, dass ich nach Hause kam.

«Mfasfgnaadehnichdoch...» waren die Worte, mit denen ich meinem schrill klingelnden Wecker das digitale Lebenslicht ausblies.
Mein Hals fühlte sich rau an. Nein, rau war untertrieben. Als hätte mich ein Elefant zum Oralsex gezwungen, traf es besser. Mein rechter Arm tastete an meiner Bettkante entlang auf der Suche nach der umgekippten und hoffentlich verschlossenen Cola Flasche, die ich gestern bzw. heute Morgen noch auf den Weg in mein Zimmer aus dem Kühlschrank mitgenommen hatte. Meine Klamotten hatte ich auf dem gleichen Weg verteilt. So lag ich nun halbnackt in meinem Bett auf dem Bauch und registrierte nebenbei, dass die Sonne durch mein Rollo fröhlich auf meinen vor Schmerz hämmernden Kopf schien. Warum musste das Wetter immer dann gut sein, wenn ich einen Kater vom anderen Stern hatte? Dazu noch dieser total durchgeknallte Traum. Ich beschloss, heute nichts weiter zu machen. Vielleicht würde ich später noch zum Training gehen, aber das überlegte ich mir bestimmt noch. Dabei müsste ich eigentlich wieder dringend sportlich tätig werden, denn durch die Wintermonate und das Studieren, beziehungsweise der ständige Konsum von Nervennahrung, hatte ich doch recht gut zugelegt und der Sommer kam.
Das Rumpeln auf den Flur sagte mir, dass mein Mitbewohner Andy wohl auch schon wach sein musste. Da ich durch die Küche musste, um in das Badezimmer und an die Kopfschmerztabletten zu gelangen, konnte ich ihn dabei von

dem wirren Zeug erzählen, das ich gestern Nacht in meinem Suff zusammen gesponnen hatte.
Also zog ich mich stöhnend aus dem Bett, verzichtete auf das Anziehen von Socken oder anderer Kleidung außer meiner Unterhose. Das war einer der Vorteile, in einer Männer WG zu leben. Andy war meinen verkaterten Anblick in Unterwäsche schon gewöhnt. Irgendwann meinte er dazu mal, dass der seidene Faden, an dem seine Heterosexualität hing, durch unsere Gemeinsamen verkaterten, Hosen freier Sonntage immer wieder gerettet wurde. Ich habe dieses als Kompliment aufgefasst. Stöhnend trottete ich die Treppe zur Küche hinunter.

«Moin.» Brummte ich mit grüßender Hand in den Raum. Andy schmierte sich gerade ein Nutella Brötchen, sah mich kurz beiläufig grüßend an, ließ dann das Brötchenmesser sinken und starrte mich entgeistert an. «Alter, was ist denn mit dir passiert?»

Na toll, ich musste echt scheiße aussehen.

«Lange Nacht und zu viel Alkohol, du kennst das ja. Immer wieder Sonntags.» versuchte ich eine fröhliche Melodie anzustimmen, doch blieb mir die Stimme kratzend im Halse stecken und mein Schädel begann zu wummern.

Andy starrte mich weiter an. «Das meine ich nicht, hast du in den letzten Wochen nur trainiert?»

Ich grunzte. «Ja ich weiß, ich hab zugelegt, danke. Sehr nett. Versuch du mal, ohne Snacks zu lernen»

Dabei grinste ich ihn gequält und ihm Rahmen meiner verkaterten Möglichkeiten an, doch er starrte immer noch.

«Nein, jetzt mal im Ernst, wann hast du das denn geschafft?» sagte er in einem ungewöhnlich ernstem und aufrichtig verwunderten Tonfall.

Ich zog die Augenbrauen hoch, was sich gleich als Fehler erwies, winkte ab und torkelte ins Bad. Ich war nicht in Stimmung, mich von Andy für meine Büffelhüfte aufziehen zu lassen. Ich tastete nach dem Lichtschalter, hielt aber die Augen weiter geschlossen und ließ mir erst einmal kaltes Wasser über mein geschundenes Haupt laufen, bevor ich einen Blick in den Wandspiegel riskierte. Was ich sah, brachte mich zum aufschreien und einen Meter zurückweichen. «Holy Shit!» rief ich überrumpelt.

In meinem Spiegelbild war mein Kopf auf den Körper eines Channing Tatum gepflanzt worden. Ich trat einen Schritt näher, aber das Bild verschwand nicht. Ich sah an mir runter. Verdammt, ich hatte einen Sixpack. Aber was für einen. Kein Gramm Fett am Körper. Ich sah aus wie aus Marmor gemeißelt. Ich betrachtete mich weiter ungläubig im Spiegel. «Leck mich.» flüsterte ich.

Ich war nie in schlechter körperlicher Form gewesen, doch hatte ich immer mindestens einen Bauchansatz gehabt. Dafür waren Essen und Trinken einfach zu große Hobbies von mir. Und nun das. Ich musste immer noch träumen. «Andy, ich sehe aus wie der junge Jean Claude Van Damme!»

Andy erschien im Türrahmen. «Davon rede ich doch.»

Ich seufzte. «Schade, dass das nur ein Traum ist. Weißt du, woher ich das hab? Bestimmt aus Spiderman, du kennst doch die Szene im ersten Teil nach dem Spinnenbiss. Als sich Peter Parker im Spiegel anglotzt, nachdem er über Nacht von Zero auf Hero getrimmt wurde. Ein Jammer, dass man Träume nicht fotografieren kann. Das Bild auf Instagram, damit könnte ich Protein Shakes verkaufen und müsste nicht mehr Papierstapel verteilen.»

Andy starrte mich skeptisch an. «Alles klar bei dir?»

Ich grunzte. «Ja, aber ich habe einen verrückten Traum nach dem Nächsten. Hoffentlich weiß ich das noch, wenn ich wieder aufwache.»

Andy kam auf mich zu und kniff mir in den Arm.

«Au. Mann.» Sagte ich protestierend, bevor mich der Blitz der Erkenntnis traf, «Moment, das geht im Traum doch angeblich nicht?»
Andy biss in sein Brötchen und verließ kopfschüttelnd das Bad.
«Alter, komm mal wieder klar. Im Bizeps tausend Volt und im Oberstübchen brennt kein Licht.»
Ich starrte noch minutenlang in den Spiegel.
Ich klopfte mir prüfend auf Bauch und Brust.
Bretthart. Und was mir jetzt erst bewusst wurde: Der Kater war weg. Nix, kein Kopfschmerz, keine Übelkeit, wie weggeblasen. Dabei hatte ich noch gar keine Tablette genommen. Einer plötzlichen Eingebung folgend, rannte ich in den Flur und untersuchte meine Jacke. Ich fand das Einschussloch und in meiner Jackentasche eine Visitenkarte. Darauf stand «Angela Priest, Gemeinnütziger Orden Deutschland.»
Darunter eine Telefonnummer mit Hannoveraner Vorwahl. Ich kratzte mich nervös am Kinn. Ja nun, was für andere Optionen hatte ich schon groß?
Im Vorbeigehen schnappte ich mir Andys liegengelassene Brötchenhälfte, klemmte mir das Haustelefon unter den Arm und setzte mich in meinen Zimmer an meinen Schreibtisch. Hastig tippte ich die Nummer ein und wartete auf das Freizeichen. Am anderen Ende nahm jemand ab. Eine Frauenstimme erklang und begrüßte mich so selbstverständlich, als wäre sie eine meine Mama, die auf meinen Anruf zu ihrem Geburtstag gewartet hätte.
«Hallo Nate, wie geht es deinem Kopf?»
Ich starrte wie betäubt auf den Hörer, und fühlte mich, als würde ich eine Giftschlange in der Hand halten. Sekundenlang rang ich mit der Fassung, dann nahm ich die Muschel wieder an mein Ohr. «Okay, Angela nehme ich an? Was geht hier ab?»
Ein unbekümmertes Lachen schallte mir entgegen. «Das würden wir dir gerne heute Abend erklären. Sagen wir um 22 Uhr im Ramazzotti? Du weißt ja, wo das ist.» Und ob ich das

wusste, das Lokal lag bei der Uni um die Ecke. «Okay, ich werde da sein, aber die Cocktails gehen auf dich.»

Wieder das unbekümmerte Lachen. «In Ordnung, aber tu dir einen Gefallen und zieh dir jetzt was an. Wir wollen nicht, dass du dich erkältest. Auch wenn Hosen freier Sonntag ist.»

Erneut starrte ich sprachlos auf den Hörer, dann blickte ich mich gehetzt um. Das Lachen wurde lauter, klang aber nicht boshaft. «Nebenbei, mein Name wird englisch ausgesprochen, ich bin nicht die Kanzlerin. Wir sehen uns dann heute Abend.»

«Moment.» protestierte ich, doch war das Gespräch schon beendet. Ich drückte auf die Wahlwiederholung. Statt eines Freizeichens kam die automatische Ansage: Kein Anschluss unter dieser Nummer.

Ich versuchte es noch geschlagene fünfzehn Mal, aber Fehlanzeige. Dann schmetterte ich den Hörer auf den Tisch. Ich warf einen prüfenden Blick in den Spiegel an der Wand. Die Narbe unter meinen Kinn, die ich mir als Einjähriger beim Sturz von einer Treppe zugezogen hatte, war weg. Mein Körper war wie neu.

Zum wiederholten Mal stellte sich mir eine Frage.

Was zum Teufel ging hier nur ab?

Kapitel 2 Angebote

«Ich werde ihm ein Angebot machen, das er nicht ablehnen kann.» – Der Pate

I wish that I can fly into the sky, so very high
erklang es aus den Boxen im Ramazzotti. Mit den Fingerspitzen trommelte ich den Beat mit und hörte Lenny Kravitz zu, wie er davonfliegen wollte.
Zwischendurch nippte ich an meinen Bier und vergrub meine Turnschuhe in den weißen Sand, mit dem der ganze Raum bedeckt worden war. Ich mochte das. Es verlieh den Laden etwas Gemütliches.
Dennoch konnte ich mich nicht entspannen. Ich hielt ein kurzes Schwätzchen mit der Barkeeperin und meiner Kommilitonin namens Jasmin ab, orderte ein weiteres Bier und wartete. Meine Gedanken rotierten.
Meine Ellbogen ruhten auf dem zu einem Tisch umfunktionierten großen Fass und ich starrte auf den beleuchtenden Getränkeschrank in der Ecke, aus dem mich diverse Biermarken anlächelten.
Bewegung an der Tür erregte meine Aufmerksamkeit. Herein traten zwei Frauen in langen schwarzen Mänteln. Eine von

ihnen erkannte ich sofort wieder, trotz der nun feuerrot gefärbten Haare.
Die mysteriöse Fremde aus der Gasse.
Die zweite Frau mit der modischen Brille und dem platinblonden Haaren war mir hingegen unbekannt.
Ohne auf eine Aufforderung zu warten, setzten sie sich an mein Fass. Beide nickten mir zu.
«Schön dass du gekommen bist, Nate.» Eröffnete die Blonde, und ihre Stimme wies sie als Angela aus.
Ich nahm einen tiefen Schluck, bevor ich antwortete. «Viel Wahl habt ihr mir ja nicht gelassen.»
Dann wandte ich mich an ihre Begleitung. «Ich denke, ich sollte mich bei dir bedanken.»
Sie lächelte knapp. «Du brauchst dem Schicksal nicht dafür zu danken, dass es seinen Lauf genommen hat.»
Ich blickte sie kurz irritiert an, dann zuckte ich mit den Schultern und nahm einen weiteren Schluck.
«Wenn du es sagst», murmelte ich hinter den Flaschenhals hervor. Ich wandte mich wieder an Angela. «Also, was kann ich für dich tun?»
Sie faltete die Handflächen vor ihrem Gesicht und blickte mich über die Fingerspitzen hinweg an. «Die Frage ist eher, was können wir für dich tun?»
Ich lächelte spöttisch. «Ist das ein Angebot zu etwas moralisch verwerflichem?»
Für diesen unangebrachten Kommentar erntete ich nur eisiges Schweigen. Da sie sich anscheinend zu keiner Antwort bemühen wollten, legte ich auf den Tisch, was ich im Laufe des Tages aus dem Internet recherchiert hatte. Es war erbärmlich wenig, sozusagen gar nichts. «Also, der gemeinnützige Orden Deutschlands, was soll das sein? Ihr habt nicht mal eine Website im Netz. Was macht ihr so, außer halbtote Leute aus der Gosse zu ziehen? Wofür ich euch übrigens nicht undankbar bin.»

«Nicht halbtot» verbesserte mich die Rothaarige trocken. «Du warst tot. Und du bist wieder auferstanden, um Gott zu dienen.»
Meine Augen wurden Groß. Ich war an Jesusfreaks geraten, schoss es mir durch den Kopf.
Angelas Lächeln verschwand. «Wir mögen es nicht, wenn man uns als Freaks bezeichnet.» erklärte sie.
Boom, dass saß. Doch bevor ich etwas zu meiner Verteidigung sagen konnte, sprach sie weiter.
«Nein du hast es nicht laut gesagt, aber gedacht. Genauso wie du dich uns vorhin nackt vorgestellt hast, als wir durch die Tür gekommen sind.»
Mein Kopf explodierte in der Schamesröte meiner Verwirrung.
«Was zum Teufel?» begann ich zu stottern, doch Angela ergriff meine Hand und drückte sie sanft. «Diese Metapher solltest du dir abgewöhnen, das würde dir in Zukunft nur Probleme bereiten.»
Ich zog meine Hand vorsichtig zurück.
«Was wollt ihr von mir?»
Die andere Frau legte ihren Kopf schräg. «Das sagte ich doch bereits. Wir wollen dir deine Bestimmung näher bringen.»
Mehr als ein dämliches Grinsen brachte ich auf diese Antwort nicht zustande, gefolgt von einen überragend artikuliertem «Hääää?».
Angela ergriff erneut meine Hand. «Ich weiß, es ist schwer zu verstehen im ersten Moment, aber du bist auf dem Weg, ein auferstandener Engel Gottes zu werden. Wir werden dir alles erklären. Ich und Lunathiel hier sind dazu hier.»
Ich sah die Rothaarige an. «Lunathiel? Ernsthaft?»
Sie nickte.
Ich leerte kopfschüttelnd mein Bier. «Ist das dein richtiger Name oder dein Künstlername? Okay Luna,...Angela Priest? Wollt ihr mich veralbern? Wird hier geL.A.R.P.t und ich wurde nicht eingeweiht? Wo ist die Kamera?»

Beide tauschten vielsagende Blicke aus.
Ich lachte und knallte die leere Flasche auf den Tisch. «Alles klar, jetzt hab ich den Witz auch verstanden. Gemeinnütziger Orden Deutschland. GOD! Ihr seid echt witzig.»
Die Frauen sagten immer noch nichts. Aber irgendwie sahen sie mich mit diesem genervt resignierten Blick an, den man bei einem Welpen hatte, der partout nicht aufhören wollte, auf den teuren Teppich zu Pinkeln.
Dann standen sie auf. Angela verzog den Mund zu einem entschuldigenden Lächeln. «Verzeih uns, ich glaube wir sollten diese Unterhaltung ein anderes Mal fortsetzen, wenn du aufgeschlossener bist. Bis dann.»
Danach wandten sich die beiden der Tür zu. Ich grunzte nur und bestellte bei Jasmin ein weiteres Bier. Ich hörte noch Lunas Stimme. «Ich habe dir doch gleich gesagt, dass dieser unreife Witzbold niemals bereit für die Wahrheit sein kann.»
Jetzt wurde mir das aber zu bunt.
«Wenigstens haben meine Eltern bei diesem unreifen Witzbold eine bessere Namenswahl bewiesen!» brüllte ich hinterher. «Überhaupt, wer sagt heutzutage noch Witzbold, Großmutter?»
Die anderen Gäste blickten irritiert zu mir hinüber. Die Frauen aber hielten in ihrer Bewegung inne und starrten mich mit offenkundiger Verwunderung an.
Jasmin gab mir einen Stoß mit den Ellenbogen.
«Was ist denn heute mit dir los? So unfreundlich kenne ich dich gar nicht.»
Ich zeigte mit den Zeigefinger auf die Frauen in der Tür. «Die haben angefangen.»
Jasmin runzelte die Stirn. «Was genau ist dein Problem? Sie haben doch gar nichts gesagt.»
Ich starrte sie verwirrt an. Die Mädels setzten sich derweil wieder an meinen Tisch.

Luna fixierte mich mit ihren smaragdgrünen Augen, während Angela mild lächelte. «Ich hatte doch Recht, Schwester. Er ist soweit.»

Ich tippte Jasmin an.

«Hat die Blonde gerade etwas gesagt?»

Jasmin schüttelte den Kopf und räumte das Bier ab. «Okay, ich glaube du hast genug für heute. Sei gefälligst etwas freundlicher, sonst vergraulst du meine Kundschaft.»

Ich war mir nicht sicher, ob ich das nicht für die bessere Option hielt. Angela lehnte sich zufrieden zurück, während Luna die Arme verschränkte. «Bist du jetzt vielleicht doch bereit, uns zuzuhören?»

Ich schluckte. «Dann lasst mal hören. Seid ihr Schwestern? Ihr seht euch nicht gerade ähnlich.»

Angela nickte bestätigend. «Wir sind alle eher Brüder und Schwestern in Gottes Diensten.»

Ich starrte sie über den Rand meiner Bierflasche an und bemühte mich, nicht zu lachen.

Ich war der Religion so nah wie Tibet der Unabhängigkeit. Das Letzte was ich brauchte, waren ein paar Zeugen-Jehova-Kampflesben in Ledermontur.

Ich versuchte diesen Gedankengang nicht auszuformulieren, sah an ihren Gesichtern aber, dass es mir nicht gelungen war.

«Wollt ihr gar nichts trinken?» war meine geniale Flucht nach vorne. Ich war eine diplomatische Abrissbirne. Trump wäre stolz auf mich gewesen.

Angela winkte freundlich ab. «Wir sind abstinent.»

Lunas hübsche Stirn legte sich in ärgerliche Falten, als sie sich räusperte. «Können wir jetzt bitte zum Thema zurückkommen?»

Ich schenkte ihr ein übertrieben spöttisches Lächeln. «Gestern warst du wesentlich zugänglicher. Du magst wohl keine Gespräche, bei dem beide Gesprächspartner aufrecht stehen?»

19

Ein Blick in ihre lodernden Augen und ich konnte mir zum ersten Mal den Begriff heiliger Zorn bildlich vorstellen. Luna schien meine dummdreiste Art nicht zu behagen. Nebenbei bemerkt, war das auch nicht mein übliches Verhalten. Ich war immer der Meinung, dass Höflichkeit und Respekt mit das Wichtigste war, was man bei der Erziehung mit bekommen musste.
Aber zu meiner Ehrenrettung, sie machten mich unglaublich nervös. Und das behagte mir noch weniger.
Dazu kam, dass ich meine Gedanken nicht im Zaun halten konnte. Denkt jetzt nicht an rosa Elefanten!
Und? Wer hatte es geschafft? Eben. Dazu kam das Wissen, das meine Gedanken wortwörtlich für sie ein offenes Buch waren. Also versuchte ich krampfhaft, meine Gedanken von diesen beiden durchaus sehr attraktiven Frauen weg in eine andere Richtung zu lenken. Aus dieser Unsicherheit heraus resultierend verhielt ich mich leicht daneben. Aber auch, weil ich Luna etwas provozieren wollte. Irgendetwas an ihr forderte es geradezu heraus. Angela schritt aber ein, bevor Luna zum Racheengel aller Feministinnen werden konnte. «Was wir versuchen dir zu erklären, ist nicht einfach: Gerade für einen jungen Menschen UND Atheisten.»
Es klang nicht vorwurfsvoll, dennoch war ich mir nicht sicher, wie ich diese Aussage bewerten sollte. Ich entschied mir für ein altbewährtes Mittel der Konfliktbewältigung, welches schon meine Mutter perfektioniert hatte. Ich schaltete auf stur.
«Aha. Na dann schieß mal los, bevor meine ungläubigen jungen Ohren auf Durchzug schalten.»
Angela lehnte sich zurück. Ich konnte sehen, wie sie sich vorsichtig die Worte zurechtlegte. Allen Anschein nach war sie die Diplomatische von den beiden, wohingegen ich Luna eher als temperamentvoll und im Moment auch als etwas ungeduldig empfand.

«Also Nate, machen wir es kurz und gerade heraus. Seit Anbeginn der Zeit herrscht ein Krieg zwischen uns, den Engeln des Himmels, und den Dämonen der Hölle. Wir sind hier, um dich für unsere Seite zu gewinnen, da wir glauben, dass in dir die Seele eines Erzengels wiedergeboren werden soll.»
Ich stellte das Bier ab, faltete die Hände, biss mir auf die Lippen und versuchte, meinem Gesicht einen möglichst nichtssagenden Ausdruck zu geben.
«Wirklich? Ein großer alter Erzengel? Interessant. Und dabei bin ich noch Mitte Zwanzig.»
Angela schien sich davon nicht beirren zu lassen.
Anscheinend hatte sie mit dieser Reaktion gerechnet. «Die Erzengel, von denen wir hier reden, waren Engel, die im Krieg Gottes gegen die abtrünnigen Engel gefallen sind.»
Ich beschrieb eine Linie in der Luft. «Der Krieg Gottes? Die Story mit Luzifers Sturz in die Hölle?»
Luna sah mich mit offenkundiger Überraschung an. «Du weißt davon?»
Ich gestattete mir ein selbstgefälliges Grinsen und zwinkerte ihr zu. «Klar, ich habe alle Gods Army Teile gesehen. Christopher Walken rockt total. Und natürlich Dogma.»
Luna schüttelte verärgert den Kopf und seufzte. «Die Musen wieder.»
Ich nickte zustimmend. «Genau, die kommen da auch vor.»
Doch mein cineastischer Einwand wurde einfach ignoriert. Angela legte ihr die Hand auf die Schulter. «Aber du siehst, dass es funktioniert. Die Musen leisten hervorragende Arbeit, auch wenn wir nicht immer ihre Methoden nachvollziehen können. Raphael weiß genau, was er tut.»
Ich kratzte mich beiläufig am Handgelenk und fühlte mich wieder außen vor. Irgendwie verstand ich im Moment von jedem Satz nur die Hälfte. Langsam regte mich dieses kryptische Geschwafel auf, zumal ich immer noch glaubte, vor mir zwei total durchgeknallte Kirchenbräute sitzen zu haben.

«Was sind denn die Musen eurer Interpretation nach? Und was hat ein Ninja Turtle damit zu tun?» fragte ich schließlich. Eigentlich war mir das egal, aber so wurde ich wieder Teil des Gespräches.

Angela machte eine weitausholende Geste. «In den heutigen Zeiten ist es nicht mehr so einfach wie früher, das Wort Gottes an die Menschen zu bringen. Auch unser Kampf gegen die Mächte der Hölle gerät mehr und mehr in Vergessenheit. Wir brauchen aber den Glauben der Menschen an das Gute. Der Glaube ist mächtig und ohne ihn funktioniert die Welt nicht. Dafür haben wir die Religion erschaffen. Doch leider ist sie nicht mehr so, wie soll ich sagen, zielgruppenorientiert wie früher.»

«Moment», unterbrach ich sie. «Ihr wollt mir erzählen, ihr habt die Religion erfunden? Als Werbekampagne für euren Krieg? Wie das US Militär, um neue Rekruten zu ködern?»

Angela zuckte mit den Schultern. «Du scheinst davon sehr überrascht zu sein. Es waren doch deine eigenen Worte: die Bibel ist nur der Versuch von Menschen, die zu einer bestimmten Zeit gelebt hatten, anhand von Metaphern die Welt zu verstehen.»

Ich starrte sie an. Woher zum Teu... zum Geier wusste sie, was ich vor Jahren in meinem Religionsreferat geschrieben hatte? Was, meiner bescheidenen Meinung nach, viel zu schlecht benotet worden war.

Angela lächelte wieder, sie genoss anscheinend meine Verwirrung. Sie lächelte verdächtig oft, fiel mir auf. «Die Musen sind so etwas wie unsere PR Abteilung. Und keine Schildkröte, sondern der Erzengel Raphael selbst ist für sie zuständig. Sie sollen den Menschen weiterhin helfen, unseren Krieg gegen die Hölle nachvollziehen zu können. Die Menschheit soll wissen, wer die Guten sind.»

«Hab noch nie von einer Partei gehört, die von sich selbst behauptet, die Bösen zu sein.» dachte ich laut, doch schien

Angela dieser Einwand nicht zu kümmern. «Glaube mir Nate, die Taten der Hölle sprechen für sich. Sie wollen den Himmel stürzen und die Menschheit vom Antlitz der Welt tilgen. Sie neiden euch eure Existenz und die Gaben, die Gott euch geschenkt hat. Immer wieder siehst du ihr Werk. Angefangen von Anschlägen bis hin zu solchen ungeheuerlichen Dingen wie das große Feuer von San Francisco bis hin zum zweiten Weltkrieg.»
Ich schnaubte verächtlich. «Gleich erzählst du mir, Hitler war ein Dämon in Menschengestalt.»
Luna ahmte mein Schnauben nach. «Wenn es so simpel gewesen wäre. Er war ohne Zweifel kein guter Mensch, doch wurde er von den Kräften der Hölle in seinem Wahn angespornt.»
Ich zog meine Geldbörse raus und zählte mein Bargeld. Es reichte noch für ein weiteres Bier, Gott sei Dank. Diese Hirngespinste konnte ich nicht nüchtern ertragen. «Okay, Hitler war kein Dämon, sondern ein Arschloch. Aber was haben dann Satans Schergen damit zu tun?»
Luna fixierte mich mit ihren, nebenbei bemerkt, strahlend grünen Augen. «Hitler war keiner. Viele seiner engsten Berater allerdings schon.»
Und Stauffenberg war ein Dynamitengel, war mein erster Gedanke. Und sowohl Angela als auch Luna schienen es mitbekommen zu haben. Ich hob entschuldigend die Arme. «Hey kommt schon, ich kann da nichts für. Es heißt nicht umsonst, die Gedanken sind frei. Wäret ihr also so freundlich, aus meinen Kopf zu verschwinden? Ich komme so zu keinem vernünftigen Gedanken mehr.»
Angela neigte den Kopf leicht zur Seite. «Du hast natürlich Recht. Wir respektieren deine Privatsphäre. Und nur am Rande, Stauffenberg war ein Meta im Dienste des Himmels.»
«Ein was?» hakte ich jetzt doch reichlich amüsiert nach. Die Geschichte wurde ja immer besser. Das hatte man uns in der

Schule aber ganz anders beigebracht. Angela machte eine weitläufige Geste. «Ein Meta. Ein nichtmenschliches Wesen, was weder Engel noch Dämon ist. Die Welt ist voller Wunder und übernatürlicher Wesen.»
Ich zog ein skeptisches Gesicht. «Also ein Meta kann beispielsweise was sein? Ein kleiner Kobold vielleicht? Oder ein Drache? Ein Wolpertinger sogar?»
Angela fuhr unbeirrt fort. «Auch wenn das für dich wahrscheinlich noch unglaubwürdiger klingt als das, was wir dir bereits erzählt haben, sind die bekanntesten Metatypen Vampire und Wandler. Stauffenberg zum Beispiel war ein Vampir. Und hätte ein anderer Meta ihn nicht sabotiert, wäre das Attentat auch erfolgreich gewesen. Oder glaubst du an den Zufall, das sich Hitler gerade an diesem Tag und zu dieser Zeit in einem anderen Raum aufgehalten hatte, als ursprünglich geplant gewesen war?»
Ich konnte ein Lachen nicht zurückhalten. «Ach so. Graf Stauffenberg verraten von Graf Dracula? Nazivampire? Und das soll keiner gemerkt haben? Dass es beispielsweise im Sonnenlicht immer nach Grillfackeln roch, wenn der Herr Graf zugegen war, dass kam niemanden komisch vor? Das klingt nach einem schlechten B-Movie.»
Angela blieb ernst. «Du darfst nicht alles wörtlich nehmen, was über das Übernatürliche verbreitet wird.»
Ich erwiderte mit einem Lächeln. «Glaube mir, das tue ich gerade. Also sind Metas so ziemlich alles von Blade bis Bibi Blocksberg?»
Die platinblonde Frau neigte fragend den Kopf. «Ich verstehe nicht ganz.»
Ich machte eine ausladende Handbewegung. «Na Vampire, Hexen und so weiter.»
«Hexen Metas gibt es nicht.» Stellte Luna an ihrer Stelle entschieden fest. Schwarze Magie ist Dämonenhandwerk.»

Ich nickte übertrieben langsam. «Klingt natürlich einleuchtend. Das erklärt mal den enttäuschten Harry Potter Fans. Und was könnt ihr «Engel» so tolles?»
Luna fixierte mich mit einem herausfordernden Blick. «Wir können so ziemlich alles, was ihr Menschen nicht könnt», begann sie in einem, meiner Meinung nach, unglaublich überheblichen Tonfall, «Wir sind schneller, stärker und schlauer als ihr. Wir sind unsterblich, verfügen über gewisse magische Fertigkeiten, wie du sie ja bereits am eigenen Leib erfahren hast und sind ohne Ausnahme gute Kämpfer.»
Ich stützte mein Kinn auf meine Faust und schmachtete Luna übertrieben an. «Wahnsinn. Dann seid ihr ja so etwas wie geflügelte Power Rangers.
Luna wollte etwas sagen, doch schaltete sich Angela ein und kam auf das ursprüngliche Thema zurück. Wohl auch, um die Wogen zu glätten.
«Vampire können sehr wohl am Tage wandeln, genauso wie sich nicht alle Wandler bei Vollmond verwandeln müssen. Auch Kreuze oder Knoblauch sind Unsinn.»
Ich nickte zustimmend. «Natürlich. DAS wäre ja auch völliger Quatsch. Und Silberkugeln?»
Luna antwortete erneut für Angela. «Ob ich dir jetzt eine Kugel aus Blei oder aus Silber durch den Kopf jage, die Wirkung bleibt die Gleiche. Tot bist du auf jeden Fall, egal ob die Kugeln teuer waren oder nicht. Das gilt auch für Metas. Sie sind näher an eurer Art dran als an Unserer. Sie sind nur nicht ganz so leicht zu töten wie ihr Menschen.»
Mein Magen fing an zu kribbeln. Ich hatte was gegen diesen, offen zur Schau gestellten Rassismus. Von der Arroganz, die Luna an den Tag legte, ganz zu schweigen. «Reizend. Aber gut, dass du das Thema ansprichst. Das bringt mich zu der wichtigsten Frage, wegen der ich überhaupt hierhergekommen bin.»

Ich lehnte mich so weit vor, dass mein Gesicht ganz nahe vor ihrem war. «Wisst ihr, wer es auf mich abgesehen hat? Wer versucht hat, mich zu töten?»
Angelas Miene drückte so etwas wie Unbehagen aus. «Die Antwort wird dir nicht gefallen.»
Luna verschränkte die Arme vor der Brust.
«Das war ich.» Sagte sie trocken und bedachte meinen dümmlichen Gesichtsausdruck mit einem zufriedenen Lächeln.
Ich war nun wirklich kein Experte für das weibliche Geschlecht, konnte aber mit Sicherheit sagen, dass Luna mich nicht unbedingt mochte.
Angelas Gesichtsausdruck blieb weiterhin neutral, während Luna vor sich hin schmunzelte.
Ich brauchte einige Zeit, um mich zu sammeln.
«Also, noch mal langsam. Du hast mir drei Kugeln verpasst, nur um mich dann doch zu retten?»
Luna besaß die Frechheit, mich weiterhin mit diesem vielsagenden Lächeln anzusehen. «Auf Befehl meines Prätors sollte ich die Zielperson, also dich, ausschalten und dann reaktivieren. Und als zusätzliche Information für dich: Es hat es mir keinen Spaß gemacht und war nichts Persönliches. Zumindest damals noch nicht, da kannte ich dich ja noch nicht.»
Das war der verbale Tritt in meine Eier. Mit Nieten beschlagenen Springerstiefeln. Ein für mich seltener Moment trat ein. Ich wusste nicht, was ich dazu sagen sollte. Ich begrenzte mich darauf, beide abwechselnd anzustarren und den Mund fortwährend wie ein Goldfisch zu öffnen und zu schließen.
Angela gab sich weiterhin betont unbeteiligt.
Ihr war meine Exekution anscheinend wenigstens etwas unangenehm, obwohl ich glaube, dass in diesem Zusammenhang unpraktisch das bessere Wort wäre. Immerhin wollte sie ja was von mir. Im Gegensatz zu Luna, die mich

weiterhin mit einem genüsslich schadenfrohen Grinsen bedachte. Für sie schien meine Ermordung nur ein kleiner Scherz unter Freunden gewesen zu sein. Als hätte sie lediglich meinen Kaffeezucker mit Salz vertauscht. Etwas, was man nebenbei bemerkt, nie tun sollte.

Angela war die Erste, die wieder etwas sagte. «Es ist sicherlich unerfreulich und eine traumatische Erfahrung gewesen, aber es war notwendig. Mir ist klar, dass die Reinkarnation für dich sehr radikal gewirkt haben muss. Aber leider mussten wir so vorgehen. Nur durch deinen frühzeitigen Tod konnten wir sichergehen, dass in dir das Potenzial einer Erweckung steckt.»

Ich schüttelte fassungslos den Kopf. «Reinkarnation. Potentielle Erweckung. Nette Wörter für Mord. Ich bin doch kein verdammter Spielzeughase, den man eine neue Batterie einlegen kann, wenn einem danach ist. Was bildet ihr euch eigentlich ein? Ihr wart euch nicht sicher? Und wenn ihr euch nun getäuscht hättet? Wenn in mir keine Seele eines Engels steckt?»

Luna stöhnte gelangweilt und rollte demonstrativ mit den Augen. «Du hast gar keinen Grund, dich aufzuregen. Im schlimmsten Falle hättest du einen neuen Körper geschenkt bekommen, der in weit besseren Zustand ist als dein abgewrackter vorheriger. Du hättest das Geschehen als Traum abgetan und dich schnell an deinen neuen Körper gewöhnt und wärst noch unausstehlicher geworden als jetzt. Der menschliche Verstand leistet beeindruckende Arbeit, was Verdrängung und Ignoranz angeht. Du konntest also nur gewinnen.»

Ich war ziemlich angepisst und sprach durch zusammengebissen Zähne. «So, ich konnte nur gewinnen? Schön dass ich vorher gefragt wurde, ob ich an dieser Hirnschusstombola überhaupt teilnehmen will. Woher nehmt ihr das Recht, euch so in mein Leben einzumischen?»

Lunas Augen blitzen mich an, als sie die Arme vor der Brust verschränkte. «Da haben wir es wieder. Ihr Menschen und euer kostbarer freier Wille. Gottes angeblich so großes Geschenk an euch. Meiner Meinung nach macht er euch alle nur zur einer Bande von Heulsusen.» «Novize Lunathiel. Das ist genug.» Maßregelte Angela ihre Begleitung in einem scharfen Tonfall. Luna biss sich auf die Lippen, schwieg aber.

Angela rückte sich ihr Brillengestell zurecht. «Wir hatten keine Wahl. Der Auftrag zu deiner Reinkarnation kam von höherer Stelle. Darüber hinaus sind wir nicht die Einzigen. Die Gegenseite ist auch auf dich Aufmerksam geworden.»

Ein zweiter verbaler Tritt und dieses Mal zog sich mein Magen noch weiter zusammen. Ich ließ mir das Gehörte noch einmal durch den Kopf gehen und sprach dann sehr langsam und betont, so als könnte ich die Bedeutung meiner Worte erst beim Aussprechen begreifen. «Die Hölle ist also auch hinter mir her?»

Sie machte gar keinen Versuch, den Satz abzuschwächen. «Genauso ist es. Zwischen der Hölle und uns besteht so etwas wie kalter Krieg. Gott und Luzifers Generäle haben vor langer Zeit einen Waffenstillstand beschlossen, nachdem sie erkannten, dass keine Seite ohne die vollständige Vernichtung der Erde siegen konnte. Also wurde beschlossen, dass sich Himmel und Hölle nicht mehr offen bekämpfen würden, sondern die Menschheit den Ausgang dieses Krieges entscheiden würde. Deswegen ist der Glaube an das Gute so immens wichtig. Eine weitere Regelung besagt, dass sowohl der Himmel als auch die Hölle nach den Seelen der Gefallenen suchen dürfen. Gottes Gnade ist groß, und so bietet er auch den Seelen, die gegen ihn gekämpft haben, Vergebung an. Doch auch die Dämonen haben das Recht, die Seelen der Gefallenen auf ihre Seite zu rufen. Sie werden dich bald aufsuchen. Und sie werden dir das gleiche Angebot machen, das wir dir machen wollen. Das sind die Regeln. Am Ende entscheidest dann du, geführt von der Seele in dir, auf welcher Seite du stehst.»

Ich hatte das dringende Bedürfnis, mich die nächsten drei Tage kontinuierlich zu übergeben. «Ich darf das nicht einmal selbst entscheiden, sondern das reaktivierte Kuckucksei? Was für ein Angebot soll das sein?»

«Die Wahl der Seite. Entweder du stehst auf der Seite des Himmels oder der Hölle. Mach dir keine Illusionen. Eine andere Entscheidungsmöglichkeit wirst du nicht haben. Die Seele wird dich leiten, dieses Schicksal ist dir wie uns allen vorbestimmt. So war es auch einst bei mir. Auch wenn du dir dessen noch nicht bewusst bist: Dein altes Leben endete gestern in der Gasse.»

Ich versuchte es einige Sekunden mit einem Todesblick. Leider schien mir diese Gabe nicht gegeben zu sein, denn Luna war immer noch da.

«Also die Qual der Wahl oder die Wahl der Qual. Na dann, noch einmal herzlichen Dank. Ihr habt es echt drauf. Erst knallt ihr mich über den Haufen und dann zieht ihr mich in einen ewig währenden Krieg hinein. Nennt mir einen Grund, warum ich nicht zur anderen Seite überlaufen sollte, immerhin waren die so nett, mich nicht mit Blei voll zu pumpen.»

Luna schob die Augenbrauen zusammen und funkelte mich an. «Du bist selbst für einen Menschen viel zum empfindlich. Glaube mir, gegen das, was die Dämonen getan hätten, war unser erstes Treffen das weitaus Angenehmere.»

Ich wusste nicht warum, aber ich nahm ihr das ab. Auch verschwand nun langsam der Zorn und machte einer tieferen Einsicht Platz. Ein für mich unbegreifliches Gefühl von Akzeptanz und dem Wissen, dass es so sein sollte. Ob das bereits der Einfluss der Seele des Erzengels in mir war? Immerhin hatte ich schon ohne weiteres die Tatsache akzeptiert, dass die Damen meine Gedanken lesen konnten, ohne gleich einen Alu Hut zu basteln. Oder ich war einfach nur

unfassbar naiv und dumm. Ich nahm einen weiteren tiefen Schluck. «Und wie geht es jetzt weiter? Bin ich jetzt ein Engel? Kommen jetzt die Dämonen und reißen mich in Stücke?»
Angela schüttelte sachte den Kopf. «Im Moment bist du weder Mensch, Dämon oder Engel. Du entscheidest, was du sein wirst. Doch zurück kannst du nicht, wie Luna schon sagte. Erst wenn du dich vom ganzen Herzen zu einer Seite bekennst, wirst du deinen Weg fortsetzen. Die Dämonen werden jemanden schicken und mit dir reden wollen.»
«Na da bin ich ja mal gespannt, bis hierhin sieht es ja Punktemäßig eher bescheiden für euch aus. Halten wir fest, die bösen Jungs haben Sintfluten, Weltkriege und was weiß ich ausgelöst, und die Guten haben auf ihrem Konto einen antiquittierten Wälzer und verschiedene Religionen? Die, nebenbei bemerkt, auch nicht gerade zu wenigen Kriegen und auch heute noch zu einigen «Zündstoff» führen. Also, da würde ich sagen, 1 zu 0 für die dunkle Seite der Macht.»
Luna stand von ihrem Stuhl auf, rollte erneut mit den Augen und setzte sich an den Tresen, wobei sie mir demonstrativ den Rücken zudrehte. «Nicht gerade kritikfähig, deine Begleitung.» Bemerkte ich mit gewisser Befriedigung. Ich hasste zickige Frauen. Und Luna schien die Königin zu sein.
Angela hob kurz die Hände. « Verzeih ihr, es ist für sie auch noch alles neu. Luna muss sich erst noch an diese Welt gewöhnen. Sie ist noch nicht lange wiedergeboren.»
Ich runzelte die Stirn. «Auch ein Erzengel, oder was?»
Angela trommelte mit den Fingern auf dem Tisch. «Nein, so mächtig ist ihre Seele nicht. Alle Engel, die von ihrem irdischen Leib gelöst werden, können irgendwann nach ihrer Zeit im Seelenstrom wieder geboren werden. Aber auch werden ab und an neue Engel geboren. Auch wenn das eher selten der Fall ist. Bei Lunathiel sind wir ehrlich gesagt im Moment noch nicht sicher, was es bei ihr ist. Aber zurück zu

deiner Punkterechnung. Wir zeigen auch heute Präsenz. Nur sind wir meist subtiler.»
Ich lehnte mich zurück. «Wirklich? Keine flammenden Scheiterhaufen und Deus Vult? Dann gib mir doch mal ein aktuelles Beispiel für eure PR-Arbeit.»
Angela hatte auf diese Frage wohl gewartet. «Ich nenne dir gleich Drei. Gods Army, Star Wars und Highlander.«
Ich hielt ihren Blick stand.
«Willst du mich verarschen?"
Sie schüttelte den Kopf. «Alles Gottes Werk.»
Ich nickte. «Du willst mich verarschen.»
Angelas Gesicht blieb ernst. «Denk mal darüber nach. In jeden geht es um den Kampf übermächtiger Wesen. Um den Kampf Gut gegen Böse. Und du würdest dich wundern, wie viele Details die Filme über den tatsächlichen Kampf verraten. Die Kräfte der Jedi zum Beispiel sind denen eines Engels sehr ähnlich. Engel und Dämonen können sich gegenseitig spüren, wenn sie ihre Macht einsetzen. Wie die Unsterblichen in Highlander. Gods Army ist schon fast lächerlich offensichtlich. Am Ende kommt es immer zu einem Kampf zwischen uns und ihnen, verborgen vor den Augen der Menschen. Wobei es beim letzteren bestimmt bald wieder ein Reboot für die jüngere Generation geben wird. Die Menschen sind viel schnelllebiger und leichter abzulenken geworden. Früher blieb sowas länger im Gedächtnis, heute müssen die Musen alle paar Jahre etwas Neues auf den Markt bringen.»
Ich dachte darüber nach. «Interessante Perspektive. Vergleichbar mit den Schlümpfen und den Kommunisten.»
Zum ersten Mal zeigte Angelas Gesicht so etwas wie Verwirrung, ein Zeichen dafür, dass sie anscheinend wirklich nicht mehr in meinem Kopf rumspukte.
«Was soll dieses Gleichnis bedeuten?»

Ich lächelte und hob meinen Zeigefinger. «Es beweist, dass die Schlümpfe eigentlich Kommunisten sind.» Ich zählte die einzelnen Punkte meiner Theorie an meinen Fingern ab.
«1.: Alle Schlümpfe bringen ihre individuellen Fähigkeiten zum Wohl der Gemeinde ein. Keiner macht Alleingänge, wenn doch, scheitert er und wird am Ende der Folge nur durch das gemeinsame agieren Aller gerettet.
2.: Alle Schlümpfe tragen die exakt gleiche Kleidung, essen das gleiche Essen, wohnen in gleichen Häusern. Es gibt keinen persönlichen Besitz, nicht einmal Schlumpfine, die muss auch für alle herhalten. Jetzt vielleicht für eine Kinderserie nicht das pädagogisch wertvollste Bild, aber das ist ein anderes Thema. Darum soll sich die #Metoo Bewegung kümmern.
3.: Papa Schlumpf trägt rote Socken und ist mit seinen allwissenden Rauschebart eine idealisierte Personifikation von Lenin.
4.: Das Feindbild der Schlümpfe ist Gargamel, ein egoistischer geldgeiler Sack ohne Freunde, der sich auf Kosten der Schlümpfe bereichern will, hier indem er sie in Gold verwandelt. Gargamel ist der Stereotyp eines Kapitalisten, der natürliche Feind des Kommunisten. Ergo sind die Schlümpfe Kommunisten.»

Zufrieden über meine Eloquenz schloss ich meinen Vortrag ab und sah die weiter ansteigende Verwirrung in Angelas Gesicht. «Es gibt zusätzlich noch eine Antisemiten Theorie zu den Schlümpfen, aber die finde ich von den Argumenten her nicht ganz so schlüssig.» fügte ich an.
Angela schüttelte den Kopf. «Ich verstehe immer noch nicht worauf du hinaus willst.»
Ich grinste, leerte triumphierend den Rest meines Bieres und setzte die Flasche auf den Tisch ab. «Ganz einfach. Wenn man lange genug über eine Sache nachdenkt, dann kann alles dabei

herauskommen. So können Schlümpfe Kommunisten oder Jedi Science-Fiction-Engel sein. Dennoch muss es nicht stimmen.»
Angela seufzte. «Du glaubst mir also nicht.»
Ich nahm mir die Zeit, sie noch eine Weile anzusehen, bevor ich antwortete. «Das habe ich nicht gesagt. Um ehrlich zu sein, ich glaube immer noch, dass ich träume oder auf Drogen bin. Ich meine, Gestern wurde mir angeblich das Licht ausgeblasen, dann wache ich heute Morgen auf und habe einen Körper, der mir auf Instagram Fitness Follower und Sponsoren in Scharen bescheren würde. (Ja ich weiß, den Witz hab ich schon mal benutzt). Dann diese merkwürdige Jedi-Gedankenlesenummer, die ihr mir demonstriert habt. Vielleicht kaufe ich euch nicht alles ab, aber ich spüre, dass da etwas Wahres dran sein muss. Und es macht mich wirklich neugierig. Vielleicht liege ich auch im Koma und spinne mir alles zusammen.»
Angela nickte. «Das wird die Seelenessenz in dir sein, du blickst nun tiefer in die wahre Welt als gewöhnliche Menschen.»
Ich seufzte. «Mir gefällt das ganz und gar nicht. Das Schlimme ist, ich glaube euch. Nein, ich weiß das es stimmt, ich weiß nur nicht woher.»
Luna kam zurück und wiederholte Angelas These. «Das ist die Seele in dir, sie erwacht langsam. Du wirst noch einige Momente solcher Klarheit fühlen und es wird dir ordentlich Angst machen. Am Ende wird alles einen Sinn ergeben. Vertraue auf Gott.»
Ich ließ den Kopf sinken. «Ihr seid also davon überzeugt, dass sich in mir die Seele eines Erzengels befindet?»
Angelas Mundwinkel zuckten. «Ja und Nein. Wir wissen, dass sich in dir eine Essenz befindet. Wir können aber nicht sagen, ob es einer der Gefallenen ist. Das stellt sich erst nach der Reinkarnation heraus. Wir haben aber zuverlässige Quellen, die sich bei dir sehr sicher sind.»

«Ich habe noch so viele Fragen, aber irgendwie droht mein Kopf gerade zu platzen.» stöhnte ich.
Wie auf ein verabredetes Signal erhoben sich Angela und Luna. «Das verstehen wir. Denke in Ruhe darüber nach.» Sie legte ein flaches schwarzes Handy auf den Tisch. «Damit erreichst du uns. Wenn du Fragen hast oder Hilfe brauchen solltest, ruf einfach an.»
Ich hob das Handy hoch. «Und da geht auch wirklich jemand ran, nicht wie bei deiner Visitenkarte?» ich wartete keine Antwort ab und schob das Handy in meine Jackentasche.
«Was meinst du damit, falls ich Hilfe brauchen sollte?» begann ich, doch waren weder Angela noch Luna im Raum. Anstelle dessen kam Jasmin und räumte mein Bier ab. «Alles in Ordnung mit dir? Du wirkst heute etwas abwesend.»
Ich winkte ab. «Ja, die zwei Mädels waren komisch drauf. Haben mir Einiges zum Grübeln da gelassen»
Jasmin sah mich schief an. «Welche zwei Mädels?»
Ich fühlte eine unangenehme Welle aus Kopfschmerzen anrollen. «Die beiden, die die ganze Zeit mit mir hier am Tisch saßen? Die in den Ledermänteln?»
Jasmin warf mir einen besorgten Blick zu. «Du bist den ganzen Abend alleine gewesen und hast außer der Begrüßung keine drei Worte gesagt. Ist wirklich alles in Ordnung mit dir?»
Ich lächelte schwach. «Ich habe mir nur einen Spaß erlaubt. Der Unistress schafft mich total, das kennst du ja. Anscheinend brauche ich etwas Ablenkung. Wird langsam Zeit, dass ich eine Freundin finde.»
Ich zahlte eilig meine Getränke und begann, mich auf den Heimweg zu machen. Ein Blick auf meine Uhr ließ mich erschrecken. Es war mittlerweile kurz nach Eins. Wo waren die drei Stunden geblieben? Von plötzlicher Müdigkeit und Kopfschmerzen geplagt, trottete ich die Straße zur nächsten Bahnhaltestelle und machte mich auf meinen Heimweg durch die regnerische Nacht.

Kapitel 3 Qual der Wahl

«Wenn du dich mit dem Teufel einlässt, verändert sich nicht der Teufel! Der Teufel verändert dich!» – Acht Millimeter

Ich war verrückt. Zumindest sprach einiges dafür. Auf jeden Fall, was den gestrigen Tag anging. Nachdem ich mich angeblich alleine im Ramazzotti aufgehalten hatte, habe ich mir die Freiheit genommen und heute Mittag noch einmal die Stelle meiner Auferstehung besucht. Und was soll ich sagen?
Die Gasse war am Tage genauso dreckig wie in der Nacht. Aber an der Stelle, an der meine Körperflüssigkeiten den

Boden dekoriert hatten, war nichts zu sehen. Und Blut spült sich nicht über Nacht weg, erst recht nicht bei einer überdachten Unterführung und in der Menge, die ich unfreiwillig hinterlassen hatte.

Ich konnte mir auch nicht vorstellen, dass jemand einfach vorbeigekommen war und meine blutigen Überreste weggewischt hat, ohne das eine Meldung bei der Polizei eingegangen wäre, die dazu noch eine Station direkt am Raschplatz hatte.

Aber auch da Fehlanzeige. Das Einzige was ich dort mit meiner Nachfrage erreicht hatte, war der misstrauische Blick des Beamten, der mir keine Auskunft geben konnte oder wollte.

Den restlichen Tag verbrachte ich dann zu Hause vor meinen Laptop und suchte wie besessen nach Informationen. Aber egal, was ich in die Tasten hämmerte, ich fand kein zufriedenstellendes Ergebnis.

Zwischendurch schob ich mir eine Pizza in den Ofen und kochte die gefühlte achte Kanne Kaffee.

Heute Morgen gesellte sich nach der Dusche eine weitere Bestätigung meines Wahnsinns dazu. Mein Körper war, nun wie drücke ich es am besten aus, normal. Also so wie zuvor. Ein wenig breiter als der Durchschnitt, was auf mein sporadisches Training im Fitnessstudio zurückzuführen war, einen dezenten Bauchansatz, der durch die Pizza noch weiter gesichert werden sollte und spätestens beim nächsten Biergelage aufs sichere Ufer gerettet werden würde. Also vollkommen in Ordnung, aber kein Vergleich zu dem Bild von Gestern, dass sich in meinen Spiegel darstellte. Ich durchsuchte mein Handy nach den Fotos, die ich aus Sicherheitsgründen gemacht hatte. Und nur dafür. Nicht für Instagram. Aber auf meinen Smartphone fanden sich keine der mindestens zwanzig Bilder. Ich war gründlich mit meinen Recherchen gewesen. Auch Andy, den ich wieder in der Küche beim

Brötchenschmieren getroffen hatte, konnte sich nicht an unser gestriges Gespräch erinnern.
Als hätte der Tag nie stattgefunden.
Die Narbe unter meinem Kinn war auch wieder da, oder besser, sie war wohl immer da gewesen.
Also hatte ich mir alles nur eingebildet? Schon wieder? Zwei Tage lang? Auf was für einen Trip war ich von Donnerstag bis gestern Nacht gewesen?
Ich sollte erwähnen, dass ich bis auf Alkohol kein Fan von Drogen bin. Ich war ab und an Partyraucher, aber was Härteres kam mir nicht ins Haus, beziehungsweise in meinen Körper. Ob mir jemand was in meinen Drink getan hatte? Aber wer sollte das gewesen sein? Eine Untersuchung meiner Jacke bestätigte meine geistige Auszeit. Weder ein Einschussloch, noch ein schwarzes Handy waren zu finden. Geschweige denn einer Visitenkarte. Ich drückte sicherheitshalber die Wahlwiederholungstaste auf meinem uralten grünen Haustelefon. Früher nannte man sowas Schrott, heute war das Vintage und angesagt. Das Klingeln am anderen Ende erkannte ich sofort. Es war der Warteschlangenton meiner Arbeit. Die Nummer hatte ich Donnerstag gewählt um zu fragen, wann ich Montag anfangen sollte. Also auch hier Fehlanzeige.
Ich suchte nun im Internet nach Drogen, die derartige Halluzinationen verursachen konnten. Die Auswahl war echt erschreckend groß.
Nach einer weiteren Stunde klappte ich resigniert meinen Laptop zu und lehnte mich stöhnend so weit in meinen weißen Bürostuhl zurück, dass die Plastikrädchen protestierend über das Laminat quietschten. Ich war auf einen Trip gewesen. Schade.
Aber interessant zu sehen, was für eine Phantasie ich hatte. Engel, Dämonen, Star Wars und Highlander. Ich sollte weniger fernsehen.

Das Vibrieren meines Handys erweckte meine Aufmerksamkeit. Es lag neben meinem Bett auf dem Fußboden und blinkte abwechselnd auf. Ein Anruf. Ich schwang mich aus dem Stuhl und fischte das Handy in einer beiläufigen Bewegung vom Fußboden, warf mich auf mein Bett und nahm das Gespräch entgegen. «Städtische Irrenanstalt Süd, Sie sprechen mit dem Chefarzt persönlich?» Auf der anderen Seite hörte ich eine Frauenstimme lachen.
«Nate? Kim hier» Ich grinste.
Ich hatte Kim vor ein paar Wochen im Rockhouse kennen gelernt. Mein restlicher Freundeskreis in Hannover stand mehr auf elektronische, oder schlimmer, Charts Musik, und konnte sich nicht so wie ich für Handgemachtes begeistern.
«Hallöchen. Lass mich raten, Rockhouse?»
Früher war ich dort regelmäßiger Gast gewesen, doch mit zunehmendem Alter hatte sich das irgendwie aufgelöst. Das Publikum wurde immer jünger (Nein, ich wurde älter, aber egal), aber das Angebot an Musik, Kicker (wobei der Hannoveraner hierzu Krökeln sagt) und Bier war immer noch sehr gut.
Wenige Minuten später war das Gespräch beendet und meine Abendplanung stand. Rockhouse also.
Nach dem Donnerstag im Dax eine willkommene Abwechslung.
Zum Dax konnte ich aus meinen persönlichen Erfahrungen nicht viel sagen außer gemischtes Publikum, Schlager und viel Bier. Im hinteren Teil lief dann auch diverse Musik aus den Charts. Und Donnerstag zwei Getränke zum Preis von Einen, was für mich der Hauptgrund war, diesen Club zu betreten. Zum günstigen Betrinken mit Kumpels war der Laden schon in Ordnung, man durfte halt nichts weiter erwarten. Ein Tempel der Einfältigkeit, von vielen Gläubigen besucht. Na ja, die war nur meine Meinung dazu und sie wahrscheinlich viel zu kritisch. Jeder hatte ja seinen eigenen Geschmack. Aber egal.

Ich warf einen Blick auf die Uhr. Viertel vor Acht, also noch etwas Zeit zu relaxen, entspannt vorzuglühen und mich schon mal musikalisch warm zu machen. Irgendwie verspürte ich gerade Lust auf Metallica. Ich summte bereits die Melodie von the memory remains, als mir ein Gedanke kam. Nein eher das unangenehme Gefühl, dass einen plagt, wenn man etwas vergessen hatte. Ich sprang wie von der Tarantel gestochen aus dem Bett. «Scheiße, die Pizza!»

Was ich am Rockhouse schon immer mochte war die Kleiderordnung. Es gab Keine.

Hier konntest man abgewrackt auflaufen, dass andere Türsteher bereits bei deinem Anblick Tränen in den Augen bekommen würden, hier kamst damit tatsächlich durch, beziehungsweise rein.

Der Laden lebte auch von seinem gemischten Publikum. Gothics, Punks, Skater, Hardcorler und so weiter. Dementsprechend konnte ich mich auch nach meiner Stimmung kleiden. Ich hatte keinen Bock mich zu rasieren, oder gar meine Haare in Form zu bringen, also setzte ich einfach eine graue Baseballmütze auf.

Mit dem Schirm vorne, so wie es vom Erfinder gedacht war. Es gab meiner Meinung nach wenig Lächerlicheres als die Justin Bieber Kopien, die ihre Caps nur so halb schräg auf den Kopf getackert trugen. Dazu ein schwarzes T-Shirt mit einem Aufdruck der Band Trivium und meine abgenutzte, aber saubequeme Jeans plus Chucks. Damit war ich ausgehfein.

Ein weiteres konstantes Highlight fand sich auf dem Männerklo. Solange ich ins Rockhouse ging, arbeitete schon immer die gleiche Klofrau hier. Ich konnte monatelang nicht hier gewesen sein, die kleine Frau mit den grauen kurzen Locken strahlte mich immer an. Sie nannte mich Schätzchen, aber ich glaube das tat sie bei jedem, der ihr regelmäßig zwei Euro auf den Teller warf.

Kim und die anderen waren bereits vor Ort und mittlerweile hatten wir schon einige Bier intus. Meine Stimmung war exzellent und die Musik tat das Übrige dazu. Ich stand gerade mit meiner Flasche Becks in der rechten Hand am Rand der Tanzfläche, wippte mit den Fuß zum Takt und beobachtete die Szenerie, die sich mir bot. Es waren die üblichen Verdächtigen am Werk.

Es gab verschiedene Kategorien von Tänzern.

Kategorie A war der sogenannte Sucher. Hände auf dem Rücken verschränkt, schlurfte er immer mit gesenkten Blick und tief gekrümmten Rücken über die Tanzfläche, als hätte er seine Kontaktlinsen verloren und wäre nun auf der Suche.

B war die Elfe oder Schlangentänzerin, sowohl männlich als auf Weiblich und auch gerne mal nur 1,50 m groß und 120 Kilo schwer, soviel zum Thema Elfe, die zu ihrer eigenen Musik tanzte und dabei mit Händen und Füßen Bewegungen vollführte, als würde sie alte Kung Fu-Filme aus den 70er Jahren parodieren. Bruce Lee würde sich im Grabe umdrehen.

Dabei hatte sie meist die Augen geschlossen und einen Ausdruck von Glückseligkeit auf den Lippen wie ein bekiffter Guru. Was hier auch gar nicht so unwahrscheinlich war.

Kategorie C war mein persönlicher Liebling, die Windmühle. Signifikant zu erkennen an der gewaltigen Haarpracht und den konstant leicht glasigen Blick, der aber durch die Art des Tanzes zu erklären war. Beide Beine fest in den Boden gerammt wie ein Spartaner kurz vorm persischen Ansturm, Fäuste geballt und dann ging es ab. Dann wurde der Kopf in einer Geschwindigkeit herumgewirbelt, dass es jedem Chiropraktiker das Blut in den Adern gefrieren ließ. Durch die lange Mähne entstand dann ein haariger Wirbelsturm dort, wo gerade noch der Kopf gewesen war. Windmühle eben. Was mich jedes Mal beeindruckte war die Tatsache, dass C das wirklich auch das ganze Lied durchziehen konnte ohne in Ohnmacht zu fallen oder zu kotzen.

D war eher der aggressive Typ. Poger, Mosher oder einfach nur «Ich-liebe-es-meinen-Ellenbogen-jeden-in-die-Seite-zurammen-bis-es-mich-selbst-erwischt-Typ».
Ironischerweise war die gefährlichste und wildeste Vertretung dieser Gattung meist weiblich und konnte unter einem Barhocker durchlaufen. Das war wie mit Hunden. Je kleiner, desto gemeiner und aggressiver. Außerdem beinhaltete ihre Körpergröße eine gefährliche Ellenbogentrefferzone, gerade für ihre männlichen Opfer. Meistens aber wurde das Pogen oder wie es auf diversen Schilder als verboten bezeichnet wird, Violent Dancing, direkt wieder von der Security unterbunden. Das war früher auch mal anders.
Ich persönlich zählte mich da lieber zu Kategorie E: Mitsingen, mitspringen und ein Mix aus allen anderen. Während ich so in meinen Betrachtungen versunken war, bemerkte ich das Mädel, das sich irgendwann neben mich gestellt hatte und mir vollkommen unvermittelt zuzwinkerte. Ich erwiderte mit einem dämlichen Grinsen, schaute dann schnell wieder auf die Tanzfläche und nahm einen Schluck gegen die aufsteigende Röte. Ein Casanova war nicht gerade an mir verloren gegangen. Ich nahm meinen Mut zusammen und schaute wieder zu ihr. Sie war immer noch da und lachte mich immer jetzt an. Dann winkte sie mir zu. Sehr verdächtig. Sowas passierte mir äußerst selten. Ehrlich gesagt nie. Das Schlimmste daran aber: Sie war unglaublich heiß. Weit außerhalb meiner Liga. Ich würde nicht einmal zum Probetraining der B Mannschaft eingeladen werden.
Na dann hatte ich wohl keine Wahl, als irgendetwas gigantisch Cleveres zu sagen. Etwas außergewöhnlich kreatives, originelles, etwas nie da gewesenes, wodurch sie sofort von meinen geistreichen Witz und Charme gefangen sein sollte. Dummerweise fiel mir nichts dergleichen ein.

In dem für gute Sprüche zuständige Bereich in meinem Gehirn prangte in Leuchtschrift mit fünf Ausrufezeichen die Anmache schlechthin: «Na, auch hier?»
Dieser wohl schlimmste Satz zur Eröffnung eines Gespräches seit Menschengedenken schob sich an allen anderen Optionen meines Sprachzentrums vorbei und wollte zum Ausgang. Doch ich konnte den Impuls in letzter Sekunde mit einem weiteren Schluck runterspülen. Das Problem dabei war nur, mir fiel auch nichts anderes ein. Als wären alle anderen Antworten durch das rüpelhafte Verhalten der «Auch hier» Frage einfach aus der Schlange ausgetreten und nach Hause gegangen.
Je länger ich sie stumm betrachtete, desto nervöser wurde ich. Die war ein Grund, warum ich Single war. Ich war einfach zu schüchtern. Ich hatte zu Allem und Jeden einen blöden bis mittelmäßig lustigen Spruch parat. Sobald mir aber eine Frau gefiel, setzte der kreative Teil in meinem Hirn aus.
Und das tat sie durchaus. Ungefähr anderthalb Köpfe kleiner als ich (ich mag so was), schwarze Bluse, karierter Minirock und da drunter eine schwarze Netzstrumpfhose, die in burgunderrote Stiefel mündete. Dazu hatte sie schwarze Netzstulpen um die Handgelenke, schwarzlackierte Fingernägel, ein Piercing in der Zunge und rot geschminkte Lippen. Ihre Augen hatte sie mit viel Kajal dunkel unterstrichen und ihre Haut anscheinend blass gepudert, das konnte ich aber in diesen Lichtverhältnissen nicht so genau sagen. Vielleicht mochte sie auch einfach die Sonne nicht.
Beide Arme waren mit schwarzen Tattoos verziert. Passend dazu hatte sie rote Schleifen im Haar und eine rote Handtasche. Am auffälligsten fand ich allerdings ihre Frisur. Eine Seite war weißblond, die andere rabenschwarz. Sie trug sie in seitlichen Zöpfen. Ich fand den Harley Quinn Look zwar seit Suicide Squad etwas über hyped, aber sie konnte es tragen.
Ein hübsches Ding, aber wahrscheinlich noch nicht einmal volljährig, registrierte ich nun mit einigem Bedauern.

Zumindest Hallo sagen und nach dem Personalausweis fragen konnte ich ja.
Da mir immer noch kein Spruch eingefallen war, beschloss ich, das ganze spontan zu regeln. Was sollte schon passieren? Den schlimmsten Satz hatte ich ja schon im Vorfeld von meinen Verstand vorbildlich ausgegrenzt. Ich beugte mich mit einem gewinnenden Grinsen zu ihrem Ohr herab, nebenbei roch sie verdammt gut, und sagte das Erste, was mir einfiel.
Und ich hörte mich wirklich sagen. «Na, auch hier?»
Dieses verdammte Arschloch von einem Gehirn!
Innerlich machte ich schon einen Schritt zurück, doch grinste sie mich nur an und stellte sich auf die Zehenspitzen, um mir mit einer wohlklingenden, etwas hohen aber dafür immens fröhlichen Stimme ins Ohr zu brüllen. «Klar, wo sollte ich sonst sein? In dem Outfit ist die Auswahl nicht sonderlich groß!»
Ich lachte. Dank der Lautstärke hörte sie nicht, wie falsch und nervös es klang und lachte ebenfalls.
Ich schob meinen ersten Gedanken, warum zur Hölle sie nach meiner versauten Eröffnung noch immer mit mir sprach, beiseite.
«Ich bin Nate.» Erschien mir eine gute Überleitung.
«Seren.» Flötete sie mir ins Ohr.
«Ein ungewöhnlicher Name.» Kommentierte ich scharfsinnig das Offensichtliche.
Wahrscheinlich war sie so ein Manga Mädchen, mit Facebook Künstlernamen und entsprechendem Instagram Profil. Jetzt wo ich genauer hinsah, bildete ich mir ein, einen gewissen asiatischen Touch in ihren Gesichtszügen zu sehen.
Sie nickte. «Du? Was hältst du davon, wenn wir in den Raucherraum gehen? Ich hasse es, zu schreien.»
Ich nickte, das kam mir auch sehr gelegen. Zwar würde meine Lunge mich hassen, aber Opfer mussten gebracht werden. Noch bevor ich mehr sagen konnte, packte sie meine Hand und

zog mich mit überraschender Kraft hinterher. Zielsicher manövrierte sie uns beide durch die Massen in den Raucherbereich an den einzig freien Tisch. Ich hatte kaum Platz genommen, da hatte sie sich schon die erste Kippe angesteckt und hielt mir die Schachtel hin.
«Nein danke, ich muss noch fahren.» Lehnte ich dankend ab. Sie zuckte nur mit den Schultern und steckte die Packung zurück in ihre Handtasche.
«Hab dich hier noch nie gesehen.» Bemerkte sie beiläufig, während sie ihre Stulpen zurechtzupfte.
Ich tippte mir gegen den Schirm der Mütze «Macht die Tarnkappe. Bin aber eigentlich öfter hier. Jedenfalls seit ein paar Wochen wieder.»
Ich musterte sie erneut. Hier waren die Lichtverhältnisse besser. So jung sah sie jetzt gar nicht mehr aus, schätzungsweise mein Alter.
Ihre Augen faszinierten mich. In ihrem Blick lag etwas, was ich nur als gefährlich und sehr sexy bezeichnen konnte. Sie hatte ein wissendes, böses Funkeln in den Augen, was gar nicht zu ihrer sonstigen, unschuldigen Mädchenart passte. Wahrscheinlich dieser Gegensatz war es, der mich so fesselte.
Sie nahm einen tiefen Zug. «Wir freuen uns jedenfalls, dass du da bist.» Ich runzelte die Stirn. Schlagartig war die Faszination dahin. «Wir?»
Sie kicherte und blies den Rauch durch ihre geschlossenen, weißen Zähne. «Ja, ich und mein Freund hinter dir.» Ich fuhr herum und sah erst einmal nichts, denn ich blickte auf eine menschliche Wand.
Hinter mir hatte sich eine hünenhafte Gestalt materialisiert. Ein Typ von der Statur von Dwayne «The Rock» Johnson, nur noch größer und breiter. Seine langen schwarzen Haare hingen über seine breiten Schultern bis auf die massige Brust, sein kantiger Körper steckte in einen knielangen, ärmellosen Ledermantel. Seine massigen Arme waren, wie bei Seren, mit

schwarzen Tattoos bedeckt. Seine tellergroßen Pranken legten sich auf meine Schultern. Ich hob die Hände sachte, aber abwehrend.

«Langsam, ich wusste nicht, dass sie deine Freundin ist.» Begann ich, doch er schenkte mir ein kurzes, raubtierhaftes Lächeln, was überhaupt nicht zu seiner ansonsten ausdruckslosen Miene passen wollte.

Vom Gesicht her erinnerte er mich an den mexikanischen Schauspieler, der in allen Tarantino und Rodrigez Filmen mitspielte, Danny Trejo. Nur in Jung. Sein dunkler Hauttyp und seine enorme Größe standen im krassen Gegensatz zu seiner quirligen Partnerin. Er zog einen weiteren Hocker heran und setzte sich darauf, so gut es sein breites Kreuz erlaubte. Dann fixierte er mich wie eine Schlange die Beute und strich sich über seinen schwarzen Vollbart.

Serens zartes Stimmchen riss mich von ihm los. «Nur die Ruhe Nate, wir wollen nur mit dir reden.»

«Worum genau geht es hier?» wagte ich zu fragen. Die Präsenz des Riesen hielt mich immer noch in seinem Bann. Der Kerl war ein Tier. Wo war er vorher gewesen? Er war überhaupt nicht zu übersehen. Er hätte aus der Masse herausragen müssen wie ein Dampfer auf einem Baggersee.

Alle anderen Gäste machten plötzlich einen möglichst großen Bogen um unseren Tisch und versuchten akribisch, keinen Blickkontakt herzustellen.

Seine rechte Hand lag immer noch auf meiner Schulter. Ich spürte die Ringe, die er an ihr trug. An jedem Finger einen.

Seren kicherte.

«Damian, ich glaube du machst ihm Angst.»

Der Riese namens Damian (wie passend), wechselte mit ihr einen kurzen Blick, dann nahm er seine Hand von meiner Schulter und versuchte sich an einem freundlichen Lächeln, was aber kläglich misslang und mir die Nackenhaare aufstellte.

«Wir wissen, dass du dich bereits mit den Engeln getroffen hast. Sie hatten ihr Gespräch mit dir. Nun sind wir an der Reihe.»
Mein nervöser Magen meldete sich augenblicklich wieder. Ich wollte kotzen. «Ihr seid aus der Hölle?»
Seren kicherte erneut, es klang aber gar nicht mehr so liebenswert wie vorher. «Wir sind die andere Seite, von mir aus auch Dämonen, wenn du in diesen einschränkenden Kategorien denken willst. Und wir haben dir ein Angebot zu machen. Interessiert, es zu hören?»
Ich blickte zwischen ihr und dem Riesendämon namens Damian hin und her.
«Hab ich eine andere Wahl?»
Statt einer Antwort kicherte Seren erneut und Damian sah mich zufrieden an. «Nein.»
Ein Schauer lief mir über den Rücken.
Seren räusperte sich. Es klang wie ein Eichhörnchen beim Husten. «Wie du schon sicher gehört hast, sind wir sehr an dir und deiner Reinkarnation interessiert. Zwar wissen wir noch nicht, welcher frühere Erzengel sich in dir manifestiert, dennoch würden wir es sehr begrüßen, dich auf unserer Seite willkommen zu heißen. Wie lautet deine Antwort?»
Ich stockte. «Das ist alles? Keine Erklärungen wer ihr überhaupt seid und was eure Ziele sind? Habt ihr vielleicht einen Flyer oder eine Werbehotline, bei der ich mich informieren kann?»
Seren warf mir einen Kussmund zu. «Du bist witzig, ich mag das. Du passt besser zu uns als zu den stocksteifen Engeln. Du glaubst bestimmt, dass wir die Bösen sind, oder? Die üblen Schurken, die die Welt zerstören und die Menschheit vernichten wollen?»
«Naja», räusperte ich, «Das ist ganz treffend formuliert. Ihr wart unter anderem Hitlers Helfer.»

Seren lachte schallend. «Das haben sie dir erzählt? Nate, du hast die Engel selbst erlebt. Wenn sich einer wie die arrogante Herrenrasse aufführt, dann doch wohl sie.»
Ich konnte nicht anders, als zu nicken, worauf Seren seufzte und die Zigarette auf dem Tisch ausdrückte. «Das glauben leider die meisten Menschen. Aber so ist es nicht. Es ist das, was Gott euch über Jahrtausende eingetrichtert hat, um seine Macht nicht zu verlieren. Wir sind nicht die Feinde der Menschen, wir sind ihre Befreier.»
Ich rieb mir die Augen. «Lest ihr meine Gedanken?»
Seren schüttelte den Kopf und zündete sich die nächste Kippe an. «So etwas tun nur Engel. Sie wollen dir damit zeigen, wie überlegen sie sind. Sie wollen dich einschüchtern.»
«Na klar, und der wandelnde Fleischklops neben mir soll mich wohl beruhigen», dachte ich, und anscheinend lasen sie meine Gedanken nicht, denn keiner von beiden zeigte die kleinste Reaktion.
Ich ließ es auf einen weiteren Test ankommen, wandte mich Damian mit meinen charmantesten Lächeln zu und dachte: «Mit deiner Fresse warst du bestimmt Gesichtsmodell auf den Osterinseln, nicht wahr DAMIAN? Übrigens, dein alberner Twilight-Teeny Name würde gut zu einem Pudel passen, genauso wie deine albernen Locken und dein Mundgeruch, du überdimensionaler Hamsterschänder.»
Damian erwiderte mein Lächeln knapp und etwas unbeholfen. Anscheinend tat er das nicht oft und war gerade sehr darum bemüht, nicht bedrohlich zu wirken. Entweder war er ein besserer Schauspieler als sein Körperdouble Schwarzenegger oder er las meine Gedanken wirklich nicht. Vielleicht konnten sie es auch nicht. Das beruhigte mich schon etwas.
Ich bemerkte an Serens hochgezogenen Augenbrauen, dass sie auf eine Reaktion wartete.

Ich räusperte mich übertrieben. «Okay, ihr seid also unsere Befreier, aber vor was wollt ihr uns retten? Sagt bitte Talkshows und Hartz IV TV.»
«Von der Knechtschaft Gottes» antwortete Damian todernst. Seren führte seine Worte weiter aus. «Seit Jahrtausenden werden die Menschen von Gott und seinen Dienern manipuliert und versklavt, ohne es zu bemerken. Ständig werden sie aufeinander gehetzt. Sie schlachten sich gegenseitig in Namen eines Gottes, der sie nur benutzt, um seine Macht über sie zu erhalten. Wer die Menschheit kontrolliert, beherrscht den Glauben. Der Glaube ist Macht. Dafür ist den Engeln jedes Mittel recht. Würde es sonst verschiedene Religionen, Länder oder gar Sprachen geben? Das sind alles Instrumente Gottes, die Menschen solange gegeneinander auszuspielen, dass sie gar nicht merken, wer eigentlich hinter dem ganzen Elend steckt. Wie kann ein gerechter Gott zulassen, dass Menschen sich in seinen Namen gegenseitig umbringen, obwohl sie alle zum gleichen Schöpfer beten? Religion war schon immer ein Grund zum Krieg. Denk an die Judenverfolgung, die Kreuzzüge, die Inquisition, der Terror im Nahen Osten. Alles in Namen des einen wahren Gottes begangen. Den Menschen wird ihr Weg zu Leben schon in der Wiege diktiert. Sie haben zwar die Gabe des freien Willens erhalten, doch werden sie in einer Gesellschaft zu einem Verhalten gezwungen, das die Engel sich für sie unter den Decknamen Zivilisation ausgedacht haben. Gegen diese Scheinheiligkeit kämpfen wir. Wir wollen, dass der Mensch für sich allein entscheiden kann, ohne göttliche Intervention. Ihren freie Willen, wie es ihnen bei ihrer Schöpfung versprochen worden war.»
Ich blickte zwischen den Beiden hin und her. Vor mir saßen zwei apokalyptische Revoluzzer. Es war ja schön, dass diese Freizeit- Che Guevaras so von ihrer gerechten Sache überzeugt waren, dennoch ging mir dieses Seelen Casting so langsam auf den Keks.

Zumal sie anscheinend nicht ganz unrecht hatten, von ihrem Standpunkt aus gesehen. Und das verwirrte mich. Diese ganze Geschichte ging weit über meinen Horizont hinaus. Die einzige gemeinsame Schnittmenge, die ich bisher ausmachen konnte war, dass der Glaube wohl mächtig war, was auch immer das zu bedeuten hatte.

Damian befand wohl, das ich lange genug geschwiegen hatte. «Also? Wie sieht es aus? Bist du für uns oder gegen uns?» Ich glotzte ihn überrumpelt an.

«Wie, muss ich das sofort entscheiden? Habe ich nicht eine gewisse Bedenkzeit?»

Der Riese schüttelte langsam den Kopf. «Nein, hast du nicht. Wir sind keine Engel. Wir sind nicht so arrogant. Deine Seele ist zu mächtig, um in die falschen Hände zu geraten.»

Ich schluckte schwer. «Und wenn ich mich weigere? Oder für die andere Seite entscheide?»

Seine dunkelbraunen Augen verengten sich derart, dass ich nur noch das Schwarze erkennen konnte. Seine gewaltigen Kieferknochen mahlten wie eine Autopresse. «Dann wird es für dich eine verdammt kurze Reinkarnation.»

Seren knuffte Damian auf die Schulter. «Hör auf den Jungen zu veralbern. So schlimm ist es nicht. Aber wir können dich so einfach nicht gehen lassen. Dann bekommen wir Ärger von unserem Vorgesetzten. Du wirst uns jetzt begleiten, unser Boss würde dich gerne ebenfalls kennenlernen.»

Ich schluckte. «Euer Boss? Der Teufel?»

Seren kicherte und Damian röhrte irgendwas, was er wohl unter einem fröhlichen Lachen verstand.

«Du bist echt ein Sweety.» Serens Zähne blitzen bei ihrem charmanten Lächeln auf. «Du hast nicht die geringste Ahnung, wie das in der wirklichen Welt tatsächlich läuft. Nein, der Teufel ist nicht unser Boss. Den einen Teufel gibt es sowieso nicht. Das ist eher ein Rang. Seine Bezeichnung wäre eher Fürst der Hölle. Unser Boss hat für solche Formalitäten

allerdings nichts übrig, er ist aber auch nicht der geduldigste Dämon. Also lass uns aufbrechen, er würde dich gerne in einen privateren Rahmen begrüßen.»
Ich starrte todunglücklich auf den Tisch. Ich hatte die Fresse gestrichen voll. Und die Hosen beinahe auch. Damian würde meine Wirbelsäule wie ein Streichholz knicken, wenn ihm meine Antwort nicht gefiel.
«Kann ich vorher noch mal aufs Klo?» fragte ich, und sogar mich selber überraschte diese Frage.
Damian zog verblüfft die Augenbrauen hoch, was ihn noch bisschen dümmlicher wirken ließ, und warf Seren einen fragenden Blick zu. Sie zuckte nur gelangweilt mit den Schultern. Der Hüne nickte.
Erleichtert erhob ich mich und war bereits auf halben Weg durch dem Raum, als ein Schatten auf mich fiel. Der Daminator war mir gefolgt. «Ich komme mit.» Grollte er. «Wir wollen ja nicht, dass dir auf dem Weg etwas zustößt, hier laufen finstere Gestalten rum.»
Ich trottete niedergeschlagen vorwärts, gefolgt von meinen neuen besten Freund. Fieberhaft suchte ich nach einem Ausweg, fand aber keinen. Ich wollte nur raus hier, weg von diesem Albtraum. Aber wie sollte ich das anstellen? Ich stieß die Tür zum Klo auf, nickte der Klofrau zu und stellte mich an die Rinne zwischen zwei andere Typen. So konnte sich der Ochse wenigstens nicht direkt neben mich stellen.
Ich ließ mir aufreizend Zeit, pfiff eine spontan komponierte und vollkommen zusammenhangslose Melodie und schüttelte gefühlte fünfundzwanzigmal ab. Doch es half nix, Attila der Hunne stand immer noch mit vor der Brust verschränkten Armen knapp zwei Meter hinter mir.
Ich bemerkte den fragenden Blick eines Punks neben mir. Ich nickte ihm freundlich zu und schaute dann zu Damian.
«Mein Lover ist immer schrecklich eifersüchtig, wenn andere einen Blick auf meinen Lachs werfen.»

Der Punk folgte meinen Blick, sah Damian und hatte es plötzlich sehr eilig, zum Ende zu kommen und verschwand wie ein grün gefärbter Blitz durch die Tür. «Bist du bald fertig?» grollte Sturmtief Damian hinter mir.
Ich grinste ihn an. «Nun mach mal locker, lang Ding will Weile haben. Ist mir klar, dass du das nicht verstehst. Das Aufrollen dauert so lang.»
Ich brachte wirklich jeden schlechten Spruch, der mir durch den Kopf ging, nur um Zeit zu gewinnen.
Mit der Zunge auf Autopilot und im niveauvollen Tiefflug, kreisten meine Gedanken nur um meine Flucht. Vielleicht sollte ich mich einfach umdrehen und ihm auf die Schuhe pinkeln? Vielleicht würde ihn das ablenken? Oder wie im Reich der Tiere mein Revier abstecken und Respekt verschaffen? Im schlimmsten Fall brauchte ich mir dann um eine Flucht keine Gedanken mehr machen. Das wäre quasi ein nonverbales «Verpiss dich!».
Ich bemerkte Klofrau, die in der Tür stand. Normalerweise war sie diskreter und schaute ihren Gästen nicht beim Geschäft zu. Stirnrunzelnd registrierte ich, dass ihre Aufmerksamkeit aber nicht mir und den anderen Stehpinklern, sondern Damian galt.
Entgegen ihrer sonst freundlichen Art durchbohrten ihre Blicke den Riesen förmlich, der davon aber nichts mitbekam. Hatte er ihr mal kein Trinkgeld gegeben?
Frauen vergessen ja nichts. Dann wanderte ihr Blick zu mir und der Zorn wandelte sich in Sorge. Ob sie gemerkt hatte, dass ich in Schwierigkeiten war?
Wahrscheinlich dachte sie, der dicke Brocken wollte mich in der Kabine vergewaltigen. Ein Gedanke, auf den ich lieber verzichtet hätte. Damian trat wie auf Kommando ein Schritt auf mich zu und ich fühlte mich für Sekunden wie Edward Norton in American History X.
«Komm zum Ende, aber schnell!» bellte Damian mich an. Ich schluckte, ein Seitenblick auf die Tür zeigte mir, dass Klofrau

nicht mehr da war. Ich trottete zum Waschbecken und wusch mir die Hände derart gründlich, als würde ich gleich eine Herztransplantation durchführen. Oder etwas Hirn für Damian. Oder Humor. Links von mir war dann wieder das gewohnte Bild. Meine Klofreundin grinste mich freundlich an und hielt mir ein Papiertuch entgegen, damit ich meine Hände säubern konnte.

«Bitte Schätzchen.» Strahlte sie mich an.

Ich lächelte dankbar, nahm das Tuch entgegen und warf meine letzten Zehn Euro in ihre Schale.

Darauf kam es jetzt eh nicht mehr an. Damian machte sich gerade daran, mich grob nach draußen zu befördern, als Klofrau sich vor ihm aufbaute. Es sah schon putzig aus. Wie ein Chihuahua, der Godzilla ankläffte - und Godzilla wich zurück. «Moment, Schätzchen. Erst die Hände waschen.» Damian schenkte ihr einen Blick, der eine Mischung aus Ärger und Abscheu war, gab dann aber zu meiner Überraschung klein bei und wusch sich die Hände. Lächelnd reichte ihm Klofrau daraufhin ein Papierhandtuch. Damian beugte sich mürrisch vor um es ihr aus der Hand zu reißen - und dann ging es ganz schnell. Ihre linke Hand schnellte nach vorne. In der Hand hielt sie einen Becher. Die klare Flüssigkeit klatschte in Damians Gesicht, der jaulend die Hände davor schlug und rückwärts taumelte.

«Das büßt du, du verdammte Meta-Schlampe!» zischte er schmerzerfüllt hervor. Dampf stieg zwischen seinen Fingern hervor und zu dem ansonsten von WC-Ente dominierten Geruch gesellte sich der Gestank von verbranntem Fleisch. Ich starrte noch auf den sich windenden Riesen, da riss mich jemand am Arm und zog mich aus der Tür hinaus in die Disko. Meine Klofreundin. «Schätzchen, lauf so schnell du kannst, du bist hier nicht sicher.» Bevor ich etwas sagen konnte, drückte sie mir einen kleinen, schwarzen Gegenstand in die Hand und gab mir einen Stoß. Ich drehte um und rannte los. Im Laufen betrachtete ich, was sie mir gegeben hatte. Es war das gleiche Handy, das Angela mir im Ramazzotti überreicht hatte. Hinter mir flog die Tür des WCs aus den Angeln und ein markerschütternder, unmenschlicher Schrei jagte durch das Rockhouse und übertönte sogar die Musik. Ich hörte panisches Geschrei und flüchtende Füße. Ich rannte noch schneller, nahm auf der breiten Wendeltreppe gleich mehrere Stufen auf einmal und sprintete zur Tür. Im Vorbeirasen sah ich, wie sich hinter mir eine Front von vier Türstehern formierte, die meinen tobenden Verfolger eine Lektion in Benehmen erteilen wollten. Ich kannte die Männer vom Sehen, allesamt Kraftpakete, die nicht lange fackelten.

Die vergitterte Glastür flog auf und ich war auf der Straße. Ich schnaufte, das Adrenalin pumpte durch meinen Körper und mein Herz schlug mir bis zum Hals. Verzweifelt sah ich mich um, bis mir das Handy einfiel, das ich immer noch fest umklammert hielt.

Ich klappte den kleinen schwarzen Apparat auf und durchsuchte das Telefonbuch. Ich fand nur eine Nummer. Hastig tippte ich die Ruffunktion und hielt den Hörer an mein Ohr, als ein lauter Knall mich zurück zur Tür des Rockhouse blicken ließ.

Entgegen eines Türstehers machte Damian sich nicht die Mühe, die Tür erst zu öffnen. Er hatte gleich zwei Securities durch die geschlossene Tür auf die Straße befördert. Die Glastür war dabei förmlich gesprengt worden. Ein Scherbenregen prasselte auf die betonierte Straße. Diejenigen, die sich draußen zum Rauchen aufgehalten hatten, suchten schleunigst das Weite, als Damian nun wutschnaubend durch die Ruine des Eingangs hinaus auf die Straße trat. Seine verzerrte Fratze wandte sich mir zu. Mein Herz setzte eine Sekunde aus. Auf seinem Gesicht hatten sich dicke Blasen gebildet, die stellenweise bereits aufgeplatzt waren und das rote Fleisch darunter sichtbar machten.

Hautfetzen hingen von seinen Wangen herab und in seinem zerzausten Bart. Er sah aus, als hätte er sich eine Gurkenmaske mit Schwefelsäure gegönnt.

Das Schlimmste aber waren seine Augen, die in einem grellen Rot leuchteten.

«Fuck», raunte ich, drehte um und gab Vollgas Richtung Hauptbahnhof, die wandelnde Ampelschaltung dicht auf meinen Fersen.

Und ich war schnell, beinahe übermenschlich schnell. Doch das fiel mir zu diesem Zeitpunkt nicht auf. Nach einigen Metern erst bemerkte ich, dass sich Jemand am anderen Ende des Handys gemeldet hatte. Ich brüllte in den Hörer. «Hallo?»

«Nate?» antwortete eine mir bekannte Stimme. «Angela! Ich...scheiße...Dämon...Fuck....Hilfe!!» keuchte ich schnaufend im Sprint heraus.

Angelas Stimmlage veränderte sich. «Beruhige dich, Nate.»

Mich beruhigen? Ich lief gerade die Hundertmeter schneller als Usain Bolt und ich sollte mich beruhigen? Meine armen Nerven. Ich kreischte mehr, als das ich redete. «Mir klebt ein drei Meter großer und zweihundert Kilo schwerer und dazu noch total angepisster Dämon am Arsch, der mir den Selbigen aufreißen möchte, und ich soll mich beruhigen?»

Angela schien die Nachricht nicht aus der Ruhe zu bringen. «Wo bist du jetzt?»

Ich versuchte mir einen schnellen Überblick zu verschaffen. «Kurz vorm Hauptbahnhof, am Subway vorbei und gleich bei Saturn.» Keuchte ich.

Angelas Ruhe machte mich mit jeder Sekunde wahnsinniger, dazu kam das wütende Geschrei Damians unmittelbar hinter mir, der durch ein vorbeirauschendes Auto für Sekunden aufgehalten wurde.

Nicht viel, aber vielleicht die entscheidenden zwei Meter Vorsprung. «Lauf zur Straßenbahn Richtung Langenhagen, Hilfe ist unterwegs.»

Bevor ich etwas darauf sagen konnte, war das Gespräch beendet. Ich rannte aus Leibeskräften.

Hinter mir hörte ich die donnernden Schritte Damians. «Bleib stehen, damit ich dir das Gesicht abreißen kann.» Schrie er mir nach.

«Nein, danke!» rief ich hysterisch zurück und bemerkte den großen Schatten, der sich mit rasender Geschwindigkeit näherte. Ich warf mich panisch zur Seite und starrte auf das Geschoss, das nun um Haaresbreite über mich hinwegfegte. Der Dämon hatte ein verdammtes Auto nach mir geworfen!

Der Kleinwagen rotierte um die eigene Achse und schlug nun gegen die zerberstende Glasfront des Hauptbahnhofes.

Ich schlug die Hände über meinen Kopf zusammen, als ein Meer als Splittern den Platz sprengte. Wie durch ein Wunder wurde ich nicht getroffen.

Ich sprang auf die Beine, passierte im vollen Lauf die Ernst-August-Statue und stürmte in das Gebäude, sprang die Treppen zur unteren Etage runter und lief weiter. Meine Lunge pfiff bereits aus den letzten Loch und der Schweiß hatte mein T-Shirt an meinen Körper geklebt, dennoch hatte ich immer noch Kraft, um weiter zu laufen. Und die brauchte ich auch.

Hinter mir landete Damian, begleitet vom Bersten weiterer Glasschaufenster, im Gang. Er hatte sich nicht die Mühe gemacht und die Treppe genommen, sondern hatte sich über das Geländer geschwungen und die drei Meter bis zum Erdboden ohne mit der Wimper zu zucken überbrückt.

Dort, wo er gelandet war, gaben die polierten Fließen nach und bekamen Risse. Soviel zu meinen Vorsprung. Und meiner Schätzung von zweihundert Kilo.

Wie eine Dampflok brauste er auf mich zu.

Ich hatte schon oft Züge hier einfahren sehen, aber ICE Damian war schneller und unaufhaltsamer als alle anderen. Ich schüttelte innerlich den Kopf.

55

Auf was für Vergleiche kam mein verdrehtes Hirn gerade wieder? Und das im vollen Lauf, denn ich war nicht so blöd gewesen stehen zu bleiben, nachdem Damian seinen Stunt hingelegt hatte. Ich wurde sogar noch schneller, die nackte Panik verlieh mir förmlich Flügel. Wenn er mich in die Finger bekam würde es mir ergehen wie einem Hühnchen bei Kentucky Fried Chicken, und selbst eine Eintagsfliege hätte eine höhere Lebenserwartung als ich. Blasengesicht Damian immer noch auf den Haken, überwand ich die letzten Stufen und war nun an dem Ort angekommen, an der meine Hilfe sein sollte, aber Niemand, und ich meine wirklich Niemand, war hier. Was für einen Samstag sehr ungewöhnlich war. Auf der gesamten unteren Etage, wo in der Regel im Minutentakt an vier Gleisen acht verschiedene Straßenbahnlinien hielten, war gähnende Leere. Keine Bahn, kein Passant, keine Partygäste. Nur ich und... wo war Damian?

Er war mir die Treppe hinunter nicht gefolgt, sondern stand immer noch am oberen Ende der Stufen und starrte mich finster an.

Verwirrt blieb ich stehen und sah in die andere Richtung, wo die Stufen wieder hinauf und mich in die Freiheit führten. Oder in diesem Falle ins Verderben.

Deswegen war er also stehen geblieben.

Offenbar war seine Hilfe schneller gewesen als Meine. Mit gemächlichen Schritten und den Händen in den knielangen, schwarzen Ledermantel gesteckt, kamen zwei Typen die Treppe hinab. Der Linke war ungefähr meine Größe, nur um einiges schmächtiger, was auch der Mantel nicht kaschieren konnte, und hatte hellblonde, zurück gekämmte Haare mit zu viel Pomade darinnen. Seine Haare wirkten dadurch wie ein Helm. Er grinste schief. Der Andere nicht.

Freund Glatze hatte sowohl einen imposanten Vollbart wie Bauch. Er starrte mich mit einem derartigen Ausdruck von

abwesender Intelligenz an, dass er ein wahrer Gewinn für jede Talkshow wäre.
Na toll, dachte ich, Dick und Doof aus der Hölle.
Ich sah zurück. Damian war immer noch da.
Aus. Das Spiel ist gelaufen, die Wiese ist gemäht, ich war Toast. Mit einen Gegner wäre ich vielleicht fertig geworden, obwohl ich nicht einschätzen konnte, inwieweit bei einem Dämon die äußere Verpackung Aufschluss über ihre tatsächliche Kraft gab. So aber brauchte ich erst gar nicht darüber nachzudenken.
Die beiden Komiker waren nun auf Armeslänge herangekommen und ich wich einen Schritt zurück, der mich aber nur wieder näher zu Damian brachte.
Das zweite Mal in einer Woche, dass ich fast an der gleichen Stelle draufgehen würde.
Wer kann das schon von sich behaupten?
Niemand schätzte ich, denn die Meisten bleiben nach dem ersten Mal auch Tod. Was in meinen Fall vielleicht auch die günstigere Variante gewesen wäre.
Aber darum brauchte ich mir in schätzungsweise fünf Minuten keine Gedanken mehr zu machen.
Dann krachte es und hallte schwer von den Wänden wieder. Der dürre blonde Dämon starrte genauso überrascht und entsetzt auf seinen Kumpel wie ich.
Oder das, was von ihm übrig geblieben war.
An der Stelle, wo gerade noch sein Kopf saß, war nun ein blutiger Krater, aus dem immer noch Fontänen artig Blut spritzte. Angenehmerweise war mir ein Großteil seines Schädels als breiartige Masse entgegengeflogen. Klebrig und warm lief die Suppe an mir herunter. Mit einem Gefühl von tiefstem Ekel schüttelte ich mich und wischte mir mit der rechten Hand den Blut- und Gehirnbrei aus meinem Gesicht.
Nachdem ich mich von den gröbsten Überresten befreit hatte und wieder etwas sehen konnte, erkannte ich auch, was passiert

war. Hinter den Beiden war noch eine weitere Person unbemerkt die Treppe herabgekommen.
Und sie hatte eine verdammt fette Flinte dabei, wovon sie gleich eine Ladung Schrot in Dickerchens Hinterkopf geblasen hatte. Ich schüttelte ungläubig den Kopf. Lunathiel.
Ganz in weiß gekleidet, in einen langen Kunstpelzmantel gehüllt, stand sie nun mit breiten Stand vor Blondie und hielt eine silberne Schrotflinte in beiden Händen, die geradezu lächerlich groß und schwer wirkte. Unter dem Mantel konnte ich nur die weißen High Heels erkennen. Die jetzt dunkelblauen Haare trug sie offen zu einer wilden, lockigen Mähne. Sie sah aus wie das Covergirl von Babes and Guns, falls es so ein Magazin gab, (Das tat es bestimmt) oder einer Playboy-Spezial-Ausgabe über Frauen mit großen…Kalibern. Ohne die geringste Miene zu verziehen, fixierte sie den Dämon und lud mit einem Ruck die Waffe einhändig durch. Es sah so cool aus. Und so unwirklich, wie diese grazile Gestalt ohne den geringsten Kraftaufwand die schwere Knarre bediente. Aber, wie gesagt, verdammt cool. Ein weiteres Krachen über mir riss mich aus meiner Verzückung. Am Kopf der Treppe tobte ein Kampf zwischen Damian und einen kleineren Mann, der ihm zwar vom Körperbau unterlegen schien, ihn aber an Schnelligkeit in nichts nachstand. Entweder war mein Verstand nun vollkommen abgemeldet, oder es schossen tatsächlich kleine Blitze und Funken zwischen den Beiden hin und her, während sie sich mit einer Reihe wechselnder Tritte und Schläge beharkten. Mich wunderte am Rande, dass noch niemand die Polizei gerufen hatte. Die zwei Kämpfer waren nicht gerade leise oder gingen schonend mit ihrer Umgebung um. Ich konnte gar nicht ausmachen, wie viele Fenster und Geschäfte bei ihrem titanischen Kräftemessen zu Bruch gingen. Plötzlich warf sich Damian auf den Unbekannten und riss ihn mit aus meinen Sichtfeld. Luna hatte sich ebenfalls vom Kampfgeschehen ablenken lassen.

Der blonde Dämon aber hatte seine Chance gesehen, sprang mit einem Satz auf sie und schlug ihr die Waffe aus der Hand, die nun einige Meter weiter über den polierten Boden schlitterte.

Schrill kichernd versetzte er Luna einen brutalen Hieb, der sie von den Beinen riss. Mit einer Lache wie eine Hyäne sprang er nun wieder von ihr Weg und zog ein Messer aus seiner Lederjacke, auf das Crocodile Dundee neidisch gewesen wäre. Die breite Klinge war merkwürdig gebogen und hatte Widerhaken, die hässliche Wunden reißen würden. Luna kämpfte sich gerade wieder auf die Füße, als Hyäne auf sie zusprang und mit dem Messer auf ihre Brust zielte. In letzter Sekunde konnte sie ihren Oberkörper drehen und die Klinge sauste an ihr vorbei, nicht aber ohne den Mantel und die Kleidung da drunter aufzureißen. Die beiden Kontrahenten bewegten sich übermenschlich schnell. Luna wollte nachsetzen, doch Hyäne war wirklich verdammt schnell und ließ sich nicht beirren.

Haltet mich für verrückt, aber ich hätte schwören können, dass sich sein Körper während der Kampfes verwandelte. Sein Kopf schien länger und flacher zu werden, das Gleiche galt für seine Gliedmaßen. Auch war seine Haltung nun viel gedrungener.

Immer noch schrill kichernd, begann er einen zweiten Angriff. Dieses Mal täuschte er nur einen Streich mit der Klinge an, trat aber nach ihren Beinen und fegte sie ihr weg, so dass die junge Frau krachend auf den Rücken fiel. Noch bevor Luna reagieren konnte, war Hyäne auf ihr und hatte das Messer zum Todesstoß erhoben. Sein gieriger Blick fixierte ihr Herz und gerade als er zustechen wollte, spürte er den noch warmen Stahl einer mächtigen Schrotflinte am Nacken.

Ich hatte mich zwar aus meiner Starre lösen können, aber auch gemerkt, dass ich im Zweikampf gegen den Typen nicht den Hauch einer Chance gehabt hätte.

Also hatte ich mir die Knarre gegriffen, die echt mal verdammt mächtig (und schwer!) war. Ein anderes Wort fiel mir zu diesem Prachtstück einfach nicht ein.
Und nicht nur das, von der Waffe schien eine Art Elektrizität auszugehen. Ich spürte ein konstantes Kribbeln in meinen Armen, als würden sie gleich einschlafen. Hyänes Körper spannte sich. Sein Kopf ruckte wild hin und her. In seinem Profil sah ich nun scharfe, krumme Zähne aus seinem aufgerissenen Maul. Er hechelte aufgeregt. Mir schoss ein Satz in den Kopf, den ich nach erster Betrachtung als so gelungen empfand, dass ich ihn keiner zweiten Prüfung unterzog und mein Mundwerk einfach freien Lauf ließ. «Ok Snoopy, chill mal. Es kann nur einen geben.» Sowohl der Dämon als auch Luna verzogen irritiert das Gesicht. Im Nachhinein klang es auch gar nicht mehr so cool. Außerdem passte der Satz überhaupt nicht zu der Situation. Was hatte ich mir da vorgestellt? Doch bevor ich weiter über meine literarische Meisterleistung nachdenken konnte, stieß Hyäne ein Gejaule aus und wollte aufspringen.
Aus einem puren Reflex heraus zog ich den überraschend leicht zu betätigen Abzug durch und pustete Hyänes Körper in zwei Hälften und ihn direkt in die Hölle zurück. Luna bekam dadurch eine wahre Dusche frischen Blutes nebst anderen Körperteilen ab, die ich aber nicht näher im Detail erwähnen möchte.
Anders als die Action Helden im Film aber hatte ich die mächtige Waffe unterschätzt, beziehungsweise den mächtigen Rückstoß der Knarre. So haute ich mir den Kolben mit voller Wucht in die Weichteile, worauf ich leise wimmernd in die Knie ging und mir Tränen in die Augen schossen.
Das wäre dem Terminator nicht passiert. Hasta la vista, möglicher Nachwuchs. Ich wusste nicht, ob ich mich erst übergeben oder nach Eis fragen sollte. Ich entschied mich,

einfach auf den Knien zu bleiben und vorsichtig weiter zu atmen.
Luna hatte sich mittlerweile erhoben, sich die Knarre geschnappt und nachgesehen, ob der Kerl auch wirklich tot war. Was ich ein wenig übertrieben fand.
Selbst wenn er noch gelebt hätte, ein Teil von ihm war am Südausgang und der Andere im Nordausgang, vom Rest gar nicht zu reden. Er war höchstens noch für einen ambitionierten Puzzlespieler eine Herausforderung. Der Kampflärm auf der oberen Ebene war ebenfalls verstummt. Ich hörte ihre Stiefel klacken, als Luna die Stufen erklomm, um nach weiteren Angreifern zu sehen. Anschließend kam sie zurück.
Wir waren wohl außer Gefahr. Luna sagte nichts, sondern holte ihr Handy aus ihren ehemals weißen Mantel und tätigte ein kurzes Gespräch, von dem ich aber nicht viel mitbekam. Ich war zu sehr mit mir und meiner vernichteten Familienplanung beschäftigt.
Nach einer Minute oder so steckte sie das Handy wieder weg und zog mich unsanft auf die Beine.
Ich grunzte wehleidig. Im Stehen war es echt nicht besser.
«Gut gemacht, dein erster Meta.» kommentierte sie trocken.
Ich nickte nur. «Also war das kein Dämon?»
Luna schüttelte den Kopf. «Nein, ein Vampir und ein Wandler. Du siehst also, es gibt sie wirklich.»
Ich zuckte mit den Schultern. «Diese beiden zumindest nicht mehr. Mir ist schlecht. Wo ist dein Kumpel?» Sie zuckte ebenfalls mit den Schultern. «Der Prätor hat sich um deinen Verfolger gekümmert. Wir sollten jetzt auch verschwinden.»
Das war also der Prätor gewesen, was auch immer das war.
Ich sah mich um. Der Bahnsteig sah aus wie das Set eines SAW Films.
Luna bemerkte mein Blick. «Keine Angst, darum wird sich schon gekümmert.» Ich runzelte die Stirn.

Deswegen also habe ich den Ort meines Ablebens so sauber vorgefunden. Die Engel hatten eine Putzkolonne, so eine Art Anti-CSI. Ob die auch bei mir zu Hause meinen Kleiderschrank aufräumen würden?
«Die Klofrau ist doch auch ein Meta gewesen, oder? Wieso hat die mir geholfen und diese beiden Pfeifen Damian?» fragte ich.
«Söldner und Agenten.» Kommentierte Luna. «Metas bezeichnen sich gern als Neutral. Dabei sind sie für den Meistbietenden immer zu haben. Aber sie sind nützlich als Handlanger, deswegen heuern beide Seiten sie an.»
Luna stütze mich, als wir uns auf den Weg machten.
Sie betrachtete mich verstohlen und schien mit sich zu ringen. «Ich glaube, ich muss mich bei dir entschuldigen.» Begann sie widerwillig.
Ich zuckte mit den Schultern. «Ach ja? Wofür denn?»
«Ich war vielleicht unnötig schroff zu dir. Du bist eigentlich gar nicht so scheiße, wie ich dachte.»
Trotz meiner Schmerzen musste ich kurz lachen. «Danke, das Kompliment gebe ich gerne zurück.»
Plötzlich fing sie leise an zu Lachen. Ich stellte fest, dass ich ihr Lachen sehr mochte, wenn ich nicht gerade das Ziel ihres Spotts war. Auch wenn ich nicht wusste, was so witzig sein sollte. Also stellte ich die entsprechende Frage. Sie winkte nur ab und gackerte weiter vor sich hin.
«Nichts, ist schon gut.» sagte sie, aber ich konnte sehen, wie sie immer noch grinste.
«Jetzt sag schon.» Verlangte ich.
Sie blieb stehen und musterte mich, bevor sie sprach. «Es kann nur einen geben?»
Ich verdrehte die Augen. Aus ihrem Mund klang es sogar noch dämlicher. Ich zog die Schultern hoch. «In Highlander klang das besser, ich gebe es ja zu.»

Jetzt mussten wir beide grinsen. « Den Film kenne ich sogar. Aber nicht in deiner Version. Es kann nur einen geben», äffte sie mich mit tief verstellter Stimme nach. «Luna? « begann ich.
«Nate?» erwiderte sie amüsiert.
«Halt bitte die Klappe.» sagte ich mit einem Grinsen.
Sie salutierte mit ihrer freien Hand. «Aye, McCloud.»
Dann lachten wir erneut, während wir uns weiter den Bahnhof entlang schleppten.
"Wieso bist du jetzt eigentlich so nett zu mir?" presste ich zwischen zwei schmerzhaften Schritten hervor.Sie zuckte mit der Schulter. «Ich hab dich über den Haufen geschossen. Du mich nicht, obwohl du es hättest tun können. Ich weiß so was zu schätzen.»
Ich winkte ab. «Hey, du bist mir zu Hilfe gekommen, wir sind quitt.» Luna warf mir einen Blick zu, den ich nicht einordnen konnte.
Dann nickte sie langsam. «Einverstanden.»
Das war der Beginn einer echt merkwürdigen, aber aufregenden Beziehung.

Kapitel 3 Heiß und Kalt

«Ja, davon hab ich auch gehört. Er tötet Männer zu hunderten, und wenn er hier wäre, dann hätte er die Engländer schon längst mit Feuerbällen aus seinen Augen verzehrt, oder mit Blitzschlägen aus seinem Arsch.» - Braveheart

Das Leben war schon seltsam. Noch vor zwei Tagen hatte ich einem Meta den Kopf und mir fast die Kronjuwelen weggesprengt.
Ich war Teil eines apokalyptischen Kampfes biblischen Ausmaßes gewesen. Ich hatte an der Seite von Engeln gegen die Mächte Satans gekämpft.
Und nun stand ich, der Retter eines Engels, die mögliche Reinkarnation eines Erzengels, am Drucker meines Bürokomplexes und kopierte den gleichen, nichtssagenden und meiner Meinung nach total sinnfreien Vorgang zum subjektiv fünftausendsten Mal.
Das immer gleiche Procedere. Seite Eins Zwanzig Mal kopieren, dann Seite Zwei bis Zweitausendsiebenhundertachtzehn (gut, es waren nur Zehn) und anschließend den gesamten Vorgang hübsch geordnet zusammen tackern, in kleine Briefumschläge stecken und dann an Leute schicken, die dem Inhalt nicht mehr als ein beiläufiges Seufzen schenken würden.
Sogar Klopapier bekam mehr Aufmerksamkeit.
Dazu musste ich das Gummi auch noch anlecken. Dieser widerliche Geschmack ließ mir jedes Mal die Nackenhaare aufstellen. Hinzu kam dieses lebensverneinende Gebräu, was hier allen Ernstes als Kaffee gehandelt wurde. Wenn dieser bittere Magensprenger tatsächlich als Kaffee anerkannt wurde, hatte jeder Kuhfladen das Recht, sich Pizza Margerita nennen zu lassen. Drei Tassen dieser kulinarischen Absurdität und man hatte ein langes und schmerzerfülltes Date mit der Kloschüssel gebucht. Aber trotz alledem war er nicht schlecht genug, um ihn nicht zu trinken. Außerdem brannte er den Gummigeschmack von den Lippen. Ein Bürojob ohne Kaffee

kam ohnehin nicht in Frage, das wäre wie ein Treffen der anonymen Alkoholiker ohne einen geheimen Flachmann in der Jackentasche.

Man bemerkt es vielleicht an meinen geistigen Abschweifungen: die herausfordernderen und abwechslungsreichen Tätigkeiten in dieser kleinen aber feinen Verwaltung überforderte mich mental nicht. Daher hatte ich die Zeit, mir über das Geschehen vom Wochenende ausgiebige Gedanken machen zu können.

Mir lief immer noch ein Schauer über den Rücken, wenn ich mir das von Brandblasen verunstaltete Gesicht von Damian vorstellte.

Auch der riesige blaue Fleck an meiner Leiste ließ mich den Abend so schnell nicht vergessen.

Leider konnte ich mich nur humpelnd fortbewegen und brauchte für Treppen mehr Zeit als Donald Trump bei einem Kreuzworträtsel für Demenzkranke.

Offiziell war ich beim Training gestürzt und auf mein Knie gefallen. Also humpelte ich den ganzen Tag fröhlich zwischen meinen Arbeitsplatz, den Kopierer und dem Postausgang hin und her. Nach einer weiteren Stunde wusste ich, warum Dr. House so ein zynischer Bastard war. Es war nicht gerade angenehm, bei jeder Bewegung an seinen eigenen Selbstkastrationsversuch erinnert zu werden. Obwohl ich den restlichen Sonntag fast ausschließlich mit Schlafen verbracht hatte, fühlte ich mich immer noch wie gerädert.

Meine Schultern waren verspannt und meine Augen so klein wie bei einem Maulwurf im Solarium.

Trotz einer stundenlangen Dusche fühlte ich mich immer noch dreckig und ausgelaugt.

Auch der «Kaffee» half nur sporadisch.

Am Meisten aber störte es mich, dass ich noch nichts von Luna oder Angela gehört hatte. Auch der Bahnhof war heute Morgen in einen tadellosen Zustand gewesen. Nicht die winzigste

Scherbe war zu finden, alles war so, wie es sein sollte. Eigentlich ein Ding der Unmöglichkeit, wenn man bedenkt, was für ein Chaos die Jagd auf mich verursacht hatte.
Wäre meine halbe Leiste nicht dunkelblau verfärbt, ich wüsste nicht zu sagen, ob ich den Abend wirklich erlebt hatte. Unterbewusst schob sich ein weiterer Gedanke an die Oberfläche, der mir gar nicht behagte.
Vielleicht hat sich der Abend wirklich nicht so abgespielt und ich hatte mir alles nur eingebildet?
Ich erinnerte mich nur noch ungenau an den weiteren Verlauf des Abends. Luna hat mich in ein Taxi gesetzt, den Fahrer bezahlt und mir eine gute Nacht gewünscht. Ich war einfach widerspruchslos eingestiegen und war froh, diesem Albtraum entkommen zu sein. Ich konnte mich weder an die Heimfahrt erinnern, noch wie ich in mein Zimmer oder in mein Bett gekommen war. Erst gegen Sonntagmittag klärte sich mein Verstand allmählich. Doch war ich die meiste Zeit mit meinem schmerzenden Leib beschäftigt.
Ich bereute, dass Handy auf meiner hastigen Flucht einfach weggeworfen zu haben. Mittlerweile war ich beim Posteingangsstempeln angekommen und ließ meiner schlechten Laune an den wehrlosen Dokumenten freien Lauf. Der Stempel knallte auf die weißen Blätter nieder wie der Hammer auf den Amboss. Leider war auch dieser Vorgang bald erledigt und ich starrte finster auf meine Tastatur. Ein unangenehmes Gefühl machte sich in meiner Magengegend breit und ich war sicher, dass es nicht die koffeinhaltige Explosionsmischung war. Ich brauchte Gewissheit.
Also rief ich bei Kim an. Ein Anruf, um den ich mich am Sonntag erfolgreich gedrückt hatte.
Das Gespräch verlief kurz. Ich entschuldigte mich dafür, einfach abgehauen zu sein, was sie mir aber anscheinend nicht übelnahm. Ich rieb mir die Augen.

Die Müdigkeit breitete sich immer mehr in mir aus. Auf meine Frage, ob noch irgendetwas Aufregendes oder Ungewöhnliches im Rockhouse passiert war, bekam ich nur eine verwunderte Verneinung.
Ich verabschiedete mich und ließ das Handy mutlos sinken. Ein über zwei Meter großer Typ, der den halben Laden plus Türsteher auseinandergenommen hatte, durfte wohl zu der Kategorie ungewöhnlich zählen. Und dennoch, auch dort schien nichts passiert zu sein. Ich fühlte mich kurz an die geblitzdingst-Teile aus Men in Black erinnert, die bei Jedem im Umkreis die Erinnerung löschten. Die logischere Antwort war aber auch die Unangenehmere. Ich hatte nicht mehr alle Steine auf der Schleuder. Ich litt unter Wahnvorstellungen, oder ich hatte schon wieder etwas zu mir genommen, was nicht ganz legal und der geistigen Gesundheit zuträglich war. Aber wer sollte mir schon wieder einen Trip verpasst haben? Und immer noch, warum? Für einen Aprilscherz war es noch definitiv zu früh. Ich vergrub das Gesicht in meine Hände und stöhnte. Kopfschmerzen machten sich bereit, eine Invasion auf meine Großhirnrinde zu beginnen.
Ich schaute zur Uhr an der Wand. Noch so lange bis zum Feierabend. Ich nahm mir fest vor, diese Woche nichts mehr zu trinken.

Nichts. Keine Engel, keine Dämonen, kein apokalyptischer Trip. Alles war wieder normal. Die übliche Routine hatte von mir Besitz ergriffen.
Morgens aufstehen, mir den Magen mit schlechtem Kaffee vergiften. Danach zog ich heldenhaft in den einzigen Krieg, der niemals gewonnen oder beendet werden konnte, den Papierkrieg. Abends ging ich zum Training oder nach Hause und verbrachte noch einige Stunden an meinen PC. Alles Routine eben.

Ich habe meine letzten Einträge noch einmal gelesen und musste selber darüber lachen. Es war fast schon grotesk, wie real mir der ganze Kram zu dem Zeitpunkt erschien, als ich ihn aufgeschrieben hatte. Ich musste wohl wirklich das Opfer irgendwelcher Drogen geworden sein. Vermutlich war der zweite Trip ein verspäteter, durch den Alkohol ausgelöster weiterer Rausch. Mittlerweile schien ich aber wieder ganz klar in der Blutbahn zu sein. Also für meine Verhältnisse. Ich war über meine eigene Phantasie immer noch erstaunt und auch ein wenig besorgt.

Ich hatte Andy meine Einträge gezeigt, auch er hat nur kopfschüttelnd gelacht und gesagt, ich sollte ein Buch über meine eingebildeten Erlebnisse schreiben.

«Und ich tauche dann wiederholt auf, wenn ich mir in der Küche ein Brötchen schmiere. So als Running Gag.» Schlug er vor. Was er nebenbei bemerkt, auch gerade getan hatte. Ich mochte die Idee.

Ich bin mir aber nicht sicher, ob ich wirklich eine Story daraus machen wollte. Ich war jetzt nicht unbedingt ein Schreiberling. Allein meine Fehler beim Verwenden des Dativs suchen ihres Gleichen. Außerdem war die ganze Erfahrung doch recht verstörend gewesen, so beängstigend echt. Ich staunte im Nachhinein, wozu der menschliche Verstand doch in der Lage war. Mich interessierte immer noch brennend, was für ein Zeug ich zu mir genommen hatte. Versteht mich hier nicht falsch, ich wollte nicht noch einen biblischen Trip erleben, aber ich hatte doch etwas Angst vor Folgeschäden. Ich nahm mir vor, nächste Woche einen Termin beim Arzt zu machen. Hoffentlich würde er mir glauben, dass ich was auch immer nicht absichtlich genommen habe. Ich würde mich nun noch ein wenig vor den Fernseher legen und entspannen. Morgen musste ich wieder früh raus.

Feierabend, Zahltag und Wochenende.

Das waren die optimalen Voraussetzungen für olympische zwei Tage. Und das war auch bitter nötig, denn ich hatte die Woche asketisch gelebt wie ein Eremit auf dem höchsten Berg. Ich hatte kein Alkohol getrunken, war immer früh ins Bett gegangen und hatte mich nicht einmal sonderlich ungesund ernährt.
Aber heute Abend würde ich diesen vernünftigen und gesunden Lebenspfad schnellstens wieder verlassen.
Ich scharrte innerlich schon mit den Hufen.
Mir war es auch egal wohin es uns verschlagen würde, ich war dabei. Schlimmstenfalls auch in meinen Lieblingsladen. Aber nun musste ich erstmal nach Hause, raus aus den Arbeitsklamotten in was Legeres... also Jogginghose und T-Shirt, die Uniform des entspannten Bürgers.
Andy und ich hatten den Vorteil, dass wir in einen Hinterhof wohnten, in der außer unserer Wohnung nur noch Garagen im Gebäude waren, also konnten wir die Musik voll aufdrehen. Und das taten wir bei jeder sich bietenden Gelegenheit. Mit «wir» meinte ich unter anderem Dirk, der ebenso wie ich aus der Nähe des kleinen Dorfes aus der kleinen Stadt kam und der Don. Don hieß nicht wirklich Don. Dons Wurzeln liegen in Thailand und sein Name begann mit Deepao ... und dann gaben meine mitteleuropäischen Sprach Synapsen den Geist auf. Doch da war ich nicht der Einzige mit diesem Problem und so hatte sich Deepao schon lange an Don gewöhnt. Es waren noch weitere anwesend, aber gerade diese Beiden mussten für die folgenden Ereignisse vorgestellt werden.
Dank der aufgebrauchten Ahoi Brause Tüten konnte man ungefähr einen Überblick über den konsumierten Wodka behalten. Ich hob vorsichtig meinen Stapel bunter, aufgerissener Tütchen an und schätze sie auf grob Sechs Stück.
Langsam konnte der Abend dann losgehen.
Keiner wagte es auszusprechen, aber wir alle wussten, wo wir heute enden würden. Aber nun war ich an einem Punkt

angelangt, wo mir das herzlich egal war. Ich zählte die noch vorhandenen Tüten und warf einen Blick auf die noch fast volle Flasche Wodka. «Okay, macht die Gläser voll, letzte Runde, die Flasche muss leer.» Ein allgemeines Gestöhne erhob sich und leitete unseren Aufbruch ein. Doch vorher sollte mein zu einem Sofa umfunktioniertes Bett auf dramatische Weise das Zeitliche segnen. Falls ihr euch fragen solltet, warum man sein altes Bett im Wohnzimmer zweckentfremden sollte: Ich weise gerne noch einmal darauf hin, ich war ein armer Student. Und da kommt nichts weg. Der Don fühlte sich durch den Alkohol sichtlich beschwingt und begann dieses auch auszuleben. Das Opfer seiner Euphorie war in diesem Falle Dirk. Dazu musste man sagen, dass Dirk nicht gerade schmächtig war, er aber durch die zwei Flaschen Bier in den Händen, wovon Eines für mich gedacht war, wenig gegen Don ausrichten konnte. Don gab Dirk einen «Schubser», wodurch dieser Rücklings in bester Matrixmanier die Biere ausbalancierend, über die Kopfstütze auf das Bettgestell krachte, die Stütze nebst Seitenteil mit einem Krachen abbrach und sich die Hälfte des Bettes gen Himmel neigte.

Ich beobachtete den Vorgang mit einer Mischung aus morbider Faszination und gelähmtem Entsetzen.

Im Endeffekt zog ich nur die Stirn in Falten und starrteso entsetzt auf die Szenerie wie eine Kuh in der Burger Fabrik. Dass ich nicht gemuht hatte, war auch alles. Mein von böser Überraschung geweiterter Blick huschte zwischen den sich vor Lachen krümmenden Don, was meine Laune nicht gerade verbesserte, und dem wie ein Käfer auf den Rücken liegenden Dirk hin und her. Dirk lag zwischen den Resten meines ehemaligen Lattenrostes und hielt die Arme von sich gestreckt. Nachdem er sich aus der Ikea Ruine befreit hatte, drückte er mir mit einem stolzen Siegerlächeln eines der beiden Biere in meine perplexe Hand.

«Sieh mal, ich habe nichts verschüttet.» Bemerkte er triumphierend. Toll, dachte ich.

Mein Sofa hatte sich gerade in ein Erdloch verwandelt und er freute sich über den nichtverschüttenden Alkohol. Das war ungefähr so als wenn der Unfallchirurg zum Patienten geht und sagt: «Die Beine können wir leider nicht retten, aber ihre Turnschuhe sehen immer noch gut aus.» Eine in meinen Augen angemessene Reaktion wäre es gewesen, Dirk die Flasche über den Kopf zu ziehen, Don mit den Resten meines Bettgestelles zu pfählen und mir aus seinen Gedärmen eine neue Sitzgelegenheit zu schaffen. Eine Schaukel aus seinen Dickdarm zum Beispiel.

Aber ich beschränkte mich darauf, einen tiefen Schluck zu nehmen, ausdruckslos auf den Trümmerhaufen zu starren und «Mhm.» zu sagen. Nach einigen mehr oder weniger ernstgemeinten Entschuldigungen, wobei es Don leider nicht schaffte, mit den Lachen aufzuhören, und dem Versprechen, das ganze Debakel am nächsten Tag zu beseitigen, verließen wir nun endgültig unsere Bude und machten uns Richtung Stadt auf.

Nach einer Odyssee aus Straßenbahnfahren, am Kröpcke warten und unterm Raschplatz durchgehen, wobei wir auch an der Stelle vorbeikamen, an der ich meine vermeintliche Erschießung hatte, standen wir in der Schlange vor dem Dax.

Während ich dort stand und immer noch innerlich mein Sofa betrauerte, wurde mir von hinten auf die Schulter getippt.

Ein Typ mit kurzen, feuerroten Haaren und Haselnussbraunen Augen lächelte mich freundlich an. Er war ungefähr einen halben Kopf kleiner als ich, drahtig gebaut und wirkte recht jung.

Sein Kleidungsstil passte überhaupt nicht zu dem der anderen Gäste. Zwischen den LaCoste Paradiesvögeln und rosa Polohemden Trägern fügte er sich in seinem durchgängig

schwarzen Outfit ungefähr so gut ein wie ein Afrikaner auf einem Parteitag der AFD.
Als mein Blick auf seine bis zu den Knien reichende Lederjacke fiel, musste ich kurz schlucken, schob aber den aufkeimenden Verdacht sofort wieder in die Schublade der Kuriositäten meines Drogenrausches zurück. «Ja?» fragte ich den Rotschopf.
Er grinste weiter, ein sehr offenes und sympathisches Lächeln, wie ich fand, und steckte sich eine Kippe in den Mund. «Hast du vielleicht Feuer? Ich habe meins irgendwie vergessen.»
Dabei klopfte er sich demonstrativ die Brust – und Seitentaschen ab. Ich hob entschuldigend die Schultern. «Entschuldige, Nichtraucher.»
Er nickte nur knapp. «Na ja, ist vielleicht auch besser so, wer weiß, wann die Schlange weitergeht. Ich hasse Verschwendung.»
Er reichte mir seine Hand. «Jim.»
Ich ergriff die Hand. «Nate.»
Er grinste. Ich fing an, den Kerl zu mögen.
Er schien eine ähnlich offene Art zu haben wie ich. «Deine Eltern hatten auch eine Vorliebe für kurze Namen, die man gut schreien kann, was?» erkundigte er sich mit einem Zwinkern.
Ich zuckte mit den Schultern. «Nicht wirklich. Meine Mama hatte mich Liam Nathaniel getauft. Aber das brauch ich nun wirklich nicht.»
Jim hob den Zeigefinger. «Ich weiß genau, was du meinst. Auch ich mag die Kurzform lieber als meinen vollen Namen. Meine Eltern haben mich Timothy James getauft!»
«Stimmt, nicht viel besser», pflichtete ich ihm feixend bei. Jim zwinkerte erneut. Wir lachten beide, dann fiel mir auf, dass seine Zigarette rot glühte und er einen tiefen Zug nahm. «Habe es doch noch gefunden, » sagte er, als er meinen Blick bemerkte, » ich hasse diese vielen Taschen.» Ich betrachtete noch einmal seinen Matrixaufzug. «Ich will dir ja nicht zu

nahetreten, aber meinst du, du kommst hier in diesem Aufzug rein? Das hier ist nicht das Rockhouse.»
Er nahm einen weiteren genüsslichen Zug und blies den Rauch durch die Nase wieder aus, bevor er mir einen schelmischen Blick zu warf. «Ich komme immer und überall rein. Wir können ja wetten, wenn ich reinkomme, bezahlst du die erste Runde. Wenn nicht, bezahle ich.»
Ich tippte mir gegen die Stirn. «Gar nicht doof, mein Lieber. Aber weißt du was? Das Bier ist mir die Vorstellung wert, abgemacht.»
Er nickte mir fröhlich zu, schlug demonstrativ sein Mantel auf, straffte die Schultern und stolzierte vor mir betont breitschultrig und mit ausladenden Schritten, wie ein japanischer Sumo Ringer, zum Eingang.
Ich schüttelte bereits langsam den Kopf, als ich sah, wie sich vor ihm die breite Front der Türsteher formierte. Sie hätten genauso gut ein Umhänge Schild mit «Du kommst hier nicht rein» tragen können, ihre Körpersprache war da sehr eindeutig. Einer von ihnen hob die Hand, um Jim aufzuhalten.
Jim sagte etwas, und das Wunder geschah, die Türsteher wichen wie ein Mann freundlich lachend zurück und machten ihm beinahe ehrfürchtig den Weg frei und die Tür auf. Er blickte mich über die Schulter an, zwinkerte mir zu und lud mich mit einer Handbewegung ein, ihm zu folgen.
Im Laden selber begrüßte mich der altbekannte Mix aus Gedränge, rumhüpfenden Partygästen und Apres Ski Musik. Ich war im Begriff, mich zur Geraderobe zu wenden, doch Jim berührte mich an der Schulter und zog mich zum Tresen, wo wir uns auf zwei Barhockern niederließen. «Erst deine Wettschuld, Pal.» Gab er mir grinsend zu verstehen.
Jetzt fiel mir auf, dass er immer noch seine Zigarette rauchte. Aber niemand, weder die Gäste, noch die Türsteher oder die Tresen Kräfte schienen daran Anstoß zu finden. Er bemerkte meinen irritierten Blick und zog erneut an der Kippe, bevor er

sie mit sichtlichem Genuss auf dem blank polierten Holz ausdrückte. «Ich bin so was wie ein VIP.»
Ich zuckte mit den Schultern. «Und dann muss ich noch dein Bier bezahlen?» gab ich gespielt empört zurück. Er lehnte sich an den Tresen zurück und musterte mich kurz. «Stimmt, da hast du Recht, immerhin war es auch keine faire Wette.»
Bevor ich etwas sagen konnte, brachte uns die Bedienung bereits zwei große Weizen und stellte sie vor uns ab, ohne dass ich mitbekommen hatte, dass Jim sie bestellt oder gar bezahlt hätte. Auf seine einladende Geste hin ergriff ich das Glas und stieß mit ihn an. «Ich glaub, dich halt ich mir warm.» stellte ich fest.
Er lachte. «Interessante Wortwahl.»
Ich runzelte die Stirn über den Witz, der mir dabei entgangen zu sein schien, doch Jim machte keine Anstalten ihn mir zur erklären.
Wir unterhielten uns gut und tauschten kurz unsere Eckdaten aus.
Jim kam nicht aus der Gegend, sondern stammte ursprünglich aus Glasgow und war zu einem Austauschprogramm hier.
Er war zwanzig, was auch seinem Äußeren entsprach, wirkte von seiner Art aber um einiges reifer als viele seiner Altersgenossen. Wir waren uns auch schnell darüber einig, dass wir beide keine Freunde der Volksmusik waren. «Also ich bin wegen meiner Leute hier, die ich nebenbei gleich mal suchen muss. Was ist deine Ausrede?»
Er leerte sein Weizenbier, bevor er antwortete. «Du meinst, neben dem vorzüglichen Service und den nettem Personal? Ich habe mich gelangweilt und dachte ich ziehe heute lieber mal eine Runde um den Block, als allein zu Hause zu hocken. Ist gar nicht so leicht, in Hannover neue Leute kennen zu lernen.»
Ich nickte. «Das sind die Hannoveraner. Verschlossenes Völkchen. Aber wenn du erst einmal akzeptiert wurdest, dann sind es ganz feine Menschen, die Meisten jedenfalls.»

Er zuckte mit den Schultern. «Wenn du es sagst. Aber hübsche Mädels habt ihr hier.»

Ich grinste bestätigend. «Oh ja. Wie lange bist du denn schon hier?»

Er pfiff auf den Fingern und auf wundersame Weise erschienen Sekunden später zwei neue Weizen auf dem Tisch. «Du bist ja ein Zauberer.» Gab ich bewundernd von mir.

Er lachte. «Ja, was Alkohol angeht schon, ich kann ihn augenblicklich verschwinden lassen. Aber euer deutsches Bier ist echt klasse. Ich bin seit zwei Wochen hier, um deine Frage zu beantworten.»

«Dafür sprichst du aber perfekt Deutsch.»

Er grinste vielsagend. «Ich bin ein Mann mit vielen Talenten.»

Ich wollte gerade etwas entgegnen, als ich von hinten einen unsanften Schlag auf die Schulter bekam. Dons rotunterlaufene Augen schoben sich in mein Blickfeld. Das war bei ihm immer der Fall, wenn er Alkohol zu sich nahm. Er sah aus, als hätte er drei Tage durchgefeiert und dabei jede Art von Drogen von Marihuana bis Schuhcreme zu sich genommen. «Hey Mann, wo bleibst du?»

Ich nickte auf mein Bier. «Ich trinke noch was mit Jim. Jim, das ist Don, Don, das ist Jim.»

Don schlug mit Schwung in Jims ausgestreckte Hand ein. «Alles klar Mann?»

Jim nickte, doch ich konnte sehen, wie es hinter seiner Stirn arbeitete. «Bei mir ja, aber was ist mit dir?»

Don runzelte die Stirn. «Mann, alles super.»

Ich hustete gekünstelt. «Don verträgt nicht sehr viel. Er schiebt das immer auf seine asiatischen Gene.» bemerkte ich leise. Jims Gesicht erhellte sich augenblicklich. «Ah, alles klar.»

Don boxte mich erneut. Er war zwar kleiner als ich, aber dafür trainierte er fast jeden Tag und hatte früher Thaiboxen gemacht.

Von daher hatte er echt Power. Und die unterschätze er manchmal, wie schon mein Bett und nun meine Schulter schmerzhaft bestätigen konnten.
«Du bist doch nicht immer noch sauer wegen deinem Bett? Ich repariere es morgen. Ich konnte ja nicht ahnen, dass es das bisschen Belastung nicht aushält.»
Ich grunzte. «Einen gut Neunzig Kilo schweren Typen draufzuwerfen ist für dich ein bisschen Belastung?»
Don hob nur abwehrend die Arme. «Alter, auf dem Bett könntest du nicht mal ordentlich vögeln, ohne dass es dir unterm Arsch zusammenbricht. Ich geh dann wieder nach hinten, kommt ihr nach?»
Ohne eine Antwort abzuwarten, tauchte Don wieder in der Menge unter. Nun bemerkte ich den fragenden Blick, mit dem mich Jim taxierte.
«Ist irgendetwas?» erkundigte ich mich bei ihm, was sein Starren aber nicht beendete.
Dann zuckte er mit den Schultern. «Hätte ich jetzt nicht gedacht, aber na gut, ich bin tolerant. Hauptsache dein Freund wird nicht eifersüchtig. Habe ich betont, dass ich auf Frauen stehe?»
Zum zweiten Mal an einem Abend entglitten mir alle Gesichtszüge. Ich drehte mich in die Richtung, in die Don verschwunden war, und gestikulierte mit meinen Daumen hin und her. «Was? Nein, dass verstehst du gerade vollkommen falsch!» Hastig erklärte ich ihm den Hintergrund des Ganzen.
Er grinste. «Auch Nice. Bin gespannt, ob er morgen dazu auch in der Lage sein wird. Dann gehen wir mal zu deinen Leuten, scheinen ja recht nett zu sein.»
Ich stimmte lachend zu, wir tranken den Rest Weizen aus und schoben uns durch die feiernde Masse. Durch eine kleine Zwischentür kam man dort in den Raucherbereich und die zweite Diskothek. Hier wurde kein Schlager gespielt. Für mich ein Pluspunkt, der aber durch die totale Überfüllung und den

fast schon greifbaren Qualm in der Luft wieder negiert wurde, denn hier war auch das Rauchen erlaubt.

Ich hasste es schon immer, alle fünf Sekunden angerempelt oder auf den Fuß getreten zu werden. Wir kämpften uns tapfer weiter, bis wir zu den anderen aufgeschlossen hatten. Ich stellte Jim kurz vor, der sofort die Sympathien der Gruppe gewann, indem er eine Runde ausgab. Meine Laune stieg immer weiter von Runde zu Runde. Jim erwies sich als äußerst witziger Gesprächspartner. Wir tranken, machten Blödsinn und tanzten sehr viel, oder was auch immer wir für Tanzen hielten. Meine Stimmung war schon mehr als ausgezeichnet, bis sie einen jähen Dämpfer erfuhr, als ich meine Ex erblickte. Beziehungsweise, Ex Freundin war zu viel gesagt. Ich hatte mich einige Male mit ihr getroffen, es ist aber nie was daraus geworden. Im Nachhinein stellte sich aber heraus, dass ich nicht ohne Konkurrenz gelaufen war, und diese hatte das Rennen dann gewonnen.

Und die Konkurrenz war ebenfalls da. Ich konnte den Typen einfach nicht leiden. Was auch daran lag, das er versuchte, mich bei jeder Gelegenheit mit der Geschichte zu provozieren. Es gab nichts Schlimmeres als einen schlechten Gewinner. Dazu war er das wandelnde Vorurteil einer schleimigen Aufreißer Kopie seiner Generation. Justin Bieber Frisur, Skinny Jeans und der obligatorisch hochgeklappte Kragen seines pinkfarbenen Dolce und Gabbana Hemdes verliehen ihm das Flair eines High Society Sylt Touristen.

Jim legte einen Arm um mich und reichte mir ein Bier. «Nate, was geht denn gerade mit dir? Du machst ein Gesicht, als ob du jemanden umbringen willst.»

«Damit liegst du gar nicht so falsch.» murmelte ich vor mich hin und dachte es so leise getan zu haben, dass er es nicht hören konnte. Doch lag ich damit wohl falsch. Jim folgte meinen Blick und deutete mit einem Nicken auf mein Vorzeigepärchen. «Deine Flamme?» Ich schüttelte den Kopf.

Ich verspürte nicht die geringste Lust dazu, darüber zu reden, erst recht nicht mit einer fremden Person, die ich zwar nett fand, aber gerade erst kennengelernt hatte. Dennoch und zu meiner eigenen Überraschung, begann ich nach einigem Zögern, ihm mein Herz auszuschütten. Jim hörte sich das Ganze an und nickte abschließend. «Willst du immer noch was von ihr?»
Ich verneinte energisch. «Nein, sie passt eigentlich ziemlich gut zu ihm. Immerhin hat sie mich gehörig verarscht. Es ist der Typ, der mich mehr aufregt.» Er grinste. «Ich denke, ich weiß, was du meinst. Aber warum knallst du den Typen nicht eine?»
Ich zuckte mutlos mit den Achseln. «Was bringt das denn? Ich bin nicht unbedingt der Schlägertyp. Außerdem gibt's dann nur Stress mit der Security oder Hausverbot. Okay, das würde mich jetzt nicht so hart treffen. Und ich würde lügen, wenn ich behaupten würde, dass ich ihm nicht gerne den hochgeklappten Kragen in den Hals stopfen möchte, aber der Sack ist auch nie alleine hier.» Ich deutete auf die umstehende Meute von fünf Typen, die sich an der gleichen Stelle aufhielten. «Die gehören alle zusammen, wenn du Einem eine verbrätst, mischen die anderen mit. Die sind sowas wie eine Gucci Gang.»
Jim grinste böse. «Ist das so?»
Dann leerte er sein fast volles Bier in einem Zug, reichte mir das Glas und klopfte mir auf die Schulter. «Jetzt wird es lustig.» Bevor ich etwas sagen konnte, schlenderte Jim bereits zu der Gruppe hinüber.
«Das kann doch nicht wahr sein.» Stöhnte ich auf. Fieberhaft stellte ich die Gläser weg und blickte mich zu meinen Jungs um. Natürlich waren sie gerade in alle Winde verstreut. Ich starrte wieder zu Jim und konnte kaum glauben, was ich da sah. Jim stand nun genau vor meinem ehemaligen Date und flüsterte ihr etwas ins Ohr. Ihr Macker und seine Freunde hatten es anscheinend noch nicht bemerkt, sonst wären sie

sofort eingeschritten. Zum dritten Mal heute blieb mir der Mund offenstehen.

Jim beugte sich vor, packte sie und gab ihr einen filmreifen Kuss, wie in vom Winde verweht. Und nun hatte ihr Freund es auch gesehen.

«Fuck.» Konnte ich noch sagen, bevor ich los spurtete. Doch sollte ich nicht weit kommen, da mich zwei seiner Kumpels bereits von weitem kommen sahen und mich abfingen. Ich wehrte mich aus Leibeskräften, war aber nun zum Zusehen verdammt.

Zwei der anderen Typen hatten Jim nun in die Zange genommen und hielten ihn fest. Mein Intimfeind war gerade dabei, seine Freundin anzubrüllen und sie wegzustoßen, wandte sich nun aber dem wehrlosen Jim zu. Aus irgendeinem mit absolut unverständlichen Grunde aber blieb dieser total entspannt und grinste ihn auch noch provozierend an. Macker holte gerade zum Schlag aus, als Jim einmal kurz zwinkerte und das Unfassbare geschah. Es funkte einmal kurz, dann fing der Kragen erst zu rauchen an und stand sekundenbruchteile später lichterloh in Flammen.

Sowohl Jim als auch ich wurden losgelassen, während Macker wie eine Marionette mit gekappten Fäden durch die Gegend hüpfte, sich selbst dabei schlug und wie ein Mädchen kreischte. Zu allen Überfluss griff einer seiner Intelligenzbestien von Freunden zur ersten Flüssigkeit auf dem Tresen und versuchte damit das Feuer zu löschen. Nur Blöd, dass es sich dabei um irgendetwas Hochprozentiges handelte.

So züngelten die Flammen nun angestachelt nicht nur über seinen Kragen, sondern auch gierig nach seinen Haaren. Jims Lächeln verschwand augenblicklich.

Und nun geschah das zweite Ding, was mich an meinen Verstand zweifeln ließ.

Jim schnippte mit den Fingern und das Feuer erlosch so schnell, wie es gekommen war. Was den Typen aber nicht davon abhielt, weiter hysterisch durch die Gegend zu hüpfen.
Jim kam auf mich zu und riss mich am Arm gepackt mit «Ich denke, wir beide sollten uns unterhalten» Dem konnte ich nichts hinzufügen und stürmte hinter ihm her. Schnell ließen wir die zuckenden, betrunkenen Leiber hinter uns und verließen den Laden, aber Jim schien immer noch nicht zufrieden, sondern beschleunigte seinen Schritt und sah sich immer wieder um. Sein Gesichtsausdruck sah alles andere als zufrieden aus und seine selbstbewusste Maske hatte merklich verärgerte Risse bekommen.
«Alles in Ordnung?» erkundigte ich mich.
Er machte einen verärgerten Laut. «Ach das war dumm von mir. Viel zu viel Magie. Das wird nicht unbemerkt geblieben sein.» Er starrte die Hauptstraße hinunter. «Wir müssen weiter. Ich fühle etwas.»
Wir überquerten die Straße, eilten am Kaufland vorbei und bogen an der Kreuzung Richtung Steintor ab.
Mein mysteriöser Führer verlangsamte seinen energischen Schritt nur einmal, um die Manteltaschen nach seinen Zigaretten abzuklopfen. Mit sichtlichem Genuss rammte er sich einen der kleinen Sargnägel in den Mund, und erneut beobachtete ich fassungslos, wie er mit einem simplen Schnippen seiner Finger die Kippe in Glut versetzte. Seine Stirn lag konzentriert in Falten und er schien in Gedanken woanders zu sein, dennoch reichte er mir ebenfalls eine Zigarette.
Wie schon erwähnt, ich rauche eigentlich nicht, aber auf den Schock hätte ich womöglich auch Kuhscheiße geraucht. Statt zu schnippen, spreizte er Daumen und Zeigefinger wie bei einer Pistole, zielte auf meine Kippe und drückte ab. Augenblicklich entflammte sie und glühte hellrot auf. Jims Grinsen kehrte für den Bruchteil einer Sekunde zurück, bevor

er wieder herumfuhr und seiner Umgebung einen langen Blick schenkte. Er erklärte sich nicht, also wollte ich gerade etwas sagen, doch seine erhobene Hand ließ mich innehalten. Er schien auf ein Geräusch zu warten. Wir warteten beide noch einige Momente, in denen aber bis auf den allnächtlichen Straßenlärm nichts Verdächtiges zu hören war. Schließlich schien mein schottischer Bekannter zufrieden zu sein und zuckte mit den Schultern.

«Darauf kommt es nun auch nicht mehr an.» sagte er mehr zu sich selbst. Ich fand, ich hatte mich lange genug zusammengerissen.

«Jim, was ging da gerade für eine pyromanische Scheiße ab? Was für ein übernatürlicher Freak bist du?»

Im Gedanken fügte ich hinzu «und sag mir nicht, dass du der Schwippschwager von Damian bist», wagte mich aber nicht, diesen Gedanken auszusprechen.

Jim atmete den blauen Dunst schwer aus. «Das war der Grund, warum ich für mehr Nichtraucherbereiche in Diskotheken bin. Du hast ja gesehen, wie leicht Unfälle passieren, wenn man mit dem Feuer spielt.»

Er wollte gerade weitergehen, doch ich packte ihn an der Schulter und riss ihn herum. Mir fiel auf, dass er ungewöhnlich viel Wärme abstrahlte.

«Fang du nicht auch noch damit an. Du hast was von zu viel Magie gesagt. Und das du was gefühlt hättest. Seid ihr alle so drauf?» fuhr ich ihn an.

Jim kniff ein Auge zu und musterte mich prüfend. «Alle? Ich habe keine Ahnung, von wem du sprichst.»

Das nahm ich ihm nicht ab und ich hatte auch keine Lust, mich weiter auf dieses Spiel einzulassen. «Für welches Team spielst du? Engel oder Dämonen? Oder bist du ein Meta? Und verkauf mich nicht für blöd, ich weiß, was ich gesehen habe.»

Jim nahm noch einen weiteren tiefen Zug, bevor er die Zigarette auf den Boden warf und geräuschvoll austrat.

«Anscheinend bist du ja bereits bestens informiert. In Ordnung, ich sehe schon, du bist nicht der Geduldigste. Ich bin ein Ignis. Ein Feuerteufel, wenn du so willst. Und Halbdämon.»
Ich wich intensiv einen Schritt zurück und spürte, wie mein Herz schneller schlug und sich mein Magen verkrampfte.
«Aber!», führte Jim mit erhobenem Zeigefinger an, «ich bin kein Kumpel von Damian und seinen Kollegen, der übrigens sehr angepisst auf dich zu sprechen ist, und das zu Recht, mein Lieber. Aber das ist seine Schuld. Wer sich aufführt wie King Kong in der Glasfabrik, verdient so ein Müsligesicht.»
Ich verengte die Augen zu Schlitzen. «Du scheinst wirklich kein Freund von ihm zu sein.»
Jim grinste. «Sagen wir mal so, ich mag seine Art zu arbeiten nicht. Viel zu impulsiv, schadet dem Geschäft. Aber um Damian brauchst du dir erstmal keine Sorgen machen, der wurde erst einmal abgezogen. Seren hat dafür gesorgt.»
Meine Mundwinkel zuckten kurz. Sie hatte ich total vergessen, doch im Nachhinein hätte ich mir die Frage stellen müssen, warum sie mir nach Damians Berserker-Nummer nicht ebenfalls an den Haken geklebt hatte. Jim zwinkerte mir zu. «Die Süße mag dich.»
Ich starrte ihn finster an. «Liest du meine Gedanken?»
Jim lachte. «Nein, ich sehe nur das Offensichtliche. Deine Gedanken sind frei, mein Freund. Sowas spricht sich unter unseren Kreisen schnell rum. Es gibt kein Refugium in Hannover, indem ein Meta oder Dämon nichts von eurem kleinen Aufeinandertreffen gehört hätte. Außerdem bin ich kein richtiger Dämon. Ich bin mehr so etwas wie ein mobiler Grill. Sehr praktisch und nie kalte Füße.»
Ich deutete an einem Kopfschütteln an. «Und was willst du jetzt von mir?»
«Nur mit dir Reden, mein Ehrenwort. Ich habe dich wirklich nur zufällig gefunden.»

«Nicht nur du, James.» Hinter uns erklang eine leise Frauenstimme.
Jim fuhr mit sichtlich angespanntem Gesichtsausdruck herum. «Damned, das ist ganz mieses Timing. Ich wusste doch, ich kenne die Aura. Hallo, Agnes.»
«Als ob du nicht genau deswegen in Hannover wärest. Langsam wirst du lästig.» Erwiderte sie.
Ich sah eine Frau, bei der mir zuerst die langen, rabenschwarzen Haare auffielen. Agnes mochte in Jims Alter sein. Ihre dunkelbraunen Augen streiften mich. Ein charmantes Lächeln umspielte ihre Lippen. Sie war ungefähr anderthalb Kopf kleiner als ich, schlank gebaut und hatte offensichtlich genauso wie mein feuriger Bekannter eine Vorliebe für die Farbe schwarz. Jim schien sichtlich angespannter zu sein. Zumindest deutete die neuerliche Zigarette, die er sich gerade anzündet hatte, darauf hin.
«Dachte es mir doch, dass ich den bitteren Geschmack in der Luft kenne. Erschaffst du gerade eine Zone? Dafür seid ihr aber sonst eher schlampig bei dem Verwischen euer Spuren gewesen. Immer noch fleißig auf der Jagd?» führte er das Gespräch wenig diplomatisch fort. «Erst Glasgow, dann London, Moskau, Sidney, Paris und nun Hannover. Was kommt als Nächstes? Vegas?»
Agnes kicherte kurz. Es klang zwar warm und einladend, aber zugleich spürte ich, dass man sie nicht unterschätzen sollte. Hinter ihrer adretten, beinahe schüchternen Fassade brodelte etwas, dass ich nicht einordnen konnte. Es war eher ein Gespür. Ich fühlte etwas Bedrohliches…doch mittlerweile gab ich auf dieses Gefühl eine Menge. Eventuell meldete sich auch der Engel in mir. Hätte ich gleich von Anfang auf meine Eingebung gehört, würde ich jetzt nicht so tief in dieser Situation stecken.

Agnes schritt graziös an mir vorbei und stellte sich so zwischen mich und Jim. «Ach James, jetzt verdreh die Tatsachen nicht. Immerhin jagst du mich.»

Wenn Jim bemerkte, dass sie uns zu trennen versuchte, gab er sich keine Mühe, dieses zu ändern.

«Und mit wenig Erfolg, Kleines. Bis jetzt zumindest.» Agnes schnaubte verächtlich. «Bitte James, du warst schon früher kein Gegner für mich. Was willst du dann jetzt mit Stigmata gegen mich ausrichten? Ich weiß, was nach Paris passiert ist.»

Jims Hände ballten sich zu Fäusten. «Keine Angst Baby, es ist noch genug Feuer in mir, um dich und wenn nötig, alle anderen der Zwölf in eure Atome zu zerbröseln.»

Agnes lachte verächtlich. «Wirklich? Glaubst du das? Das werden wir ja sehen.»

Jim erwiderte nichts mehr. Es begann, leicht zu Regnen. Ich versuchte, aus seinem Gesichtsausdruck schlau zu werden. Er starrte sie zwar finster an, dennoch flackerte in seinen Blick immer wieder kurz Unsicherheit auf. Aber da lag noch was Anderes in seinen Augen. Ein versteckter Schmerz.

Agnes lächelnde Maske hingegen war perfekt. Vom ihrem Gesicht konnte ich gar nichts ablesen. Auch wenn ich mich jetzt nicht als Experten auf diesem Gebiet bezeichnen würde. Kurz erinnerte sie mich an die eiserne Miene von Damian. Nun ja, nach dem Vorfall mit der Klofrau war das Gesicht des Dämons gar nicht mehr so versteinert gewesen, eher schön gesprenkelt und mit lustigen Flecken versehen. Ich verdrängte das Bild von Puzzle Gesicht Damian und versuchte, mich wieder auf das Geschehen vor mir zu konzentrieren. Aber da gab es nicht viel zu sehen.

Die Beiden lieferten sich ein stummes Duell.

Jim zog nicht einmal mehr an seiner Kippe.

Die Glut kämpfte bereits ums nackte Überleben.

«Öhm, Hallo?» wagte ich in die Stille zu fragen.

Ich fing an, mit der Hand zwischen den Beiden zu winken, aber nichts passierte. Vollkommen weggetreten. Oder sie ignorierten mich einfach.
Wie ich so etwas hasste. Ich fühlte mich so außen vor, als würde ich mit einer Gruppe einer anderen Nationalität zusammensitzen, deren Sprache man nicht beherrschte. Irgendwann fingen sie an, in ihrer Landessprache zu reden, um dann heimlich mit Fingern auf dich zu zeigen und zu lachen.
Da kannst du nur Eines tun. Lächeln und Winken. Zumindest das Zweite brachte gerade nix.
War ich genervt! Ich stupste beide gegen die Schulter, erst vorsichtiger bei Agnes, dann mit etwas mehr Kraft bei Jim. Immer noch keine Reaktion.
Ich überlegte kurz, ob ich Jim in die schottischen Kronjuwelen treten sollte.
In dieser Sekunde vibrierte meine Jacke. Nach einigen Sekunden abtasten förderte ich ein kleines, schwarzes Handy zu Tage, von dem ich schwören könnte, es noch nie vorher gesehen zu haben.
«Leck mich doch.» Murmelte ich, dann drückte ich den Knopf.
«Ja?»
«Ich bin es.» Hörte ich eine bekannte, aber deutlich abgehetzte Frauenstimme antworten. Luna.
«Ich? Kenne ich nicht.» gab ich trotzig von mir.
Luna schien auch keine bessere Laune zu haben als ich. «Lass den kindischen Blödsinn, Nate. du steckst in Schwierigkeiten.»
Ich lachte schrill. «Ach was? Wie kommst du denn darauf? Was seid ihr Engel eigentlich für komische Hühner? Ihr verschwindet einfach zwischendurch immer wieder und meldet euch nicht, so dass ich schon annehmen muss, ich habe einen an der Waffel. Aber wenn ihr dann Bock auf ein Gespräch habt, steckt ihr mir ein Handy zu? Was soll der Scheiß?»

Luna ging überhaupt nicht auf meinen Ausbruch ein. «Nate, dafür haben wir jetzt keine Zeit. Du schwebst in großer Gefahr. Nach dir wird gesucht.»
Ich schnaubte. «Ach, echt jetzt? Mal was Neues. Seitdem du mich umgeschossen hast, werde ich nur noch gestalkt. Wer denn jetzt genau? Meinst du jetzt den roten Jim oder die schwarze Agnes? Ich habe gerade Beides im Angebot.»
Luna stockte. «Du hast Agnes getroffen?»
Ich schaute wieder zu den Salzsäulen. «Getroffen ist gut. Sie steht vor mir und spielt Augenkrieg mit Jim.»
Lunas Stimme wurde lauter. «Verschwinde da!»
Mein Magen verkrampfte sich. «Wieso? Was ist los?»
Luna schrie mir fast das Ohr ab. «Sie ist ein Todesengel! Ein Jäger des Himmels. Agnes wird dich vernichten! Lauf weg, solange du noch kannst!»
Dann war die Verbindung weg. Und der Regen auch. Zu meinem Entsetzen aber hatte der Regen nicht einfach aufgehört. Er war einfach zum Stillstand gekommen. Ich sah einzelne Wassertropfen in der Luft schweben. Und ich nahm keine Geräusche mehr wahr. Obwohl wir mitten in der Stadt waren, in der Nähe des Hauptbahnhofes, war es auf einmal totenstill.
Ich starrte auf das Handy, dann auf die beiden übernatürlichen Wesen. Just in diesem Moment kam wieder Leben in die steifen Körper. Jim fing an, langsam stöhnend in die Knie zu gehen. Agnes Kopf ruckte unnatürlich hin und her und drehte sich dann zu mir.
Jim keuchte. Aus seiner Nase lief ein dünner Blutstrom. «Sieh ihr nicht in die Augen!» röchelte er. Doch dafür war es bereits zu spät. Das war wie bei jemanden mit Höhenangst, der auf einem hohen Turm steht und dem gesagt wird, er soll bloß nicht runterschauen.
Was machte er dann? Bingo, runterschauen natürlich.

Und genau das passierte mir gerade in diesem Moment mit Agnes tiefschwarzen, pupillenlosen Augen.
Ich starrte tief in den Abgrund. Und ich fiel hinein. Meine Beine sackten unter mir zusammen.
Ich stürzte, aber ich spürte es nicht. Aufgeregtes Flüstern tausender Stimmen zugleich brüllten in meinen Kopf, tausend gierige Hände glitten über meinen Körper, packten und zerrten an mir, rissen an meinen Verstand. Schallendes Gelächter wie von einem Rudel hungriger Hyänen fiel über meine Ohren her. Meine Trommelfelle drohten zu platzen. Überall um mich herum sah ich rote, zu Schlitzen verengte Augenpaare aufblitzen, die mich anstarrten. Ich hatte das Gefühl zu ertrinken. Und im Zenit dieser schrecklichen Kulisse stand Agnes, wie ein furchtbar kalter, weißer Polarstern in der Finsternis. Ihr Anblick, so unsagbar schön und erschreckend zugleich, ließ mich weinen.
Ich wollte mir die Augen herausreißen, nur um sie nicht mehr ansehen zu müssen, doch ich konnte meinen Blick nicht abwenden. Sie strahlte im gerechten Zorn des Herrn, sie badete im Licht. Nein, sie war das Licht. Die Erkenntnis erschütterte mich bis ins Mark.
Alles war Wirklichkeit. Sie war ein Engel Gottes.
Groß, mächtig, grazil und Furcht einflößend schlugen ihre weißen Schwingen hinter ihr auf und ab in einem stetigen Rhythmus.
Die gewaltigen weißen Federn an ihren Flügeln glitzerten wie das Licht der Sonne und brannten sich tief in meine Seele. Sie war die Vollkommenheit. Und ich spürte, wie sehr ich es nicht war. Nur ein sterblicher kleiner Funke, so deplatziert an diesem Vorhof der Unsterblichkeit. Unwürdig.
Agnes lächelte und hob eine Hand.
Mein Kopf schien in einer Agonie der Schmerzen zu explodieren. Agnes Stimme schnitt in mich wie ein Skalpell.

«Zeige dich, Engel Gottes, zeige mir deine wahre Gestalt. Teile dein Wissen mit mir. Beantworte meine Fragen.»
Eine eiskalte Kralle legte sich um mein Herz...und irgendwas in mir erwachte und wehrte sich. Mit einem unmenschlichen Gebrüll bäumte ich mich auf. Wieder hörte ich die tausend Stimmen, doch dieses Mal wisperten sie nicht wild durcheinander, sondern richteten sich in einem gemeinsamen, zornigen Aufschrei gegen den Engel.
Agnes majestätsvolle Maske zerbrach und machte der Verwirrung einer vermeintlichen Siegerin Platz, die auf der Zielgeraden noch geschlagen worden war.
Die Verwirrung wich und ich sah blanke Panik.
Etwas in mir sprang darauf an und reagierte instinktiv.
«Raus aus ihm.» Schrien ihr die Stimmen entgegen.
Plötzlich war ich von grellen Licht umgeben, dass die Schatten zurücktrieb. Nein, nicht umgeben.
Jetzt war ich das Licht. Es ging von mir aus, strahlte sogar noch heller als das von Agnes und verbreitete sich mit der Wucht einer Atombombe über die Schwarze Welt um mich herum. Und ich war wieder frei.
Ich kämpfte mich wieder auf die Knie. Dazu hörte ich immer noch den Chor tausender Kinderstimmen, die Agnes ihre Verachtung und ihren Hass entgegenschleuderten. Das Licht erstrahlte weiter, erfasste Agnes und schleuderte sie fort.
Dann verschwand das Licht wieder so schnell, wie es gekommen war. Der Chor verstummte.
Ich öffnete wieder die Augen und fand mich mit aufgeschlagenen Knien auf den Boden der asphaltierten Straße wieder. Ich würgte und übergab das kürzlich von Jim spendierte Bier auf den Bürgersteig.
Ich fühlte mich schrecklich. Klein, ängstlich, vergewaltigt und dreckig. Ich zitterte und kämpfte mit den Tränen. Schritte näherten sich mir.
Ich sah auf und erblickte meine Peinigerin.

Agnes stand vor mir in ihrem schwarzen Kleid und sah mich wieder mit diesem undefinierbaren Gesichtsausdruck an, aber ihre Augen hatten sich verändert. Ich sah die Mischung aus Faszination, Zorn und deutlicher Angst. «Bemerkenswert. Was bist du nur für ein Geschöpf? Ich glaubte zuerst an einen Nephilim, aber du bist keiner. Du bist zu gefährlich für diese Welt, um dich frei auf ihr wandeln zu lassen.»

In ihrer Hand erschien wie von Zauberhand ein silbrig glänzender, geschwungener Dolch, den sie auf meine Kehle richtete.

Ich konnte nichts tun, als an der scharfen Klinge zu ihr hinauf zu sehen. Mein zitternder Körper versagte mir weiterhin den Dienst. War dies also mein Ende?

Geschändet, gedemütigt und nun aufgeschlitzt? Vielleicht hätte mein Leben bereits in der verdammten Gasse am Raschplatz enden sollen.

Mir kam «All along the watchtower» von Jimi Hendrix in den Kopf. Ich spürte die Melodie...ein passender Song für das Ende...mal wieder.

there must be some kind of way out of here...

Agnes nickte mir zu. Hatte sie meine Gedanken gelesen? Gerade, als die Schneide nach vorne zu zucken begann, hörte ich ein schrilles Geräusch, wie von einer gezündeten Feuerwerksrakete.

Agnes wurde von etwas grellrot Leuchtendem getroffen und von den Beinen geholt. Die Luft roch nach verbrannten Haaren und Chrispy Chicken, oder eher Chrispy Angel. Ich schaute in die Richtung, aus dem der Feuerball geflogen gekommen war und sah Jim, der schwer keuchend aufgestanden war und nun mit glühenden Händen schmerzhaft stöhnte.

Seine Fingerkuppen unter den Handschuhen schwelten und auch er roch wie ein Burger. Es regnete wieder und der Lärm der Straße schwoll wieder an.

«Jetzt hau schon ab Nate, das wird sie nicht lange aufhalten. Beeil dich, bevor sie die Zone wieder festigt.» presste er aus zusammengebissenen Zähnen hervor. Blut lief nun auch von seinen Lippen.
Sein ganzer Körper schien zu glimmen und er strahlte unerträgliche Hitze aus. Ich kämpfte mich auf die Füße. Langsam kam das Leben wieder in meinen Körper zurück und er begann mir wieder zu gehorchen. Auch wenn mir alles wehtat, Jim hatte Recht. Ich musste hier weg. Jim nickte mir gequält zu, dann wurde er von einem unsichtbaren Stoß von den Beinen gerissen und prallte schwer gegen die Wand, wo er stöhnend niedersank. Agnes hatte sich von dem Treffer erholt. Ihr Kleid und ihre Haare waren angesengt, aber sonst hatte sie offenbar nichts abbekommen. In ihren Augen flackerte der Zorn auf.
«Das war dein letzter Fehler, James. Schade, dass es so enden muss. Ich hätte dich der alten Zeiten Willen gerne verschont.»
Jim spuckte aus. «Wir beide hatten keine alten Zeiten, du seelenloses Ungeheuer.» krächzte er.
Agnes nickte zustimmend. «Dann ihrem Gedenken zuliebe, aber gut.» Mit einer lässigen Drehung ihrer Handfläche wurde Jim von unsichtbaren Armen ergriffen und gegen die Wand gedrückt.
Agnes hob ihre andere Hand, in der sich nun wieder der silberne Dolch materialisierte.
«Grüß das Jenseits von mir.» flüsterte sie.
Jim brachte es irgendwie fertig, ihr den rechten Mittelfinger entgegen zu strecken. Agnes kicherte erneut, aber sie konnte die Verärgerung nicht mehr runterspielen. «Lass ihn los.» Schallte es herrisch die Straße rauf.
Ich schaffte es, meinen Kopf zu drehen und erblickte zwei alte Bekannte, auf die ich unter anderen Umständen aber hätte verzichten können.

Seren und Damian kamen gemächlichen Schrittes die Straße hinauf. Der Abend wurde echt nicht besser. Von wegen je später der Abend, desto schöner die Gäste? Damian wurde demnach nicht oft eingeladen.
Ich konnte über die Ironie beinahe lachen.
Da kam tatsächlich mal die Kavallerie und ich war ein verdammter Indianer.
Agnes schien von den Neuankömmlingen nicht sehr begeistert, aber auch nicht sonderlich beeindruckt. Irgendwie wirkte sie so, als ob sie auf dem Sprung zu einem heißen Date war, und die Mutti zum Kaffeetrinken in der Tür stand. Sie machte auch keine Anstalten, Jim aus ihren unsichtbaren Fesseln zu entlassen und schenkte den Dämonen ein kaltes, überhebliches Lächeln. «Das ist nicht eure Angelegenheit. James hat die Stigmata. Er gehört nicht zu euch.»
Damian grunzte nur und ließ die Fingerknöchel abartig laut knacken. Serens Lächeln war ebenso kalt wie das von Agnes. «Meine Liebe, ich denke du verkennst die Situation. Er gehört zu uns. Auch wenn er immer noch mehr Mensch als Dämon ist. Außerdem sind wir nicht wegen dem Schotten hier.»
Und da waren sie wieder. Die Alarmglocken, die in mir losschrillten. Man, wer hatte eigentlich behauptet, dass es toll wäre, beliebt zu sein?
Ich konnte dem nicht gerade viel Gutes abgewinnen. Okay, vielleicht waren es auch das dauernde Flüchten und die Nahtoderfahrungen, die mir den Spaß daran nahmen. Über einen Pinnwandeintrag auf Facebook zum Beispiel hätte ich mich sehr gefreut.
Oder einen Anruf. Oder einer WhatsApp.
Aber diese Herz-rausreißen-nummer ging mir echt an die Nieren, beziehungsweise wirklich ans Herz.
Agnes schien immer noch mehr genervt als beeindruckt. «Über James könnten wir reden, aber das Gefäß muss zerstört werden.»

Langsam kam kribbelnd wieder Gefühl in meine Gliedmaßen. Ich hoffte, dass sich Agnes und die dämonischen Ausgaben von Dick und Doof, obwohl Damian eher Groß und Doof und Seren einfach eine heiße Höllenbraut war, gegenseitig die Innereien zeigen würden und ich dadurch Fersengeld geben konnte. Damians tiefer Bass grollte wie eine Flutwelle durch die Straße. «Nein, er gehört mir. Wir haben da noch was zu klären.»

Na wunderbar. Entweder bracht mir der Höllen-Hulk alle Knochen, oder Agnes fraß meine Seele wie ein dickes Kind ein Happy Meal. Seren trat einen Schritt weiter auf Agnes zu. «Ich weiß, wer du bist. Du bist Eine der Zwölf. Kaliel, wenn ich richtig informiert bin. Aber auch du kannst es nicht allein mit uns aufnehmen.»

Agnes oder anscheinend auch Kaliel kicherte belustigt. «Bist du dir da sicher, Dämon?»

Seren nickte, in ihren Augen flackerte es hell auf. Ihre Stimme verlor alles Niedliche, sie klang nun ebenso majestätisch und respekteinflößend wie Agnes zuvor. «Ich bin Shinigami.»

Das Wort peitschte förmlich durch die Nacht, auch wenn mir die Bedeutung nicht bekannt war.

Es erzielte auf jeden Fall eine Wirkung und die selbstsichere Aura von Agnes bekam sichtlich Risse. «Aber wir wollen beide doch das Gleiche, warum hältst du mich dann auf?»

Seren schüttelte den Kopf. «Noch wurde über ihn nicht entschieden.»

Agnes verengte die Augen zu Schlitzen. «Da habe ich ganz andere Dinge gehört.»

«Dann solltest du deine Informationen noch einmal prüfen, Kaliel.» Die Stimme war unmittelbar hinter mir erklungen. Ich erkannte sie erleichtert als die von Angela. Noch mehr Gäste auf der Party. Langsam wandte ich mich um. Wenn die Dämonen die Kavallerie waren, war mir gerade Sitting Bull mit allen Rothäuten zur Hilfe gekommen.

Ein Kerl mit einem kurzen, weißen Irokesenhaarschnitt lehnte gegen die Mauer. Er hatte sich gerade eine Zigarette in den Mund gesteckt und ein Streichholz in der Hand. Er zog das Zündholz über seinen an den Seiten kahlrasierten Schädel, wodurch es entflammte. Starker Auftritt. Ich hätte es ihm nicht verdenken können, wenn er die Frisur nur aus diesem Zweck gehabt hätte.

Auch er steckte in einem schwarzen Ledermantel, was wohl bei Nichtmenschen der Dresscode zu sein schien. Die Tatsache, dass er trotz tiefster Nacht eine Sonnenbrille trug, ließ mich sofort an Neo aus Matrix denken. War das der Kerl, mit dem sich Damian im Hauptbahnhof gefetzt hatte?

Damians finsterer Blick schien das jedenfalls zu bestätigen. Der Engel zündete die Kippe an, stieß sich von der Wand ab, schnippte das Streichholz weg, steckte die Hände in die Jacke und baute sich neben mir auf. Agnes Lippen pressten sich aufeinander. «Raguel? Was soll das?»

Raguel seufzte gelangweilt. «Na was wohl? Das ist meine Provinz, in der du dich befindest. Und als ihr Prätor will ich dich vor einen Fehler bewahren, Kaliel. Wir haben nichts von einer Auslöschung gehört.»

Agnes legte den Kopf schräg. «Stell dich mir nicht in den Weg. Ich habe meine Order direkt von Azrael bekommen. Und er von Gabriel.»

Ich bemerkte, wie Angela bei der Erwähnung des zweiten Namens zusammenzuckte. Ihr Mund blieb offenstehen. «Das kann nicht sein.»

Agnes zorniger Blick streifte sie. «Willst du behaupten, dass ich lüge?»

Angela wich unwillkürlich einen Schritt zurück. «Nein, aber das kann nicht sein.»

Agnes setzte nach. «Oder das Gabriel sich geirrt hat?» Angela sagte gar nichts mehr, sondern blickte nur noch zu Boden.

Raguel schnitt ihr das Wort mit einer befehlenden Geste ab.
«Es ist mir herzlich egal, Kaliel, was dein Anführer Azrael glaubt, zu wissen.
Du vergisst, mit wem du hier sprichst, Todesengel.
Ich bin Seraphim Raguel, Prätor des Nordens. Das hier ist mein Revier und solange ICH keinen derartigen Befehl bekomme, bleibt das Gefäß unbescholten. Sowohl von den Dämonen, als auch von dir.»
DAS GEFÄSS? Ich wurde ja schon oft beleidigt, aber das war eine komplett neue Stufe der Abwertung für mich. Ich war so überrumpelt, dass ich gar nicht richtig sauer wurde.
Agnes zischte Raguel an. «Du machst einen großen Fehler, Raguel. Du kennst Azrael.»
Der drahtige Engel zuckte beiläufig mit den Schultern. «Besser, als du dir vorstellen kannst. Aber ich bin ebenfalls Krieger des Himmels, im gleichen Rang wie er. Ich arbeite nur auf göttlichen Befehl. Zeige mir einen Entsprechenden, oder verschwinde.»
Agnes starrte ihn noch einige Sekunden an, dann nickte sie langsam, warf mir noch einen finsteren Blick zu…und verschmolz mit der Dunkelheit.
Jim brach in dieser Sekunde stöhnend zusammen und rutschte die Wand hinab. Ohne darüber nachzudenken, eilte ich zu ihm und versuchte, ihn zu stützen.
Neben mir baute sich ein dunkler, in Leder gekleideter Turm auf und grollte mich an. Ich sah auf in ein Gesicht, das kleine Welpen zum Weinen brachte.
«Hi Damian, alles fit?»
Das Grollen wurde zu einem wütenden Knurren.
«Damian.» Ein einziges, scharf gesprochenes Wort von Seren ließ ihn augenblicklich verstummen.
«Er hat mein Gesicht verätzt!» protestierte Damian. Sein Tonfall klang so beleidigt wie bei einem Kleinkind, dass weniger Eis als sein großer Bruder bekommen hatte.

«Ich war das nicht. Das war die nette Dame von der Toilette. Und du hast ein Auto nach mir geworfen!» stellte ich fest.
«Aber nicht getroffen.» Beschwerte sich Damian erneut. «Nur weil ich dich durch meine Verletzung nicht richtig sehen konnte.»
«Soll mir das jetzt etwa leidtun?» fragte ich irritiert.
Als Antwort entfuhr ihm wieder ein bedrohliches Knurren. Seren reichte das anscheinend. Die Dämonin schnippte mit dem Finger, woraufhin der Riese leise murrend zurückwich. Danach wandte sie sich zu meiner Überraschung an Angela. «Das gibt es doch nicht. Du in Hannover? Was es nicht für Zufälle gibt.»
Angelas Gesichtszüge wurden hart. «Seren.»
Seren grinste gefährlich. «Ach komm schon, Yuki. Freust du dich gar nicht, mich wieder zu sehen? Wie lange ist das her seit Osaka? fünfzig Jahre?»
«Dreiundsiebzig», korrigierte sie kalt, «Und mindestens Fünfzig zu wenig.»
Seren spielte die Gekränkte. «Das ist aber nicht nett. Redet man so mit einer alten Freundin? Oder bist du immer noch sauer wegen der alten Geschichte?»
«Mich wundert eher, dass Sephir dich von der Kette gelassen hat.» erwiderte der Engel.
Serens finsterem Gesichtsausdruck nach war ihre Kränkung nun nicht mehr gespielt.
«Vorsicht, Engelchen.» Gab sie im lauernden Tonfall von sich. «Wir können gerne dort weitermachen, wo wir aufgehört haben.»
Raguel trat nun vor Angela und wandte sich an Seren. «Also? Wie machen wir es? Auf die leichte oder auf die harte Tour?»
Seren blitzte ihn an, ohne dabei ihr Lächeln zu vernachlässigen. «Ich denke, für heute haben wir genug. Bis zum nächsten Mal. Komm Damian.»

Damians Blick schnellte zwischen Seren, mir und Jim hin und her. «Was ist mit ihm?» seine Pranke deutete auf den sich immer noch krümmenden Jim.

Seren warf mir einen langen prüfenden Blick zu, dann hob sie demonstrativ die Schultern. «Überlass ihn den Engeln. Wir haben genug für heute.»

Grunzend trat Damian zurück. Seren zwinkerte mir noch einmal kurz zu, was mir einen Schauer den Rücken herunterjagte, und wandte sich dann mit Damian um, um dann ebenfalls in der Schwärze der Nacht zu verschwinden.

Raguel betrachtete Jim für einige Sekunden. Dann hob er seine Hand, und eine Klinge aus gleißendem Licht erschien wie ein Dorn auf seiner geballten Faust.

«Bringen wir es zu Ende.» entschied er, doch bevor er Jim mit dem Lichtdolch niederstrecken konnte, warf ich mich dazwischen und hielt meine Hände schützend erhoben. «Nein, bitte. Er hat mich vor Agnes gerettet. Ich meine Kaliel.» fügte ich hastig hinzu.

Raguel hielt in der Bewegung inne, betrachtete mich einen Moment eingehend und sah dann zu Angela hinüber. Sie nickte stumm. Raguel seufzte nun erneut.

Er schien einer dieser Personen zu sein, die schon davon genervt waren, wenn morgens die Sonne aufging. Dann verschwand der Lichtdolch plötzlich und machte einer weiteren, bereits glühenden Zigarette Platz. Rauchten eigentlich alle übernatürlichen Wesen? Nun, den Krebs hatten sie wohl nicht zu fürchten. Er nahm die Sonnenbrille ab und fixierte mich. Seine Augen waren weiß blau wie die ein Gletscher in der Antarktis. Ich konnte nicht anders, als zu starren. «Ich überlasse ihn in deiner Verantwortung, Nathaniel.» Dann setzte er mit einer fließenden Bewegung die Brille wieder auf, wandte sich kommentarlos um und Verschwand.

Angela wollte es ihm gleichtun, doch sprang ich auf und hielt sie am Ärmel fest. Sie sah mich stirnrunzelnd an, doch ich gab ihr keine Chance zu protestieren. «Was für eine kranke Scheiße war das jetzt wieder?» Ich bebte am ganzen Leib und hatte Mühe, meiner Stimme einen festen Klang zu geben.
Ich kämpfte allen Ernstes gegen einen Heulkrampf an.
Offenbar spürte Angela das. Ihr trotziger Blick wich für einen Sekundenbruchteil aus ihren Augen. Dennoch schüttelte sie den Kopf. «Nicht jetzt. Wir haben Einiges zu klären. Wir melden uns bei dir.»
Dann riss sie sich los. Ich wollte sie erneut packen, doch eine befehlende Geste von ihr ließ mich innehalten und verdammte mich erneut zur Bewegungsunfähigkeit. «In fünf Minuten kannst du dich wieder bewegen. Ich schlage vor, du beruhigst dich bis dahin.» echote Angelas Stimme in meinen Kopf.
Ich begann, die Engel zu hassen.

Kapitel 4 Caelestis

«Wenn man über jemanden die Wahrheit erfahren will, ist dieser Jemand nach meiner Erfahrung der Letzte, den ich fragen würde.» – Dr. House

Andy war als Mitbewohner einfach unbezahlbar. Sein Interesse daran zu erfahren, was ein Fremder, in Leder gekleideter und nach Verbrennung stinkender Kerl, den ich notdürftig verbunden hatte, auf unseren Sofaresten in Wohnzimmer machte, war ungefähr so groß wie das Wissen einer Schildkröte über die Relativitätstheorie.

Ich an seiner Stelle wäre zumindest ein wenig neugierig gewesen, wieso dieser Typ beabsichtigte, in meinem Wohnzimmer zu sterben, denn nach nichts anderem sah Jim aus. Er war eine einzige verbrannte, stöhnende und verschwitzte Lebensform. Eine unaufhörlich mit stark schottischem Akzent Fluchende dazu.

Als Andy aus seinem Zimmer kam, hatte ich mir in Gedanken schon vierzehn verschiedene Ausreden überlegt. Leider hatte ich keine gefunden, mit der ich nicht verrückt klang.

Doch Andy quittierte unsere Anwesenheit lediglich mit einem «Moin» und trottete im Halbschlaf versunken eine Etage tiefer ins Bad. Anschließend schlurfte er wieder zurück und schloss die Tür hinter sich. Vorher hatte er sich in der Küche zwei Brötchen geschmiert. Ein Hoch auf die Morgenmuffel dieser Welt. Obwohl meine Laune ebenfalls alles andere als gut war.
Das Positive zuerst.
Ich war höchstwahrscheinlich nicht verrückt.
Das war es dann aber auch leider schon.
Schauen wir uns mal die Contra Liste an:
1. Es gibt Engel und Dämonen.
2. Sie wissen, dass ich weiß, dass es sie gibt.
3. Sie wollen was von mir. Was genau, scheinen sie selbst noch nicht zu wissen.
4. Sie jagen mich.
5. Einige von ihnen wollen mich tot sehen.
6. Ich habe keinen blassen Schimmer warum.
Zusammengefasst...wäre ich lieber verrückt.
Zu allem Überfluss lag die einzig verfügbare Antwort auf meine Fragen auf meinem Sofa und wand sich vor Schmerzen im Fieberwahn.
Von einem Arztbesuch wollte Jim nichts wissen. Unterschiedliche Physiologie, meinte er.
Das konnte ich nachvollziehen. Ich hatte keine Lust im Krankenhaus zu erklären, warum der Patient wohlmöglich zwei Schwänze hatte. Oder vielleicht Kiemen.
Ich rieb mir die Augen. Eine Geste, die ich heute zum wiederholten Male ausführte. Ich war total erledigt und wollte nur noch schlafen, war dafür aber noch zu aufgekratzt und in Sorge um meinen... Tja, was war Jim überhaupt?
Konnte ich ihn als Verbündeten bezeichnen? Immerhin hatte er mich vor Agnes / Kaliel retten wollen. Was sollte überhaupt der Doppelname? Ich würde erstmal bei Agnes bleiben, bis ich mehr erfahren hätte.

Ich im Gegenzug habe seinen Abgang durch Raguel verhindert, aber machte uns das zu Freunden?
Ich wusste nichts über diesen schottischen Dämonen, diesen Ignis, wie er sich nannte.
Da fiel mir ein, dass ich nach Stigmata googeln wollte, und den Titel, mit Seren sich bei der Todesengelin vorgestellte hatte. Was war sie noch gleich?
Es schien jedenfalls Agnes nicht kalt gelassen zu haben. Andere Frage: Gab es das Wort Engelin? Ist das korrekt gegendert? Bei sowas musste man heutzutage überkorrekt sein. Und was war das für ein Ding zwischen Angela und Seren? Hatte ich das richtig verstanden? Die beiden kannten sich. Und das schon seit Jahrhunderten? In Japan? Abgefahren. Und wie hatte Seren Angela noch gleich genannt? Yuki? Ich musste unbedingt rausfinden, was sich hinter dieser Story verbarg. Und warum zumindest Angela die Dämonin auf den Tod nicht leiden konnte.
Ich starrte noch eine Weile unschlüssig auf Jim, der sich in Embryonalstellung auf dem Sofa zusammengerollt hatte.
Mit einigem Bedauern stellte ich fest, dass er noch seine dreckigen Stiefel trug.
Das gab Sofaflecken für die Ewigkeit. Wenigstens seinen Mantel hatte ich ihm abstreifen können. Wenn auch nur in Fetzen. Die Geruchskombination aus dicken Leder, Schweiß, verbrannter Haut und Blut war nicht gerade Hugo Boss verdächtig.
Ich nahm das stinkende Ding und beschloss, es draußen auf dem Hof auszulüften.
Auf dem Weg zu Haustür machte ich einen Boxenstopp in der Küche und setzte mir einen Kaffee auf.
Das Blubbern der Maschine und das sich langsam ausbreitende Aroma frisch aufgebrühten Kaffees waren Balsam für meine angeschlagenen Nerven.
Draußen war gerade der Morgen angebrochen.

Ich trat vor die Tür und strich über den Ledermantel, bevor ich ihn ausschüttelte.

Ein Klappern weckte meine Aufmerksamkeit. Etwas war aus dem Mantel gerutscht und auf den Betonboden gefallen.

Ein dunkelbraunes Lederportemonnaie.

Ich legte den Mantel auf den Gartentisch und hob die Geldbörse auf. Kleine Flammen waren auf ihr eingestickt, was mir ein kurzes Grinsen auf mein zerknautschtes Gesicht zauberte.

Ich schaute zum Fenster hinauf in das Zimmer, wo Jim lag. Natürlich konnte ich ihn nicht sehen. Ich überlegte kurz.

Da er mir keine Antworten geben konnte, zumindest nicht im Moment, fand ich es nur Recht und billig, mir auf diesem Wege vielleicht einige Informationen zu holen. Der Glaube konnte ja von mir aus mächtig sein, wie immer wieder betont wurde, aber Wissen war in dieser Situation mindestens genauso gut.

Man wusste ja nie, wie weit uns die nächsten Attentatsengel auf den Fersen waren.

Ich zog einen der Gartenstühle heran, setzte mich und legte die Beine auf den Tisch neben die Jacke. Danach begann ich bedächtig mit der Obduktion der Brieftasche. Als erstes schaute ich mir seinen Pass an.

Das Bild war wenig spektakulär. Sein voller Name war also tatsächlich James Timothy Mason. Oder zumindest war das die Identität, die er angenommen hatte. Ich traute diesen Nichtmenschen mittlerweile alles zu. Auch wenn das vielleicht gerade etwas rassistisch klang. Waren Vorurteile gegenüber Nichtangehörigen der Menschheit überhaupt Rassismus, oder gab es da noch ein völlig anderes Wort? Es gab genug Leute, die so einen Humbug studierten. Oder netter formuliert, die wahren Probleme unserer Welt intellektuell angingen.

Als Geburtsort und Datum waren der 01.12.1989 in Glasgow eingetragen. Das passte nicht gerade zu seinem äußeren

Erscheinungsbild, denn er wirkte deutlich jünger. Anscheinend ging das Dämonenleben mit ewiger Jugend einher. Bemerkenswert.

So weit, so gut, aber auch keine bahnbrechenden neuen Erkenntnisse. Ich durchforstete das Portemonnaie weiter, fand aber nichts wirklich Erwähnenswertes.

Unverschämt viele Geldscheine für einen jugendlichen Halbdämonen, ein Führerschein mit dem gleichen nichtssagenden Bild, eine Mitgliedskarte in der Stadtbibliothek Glasgow (wer es glaubt) und in einer Seitentasche verborgen ein Kondom (das passte eher zu meinem Bild von Jim).

Konnten Dämonen Geschlechtskrankheiten bekommen oder Kinder zeugen? Oder war das auch nur Teil seiner Fassade? Ich hatte ja an Seren gemerkt, dass Dämonen durchaus dazu gewillt waren, ihre körperlichen Vorzüge einzusetzen.

Ich steckte den Kram zurück in die Brieftasche und schob sie dann in den Mantel. Sackgasse, stellte ich mürrisch fest.

Wieso war nirgendwo Monk, wenn man ihn brauchte? Andererseits, zumindest dem Gesetz der Serie folgend, würde Monk beim Anblick unseres Küchenfußbodens erst einmal aus Gründen der Selbsterhaltung in ein Schockkoma fallen.

Schwer ächzend, wie Sisyphus beim Tausendjährigen Bergraufrolljubiläum, erhob ich meinen matten Körper Richtung Küche und goss mir, von innerer Gier nach Koffein getrieben, eine Tasse schwarzen Goldes ein. Ich gehörte zu der Sorte perverser Menschen, die nach eine Tasse Kaffee besser schlafen konnten.

Macken hatten wir alle. Aber besser die Koffeinsucht als zum Beispiel Sodomie. Der Pudel meiner Nachbarin dürfte damit auf jeden Fall ruhiger schlafen.

Ich merkte, dass wenig Schlaf bei mir wieder zu Gedankenspielen auf unterirdischen Niveau führte.

Obwohl ich gerade einen Gast aus der Unterwelt eine Etage über mir liegen hatte. Komplizierte Sache, die ganze Angelegenheit.

Erneut rieb ich mir die Augen, doch das Brennen und die Müdigkeit blieben, auch die fast in einem Zug geleerte Tasse half da wenig, außer dass ich mir die Zunge verbrannte.

Wie war der Stand der Dinge denn nun?

Halten wir fest, ein Drittel meiner neuen Bekannten wollte mir ans Leder. Das war wie der erste Schultag, also mir vertrautes Terrain. Nur das unsere Bullys jetzt Agnes und Damian hießen und nicht nur mein Milchgeld wollten.

Auf der Habenseite hatten wir Jim, Luna und Angela. Da war ich mir ziemlich sicher, wenn auch nicht absolut. Seren und Mr. Marlboroman Raguel konnte ich noch auf kein Aktivkonto buchen.

Zwei mächtige Restposten also.

Ich griff mir Zettel und Stift und malte die Namen der einzelnen Protagonisten meiner göttlichen Komödie auf und begann, sie durch Pfeile zu verbinden.

Also, von dem was ich bisher verstanden habe, sah das Ranking folgendermaßen aus:

Agnes und die drei Engel für Charlie (oder Nate) arbeiteten für einen Obermotz namens Gabriel.

Ich weigerte mich beharrlich zu glauben, dass es sich um DEN Gabriel handelte.

Eine zufällige Namensähnlichkeit, so wie ein Abgeordneter in Nordrheinwestfalen auch Gaius Cäsar hieß. Mit den Namen hatte der Mann fast gar keine andere Wahl gehabt, als in die Politik zu gehen, aber ich schweifte mal wieder ab.

Großmufti G. scheint also mächtig was zu sagen zu haben bei den Engeln, oder zumindest waren seine Befugnisse nicht nur auf Hannover beschränkt, da Agnes anscheinend nicht von hier war.

Diese wiederum hatte ihre Befehle von einem anderen Engel namens Azrael, der wohl direkt für Gabriel arbeitete. Raguel schien diesen zu kennen und nicht gerade zu mögen. Agnes schien ebenfalls eine mächtige Engel...Frau zu sein. Sie hätte Jim ohne Probleme kassiert. Raguel hingegen schien davon relativ unbeeindruckt zu sein.

Ich zeichnete eine Hierarchiepyramide, an deren Spitze Darth Gabriel stand.

Eine Ebene darunter stellte ich Azrael und Raguel auf eine Stufe, dicht gefolgt von Agnes.

Ein Level tiefer dann Luna und Angela, obwohl ich vermute, dass Angela noch eine marginal höhere Stellung hat. Am Fuß der Pyramide sollten wir nicht unsere freundliche Klofrau vergessen.

War sie früher mal eine Jägerin, so wie bei Buffy? Wenig schmeichelhafte Zukunftsaussichten in dem Beruf. Sie gehörte zu den Metas, die auf beiden Seiten kämpften, je nachdem, wer gerade am besten zahlte. Eine Art bewaffnete FDP also.

Die Edward und Jacob Parodien vom Bahnhof, die nun wirklich gar nichts Twilightartiges an sich hatten, nicht zu vergessen.

Ich kritzelte links daneben eine zweite Pyramide und ließ die höchste Ebene aus. Auf Ebene zwei schrieb ich nach einigen Überlegungen nur Seren. Ich hätte mir in den Arsch beißen können, dass mir das Wort nicht einfallen wollte, mit dem sie bei Agnes so einen Eindruck hinterlassen hatte. Shima Bambi oder so ähnlich. Ich hasste es, wenn mir etwas auf der Zunge lag und es sich nicht einmal mit einem Käsehobel rauskitzeln lassen wollte. Hatte Angela nicht einen Typen namens Sephir erwähnt?

Ob das Serens Boss war?

Den schrieb ich einfach mal über ihren Namen.

Eine Ebene unter Seren packte ich Damian und Jim. Obwohl ich ehrlich gesagt keine Ahnung hatte, ob das so zutraf.

Ich starrte auf meine Notizen und schrieb meinen Namen in die Mitte. Anschließend malte ich Pfeile und versah sie mit Notizen. Agnes wollte mich vernichten, inklusive meiner Seele. Was irgendetwas in mir ausgelöst hatte, an das ich mich nur schemenhaft erinnern konnte.
Auf jeden Fall hatte ich eine Macht gespürt, die mir seltsam vertraut vorkam.
Uralt, unkontrolliert und ganz bestimmt nicht von dieser Welt, aber irgendwie ein Teil von mir. Ich versuchte es besser zu beschreiben, aber ich fand keine richtigen Worte dafür. Es fühlte sich so selbstverständlich an. Wie wenn man sich nach langer Zeit wieder auf ein Fahrrad setzt. Man weiß sofort, wie man das Gleichgewicht behält.
Doch dieses Gefühl war sofort wieder weg, nachdem ich mich gegen Agnes Angriff gewehrt hatte.
Also, Agnes = Tot, hielt ich fest.
Und dann? Angela wollte mich auf die Seite der Engel ziehen, ich denke Luna ebenfalls. Raguel schien sehr viel auf Befehle zu geben, ansonsten hätte er sich Agnes wahrscheinlich nicht in den Weg gestellt. Aber auch hier wusste ich zu wenig, verdammt.
Damians Motive deckten sich wohl mit denen von Agnes, auch wenn sie mittlerweile persönlicherer Natur sein dürften. Aber solange er nach Serens Pfeife tanzte, schien ich dort gute Karten zu haben, was mein Weiterleben anging. Zumindest bis zu unserem nächsten Treffen. Wer weiß, wie lange sie Damian zurückhalten wollte, falls ich mich immer noch nicht für ihre Seite entscheiden würde.
Wollte ich das überhaupt?
Mich für irgendeine Seite entscheiden?
Konnten sie mich nicht einfach in Ruhe lassen?
Nein, natürlich nicht, weil meine Essenz höchstwahrscheinlich die Reinkarnation irgendeines Superengels war.

Und keiner wusste welcher. Obwohl, hatte Agnes nicht etwas gesagt? Sie dachte, ich wäre ein Nephilim? Der Begriff war mir durchaus geläufig, ich hatte ihn selber für eine Kurzgeschichte benutzt. Die Mischung aus einem Menschen und einem Engel. Aber was genau meinte Agnes damit? Fragen konnte ich sie bestimmt nicht.

Zum Schluss blieb dann noch Jim. Aus ihm wurde ich genauso schlau wie aus den anderen. Fest stand, er hatte mir die Haut gerettet und seine Eigene dafür geopfert. Aber warum? Und was wollte er überhaupt von mir?

Ich seufzte. Dann machte sich der erste Kaffee bemerkbar und ich verschwand schnell für mein Morgengebet auf den Keramiktempel.

Als ich anschließend wieder in die Küche kam, stand Andy dort, schmierte sich ein weiteres Brötchen und betrachtete interessiert meine Notizen. Ich stockte in der Bewegung. Um mir nichts anmerken zu lassen und um etwas Zeit zum Überlegen zu erkaufen, goss ich mir einen frischen Kaffee ein.

Wie sollte ich ihm das jetzt bitte erklären? Zu meinem Glück fand er selbst die beste Erklärung.

«Na, feilst du einer neuen Geschichte?»

Wie schon erwähnt, eines meiner Hobbies war Geschichten schreiben. Leider nur nicht gut.

Ich hatte sogar mal ein komplettes Buch zusammengeschustert, über Elben, Orks und ein verfluchtes Schwert. Als alter Herr der Ringe Anhänger war Fantasy voll mein Ding. Auch wenn ich sagen muss, dass mein Werk ziemlich schlecht war und nicht jeder Fan zum Tolkien oder Martin taugte. Aber genug der Rechtfertigungen für mein mangelndes Talent.

«Jap, mal schauen was daraus wird», versuchte ich es in einen möglichst beiläufigen Tonfall.

Andy kaute gedankenverloren auf seinem Brötchen herum und hob den Stift an «Das sind deine Hauptfiguren? Dir fehlt der

Name für den zweiten Obermacker.» Er tippte mit dem Kugelschreiber auf die Spitze der Dämonenpyramide.
Ich zuckte mit den Schultern. «Ich glaube, da fällt mir eher was ein, als mir lieb ist», murmelte ich mehr zu mir selbst.
Andy lachte. «Da kann ich dir helfen. Ich kenne den ultimativen Bösewicht, das kriminelle Genie, das im Hintergrund die Fäden zieht.»
Vergnügt kritzelte er einen Namen hin. KYAN.
Ich grinste. «Stimmt, darauf wäre ich nie gekommen, du Ausgeburt des Bösen.»
Kyan war eine Kombination aus Andys Vornamen und dem Anfangsbuchstaben seines Nachnamens, Andreas K. Andy war früher als Electro DJ in Bremen, seiner Heimatstadt, tätig gewesen und benutzte als Künstlernamen das Akronym NDK oder ab und an KYAN. Letzteres wiederum wurde dann sein Nick Name bei einem Onlinespiel gewesen, dem wir beide früher einmal sehr viel Zeit unseres Lebens geschenkt hatten. Daher kannten wir uns auch. Als es ihn dann vor einem Jahr beruflich aus Berlin nach Hannover verschlagen sollte und ich zu diesem Zeitpunkt auf der Suche nach einem Wohnpartner gewesen war, schlossen wir uns zusammen. Ich war seitdem sehr froh, mit dem Exil Bremer zusammen wohnen zu dürfen. Ich wurde schon wieder etwas relaxter, bis Andy mit seinem dick mit Nutella beschmierten Brötchen Richtung Decke zeigte. «Wer ist eigentlich unser Gast? Und warum sieht er so zerstört aus?»
Und wieder war mein Mund schneller als mein Gehirn. «Das ist mein Bruder.» hörte ich mich nur sagen.
Warum Bruder? Warum nicht Cousin, alter Schulfreund oder meinetwegen auch schwuler Liebhaber, aber Bruder war ja wohl das Dümmste, was man seinem Mitbewohner auftischen konnte.
Überraschenderweise schien Andy das aber auch zu glauben, trotz der offensichtlich nicht vorhandenen Ähnlichkeit mit Jim.

«Ich dachte, ich kenne deine Geschwister. Waren sie nicht alle älter als du? Glaube ihn hab ich vergessen, oder du hast ihn nicht erwähnt.» Bemerkte er beiläufig.
Ich nickte heftig. «Habe ich bestimmt schon, er lebt noch zu Hause bei Mum. Unser Nesthäkchen. Er ist zum ersten Mal in Hannover feiern und wir haben es gestern etwas übertrieben.»
Andy blickte mich noch einen langen Moment kauend an, dann zuckte er nur mit den Schultern. «Wie heißt er?»
«Jim, also eigentlich Timothy.»
Ach Andy, wie gerne wollte ich dir die Wahrheit sagen, aber dafür klang sie einfach zu bescheuert und abgedreht. Vielleicht war es auch besser so. Wer wusste schon, was als nächstes passieren würde?
Nun ja, hoffentlich Jim. Er war die einzige Option auf Antworten, über die ich verfügte. Auf die Engel jedenfalls wollte ich mich nach ihrem letzten Abgang nicht mehr verlassen.
Andy verschlang sein Brötchen. «Nun denn, ich geh Musik hören und eine Runde zocken. Übrigens ist dein Bruder wach. Ach und das ist ihm wohl aus der Jacke gefallen.» Andy legte eine Fotografie auf den Tisch und ging die Stufen hinauf in sein Zimmer.
Ich beugte mich neugierig über das Foto. Ein rothaariges Pärchen war zu sehen, dass sich im Arm lag. Jim erkannte ich sofort. Im Hintergrund war eine hügelige, grüne Landschaft zu sehen. Das mochten wohl die Highlands sein. Ich nippte an meiner Tasse und betrachtete nun das Mädel.
Sekunden darauf verschluckte ich mich vor Überraschung und spuckte das heiße Gebräu quer durch die Küche. Durch die rotblonden Locken hatte ich sie erst nicht erkannt, aber die Frau auf dem Bild war niemand anderes als Agnes.
Ich starrte auf das Bild, dann packte ich es in meine Tasche und erklomm wieder die Stufen zum Wohnzimmer. Jim saß mit

hängenden Schultern auf meinem Sofa und rauchte eine Zigarette.
«Hast du nicht genug von Feuer und Rauch?» war meine erste Frage, was er mit einem schiefen Grinsen quittierte. «Zu früh für Humor.» Krächzte er rau.
Ich nickte und hob die Tasse. «Kaffee?» Jims Gesichtszüge hellten sich auf. «Oh ja, bitte.»
Ich drehte mich um. «Schwarz?»
«Wie meine Seele.» Schallte es hinter mir her.
Eindeutig zweideutig, der Halbdämon.
Von wegen zu früh für Humor.
Während ich ihm eine Tasse eingoss, rotierten meine Gedanken. Wie sollte ich ihn nach der Fotografie fragen, ohne dass er mein Schnüffeln bemerkte? Andererseits, ich hatte eine Erklärung verdient.
Ich huschte wieder nach oben und reichte ihm das heiße Getränk. Nachdem er die ersten Züge Kaffee und die letzten von seiner Kippe genommen hatte, stellte er die Tasse auf den Glastisch und begann summend, sich die Verbände zu entfernen.
Zu meiner sichtlichen Überraschung war die Haut darunter zwar immer noch gerötet, wie nach einem zu intensiven Sonnenbad, von den hässlichen Verbrennungen vom Vortag war aber nichts mehr zu sehen.
Jim bemerkte mein erstauntes Gesicht. «Praktisch, oder? Gestern war ich noch ein Dönerspieß, heute nur noch unterm Solarium eingeschlafen.»
Ich nickte. «Wie geht es dir sonst? Du hast gestern ja nicht gerade wenig eingesteckt.»
Jim lachte trocken. «Das war nix im Vergleich zu dem, was Raguel getan hätte. Ich lebe noch, das ist mehr als ich nach dieser verkorksten Aktion erwartet hätte. Und das verdanke ich dir. Ich schulde dir was.»

Er hielt mir die Hand hin. Zum ersten Mal sah ich Jims innere Handflächen. In beide waren schwarze, vernarbte Kreuze eingebrannt. War das der Grund, weswegen er die Fingerhandschuhe getragen hatte? Doch ich sagte nichts und schlug ein.
«Genauso wie ich dir.»
Jims Grinsen zog sich in teuflische Breite. «Damit ist der Pakt besiegelt.»
Ruckartig, so als hätte ich einen elektrischen Schlag bekommen, zog ich meine Hand erschrocken zurück.
Jim brach in schallendes Gelächter aus, während ich ihn lediglich dumm anstarrte, wie ein Sportlehrer seine Lohnsteuererklärung. Jim griff nach der Kaffeetasse. «Sorry, aber das konnte ich mir nicht verkneifen.»
«Wie witzig», gab ich giftig zurück, «mach so einen Scheiß nicht mit mir, gerade nicht nach gestern.»
Jim hob die Arme. «Sorry, wie gesagt.»
Damit war es für mich aber nicht getan. Ich wollte jetzt Antworten und Jim würde sie mir geben. «Was läuft hier? Und ich will nicht wieder irgendwelche Ausreden hören. Wer bist du? Warum hast du mich gesucht? Was wollt ihr alle von mir, und wie hängt das alles zusammen? Du kennst Agnes, das habe ich mitbekommen.»
Die Fragen preschten aus mir raus wie ein Rennpferd aus der Start Box, doch schien Jim mit der Fülle keine Probleme zu haben. «Leider weiß ich auch nicht alles, aber dass was ich weiß, kann ich dir gerne mitteilen. Du steckst sowieso schon zu tief drin im Spiel, von daher kann es nicht schaden, wenn du die Regeln kennen lernst.»
Er wartete einige dramatische Sekunden, aber ich dachte nicht daran, ihn jetzt zu unterbrechen.
Jim seufzte, schnippte sich eine weitere Zigarette in den Mund und zündete sie, begleitet von einem zufriedenen Lächeln, mit einem Fingerschnippen an.

«Tut schon fast nicht mehr weh.» Bemerkte er.
«Also, fangen wir mit Agnes an. Agnes ist ein Vollstrecker Gottes, ein Todesengel, quasi die Terminatrix des Himmels. Wenn sie auf jemanden angesetzt wird, wie in deinem Fall, kannst du dir das Beten eigentlich schenken. Sie wird dich finden und restlos auslöschen, bis nicht ein winziger Teil deines Seins übrigbleibt. Danach inkarniert deine Seele nicht mal mehr als Staubkorn in der Sahara. Du bist raus aus dem Lebenszyklus, quasi aus der Schöpfungsliste ausradiert. War das klar und dramatisch genug für dich?»
Ich nickte und ein dicker Kloß im Hals schnitt meine Stimme ab.
Jim starrte an die Wand, als er fortfuhr. «Du musst Irgendjemanden ganz Oben echt mächtig ans Bein gepinkelt haben, dass er Agnes auf dich angesetzt hat, ohne den offiziellen Weg des Himmels einzuhalten. Das hat dir und mir übrigens den Arsch gerettet. Wenn die Sache durch den Rat der Engel abgesegnet gewesen wäre, hätte Raguel Agnes nicht aufgehalten, sondern uns selber zu Hackfleisch verarbeitet.»
Ich stutzte «Ist Raguel so stark wie Agnes?»
Jim nickte. «Noch stärker. Er ist ein Seraphim, ein Krieger Gottes. Und dazu noch der Prätor der Provinz Hannover, also der Obersheriff der Region.»
Ein Schauer lief mir den Rücken runter. «Und Angela und Luna?»
Jim machte eine hilflose Geste. «Keine Ahnung, denke mal sie arbeiten für ihn, ich kenne sie nicht. Ich bin neu hier, schon vergessen? Außerdem arbeite ich für die Konkurrenz, beziehungsweise habe ich das mal.»
Darauf wollte ich gleich zu sprechen kommen, doch fiel mir vorher noch eine Frage ein, die ich unbedingt beantwortet haben wollte. «Agnes sagte, sie hatte ihre Order direkt von Gabriel bekommen.»

Jim, der gerade die Tasse an seinen Mund geführt hatte, verschluckte sich bei den Namen heftig und knallte die Tasse auf den Tisch. Sein entsetzter Gesichtsausdruck flößte mir nicht gerade Zuversicht ein.
«Gabriel? Der Gabriel? Scheiße, du steckst bis zum Hals in der Scheiße, und der nächste Kübel rollt schon an. Fucking Gabriel, die Nummer zwei der Engel Gottes nach Michael, hat es auf dich abgesehen. Du bist so was von tot!» Also, was man Jim nicht vorwerfen konnte, war mangelndes Taktgefühl. Er besaß schlichtweg gar Keines.
«Kann es sich dabei nicht um einen anderen Gabriel handeln?» fragte ich mit wenig Hoffnung.
Jim lachte. «Das läuft bei den Engeln nicht wie bei den Menschen. Es gibt jeden Namen nur einmal. Was auch daran liegen mag, dass es nicht annährend so viele Celes wie Menschen gibt.»
«Celes?» das Wort sagte mir nichts.
«Caelestis. Himmlische. Ist glaube Latein. Wird aber falsch verwendet, denn es beschreibt sowohl Engel als auch Dämonen. Ein anderes Wort wäre Nichtmensch oder Übermensch, aber gerade Letzteres ist historisch etwas negativ belastet. Wir kürzen es als Celes ab. Verwechsle das nur nicht mit Celebs. Bei uns gibt es keine Celebritys.»
Das war doch mal endlich eine verwertbare Information. Auch wenn sie nicht viel brachte. «Und Metas? Zählen sie auch zu den Caelestis?»
Jim lachte erneut. «Metas sind Metahumane. Also keine Menschen, aber auch keine Celes. Weder Fisch noch Fleisch.»
Ich nickte langsam und verarbeitete noch den Umstand, dass bei Gabriel keine Namensverwechslung vorlag. Einer der mächtigsten Engel wollte meine Auslöschung. Seltsamerweise machte mir das keine Angst, ich war wohl einfach noch nicht in der Lage, das Ausmaß dieser Erkenntnis zu verstehen.

Jim aber schon. «Scheiße Mann, wenn das stimmt, dann kann dich keine Macht der Welt retten. Dann musst du zu den Dämonen überlaufen, wenn du überleben willst. Auch wenn mir das gar nicht schmecken würde.»
Der letzte Satz wunderte mich. «Nicht? Aber du bist doch ein Dämon?»
Jim hob mahnend den Zeigefinger. «Halbdämon. Und dazu noch stigmatisiert.»
Er betonte den zweiten Satz extra und bemerkte die Verwirrung in meinem Gesicht. «Auch ich war einmal ein braver, loyaler und gottesfürchtiger Mensch. Bis ich Agnes kennen und fürchten gelernt hatte. Dann habe ich mich der Hölle angeschlossen. Und habe sie gejagt. Lange. Dabei habe ich einiges über das Spiel zwischen Himmel und Hölle am eigenen Leib erlebt. Das hat meine Sicht der Dinge erheblich verändert.»
Jim brach mitten im Satz ab. Seine Augen flackerten und er biss sich auf die Unterlippe.
Ich holte zögernd das Foto hervor und reichte es ihm. «Was ist passiert?»
Jim riss mir das Bild aus der Hand und starrte mich wütend an. Dann schüttelte den Kopf. «Sorry Nate, ich nehme es dir nicht übel, das du etwas Sherlock Holmes gespielt hast, aber das ist meine Sache.»
Er sah einige Sekunden auf das Foto und schluckte schwer. Dann legte er es verkehrt herum neben sich.
«Wie gesagt, ich habe sehr viel über Himmel und Hölle gelernt. Es ist wie mit der Politik. Es ist vollkommen egal, welche Partei du wählst, es kommt immer auf das Gleiche hinaus.»
Damit wollte ich mich nicht zufriedengeben.
«Kannst du nicht etwas deutlicher werden?»
Jim ließ den Kopf hängen, dann nahm er einen weiteren Zug von seiner Zigarette, bevor er weitersprach. «Du hast ganz

andere Probleme. Ich habe mitbekommen, was Agnes über dich gesagt hat. Himmel und Hölle haben Eines gemeinsam. Sie dulden keine Nephilim.»

Ich dachte laut darüber nach. «Ein Nephilim ist ein Geschöpf mit der Macht der Engel und den freien Willen der Menschen.» Jim nickte. «Und weißt du was er noch ist? Nicht zu kontrollieren. Und was sich nicht kontrollieren lässt, wird vernichtet. So wie du.»

«Ich bin kein Nephilim.» stellte ich mehr für mich selber fest. «Das hat auch Agnes gesagt. Ich bin ein Mensch.»

Jim strich sich über die Augen. «Du bist kein Nephilim im biblischen Sinne. Also keiner der Brut, die von Engeln und Menschen gezeugt und durch die Sintflut vernichtet worden waren. Nephilim ist nur eine Klassifizierung für freie Seelen. Genau das ist das Problem. Jede Seele, die reinkarniert wird, wendet sich zur der einen oder der anderen Seite und das sogar relativ schnell und ohne lange darüber nachzudenken. Sie kehrt wie eine Brieftaube nach Hause zurück. Du aber bist wiederholt mit beiden Seiten in Berührung gekommen. Jetzt sag mir, für welche Seite hast du dich entschieden?»

Ich stockte. «Für keine bisher, ich weiß noch nicht genug, um diese Entscheidung zu treffen.»

Jim hob die Hand, bevor ich weiterreden konnte.

«Genau das meine ich. Du bist unentschlossen. Du siehst in beiden Parteien sowohl das Gute als auch das Schlechte. Dein Wille ist nicht von der Seele des Engels überschattet, der in dir wohnt. Er lässt dich vollkommen frei entscheiden. Und in dir wohnt ein mächtiger Engel, sonst hätte Agnes dich bereits erwischt.

Unglaublich mächtig sogar. Auch das hat dich gerettet. Du bist dadurch eine Waffe von unschätzbarem Wert. Ich vermute, dass allein deswegen Raguel und die Hölle dich bisher verschont haben, aber deine Zeit läuft ab. Wenn du dich nicht bald entscheidest, werden beide Lager Jagd auf dich machen.

Keine Seite wird das Risiko eingehen, den Engel in dir unkontrolliert erwachen zu lassen. Und dann Gnade dir wer auch immer, aber Gott wird es nicht sein.»

Das einzig unglaublich Mächtige in mir, was sich gerade regte, war mein Magen. Mit dem unsterblichen Wunsch, sich zu übergeben. Das konnte doch alles nicht wahr sein. Das war ein verfluchter Albtraum. Ich war Alice im Wunderland. Nur nicht in der Disneyversion.

«Gab es das schon mal? Das ein Engel vernichtet werden musste, weil er sich auf keine Seite schlagen wollte?» fragte ich mit heiserer Stimme.

Jim lachte böse. «Einmal? Leider schon zu oft. Und die Vernichtung eines erwachten Nephilims war mehr als verheerend für die Welt. Gerade die mächtigsten Wiedererweckten lassen sich ironischerweise am schlechtesten kontrollieren.»

Ich starrte ihn an. «Zum Beispiel?»

Jim zog wieder an der Kippe. «Das willst du nicht wirklich wissen.»

Ein Blick in meine finstere Miene überzeugte ihn vom Gegenteil. «Also gut, deine Entscheidung. Sagt dir Tunguska was?»

Ich hatte das Wort schon einmal gehört, wusste aber gerade nichts damit anzufangen, also schüttelte ich den Kopf.

«Am 30. Juni 1908 fand in Tunguska, Sibirien, eine Explosion statt, die alles im Umkreis von dreißig Kilometern vernichtete. Die Behörden sprechen von einem Asteroiden. Gib es mal bei Gelegenheit bei Wikipedia ein. Aber das war kein fucking Asteroid. Das war ein Nephilim. Und er wurde von den vier Reitern persönlich vernichtet. Eine ziemliche Sauerei das.» Ich stöhnte auf.

Jim fuhr ungerührt fort. «Und wenn dir das noch nicht reicht, der letzte Nephilim wurde von den Todesengeln am 09. August 1945 vernichtet.»

Mir lief es eiskalt den Rücken herunter. Das Datum kannte ich aus dem Schulunterricht. «Hiroshima.»
Jim sog an seinem Glimmstängel. »Jein. Nagasaki. Hiroshima diente nur zur Tarnung."
Ich keuchte und mein Magen zog sich noch mehr zusammen. «ALS TARNUNG? Weißt du, wie viele Menschen durch die Atombombe gestorben sind?»
Jims Blicken nach wusste er es genau. «Es passte halt gut in den Zeitplan. Warum eine so gute Gelegenheit verstreichen lassen?» bemerkte er mit ätzender Ironie in seiner Stimme.
«Aber die amerikanische Regierung hatte doch die Atombombe geworfen...» ich sah ihn hilflos an.
Jim lächelte freudlos. «Was meinst du, wo Gott und Teufel denn alles die Hände im Spiel haben? Es gibt kein Land, indem sie keinen Einfluss in die höchsten Kreise haben. So war es schon immer. Und keiner von beiden, ob Himmel oder Hölle, ist besser. Glaube es mir.»
Ich vergrub den Kopf in den Händen und raufte mir die Haare. Das konnte doch nicht wahr sein. Niemand konnte so grausam sein. Schnell stellte ich eine andere Frage, bevor mich das Grauen erneut überkommen konnte. «Du hast die vier Reiter erwähnt.»
Jim kratzte sich am Kinn, wohl auch dankbar darüber, dass die Unterhaltung die Richtung wechselte. «Das Gegenstück der vier obersten Engel. Die vier apokalyptischen Reiter. Populär unter den Pseudonymen Tod, Hunger, Krieg und Pestilenz. Doch eigentlich heißen sie Belial, Behemoth, Leviathan und Satanas. Oder Sataniel, wenn man seinen alten Engelnamen benutzen möchte.»
Ich starrte ihn aus großen Augen an. «Jetzt verarschst du mich aber.»
Er schüttelte bedächtig den Kopf. «Leider nicht. Ich habe sie zwar nie zu Gesicht bekommen, aber es sind Urgewalten.

Schrecklich, grausam und unbesiegbar. Streng genommen sind sie keine Dämonen.
Aber durch den Vertrag sind sie dem Willen der Hölle unterworfen. Früher war das nicht so, als sie noch zu fünft waren.»
«Wie, zu fünft?» hakte ich nach.
Jim lächelte bitter. «Vor dem Fall des Morgensterns gab es Fünf Reiter. Der Mächtigste von ihnen war Chaos. Luzifer selbst. Er war der oberste Reiter.
Erneut schluckte ich. «Luzifer existiert? Er ist wirklich der Chef der Hölle?»
Jim zuckte mit den Schultern. «Theoretisch ja. Aber wenn, dann ist er seit Jahrtausenden in irgendeiner der Höllen verschollen. Auf Erden wandelt er jedenfalls nicht. Statt ihm Regieren die Reiter, allen voran Sataniel, an seiner Stelle. Das war Teil des Vertrages. Sowohl Gott als auch Satan halten sich von dieser Welt fern. Deswegen sind die die vier Engel auch so was wie sein Vorstand auf der Erde. In der Hölle gibt es gleich mehrere Räte, komplizierte Sache, wenn alle keinen Boss, aber jeder das Sagen haben möchte. Zumindest da ist Chaos noch vorhanden.»
Eines leuchtete mir nicht ein. «Aber Luzifer wird doch auch als der fünfte Erzengel beschrieben. Nicht als der fünfte Reiter.»
Jim nickte. «Er war der tüchtigste der Himmlischen. Er war Gottes liebster Sohn. Herr der Reiter, erster der Fünf Erzengel. Wenn man es genau nahm, waren die Reiter seine Leibgarde. Luzifers treue Gefährten. Und deswegen stürzten sie auch mit ihn hinab und landeten in der Hölle.»
«Was ist dieser Vertrag? Angela hat ihn auch schon erwähnt. Das Abkommen, sich nicht direkt auf Erden zu bekriegen, meinst du das damit?»
Jim nickte. «Der Vertrag kam nach dem Fall Luzifers zwischen den Rebellen und den Engeln Gottes zustande. Dadurch wurde die Hölle erst erschaffen. Aber vielmehr weiß ich dazu leider

auch nicht. Als Halbdämon wird man ziemlich abwertend in der Höllengemeinde behandelt und vor allem nicht gerne gesehen.»
«Was genau bedeutet das überhaupt? Halbdämon?
Jims Gesicht wurde ernst. «Es gibt die vollwertigen, geborenen Dämonen. Und es gibt Menschen, die so verzweifelt sind, dass sie ihre Seele an die Hölle verpfänden, um dämonische Kräfte zu erhalten.»
Ich war verwirrt. «Wie funktioniert so etwas? Und gibt es auch Halbengel?»
Trotz seiner ernsten Stimmung musste Jim kurz lachen. «Nein, sowas gibt es nicht. Es liegt an der magischen Natur der Dämonen. Engel verfügen nicht über schwarze Magie. Wenn ein Dämon mächtig genug ist, kann er dem geneigten Menschen einen Pakt anbieten. Er überlässt ihm einen Teil seiner Kräfte, dafür verpflichtet sich dieser, ihm seine Seele zu weihen. In den meisten Fällen bekennen sich die Halbdämonen dann früher oder später zur Hölle und werden damit vollwertige Dämonen. Und Diener ihres Paktpartners.»
«Gibt es dann nicht eine Vielzahl mehr an Dämonen als Engel?»
Jim funkelte mich kurz an. Er schien mit sich zu ringen. Anscheinend mochte er das Thema nicht. «Nicht jeder Mensch kann ein Halbdämon werden. Dazu muss er zumal erst wissen, dass es die Celes wirklich gibt. Und diese Erkenntnis ist meist traumatisch.
Erst dann, wenn der Glaube an unsere schöne altbekannte Welt erschüttert ist, man also einen Blick hinter den Schleier geworfen hat, kann man sich zum Casting bewerben. Und es braucht einen geneigten Dämon, der paktwillig und fähig ist. Eine schwierige Kombination. Zumal die meisten Menschen mit einer übernatürlichen PTSD kurz darauf entweder durchdrehen oder Selbstmord begehen.»

Wir schwiegen beide nach diesen Worten. Ich wollte zwar wissen, wie es dazu gekommen war, dass Jim seine Seele verpfändet hatte, doch konnte ich mir denken, dass er nicht darüber reden wollte. Es musste auf jeden Fall mit Agnes zu tun haben.

Das Klingeln der Tür schreckte uns auf. Ich verspürte wenig Lust auf Gesellschaft und nahm mir fest vor, den Besuch wieder abzuwimmeln.
Missmutig lief ich über den Hof und öffnete das Tor.
«Was?» begann ich, doch blieben mir die weiteren Worte im Halse stecken.
Vor mir stand Luna, dieses Mal mit weißblond gefärbten Haaren, und blickte mich aus ihren grünen Augen unsicher an. Man sah ihrer gesamten Körperhaltung an, dass ihr irgendetwas Unbehagen verursachte.
«Ich muss mit dir reden.» begann sie.
«Worüber? Schicken dich Raguel und Angela mit einen neuen Knochen für ihren braven Hund?»
Sie schüttelte heftig den Kopf. «Bitte Nate, ich muss mit dir reden. Du bist immer noch in großer Gefahr.» «Welche neue Erkenntnis.» schnaubte ich, trat dann aber zur Seite und ließ sie passieren.
Bevor ich das Tor schloss, beäugte ich noch einmal misstrauisch die Nachbarschaft. Nichts Verdächtiges zu sehen. Verdammte Axt, Paranoia war noch ansteckender als Herpes.
Leider gewährte ich durch meine Verzögerung am Tor Luna und Jim die Gelegenheit, sich ohne meine Anwesenheit kennenzulernen.
Ein kehliges Fauchen schallte über den Hof bis zum Tor, gefolgt von einem wütenden Aufschrei und dem Geräusch von etwas Zerbrechendem.
Verwünschungen rufend, schmiss ich die Holztür scheppernd ins Schloss und flitzte zurück zum Haus. Von unten konnte ich

bereits die ersten Gegenstände fliegen sehen. Ganz großes Tennis.

Ich flog die Treppe hinauf, nahm gleich drei Stufen auf einmal, wobei ich mich zwischendurch noch fast auf das Fressbrett gelegt hätte, und stürzte in das Wohnzimmer.

Etwas Schwarzes raste sirrend dicht an meinen Kopf vorbei und zersprang am Türrahmen in tausend winzige Stücke, von denen mich mindestens drei im Nacken trafen. Ich warf einen Blick auf die improvisierte Splittergranate. Kleine schwarze Plastikteile lagen auf dem Boden verstreut. Nein, kein Plastik, registrierte ich beim näheren Hinsehen und wachsendem Entsetzen. Vinyl.

Ach du heilige Scheiße. Vergessen wir Gabriel.

Andy würde mich vorher killen. Andy liebte es, von Vinyl aufzulegen. Da unser Wohnzimmer genug Platz bot, hatte er sich eine eigene kleine DJ Ecke eingerichtet. Mit Turn Tables, Anlage, Regalen und sogar einer kleinen Theke nebst Minibar und Barhockern. Seine geliebte Plattensammlung in den Regalen war sein Ein und Alles.

Und ein Teil davon wurde gerade von dem hinter den Theke in Deckung gegangenen Jim als Flakgeschützmunition gegen Luna verwendet, die ihrerseits auf der gegenüberlegenen Seite Stellung hinter den umgeworfenen, antiken und unseriös schweineteuren Echtholztisch (Nebenbei auch Andy seiner) bezogen hatte.

Jim deckte den Engel mit einem wahren Dauerfeuer ein. Mit starrer Faszination wurde ich Zeuge, wie Michael Jacksons Thriller gefolgt von James Brown und einiger Minimal-Elektro-Scheiben das dunkle Holz malträtierten.

Jetzt konnte ich mich gar nicht entscheiden, was ich schlimmer fand. Die zerspringenden Platten oder die echt hässlichen Kratzer auf der Holzoberfläche.

Aber diese Entscheidung würde mir Andy abnehmen, der wohl jede Sekunde durch seine Zimmertür nach draußen kommen müsste.

Todesmutig wie ein Kamikazeflieger über Pearl Harbour stürzte ich mich in die Flugbahn und riss die Hände hoch. Jim erkannte mich, doch leider zu spät. Ironischerweise sollte Madonnas *Like a Virgin* mein Verhängnis werden, da Jim das schwarze Wurfgeschoss bereits auf die Reise geschickt hatte.

Erhobene Hände waren zwar gut zum Schutz des Gesichtes, doch traf mich die Scheibe mit chirurgischer Präzision ins Lustzentrum.

Synchron zu meinen Armen, die zu spät nach unten fuhren, um zu retten was nicht mehr zu retten war, glitten Jims Hände in sofortiger Erkenntnis seiner schändlichen Tat zu seinem Mund, was für mich aber kein Trost war.

Das scharfkantige Hartplastik in meinen Eiern fällte mich augenblicklich, wie einen Dominostein.

Zur Krönung knallte ich mit dem Kopf noch gegen einen der Tischpfosten. So lag ich da nun. Eine Hand am Sack, eine am dröhnenden Schädel und bereute es, Raguel von der Vernichtung Jims abgehalten zu haben.

Das Positive war, dass Andy, trotz des Schlachtenlärmes, sein Zimmer immer noch nicht verlassen hatte.

Luna und Jim starrten mich einen Moment an, dann wurden sie wieder einander gewahr.

Jim setzte mit einem Satz über den Tresen hinweg.

Da dieser aber nicht fest in der Wand verschraubt worden war, kippte er zur Seite, worauf hin einige meiner hochprozentigen Flaschen wenige Zentimeter neben mir auf dem Boden zerschellten. Das alkoholreiche Flüssigkeitsgemisch, garniert mit Glassplittern, verwandelte mich und den Fußboden in eine Schlammzone.

Ich trug mein weißes Lieblings-shirt, aber das war im Moment meine kleinste Sorge. Dennoch war es notiert auf meiner Liste

der Dinge, die ich den Beiden ankreiden würde. Und diese Liste war lang!
Luna indes sprang ebenfalls vor, schaffte es aber noch im Flug durch eine akrobatische Meisterleistung, ihre Landung derart zu korrigieren, dass sie nicht in die bunten Getränkemasse trat und sich dadurch nicht die weißen Stiefel versauen würde.
Anstelle dessen landete sie auf meinen Knie.
Ein weiterer Schrei, ein weiterer Gedankenstrich auf der Liste.
«Dämon.» Grollte sie.
«Engel» zischte Jim zurück.
«HALTET DIE FRESSE!» brach es aus mir raus.
Ein Moment herrschte fassungslose Stille, dann wurde sie durch meinen fluchenden Aufstieg vom Fußboden unterbrochen, bei dem ich mir noch schnell zum Abschluss ein fingernagelgroßer Glassplitter, dem Geruch nach war er von einer Bacardi-Flasche, in den Handballen rammte.
«Leck mich am Arsch. Seid ihr noch ganz dicht? Andy wird mich umbringen. Und euch beide nehme ich mit. Ihr habt sie doch echt nicht mehr alle. Seht euch meine Bude an.»
Den letzten Satz hatte ich lauter gesprochen als beabsichtigt.
Sowohl Jim als auch Luna starrten zu Boden wie kleine Schulkinder, die man beim Abschreiben erwischt hatte. «Aber, ich dachte.» begann Jim drucksend.
Ich funkelte ihn an. In meinen Augen brannte der Zorn des Haushaltsgottes, oder zumindest von Meister Proper, während ich meine blutende Hand in mein Shirt wickelte. Das war jetzt eh hinüber. Nichts übersteht eine Kombination aus 43er, Xuxu, Himbeerlikör und Wodka unbeschadet.
Jim hob die Achseln. «Ich dachte, sie wäre hier, um dich zu erledigen.»
Luna schnaufte. «Das gleiche dachte ich auch, ich wusste ja nicht, dass Nate hier eine Dämonen Jugendherberge betreibt.»
Ich vernahm den anklagenden Unterton in ihrer Stimme und war nur zu gern bereit, darauf anzuspringen. «Ach, es ist also

meine Schuld, oder wie? Entschuldige, nächstes Mal mache ich die Leuchtreklame wieder an: Zurzeit belegt mit einem Dämon, keine weiteren Zimmer frei. Und überhaupt», meine furiose Aufmerksamkeit richtete sich wieder auf Jim, «wieso wirfst du mit Andys Platten? Hast du eine Ahnung, was du damit anrichtest? Wir erleben gleich unsere persönliche Apokalypse!»

Jim deutete mit einen Nicken auf seine Hände. «Ich wollte ja einen Feuerball werfen, aber ich kann es noch nicht.»

Ich gab mir selbst die Gelegenheit, während ich den Ignis entgeistert anglotzte, mir kurz vorzustellen, wie meine Wohnung (und ich) ausgesehen hätten, wenn Jims Feuerzeuggriffel in Funktion gewesen wären.

Ich hob apathisch meinen rechten Zeigefinger und zwang meine erschütterte Stimme zur Ruhe. «Okay, neue Regel. In meiner Wohnung werden weder Schallplatten noch Feuerbälle geworfen, noch Tische oder Tresen umgeworfen oder verdammt teure Möbelstücke geschrottet.» Stumm drehte ich mich um, eilte die Treppe hinab, holte aus dem Bad Eimer, Wisch Mob und eine große Mülltüte.

Stumm hielt ich Jim die Tüte und Luna den Mob hin. Jim nahm die Tüte klaglos im Empfang und begann, die Schallplattenreste einzusammeln.

Luna runzelte hingegen nur die Stirn. «Wieso kriege ich den Mob? Weil ich eine Frau bin?»

Meine linke Hand krampfte sich derart um den roten Stiel des Mobs, dass die Fingerknöchel weiß hervortraten. Ich stand kurz vor der Kernschmelze.

«Hör mal zu, Emma. Es ist mir scheiß egal, wer oder was du gerade bist. Und selbst wenn du vom Papst ein Dienstzeugnis in der Tasche hast oder von Gott persönlich gesandt wurdest, um meine Bude zu verwüsten, ich bin nicht Hiob, und meine Geduld hat Grenzen. Also nimm den verfluchten Mob und mach den Scheiß wieder weg, bevor ich einen inneren Reichsparteitag bekomme.»

Kapitel 5 Neue Mitbewohner

«Ich hatte mal einen Mitbewohner, aber Mama ist nach Florida gezogen.» – Ghostbusters II

B isher glaubte ich nicht an Wunder, doch nun hatte ich gerade einen Engel Gottes angeschrien, ein unsterbliches Wesen kosmischer Macht.

Und der Engel nahm schmollend den Wisch Mob entgegen und begann, aufzuwischen. Während ein Dämon auf Knien mit geducktem Haupt Scherben vom Boden aufsammelte und dabei möglichst beschäftigt tat.

Ich nutzte die Gelegenheit, die überlebenden Flaschen an der Bar wieder zu ordnen und dabei gleich einen tiefen Schluck Whiskey zu mir zu nehmen.

Meine Hand brannte wie Feuer, von meinem Schädel und den Hoden erst gar nicht zu reden.

Trotz des ganzen infernalischen Lärmes hatte sich Andy nicht gezeigt. Misstrauisch klopfte ich an seine Tür. Nichts. Da war sie wieder, die Paranoia.

Andererseits hatten sich gerade Himmel und Hölle einen Grabenkrieg in meinem Wohnzimmer geliefert, was konnte ich da noch ausschließen?

Vorsichtig öffnete ich die Tür und schob meinen Kopf hinein. Erleichternd stellte ich fest, dass Andy unversehrt und sehr gechillt auf seinem schwarzen Lederbürostuhl vor seinem Schreibtisch saß.

Sein Kopf steckte zwischen zwei fetten Kopfhörern, aus denen elektronische Beats dröhnten.

Mit geschlossenen Augen zog er zufrieden lächelnd an seiner selbstgedrehten Zigarette und wippte mit den Füßen auf dem schweren Tisch im Takt mit.

Andy war gerade in einer komplett anderen, weit entspannteren und vor allem intakteren Welt. Hoffentlich blieb er da noch eine Weile.

Langsam zog ich meinen Kopf wieder aus seinem Zimmer und schloss leise die Tür.

Als ich mich umdrehte, bekam ich den nächsten Schock, doch dieses Mal war es ein angenehmer.

Das Wohnzimmer blitzte. Vom vorherigen Schlachtfeld war nichts mehr zu sehen. Der Tresen war akkurat wieder an seinem Platz, ebenso der Tisch, der nun eine dekorative

Tischdecke aufwies. Eine gute Übergangslösung, bis mir was Besseres einfiel. Der Boden blitzte wie eine Eislaufbahn. Auch die ehemalige Bettensofaruine war nicht mehr zu sehen. «Wo...?» begann ich, brach dann aber mitten im Satz ab.
«Haben das Ding entsorgt.» Kam die knappe Antwort von Luna. Ich wollte gar nicht weiter nachfragen.
Kurz spielte ich mit dem Gedanken, meine momentane Aura der Autorität auszutesten und sie zum Saubermachen in die Küche zu schicken, aber das würde wohl ein Wunschtraum bleiben.
Stattdessen setzte ich mich schwer seufzend auf meine Vier Buchstaben und sah mir meine Hand an.
Der Schnitt war ziemlich tief und hässlich geworden. «Meint ihr, ich muss das nähen lassen?»
Luna kam zu mir, setzte sich neben mich und ergriff bestimmt und etwas unsanft meinen Arm, was ich mit einem protestierenden Stöhnen quittierte.
Doch achtete der Engel gar nicht weiter auf mein Gejammer. Stattdessen legte sie ihre geöffnete Handfläche auf meine. Ich zuckte kurz, doch schon Sekunden später durchflutete mein Körper ein Gefühl wonniger Wärme. Ein flackerndes, helles Licht ging von Lunas Fingerspitzen aus, badete meinen Arm in Licht und löste ein angenehmes Prickeln aus, das sich über meine Hand bis in die Zehenspitzen ausbreitete.
Das weiße, pulsierende Glühen wich langsam aus Lunas Hand und aus meinen Körper. Verdutzt betrachtete ich meine Handfläche. Nicht der kleinste Kratzer war mehr zu sehen. Prüfend ballte ich meine Hand zur Faust und streckte dann wieder die Finger. Alles wunderbar. Auch alle anderen Schmerzen waren verschwunden. Ich fühlte mich wie neugeboren. Ich prüfte meine lädierte Leiste, alles war wieder in bester Ordnung.
«Besser als Kaffee mit Lembas Keksen.» stellte ich anerkennend fest. Ich erinnerte mich an das Gefühl. So hatte

ich mich nach der Wiederbelebung in der Gasse gefühlt. Auch meine Laune hatte sich schlagartig gebessert, obwohl ich argwöhnte, dass das ebenfalls ein beabsichtigter Nebeneffekt war.

Ich deutete auf Jim. «Kannst du das auch für ihn machen?»

Jim und Luna starrten erst sich und daraufhin mich so angewidert an, als hätte ich gerade ein Geschwisterpaar zum gemeinsamen Geschlechtsakt vor meiner Webcam aufgefordert.

Doch war mir das gerade so ziemlich egal.

«Kannst du es, oder kannst du es nicht?» sagte ich genervt, und die gute Laune ging wieder dahin.

Luna zuckte mit den Schultern. «Theoretisch ja.»

«Und praktisch?» hakte ich nach, immer noch verwundert, wie groß mein Einfluss im Moment auf diese zwei mächtigen Wesen war. Luna seufzte widerstrebend. Jim streckte ihr nun mit sichtlichem Widerwillen seine Hände entgegen.

Einige Minuten später betrachtete Jim seine erneuerten Hände und brachte sogar ein gegrummeltes «Danke» für Luna hervor. Auch die eingebrannten Kreuze waren verschwunden. Dennoch fiel mir auf, dass Jim seinen Händen immer wieder einen verstohlenen Blick zuwarf, so als erwartete er, dass sie gleich explodieren würden. Vielleicht steckte er seine Hände deswegen auch nicht in die Hosentaschen, was er sonst bei jeder Gelegenheit tat. Man(n) musste ja nicht mehr wertvolle Körperteile als nötig riskieren.

Ich nutzte die Gelegenheit, mir saubere, aber nicht mehr ganz neue Sachen anzuziehen. Nur für den Fall, dass es zu einer Fortsetzung des Grabenkriegs kommen sollte.

Meine beiden Gäste saßen sich am Tisch gegenüber und beäugten sich stumm. Ich setzte mich seufzend an den Kopf des Tisches und zeigte abwechselnd auf den Engel und den Dämon. «Jim, das ist Luna. Luna, Jim.»

Keine Reaktion. Ich hätte auch sagen können: Obama, das ist Osama. Bombenstimmung also.

Ich wandte mich nun direkt an Luna. «Du sagtest, du wolltest mit mir reden?»

Luna warf Jim einen schrägen Blick zu. «Vor ihm?»

Ich nickte heftig. «Ja, vor ihm. Entgegen gewissen anderen Anwesenden hat er noch nicht versucht, mich zu töten. Eine seltene Eigenschaft bei meinen jüngsten Bekanntschaften.»

Erst durch ihren betretenden Gesichtsausdruck registrierte ich, dass Luna ja ebenfalls zu dieser Kategorie gehörte. «Hey, dich mal ausgenommen.»

Jim zog eine Augenbraue hoch und beäugte den Engel mit neuem Argwohn, sagte aber nichts dazu. Stattdessen fischte er eine sehr in Mitleidenschaft gezogene Schachtel Kippen aus seiner über den Stuhl gelegten Jacke, steckte sich die Fluppe in den Mund und zückte sein Fingerfeuerzeug.

Als die kleine Flamme von seinen Zeigefinger sprang und die Glut entzündete, lag in seinen Augen das freudige Funken eines Kindes am Weihnachtsmorgen. «Wie neu. Keine Stigmata mehr.» Stellte er zufrieden fest, als er sich die Handgelenke rieb. «Danke, Engelchen.»

Luna schnaubte, doch bevor sie darauf entsprechend reagieren konnte, stellte ich meine Frage erneut. «Was wolltest du mir jetzt erzählen?»

Luna schwieg einen weiteren Augenblick. Ihre Lippen bewegten sich lautlos, so als läge sie sich die richtigen Worte zu Recht. Ihre grünen Augen flackerten unsicher. Eine Emotion, die ich von ihr weder bisher gesehen noch erwartet hatte. Zum ersten Mal wirkte sie nicht arrogant und distanziert wie sonst. Luna war wie ein Panzer. Sie ließ keine Gefühle oder Neigungen erkennen. Einmal hatte ich ihren Panzer durchbrochen. Das war kurz, nachdem ich meinen ersten Meta weggeblasen und mir dabei fast die Eier abgerissen hatte. Mein verstohlener Seitenblick fiel auf Jim. Ich war froh, dass er nicht

Gedanken lesen konnte. Wusste er, dass ich bereits einen Meta ins Jenseits geschickt hatte? Andererseits wusste er auch von Damian. Meine Überlegungen wurden von Lunas Stimme unterbrochen. «Jemand aus den höchsten Chören spielt die Provinzen gegeneinander aus. Wegen dir.»

«Okay, ich nehme Engelshierarchien für Fünfhundert: Was sind Provinzen und Chöre?» warf ich ein.

Luna zog kurz irritiert die Augenbrauen zusammen, fuhr dann aber fort. Offenbar kein Jeopardy- Fan. Aus welchem Jahrhundert stammte die ursprüngliche Luna eigentlich?

«Du musst dir Gott wie ein Unternehmen vorstellen, wobei Chöre die Chefabteilungen sind und Provinzen so etwas wie Außenstellen des Unternehmens, quasi die Handelsvertreter vor Ort.» Klärte Jim mich auf. «In der Hölle läuft das ganze ähnlich, nur nicht so stark strukturiert.»

Luna warf ihm einen finsteren Blick zu. Offenbar war ihr der Unternehmensvergleich etwas zu blasphemisch gewesen, aber die Metapher war so selbsterklärend, dass sie nichts dagegen sagen konnte. «Meine Provinz ist Hannover», fuhr sie stattdessen fort, «Angela ist meine Mentorin. Sie führt mich auf meinen Weg zum wahren Glauben.»

Jim hustete den Qualm aus. «Du bist noch Novizin? Dafür hast du schon ganz schön was auf dem Kasten.» Bemerkte er anerkennend.

Bevor ich fragen konnte, erklärte mir Luna, dass eine Novizin eine Seele auf dem Weg Gottes ist, die sich aber noch nicht der letzten Glaubensprüfung unterzogen hat. Sie war also noch kein vollkommener Engel Gottes, ein Geständnis, das mich sehr überraschte. Also gab es doch so etwas wie ein Gegenstück zu den Halbdämonen. Ein Engel in Ausbildung.

«Wie lange bist du denn schon auf dem Weg?» erkundigte ich mich.

«Vierundzwanzig Monate sind bisher seit meiner Erweckung vergangen,» stellte sie im sachlichen Ton fest. «Meine

Glaubensprüfung wird zu mir kommen, wie einst zu Abraham oder Hiob. Bis dahin warte ich. Es ist Gottes Wille, mich dann zu prüfen, wenn die Zeit dafür gekommen ist.»
«Und dann?»
«Dann werde ich ebenfalls Mentorin für einen Novizen sein.»
Ich grinste schief. «Ein Meister und ein Schüler was? Wie die Sith in Star Wars.»
Lunas Gesicht zu Folge konnte sie auch damit nichts anfangen. Anscheinend war Angela für die Filmvergleiche zuständig. Luna hingegen brauchte unbedingt einige Fortbildungen, was das Thema anging. Dafür, dass sie so aussah, als ob sie Mitte der 90er geboren worden war, waren ihre Kenntnisse der hiesigen Popkultur erschreckend schlecht.
«Und was ist Raguel für ein Engel? Der Oberschulrat? Oder der Facility Manager?»
Luna ignorierte meinen unsinnigen Einwand weiterhin. «Prätor Raguel ist für den ganzen Norden Deutschlands bis hin zu Dänemark verantwortlich. Er vertritt Gott in Hannover und Umgebung, wenn du es so verstehen willst.»
«Und er ist ein Seraphim.» Gab ich mein jüngst erworbenes Wissen wieder, was Jim stumm lächeln und Luna die schmalen Augenbrauen fragend hoch ziehen ließ.
Ich fuhr fort. «Raguel hat keine Ahnung, warum Agnes in seinen Gefilden fischt, soweit bin ich auch schon im Bilde. Habt ihr was Neues herausgefunden? Was ist mit Gabriel, Azrael und dem sogenannten Auftrag für mich?»
Luna spielte mit den Fingern in ihren Haaren. «Das ist es ja gerade. Seit gestern Abend kriegen wir keinen Kontakt mehr zu den Chören oder den anderen Provinzen. Irgendetwas stört die Verbindung. Raguel ist darüber sehr besorgt. Und...» begann Luna, doch stockte sie erst, überlegte noch einmal und atmete tief durch, bevor sie weitersprach und mir den Tag endgültig versaute. «Es sind noch andere Todesengel außer Agnes

gesehen worden. Sie werden aus dem gleichen Grund hier sein.»

Meine Kehle schnürte sich zu und mein Herz rutschte buchstäblich in die Hose. Ich war froh, dass Jim dabei war und die Frage stellte, die ich mich nicht zu stellen traute. «Wie viele?»

Luna seufzte. «Alle Zwölf.»

Jim zischte einen Fluch in seiner Heimatsprache, drückte die Zigarette im Aschenbecher aus und starrte finster auf den Tisch. Weder er noch Luna wollten meinen Blick begegnen.

«Was heißt das nun wieder?» auch meine Stimme schwankte vor Aufregung stark.

Jim nestelte die nächste Kippe heraus. «Die Zwölf. Die Zwölf Todesengel Gottes. Wie die Jünger Christi oder die Tierkreiszeichen. Das Todeskommando des Himmels. Einer schlimmer als der andere. Eigentlich sind es Dreizehn. Menadel die Jungfrau, Rumiel der Löwe, Kaliel die Waage, Moriel der Skorpion, Bethany und Caressa die Zwillinge, Samkiel der Stier, Pagiel der Widder, Tariel der Fisch, Janiel der Wassermann, Israfil der Steinbock und Azrael, der Schütze.»

«Sekunde», unterbrach ich Jim, «Israfil? Ist das nicht ein muslimischer Engelsname?»

Jim nickte. «Und?»

Ich gestikulierte unwillkürlich. «Ist das nicht eine vollkommen andere Baustelle?»

Jim braucht ein paar Sekunden, um zu verstehen, worauf ich hinaus wollte. Dann winkte er nur ab.

«Blödsinn. Christentum, Islam, Judentum. Alle pinkeln an den gleichen Baum. Diese Unterschiede wurden nur gemacht, um euch Menschen beschäftigt zu halten. Ich dachte, das wäre dir schon aufgegangen. Aber zurück zum Thema. Azrael ist der Führer der Todesengel und fast so stark wie einer der Vier.

Wenn du eine Tabelle anlegen möchtest, rangiert Agnes Macht im Mittelfeld. Es gibt also noch einige dickere Brocken und das Verhältnis schwankt da gewaltig. Raguel wird sich nicht gegen sie stellen, wenn er weiß, was gut für ihn ist. Zumal Azrael ihm in dieser Angelegenheit übergeordnet ist. Das sind mal ganz schlechte Neuigkeiten.»

Da war es wieder. Das Bedürfnis, sich dringend übergeben zu müssen. «Also, wenn ich das, und so fürchte ich, richtig verstehe, sind gerade dreizehn Kopfgeldjäger des Himmels auf der Suche nach mir und wollen mir das Licht endgültig ausknipsen? Und ich brauche dabei nicht auf Angelas und Raguels Hilfe hoffen?»

«Raguel gefällt überhaupt nicht, was gerade passiert. Er ist der Meinung, dass hier etwas nicht mit rechten Dingen vorgeht. Außerdem haben er und Azrael eine gemeinsame Vergangenheit und er traut ihm nicht. Deswegen schickt er mich.»

«Das soll was heißen?» erkundigte ich mich.

«Offiziell weiß keiner, wo du bist, Nate. Ich bin die Einzige. Ich habe dich wiedererweckt und so bin nur ich in der Lage, dich zu finden. Solange ich in deiner unmittelbaren Nähe bin, kann kein überirdisches Wesen dich aufspüren. Mein Auftrag lautet also, mich in deiner Gegenwart aufzuhalten und dich vor den Zwölf zu verbergen, bis wir wieder Kontakt mit den Chören haben.»

Ich nickte «Es ist ja nicht so, dass mittlerweile alle Engel und Dämonen meinen Namen und Adresse hätten.»

Luna schüttelte den Kopf. «Darüber brauchst du dir keine Sorgen zu machen, darum wurde sich schon gekümmert. Es kann aber sein, das einige Pakete dich nicht erreichen werden. Und auf einen Bestellservice musst du leider auch verzichten. Offiziell existierst du für die Behörden gar nicht.»

Ich runzelte die Stirn. «Und mein Studium? Meine Arbeit?»

Luna zog einige Papiere aus der Tasche. «Hier ist deine Annahme an einer australischen Universität für ein Auslandssemester. Und hier ist eine Freistellung von deiner Arbeit für die nächsten Monate.»

«Monate?» hakte ich nach. «Wie lange soll das ganze Theater denn gehen?»

Luna zuckte mit den Schultern. «Das kann ich dir auch nicht sagen.»

Ich schüttelte den Kopf und verschränkte die Arme vor der Brust. «Und wie bezahle ich mein Futter und die Miete?»

Lunas Gesicht hellte sich auf. «Dafür haben wir schon gesorgt. Du solltest bei Gelegenheit deinen Kontostand prüfen.»

Für den Bruchteil einer Sekunde war ich erleichtert, doch dann ätzte sich ein Gedanke wie Säure durch mein Kartenhaus der Hoffnung. «Und wenn die Chöre meine Liquidierung bestätigen, machst du mich wieder alle? Oder führst die Zwölf persönlich zu mir?»

Luna schwieg einen Moment. Zu lange.

«Hab Vertrauen, Nate. Vertraue auf Gott. Du hast nichts Unrechtes getan. Also wird Gott dir den wahren Weg zeigen. Du musst Vertrauen in deine Unschuld und die Gerechtigkeit und Gnade Gottes haben.»

Jim lachte bitter. «Pah. Ich kenne Gottes Gerechtigkeit. Sie hat nichts mit Gnade zu tun.»

Zu meiner Überraschung wandte Luna ihm ihr Gesicht zu und in ihrer Stimme lag so etwas wie Anteilnahme. «Ich habe von deinem Verlust erfahren, James Mason. Und ich bedaure ihn. Aber du hast den falschen Weg gewählt.»

Jim fuhr auf, in seinen Augen flammte es rot auf. «Den falschen Weg? Ich vertraute auf Gott und er nahm mir alles. Wie kannst du in meiner Gegenwart von einem gerechten Gott reden, nach allem, was er mir genommen hat?»

Hitze stieg von Jim wie von einer Terrassenheizung auf und brachte mir augenblicklich Schweißtropfen auf die Stirn.

«Jim beruhige dich.» Flehte ich ihn an.
Das Letzte, was ich gebrauchen konnte, war ein Flächenbrand in meinem frisch geputzten Wohnzimmer. Dann, wie von einer Sekunde auf die nächste, verrauchte Jims Zorn und er hatte sich wieder im Griff.
Die Raumtemperatur kühlte sich merklich ab. «Entschuldige, Nate.»
«Willst du mir nicht was erzählen?» Hakte ich erneut nach, doch maß mich mein schottischer Freund nur mit einem leeren Blick und Kopfschütteln.
Dann zeigte er mit dem Finger auf Luna. «Und du wirst ihm auch nichts erzählen.» Stellte er mit grabeskalter Stimme fest. Obwohl sich Luna davon nicht einschüchtern ließ, nickte sie. Was war so schlimm, dass ich es nicht erfahren sollte? Welches Geheimnis verband Jim und Agnes?
«Also, der Himmel will mich vernichten. Nenne mir einen Grund, warum ich nicht gleich zur Hölle überlaufen sollte.»
Statt Luna antwortete Jim. «Im Moment keine gute Idee. Wenn die Zwölf hinter dir her sind, will ich nicht wissen, wie die andere Seite darauf reagiert. Oder sagen wir mal so: Ich will es zuerst wissen, bevor wir über weitere Schritte nachdenken. Solange solltest du dich bedeckt halten, Nate. Ich denke, dass Raguels Idee im Moment die Beste ist. Bleib in Lunas Nähe und halte den Kopf unten, und ich versuche herauszufinden, was hier eigentlich los ist. Es gibt da noch den einen oder anderen, der mir einen Gefallen schuldet.»
Ich lehnte mich mit verschränkten Armen zurück und betrachtete beide abwechselnd. In was für eine Scheiße war ich nur hineingeraten? Ich war über Nacht vom Germany Next Top Engel Kandidaten zum Gottesstaatsfeind Nummer 1 geworden. Nur Bill Clinton hatte über Nacht einen ähnlichen Popularitätsverlust hinnehmen müssen. Und der hatte wenigstens Sex.

«Also», begann ich resigniert, «in wie weit musst du dich in meiner Nähe aufhalten, um mich vor den himmlischen Bobba Fetts zu verbergen?»
Erneut sah mich Luna entschieden an. «Ich werde nicht von deiner Seite weichen.»
Ich zog eine Augenbraue hoch. «Wie Tag und Nacht? Wie soll ich das bitte Andy erklären? Und meiner Freundin?»
Luna zog spöttisch eine Augenbraue hoch. «Du hast keine, Nate.»
«Na und? Wie auch, wenn ich andauernd erschossen, gejagt und entseelt werde?» Gab ich gekränkt zurück.
Luna dachte darüber nach. «Dann bin ich deine neue Freundin. Zumindest zum Schein. So kann ich auch die ganze Zeit bei dir sein, ohne das es auffällt.»
Ich unterdrückte ein Grinsen. «Soso, die ganze Zeit als meine Freundin ja?»
Lunas finsterer Blick ermahnte mich daran, dass sie Gedanken lesen konnte. Und meine momentanen Vorstellungen liefen normalerweise nur im Pay-TV.
«Entschuldigung.» murmelte ich.
Jims dreckigem Grinsen nach waren meine Gedanken derart offensichtlich, dass ich mich fragen musste, ob sie überhaupt meine Gedanken gelesen hatte.
Ich räusperte mich verlegen: «Okay, dann sollten wir aber zwei Dinge unbedingt klären. Dein Name. Ich meine, ich habe nichts dagegen, aber keine normale Frau heißt Luna. Du brauchst also einen Decknamen.»
Luna überdachte meine Worte. «Ich könnte meinen sterblichen Namen wieder annehmen. So, wie es Angela tut, wenn sie mit Sterblichen zu tun hat.»
Jim zuckte mit den Schultern. «Der da wäre?»
«Noranella Isabella Dorothea Yvette.»
Sowohl ich als auch Jim versuchten, einen möglichst neutralen Gesichtsausdruck zu behalten.

«Einigen wir uns auf Nora.» bot ich im diplomatischen Tonfall eines UN-Botschafters an.

Nora dachte auch hierüber kurz nach. Ihr Gesichtsausdruck veränderte sich, als sie lautlos ihren Namen wiederholte. So als ob etwas Vertrautes, aber nicht Greifbares vor ihr davonlief. Dann nickte sie. «Nora klingt gut. Nora Luna, also."

Ich wollte was sagen, aber dann zuckte ich wiederum mit den Schultern. Warum eigentlich nicht? Auch wenn es ein wenig wie der Künstlername einer Amateurpornodarstellerin klang, es könnte schlimmer sein.

Jim schaltete sich ein. «Wie hast du das gemeint, Angie benutzt ihren sterblichen Namen? Ist Angela nicht ihr Engelsname?»

Nora legte die Stirn in Falten. «Nein, natürlich nicht. Hariel ist der Name, wie ihr doch wisst.»

Jim und ich nickten einstimmig. «Ach ja, Hariel. Jetzt wo du es sagst.» Wir wollten ihr nicht zu erkennen geben, dass wir bis dato keine Ahnung von Angelas richtigen Namen hatten.

«Was ist die zweite Sache?» fragte Luna.

«Wir zwei sehen uns ab heute Abend einige Filme an. Ich kann nicht vernünftig mit dir reden, wenn ich immer alles erklären muss.»

Luna nickte. «Dann zeig mir doch bitte mein Zimmer. Dann kann ich gleich meine Sachen holen.»

Mein Lächeln verschwand augenblicklich. «Wie jetzt? Du willst hier einziehen?»

Sie nickte, als wäre das das Selbstverständlichste, was es gab. «So machen das Paare.»

Ich fuchtelte mit den Armen in der Luft. «Ja klar, nach einer gewissen Zeit, aber doch nicht gleich!»

«Dieser Punkt ist leider nicht verhandelbar. Er würde meinen Auftrag gefährden.» Stellte Luna, ab jetzt Nora, entschieden fest.

«Dir ist aber schon klar, dass ich nur ein Bett in meinen Zimmer habe? Mein Sofa wurde jüngst vernichtet und an einen mir unbekannten Ort entsorgt.»

Nora zuckte mit den Schultern. «Kein Problem. Engel brauchen keinen Schlaf.»

Ich wusste nicht, was ich darauf sagen sollte. Allein die Vorstellung, wie ich versuchen würde zu schlafen, während neben meinem Bett ein Engel stand und mich beobachtete, war nicht gerade prickelnd. Bevor ich aber weiter protestieren konnte, war Nora bereits aus der Wohnung gerauscht.

Jim klopfte mir aufmunternd auf die Schulter. «Ich mach mich dann auch mal los und beginne mit meinen Nachforschungen. Have fun mit der Kleinen.»

Ich nickte stumm und überlegte, wie um Himmels Willen ich das bitte Andy erklären sollte. Ich goss mir den letzten Rest Kaffee in die Tasse und setzte mich an meinen Laptop. Ich wollte doch mal sehen, wie viel spendabler der Himmel gegenüber meinen alten Arbeitgeber war.

Als ich die Online-banking Seite geöffnet und ein Blick auf den gutgeschriebenen, fünfstelligen Betrag geworfen hatte, verteilte ich erneut prustend den Rest Kaffee über Bildschirm und Tapete.

Kapitel 6 Mein Schutzengel

«So, ihr werdet jetzt zuhören! Er ist nicht der Messias! Er ist nichts weiter, als ein unanständiger Bengel! Und jetzt verpisst euch!» – Das Leben des Brain

In den nächsten paar Tagen wurde es ziemlich ruhig. Was in meiner Situation eigentlich nur bedeutete, dass niemand versucht hatte, mich umzubringen.
Ansonsten ging es durch Noras Einzug recht turbulent zu. Man sollte ja meinen, dass ein Engel, der weder Schlafen oder Essen muss, nicht viel Platz und Gepäck beanspruchen würde, aber von wegen.
Eine wahre Kolonne von Koffern wurde in meinem Innenhof aneinandergereiht, als der arme Taxifahrer ächzend das letzte der Gepäckstücke vor meiner Tür abstellte. Ich kratzte mich unbeholfen am Hinterkopf.
«Wo sollen wir das alles denn lagern?» überlegte ich laut. Nora ignorierte das, bezahlte dem Fahrer ein großzügiges Trinkgeld, was er sich auch verdient hatte, und schritt dann in die Wohnung. Ich griff mir einen der Koffer, die ungewöhnlich schwer waren, und schleppte mich damit die Treppen in mein Zimmer hoch. «Was ist da alles drin?»
Nora nahm mir die Tasche ohne Mühen ab. «Ich besitze nicht viel. Aber ich habe eine gewisse Schwäche für Schuhe. Das Meiste sind Stiefel.»
Ich zog die Stirn in Falten. «Wieso hast du so viele Schuhe dabei? Bist du heimlich ein Tausendfüßler? Oder hast du für jeden Tag eine Modenschau geplant?»
Nora erhob warnend einen Zeigefinger. «Mach keine Witze über die Schuhe einer Frau.»
Hier lernte ich anscheinend viel Nützliches über das Zusammenleben mit dem weiblichen Geschlecht. Auch wenn

ich auf diese Art von Lebenslektion hätte verzichten können. Was ich auch noch dringend lernen musste war, wann es Zeit war, eine Diskussion aufzugeben.

«Aber wieso nimmst du die alle mit? Hier ist jetzt nicht unbegrenzt Platz. Hast du keine Wohnung oder Zimmer in deiner Provinz?»

Nora Luna schenkte mir einen gefährlichen Blick. «Mein lieber Nate. Ich erkläre dir das gerne. Seit meiner Wiederauferstehung habe ich nichts anderes getan außer Gottes Willen erfüllt. Das hieß unter anderem, dass ich die Festung für Wochen oder Monate nicht verlassen durfte. Und es hat mir nie viel ausgemacht. Wir Engel dienen aus Überzeugung. Aber ich bin als Novize nicht perfekt, jedenfalls noch nicht. Ich habe stellenweise immer noch menschliche Bedürfnisse.

Und die einzige Freude, die mir in den letzten zwei Jahren geblieben ist, waren Zalando und Amazon.

Ich war niemals selber shoppen, noch war ich Essen gehen oder sonst etwas, was junge Mädchen heutzutage so tun. Und wie gesagt, war das alles im Sinne des Herrn und daher für mich kein Problem.

Genauso, wie ich jetzt dein Leben mit dir auf engstem Raum teilen muss. Auch dieses Opfer bringe ich gerne für Gott. Aber! Und ich möchte das nur einmal sagen müssen, Nathaniel, ich werde auf keinen Fall auf meine Schuhe verzichten!»

Ich wollte ja nicht behaupten, dass ich die hellste Kerze auf der Torte war, aber sogar ich hatte verstanden, dass hier Widerstand zwecklos war. Also ließ ich der Borg Königin ihren Willen. Auch wenn ich die Tatsache, dass Engel menschliche Leidenschaften hatten, doch sehr amüsant und interessant fand.

«Also ist deine Sammelleidenschaft nur während deiner Novizen Phase? Danach verliert ihr das Interesse an euren Hobbies?»

Noras Gesicht nach hatte ich sie bei etwas erwischt. «Nicht unbedingt.» Gab sie kleinlaut zu. «Du musst das verstehen, wenn du Jahrhunderte auf der Erde lebst, dann entwickelt man irgendwann die eine oder andere Eigenart, die man unter Menschen als Hobby bezeichnen kann. Hariel zum Beispiel hat ihren japanischen Garten.»

Durch mein überraschtes Lachen wurde ihr klar, dass sie gerade etwas sehr Privates über ihre Mentorin ausgeplaudert hatte. Und das neben ihrem wahren Namen, den sie nun ziemlich oft verwendete. Wie Hariel / Angela das wohl finden würde?

Sie funkelte mich finster an, warf sich gleich drei Taschen über die Schulter und stampfte die Stufen hoch.

Ich grinste ihr nach, doch sollte mir das schnell vergehen, als ich sie von oben rufen hörte. «Deine Regale mit den Nerd Kram kann ich ja für meine Schuhe nutzen. oder?»

Eine Fügung des Schicksals wollte es, dass Andy unmittelbar vor Noras Einmarsch in unser Zuhause für einige Wochen einen Auftrag in Frankfurt angenommen hatte und somit nur alle zwei Wochen am Wochenende nach Hause kommen würde. Ich allerdings glaubte hier eher an eine göttliche Fügung. Die Engel hatten wirklich an alles gedacht. Das ersparte mir zumindest das peinliche Gespräch, ihm zu erklären, warum meine Freundin, die ich vorher noch nie erwähnt habe, direkt bei uns eingezogen war, ohne dies wenigstens mit ihm abzusprechen.

Nora hatte es indes geschafft, mein Schlafzimmer in einen Schuhschrank mit Schlafgelegenheit zu verwandeln.

Ich saß wieder im Innenhof und hatte mir ein Bier aufgemacht. Eigentlich wollte ich was essen, aber nach einer Inspektion unseres Kühlschranks war die letzte Flasche Bier in meiner Hand das einzig Genießbare geblieben.

Nora stapfte die Treppe hinunter. Für so einen grazilen Körperbau war sie ein ziemliches Trampeltier. Meine Oma hätte gesagt, sie ging wie ein Bauer.
Und das in einem schwarzen Cocktailkleid. Im Gegensatz dazu kam ich mir in meiner Jogginghose und dem zu weiten T-Shirt etwas schäbig vor. Aber es war Sonntag. Und sonntags putzte man sich nicht raus, außer man war Kirchgänger. Mir entging die Ironie dieses Gedanken nicht und ich grinste zufrieden in mich hinein. In meinem Fall, da ich seit Jahren jede Art von Kirchenbesuch gemieden habe, war die Kirche nun zu mir gekommen.
«Schlechte Nachrichten.» Begrüßte ich meine neue Mitbewohnerin. «Das Bier ist alle und das Kühlfach auch. Sieht schlecht mit Abendessen aus.»
Nora zuckte mit den Schultern. «Engel essen nicht. Und trinken keinen Alkohol.»
Ich nickte. «Ist mir bekannt. Könnt ihr keine Nahrung zu euch nehmen?»
Nora rollte mit den Augen. «Natürlich könnten wir. Aber wir versuchen, ohne die Versuchungen des sterblichen Lebens auszukommen. Es ist unnötige Völlerei.»
Ich erinnerte mich daran, dass sie womöglich vor dem großen Zeitalter des Fastfood Booms das Zeitliche gesegnet hatte. «Das sagst du nur, weil du noch nie einen richtig guten Burger oder eine leckere Pizza gegessen hast.»
Nora starrte mich lediglich genervt an und sagte nichts. Sie konnte diesen Gesichtsausdruck bemerkenswert lange aufrechterhalten. Sie musste nicht einmal blinzeln.
«Nun, aber wenn ich mir was bestellen würde, wäre es dann nicht ein Gebot der Höflichkeit, dass du auch was isst? Sonst würde ich mich unwohl fühlen.»
Ein kurzes, unsicheres Flackern huschte durch ihr Gesicht. Soziale Umgangsformen mit Menschen waren für sie ein ungewohntes Neuland. Sie verzog den Mund zu einer Schnute

und schien ernsthaft darüber nachzudenken. «Ich denke, ich könnte durchaus einen Salat essen.»
Ich lächelte zufrieden, holte mein Smartphone aus meiner Hosentasche und öffnete die Pizza App. Da ich selber ja im Moment nicht auffindbar war, bestellte ich auf Andys Namen. Anstelle eines Salates bestellte ich ihr meine beiden Lieblingsgerichte: Burger und Pizza. Am Arsch mit Salat, Mädchen. Hey, im Moment konnte ich mir ein wenig Dekadenz durchaus leisten. Ging alles auf das Gottes Spesenkonto.

Über das Zusammenleben mit Nora sind mir besonders zwei Abende im Gedächtnis geblieben. Der erste war gleich am Sonntag darauf und begann mit einer Frage. «Möchtest du noch das Stück Pizza?»
Bevor ich denn Satz richtig beenden konnte, hatte sie sich bereits mit katzenartiger Agilität das letzte Stück aus dem Papp Karton in den Mund geschoben.
Sie hatte nicht gelogen. Engel mussten nicht essen. Aber als sie dann widerstrebend durch den Fehler in der Bestellung das erste Mal einen kleinen Happen probiert hatte, war der Damm gebrochen.
Seitdem schien Nora jede Art von kulinarischer Enthaltsamkeit aufgegeben zu haben. Als Folge dessen belasteten wir seit einer Woche die Kreditkarten des Himmels mit allen Lieferdiensten Hannovers. Sogar ich war zwischendurch auf Salat umgestiegen, weil ich so viel fettiges Essen nicht mehr sehen konnte. Nora lachte mich aus, als ich ihr erklärte, dass ich ein wenig auf meine Figur achten wollte. «Nate, du bist fast ein Engel. Du kannst so viel Essen wie du willst, das Gefäß bleibt in Form. Als ich aufgehört hatte, über die Formulierung Gefäß zu schmollen, musste ich ihr Recht geben. Wenn nicht jetzt, wann dann? Also orderten wir ein Gelage nach dem nächsten

und verbrachten den Großteil des Tages auf der Couch bei Netflix und Essen. Ich war bereits im Himmel angekommen.
Ich beobachtete sie verstohlen, wie sie das Pizzastück in sekundenbruchteilen hinunterschlang. Ich war tief beeindruckt.
«Sag mal, Nora.», begann ich zögernd, «Irgendwie weiß ich gar nichts über dich. Ich finde, da wir jetzt zusammenleben, sollte ich schon etwas mehr über dich erfahren, oder wie siehst du das?»
Nora nippte an ihrem Mineralwasser, um die Reste der Pizza runterzuspülen und sah mich dabei missmutig an. «Und was genau sollte das sein?» fragte sie mit der Euphorie einer Person, die aus Versehen den GEZ Beamten in ihre Wohnung gelassen hatte.
Ich machte eine ausholende Geste. Guter Punkt. Damit hatte ich jetzt nicht gerechnet. Gegenfragen sollten verboten werden.
«Wie war das denn damals bei dir? Seit wann genau bist du ein Engel?
Nora kaute gedankenverloren auf ihrer Unterlippe.
«Das ist gar nicht so einfach zu beantworten. Es gab bei mir eine Phase der ziemlichen... Unruhe. So würde ich das nennen. Nicht jede Auferstehung geht ohne Komplikationen vonstatten.»
Ich nickte zustimmend. «Hab ich das richtig verstanden? Du bist erst seit ein paar Jahren bei den geflügelten Streitkräften?»
Sie verzog kurz das Gesicht. Sie mochte keinerlei Witze oder Wortspiele, die Begriffe wie «geflügelt» beinhalteten. Einer der Gründe, warum ich sie so oft und kreativ einfügte, wie ich es vermochte. Dennoch ging sie nicht auf meine Spitze ein. «Das ist so nicht ganz richtig. Der Ruf der Seele erreichte mich vor...», sie schien kurz im Kopf zu rechnen, «mittlerweile fast fünfzig Jahren. Doch war es für mein menschliches Ich damals zu viel. Sowas kommt leider vor. Auch wenn es nicht oft passiert. Mein Verstand kam damals mit dieser Erfahrung nicht zurecht.»

«Und was ist dann passiert?»
«Ich fiel in einen tiefen Schlaf. Bis vor zwei Jahren.»
Ich schluckte. «Du lagst also ein halbes Jahrhundert im Koma?»
«So ist es. Und die Wahrscheinlichkeit, dass ich wieder erwachen sollte, war ziemlich gering. Aber durch Gottes Gnaden habe ich meine Glaubensschwäche überwunden und die Seele in mir akzeptiert. So konnte ich als Lunathiel erwachen. Auch das ist höchst selten. In den meisten Fällen stirbt das Gefäß früher oder später und die Seele geht zurück in den Lebensstrom, bis sie erneut eine Chance erhält.»
Meine Stimmung wurde augenblicklich trüber. «Kann mir das auch passieren?»
Sie zuckte mit den Schulten. «Wie gesagt, dass Phänomen ist sehr selten, wurde mir gesagt. Meistens verläuft die Akzeptanz und Reinkarnation reibungslos. Aber da es gerade in meinem Fall so langwierig und ungewöhnlich war, bin ich immer noch auf dem Prüfstand. Ich werde so lange eine Novizin bleiben, bis ich die letzte Prüfung meines Glaubens absolviert habe. Dann endlich werde ich ein richtiger Engel sein.»
«Was genau bedeutet das?»
Nora überlegte einen Moment. «Nach der Reinkarnation verschmelzen Seele und Mensch zu einem neuen Geschöpf. So entsteht ein neuer Engel oder auch Dämon. Die ursprüngliche Seele übernimmt viel von seinem menschlichen Wirt. Sie wird wiedergeboren, aber auch neu erschaffen. Die Erinnerungen an das vorherige Leben der Seele bleiben erhalten, aber auch die des Menschen. Und daraus entsteht was vollkommen Neues. Diese beiden Seiten in Einklang zu bringen, dass erfordert die Prüfung Gottes. Ein Glaubenstest, wenn man so will. Erst dann wird man Eins.»
«Und du bist noch nicht so weit?»
Sie schüttelte den Kopf. «Stellenweise schon, dennoch fühle ich mich manchmal noch innerlich zerrissen. Die Seele und der

Mensch in mir haben Jahrzehnte nebeneinander existiert. Manchmal fühle ich mich mehr wie ein Mensch, dann wieder bin ich von Gottes Gnade erfüllt. Angela meint, dass ich deswegen auch Probleme habe, mein Temperament zu zügeln. Daher hoffe ich, dass ich bald die Prüfung ablegen kann.»
«Gibt es dafür schon einen Termin?»
Nora lachte. «So läuft das nicht. Es wird passieren, wenn es passieren soll.»
«Weißt du noch viel von deinem Leben als Mensch?»
Wieder schien sie einen Moment darüber nachzudenken. «Es sind eher Fragmente. Beziehungsweise, ich habe Erinnerungen. Aber ich habe keine emotionale Bindung dazu. Es ist eher so, als würde ich mir einen Film über das Leben von jemand anderen ansehen. Ich weiß nicht, ob es an meiner Zerrissenheit liegt, oder ob das bei jeder Reinkarnation der Fall ist. Hariel zum Beispiel scheint überhaupt keine Probleme mit ihren vorherigem Leben zu haben.»
Ich dachte darüber nach. Also würde ich, wenn ich mich tatsächlich für die ganze Auferstehungsgeschichte entscheiden sollte, nicht mehr die Person sein, die ich jetzt war. Das bereitete mir doch einiges an Unbehagen. Okay, das war untertrieben. Es machte mir eine scheiß Angst. Wie viel vom guten alten Nate würde übrig bleiben? Würde ich das überhaupt bemerken, wenn ich ein neues Hybridmodell wäre?
«Nora? Wie viel von dem Menschen, der du vorher warst, steckt noch in dir? Wenn du schon sagst, du hast die Erinnerungen, aber keine Gefühle wie vorher…was bleibt denn da noch von deinem alten Ich?»
Noras Augen huschten hin und her. Sie wirkte verwirrt. Als sie mich anblickte, schienen ihre Augen feucht zu werden. «Ich kann es dir wirklich nicht sagen. Ich habe mich das Gleiche oft gefragt. Aber ich muss stark sein in meinem Glauben. Ich darf nicht zweifeln. Sonst wird diese Phase nie vorbeigehen. Ich brauche Harmonie. Ich will Frieden in mir spüren, Nate.» Die

letzten Worte waren eher ein leises Flüstern. Ich war bestürzt von ihrer Reaktion. Der innere Konflikt, den sie auszukämpfen hatte, musste ihr wahrlich an die Nieren gehen. Ich suchte schnell ein anderes Thema, um sie davon abzulenken.

Und wurdest du auch so sanft in den Dienst der Engel berufen, wie ich?»

Ihre Stimmung wandelte sich augenblicklich und sie unterdrückte mit knapper Not ein schadenfrohes Grinsen. Welches meiner Meinung nach ein Engel gar nicht besitzen durfte.

«Nicht jeder muss gewaltsam sterben, um dann aufzuerstehen. Die Meisten von uns nehmen Gottes Gnade als das Geschenk an, was es ist.»

Ich nickte, schüttelte dann aber gleich den Kopf. «Moment, wieso hast du mir dann die Lichter ausgeblasen? Mich hätte man ja auch fragen können.»

Nora schnaufte. Es sollte wohl verächtlich klingen, hörte sich aber an wie ein erkälteter Igel. «Du? Nimm es mir nicht übel, aber du bist von Gottes Geist ungefähr so beseelt wie eine Trockenpflaume. Wo Moses mit seinem Glauben das rote Meer geteilt hat, könntest du nicht mal einen Regentropfen halbieren. Wer weiß, wie viel Zeit ins Land gegangen wäre, bevor du die Essenz auch nur wahrgenommen hättest. Und Zeit war Luxus. »

Das war nun wirklich nicht nett. Es stimmte, aber nett war es trotzdem nicht. «Ok, ich frage nie wieder.» Stellte ich entschieden fest.

Noras Augen funkelten amüsiert. Der Themawechsel schien sie enorm zu erleichtern. Denn immerhin nahm sie mich wieder auf den Arm. «Oh, armes Baby. Ist der Herr beleidigt?» Dann boxte sie mir kurz gegen die Schulter, bevor sie fortfuhr.

«Nein, ernsthaft. Du bist, wie schon erwähnt, ein Sonderfall. Man kann nicht sagen, welche Art von Seele sich in dir verbirgt. Und da ist das Problem.

Wenn wir die Seele einfach ohne Aufsicht auferstehen lassen würden, bevor du eine Entscheidung gefällt hast oder konntest…du verstehst?»

«Ich bin also so etwas wie eine göttliche Wasserstoffbombe mit sterblicher Fehlzündung?»

Auf Noras Gesicht zeigte sich das, was ich unter der «Nora-Stirnfalte», oder nur NS, in meinen internen Datensatz abgespeichert hatte.

Die linke Augenbraue hochgezogen, Stirn leicht gekräuselt und ein Blick völliger, trotziger Unverständnis. Obwohl ich an dieser Stelle sagen muss, seitdem sie bei mir wohnt und den ganzen Tag fernsieht, (Das war ihre Hauptaufgabe, der sie auch voller Hingabe nachging. Nicht einmal ein feindlicher Abwasch oder das komplett zugemüllte Wohnzimmer hätten sie von ihrer heiligen Pflicht abbringen können, alle Folgen von Gossip Girl zu sehen.) hatte sich ihr Horizont für meine genialen Metaphern um einiges erweitert.

Nora neigte leicht den Kopf. «So kann man es ausdrücken. Um dein Gleichnis zu benutzen: Du bist der Einzige, der den Code kennt, um die Bombe zu entschärfen und James Bond davon abzuhalten, seine Terrorherrschaft über die Welt zu bringen.»

«Dr. No.» Verbesserte ich.

Die NS wieder.

«Dr. No war der Schurke. James Bond rettet die Welt und entschärft die Bombe.»

Nora nickte. «So gesehen, macht der Film auch mehr Sinn.»

«Weniger Modezeitschriften lesen beim Fernsehen hilft beim Verständnis ungemein.» fügte ich in einer subtilen Meisterleistung hinzu. Das war das zweite Ding, was sich hier innerhalb einer Woche geändert hatte. Ich durfte zwar meine Wohnung auch verlassen, um beispielsweise mal was Gesundes einzukaufen, doch war mein Bodyguard stets an meiner Seite. Und da ich etwas langsam im Lernen war und nichts aus dem Pizza Zwischenfall gelernt hatte, machte ich sie

im Supermarkt auf das Zeitschriftenregal aufmerksam. Ganz, ganz schlimmer Fehler.
Mein Wohnzimmer sah aus wie ein originalgetreues Modell der Alpen. Aus Mode- und Lifestyle Magazinen erbaut. Ich hätte schwören können, das ich gestern Nacht irgendwo zwischen Mount Vogue und den In style Tälern einen Trupp von Bergsteigergnomen gesehen habe, dich sich aus dem Deckblatt der Cosmopolitan das Dach für ihr Basislager errichtet hatten.
Nora erwies sich als bemerkenswert resistent gegen jede Art von Hinweisen über den gegenwärtigen desaströsen Zustand meiner Wohngemeinschaft.

Andy nahm das Ganze bewundernswert gelassen hin. Als er überraschend das erste Wochenende nach Hause kam und ich ihm nach dem ersten Schock versicherte, dass dieses Chaos nicht von Dauer sein würde, hatte er zwischen zwei Bieren nur gemeint, dass der Sex echt gut sein musste.
Selten so gelacht. Ich hatte die Arschkarte des Zusammenlebens gezogen. Meine Liebste lag nur den ganzen Tag auf dem Sofa, kochte nicht, räumte nicht auf, ging nicht arbeiten und Sex stand ungefähr so außer Frage wie die Beschwörung von Satan.
Ich war Al Bundy geworden.
Doch meine Peg hätte mich mühelos durch die Wand drücken können. Dafür musste ich allerdings keine Schuhe verkaufen. Und durch den Himmel war auch genügend Geld da. Also eigentlich kein Grund zur Beschwerde. Und wie ich bereits erwähnte: sie aß nicht, sie inhalierte das Essen mit der Anziehungskraft eines Schwarzen Loches. Es machte ihr einfach Spaß.
Sie mutierte innerhalb weniger Tage zum Fast-Food Junkie. So gesellten sich mit der Zeit zu den Modegebirgen kleinere Dörfer aus braunen McDonalds-Tüten und Pizzakartons. Das

alles selbstverständlich nur zu meinen Schutz. Von wegen. Mit jedem Tag stieg die Wahrscheinlichkeit, dass ich morgens aus dem Bett stieg, auf einem halb gegessenen Cheeseburger ausrutsche und mir dann den Hals brach. Aber ich wollte noch mal auf die Atombombe zurückkommen. «Ich kenne also den Code? Wie genau hab ich das zu verstehen?»
Nora spitzte die Lippen. Sehr sexy, nebenbei. Das war das Schlimmste. Nora war die fleischgewordene Versuchung, wie aus dem feuchten Traum eines Playboy Redakteurs entsprungen. Und sie war IMMER in meiner Gegenwart. IMMER.
Aber nun wirklich zurück zu Noras Antwort. «Es geht um deine Entscheidung. Je nachdem, für welche Seite du dich im vollen Bewusstsein entscheidest, wird es leichter sein, die Seele für diese Seite zu gewinnen. So kann zum Beispiel selbst ein gefallener Engel durch die Wahl seines Gefäßes zur Gnade Gottes zurückfinden. Umgekehrt natürlich auch. Das muss nicht so sein, ist aber sehr wahrscheinlich.»
Ich lachte. «Das erklärt also den massiven Wahlkampf um meine Person. Wenn also bekannt wäre, welches Herzblatt hinter Tor Nummer Eins sitzt, würde die eine Seite versuchen mich zu bekehren und die andere wiederum mich zu liquidieren. Da nun aber keiner weiß, ob ich der Zonk oder die Reise nach Hawaii bin, versuchen beide, mich ins Boot zu kriegen.»
Da Nora die Shows mittlerweile kannte, auf die ich mich bezog, nickte sie lächelnd. «Zumindest jetzt noch. Wenn aber eine Seite beschließt, dass du ein zu großes Risiko bist, werden sie nicht zögern, dich komplett auf allen Ebenen der Existenz zu vernichten. Niemand will einen weiteren Nephilim.»
«Nora?»
«Ja?»
«Auf diesen Zusatz hätte ich jetzt verzichten können.»
«Entschuldige.»

Mir fiel Agnes ein. «Ich denke, Agnes hat etwas in mir gesehen, und ihrer Reaktion nach war es wohl nicht gerade gut für das geflügelte Team.»
Nora zuckte mit den Schultern. «Tja, was das angeht, im Normalfall würde ich ihr Recht geben. Aber bei dem Chaos, das im Moment herrscht, sind wir uns einig, das dich zu vernichten eine verfrühte Reaktion wäre.» Nora hatte das Talent, mir unvermittelt verbale Tritte zu versetzen.
Ich holte tief Luft. «Das hieße aber auch, wenn dein Boss anruft und sagt: Alles klar, mach den Sterblichen lang, dann bringst du mich wieder um?»
Nora blickte betreten zu Boden. Ich lebte wortwörtlich mit dem Feind an meinem Bett zusammen. Ich stand vom Sofa auf und schüttelte den Kopf. Wutentbrannt trat ich den Modezeitschriftberg um, was sich als Fehler herausstellte, denn der Staubsauger war darunter begraben gewesen. So sprang ich dann fluchend auf einen Bein zum Sessel, ließ mich darin fallen und rieb mein lädiertes Schienbein. Dabei fluchte ich derart begeistert, dass ich mir spätestens jetzt Hausverbot im Himmel geholt hatte. Noras Stimme klang stockend über mein blasphemisches Gemurmel. «Ich könnte es nicht. Nicht mehr.»
Ich starrte sie an und vergaß kurz sogar die Schmerzen in meinem Bein.
Nora blickte mich aus großen, traurigen Augen an. «Mein Glaube ist wohl doch nicht so stark, wie ich es mir wünschen würde. Ich könnte es nicht mehr tun. All die Zeit, die ich hier verbringen darf, mit dir zusammen. Einfach nur mit dir hier auf dem Sofa zu liegen, etwas Leckeres zu Essen und mit dir Blödsinn über Filme zu reden. All das ist so kostbar für mich. Ich hatte noch nie eine schönere Zeit in meinem Leben. Ich hab dich sehr gerne. Du bist der einzige Freund, den ich habe. Ich will dich nicht töten.»
Verlegen wischte sie sich eine Träne aus den Augenwinkeln. Ich hätte nie gedacht, dass Engel weinen könnten. Was

vermutlich auch der Fall war. Ich durfte nicht vergessen, dass Nora immerhin noch zum Teil ein Mensch war, falls ich das richtig verstanden hatte. Ich setzte mich humpelnd zu ihr auf das Sofa, nachdem ich mir dort Platz freigeschaufelt hatte, und legte einen Arm um sie. Ihre Reaktion darauf entwickelte sich von panisch über widerstrebend bis anschmiegend. Stumm saßen wir beide nun da.
Ich spielte unbewusst mit ihren Haaren und sog ihren Duft ein. Es fühlte sich gut an, ihren Kopf an meiner Schulter zu fühlen. Oh verdammt, was passierte hier gerade? Ich räusperte mich.
«Kennst du die Simpsons?» fragte ich.
Sie schüttelte nur stumm den Kopf, ohne mich dabei anzusehen.
«Wird dir gefallen.» Ich schaltete die Folge ein und legte die Fernbedienung weg.

Ab hier wurde das Zusammenleben mit ihr wirklich angenehm. Und das Highlight war der Abend am darauffolgenden Donnerstag und begann wieder mit einer Frage:
«Und? Wie ist es?» fragte mich Nora.
In ihrer Stimme lag eine Aufregung wie bei Kleinkindern, die ihren noch jungen und unausgeschlafenen Eltern voller Stolz ihr erstes Wandgemälde auf den ehemals weißen Wohnzimmertapeten präsentierten.
Ich schob vorsichtig mit meiner Gabel ein Stück des Filets hoch, so als könnte sich darunter das abgrundtiefe Böse verbergen.
Offenbar reichte es meinen himmlischen Hausgast nicht mehr, mich mit einen Scharfschützengewehr sauber und schnell aus dieser weltlichen Sphäre zu pusten. Nein, sie hatte in ihrer göttlichen Bosheit ein weit perfideres Mittel gefunden, um mich möglichst qualvoll in die nächste Welt zu befördern.
Sie versuchte, zu kochen.
Danke, Chefkoch.de!

Dabei war der Tag bis dahin nicht schlecht gelaufen. Ich brauchte dringend etwas Zeit ohne die liebenswerte, aber konstante Gesellschaft meiner Nicht-Freundin. Also bat ich Nora darum, in die Bibliothek gehen zu dürfen, um dort etwas an meiner letzten Hausarbeit für die Universität arbeiten zu dürfen. Natürlich erwähnte ich dabei nicht, dass der Abgabetermin schon seit Tagen verstrichen war und ich bisher nicht einmal einen passenden Titel gefunden hatte.

Nachdem ich die Erlaubnis von ihr bekommen und sie mich persönlich vor der Bibliothek abgesetzt hatte, in der ich aber statt an meiner Hausarbeit zu arbeiten, ehrlicherweise nur zwei Stunden Comics gelesen habe, wurde ich anschließend wieder von ihr nach Hause eskortiert. Sie nahm ihrer Pflichten als Begleitschutz unglaublich ernst.

Als ich dann meine Küche betrat, dachte ich zunächst, die Todesengel hatten uns aufgespürt und mit Panzern angegriffen. Doch es war viel Schlimmer.

Hinter dem Desaster steckte die hübscheste Chaosküchenbraut aller Zeiten. Es gab so gewisse Filmchen (zumindest wurde es mir so erzählt), indem sich junge scharfe Schnitten als Hausfrauen präsentierten.

Dieses Vorspiel vor dem Vorspiel, also der «Handlung» entsprechend, waren sie dann in der Küche zugange, bis der Handwerker eintraf und bei ihr ein neues Rohr verlegen musste. Bei diesen Damen des horizontalen Gewerbes sah man auf dem ersten Blick, dass das Letzte, was sie regelmäßig in die Hand nahmen, ein Schneebesen war.

Aber genau das hatte Nora getan und aus Pfanne, Messer, dem Gewürzregal und einem Schneidebrett irgendwie eine Massenvernichtungswaffe für eine ehemals saubere Küche kreiert.

Dem ersten Schock folgte dann sogleich der Zweite. Aber dieser war durchaus angenehm.

Nora hatte aufgeräumt.

Das Wohnzimmer erstrahlte in einem Glanz, das selbst der General Bergfrühling in Tränen des Neids ausgebrochen wäre. Ich wagte gar nicht, den Raum durch mein Betreten zu entweihen, als mein überraschter Blick auf den Promi-Dinner-gerecht gedecktem Tisch fiel.
Nora saß daran und strahlte mich aus derart funkelnden Augen an, dass mir nicht nur im Kopf heiß wurde. Ich war mir sicher, dass sie das alles nicht ohne göttliche Kräfte in dieser kurzen Zeit bewerkstelligt hatte. Denn sie hatte sich auch innerhalb eines Wimpernschlages umgezogen. Sie trug einen schwarzen Rock, darunter eine schwarze Strumpfhose, dazu graue kniehohe Stiefel und einen grauen Wollkragenpullover, der ihre ohnehin schon athletische Figur noch mehr betonte. Die heute violetten Haare hatte sie auf toupiert und zu einem Zopf geschlossen. Ich hatte bisher noch nie den Mut aufgebracht um sie zu fragen, was die ständige Haarfärberei sollte. Nach dem Schuhvorfall war ich vorsichtiger geworden.
Sie trug einen so intensiven roten Lippenstift, dass er für Angehörige des Himmels verboten sein sollte.
Ich fluche innerlich.
Wahrscheinlich war ich in der Bibliothek beim Comiclesen eingepennt und lag nun mit offenem Mund im Sessel und schnarchte. Das konnte nicht real sein.
Hoffentlich sah man mir nicht an, was ich träumte.
Nora machte eine einladende Geste auf den freien Stuhl vor ihr, vor dem ein Teller stand.
«Ich habe gekocht.» Sagte sie stolz.
«Und aufgeräumt.» Gab ich baff von mir.
Wie hatte sie all das innerhalb von zwei Stunden geschafft? Und warum, wenn das wirklich ein Traum war, hatte sie so viel an?
Ich setzte mich vorsichtig auf den mir zugewiesen Platz und starrte auf das Jüngste Gericht. Also das Essen.

Auf den ersten Blick sah es nicht nur unverdächtig und nichttödlich, sondern auch noch sehr lecker aus. Und so roch es auch. «Was gibt es denn Schönes?» erkundigte ich mich höflich.
«Schwein im Schwein, mit Bandnudeln,» gab Nora zu Protokoll, «Ich habe das Rezept aus dem Internet. Filet mit Schinken ummantelt»
Ich nickte. «Doppelt hält besser was? Haha.»
Der NS Blick ruhte auf mir.
«Wie? Haha?» erkundigte sich Nora mit dem lauernden Unterton einer ausgefahrenen Katzenkralle.
Ich schüttelte schnell den Kopf. «Schon gut, sieht lecker aus.»
«Dann probiere endlich!» forderte mich Nora, nun fast ungehalten und mit Ungeduld in ihrer Stimme auf.
Also tat ich wie mir geheißen. Und was soll ich sagen? Es war das verdammt beste Schwein im Schwein, was ich jemals gegessen habe.
Ernsthaft, keine Ahnung wann oder ob überhaupt ich jemals schon etwas Vergleichbareres gegessen hatte. Ich holte mir gleich noch eine weitere Portion.
Dabei fand ich auch heraus, dass ich nicht träumte, denn ich rutschte auf den spiegelglattpolierten Boden aus und hämmerte mit meinen großen Zeh gegen die Tür Kante. Ich winkte Nora sofort ab und humpelte lächelnd in die Küche. Dort holte ich mir meinen Nachschlag, trocknete die Tränen und schleppte mich die Treppen wieder zurück.
Super Essen, das war es wert!
Wieder an meinen Platz zurück erkundigte ich mich, ob es einen speziellen Anlass für all das gäbe.
Nora legte den Kopf schräg und schenkte mir ein verführerisches Lächeln. «Nein, ich wollte nur einmal ausprobieren, wie sich das Leben einer normalen Hausfrau so anfühlt.»

Ich grinste zurück. «Bei allem Respekt, aber eine normale Hausfrau sieht nicht bezaubernd aus wie du. Nicht einmal bei Desperate Housewives.»
Das war auch Noras momentane Lieblingsserie. Es wäre durchaus möglich, dass sie da auch die Idee für dieses Dinner bekommen hatte. Vielleicht sollte ich ihr noch andere Serien vorschlagen...muahaha.
«Und?» fragte ich sie, «Wie fühlt es sich denn an?»
Noras Lächeln schwand augenblicklich, so als habe sie über diese Frage noch gar nicht nachgedacht. Ihre Gesichtsmimik wandelte sich von überrascht zu nachdenklich bis letztlich hin zu traurig.
«Sehr gut eigentlich.»
Abrupt stand sie auf, griff sich die leeren Teller und stürzte förmlich Richtung Küche.
«Ich räum die Küche wieder auf.» Gab sie halblaut von sich. Dann war sie weg.
Ich verfluchte mich. Was für eine dämliche Frage. Nora würde nie eine Familie haben, sie würde nie ein normales Leben führen können. Oder vielleicht hatte sie das ja sogar schon einmal gehabt? Ich wusste immer noch wenig über den Menschen, der Nora einst gewesen war, bevor sie ein Engel wurde. Vielleicht erinnerte sie sich gerade daran, wie es war ein Mensch zu sein? Wahrscheinlich war dieser Abend nur ein Gefühlecho ihrer sterblichen Seite. Wie ein Schatten aus der Vergangenheit, aber wenn die Zeit ihrer Prüfung kam...ja was dann? War es dann vorbei mit ihrer menschlichen Seite? Wollte sie deshalb noch einmal «normal» sein?
Sollte ich hinunter in die Küche gehen und ihr helfen? Oder sollte ich sie in Ruhe lassen? Ich wusste es nicht, aber zum Glück nahm sie mir die Entscheidung ab.
Sie brüllte von unten hinauf. «So läuft das aber nicht, Freundchen. Sich erst bekochen lassen und sich dann vor dem

Abwasch drücken. Schwing deinen sterblichen Hintern in die Küche.»
Ich musste lächeln.

Kapitel 7 Die Jagd der Zwölf

«Die Jagd nach dem Jäger beginnt da, wo die Beute ist. – Blade II

Heute Abend musste ich seit langem Mal nicht wie der Graf von Monte Christo mein isoliertes Dasein als Gefangener in meinen eigenen vier Wänden fristen, sondern durfte was mit meinen Freunden unternehmen. Auch wenn dies unter dem ausdrücklichen Protest von Nora geschah. Es hatte alle meine diplomatischen Künste erfordert, doch schlussendlich hatte ich Nora davon überzeugen können, dass ich meine Freunde zu «uns» einladen durfte. Immerhin wäre es aufgefallen, wenn ich nun gar nichts mehr von mir hören lassen würde. Ich war mir sicher, dass Nora diesen Köder nicht geschluckt hatte. Doch wurde es langsam langweilig in unsere trauten Zweisamkeit und wir hatten nun schon seit Wochen weder von Jim, noch von Angela etwas Neues gehört. Schlussendlich hatte ich aber Andy diesen Abend zu verdanken. Er war ein begeisterter Pokerspieler, auch wenn er die Angewohnheit hatte, sich im entscheidenden Spielverlauf zu verzocken. Das machte ihn als Mitspieler nicht unbedingt unsympathischer.

Ich selber hatte zwar schon ein oder zweimal mitgespielt, sonderlich gut war ich aber nicht.
Doch das war mir egal. Ich durstete, ähnlich wie ein verirrter Wüstentourist nach Wasser, nach zwischenmenschlicher Gesellschaft.
Also brauchte ich Andy nur den Floh ins Ohr zu setzen, dass wir unbedingt wieder Pokern müssten.
Und damit hatte ich den Joker gespielt.
Nora, konnte zwar mir, unter dem Aspekt meiner persönlichen Sicherheit, fast jeden Spaß verbieten, aber wie wollte sie das bitte Andy erklären?
Sie hatte beinahe verlegen gewirkt, als ich sie meinen Freunden als meine feste Freundin vorgestellt hatte, die ihre unverhohlene Überraschung nicht verbergen konnten. Don hatte es am ehrlichsten formuliert. «Wie hast du hässlicher Vogel, denn bitte so eine hübsche Frau abbekommen? Ist sie blind oder sowas?»
Nora hatte darüber herzlich gelacht, wie auch alle anderen. Außer mir.
Hinzu kam der Umstand, dass Nora beinahe dogmatisch darauf achtete, mit mir Händchen zu halten. Als wir kurz alleine waren und ich sie darauf ansprach, meinte sie, dass das überzeugender wäre. Das wäre in allen Serien so, die sie gesehen hätte.
Nora hatte noch nie Poker gespielt. Glaubte sie zumindest. Ich vermutete, dass die menschliche Seite in ihr den Ausschlag gab und sie deshalb diesen Abend zugestimmt hatte. Mit zunehmendem Spiel schien sie Gefallen an Poker zu finden. Für einen Engel log sie verdammt gut und raffte und bluffte so Runde um Runde weitere Chips auf ihren Stapel.
Ich freute mich für sie. Und auch für mich.
So gerne ich ihre Gegenwart hatte, so komischer wurde die Stimmung zwischen uns mit der Zeit. Denn, so musste ich mir langsam eingestehen, entwickelte ich Gefühle für meinen

Wärter. Ein romantisches Stockholm Syndrom. Aber wie sollte es auch anders sein?

Ich hatte die letzten zwei Wochen jeden Tag und jede Nacht mit ihr verbracht.

Ich war sogar freiwillig öfter ins Badezimmer gegangen, als so mancher Altenheimbewohner mit Konfirmandenblase, nur um mal Fünf Minuten für mich zu sein. Der Stille Ort, meine Festung der Einsamkeit, die letzte Bastion der Männlichkeit. Und der einzige Ort, wo ich nicht das Kribbeln verspürte, wenn ich in ihrer unmittelbaren Nähe war.

In der ganzen Zeit hatte sich Nora, die sich schnell an ihren neuen beziehungsweise alten Namen gewöhnt hatte, als tugendhaftes, ernstes und etwas naives Mädchen herausgestellt. Obwohl sie auch andererseits über einen bissigen Humor verfügte, was ich öfter zu spüren bekam, als mir lieb war. Aber auch oder gerade diese Seite an ihr lernte ich schnell zu schätzen.

Ab und an wirkte sie etwas deplatziert, oder besser gesagt, anachronistisch. Fünfzig Jahre Koma und zwei Jahre Einzelhaft in einer Engelsfestung waren wohl keine gute Vorbereitung auf unsere heutige Gesellschaft gewesen. Diese daraus resultierende Verpeiltheit machte sie für mich noch liebenswerter.

Leider bekam ich über ihr altes Ich nicht mehr viel heraus. Nach unserem letzten Gespräch über das Thema war sie ein größerer Geheimniskrämer geworden als die Coca Cola Company mit ihrer Getränkeformel. Wahrscheinlich ging ihr das Thema auch zu Nahe. Doch heute entdeckte ich vollkommen neue Seiten an ihr. Sie war ohne Frage eine Spielernatur.

Das konnte aber auch daran liegen, dass sie die Regeln verstanden hatte und sich eisern daran hielt.

Und diese Regeln setzten betrügen voraus. Was also im Rahmen der Regeln war, konnte bei ihr keinen moralischen Konflikt verursachen.

Und so zog sie uns alle nach der Reihe über den Tisch. Alle, das waren unter anderem Don, Andy, Lilli, Dirk und einige Arbeitskollegen von Andy.

Ich vermisste allerdings Kim. Ich kannte sie zwar wie gesagt noch nicht so lange, hatte sie aber schon sehr ins Herz geschlossen und hätte sie gerne wiedergesehen. Gerade nach nachdem, was letztes Mal geschehen war. Aber leider blieben meine Nachrichten bisher unbeantwortet.

«All in», verkündete ich mit der Siegessicherheit eines Marathonläufers, der bei den Bundesjungendspielen gegen den asthmakranken Körper Klaus der Grundschule Rinteln Nord im dreitausend Meterlauf antrat. Lässig ließ ich die dicke Zigarre von einem Mundwinkel in den anderen rollen.

Ich hatte ein nettes Pärchen Buben auf der Hand und nur der River war noch nicht gelegt worden. Eine Fünf, eine Neun, eine Vier, eine Sieben und eine Drei, also nichts was meinem Siegeszug im Wege stehen sollte. Die anderen Mitspieler hatten anhand dieser mageren Ausbeute bereits das Handtuch geworfen.

Nur sie war noch im Spiel. Der schlimmste Alptraum eines Pokerspielers. Knapp 160 Zentimeter geballte Verschlagenheit und unverschämtes Glück.

Der Name meiner Nemesis am Pokertisch war Lilli. Eigentlich eine Studienkollegin und Freundin von mir, doch im Moment kannten wir beide keine Freunde, denn ich war im Begriff, einen gewaltigen Topf Asche abzugreifen, der zum großen Teil auf ihre Kosten ging. Insgesamt waren wir zwölf Leute, eine Zahl, mit der ich mich seit zwei Wochen mehr beschäftigen musste, als ich mir lieb war.

Ich wartete, nahm noch einen tiefen Zug von meiner Zigarre, unterdrückte einen Hustenanfall und blitzte Lilli über meine

Sonnenbrille hinweg an. Meine rote Weihnachtsmannglücksmütze lag bereits auf dem Tisch, zusammen mit meinen restlichen Einsatz.
Sekt oder Selters hieß es nun.
Und Lilli machte das einzig Falsche.
Sie ging mit. Also Karten auf den Tisch und meine waren eindeutig besser.
«Tut mir Leid, Maus.» begann ich mit bedauernden Tonfall, doch entgegen meinen Worten präsentierte ich grinsend meine Karten. Die beiden Buben tanzten von meiner Hand auf den Tisch.
Lilli offenbarte nun ihre und ich sah, dass es gut für mich aussah. Eine Sieben und eine Acht. Da hatte jemand geblufft und sich verzockt. Lilli starrte über ihre Brillengläser auf den Pott und die gelegten Karten, während ich innerlich schon auf dem Tisch tanzte. Ich rechnete bereits meinen Gewinn zusammen, als der River gelegt wurde.
Wie hieß es bei Asterix: du sollst das Fell des Wildschweins erst dann verkaufen, wenn du es erlegt hast? Eine Redewendung, deren Weisheit sich mir in Form der Karte Herz Sechs bestätigte. Meine Mundwinkel sackten synchron zu meiner Zigarre nach unten, ungefähr so wie bei einem über Sechzigjährigen, dem die Viagra Pillen ausgingen.
«Eine Straße, Lilli gewinnt.» verkündete Andy, nicht ohne einen Anflug von Schadenfreude in seiner Stimme. Meine Mitspieler johlten vor Überraschung und ich war damit raus.
Ich fing gar nicht erst an, mich über so viel Glück aufzuregen. Ich steuerte direkt die nächste Bierauftankstation, bevor ich noch in die Tischkante beißen würde. Vorher gab ich Don meine Zigarre, der mittlerweile die Tabakkolben für sich entdeckt hatte, wie ein Diabetiker das Insulin.
Ich führte eine kurze Bestandsaufnahme des Kühlschranks durch. Bier war noch genug da. «Sollten die Lappen doch

weiter spielen», murmelte ich, «dann bleibt mehr Bier für mich.»

Ich öffnete die Flasche und überdachte meine momentane Lebenssituation.

Die Zwölf Todesengel waren auf der Suche nach mir, und sie waren anscheinend in den letzten Tagen verdammt nahe gekommen.

So bekam ich zum Beispiel von Nora die Info, das sich Jemand an meiner Fakultät nach mir erkundigt hätte. Dort glaubten sie derzeit, dass ich in Australien mit Kängurus boxen würde, oder was man in Down Under so macht. Ich hoffte ja, dass sich meine Verfolger nun ins nächste Flugzeug Richtung Outback setzen würden, war davon aber eher nicht überzeugt. Zum Glück hatten die Spionageabwehr Abteilung von Raguel gute Arbeit geleistet.

Ich war in keinem System mehr zu finden, nicht einmal meine Mitgliedschaft im Fitnessstudio war noch eingetragen. Dennoch wurde mir bei der Nachricht echt warm. Es war kein schönes Gefühl zu wissen, dass mir ein Todeskommando derart auf dem Pelz rückt. Um es mit Andys weisen Worten zu sagen, das «suckt ganz schön derbe».

An Training war gar nicht zu denken, was ich aber dank Gottes Bodyshape Zauberformel nicht musste. Mein Körper war jetzt zwar nicht in phänomenaler Bestform, ich nahm aber auch weder zu noch ab, trotz Fressorgien. Was mir mehr missfiel war, dass jeder Depp in den Semesterferien in der Stadt die ganze Woche die Sau rauslassen konnte. Nur ich war in meiner privaten Version von Prison Break gefangen. Und das bei einer Kreditkarte ohne Limit. Es war echt zum Weinen. Krawall und Remmidemmi? Von wegen. Drei Tage wach? Nur, um ein Buch zu lesen oder zum wiederholten Male beim Scrabble gegen Nora zu verlieren. Sie kannte Worte, die meinen eigenen Großvater noch altbacken vorgekommen wären, aber der Duden gab ihr immer Recht. Außerdem wurde ich nie das

Gefühl los, dass sie nicht meine Gedanken lesen würde. Was auch ihr Pokerglück erklären könnte, schoss es mir durch den Kopf.
Sie hatte mich zu Beginn extra noch gefragt: «Betrügen ist also ein Bestandteil der Regeln?»
Ich hatte wie so oft vergessen, mit wem ich da sprach.
Wie willst du einen Engel Gottes beim Kartenspiel austricksen? Ich überlegte einen Moment, ob ich sie zur Seite nehmen und die Situation erklären sollte, doch dann kam mir ein anderer Gedanke.
Ich grinste zufrieden und nahm ein Schluck Bier.
Sollte sie doch weiterspielen, so blieb der Pott wenigstens im Haus.
Für jemanden, der von mehreren professionellen Mördern gejagt wurde, ging es mir also zusammengefasst relativ gut. Nora machte ihren Job als Bodyguard sehr gut. Ich war vom kompletten Geschehen ausgenommen. Ich war der dritte deutsche Torwart bei der Weltmeisterschaft. Ich wusste, auf dem Platz wurde auf Weltniveau gespielt. Aber ich wusste auch, dass ich nie in die Verlegenheit kommen würde, mehr machen zu müssen, als die Ersatzbank mit meinen überbezahlten Hintern zu wärmen.
Also blieb mir nichts weiter zu tun als abzuwarten, wie das Spiel ausging und im richtigen Kameramoment auf den Rasen zu spucken.
Gedankenverloren schweifte mein Blick hinaus aus dem Fenster in den finsteren Innenhof. Durch das Licht in der Küche sah ich draußen nichts anderes als die Dunkelheit. Dafür sahen mich von draußen alle, inklusiver meiner Nachbarn. Wie oft hatte ich mir schon vorgenommen, Gardinen aufzuhängen? Erst recht, wenn ich nachts im Halbschlaf halbnackt vom Klo kam und mir bewusst wurde, dass ich der Welt meinen Körper präsentierte, ohne es zu wollen.

Sobald diese Erkenntnis kam, machte ich meist einen großen Satz zum Lichtschalter und hämmerte ihn aus. Das musste von der anderen Seite der Fensterscheibe irgendwie befremdlich wirken.
Nun aber schien keiner meiner Nachbarn zu Hause zu sein. Alle Fenster zum Innenhof waren Dunkel. Das passte mir außerordentlich gut, denn dann konnte ich nachher die Musik noch etwas lauter aufdrehen. Durch die Reflexion auf der Fensterscheibe studierte ich mein Profil. So sah also eine Person aus, die von Himmel und Hölle als Gefahr betrachtet wurde. Nicht gerade die Personifikation der Omnipotenz. Sollte meine wirre Eskapade mal verfilmt werden, bräuchten wir einen etwas charismatischeren Darsteller.
So eine Mischung aus Jake Gyllenhal und Jonah Hill. Mit mir als Werbeträger jedenfalls würde man diese Geschichte niemals verkaufen können.
Plötzlich wurden meine Gedanken von einem aufglimmenden Leuchten unterbrochen. Direkt vor meiner Fensterscheibe stand jemand. Oder Etwas. Dem Umriss nach war es ein Mensch. Ein kleiner orangefarbener Punkt wanderte von der ungefähren Position seines Gürtels zu seinem Kopf. Danach glomm der Punkt für einen Sekundenbruchteil hell auf, bevor er wieder gesenkt wurde. Die Gestalt machte einen Schritt näher zum Fenster.
Als ich das schief grinsende Gesicht erkannte, fielen mir gleich mehrere Steine vom Herzen.
«Jim, du Arsch.» Gab ich erleichtert von mir, als ich ihm die Tür öffnete.
Er grüßte knapp mit dem Zeige- und Mittelfinger. «Lass es dir eine Lehre sein und schaff dir Vorhänge an, ich hätte auch jemand anderes sein können.»
Ich winkte ab. «Ja, ich weiß. Willst du ein Bier?»
Jims nickte lächelnd. «Ist der Papst katholisch?»
Er blickte die Treppe hoch. «Du hast Besuch?»

«Pokern.» gab ich knapp von mir, während ich das Bier öffnete und ihm die Flasche reichte.
Jims Gesicht war eine Maske der Bestürzung. «Was? Ihr meint, ihr spielt, trinkt und raucht? Ohne mich?»
Ich zuckte die Schultern. «Du hast ja nicht mehr von dir hören lassen. Selber schuld.»
Jim schnippte zu meinen Missfallen die aufgerauchte Zigarette in meine Spüle. «Ich konnte nicht. Ich werde auf Schritt und Tritt verfolgt. Sie hängen an mir wie der verdammte Secret Service.»
Ich vergaß meinen Ärger über die Kippe. «Wer?»
Jim machte eine vielsagende Geste. «Alle. Sowohl die Jungs und Mädels von Unten als auch die von Oben. Serens Leute sind im Moment in jedem Refugium unterwegs und befragen ihre Informanten oder heuern Metas an. Schöne Grüße übrigens. Viel besser war aber, dass Moriel sehr knapp davor war, dich zu finden. Von ihm kann ich dir allerdings keine schönen Grüße bestellen, bin ihm gerade so entkommen. Was für ein unangenehmer Zeitgenosse, sag ich dir. Dagegen ist Agnes eine Barbiepuppe.»
«Moriel?» stieß ich beunruhigt hervor.
Jim nickte und nahm einen tiefen Zug aus der Flasche. «Moriel, der Skorpion. Wenn du Damian schon groß findest, warte ab bis du ihn triffst. Also nicht so breit wie unser dämonischer Wunderknabe. Eher so, als hätten sie ihn als Kind auf die Streckbank gelegt. Damian mag zwar breiter gebaut sein, aber Moriel ist laaaaaang.»
Er zog das Wort in die Länge und streckte seine Arme zum Himmel, um seine Worte zu untermauern. «Locker 2,15 Meter, wenn nicht sogar noch mehr. Dabei hager wie ein Topmodel in der Wüste Gobi, dazu Arme wie ein Berggorilla. Er erinnert mich ein bisschen an Nosferatu oder den Obervampir aus der Serie «The Strain». Es war gar nicht leicht ihm zu entwischen, das kann ich dir sagen. Zum Glück sind wir über einige

Dämonen von Serens Boss gestolpert. Die sind nicht unbedingt Fans der Todesengel. Dadurch konnte ich rechtzeitig untertauchen.»

«Wer ist dieser Boss überhaupt? er wurde jetzt schon so oft erwähnt.» Erkundigte ich mich.

Jim öffnete sein Bier mit einem ploppenden Geräusch. «Der Boss ist wirklich Oberliga. Er hat es in kürzester Zeit geschafft, alle lokalen Dämonenbanden unter sich zu vereinen. Seitdem sind die Dämonen auch endlich ein ernstzunehmender Gegner für die Provinz der Engel in Hannover. Scheint ein fähiger, wenn auch unorthodoxer Anführer zu sein, dieser El.»

Ich legte die Stirn in Falten. «El?»

Jim nickte. «So nennt er sich. El Marchito. Grob übersetzt bedeutet das der Verwelkte. Frag mich bitte nicht, warum. Scheint eine Vorliebe für diesen ganzen Pablo Escobar Shit zu haben. Du weißt schon, die Narcos und so. Er führt seinen Bezirk eher wie der Boss eines Drogenkartells als wie ein Fürst seine Domäne. Die meisten anderen Höllenfürsten legen ziemlich viel Wert auf ihr traditionelles Brimborium.»

Ich verspürte die Lust auf ein weiteres Bier. Aber erst schob ich Jim aus der Küche und verschwand mit ihm in mein Zimmer, wo ich keine Zaungäste außerhalb meiner Wohnung zu befürchten hatte. Mein alter Kumpel Paranoia schien zusammen mit Jim eingetroffen zu sein. «Und was hast du nun herausgefunden?» fragte ich, nachdem wir uns auf mein Sofa gesetzt hatten.

Jim streckte sich demonstrativ. «Das ich die hundert Meter noch unter fünf Sekunden laufen kann, zum Beispiel. Aber das meinst du wahrscheinlich nicht. Wo ist eigentlich dein Bodyguard?»

Ich deutete mit einem Kopfnicken Richtung Wohnzimmer. «Nimmt gerade meine Freunde aus. Geht aber in die Haushaltskasse.»

Jim grinste. «Na dann stören wir sie nicht, oder wie?»

In diesem Moment kam Nora durch die Tür, und ihrem Gesichtsausdruck nach war sie alles andere als zufrieden. Stumm setzte sich gegenüber von uns auf meinen Bürostuhl und blickte mich trotzig an.

«So viel Glück sollte verboten werden.» maulte sie.

Ich grinste. «Lilli?»

Ihr ärgerliches Schnauben bestätigte meine Annahme. Ich hoffte, ich würde irgendwann einmal die Gelegenheit bekommen, Lilli zu verraten, dass sie einen Engel beim Kartenspielen abgezockt hatte.

So was ist immer eine nette Anekdote auf Hochzeiten.

«Hallo Flügelmädchen.» begrüßte Jim seinen unsterblichen Gegenpart.

Nora schien ihn jetzt erst zu bemerken. «Aha, der Halbidiot. Schön, dass du auch mal wieder reinschaust. Lange genug hast du dir ja Zeit gelassen.»

Jim spielte den Gekränkten. «Fuck, kannst du ein schlechter Verlierer sein.»

Bevor Nora darauf anspringen konnte, und ich sah ihr an, dass sie dazu durchaus bereit war, mischte ich mich ein. «Jim hat Neuigkeiten. Offenbar sind ihm ein Paar Todesengel über den Weg gelaufen. Wo genau eigentlich?»

In einem Tonfall, als würde er über das Wetter plaudern, sagte mein dämonischer Freund: «Der Kiosk auf der Ecke.»

Meine Augen weiteten sich und meine Kinnlade klappte zu Boden. Ich musste aussehen wie der Typ auf dem Bild «der Schrei».

«Du meinst DER Kiosk, der keine zweihundert Meter von meinen Klingelschild entfernt ist?»

Jim nickte nur. «War gerade auf dem Weg zu dir, da stand das lange Elend vor mir. Er erkundigte sich gerade beim Kioskbesitzer. Kannst ja mal raten, wen er da beschrieben und gesucht hat. Ein Tipp, er wohnt hier und Andy war es nicht.»

Ich starrte ihn an wie Hans Maulwurf in die Sonne. «Und dann?»

«Hab ich ihm den Arsch mit einer Ladung Pyroaktion versengt und Fersengeld gegeben. Du weißt schon, die Nummer im Dax, nur hundertmal heißer. Dank unserer kleinen Wunderheilerin hab ich wieder ordentlich Zunder in den Flossen. Moriel war auf jeden Fall nicht begeistert und hat seine Prioritäten auf der Suche nach dir etwas verschoben. Wahrscheinlich dachte er, ich bin genauso auf der Jagd gewesen, wie fast jeder Dämon, Engel oder Metawesen in der Gegend.»

«Ja, aber dann sind wir hier doch nicht mehr sicher. Und meine Freunde auch nicht, wenn Moriel schon fast an meiner Haustür stand.»

Jim schüttelte den Kopf. «Ich hab den Kioskbesitzer erkannt. Ist ein Meta. Und das Engelchen weiß genauso gut wie ich, dass er für Raguel arbeitet. Der wird Moriel kein Sterbenswörtchen verraten haben.»

Nora vermied es, mich anzusehen.

Jetzt wusste ich nicht, was ich zuerst fragen sollte. Ich entschied mich für die angenehmere Variante. «Ich habe schon einiges über sie gehört, aber so richtig begriffen habe ich die Rolle der Metas am Ganzen noch nicht. Ich meine, auch die müssen ja irgendwoher gekommen sein.»

Jim zuckte mit den Schultern. «Die Metas eine weitere Partei übernatürlicher Kreaturen unter «Gottes» schöner Erde. Du weißt schon. Vampire, Werwölfe und solches Gesindel.»

Nein, ich wusste es nicht. «Das ist alles echt ein wenig zu viel Fantasie oder? Bin ich hier in Hogwarts oder Hannover? Das hier ist weder Twillight noch die Zone dahin. Ich lebe in der wirklichen Welt und nicht in einem verdammten Comicheft.»

Jim nickte verständnisvoll. «Das erzählst du gerade einem Halbdämon, und ich denke der Engel wird dir da bestimmt Recht geben. Tolle reale Welt, nicht wahr? Soll ich dir einen kleinen Exkurs in der Metawesenkunde geben, oder wollen wir

erst einmal dazu kommen, dass dich WIRKLICH jede verdammte oder geheiligte Seele sucht? Es ist ein Wettrennen zwischen Himmel und Hölle entbrannt, und dein Kopf ist der Preis. Jedenfalls, Moriel war ziemlich angepisst darüber, dass er seine Asbestunterwäsche nicht angezogen hatte. Der lange Lulatsch war echt schnell. Und im Gegensatz zu mir kann er fliegen. Er jagte mich durch die halbe Südstadt bis zum Steintor. Und hat mich dabei mehrfach fast am Wickel gehabt. Weißt du warum er der Skorpion genannt wird? Weil er eine riesige Sense mit sich führt. Und damit echt gut zustechen und schlagen kann, ähnlich wie der Giftstachel am Schwanz eines Skorpions. Es wurde echt knapp.
Zum Glück wusste ich, in welchem Refugium sich Damian und seine Kumpel aufhielten. Also führte ich Moriel direkt zu ihnen. Na ja, die Überraschung auf der Party war mir echt gelungen. Ich bin vorne in den Club rein, hab mich an der engen Bar durch die Leute gezwängt, bin über die Tanzfläche in das hintere Zelt geeilt und habe mich dort über den Hinterhof abgesetzt. Aber vorher habe ich Marchitos Jungs auf den Todesengel aufmerksam gemacht. Ich habe keine Ahnung, wie es ausgegangen ist, aber ich denke vor dem Skorpion haben wir einige Tage Ruhe. Eine ganze Bar voller Dämonen und Metas sollte dafür gesorgt haben.» schloss Jim seinen abenteuerlichen Bericht.
«Und wir wissen immer noch nicht, warum sie hinter mir her sind.» schlussfolgerte ich aus dem Gehörten.
Jim nickte in Noras Richtung. «Weißt du mittlerweile etwas?»
Nora schüttelte die heute schwarzen Haare. «Nichts. Mir wurde auch jeder Kontakt untersagt. Hariel meldet sich bei mir, falls es Neuigkeiten geben sollte. Alles andere wäre zu gefährlich.»
Da ich immer noch neugierig war, wandte ich mich noch einmal an Jim. «Jetzt würde ich doch gerne die Metawesenkunde haben. Auf was habe ich mich da einzustellen? Ich meine, viel schlimmer kann es nicht sein,

oder? Neben einem himmlischen Todeskommando und einem Jagdtrupp aus der Hölle finde ich ein paar Vampire und Werwölfe doch recht harmlos.»
Jim verzog sein Gesicht «Oh, das würde ich nicht so auf die leichte Schulter nehmen.» Der Schotte beschrieb einen brennenden Kreis in der Luft. Danach formte er mit seinen Zeigefinger Linien.
Sichtlich erfreut sah er, wie sich die Luft entzündete. In flammenden Buchstaben schwebten in der Luft drei Worte: «KAIN UND ABEL.»
Meine Stirn legte sich in Falten. Gab es eigentlich irgendwas in diesem Wälzer, was mir keinen Stock zwischen die Beine warf? Ein tolles Handbuch für fiese Streiche, diese Bibel.
«Okay», sagte ich gedehnt, mal wieder auf das Schlimmste gefasst, «was haben denn diese Kinder aus dem ersten sozialen Brennpunkt der Menschheitsgeschichte mit meiner jetzigen Situation zu tun?»
Jim grinste. «Du kennst die Bibelversion von Kain und Abel, nehme ich an?»
Ich hob die Schultern, eigentlich hatte ich keine Lust auf einen Exkurs in den Religionsunterricht der vierten Klasse. «Klar, Abel schlägt Kain im Opferwettkampf um Gottes Gnade, daraufhin schlägt Kain Abel zum Opfer, woraufhin Kain nicht in den Recall kommt und Leine ziehen muss.»
Jim nickte. «Bis hierhin stimmt die Version der Bibel auch. Aber was ist danach mit Kain passiert?»
Ich haute mit der offenen Handfläche auf einen imaginären Buzzer. «Er startete unter dem neuen Namen Michael Jackson seine große Comeback Tour. Oder noch besser Prince. The Atheist formely known as Kain. Sag mir, wenn ich nah dran bin."
Zu meiner Überraschung gab Nora ein leises Kichern von sich. Jim nutzte die Pause, um sich eine weitere Zigarette anzuzünden.

«Auch schön, aber leider nicht ganz korrekt. Ich sehe schon, du brauchst die Originalversion der Bibel. Auch wenn ich glaube, dass nicht einmal die Engel selber mehr wissen, was da mal alles drin gestanden hat, bevor das Neue Testament 367 nach Christus durch den 39. Festbrief des Athanasius, des Bischofs von Alexandria, kanonisch neu definiert wurde. Dabei schafften es nur siebenundzwanzig Bücher des Neuen Testamentes in die bis heute gültige Fassung, der Rest wird als Apokryphen bezeichnet. Auf das Alte Testament möchte ich gar nicht eingehen, ein heilloses Durcheinander von verschiedenen Schriften, Autoren und Meinungen. Obwohl ich zugeben muss, hier hat der Himmel tolle Marketingleistungen erbracht.

Sie haben so viele Falschmeldungen in Umlauf gebracht, dass die armen Menschen irgendwann den Überblick darüber verloren haben, was nun wirklich geschehen und was nur stumpfer Blödsinn war.

So konnte der Himmel nach und nach ihre, ich nenne es mal unpopuläreren Maßnahmen, durch harmlosere und vor allem gnadenreichere Aktionen ersetzen. Denke nur mal an die Sintflut mit Noah.

Was für ein Blödsinn. Zwei von jeder Art? Ich bitte dich, selbst Gott könnte nicht gegen so viel Inzucht ankommen. Was sollte die Aktion überhaupt? Die Welt von den Sündern befreien? Nix ist, er hat nur einen Denkfehler korrigiert, auf Kosten der Menschen damals. Von wegen unfehlbar und gerecht.»

Ich zog bei Jims provozierenden Worten bereits unwillkürlich den Kopf ein und erhaschte einen vorsichtigen Seitenblick auf Nora, doch schien sie Jims Anklage gar nicht zu registrieren. So geistesabwesend wie ein Koala, der die falschen Gräser gekaut hatte, starrte sie auf einen unsichtbaren Punkt auf der weißen Wand.

Ignorierte sie das, was sie nicht hören wollte? Warum auch immer, ich war gerade ganz froh darüber. Denn die

Erkenntnisse, die Jim mir hier enthüllte, fesselten mich und ließen mich für den Moment meine Sorgen vergessen. «Was war denn nun mit der Sintflut?»
Jim war Noras geistige Abwesenheit ebenfalls aufgefallen, doch kehrte seine Aufmerksamkeit nun wieder zu mir und seinen Schilderungen zurück. «Die richtigen Nephilim, Nate. Sie waren der Grund dafür, dass Gott die Festplatte Erde neu formatiert hat.
Dazu musst du wissen, es gab damals nur männliche Engel unter Gottes schöner Welt. Das war noch vor dem großen Krieg und bevor diese ganze Seelenreinkarnationsnummer in Mode kam. Früher hatten die Engel eine fantastische Eigenart. Sie blieben Tod.
Heute werden mehr Menschenkörper als Überraschungseier für wiedergeborene Engel missbraucht, als im Jahr Leute von Haien todgebissen werden. Das findest du in keiner Statistik, aber egal, zurück zur Sintflut. Damals gab es wie gesagt nur männliche Engel. Sie waren mächtige Zeitgenossen, doch unterlagen sie einzig Gottes Willen. Das war auch gut so, denn hätten sich damals alle Engel gegen Gott verbündet, hätten sie ihn womöglich schlagen können. Doch da sie keinen eigenen Willen hatten, stellte das kein Problem dar. Bis zu dem Tag, als die ersten Frauen auf der Erde wandelten und sich in den Engeln, nun ja, ein neues Bedürfnis «regte».
So fielen die Engel wie fliegende Vergewaltigungsscharen über die armen Mädels her und zeugten allerlei Nachwuchs. Und ab da wurde es für Gott kritisch, denn diese neue Generation hatte es in sich. Kinder mit der Kraft der alten Engel, aber mit dem freien Willen der Menschen. Für Gottes Allmacht eine allmächtige Bedrohung. Sollten die lieben Kleinen erst mal erwachsen werden und sich ihrer gemeinsamen Stärke bewusst sein, könnten sie vereint an seinem himmlischen Stuhl sägen.
Also tat er, was ein gnädiger Gott nun mal macht, er ließ die Badewanne Ozean überlaufen, ersäufte alle kleinen Nephilim

Babys samt Familien und nahm den alten Engeln ihr Geschlecht, also machte sie quasi in einer nie wieder erreichten Beschneidungsaktion zu fliegenden Kens. Dann nahm er die verbliebenen Menschen und startete das Programm Erde 2.0. Und diese Version findest du in keinem Testament, das kann ich dir flüstern. Sie wäre etwas publikumsfeindlich gewesen. Deswegen nennt man heute jede Reinkarnation, die sich nicht dem göttlichen Spiel unterwerfen will, Nephilim. Du würdest sie vielleicht als Rebellen bezeichnen. Es ist ein Schimpfwort für renitente Celes. Wobei gleich die historischen Konsequenzen für so ein Verhalten im Namen verborgen sind. Auslöschung der Bedrohung.»

Wieder einmal schluckte ich. Konnte die Welt, in der ich glaubte, den Durchblick zu haben, so verdreht und grausam sein? Doch Jim war noch nicht fertig mit mir.

«Aber kommen wir zurück zu der eigentlichen Geschichte, die ich dir erzählen wollte. Kain und Abel. Im Grunde hast du das Wichtige ja schon erwähnt. Kain erschlägt Abel und reitet danach in den Sonnenuntergang. Aber es geht noch weiter. Es ist nicht nur Kain, der von dannen zieht. Er war mehr ein Gleichnis. Der gesamte Stamm Kains wurde verbannt. Männer, Frauen, Kinder, allesamt. Auf seinen Reisen wird Kain von Gottes rechter Hand persönlich aufgesucht, dem obersten Erzengel Michael. Dieser überbringt ihm Gottes Angebot, seine Sünden zu bereuen und Gott um Vergebung bitten zu dürfen.

Doch zu Michaels Ärgernis weigerte sich der stolze Kain, vor Gott auf die Knie zu fallen und um Verzeihung zu betteln. Anscheinend reute es den Adamssohn, was er im Zorn getan hatte. Er wollte das Exil als seine Strafe für den Brudermord weitertragen. Daraufhin wurde Michael zornig und drohte ihm und seinem Volk mit schlimmeren Konsequenzen. Kain ist daraufhin wohl ziemlich pampig geworden, vielleicht war es auch die Geburtsstunde des Mittelfingers. Auf jeden Fall bekamen er und sein Stamm nun von Michael das volle Rundumsorgenvollpaket von Flüchen auferlegt. So sollten Kain und seine Kinder für alle Zeiten verflucht sein, nicht mehr unter der Sonne wandeln zu können. Sie sollten sich im Schatten halten, verborgen vor den wahren Kindern Gottes. Ferner sollten sie ihre sündige Existenz nur durch das Blut anderer Menschen erhalten können.

Ein, wenn du mich fragst, sehr dämlicher Fluch, der damit nun die unschuldigen Menschen zur Beute der Kainskinder machte. Aber meine Einstellung zur Gottes perfekten Plänen kennst du ja mittlerweile.

Ich glaube ja, dass Michael diesen Fluch nur ausgesprochen hatte, weil er davon ausging, Kain und seinen Stamm so brechen zu können, aber das Gegenteil war der Fall. Denn Kain und Co. dachten nicht einmal daran, klein bei zu geben. Im Gegenteil. Durch den Blutfluch vergrößerten sie ihre Anzahl beträchtlich. Denn der Fluch wandelte nicht nur Menschen in Kainskinder um, er machte sie auch noch stärker als gewöhnliche Menschen.

Nun hatte Gott ein neues Problem. Also beauftragte er, wieder durch Michael, den Stamm Abel damit, Rache zu üben und die Brut des Kain zu vernichten.

So gesehen, eine gute Wahl, den immerhin war Kain ja der Mörder ihres Sippenvaters Abel und zudem litten sie nun unter der Blutlust der Kainskinder.

Zu diesem Zwecke verlieh Michael ihnen die Macht, sich die Kraft der Tiere zu leihen, die sie einst Gott zu ehren geopfert hatten. Und was waren das für Tiere? Richtig, Wölfe, Löwen und Bären. In deren Gestalt nun traten sie den Kainskindern gegenüber und kämpften verbissen, ohne dass sich ein Sieger abzeichnete. Bis schließlich Kain vor die feindlichen Reihen tat und nicht Gott, sondern die Kinder Abels auf Knien um Vergebung bat für das, was er im Zorn seinen geliebten Bruder angetan hatte. Auch bat er um Vergebung für seinen Stolz, der den Fluch auf seine Kinder und die des Abels brachte.

Die Kinder Abels aber fühlten sich von Gott und Michael betrogen, da der Engel den Blutfluch erst über sie gebracht hatte und zürnten ebenfalls Gott.

Dieser reagierte darauf mal wieder etwas unsportlich und verdammte nun auch den Stamm Abels. Zwar sollte ihm die Gabe des Tierwandels erhalten bleiben, doch sollten sie sich im diesen Zustand auch verhalten wie die Tiere, deren Gestalt sie angenommen hatten. Dazu sie mussten sich in regelmäßigen Abständen verwandeln. In wie weit jetzt der Mond damit zu tun hat, frag mich bitte nicht. Wandler reden da gern nicht drüber, scheint etwas sehr intimes zu sein. So wurden aus den ersten Kindern Adam und Evas, aus dem Stämmen Kain und Abel, die Metas.»

«Moment», warf ich ein, «müssten demnach nicht alle Menschen Metas sein?»

Jim zog spöttisch die Augenbrauen hoch. «Falls du wirklich glaubst, dass alle Menschen nur von Adam und Eva abstammen konnten, kannst du auch weiterhin an die Noahversion der Sintflut glauben. Die Geschichte geht noch weiter, denn nun war es Kain, der beide Stämme unter sich einte. Zusammen mit Lillith sollten die Metas lernen, die Gaben in ihrem Fluch zu finden und sie einzusetzen.»

«Lillith?» Den Namen hatte ich nie in diesem Zusammenhang gehört.

Jim nickte. «Lillith. Adams erste Frau. So wie er aus der gleichen Erde erschaffen und mit einem eigenen Willen. Sie lehnte einst Adam als Gatten ab. Danach schuf Gott aus Adams Rippe das folgsame Barbiepüppchen Eva und verbannte Lillith in den Tartarus. Da siehst du mal, was Gott von Emanzipation hält. Im Lilith Fall war es die buchstäbliche Hölle, bis Kain sie genau daraus auf der Letzten seiner Fünf Reisen gerettet hatte. Danach führten beide die Kainskinder. Wenn man genau

drüber nachdenkt, ist Kain eine etwas ödipale Vereinigung mit seiner Stiefmutter eingegangen, aber das ist eher was für Siegmund Freud, als für mich. Komischerweise verschwanden dann aber beide plötzlich und ließen die Metas ohne Führung zurück. Was genau aus ihnen geworden ist, kann ich dir nicht sagen. Aber wenn es sie noch gibt, sind sie mindestens so mächtig wie die höchsten Todesengel.
Wobei wir gerade bei Macht sind. Was den Metas an Power fehlt, machen sie durch ihre schiere Zahl wieder wett. Es gibt tausende von Ihnen, wenn nicht sogar hunderttausende. Sie leben mitten unter den Menschen, sind organisiert und nutzen die Vorzüge des technischen Fortschritts.
Sie sind euch ähnlicher als uns.
Aber deswegen sind eure Arten dennoch keine Freunde. Aber auch untereinander sind sie sich nicht immer grün. Sie sind sehr territorial, sind in Gangs unterwegs, die sich meist auf ein kleines Gebiet begrenzen. Also hoffen wir mal, dass sich nur die Metas in Hannover für dich interessieren. Vielleicht wurde ja nur hier Kopfgeld auf dich ausgesetzt.»
«Nur ein Kopfgeld.» Brummte ich vor mich hin.
«Wenn das alles ist, kann ich ja zufrieden sein. Aber was mich dabei wundert», begann ich, und ich fand meine Schlussfolgerung echt genial, «wieso sind die Metas Neutral? Ich meine, nach allem was Gott ihnen angetan hat, wären sie dann nicht ausreichend motiviert, den Dämonen beizutreten?»
Jim grinste. «Wäre wahrscheinlich auch so gekommen, wenn Lillith nicht gewesen wäre.»
Mein verwirrtes Stirnrunzeln brachte Jim dazu, unverzüglich fortzufahren. «Lillith wurde, wie bereits erwähnt, von Gott aus der gleichen Erde erschaffen wie Adam. Sie war ihm also gleichgestellt. Doch sie weigerte sich, sich ihm zu fügen und hinzugeben. Dafür wurde sie in die Verdammnis geschickt Dort waren die Dämonen nun einmal Hausherr. Die waren nicht unbedingt als ein guter Gastgeber bekannt. Ich möchte

gar nicht wissen, was die arme Mutter aller Emanzen dieser Welt dort durchmachen musste. Aber anscheinend war es schlimm.»
«Vielleicht können wir ihnen ein Gegenangebot machen, wenn sie es mit der Loyalität so ernst nehmen, wie du es sagst.» schlug ich vor.
Jim schüttelte langsam den Kopf. «Und was kannst du ihnen denn bitte anbieten, was der Himmel oder die Hölle nicht kann? Glaubst du, sie Pokern gern oder mögen Nutellabrötchen? Etwas mehr darüber in Erfahrung zu bringen ist keine schlechte Idee, aber ändern würde es nichts. Es wird uns nur zeigen, wie eng sich schon die Schlinge um deinen Hals gelegt hat.»
«Du kannst einen echt aufbauen.» fuhr ich ihn an.
Jim grinste ironisch. «Ich weiß, ich bin der schottische Domian. Ich habe noch so einige Kontakte, die ich spielen lassen kann.»
Ich nickte anerkennend. «Du steckst überall drin, kann das sein?»
«Wie ein Pornostar auf einer Schwinger Party. Ich bin ein Mann mit vielen Talenten.»
Jims Blick blieb auf dem immer noch geistesabwesenden Gesicht von Nora haften. «Was geht eigentlich mit dir, Engelchen?»
Keine Reaktion.
Noras wächserne Miene glich einer Schaufensterpuppe. Ihre Augen waren trüb, der Blick abwesend.
Jim fluchte. Irgendetwas Gälisches und bestimmt nicht Jugendfreies. Noch bevor ich überhaupt reagieren konnte, schnellte er vor und versetzte Nora eine schallende Ohrfeige. Noras Kopf ruckte kurz zur Seite, dann richtete sie sich kerzengerade auf und funkelte Jim aus zornesgeweiteten Augen an.
Das war es dann wohl.

Ich brauchte mir um eine mögliche Apokalypse keine Sorgen mehr zu machen, ich bekam sie jetzt live präsentiert. Ich wollte immer im Schlafzimmer sterben, aber im sportlichen Alter von fünfundachtzig und beim Sex mit einer zwanzigjährigen Krankenschwester. Nicht als Kollateralschaden einer geohrfeigten Furie. Doch anstelle in einer Flamme gerechten heiligen Zornes zu explodieren, entspannte Nora sich und sank wieder ein wenig auf dem Stuhl zusammen.
Ich ergriff sie an den Schultern. «Alles in Ordnung, Nora?»
Spitzenfrage, immerhin hatte sie sich gerade eine Klitschko Klatsche gefangen und nicht einmal darauf reagiert. Jims braune Haselnussaugen fixierten sie. «Der Äther?»
Nora nickte betreten. «Danke.» Murmelte sie mit heiserer Stimme.
«Äther?» fragte ich nach. Mal wieder etwas, dass ich zum ersten Mal hörte.
Nora richtete sich wieder auf und streckte die Arme stöhnend von sich. In ihrem Rücken knackte es einige Male. Dann schüttelte sie benommen den Kopf. «Fast wäre es zu spät gewesen. Du hast gut reagiert, Jim.»
Musste ich mich erst melden, damit ich dran kam? Nur weil ich nicht mit Feuerbällen um mich werfen oder beim Pokern bescheißen konnte, musste ich mich in meiner eigenen Wohnung nicht so ignorieren lassen. Himmel, Hölle, oder what so ever, die Miete hier zahlte immer noch ich! (und Andy!)
«Was hat es jetzt damit auf sich?» fragte ich erneut, dieses Mal deutlich ungehaltener.
Nora rieb sich die Stirn. «Der Äther ist so was wie das Internet der höheren Wesen.»
Ich mochte das Wort «höhere» nicht in diesem Zusammenhang und tauschte den Begriff im Gedanken gegen ein weit adäquateren aus.
Nora erklärte mir knapp und, wie sie es nannte, in mir verständlichen Worten, was es mit dem Äther auf sich hatte. Es

war gewissermaßen ein gigantisches Netzwerk. Ein überirdisches Internet mit Suchmaschinen, Chatrooms und so weiter. Nur das man dazu keine spezielle Hardware wie PC oder Headset brauchte. «Niedere» Wesen (ich) konnten nicht wie «höhere» Wesen (anscheinend alle anderen) an einer solchen Verbindung teilnehmen. Auf diesem Wege konnten sich die Celes gegenseitig mit Informationen aus aller Welt und Unterwelten versorgen und sich koordinieren. Dieses himmlische Outlook – Programm stand aber laut Nora nur Engeln zur Verfügung.

Nora fand Jims Berichte derart besorgniserregend, dass sie ganz untypischer Weise gegen ihre Anordnung verstoßen hatte und Kontakt zu ihrer Provinz aufnehmen wollte.

Und da begann die Problematik im Äther. Es war wie mit diesen Z - Promi Partys.

Das Motto war: sehen und gesehen werden.

Ergo konnte jeder, der im Äther nach etwas Bestimmtes oder einer Person suchte, auch das Pech haben, von jemand anderen gefunden zu werden.

«Mir ist direkt bewusst geworden, das etwas nicht stimmte. Der Äther scheint derzeit noch schlechter zu funktionieren, als in den vergangenen Monaten. Und da war das schon besorgniserregend, denn Niemand schien dafür eine Erklärung zu haben. Dennoch schaffte ich es, meine Provinz zu erreichen und Kontakt zu Raguel herzustellen. Kurz darauf sah ich in meinem Geist den Prätor, doch war er nicht alleine. Er war in der Gegenwart von einigen mir nicht bekannten Engeln.

Und obwohl die Verbindung schwach war, konnte ich ihre Präsenz beinahe wie kleine Nadelstiche auf meiner Haut fühlen. Es mussten mächtige Wesen sein.

Leider war es mir nicht möglich, sie näher zu erkennen oder zu verstehen, was sie sagten.

Daher versuchte ich, meinen Geist auf Raguel zu fokussieren, um die Verbindung zu stärken.

Und dann war da das rote Auge.»
Obwohl ich angespannt Noras Bericht lauschte, bemerkte ich, wie Jim sich bei der Erwähnung des Auges versteifte.
«Es fixierte mich. Ich wollte mich aus der Verbindung zurückziehen, doch es hielt mich davon ab. Ich wollte es zurückdrängen, doch egal wie sehr ich mich sträubte, es ließ mich nicht gehen. Beinahe war es ihm fast gelungen, meinen letzten Widerstand zu brechen, doch dann hat Jim rechtzeitig zugeschlagen.»
Im wahrsten Sinne des Wortes, fügte ich gedanklich hinzu.
Nora zeigte mit der flachen Hand auf den Ignis. «Du weißt, wer das Auge war, oder?»
Jim ließ sich die Zeit, sich eine Zigarette anzuzünden und einen tiefen Zug zu nehmen, bevor er widerwillig nickte. «Samkiel. Kein Wunder, dass Moriel so nahe dran war. Sie ziehen wirklich alle Register. Er ist so etwas wie der Bluthund der Todesengel. Sein Auge reicht weit. Und wenig bleibt ihm verborgen.»
«Sollte er dann nicht lieber Sauron heißen?» war das Einzige, was mir dazu einfiel.
Meine Ambition, die allgemeine Spannung mit dieser kleinen Anspielung zu lockern, ging merklich daneben. Jims Miene war eine Mischung aus Todernst und Zornesrot. Für wenige Sekunden tanzte die heiße Wut auf seinem Gesicht, so dass ich mir schon einbildete, kleine Funken aus seinen Augen sprühen zu sehen. Doch dann gewann der Halbdämon seine ansonsten für ihn typische, lässige Haltung wieder.
Nora war genauso wenig wie mir der Gemütswechsel des Schotten bei der Erwähnung Samkiels entgangen.
«Du scheinst den Hund persönlich zu kennen. Und nicht gerade zu mögen, wenn ich das so sehe.» bemerkte ich.
Doch Jim hob nur eine Hand. «Ein andermal, Liam. Dafür bin ich nicht in der Stimmung.»

Ich zog die Stirn kraus. Jetzt nannte er mich schon bei meinem Erstnamen. Kindheitsflashbacks von meiner Mutter kamen mir in den Sinn, denn sie verwendete ihn in meinen Kindertagen auch sehr gerne. Meistens dann, wenn ich was ausgefressen hatte und dabei erwischt worden war. Die Benutzung des Namens Liam war so etwas wie die gelbe Karte meiner Mama. Schlimmer war nur die Kombination beider Namen. Dann war der Teppichklopfer meist nicht weit. Jim starrte Löcher in meine Wand und zog an seiner Zigarette, bevor er wieder zum Thema zurückkam.

«Also scheidet der Äther für uns aus, wunderbar. Bist du sicher, dass Samkiel dich nicht erkannt hat und auf dem Weg hierher ist?»

Nora nickte entschieden. «Es war knapp, aber er hat es nicht geschafft, mich zu erreichen. Raguel allerdings schon. Er hat mir eine Botschaft mitgegeben.»

Sowohl Jim als auch ich horchten auf. Also gab es vielleicht doch etwas Neues. Nora strich sich die Haare aus der Stirn und legte sie hinter die Ohren, eine Geste, die sie öfter unbewusst tat, wenn ihr etwas schwer fiel. «Ich kenne nun den Grund für das Chaos in den letzten Tagen und die Präsenz der Todesengel.»

Sie legte sich ihre Worte zu Recht. Sie schien mit sich zu ringen.

Jim seufzte. «Soll ich gehen?» fragte er und erhob sich schon, als ich ihn wieder auf das Sofa zurückzog.

«Nein», sagte ich entschieden, «Du bleibst. Wenn es in dieser Angelegenheit zwei Leute gibt, denen ich vertraue, dann seid ihr beide das. Also solltet ihr das ebenfalls tun. Ansonsten vergessen wir es einfach.»

Das war ziemlich hoch gepokert von mir, zumal ich darin, wie jüngst bewiesen, eine ziemliche Null war. Dennoch schien ich zu meiner leichten Überraschung und großen Erleichterung Nora überzeugt zu haben, die nach kurzem Zögern nickte.

«Ich kann mir eh nicht vorstellen, dass es lange geheim bleiben wird, dennoch würde ich dich bitten, es für dich zu behalten, Jim.»

Der Schotte schenkte ihr ein verschmitztes Lächeln. «Da du mich nun zum ersten Mal mit meinem richtigen Namen angeredet hast, sind wir ja jetzt sowas wie Freunde. Meine Freunde können sich auf mich verlassen.»

Nora nickte erneut, und holte tief Luft. Anscheinend hatte sie die Neuigkeiten ebenfalls umgehauen.

«Es gibt Mordserie in den Provinzen. Deswegen ist es derzeit auch nur im Notfall gestattet, den Äther zu benutzen. Das würde auch erklären, warum Samkiel bereits auf der Lauerstellung war. Sie suchen überall nach Spuren der Eindringlinge. Noch weiß anscheinend Niemand, wer dazu in der Lage war, in unsere Festungen unbemerkt einzubrechen und unsere Leute umzubringen. Die Rede ist bisher von fast zwanzig Opfern. Darunter waren zwei Prätoren, also muss der Mörder ein mächtiges Wesen sein. Dazu hinterlässt er keine Spuren und weiß, wie er uns finden kann und wo er zuschlagen muss. Daher glauben die Vier, dass es einer aus unseren eigenen Reihen sein muss. So etwas gab es seit den Tagen der Rebellion Luzifers nicht mehr. Der Himmel ist in hellem Aufruhr. Die Spur des Mörders führt nach Hannover und anscheinend haben die Todesengel den Verdacht, dass du damit in Verbindung stehst, Nate.»

Ich lachte irre. «Ich? Wie das denn? Wie soll ich bitte einen ausgewachsenen Unsterblichen töten, vor allem noch einen von der Klasse wie Raguel? Ich hab mir bei Damian schon fast in die Hose gemacht (und das war näher an der Wahrheit, als ich zugeben wollte).

Ich bin kein Jack the Angel Ripper! Das ist Blödsinn, das weißt du. Ich bekomme manchmal nicht mal die Haustür richtig auf, wie soll ich da in irgendwelche Top Secret Anlagen einbrechen?»

«Hmmm» kam es von Jim.

Ich antwortete mit einem gut artikuliertem «Ja?»

Jim hob seinen Zeigefinger. «Das macht Sinn. Jemand, der die geheimen Zugänge der Engel kennt und dazu noch in der Lage ist, einen Prätor zu vernichten, ohne Spuren zu hinterlassen. Der perfekte Attentäter. Logisch, dass die Dämonen darauf scharf sind, so eine Waffe in ihre Hände zu bekommen. Die Metas werden auch ihr Stück vom Kuchen haben wollen. Immerhin wäre dieser Mörder sowohl dem Himmel als auch der Hölle einiges Wert. Sie könnten ihn an den Meistbietenden verhökern.»

Ich wackelte vielsagend mit dem Kopf. «Was immer noch nichts mit mir zu tun hat. Wie kommen die Todesengel eigentlich auf die bescheuerte Idee, ich hätte was damit zu tun?»

Jim hob die Hände. «Wer weiß, vielleicht denken sie, dass die Seele schon mehr Macht über dich hat, als wir bisher angenommen hatten. Könnte ja sein, dass du gar nicht mehr du selbst bist? Vielleicht brichst du im Tiefschlaf als Nephilim in die Heiligtümer ein und tötest Engel? Dann müssten sie dich ausknipsen.»

Ich wollte gerade Jim hysterisch anbrüllen, doch er redete schon weiter. «Hey, ganz ruhig, ich glaube das auch nicht. Es ist nur eine mögliche Erklärung für ihr Verhalten, mehr nicht. Die Todesengel könnten keine Ahnung was von dir wollen.»

Nora stand auf. «Genau das gilt es, herauszufinden. Raguels Botschaft ist leider nicht vollständig. Er wäre sonst entdeckt worden. Also müssen wir uns weiter in Geduld üben.»

«Tolle Perspektive, zur Abwechslung warten wir mal.» schnaufte ich meinen Ärger hinaus.

Nora legte mir eine Hand auf die Schulter. Ihre Berührung löschte meinen Frust augenblicklich aus und ich wünschte mir insgeheim, sie würde ihre Hand nicht mehr von mir nehmen.

Sie lächelte nun aufmunternd und mein Körper begann zu kribbeln. «Du solltest dich um deine Gäste kümmern. Das Pokern ist vorbei. Andy hat sich gerade verzockt.»
Ich schüttelte schwach lächelnd den Kopf.
Wie sollte es auch anders sein?

Kapitel 8 Traumbotschaften

«Im Traum funktioniert der Verstand wesentlich schneller, deshalb fühlt sich die Zeit einfach langsamer an.» – Inception

Ich war wach. Meine Hände zitterten furchtbar. Mein Herz raste. Mir war übel und kalter Schweiß lief in Bächen an mir herab.
Ich hatte geträumt und musste es jetzt niederschreiben, denn ich hatte Angst, es sonst bis morgen vergessen zu haben. Es war kein angenehmer Traum.
Vielleicht war mein Verstand auch einfach überfordert und mein Unterbewusstsein verarbeitet das Erlebte, aber was, wenn nicht?

Was, wenn das was ich gesehen habe, gar kein Traum war?
Wenn es die Wahrheit war?
Ich spürte schon, wie mir mein Traum wieder entglitt, zurück in Pandoras Büchse.
Schnell. Was habe ich gesehen?
Ich hatte bereits Probleme damit, meine Gedanken in die richtige Reihenfolge zu bringen.
Am Anfang war nichts, außer Schwärze. Die gleiche Finsternis, die mir Agnes bereitet hatte. Doch dann... war da wieder das Licht. Und es vertrieb die Dunkelheit.
Ich war dort. Ich stand auf einer großen, grauen, zerklüfteten Ebene. Überall um mich herum waren niedrige Erdhügel, verdorrte Büsche und kahle Bäume, deren dürren Äste kraftlos herab hingen.
Der Himmel war durchgehend schwarz und von grauen Wolken verdeckt.
Die Luft schmeckte sauer, metallisch und brannte leicht in den Lungen. Der Boden war vom grauen Staub bedeckt. Nein, bei näherer Betrachtung stellte ich fest, dass es Asche war.
In der Ferne konnte ich einzelne Umrisse von Gebäuden erkennen. Das düstere Panorama einer Industrieanlage. Zäune, Fabrikhallen und dicke Schornsteine, aus denen unablässig schwarzer Qualm spie. Die Silhouette wurde von einem gigantischen Kuppelgebäude überkront, die wie ein überdimensionales Stadion aussah. Die Wolkendecke über der Kuppel bewegte sich stetig im Kreis, wie ein Strudel oder Orkan, nur in Zeitlupe. Im Auge des Hurrikans war der schwarze Himmel klar, dennoch fiel kein Lichtstrahl hindurch.
Dann veränderte sich die Farbe und ein dumpfes Dröhnen hämmerte in meinen Ohren. Wie ein riesiges, sich langsam öffnendes Auge verfärbte sich der finstere Fleck zu einen pulsierenden, leuchtenden blutrot und tauchte die Ebene und die Kuppelkonstruktion in ein hässliches Licht. Ein starker Wind kam auf und zerrte an meiner Haut. Ich war nackt und

fror erbärmlich. Der aufgewirbelte Staub brannte in meinen Augen und erstickte meinen Atem.

Die Kälte griff mit klammen Fingern nach mir.

Doch war ich nicht allein.

Hinter mir war ein verrosteter, an einigen Stellen zusammengestürzter Maschendrahtzaun. Er war mit Stacheldraht ausgekleidet worden und erinnerte mich an Bildern aus alten Kriegsfilmen. Dahinter bewegten sich, wie gekappte Marionetten, kleine, graue Schatten. Sie wirkten wie ausgemergelte Kinder mit gekrümmten Rücken, doch waren sie im Dunkeln vom Grau der Umgebung nicht mehr als schemenhaft zu erkennen. Ein Krächzen ließ mich aufblicken.

Auf einen der Pfosten des Zaunes saß ein Vogel.

Ein verdammt großes Exemplar.

Ich versuchte mit den Händen meine Augen vor dem Aschenwind zu schützen, um das Federvieh besser betrachten zu können.

Ich hatte zwar wenig Ahnung von Vogelkunde, doch musste es sich um einen Raben oder eine Krähe gehandelt haben. Nur mit dem Unterschied, dass dieses Exemplar kalkweiße Federn hatte. Jetzt sah ich die Augen des Tieres. Sie waren ebenfalls blutrot und pulsierten im gleichen Rhythmus wie das Auge am Himmel.

Der Rabe beobachtete mich interessiert, wobei sein Kopf immer wieder hin und her zuckte.

Vorsichtig näherte ich mich dem Tier, ohne eigentlich zu wissen, warum. Dann stand ich einen Meter vor dem Zaun und streckte meine Hand nach dem Tier aus. Ich wollte ihn berühren, sein weißes Federkleid anfassen, an diesem sonst toten Ort etwas Lebendiges in meinen Händen halten.

Meine Fingerspitzen waren nur noch wenige Zentimeter von dem Raben entfernt, dann zuckte der scharfe Schnabel vor und schnappte nach meiner Hand.

Ich zog sie zurück, worauf der Rabe protestierend mit den Flügeln schlug, sich in die Luft schwang und anfing über mir zu kreisen. Das Tier kreischte, stieg in die Höhe und stieß dann auf mich herab. Ich hob die Arme schützend über meinen Kopf.
Etwas prallte gegen mich, scharfe Krallen zerschnitten meine Haut. Ich schlug blind um mich. Der Vogel brach seinen Angriff laut krächzend ab.
Als ich den Kopf wieder hob, flogen dutzende Federn um mich herum und nahmen mir die Sicht.
Die Federn waren nun allerdings schwarz.
Und es waren jetzt zwei Raben.
Beide, wie der Name schon sagt, rabenschwarz. Und sie begannen, wild durcheinander zu krächzen. Dann hörte ich sie sprechen.
«Unwürdig. Sieht alles, aber versteht nichts. Noch immer nicht. Verweigerer. Nicht der du bist, sondern der du sein könntest, ist von Bedeutung. Die, die du sein könntest. Die, die du sein musst. Das Unrecht muss gesühnt werden.»
Bevor ich auch nur Ansatzweise verstehen konnte, was die Vögel meinten, stürzten sie sich mit einem wilden Schrei erneut auf mich.
Ich schlug wieder panisch die Hände vor mein Gesicht, doch als ich sie wieder sinken ließ, waren die Raben verschwunden.
Stattdessen stand nun ein kleines Mädchen vor mir. Ihre Haut und ihre Haare waren so grau und staubig wie die gesamte Ebene. Aus geröteten Augen blickte sie mich traurig an. Ihre Hände umklammerten einen Teddybären, ihr weißes Nachthemd war dreckig, zerrissen und flatterte im zerrenden Wind.
Ihre tränenerstickte Stimme jagte mir einen Schauer über den Rücken. «Sie werden uns nicht helfen, weißt du? Das haben sie noch nie getan. Ihm auch nicht. Keiner kann ihm helfen. Keiner will ihm helfen. Armer kleiner Stern. Wir hatten ihn so

gerne und er uns. Wir sind auch Sternenkinder. Aber wir durften nicht funkeln. Es hat ihm nicht gefallen. Er war böse auf uns. Keiner hat uns geholfen. Nur der kleine Stern wollte für uns leuchten und musste dafür stürzen.»

Ich verstand kein Wort von dem, was das Mädchen mir sagen wollte, doch brach mir jede einzelne Silbe das Herz. Als ich einen Schritt auf die kleine Gestalt zugehen wollte, schrie sie auf. Schrill drang ihr Kreischen in meinen Kopf. Vor Schmerzen stöhnend presste ich mir die Hände auf die Ohren und sank mit geschlossenen Augen auf die Knie.

Dann war wieder Stille.

Als ich die Augen öffnete, war ich allein.

In einem dunklen, leeren Raum. Etwas tickte und ich sah neben mir eine große schwarze Standuhr.

Auf ihr hockte ein kleiner, pausbackiger Engel, wie man sie aus Cartoons oder von Kirchenbildern kennt.

Seine hellblonden Locken umrahmten sein rundes Gesicht mit den leuchtenden Wangen. Ein kleines Bäuchlein wölbte sich über die...ich nenne es mal Windel.

Miniflügel schlugen aufgeregt wie ein Kolibri auf seinem Rücken, als er mich kichernd beobachtete.

«Doofer Nate.» kicherte die Sopranstimme.

«Nichts versteht der Blödmann. Hat nicht aufgepasst in der Schule.»

Ich starrte ihn verwirrt an. «Was soll ich verstehen?»

Der kleine Engel begann, sich wie eine Ballerina um die eigene Achse zu drehen und kicherte weiter unbekümmert. «Die Zeit», hallte seine hohe Stimme nun tausendfach geflüstert aus allen Richtungen auf mich ein. «Die Uhr schlägt. Der alte Fischer wacht nicht mehr lange. Willst du sie denn weinen sehen?»

Bei den letzten Worten öffnete sich die Standuhr. «Tritt hinein.» wisperten die Stimmen.

Ohne den Gedanken an Widerstand tat ich es. Auf der anderen Seite erreichte ich einen großen, weiten Platz, dessen Seiten von Dunkelheit eingeschlossen waren und mir so jede Sicht nahmen.

Doch das war nicht von Belang, denn die riesige Alabasterstatue in der Mitte nahm meine Aufmerksamkeit komplett gefangen.

Sie stellte eine Frau dar, die ein Säugling in ihren Armen hielt und gütig auf das Kind herablächelte.

Als ich unter die Statue trat, erkannte ich den kleinen Cupido wieder, der sich in die Arme der Statue gekuschelt hatte und mich nun mit unverhohlener Feindseligkeit musterte. «Es ist deine Schuld. Nun weint Mutter. Nur weil du nicht verstehst. Sie dir an, was du getan hast.»

Seiner anklagenden Stimme folgend, sah ich zum Gesicht der Statue hinauf.

Es hatte sich verändert.

Kein Lächeln lag mehr in den Zügen. Traurig starrte das Gesicht der Mutter auf das nun tote Kind in ihren Armen. Es war das kleine Mädchen, leblos und blass, den Teddybären immer noch mit den steifen Fingerchen umklammert. Etwas Warmes und Klebriges tropfte auf mein Gesicht.

Ich wischte mit der Hand darüber und betrachtete meine Finger.

Blut.

Ein weiterer Tropfen traf mein Gesicht. Der widerwärtige metallene Geschmack drang in meinen Mund ein. Ich unterdrückte ein Würgen und starrte wieder zu der Mutter hinauf. Aus ihren weißen Augen liefen blutige Tränen. Auf ihren Schultern tobte der kleine Engel wie ein Derwisch und verwünschte mich. «Idiot! Nichts verstehst du. Deswegen sind die Augen voller Blut. Deswegen verliert der alte Mann seine Augen.»

Ich bebte innerlich, fiel auf die Knie und schlug die Hände vor mein Gesicht. Mit tränenerstickter Stimme fragte ich den Engel, was ich denn verstehen sollte.

Der kleine Engel hörte auf zu toben und flatterte zu mir herab. Seine kleine Fistelstimme erklang direkt neben meinen Ohren.
«Reise in das Land der Löwen. Finde den Platz der Mutter und gehe zum alten Fischer. Halte den Henker auf und rette die Augen. Die Zeit der Dunkelheit ist noch fern und der Fünfte darf nicht dem Tod übergeben werden. Der Fünfte gehört den Sternen und nicht der Finsternis. Du musst das Auge retten. Ansonsten wird das Gebet gesprochen, ohne dass du den Sinn verstehst. Das wäre falsch.»
Ich starrte verwirrt in das Knabengesicht.
«Welches Gebet?»
Der Engel lächelte mich traurig an. Seine kleine Hand deutete auf die Statue.
Der weiße Rabe saß nun auf der Schulter der Mutter des toten Kindes. Seine krächzende Stimme verwandelte sich in eine weiche Frauenstimme.
«Wenn die Augen des Himmels sich schließen, wenn Bruder wieder Bruder mordet, wenn die tausend Münder wie einer sprechen.....»
der Rest ging in einem Sturm aus schreienden und weinenden Kinderstimmen unter.
«Er versteht uns nicht!» übertönte die Stimme des kleinen Engels hysterisch die anderen.
Ich krümmte mich auf den Boden zusammen und weinte.
Zum Schluss hörte ich noch einmal den Raben kreischen.
«Reise in das Land der Löwen. Finde den Platz der Mutter und gehe zum alten Fischer. Halte den Henker auf und rette das Auge!»
Danach weiß ich nur noch, wie ich in meinem Bett wach geworden bin.
Erst jetzt kam ich wieder richtig zu mir und bemerkte, dass ich dieses hier alles niedergeschrieben hatte.
Das Zittern hörte langsam auf und meine Atmung beruhigte sich wieder, da ich meine Gedanken aufgeschrieben hatte.

Ich würde Nora und Jim zeigen, was ich geträumt hatte und mir jetzt einen Kaffee machen.
Weiter zu schlafen, wagte ich mich nicht.
Ich hatte Angst, wieder zu träumen.

Jim nippte erneut an seinem Kaffeebecher, als er zum wiederholten Male über meine Zeilen flog. «Krasser Scheiß. Gab es gestern einen Stephen King Film zum Schlafen gehen?»
Ich riss ihm mürrisch die Seiten aus der Hand und warf sie auf den gläsernen Wohnzimmertisch.
Meine Laune hatte unter den Kopfschmerzen und den mangelnden Schlaf schon derbe genug gelitten.
Das Letzte, was ich jetzt brauchte, waren Jims spöttische Beiträge zu meinen Alptraum.
Nora hingegen brütete stumm über meinen Computer.
Ihr war etwas aufgefallen, doch sie konnte (oder wollte) uns noch nichts Konkretes sagen. Sie suchte nach etwas Bestimmten. Da ihr der Äther nicht mehr zur Verfügung stand, machte sie es wie Normalsterbliche.
Sie googelte.
Währenddessen machte ich mich zusammen mit Jim an die Traumdeutung. Er bemerkte meine gereizte Stimmung und schränkte seinen Sarkasmus etwas ein. «Also, meiner Meinung nach hat dein Traum eine Bedeutung. Ich weiß nicht wie und wer oder womit, aber irgendjemand scheint dir ein paar Infos geben zu wollen. Das ist gar nicht schlecht.»
Ich grunzte verächtlich. «Ja super! Und warum diese kryptische Traumdeutung, die mir die Nacht versaut? Ich hätte auch eine Emailadresse. Überhaupt, was soll das alles? Das Einzige, was ich an dem Traum als definitiv bezeichnen kann ist, dass ich wirklich nicht verstehe, was er bedeuten soll.
Wieso hat ein Fischer eine Standuhr? Was für Augen soll ich retten und wieso ist alles meine Schuld? Ohne Witz, Jim. Ich

habe echt keinen Bock mehr. Nicht mal schlafen lässt man mich.»

Jim nickte. «Ich kann deinen Unmut verstehen, der bringt uns leider nur Null weiter.»

Es klingelte an der Tür.

Nora sprang auf. «Ist für mich.»

Dann verschwand sie blitzartig über den Hof.

Jim und ich tauschten fragende Blicke. «Aha? Hat sie einen neuen Pizzaservice im Internet entdeckt?»

Ich zuckte gleichgültig mit den Schultern. «Oh, das beherrscht sie mittlerweile meisterlich. Wäre aber nicht das Schlechteste. Mein Kühlschrank gibt nämlich nicht mehr viel her.»

Jim widmete seine Aufmerksamkeit Nora, die mit einem kleinen Päckchen unter dem Arm die Treppe rauf marschiert kam. Sie stellte das Ding derart behutsam auf den immer noch zerkratzten Esstisch, als ob sich darin der heilige Gral befinden würde. Obwohl, wie sicher konnte ich mir mittlerweile sein, dass dies nicht der Fall war? Aber statt dem Gral packte sie einen schwarzen, polierten Stein aus.

Sehr eindrucksvoll.

Jim trat an mir vorbei und setzte sich auf einen Stuhl. «Ist es dass, was ich denke, was es ist?»

Nora nickte «Eine Idee Raguels. Nur für alle Fälle unterhalten wir ein geheimes Postfach.»

Jim grinste und zog amüsiert die Augenbrauen hoch. «Aha? Falls der Äther mal abgehört werden sollte? Schön zu sehen, wie sehr ihr Engel euch untereinander vertraut.»

Nora warf Jim einen verächtlichen Blick zu. «Raguel ist ein Prätor und als solcher gerne auf alles vorbereitet. Sei froh, dass er so ist, ansonsten würden wir jetzt immer noch im Dunkeln tappen.»

Jim hob abwehrend die Hände. «Du hast ja Recht.»

«Apropos im Dunkeln tappen, ich verstehe mal wieder nichts. Was ist das jetzt für ein tolles Ding?» schaltete ich mich wieder ein.

Nora hob den blankpolierten Stein und hielt ihn auf Armeslänge ausgestreckt über den Tisch. Ihre Stimme war nur noch ein Hauch, so als würde ihr die Ehrfurcht ihre Stimme rauben.

«Das hier, Nate, ist wohl eines der größten Wunder, die jemals auf Gottes Erde existiert haben.»

Sie hielt mir den Stein hin und ich streckte langsam meine Hand danach aus. Ich ließ mich von ihrer feierlichen Stimmung anstecken.

«Was ist es?» raunte ich leise, mein Blick immer noch auf den schwarzen Stein fixiert.

«Das ist», sagte sie mit feierlicher Stimme und dehnte jedes Wort in die Länge.

Ihre Hände waren nun unmittelbar über meinen.

«Ein Stein.» sagte sie abrupt und ließ den Stein in meine Hände fallen.

Jim klatschte begeistert mit der flachen Hand auf den Tisch und grölte, während Nora mich schadenfroh angrinste. Anstelle sauer zu sein, war ich nur verblüfft. Da waren sie wieder.

Die zwei Seiten der Nora Lunathiel.

Einerseits tugendhaft, etwas naiv und um Ernst und Frömmigkeit bemüht. Auf der anderen Seite nutzte sie immer öfter die Gelegenheit, mich zu foppen. Aber was hatte ich erwartet? Sie hatte mich erschossen und hinterher Scherze darüber gemacht.

Ich rang mir ein Grinsen ab. «Sehr witzig.»

Nora zwinkerte mir zu, nahm mir den Stein ab und schleuderte ihn gegen die Wand.

«Wieso müsst ihr immer alle mit irgendetwas werfen?» rief ich genervt und mit viel zu hoher Stimme.

Es krachte, der Stein fiel zu Boden und war in zwei Teile gesprungen. Ein kleines, rechteckiges Objekt war darin verborgen gewesen.

Ich hob den Gegenstand auf und war verblüfft, als ich erkannte, worum es sich dabei handelte.

«Ein USB-Stick? Wie mysteriös.» spottete ich und reichte Nora den Datenträger.

«Niemand sagt, wir gehen nicht mit der Zeit.»

Sie steckte den Stick in den PC und prüfte die Daten.

«Eine Videodatei ist drauf. Sehen wir sie uns an.»

«Moment.» Warf ich ein. «Wozu haben wir einen Beamer? Setzt euch, ich schalte das Ding schnell ein.»

Nora und Jim waren einverstanden und nahmen bereits auf dem Sofa Platz, als ich das Video startete. Auf meiner zur Leinwand umfunktionierten weißen Wand erschien eine Szenerie in Grautönen. Offenbar eine Aufnahme der Videoüberwachung.

«Wo ist das?» fragte ich Nora.

Sie deutete auf den Ausschnitt eines kleinen Raumes, indem außer einem polierten Tisch und einiger heller Stühle nicht viel zu sehen war. «Das ist unser Einsatzraum. Ich wusste gar nicht, dass Raguel dort Kameras hat.»

Jim nahm noch einen Schluck Kaffee. «Und du weißt nicht, wo er sonst noch welche hat. Big Razi is watching you. Schau dich das nächste Mal in deiner Duschkabine genau um. Wenn ich an seiner Stelle wäre, dann wären dort mindestens vier.»

Ich grinste.

Jim erntete dafür einen bitterbösen Blick von Nora, doch mittlerweile nahm ich ihr die prüde Maske nicht mehr ab.

Plötzlich kam Leben in die Aufnahme.

Raguel betrat als erster den Raum. Ich erkannte ihn sofort an seinen kurzen Irokesenschnitt.

Hinter ihm traten vier weitere Personen in das Bild, wovon ich eine identifizieren konnte.

«Agnes.»

Jim kaute nervös auf seiner Unterlippe.

Hinter Agnes stand ein ungewöhnlich großer und schlaksiger Mann. «Das ist Moriel.» kommentierte Jim. «Und das da Samkiel.»

Sein Finger zeigte auf einen Mann, der mit dem Rücken zur Kamera stand. Er hatte keine Haare auf den Kopf, war durchschnittlich groß gebaut und wirkte auch sonst eher unauffällig. Dann drehte er sich in unsere Richtung und ich hätte fast aufgeschrien. Er hatte nur ein Auge. Dort, wo das rechte Auge sein sollte, war nur Haut. Keine Augenhöhle, keine Brauen, nicht das geringste Anzeichen dafür, dass es dort jemals was anderes außer Haut gegeben hatte.

Das war schon befremdlich, aber was mich richtig erschreckte, war das vorhandene Auge. Es leuchtete rot und pulsierte abwechselnd hell und dunkel.

«Das ist das Auge aus meinen Traum!» platzte es aus mir heraus. Nora nickte nur.

Also hatte sie das geahnt. «Samkiel ist ein Sucher. Er kann fast jeden finden, egal ob im Äther oder in den weltlichen Sphären. Hinter vorgehaltener Hand nennt man ihn auch den Jagdhund Azraels.»

Azrael. Der Supertodesengel.

«Ist er das?» Ich zeigte auf die einzige Gestalt, die sich wie durch Absicht aus dem Winkel der Kamera nicht vollständig erfassen lassen wollte. Lediglich ein Teil seines breiten Rückens, die langen schlohweißen Haare, die zu einem Zopf im Nacken zusammen geknotet waren, und ein Arm waren zu sehen.

Nora legte den Kopf schräg. «Ich weiß es nicht, ich habe Azrael nie gesehen. Aber es kann gut sein.»

«Pst», unterbrach Jim uns. «Sie sagen etwas, kannst du das Mal lauter drehen?»

Eine tiefe Bassstimme dröhnte aus meinen Lautsprecherboxen. Die Stimme des vermutlichen Azraels. «Du weißt also immer noch nicht, wo sich das Gefäß verbirgt, Raguel? Das wirft ein schlechtes Licht auf deine Provinz. Ich hoffe dir ist das klar, Prätor?»

Raguel lehnte sich, lässig wie immer, mit verschränkten Armen gegen die graue Wand. «Meine Leute haben genauso viel Erfolg wie deine, Azrael.»

Also war er es. Der oberste Todesengel. Raguel war echt eine coole Sau, so wie er mit ihm sprach.

Anscheinend konnte niemand den Prätor der lokalen Provinz einschüchtern.

Das erkannte wohl auch Azrael. «Du verstehst mich falsch, Bruder. Ich will die Effizienz deiner Truppe nicht kritisieren, aber wir müssen ihn finden. Das Gefäß muss vernichtet werden.»

«Das wäre es schon, wenn er mich nicht gehindert hätte.» bemerkte Agnes sachlich, doch Raguel ging gar nicht erst auf sie ein. «Ich habe immer noch keinen offiziellen Auftrag bekommen», er hob eine Hand, «was nicht heißen soll, das mir deine Anwesenheit nicht ausreicht, Bruder. Aber zum damaligen Zeitpunkt war das nicht der Fall.»

«Dann können wir nun mit deiner vollkommenen Zusammenarbeit rechnen?» erkundigte sich Azrael.

Raguel verbeugte sich leicht. «Natürlich, alles was ich weiß, soll dir und deinen Leuten zur Verfügung stehen. Meine Provinz steht dir offen.»

Jim grinste anerkennend. «Dieser gerissene Hund. Er befolgt seine Befehle, aber er traut Azrael kein Stück. Respekt, Raguel.»

Der Prätor stieß sich von der Wand ab. «Was ich immer noch nicht verstehe ist, warum das Gefäß vernichtet werden soll? Was ist so besonders gefährlich an ihm, dass die Zwölf persönlich hier auftauchen? Glauben die Vier, wir würden hier

nicht alleine mit einer fehlgeschlagenen Auferstehung klar kommen?»
Die Todesengel schauten zu ihrem Anführer. Azrael überlegte einige Sekunden, bevor seine Stimme erklang. «Er ist nur zufällig in unsere Schusslinie geraten. Wir sind aus einem anderen Grund hierhergekommen. Dennoch war es ein glücklicher Zufall.
Nachdem was Agnes mir berichten konnte, muss diese Reinkarnation um jeden Preis verhindert werden.»
«So? Auf die Gefahr hin, mich zu wiederholen, aber was ist denn so besonders Gefährliches in ihr verborgen?» fragte Raguel.
Azraels Arm schnitt durch das Bild, als er eine wegwerfende Geste vollführte. «Das ist nicht deine Angelegenheit, Raguel. Für dich ist nur wichtig, ihn aufzuspüren und an uns zu übergeben.»
Raguel schwieg, dann nickte er. «Kannst du mir vielleicht dann wenigstens den Grund nennen, warum die Zwölf plötzlich und unangekündigt in meiner Provinz auftauchen und ich keine Informationen mehr aus dem Äther bekomme?»
«Das kann ich dir sagen. Es kann nicht schaden, wenn deine Provinz weiß, was auf sie zukommt. Aber es unterliegt strenger Geheimhaltung. Niemand darf davon erfahren, Raguel.»
Für einen Augenblick schien es so, als würde Raguel in die Kamera grinsen. «Verstanden.»
Azrael schien das zu genügen. «In unseren Reihen geht seit fast zwei Jahren ein Mörder um. Es gab mittlerweile zwanzig Opfer in elf Provinzen. Zuerst gingen die Vier von keinen Zusammenhang aus, doch dann häuften sich die Vorfälle. Und alle wurden auf die gleiche Art umgebracht.
Der Mörder muss jemand sein, der nicht nur genau weiß, wo wir sind, sondern auch, wie er in unsere Festungen eindringen kann. Außerdem ist er mächtig. In zwei Provinzen hat er gleichzeitig zu seinem eigentlichen Ziel noch die dortigen

Prätoren umgebracht. Er hinterlässt keine Spuren. Gabriel hat indes einen gezielten Verdacht.»
Raguel zog die Augenbrauen hoch. «Der da wäre?»
Azrael lachte. Es klang nicht sehr freundlich. «Das es sich bei unserem Mörder um einen bisher noch nicht bemerkten, freilaufenden Nephilim handeln könnte. Das würde auch seine Kraft erklären. Es gibt Hinweise darauf, dass er beabsichtigt, hier in der Gegend zuzuschlagen.»
Raguel lächelte schief. «Dann können wir ja beruhigt sein, dass ihr hier seid.»
«Das könnt Ihr, Prätor.» pflichtete Agnes bei.
Raguel dachte darüber nach. «Wer waren die Opfer? Gibt es da einen Zusammenhang?»
Moriels schnarrende Stimme schnitt durch den Raum. «Keine. Es sieht aus wie eine willkürliche Wahl. Keiner der Engel hatte die gleiche Aufgabe oder Rang.»
Azraels Hinterkopf nickte. «Deswegen auch die Nachrichtensperre. Gabriel will nicht, dass irgendetwas durchsickert, was dem Täter helfen könnte.»
«Ein unbemerkter Nephilim? Der Seinesgleichen ermordet? Sowas ist seit den Tagen Luzifers nicht mehr vorgekommen.» gab Raguel mit gerunzelter Stirn von sich. Azrael hob die Hand. «Ich weiß, Bruder. Vergiss nicht, wir waren beide dabei. Damals, in diesen dunklen Jahren…»
Ich hämmerte auf die Pausentaste.
«Was ist los?» fragte Nora.
«Hast du das nicht gerade gehört? Sie waren DABEI? Bei der Revolution Luzifers?»
«Ja und?»
«Wie alt sind die denn bitte?»
Ich hatte mir noch nie Gedanken darüber gemacht. Ich hatte es mit unsterblichen Wesen zu tun. Sowohl Angela, Seren als auch Jim oder Nora wirkten zumindest für mich, als würden sie aus meiner Zeit stammen. Mir kamen sie nie so uralt, beinahe

aus biblischen Zeiten vor. Raguel und Azrael hingegen waren demnach schon vor Anbeginn der Menschheit da.

Nora zuckte mit den Schultern. «Die Beiden sind Engel der ersten Generation. Erzengel. Sie waren damals im Krieg Gottes gegen Luzifers Rebellen Krieger in den Legionen des Himmels.»

«Was heißt das? Erzengel? Erste Generation?»

«Das sie noch nie gestorben sind.» erklärte Nora.

«Ihre Seelen mussten nie die Auferstehung erfahren.»

Jim schaltete sich ein. «Also haben die beiden Oldtimer noch die originalen Bauteile.»

Nora schenkte ihm den NS Blick.

«Soll heißen», versuchte ich Nora die Metapher zu verdeutlichen, «dass sie noch ihre ersten Körper haben. Also keine Verbindungen mit einem menschlichen Wirt eingehen mussten.»

Nora nickte. «Ganz genau.»

«Gibt es viele Engel, die noch Erzengel sind?» erkundigte ich mich neugierig.

«Nicht wirklich. Durch den Aufstand Luzifers sind damals viele Engel im Kampf gefallen. Es hat eine Menge Zeit und Glauben erfordert, bis die Auferstehung überhaupt möglich war. Und noch länger, bis es wieder eine ausreichende Anzahl von wiedergeborenen Engeln gab, damit Gottes Werk wieder verrichtet werden konnte.»

«Und Dämonen.» fügte Jim hinzu.

Nora schnaubte, nickte dann aber.

«Inwieweit unterscheiden sich denn Auferstandene von Erzengeln?» fragte ich nach.

«Erstmal sind sie viel stärker als Wiedergeborene. Allein durch ihr langes Leben und den starken Glauben, den sie in der Zeit erfahren haben. Dann haben sie auch keine Symbiose mit sterblichen Gef… mit Menschen erfahren. Daher gelten sie als reiner.»

Ich lachte kurz, aber wenig amüsiert.
«Das klingt übelst rassistisch, wenn du mich fragst.»
Nora ließ nur die Schultern hängen. «Ich kann dir dazu nicht mehr sagen. Denk dran, ich bin auch noch nicht so lange dabei. Alles wurde mir noch nicht erklärt.»
Ich nickte. «Eine Frage noch. Das hieße ja, dass deine Engelseele ursprünglich auch im Krieg gegen Luzifer gekämpft hat oder? Was weißt du noch davon?»
Ihr stieg die Röte ins Gesicht. Offenbar war ihr das Thema mehr als unangenehm. Dennoch aber bemühte sie sich um eine Antwort. «Ehrlich gesagt, noch sehr wenig. Ich kenne den Namen nicht.»
Sie bemerkte meinen fragenden Gesichtsausdruck. «Normalerweise erfährt der neue Engel bei der Auferstehung den Namen seines alten Egos und nimmt diesen dann auch wieder an. Nach der Verschmelzung zwischen Mensch und Seele teilen sie sich die Erinnerungen an das Leben davor. Manchmal aber dauert es, bis dieser Prozess zu Ende ist. Es gibt auch den seltenen dritten Fall, dass es sich bei der Seele um keine Auferstehung, sondern um eine neue Seele handelt. Bei mir ist es so, dass ich bisher noch nicht einmal den Namen der Seele erfahren habe. Daher gab mir Raguel vorläufig den Namen Lunathiel. Es gab vor mir noch keinen Engel mit diesen Namen. Ich werde ihn so lange tragen, bis ich weiß, wie mein alter Name war. Oder ob es ihn noch nicht gab.»
Ich nickte langsam und wechselte einen verlegenen Blick mit Jim. Nora hatte in jüngster Zeit immer vermieden, mir weitere Fragen über sich und die Engel zu beantworten. Nun begriff ich auch, warum. Sie schämte sich. Dafür, dass sie anscheinend ein Sonderfall war. Bei dem das mit der Reinkarnation wohl nicht ganz so gut geklappt hatte, wie es mir im Werbeprospekt angepriesen wurde. Ob das Nichtwissen um ihre alte Existenz so etwas wie eine Glaubenskrise für sie bedeutete?

«Kann es sein, dass du vielleicht eine komplett neue Seele bist?» schlug ich vor.
Nora schien dieser Gedanke noch nicht gekommen zu sein. Nach kurzem Zögern schüttelte sie den Kopf. «Ich glaube nicht, dass sowas wahrscheinlich wäre. Zumindest kam das schon ewig nicht mehr vor.»
«Na aber, irgendwo müssen die ersten Engel ja auch hergekommen sein, oder? Oder gab es da eine limitierte Stückzahl? Nach 9.999 Engeln wurde die Serienproduktion eingestellt und seitdem wird nur noch recycelt? Klingt für mich nicht gerade nach einer Erfolgsformel.»
Nora sah mich hilflos an.
Jim räusperte sich. «Vergessen wir hier nicht das wichtigste? Es soll einen fucking Nephilim da draußen geben, den bisher noch niemand bemerkt hat und der sich durch die Reihen der Engel mordet. Das hat, glaube ich, Priorität. Wollen wir jetzt nicht erst einmal das Video zu Ende sehen? Ich bin gespannt, was wir da noch zu hören bekommen.»
Ich war ihm sehr dankbar für diese Ablenkung und schaltete das Video wieder ein. Doch gab es erst einmal nicht viel zu sehen oder zu lauschen. Schweigen breitete sich in den kleinen Raum aus. Offenbar wollten die Todesengel nicht mit offenen Karten spielen.
Raguel seufzte. «Na dann, ich werde sehen was ich tun kann, um euch zu helfen. Sollte tatsächlich ein mordender Nephilim durch meine Provinz laufen, finden wir es heraus. Ach ja, Azrael? Wo sind die anderen vier? Soweit es mir mitgeteilt wurde, sind nur acht der Zwölf in meiner Provinz?»
Erneut eine wegwerfende Geste. «Haben einen anderen Auftrag.»
«Der mich wahrscheinlich auch nichts angeht, nicht wahr?» kommentierte Raguel.
«So ist es.» bestätigte Azrael.

Der Prätor aus Hannover und der Anführer der Todesengel lieferten sich einen ersten Generations-Augenkrieg. Schlussendlich schenkte Raguel ihm ein süffisantes Lächeln, verbeugte sich steif und verließ dann den Raum.

Hier endete Aufnahme.

Jim sprach als Erster das aus, was wir alle dachten. «Das war es? Das bringt uns nicht unbedingt viel.»

Nachdem wir einige Sekunden darüber nachgegrübelt hatten, ging Nora erneut zum PC und hämmerte auf die Tasten. Plötzlich erhellte sich ihr Gesicht.

«Ich wusste es doch. Raguel hat noch mehr herausgefunden. Seht euch das an.»

Bevor ich nach der Bedeutung ihrer Worte fragen konnte, erschien eine Liste mit Namen, Zeiten und Orten auf der Leinwand. Wir starrten auf die Worte.

Dann schlug Nora entsetzt die Hände vor ihren Mund.

Jim pfiff durch die Zähne.

«Von wegen kein gemeinsames Motiv. Der Nephilim weiß genau, was er tut. Azrael du elender, lügender Hundesohn.» fluchte Nora.

Eines wusste ich.

Wenn Nora, die wirklich nicht geübt oder gut im Fluchen war, zu solchen Ausdrücken neigte, dann standen die Dinge echt nicht gut.

Kapitel 9 Hüter des Wissens

«Und wenn Wissen Macht heißt, bin ich Goooooott»
- Batman Forever

Tja, was sollte ich sagen? Das Leben war ein seltsames Spiel. Mit vielen überraschenden Wendungen und Witzigkeit kannte wirklich keine Grenzen.
Wie sonst könnte ich die Entwicklungen erklären, die mich aus meiner lauschigen Wohnung in Hannover an diesen Ort bringen würden, zu dem ich gelobt hatte, erst zurückzukehren, wenn ich alt und grau geworden War? Oder ausschließlich an

Geburtstagen von Verwandten? Oder wenn ich Kohle brauchte?

Aber die Wege des Herrn waren tatsächlich so unergründlich wie die Tarifordnung der deutschen Bahn.

Die hohe Kunst hierbei war es, sich zwar oberflächlich, aber nicht zu sehr mit diesem Dschungel aus Zahlen und Zonen zu befassen.

Denn sonst würde man bemerken, wie mies man wieder bei den Supersparpaketen über die Gleise gezogen worden war. Unwissenheit war ein Segen. Das wusste schon der Verräter aus dem ersten Matrix Teil.

Ich hätte auch gut ohne das Wissen über die Existenz der himmlischen Mächte und ihren Konterparts leben können. Und erst recht ohne die ganzen Momente der Angst, Anspannung und Ahnungslosigkeit. Die guten A´s. Ach und natürlich das um mein Leben laufen. Oder die zahlreichen, schmerzlichen Zusammenstöße. Fairer Weise sei zum Letzten gesagt, dass ich diese Dank meiner katzengleichen Anmut zu einem Großteil selbst verschuldet hatte.

Obwohl, ein oder zwei Dinge würden es in mein Poesiealbum der nostalgischen Erinnerungen schaffen. Das ich zum Beispiel einen Wandler mit einer Schrotflinte den Kopf weggeblasen hatte. Wobei ich allerdings den entwürdigenden Rückschlag auslassen würde. Oder wie Jim dem Macker im Dax das Fell versenkt hatte. Ich sah über meine Schulter.

Mein schottischer Freund lag mit offenem Mund schnarchend auf der Rückbank des silbernen Nissans.

Da es ein relativ warmer Tag geworden war, hatte er die obligatorische Lederjacke gegen einen weißen Kapuzenpulli und eine karierte, knielange Hose getauscht. Natürlich aus meinen Privatbeständen.

Da Jim um einiges schmaler als ich war, musste er den Gürtel sehr eng schnallen. Beim Anblick des karierten Musters der

Shorts hatte er mich angegrinst. «Ah ja, ein Schotte in Karos, soll ich mir noch gleich einen Dudelsack besorgen?»
«Kannst du das denn?»
«Ich bin besser an der Gitarre. Und du? Auch ein Musiker?»
Ich warf ihm die Hose zu. «Nur Herz zerreißend Triangel. Es wäre mir übrigens durchaus Recht, wenn du, trotz des Klischees, nicht auf Unterwäsche verzichten würdest.»
Jim sah mich mit betroffenem Blick an. «Aber das scheuert doch so. Ich fühle mich dann immer so beengt.»
Ich warf ihm ein Paar Socken an den Rotschopf. Wieso waren die netten Unsterblichen eigentlich rothaarig? Obwohl Nora ja nicht wirklich rote Haare hatte. Im Moment allerdings schon. Was sie wohl von Natur aus war? Ich würde weder jemals verstehen, was hinter ihrem ständigen Haarfärbetick steckte, noch wäre ich so dumm, je danach zu fragen.
Wie gesagt, warf ich Jim ein Paar Socken an den Schädel. «Deine Beengtheit in allen Ehren, aber ich wollte die Hose irgendwann wieder haben und mich nicht dabei stets daran erinnern müssen, dass du dein Teil daran gerieben hast.»
Jim legte den Kopf schräg.
«Ist ein Argument», gab er zu, «also willst du sie wirklich wiederhaben?»
Ich würdigte dieser Aussage keinen weiteren Kommentar. So entspannt, wie Jim auf dem Rücksitz schnarchend lag, schien er mit der Beengtheit klar zu kommen.
Ein Ruck durchfuhr das Fahrzeug. Das Quietschen der reparaturbedürftigen Bremsen brannte sich in meinen Schädel wie die Symphonie der Vernichtung, als Nora den Wagen auf die andere Spur riss und mir fast einen Herzinfarkt bescherte.
«Du dämlicher Penner!» fauchte sie den Lastwagenfahrer an, der ungeachtet des Abstandes oder Geschwindigkeit mit einen kurzen Blink-Manöver seinen Straßenkoloss vor uns hatte ausscheren lassen.

Noch ein Punkt, der mir neu an Nora war. Beziehungsweise eine Korrektur über eine Beobachtung von mir. So sehr sie im Alltag auf die korrekte Wortwahl bedacht war, beim Autofahren kam ihr wahres Gesicht an die Oberfläche. Ich hatte jüngst erst angemerkt, dass sie im Fluchen weder geübt, noch über ein sonderlich großes Repertoire an entsprechenden Wörtern verfügen würde. Diese Fahrt sollte mich eines Besseren belehren.

Ich hatte noch nie einen Menschen auf einer dermaßen kurzen Strecke ein derart ausgewähltes Arsenal von kreativen Flüchen benutzen gehört. Andererseits, war sie ja auch kein Mensch. Hier war in ihrer Person nun das wahrhaft Göttliche zu erkennen.

Jim fuhr aus seiner schlafenden Position hoch, blinzelte kurz auf die Fahrbahn wie ein Reh in das Scheinwerferlicht und murmelte sich anschließend wieder wie ein nasser Sack auf der Bank zusammen.

Wenn man bereits ein Zimmer in der Hölle reserviert hatte, konnte einem vermutlich so schnell nichts mehr aus der Ruhe bringen.

Noras Outfit war ebenfalls auf sommerlich getrimmt. Der weiße Ledermantel war zu Hause geblieben und einer kurzen Jeans (jetzt verstand ich den Begriff Hot Pants) und einem weißen, ärmellosen Shirt gewichen. Auf dem T-Shirt prangte in goldenen Lettern: Hello Kitty. Darunter war eine kleine Katze abgebildet. Anscheinend ein weiteres Zalando Fundstück.

Jim hingegen hatte bei der T-Shirt Wahl nicht so viel Glück gehabt. Da er auf mein Wohlwollen angewiesen war und ich damit rechnete, meine Klamotten nicht wieder zu sehen, konnte ich ihm so den Schandfleck meiner Sammlung aufs Auge drücken.

Trotz des hochgezogenen Reißverschlusses konnte ich ein Teil des Ed Hardy Spruches lesen und grinste hintersinnig. Ich hatte ehrlich gesagt keine Ahnung, woher ich dieses bereits ausgestorbene und vor allem unglaublich hässliche Markenteil überhaupt her habe. Eventuell hatte ich es von einem meiner älteren Brüder geerbt. Jim schien sich nicht weiter daran zu stören. «Wer so oft in Flammen aufgeht wie ich, hat keine Zeit, sich über Markenware Gedanken zu machen, außer sie beinhaltet das Wort Asbest.»

Ich warf einen Blick auf den Tachostand des Autos. Etwas über stolze 231000 Kilometer hatte der Nissan runter.

Als Nora meinte, sie würde uns einen fahrbaren Untersatz für unsere Reise besorgen, hatte ich mich wider besseren Wissens einem Moment einer James Bond artigen Version eines rassigen Sportwagen hingegeben.

Immerhin war sie ja ein Engel und wir hatten ja das Geld dafür. Zumindest der Himmel hatte es.

Doch anstelle eines Aston Martins oder zumindest eines BMWs, fuhr sie mit diesem etwas betagten, aber nach ihrer Aussage immer noch tadellosen Gefährt, auf den Hof. Jim hatte das Fahrzeug kurz betrachtet und mir dann aufmunternd auf die Schultern geklopft. «Das nenne ich unauffällig. Ich sitze hinten.»

Dann waren wir auch schon losgefahren. Ach ja, das wohin und vor allem warum, dürfte noch ganz interessant sein. Langsam wurde es echt verworren.

Kommen wir auf die Liste zurück.

Zwanzig Namen standen darauf. Sogar ich hatte schnell begriffen, dass es sich dabei um die Liste der ermordeten Engel handelte.

Doch die ganze Tragweite machte uns Nora erst klar.

«Der Nephilim bringt die Oculi um.»

Jim schickte sich an, für mich zu übersetzen, aber ich hob nur die Hand.

«Er bringt die Augen um.» kam ich ihm zuvor, was mir einen beeindruckten Blick von Jim einbrachte.

«Hey, nur weil ich ein Mensch bin, bin ich kein Idiot. Latein gibt es heutzutage immer noch.» erwiderte ich im ärgerlichen Tonfall.

Das ich dieses Wort kannte, weil ich eine Zeit lang ein World of Warcraft gezockt hatte und dort eine Instanz Oculus hieß und wie ein Auge geformt war, tat hier ja nix zur Sache.

Jim neigte entschuldigend den Kopf und ich wandte mich an Nora. «Was sind nun die Oculi?»

Nora seufzte. «Eigentlich nichts, was einen Menschen angehen sollte.»

Ich versuchte, die Arroganz in dieser Aussage zu überhören, dennoch perforierte ich Nora mit meinen Blick. Sie bemerkte dieses auch und ein weiteres Wunder geschah.

«Tut mir leid.» kam über ihre Lippen.

Ich hatte sie wirklich anders in Erinnerung.

Mir gefiel sie so besser. Fast schon zu gut.

Bevor ich aber diesen Gedanken bis zu seiner letzten Konsequenz zu Ende denken konnte, fuhr Nora fort. «Die Augen Gottes. Sie bewachen und leiten den Äther. Deswegen haben wir solche Probleme, ihn zu benutzen. Ohne genügend Oculi bricht der Äther früher oder später vollkommen zusammen. Chaos wäre die Folge.»

Ich rieb mir über mein Rasur bedürftiges Kinn. «Also wie Datenserver in einem Netzwerk. Wenn sie ausfallen, geht nix mehr und die Daten gehen verloren. Ich habe mal gelesen, dass es für das Internet auch nur eine bestimmte Anzahl von Servern weltweit verstreut gibt. Sollten sie gleichzeitig alle ausfallen, gäbe es das Netz nicht mehr.»

Nora nickte. «Jetzt stell dir vor, wie es wäre, wenn das Internet über Nacht verschwinden würde.»

Ich dachte darüber nach.

«Ist dieser Samkiel dann nicht so etwas wie ein Auge? Immerhin sieht er ziemlich augenmäßig aus.»

Nora schüttelte den Kopf. «Samkiel ist ein Argus.»

«Und das bedeutet was, für nicht Celes?»

Jim schaltete sich, wie ziemlich oft, gut informiert ein. «Als Oculus bleibt man konstant mit dem Äther verbunden. Man bewacht ihn und erhält im am Leben. Dazu begibt man sich fast die ganze Existenz lang in eine Art Traumzustand. Es gibt aber einige Engel, die zwar die Eigenschaften eines Oculis besitzen, wie zum Beispiel durch den Äther zu reisen, aber nicht diesen Zustand erreichen können. Sie werden Argus genannt. Sie sind eigentlich als Reserve irgendwo eingesetzt, aber Samkiel mit seinen Fähigkeiten als Sucher wurde von Azrael rekrutiert. Einen effektiveren Jagdhund konnte er gar nicht finden. Zumindest, solange der Äther noch existiert.»

Ich stimmte ihm zu. Sollte der Äther verschwinden, würde das Chaos ohne Grenzen sein.

«Was für einen Zweck sollte es aber haben, den Äther abzuschalten? Das kann doch eigentlich nur im Interesse der Dämonen liegen?»

Jim schüttelte den Kopf. «Nicht mal ansatzweise.»

Nora warf dem Dämon einen fragenden Blick zu.

Er grabschte nach seinen Kippen.

«Nicht, dass es dich was angehen sollte, Engelchen», verpasste er ihr einen Seitenhieb, bevor er die Zigarette auf seine einzigartige Weise entflammte, «aber unsere Seite ist auf den Äther genauso angewiesen wie ihr. Um bei Nates Vergleich mit dem Internet zu bleiben. Ihr habt zwar die Server, aber wir können uns in euer Netz einhacken. Wir sind sowas wie das Darknet. Glaub mir, darauf will kein Dämon verzichten. Das wäre so, als würden mit einem Schlag alle Pornoseiten im Netz dicht machen. Sehr unangenehm.»

Also auch hier Sackgasse.

«Und was ist mit den Metas?»

Meine beiden übernatürlichen Verbündeten lachten. «Ich bitte dich, Nate. Sie sind mehr Menschen als, als Celes. Sie wären dazu weder in der Lage, noch hätten sie das Wissen dazu.»

Irgendwie wurden mir die Metas immer sympathischer. Ich stieß den Atem aus. «Und was nun?»
Nora tippte einen Befehl in die Tastatur. Unter der Liste mit den Zwanzig Namen erschien eine weitere Zeile. Ein weiterer Name. Gab es sogar ein weiteres Opfer? Nora deutete auf den letzten Eintrag. Der Einzige ohne Todesdatum. «Dort müssen wir hin.»
Ich las den Namen laut vor. «Falko Valentin. Auch ein Auge?»
Nora verneinte. «Nein, er arbeitet zwar auch für den Himmel, hat aber nichts mi den Oculi zu tun. Raguel hat seine Adresse hinzugefügt. Da die Datei versteckt war, wollte er uns so einen Hinweis geben. Das ist unsere Spur. Wir besuchen Valentin.»
Ich hob den Arm wie ein Viertklässler, der mal dringend vor der Mathearbeit aufs Klo musste. «Und wer ist nun Valentin?»
Jim drückte seine Kippe beiläufig aus.
«Ein Hüter des Wissens. Ironischerweise ein Meta, der seit Generationen für den Himmel arbeitet. So etwas wie ein Netzwerkadministrator. Er verwaltet Informationen noch auf die altmodische Art. Lokal gespeichert. Dort können wir vor Ort gespeicherte Informationen aus dem Äther schöpfen, ohne dass man uns entdeckt.»
Nora schüttelte den Kopf. «Wenn das hier vorbei ist, muss ich dringend mit Raguel über unsere Sicherheitsmaßnahmen reden.»
Jim grinste böse. «Hättet ihr das vorher schon getan, wären die Todesengel nicht hier.»
Bevor das Ganze zu einem Streit ausarten konnte, schaltete ich mich ein. «Sie hat nicht Unrecht. Für jemanden, der angeblich nicht von hier ist, bist du verdammt gut informiert.»
Jim lächelte vielsagend. «Ich persönlich weiß eigentlich ziemlich wenig. Aber ich habe meine Kontakte.»
«Und woher wissen deine Kontakte so viel? Und wer soll das sein?» hakte Nora misstrauisch nach.

Jim rollte bereits eine neue Kippe zwischen dem Zeigefinger und Daumen. «Ich werde euch keine Namen nennen. Zumindest noch nicht. Es ist nicht so, dass ich euch nicht vertraue. Immerhin stecken wir zusammen schon so tief in der Scheiße, dass verbindet. Aber ich muss ihn zumindest vorher um Erlaubnis fragen, bevor ich seine Identität einfach rausposaune.»

«Zumindest wissen wir, dass es ein Kerl ist.» kommentierte Nora zufrieden.

Jim schenkte ihr ein anerkennendes Lächeln und nickte. «Jetzt hast du mich erwischt, Engelchen. Aber mehr sage ich dazu jetzt nicht. Außer eines noch. Wenn es für die Metas sowas wie einen Anführer geben könnte, dann wäre er es. Nur hat er keine Lust dazu. Er weiß besser als die Meisten, wie das Spiel zwischen Himmel und Hölle gespielt wird.»

Ich begnügte mich damit, dass Jim uns seinen mysteriösen Kontaktmann vorerst nicht preisgeben wollte. Denn es gab noch andere Dinge zu klären.

«Also zurück zu diesen Valentin. Dazu kommen mir gleich drei Fragen.

Erstens: Ist es wirklich klug, dorthin zu gehen? Eventuell kommen die Todesengel auch auf die Idee und

Zweitens: Wieso sollte er uns helfen?»

Nora schüttelte entschieden den Kopf. «Wenn das der Fall wäre, dann hätte Raguel uns diese Info nicht gegeben.»

Das nahm ich so hin. «Gut, dann Frage Nummer

Drei: Wo finden wir denn diesen Falko nun?»

Auf die Antwort war ich nicht gefasst gewesen.

In Rinteln. Meiner Geburtsstadt. Womit dieses Rätsel meiner Herkunft hiermit auch geklärt wäre.

Fast meine gesamte Jugendzeit kein McDonalds, aber ein lokaler Server des Äthers.

Wunderbar.

So weit, so gut. Jetzt befanden wir uns auf der A2 nur noch wenige Minuten von der Ausfahrt entfernt.
Ich genoss den Anblick meiner alten Heimat. Das Weserbergland war eine Abfolge von bewaldeten Hügeln, kleinen Dörfern, Feldern und Wiesen.
Wenn ich mal alt bin (falls ich das noch werden würde, im Moment sah ich da mindestens Zwölf gute Gründe dagegen, Dämonen und Metas nicht mitgerechnet), würde ich mich hier gerne niederlassen. «Schaut mal, da ist der Klippenturm.» sagte ich und deutete auf den alten Wachturm auf dem Bergkamm über Rinteln.
Jim war wenig beeindruckt. «Das sind also Berge in Deutschland was?»
«Ja, Niedersachsen ist bekannt für seine Berge, so wie Bayern für seine Deiche.» gab ich sarkastisch zurück.
Jim schien das nicht zu bemerken. «Warst du schon mal in den Highlands? DAS sind richtige Berge, mein Freund.»
Ich kannte die schottischen Hochlanden nur aus Filmen und Serien wie Outlander oder Braveheart.
Wenn es da wirklich so aussah, waren die Highlands auf jeden Fall eine Reise wert.
«Vielleicht sehen wir sie uns mal gemeinsam an, wenn das hier vorbei ist.» schlug ich Jim vor.
Der Blick des Halbdämons wurde trauriger und er starrte in die Ferne als er murmelte. «Eher nicht.»
Irgendetwas in mir ließ mich davon Abstand nehmen, ihn jetzt nach dem Grund zu fragen.
Obwohl er und Nora sich zumindest oberflächlich mit ihren Zweckbündnis angefreundet hatten, das Vertrauen zwischen den Beiden war ungefähr so groß wie zwischen Israel und dem Iran. Auch wenn wir alle in diesem Schlamassel gemeinsam drinsteckten, wie Jim festgestellt hatte.
Erneut fiel mir auf, wie wenig ich über die Zwei wusste. Immerhin hing mein Leben von ihnen ab. Eine Vorstellung, die

sich immer noch total unwirklich anfühlte, es war einfach alles zu viel Hollywood.

«Nora, wir fahren an Rinteln vorbei.» wies ich sie darauf hin, als wir die letzte Abfahrt verpassten.

«Wir wollen nicht direkt nach Rinteln, Valentin lebt im Kloster Möllenbeck.» erklärte sie mir.

Und meine Eltern lebten auch in Möllenbeck, fügte ich gedanklich hinzu.

Na wunderbar. Was, wenn die mich jetzt sahen? «Hi Mama, ich habe leider keine Zeit vorbeizukommen, ich muss mich gerade in den lokalen Engelserver hacken, um einen serienmordenden Nephilim zu jagen. Übrigens das sind meine neuen Freunde, ein halber Feuerteufel und eine Engelsnovizin. Und wie geht es dir so?»

Na ja, dann konnte sie wenigstens wieder ihren Lieblingsspruch loswerden. «Hannover ist nicht gut für dich» und «seitdem du von zu Hause weg bist, hast du dich sehr verändert.»

Das ich bereits seit sechs Jahren nicht mehr zu Hause wohnte, vor Hannover in anderen Städten gelebt habe und diese Entwicklung vollkommen normal war, waren irgendwie keine stichhaltigen Argumente für meine Mama. Die momentane Situation würde diese Ansicht wohl auch nicht ändern. Wahrscheinlich würde sie mir die Schuld an der Apokalypse geben. Was vielleicht auch gar nicht so abwegig war.

«Da hast du endlich mal was zu Ende gebracht und dann ist es das Ende der Welt!»

Na ja, Eltern. Wer kannte das nicht?

Wenige Minuten später rollte der Nissan über den Kiesweg auf den Parkplatz vor das Kloster. An einer geöffneten Seitenpforte lehnte ein hagerer Typ Mitte Dreißig. Zumindest augenscheinlich. Ich wusste ja bereits, dass er ein Meta sein musste. Unter dunkelblonden Locken taxierten uns ein paar

blaugraue Augen wachsam. Als wir uns näherten, nickte er Nora zu. «Gott sei mit dir, Novizin.»
Und Gott mit dir, Hüter Valentin.» erwiderte Nora die Begrüßung.
«Ihr kennt euch?» fragte ich überrascht.
Nora hatte darüber kein Wort verloren. Valentin lachte freundlich. «Nicht persönlich. Ich weiß halt gerne Bescheid, was in meinem Zuständigkeitsbereich so passiert, Nathaniel.»
Okay. Noch jemand, der mich kannte. Ich war anscheinend so berühmt wie Donald Duck.
Valentin betrachtete nun Jim, wobei sein wandernder Blick auf seinen Händen hängenblieb.
«Interessant. Keine Stigmata mehr. Das ist neu. Das werde ich aufschreiben müssen, James.»
Jim rieb sich unbewusst die Handgelenke. «Tu, was du nicht lassen kannst.»
Valentin machte eine einladende Handbewegung und wir folgten ihm in das Innere. Auf dem Weg hinein nahm ich mir fest vor, dass Jim mir bei nächster Gelegenheit Einiges erklären musste. Was war der Witz mit den Stigmata? Wieso wusste Jim so viel über die Todesengel? Wer war dieser Informant, der angeblich der Anführer der Meta sein könnte, aber nicht wollte? Was hatte er mit Agnes zu tun? Und warum zum..., ach zum Teufel damit, zum Teufel, half er mir überhaupt? Das waren alles viel zu viele offene Fragen.
Valentin führte uns in einen runden Raum. Sogar die Decke wölbte sich nach oben. Die Wände waren weiß gestrichen.
«Was ist das hier?» fragte ich.
«Das ist die Krypta.» kommentierte Valentin mit einer allumfassenden Armbewegung.
Ich nickte langsam. Na super. Warum genau wurde ich in eine Grabkammer gebracht? Sollte ich hier schon einmal Probe liegen, oder was?

Valentin schritt zielstrebig durch den Raum und stampfte in einen bestimmten Rhythmus mit seinen Füßen auf die steinernen Bodenplatten.

«Lord of the Dance?» raunte ich Jim zu.

Er nickte nur in die Richtung des Hüters.

Ein mechanisches Klacken gefolgt von dem Geräusch sich reibender Steinplatten hallte durch den flachen Raum. Eine Bodenplatte schob sich zur Seite und gab den Blick auf eine in den Stein gehauene Wendeltreppe frei. Im krassen Gegensatz zu dem mittelalterlichen Baustil flackerte das Licht von LED Lampen aus dem Dunkel herauf.

Wir folgten Valentin hinab.

Als wir am Fuße der Treppe ankamen, waren wir aus dem mittelalterlichen Kloster in eine vollkommen andere Welt getreten. Meine Füße standen auf soliden, glänzenden Stahl. Der komplette Raum war mit Stahlplatten verkleidet. In den Platten an den Wänden waren Dutzende von Flat Screens eingelassen worden. Jeder zeigte andere Bilder. Tagesnachrichten, Überwachungskameras, Streams, Tabellen, Listen, wirklich jede Art von Informationsquelle blinkte hektisch über die Schirme. Ein leises Lachen entfuhr mir, als ich auf einigen Schirmen altbekannte Sachen wie Facebook, Youtube oder Instagram sah.

Interessant. Das wäre auch ein Job für mich gewesen.

Im Hintergrund hörte ich ein Radio laufen.

Ich erkannte das Lied sofort als The Joker von der Steve Miller Band.

Das Zentrum des Raumes war ein wirklich gigantischer Bildschirm, der die komplette hintere Wand einnahm. Er war mindestens doppelt so groß wie ich und an die sechs Meter breit. An dem hätte ich zu gerne mal meine Playstation angeschlossen. Die alten Klosterbrüder wussten, wie man es sich bequem machte. Ich erwog nun ernsthaft eine neue Berufsperspektive, als mein Blick auf den Tisch in der Mitte

fiel. Dieses gut zwei Mal drei Meter lange Prachtexemplar war gar kein ordinärer Glastisch, oh nein. Es war ein gottgleicher Touchscreen. Ich hatte noch nie ein vergleichbares Userinterface gesehen. Außer auf der Enterprise.
Hammer. Ein respektvolles Pfeifen stahl sich durch meine Lippen, was Valentin zufrieden lächelnd zur Kenntnis nahm.
«Läuft der mit Windows?» fragte ich.
Valentin lachte kurz und schüttelte den Kopf. «Bist du verrückt? Wir wollen unsere Daten sichern, nicht zerstören. Wir haben unser eigenes Programm. Und das ist der heutigen Generation noch um Lichtjahre voraus, benötigt aber nicht so hohe Ressourcen wie die heutigen Systemprogramme. Ich habe diese «viel hilft viel» Philosophie nie ganz verstanden.»
Ich nickte anerkennend. Im Gedanken fasste ich schon einen Plan, wie ich an eine Kopie dieses Betriebssystems kommen könnte. Dann wäre ich mit einem Schlag der neue Bill Gates.
Als ob Valentin meine Gedanken lesen konnte, warf er mir einen mahnenden Blick zu. «Vergiss es, dass passiert uns nicht noch einmal.»
Ich blinzelte irritiert. «Wie, noch einmal?»
Valentin zuckte mit den Schultern. «Was meinst du, woher die Idee für Betriebssysteme, Internet und Dergleichen kommt? Dass sich sowas ein Mensch in seiner Garage ausgedacht hat? Ich bitte dich.»
«Moment, du meinst, ihr wurdet beklaut?»
Valentin räusperte sich. «Kann man so sagen. Zum Glück war es nur das veraltete System, was vor Jahrzehnten schon ausgemustert worden war. Dennoch war es recht ärgerlich. Aber im Endeffekt hat es sich als Vorteil herausgestellt. Personen aufzuspüren und Informationen herauszufinden war noch nie leichter. Ihr Menschen seid schon ein komisches Volk. Ihr verteidigt eure Privatsphäre mit meterhohen Gartenzäunen, Vorhängen und Unterlassungsklagen. Überall schreien sie nach Datenschutz. Sobald ihr aber im Internet auf

Social Media Seiten seid, verkommt ihr zu Seelenexibitionisten und preist euer Privatleben Millionen von unbekannten Menschen an wie gefälschte Markenware auf einem türkischen Basar.»

Ich warf einen schrägen Blick auf Jim, der mit einer ruckartigen Bewegung den Reißverschluss seines Pullis ein Stück höher zog.

«Schöne Sache.» gab ich bewundernd zu.

Valentin nickte. «Aber ich denke, ihr seid nicht hierhergekommen, um eine Führung durch meinen Arbeitsplatz zu bekommen, oder?»

Nora schaltete sich ein. « Was weißt du über die Mordserie in den Provinzen und die Verwicklung der Todesengel?»

Valentin zog die Augenbrauen zusammen. «Ihr fallt aber mit der Pforte in die Kathedrale, meine Liebe. Davon dürftet ihr eigentlich nichts wissen.»

Nora warf ihm den Stick zu. «Raguel schickt uns.»

Valentin betrachtete den Stick in seiner Hand und musterte uns noch einen Augenblick misstrauisch, bevor er sich die Daten und das Video auf dem großen Schirm ansah. Die Auflösung war um ein Vielfaches besser als bei mir, was ich neidlos anerkennen musste. Wenn bei uns gerade UHD und 4K in der neueste Trend war, hatten die Engel mindestens…32K.

Es war so, als würden wir uns im gleichen Raum aufhalten. DAS war High Definition.

Falko kaute auf seiner Unterlippe, während er die Aufzeichnung verfolgte. Danach warf er noch einen Blick auf die Liste.

Anschließend huschten seine Finger über den Tisch, wobei er verschiedene Tabs öffnete, verschob und einige davon auf den großen Bildschirm übertrug. Wir beobachteten ihn stumm bei seinem Tun.

Nach einigen Minuten starrte er finster auf das Ergebnis seiner Recherche.

«Nicht gut.» kommentierte er knapp.
Jim rieb sich über sein bartloses Kinn.
«Kannst du das etwas präzisieren? Mittlerweile gibt es viele nicht gute Dinge.»
Das konnte ich so unterschreiben.
Statt einer Antwort bewegten sich Valentins Finger wieder in einer bemerkenswerten Geschwindigkeit über die gläserne Oberfläche, tippten unsichtbare Buchstaben und Zahlen ein oder verschoben Listen und Fenster. Schlussendlich seufzte er.
«Verdammte Scheiße. Und das sage ich als Hüter des Wissens.»
Er öffnete eine Datei. Auf dem Bildschirm erschien neben einem Passfoto eines dunkelblonden Mannes im mittleren Alter einige persönliche Daten wie Name, Größe und so weiter.
«Anthiel.» las ich.
Nach und nach poppten so immer weitere Personendateien auf. Schlussendlich waren es Zwanzig Stück.
Valentin ordnete sie kreisförmig an. «Da haben wir sie. Die Opfer des Nephilims. Bis auf Tanael und Anthiel alles Oculi.»
Ich sah mir die Profile der beiden namentlich genannten Engel an. «Das waren die Prätoren, oder?»
Valentin nickte. «Und nicht gerade die Schwächsten. Anthiel zum Beispiel war der Prätor von Paris, einer der größten Provinzen im Himmelsreich. Ein Engel der ersten Generation. Seine Kraft war der Azraels ebenbürtig. Wer also auch immer der vermeintliche Nephilim ist, er ist verdammt gefährlich.»
Ich rieb mir das Kinn. «Gibt es denn gar keine Informationen zu dem Nephilim? Ich meine, so eine Auferstehung muss doch bemerkt worden sein. Wenn ich richtig gehört habe, wurde für den letzten eine Atombombe abgeworfen.»
Falkos Finger huschten über das Bedienfeld. «Du hast Recht. Sehr merkwürdig. Normalerweise würden die Alarme nur so schrillen. Vielleicht liegt es aber auch am geschwächten Äther?

Was die Frage aufwirft, was zuerst da war. Die Probleme mit den Oculi oder der Nephilim.»

Ich nickte. «Das Huhn oder das Ei.»

Jim prustete. «Huhn. Ich verstehe, wegen den Flügeln und so, right?»

Ein bitterböser Blick von Nora ließ ihn verstummen.

Etwas anderes störte mich. Ich erinnerte mich an Agnes Worte. «Paris? Hast du was dazu zu sagen, Jim?»

Jim wich meinem Blick aus. «Zufall. Ich hatte davon keine Ahnung. Ich war auf der Jagd nach Agnes und bin so auf deine Spur gestoßen. Ich wusste durch meinen Kontakt, dass sie dich sucht. Also musste ich mich nur in deiner Nähe aufhalten.»

Ich starrte ihn an. «Du hast mich als Köder benutzt?»

Dieses beiläufige Geständnis traf mich wie eine Dampframme.

Jim hob beschwichtigend die Arme. «Ich werde es dir erklären. Nachher.»

«Scheiß auf nachher! Du hast mir gesagt, unser Treffen wäre reiner Zufall gewesen. Du hast mich also von Anfang an verarscht! Was war noch gelogen?»

Nora betrachtete die Namen. In ihren Augen spiegelten sich Trauer und Entsetzen.

«Sie sind alle Tod. Die Augen Gottes...»

Die Worte hallten in meinen Kopf nach.

Die Augen Gottes.

Plötzlich durchzuckte ein Schmerz wie von einem Peitschenschlag mein Gesicht. Stöhnend hielt ich mir den Kopf. Mein rechtes Auge brannte.

Als ich die Hand wegnahm, tropfte etwas auf die gläserne Oberfläche.

Blut.

«Nora!» brachte ich noch heraus, bevor mir die Beine den Dienst versagten und ich wie ein nasser Sack umzukippen drohte.

Doch dazu kam es nicht.

Mit einem schmerzhaften Ruck, als ob mir jemand einen Spieß von Hinten mein Rückgrat hinauf getrieben hätte, richtete ich mich kerzengerade auf.

Meine Arme zuckten ungelenk. Meine Halswirbel knackten laut, als mein Kopf unkontrolliert hin und her ruckte.

Auf meinem rechten Auge war ich blind. Mit dem Linken sah ich die geschockten Gesichter der Anwesenden. Mein Mund öffnete sich gegen meinen Willen. Ein widerlicher Geschmack von Fäulnis legte sich auf meine Zunge.

Ich hatte das Gefühl, dass Tausende von Maden aus meinen Mund hervorquollen.

Ich wollte schreien, doch ich konnte es nicht.

Etwas stach in mein rechtes Auge wie ein Zimmermannsnagel und schob sich langsam immer weiter in meinen Schädel hinein.

Mein ganzer Körper zuckte.

Eine fremde, nichtmenschliche Stimme dröhnte durch den Raum.

Sie klang rau und brüchig wie altes Pergament.

Dann wurde mir klar, dass ich es war, der da sprach. Durch die rote Wolke der Pein hörte ich mich sagen:

«Wenn die Augen des Himmels sich schließen, wenn Bruder wieder Bruder mordet, wenn die tausend Münder wie einer sprechen.....»

Ein Blitz explodierte vor meinen Augen. Alles war in gleißendes Weiß getaucht. Wie damals, als sich die Seele in mir gegen Agnes Todeszauber aufgelehnt hatte. Und ebenso wie damals, war es von einer Sekunde auf die Nächste vorbei.

Ich hörte ein Flüstern. «DEINE ZEIT LÄUFT AB, KLEINER MENSCH. HEUTE NEHME ICH NUR EIN ANDENKEN MIT. BEIM NÄCHSTEN MAL HOLEN WIR UNS DEN REST VON DIR. AUF

BALD, NATHANIEL.» hallte mein Name in meinem Kopf nach.
Das fremde Bewusstsein wich aus meinen Körper und Geist. Ich brach zitternd zusammen und übergab mich auf den polierten Stahlboden. Ich würgte, versuchte Luft zu holen und erbrach mich erneut.
Der Schmerz in meinem Auge war noch da. Der rote Schleier lag immer noch vor meinen Blick.
Ich rollte mich auf den Rücken, schluchzte schwer und rang nach Luft. Ich versuchte mich aufzuraffen, doch es war mir so, als ob ein Amboss auf meiner Brust lag. Tränen liefen mir über das Gesicht und vermengten sich mit meinem Blut.
Mein Körper zuckte unter einen aufkommenden Weinkrampf. Hände hoben mich an den Schultern. Behutsam drückte mich jemand an sich. Warme Arme umschlangen meinen Kopf und streichelten über meine Haare, während ich hemmungslos zu weinen begann. Das Grauen war immer noch übermächtig.
Ich roch Noras süßen Duft und vergrub mich in ihrer Umarmung. Dass ich ihr dabei ihre Kleidung verunreinigte, interessierte weder sie noch mich.
Sie hielt mich wie ein kleines Kind nach einem Albtraum im Arm, wiegte mich hin und her und sang ein Lied, dessen Text ich nicht verstand.
Aber die Melodie war so schön, so beruhigend. Friedvoll, warm und irgendwie hell, auch wenn das natürlich nicht möglich war.
Mein Herzschlag ging vom berstenden Dauerfeuer in einen ruhigeren Takt über. Jemand drückte meine Hand. Ich schlug mein tränenerfülltes Auge auf und sah in die haselnussbraunen von Jim, der mich aufmunternd anlächelte.
Seine Worte waren das Letzte, was ich verstand, bevor ich in die Schwärze einer Ohnmacht abglitt. «Keine Angst, Nate. Wir sind für dich da.»

Kapitel 10 Die Augen Gottes

«Es ist nur ein Auge mein Herr, die Götter waren so gütig mir ein zweites zu geben.» - 300

Erneut hatte ich geträumt. Und wieder musste ich es niederschreiben. Einfach nur aus Angst, ansonsten komplett durchzudrehen. Es war das Erste, was ich nach meinem Erwachen getan habe. Noch bevor ich nur ein Wort an Nora oder Jim, die beide an meinen Bett gewacht hatten, richten konnte, kramte ich meinen schwarzen Laptop aus meinen olivgrünen Rucksack und begann, meinen Traum niederzuschreiben. Ich tippte hastig. Machte viele Fehler.
Ich spürte bereits, wie sich der Traum aus meiner Erinnerung stahl. Folgendes hatte ich geträumt.
Ich stand in einen leeren Raum. Kalkweiß.
Keine Fenster, keine Türen. Nicht einmal Wände, Boden oder Decke ließen sich nicht mit Sicherheit voneinander abgrenzen. Überall um mich herum erstrahlte das weiße Licht. Auch ich war in weiße Gewänder gehüllt. Sie erinnerten mich an die Togen der alten Römer oder Griechen. Also trug ich mehr oder weniger ein Bettlaken.
Ein Kichern ließ mich herumfahren.
Ich war nicht alleine in den Raum.
Das kleine Mädchen war wieder da. An ihrer kleinen zur Faust gebildeten Hand hing ein kleiner brauner Bär, der schon arg mitgenommen aussah.
Die Kleine trug wieder ein weißes Nachthemd, doch entgegen zum letzten Mal war es blütenweiß und rein. Das Mädchen strahlte mich aus funkelnden Augen an.
Ich lächelte zurück.
Dann erstarb das Funkeln in den Augen des kleinen Kindes. Die Pupillen färbten sich mit einen Male blutrot. Der Teddy fiel zu Boden und das kleine Mädchen fing an zu weinen. Blutige Tränen liefen aus ihren nun vollständig roten Augen.

Ich streckte meine Arme nach ihr aus, versuchte zu ihr zu laufen. Aber ich kam nicht von Fleck, meine Füße steckten irgendwo fest.

Ich sah an mir herab und erschrak. Durch den Boden, der nun nicht mehr fest, sondern wie ein Sumpf aus Milch wirkte, streckten sich Dutzende kleiner Hände und versuchten, meine Beine zu umklammern. Unter der Oberfläche drückten sich die Konturen von Kindergesichtern gegen die Fläche, ohne sie durchstoßen zu können.

Panisch trat ich nach den greifenden Händen.

Kinderstimmen begannen zu weinen. Ich wurde von weiteren Armen ergriffen und langsam Stück für Stück tiefer gezogen. Hände legten sich erst um meine Hüften, dann die Schultern und schließlich um meinen Hals und zerrten an mir.

Ein letzter Blick fiel auf das kleine Mädchen. Es kniete zusammengesunken mit gesenktem Kopf, den Teddy wieder in den Händen.

Jetzt hob sie ihren Kopf. Doch da, wo eben noch das niedliche unschuldige Puppengesicht war, klaffte nun eine offene, blutende Wunde.

Ein letzter Schrei entrang sich meiner Kehle, bevor ich in die Tiefen gezogen wurde und sich das Meer aus weißer Farbe über mir schloss. Ich spürte, wie Flüssigkeit in meinen Mund drang und meine Lungen füllte. Doch anstelle zu ertrinken, erwachte ich auf einer Lichtung.

Sie wirkte so bizarr und unwirklich wie die Comiclandschaften in Sin City, denn auch hier war die Umwelt nur in Schwarz-, Weiß- und Grautönen gezeichnet. Die Frühlingslandschaft um mich herum wirkte wie die Kulisse eines Wanderzirkus, die kahle Sonne verbreitete so viel Wärme wie ein schwacher Scheinwerfer. Doch das Zentrum dieses Bühnenstückes bot ihr Hauptdarsteller.

Vor mir stand ein in schwarzen Gewändern gehüllter Mann. Ebenso pechschwarz waren seine hüftlangen Haare. Er war ein

gutes Stück größer und kräftiger als ich. Sein rechtes Auge war blutrot und pupillenlos. Das Linke funkelte mich an. In seinen raubtierhaften Zügen lag die gleiche animalische Gefährlichkeit, die ich schon bei Damian gespürt hatte. Doch dieser hier war mir noch unheimlicher, er strahlte eine Aura der absoluten Macht aus, der allgegenwärtigen Überlegenheit.
Er betrachtete mich in einer Art und Weise, wie ein Naturforscher eine Ameise betrachten musste.
Nun baute er sich zur vollen Größe auf.
Was ich gerade noch für schwarze Gewänder gehalten hatte, waren keine.
Zwei imposante, schwarz gefiederte Flügel spannten sich zu einer beeindruckenden Länge. Majestätisch schlug er zweimal mit ihnen, bevor er seine Schwingen wieder um seinen nackten Körper faltete. Danach versuchte er, mich freundlich anzulächeln, doch misslang dieses kläglich.
Ich zitterte am ganzen Leib.
Ich wusste, dass ER es war!
Die Seele, die in mir wohnte.
Er nickte mir zu und sein Gesicht verwandelte sich von der abscheulichen Fratze zu einem wunderschönen Gesicht. Ich hatte in meinem Leben noch ein edleres, schöneres und erhabeneres Gesicht gesehen als das dieses Mannes.
«ICH SEHE, DU FÄNGST AN, ZU VERSTEHEN.»
Ich erkannte die Stimme sofort wieder. Mit ihr kamen der Ekel und der Schmerz zurück und ich begann mich zu winden. Er sah auf mich herab und schien beinahe Mitleid mit mir zu haben. Das Mitgefühl eines höheren Wesens mit einer wertlosen Kreatur. «AUGE UM AUGE. DEINES FÜR DIE ERKENNTNIS, DIE ICH DIR SCHENKE. SUCHE DEN MÖRDER BEIM AUGE DES LÖWEN. DU KENNST DEN ORT. ICH HABE IHN DIR GEZEIGT. FINDE NEPHILIM.»

Seine Worte hallten in mir nach wie ein Flüstern, das von nicht vorhandenen Wänden hallte.
Dann erwachte ich.

Mein Blick huschte erneut über das Geschriebene. Irgendetwas fehlt. Ich habe etwas vergessen, aber so sehr ich mir auch das Hirn zermarterte, es war weg.
Nora und Jim lasen ebenfalls meinen Traumbericht und sahen dabei sehr besorgt aus.
Sowieso behandelten mich beide wie ein rohes Ei, seitdem ich wieder erwacht war. Wie ein in Watte verpacktes rohes Ei.
Irgendjemand, ich schätzte mal Nora, hatte meinen Kopf mit einen Verband eingewickelt. Dabei hatte sie nicht viel Geschick bewiesen, ohne dafür undankbar klingen zu wollen.
Ich sah aus wie die Mumie aus einem schlechten 40er Jahre B-Movie.
Der Verband ging über mein rechtes Auge, so dass meine Sicht deutlich eingeschränkt war.
Nora las den Teil mit der Begegnung noch einmal laut vor. Danach sah sie Jim ratlos an. «Das macht keinen Sinn. Es gibt und gab nie Engel mit schwarzen Schwingen.»
Jim kratzte sich am Hinterkopf. «Wie sicher können wir uns sein, dass der Traum absolut wörtlich zu nehmen ist?»
«Und Michael Jackson war auch mal schwarz.» Warf ich ein.
Dem Ausdruck auf ihren Gesichtern nach war mein Beitrag wohl nicht sonderlich hilfreich gewesen.
Ich sah mich, sofern mir das mit einem Auge möglich war, in der kleinen Stube um.
Sie war schmal, gerade mal genug Platz für ein kleines Bett, einen Tisch und einen Stuhl bot sie.
Am Tisch saß Nora vor meinen Laptop, während Jim sich gegen die Wand gelehnt hatte. Das dort aufgehängte Kruzifix schien ihn nicht zu stören.

«Deine Seele spricht zu dir. Das ist nicht ungewöhnlich. Mich überrascht die Deutlichkeit, mit der sie das macht. Sie tritt dir offen gegenüber. Sehr außergewöhnlich.» bemerkte Nora.
Jim schaute mich mit einem Anflug von Sorge an. «Ich glaube, ich weiß, woran das liegt. Agnes hat vermutlich das Seelensiegel gebrochen.»
Nora starrte erst mich und dann Jim über die Schulter an. «Ja, aber natürlich. Sie wollte den Engel vernichten. Nicht nur das Gefäß.»
Da war sie wieder. Meine Lieblingsbeleidigung. Gestatten, mein Name ist Nate, ich bin eine spirituelle Tupper Dose.
«Das heißt jetzt was?» wagte ich zu fragen.
Es ist ja nicht so, dass mir die Situation der vollkommenen Ahnungslosigkeit meinerseits fremd wäre. Die Beiden mussten mich für einen Idioten halten, da ich aus ihrer Perspektive wirklich von nichts einen Plan hatte. Nora legte mir eine Hand auf mein Bein.
«Jede Reinkarnation kann nur dann stattfinden, wenn das Siegel der Seele aufgebrochen wird. Dieses geschieht mit dem Einverständnis des Ge...des Trägers. In deinem Fall aber hat Kaliel das Siegel gewaltsam gebrochen.»
Jim verschränkte die Arme vor der Brust. «Du musst dir das Siegel wie einen Tresor vorstellen, indem der Engel eingesperrt ist. Nur du kennst die Kombination. Agnes allerdings wollte den Engel in dir direkt vernichten und dich gleich mit. Anscheinend ist in dir ein Engel verborgen, der Agnes und damit wohl auch Azrael nicht wohlgesonnen ist. Nun, da der Tresor offen ist, schaut der Engel ab und an bei dir in dein Arbeitszimmer rein und winkt dir freundlich zu.»
Ich fasste zusammen. «Also, Agnes hat quasi in meine Seele geschaut, den Engel erkannt, entschieden ihn und damit auch mich vor einer möglichen Reinkarnation zu vernichten. Das fand mein Mitbewohner aber nicht so prall und hat ihr einen

verplättet. Daraufhin ist Agnes raus, hat aber die Safe Tür nicht wieder richtig zugemacht. Hab ich das richtig verstanden?»
Jim und Nora nickten zustimmend.
«Na klasse», seufzte ich, « in meinen Geist läuft ein psychopatischer Engel frei rum. Die Woche wird nicht besser.»
Jim schüttelte den Kopf leicht.
«Du musst das Positive sehen. Immerhin versucht er, uns zu helfen. Er gibt dir Hinweise, wo unser Killer als nächstes zuschlagen könnte.»
«Toll, « ätzte ich im ironischen Tonfall, «indem er mir Rätsel stellt wie die dämliche Sphinx.
Anstelle mir einfach einen Namen und eine Adresse zu geben. NEIN, das wäre ja zu einfach.»
Nora legte den Kopf zur Seite. «Ich nehme an, er will dich testen und dabei sehen, wie stark dein Wille ist. Je schwächer du bist, desto leichter kann er ohne deine Zustimmung auferstehen.»
«Moment, der Bengel kann ohne meine Erlaubnis aus mir ausbrechen wie so ein ekliges Alienvieh?»
Jim nickte langsam. «Unwahrscheinlich. Aber durchaus im Bereich des Möglichen. Und die Konsequenzen wären verheerend.»
Das N-Wort hing förmlich in der Luft. Nephilim. Ein außer Kontrolle geratener Engel. Meine Beherrschung war nun weg.
«Und das sagt ihr mir erst jetzt? Was wisst ihr denn noch alles, was ich nicht wissen darf? Was soll die Scheiße? Ich denke, ihr wollt mir helfen. Ich habe um diese ganze Scheiße nicht gebeten. Entweder ihr seid ehrlich zu mir, oder schert euch zum Teufel, oder wo auch immer ihr herkommt!»
Mit jedem Satz war ich lauter geworden. Ich bebte vor Wut am ganzen Leib. Mein Kopf begann erneut zu schmerzen. «Ich habe keinen Bock mehr auf diese verdammten Lügenmärchen. Ich will nicht mehr!»
Das wurde mir einfach alles zu viel.

Nora kniete sich vor meinem Bett nieder. «Nate, es tut mir leid. Ich schwöre dir bei Gott, ab heute werden wir keine Geheimnisse vor dir haben.»
Jim trat hinter sie. «Ebenfalls. Nur den Teil mit Gott kannst du bei mir streichen.»
Ich blinzelte ihn an. «Auf was schwören Dämonen denn?»
Jim grinste. «Auf Bier, Brüste und Bikes. Es gibt nix Besseres, DAS schwöre ich dir.»
Er entlockte mir ein leises Lachen. Dann kam mir ein Gedanke. «Woher weiß der Engel in mir eigentlich, wo wir den Nephilim suchen müssen?»
Nora legte die Stirn in Falten, dann schien ihr eine Antwort eingefallen zu sein. «Der Kontakt. Als sie versucht hat, den Engel in dir zu töten. Da muss es zu einem Gedankenaustausch zwischen Kaliel und ihm gekommen sein. Immerhin hat Azrael Hinweise erwähnt, den der Mörder hinterlassen hat. Es kann also gut sein, dass Kaliel darüber Bescheid wusste.»
Jim pfiff anerkennend. «Holy Shit, Engelchen. Das klingt logisch. Zumal sie nun vermuten könnten, dass du von ihren Plänen Kenntnis hast. Das würde ihr starkes Interesse an dir erklären. In dir stecken die Geheimnisse eines Todesengels.»
Ich rieb mir die Nase. «Tja, wäre Agnes nicht so neugierig gewesen herauszufinden, was in mir steckt, wäre das nie passiert.»
Jim kam ins Grübeln.
«Eben das ist der Punkt, den ich mir nicht erklären kann. Woher kommt ihr Interesse an deiner Reinkarnation? Das war kein Zufall, dass sie dich aufgespürt hat. Es ist nun wirklich keine Aufgabe der Todesengel, auf Seelenfang zu gehen. Da ist noch etwas anderes. Etwas, das wir noch nicht wissen.»
Wir schwiegen eine Weile.
Ich hob den Kopf. «Was machen wir nun? Wo ist denn unser Gastgeber Valentin?»

Nora nickte Richtung Tür. «Er versucht, das Rätsel zu knacken, was dein Engel uns aufgegeben hat.»
Wie auf das Stichwort flog die Tür auf und Valentin kam sichtlich abgehetzt durch die Tür gestürmt.
«Ich habe es.» Rief er triumphierend und hielt einen Computerausdruck hoch.
Ich starrte ihn überrumpelt an. Ich hätte jetzt eher ein EUREKA erwartet. Nach einigen Sekunden des gespannten Schweigens räusperte sich Jim. «Das ist ja schön, aber was genau denn?
Valentins erwartungsvoller Blick wich einem Ausdruck der puren Selbstzufriedenheit. «Ich weiß, wo unser Killer Nephilim als nächstes zuschlagen wird.»

Wir hatten uns wieder unter der Krypta im Computerraum eingefunden. Valentin hatte bei mir gleich mehrere Sympathiepunkte gesammelt, als er mir einen dampfend heiße Tasse Kaffee in meine klammen Hände gedrückt hatte.
Immer noch etwas wackelig auf den Beinen lehnte ich gegen den Touchscreen Tisch und sah dabei zu, wie Valentin uns seine Ergebnisse präsentierte.
«Es war gar nicht so schwer», räumte er ein, «Wir wussten ja schon Einiges.
Erstens: Unser Mörder hat Einblicke in die Struktur der Himmelsorganisation.
Zweitens: Hat er es auf die Oculi abgesehen.
Drittens: Gibt es nicht mehr viele von ihnen, doch fast niemand kennt die genaue Zahl, Identität oder den Aufenthaltsort der übrigen Augen. Ich habe es aber geschafft, eine Liste aller verbliebenen Oculi aufzustellen», verkündete Falko mit unverhohlen Stolz, «und Tada, es bleiben nur noch zwei übrig.»

Nora und Jim konnten seine Begeisterung in diesem Moment nicht teilen. «Das heißt, wenn er die beiden umbringt, bricht der Äther zusammen?»

Valentin schien diese Möglichkeit noch gar nicht in Betracht gezogen zu haben. Schlussendlich nickte er nur ungeduldig, da er zu sehr darauf erpicht war, seine Ergebnisse vorzustellen. «Also, der eine Oculus ist New York.» fuhr er fort.

Wie um alles in der Welt sollten wir bitte rechtzeitig dahin kommen?

Sollte Nora mit uns Huckepackfliegen?

«Aber», begann Valentin mit der rhetorischen Begeisterung eines Chemielehrers über das Periodensystem, «das ist nicht unser Kandidat. So gesehen waren die Zwölf hier gar nicht so verkehrt. Unser Oculus ist in München zu Hause. Genauer gesagt, auf dem Marienplatz. Präziser, unter dem Dom genannt: Alter Peter.»

In meinen Kopf überschlugen sich die Gedanken. Der Platz der weinenden Mutter ... die Jungfrau Maria ... Marienplatz .... der alte Fischer ... Petrus war ein Fischer ... der alte Peter ... im Land des Löwen ... Heinrich der Löwe von Bayern. Das Auge des Löwen. Offenbar kamen Jim und Nora zu dem gleichen Entschluss. «Das ist es!» rief Jim begeistert.

«Super gemacht, Valentin!» gratulierte Nora den strahlenden Hüter.

Ich deutete mit meiner Tasse auf den Bildschirm. «Ich will eure Euphorie ja nicht bremsen, aber was machen wir jetzt? Raguel informieren?»

Schlagartig schlug die Stimmung um.

Betretendes Schweigen machte sich breit.

Nora schüttelte resignierend den Kopf. «Das können wir nicht. Azrael würde es bemerken und dann würden sie uns auf die Spur kommen und dich...».

Sie sprach den Satz nicht zu Ende, aber die Möglichkeiten, die sich mir zum Abschluss anboten, waren zahlreich und wenig optimistisch.

Ich nahm einen tiefen Schluck des köstlichen Kaffees. Valentin musste einen richtigen Vollautomaten mit Röstung haben. Nicht so eine billige Filterfoltermaschine, wie ich sie mein Eigen nannte.

Jim schlug mit der Faust in seine flache Hand. «Egal, dann fahren wir selber nach München. Ich habe dort Kontakte und Freunde, die mir noch einen Gefallen schulden. Wir brauchen die Engel vor Ort ja nur zu warnen. So mächtig kann der Nephilim nicht sein, dass er es mit einer ganzen Provinz aufnehmen kann. Bisher traf er seine Opfer immer unvorbereitet.»

Ich warf Jim einen abschätzenden Blick zu. «Das ist dein Ernst, oder?»

Jim nickte feierlich. «Darauf kannst du einen lassen.»

Nora klatsche begeistert in die Hände. «Das ist die Lösung. So machen wir es.»

«Einverstanden. Dann jagen wir jetzt einen verdammten Nephilim.» murmelte ich als Antwort auf die Frage nach meinem Einverständnis, die nie gestellt wurde. Valentins Finger huschten bereits wieder über den Tisch. «Sehr gut. Ich buche euch für morgen Abend einen Flug ab Hannover nach München. Die Kosten gehen von meinen Etat ab, keine Sorge.»

Jims feierliche Miene verharrte und wurde zu einer Maske der Abscheu. «Wie jetzt? Fliegen? Wenn ich in den Himmel wollte, wäre ich zu den geflügelten Truppen gegangen.»

Meine sadistische Ader meldete sich und ich schenkte Jim ein zuckersüßes Lächeln. «Hat der gnädige Herr Ignis etwa Flugangst?»

Jim räusperte sich übertrieben. «Nein, alles kein Problem.» Der Rest ging in einem unverständlichen Gemurmel, gelegentlich gepaart mit einigen Verwünschungen, unter.

Mein Handy klingelte, bevor ich den Moment richtig zu Ende auskosten konnte.

Ich schaute auf das Display. Andy versuchte mich zu erreichen.

«Ja?» meldete ich mich.

«Moin, sag mal wo treibst du dich denn rum?» erklang die Antwort am anderen Ende der Leitung.

«Hier und da, war gerade in der Heimat. Wieso, gibt es irgendetwas?» erkundigte ich mich.

«Ja, was heißt gibt es, heute war ein Typ von der Stadt hier, der dich sprechen wollte. Faselte etwas von Zwangsvollstreckung. Weißt du da was drüber?»

Ich runzelte verwirrt die Stirn. Ich war vielleicht nicht der Pünktlichste, was das Begleichen von Rechnungen anging, aber den Gerichtsvollzieher erwartete ich eigentlich nicht.

«Wie hat er denn ausgesehen?» fragte ich, einer unguten Ahnung folgend.

«Ein langer Typ. Irgendwie unheimlich. Klar, dass so einer für die Stadt arbeitet.

Meine Nackenhaare richteten sich auf. «Mit einer krächzenden Stimme? Ein bisschen wie ein heiserer Geier?» hakte ich nach.

«Ja genau, kennst du ihn?»

Ich schluckte. «Flüchtig. Das ist der Herr von der Stadtverwaltung. Ich habe da wohl vergessen, etwas pünktlich abzugeben.»

Andy klang wenig erfreut. «Alter, kümmere dich darum, sonst zahlst du am Ende nur drauf.»

Welch wahre Worte. Und ob ich bezahlen würde. Andy hatte ja keine Ahnung.

«Was hast du ihm denn gesagt?»

Ich konnte förmlich hören, wie Andy mit den Achseln zuckte. «Das ich nicht weiß, wo du bist und wann du wieder kommst, dass du dich aber bei ihm melden wirst, sobald du wieder da bist.»

«Hm okay. Du, ich muss gerade ganz dringend, ich melde mich dann noch mal.»

Ich beendete das Gespräch und starrte Nora an.

«Moriel weiß, wo ich wohne. Er hat an meiner Haustür geklingelt.»

Jim fluchte. «Es war eigentlich auch nur eine Frage der Zeit. Dennoch können wir nicht dahin zurück.»

«Wir müssen Andy dort weg holen. Er ist in Gefahr, oder?» wandte ich mich an meine Begleiter.

Nora nickte. «Das mache ich. Mir droht am wenigsten Gefahr durch die Todesengel. Ich gehöre zu Raguels Provinz. Und Andy kennt mich. Ich werde schon einen Weg finden, ihn von dort wegzuschaffen.»

Ich stand auf. «Gut, tu das. Ich und Jim nehmen morgen den Flug nach München.»

Jim reichte Nora eine Karte. «Hier, dort wirst du uns finden. Die Bar gehört einen alten Freund von mir.»

Nora verstaute die Karte in ihrer Tasche. «Wo bleibt ihr Beiden heute Nacht?»

Ich seufzte tief und lang. «Ich weiß wo. Wir bleiben heute hier und fahren morgen früh mit der Bahn nach Hannover zum Flughafen. Heute Nacht schlafen wir bei meinen Eltern.»

Jim und Nora tauschten einen langen Blick.

«Einverstanden», begann Jim, «aber vorher müssen wir dir etwas zeigen, was dir nicht gefallen dürfte.»

Meine Faust traf erneut auf das gesplitterte Glas des Spiegels. Immer und immer wieder hämmerte ich auf die zersprungene Oberfläche und verfluchte alles und jeden. Mit zitternden Händen nahm ich eine große Spiegelscherbe auf, hielt sie vor mein Gesicht und warf sie danach fluchend gegen die nächste Wand.

Sie zersprang in tausend kleine Stücke.

Nora, Valentin und Jim standen schweigend und betreten im Türeingang und starrten zu Boden.

Oh ja, es hatte mir wirklich nicht gefallen, was sie mir zeigen mussten.

Als sie den Verband abgenommen hatten und ich auf dem rechten Auge immer noch nichts sehen konnte, überfiel mich nackte Panik.

Als ich dann vor den Spiegel trat, wich die Angst Grauen und rasendem Zorn.

Mein rechtes Auge fehlte.

Dort wo es sich befunden hatte, war nun eine bereits geschlossene, aber dennoch frische Wunde. Als hätte man es aus mir heraus gebrannt. So hatte ich also die Worte des Engels zu verstehen.

Er hatte sich tatsächlich ein Andenken mitgenommen. Auge um Auge. Für die Information über den nächsten Schritt des Nephilims hatte er mir mein rechtes Auge genommen.

Die Erinnerung an den Schmerz überkam mich erneut. Ich schlug die Hände vor mein entstelltes Gesicht.

«Dieses verdammte Schwein.» zischte ich zwischen zusammengebissenen Zähnen hervor.

«So nicht, du Bastard. Du wirst in deinem Käfig verrotten, hörst du mich? Du wirst niemals frei sein.»

«OH, DESSEN SEI DIR NICHT SO SICHER.» Grollte es aus meinen Inneren und die schiere Angst lähmte mich. Doch dann war die Präsenz schon wieder so schnell verschwunden, wie sie gekommen war.

Eine betäubende Ruhe ergriff mich. Ich trocknete meine Tränen, raffte mich auf und schritt zu meinen Leuten. Ich blickte Nora an. «Kannst du nichts tun?»

Nora schüttelte traurig den Kopf. «Ich habe es bereits versucht. Aber meine Heilkräfte zeigen keine Wirkung. Es tut mir leid.»

Ich nickte schwach. «Ich brauche etwas, um das hier abzudecken.» Erklärte ich im emotionslosen Tonfall eines

Roboters. Entweder stand ich unter Schock, oder irgendetwas war mit mir passiert. Jedenfalls fühlte ich gerade keine Angst mehr oder war bestürzt.

Valentin beeilte sich, meiner Bitte nachzukommen. Ich wandte mich an Jim. «Wartest du bitte draußen auf mich? Ich will mit Nora reden.»

Jim sah mir nicht in die beziehungsweise in das Auge und verschwand augenblicklich. Ich deutete mit dem Daumen auf mein fehlendes Auge. «Wusstest du, dass so was passieren könnte?»

Nora schüttelte schwach den Kopf. Zu meiner Überraschung bemerkte ich, wie sich in ihren Augen kleine Tränen sammelten.

«Ich hätte das nie zugelassen.» beteuerte sie. Ihre Stimme war nur ein schwacher Hauch.

Einen Moment sah ich sie ausdruckslos an. Dann drückte ich sie an mich und schlang meine Arme um sie. «Ich glaube dir.» sagte ich. Dann entließ ich sie aus meiner Umarmung.

Tränen liefen ihr nun über ihr schönes Gesicht. Ihre warme Hand, die leicht zitterte, legte sich auf meine Wange. «Das ändert nichts an dir.» flüsterte sie.

«Nichts, an dem was ich...» begann sie, doch der hereinstürmende Valentin unterbrach uns.

«Hier, für dich.» Er reichte mir etwas Schwarzes.

Ich beäugte, eine tolle Formulierung nebenbei, den angebotenen Gegenstand. «Eine Augenklappe?» erkannte ich es schließlich.

«Na ja, ich habe mal gelesen, Frauen stehen auf die gefährlichen Typen. Und was war verwegener als ein Pirat?» machte ich mir selbst Mut.

Ich ließ mir von Nora helfen, die Klappe richtig anzulegen. Erneut blickte ich in die Spiegelreste. Es hatte schon so einen gewissen Stil, musste ich zugeben. Wäre ich schwarz und hätte eine Glatze, könnte ich als Nick Fury durchgehen. Das könnte nun aber auch an der Sehfeldkrümmung liegen, keine Ahnung. Irgendwie war ich geistig und gefühlstechnisch gerade so stabil wie eine Luftmatratze auf einem Fakir Brett.

Ich reichte Valentin beim Ausgang der Krypta die Hand. Er ergriff sie fest und lächelte mich an. «Ich wünsche euch viel Glück auf eurer Mission. Es war mir eine Ehre, dich kennenzulernen, Nathaniel.»

«Das Vergnügen war trotz der Umstände auch auf meiner Seite.» erwiderte ich die freundlichen Worte.

Ich wollte gerade gehen, da fiel mir noch was ein. «Ohne unhöflich sein zu wollen, aber eine Frage hätte ich noch, Falko.»

Der Hüter machte eine auffordernde Geste.

Ich breitete fragend die Arme aus. «Was für eine Art Meta bist du überhaupt?»

Valentin grinste breit. «Darauf bist du noch nicht gekommen? Lebt in der Dunkelheit, ohne Gesellschaft, seit ewigen Zeiten im Dienst des Himmels, und einen fast manischen Drang, Dinge zu sammeln und zu archivieren?»

«Ein Bücherwurm?» schlug ich vor.

Valentin stockte kurz, dann brach er in schallendes Gelächter aus. «Den merke ich mir. Ich werde auch in meiner persönlichen Akte über dich deinen Sinn für Humor besonders erwähnen. Nein, Nathaniel.»

Ich überlegte kurz. «Ein Vampir? Obwohl, ich hab das Kreuz in deiner Stube gesehen.»

Valentin nickte anerkennend. «Gut kombiniert. Obwohl Kreuze bei Vampiren nichts bewirken. Aber ich habe dich auch mit meinen Hinweisen auf diese Fährte gelockt. Das liegt in meiner Natur. Du kennst doch den Begriff Metamorphose. Ich bin ein Wandler.»

Die Heiterkeit verschwand von meinem Gesicht. Eine peinliche Situation bahnte sich an, doch wischte sie Valentin mit einer

Geste zur Seite. «Fühlst du dich schuldig? Weil du einen meiner Artgenossen den Schädel weggepustet hast?»
Ich stockte. «Du weißt davon?»
Der Wandler zwinkerte mir zu. «Hüter des Wissens, schon vergessen? Nun, ich kann dich beruhigen. Wir treffen alle unsere Wahl und müssen damit leben. Du hast nur der Novizin geholfen. Mir war dein Angreifer auch nicht persönlich bekannt. Du hast also keinen aus meinem Rudel umgebracht.» fügte er scherzhaft hinzu. Wir schauten uns noch einige Sekunden an, dann nickten wir uns gegenseitig zu und ich verließ die Krypta Richtung Parkplatz zu Jim und Nora.
Ich und mein schottischer Begleiter wollten die wenigen Minuten Fußweg bis zu meinem Elternhaus nutzen, um unsere Geschichten abzugleichen.
Nora überraschte uns erneut, als sie Jim zum Abschied zaghaft umarmte. Offenbar war ich nicht der Einzige mit temporärer, geistiger Verwirrung.
Jim ließ dieses zwar mit einem gewissen Misstrauen, aber ansonsten sehr gelassen über sich ergehen.
Als Nora dann vor mir stand, hatte ich einen dieser Momente, bei dem ich später denken würde: wieso habe ich es nicht getan?
Um das zu vermeiden, tat ich es einfach.
Ich zog sie an mich und drückte ihr einen Kuss auf ihre weichen, süßen Lippen.
Sie versteifte sich augenblicklich und starrte mich aus weit aufgerissenen Augen an.
Ich ließ sie ganz behutsam los.
Noras Gesicht lief tiefrot an. Verwirrt drehte sie sich um, schaffte es beim sechsten Versuch, mit dem richtigen Schlüssel das Schloss der Wagentür zu öffnen, drehte sich noch einmal um, wedelte stumm mit der Hand, brachte ein knappes «Ich melde mich, wenn ich da bin» heraus, stieg in das Auto und startete den Motor. Danach verwechselte sie den

Rückwärtsgang mit dem Vorwärtsgang, sehr zum Leidwesen der Klostermauer. Dann bog sie vom Hof, blinkte nach rechts und fuhr nach links, wobei sie fast den Wagen noch einmal abwürgte.
Jim trat an mich heran und klopfte mir mit der Hand auf die Schulter. «Allein für das Bild hat sich die Reise gelohnt.» kommentierte er.

Kapitel 11 Neue Mitspieler

«Ich kann dir nur die Tür zeigen. Hindurchgehen musst du selbst.» - Matrix

Zu meiner angenehmen Überraschung und Erleichterung waren meine Eltern nicht zu Hause.
Das hatte uns aber nicht davon abgehalten, mit dem Zweitschlüssel dennoch ins Haus zu gelangen.
Ich wusste ja, wo ich ihn suchen musste. Als wir uns ein wenig umgesehen hatten, fiel mir auch wieder ein, wo meine Eltern waren.
«Ach ja, Verwandtenbesuch.» klärte ich Jim auf.
«Gut, dass wir hier sind. Ich hatte versprochen, die Blumen zu gießen und die Post reinzuholen.»
Jims Blick fiel auf den schiefen Turm von Briefen, Zeitungen und Werbungen, der Pisa den Rang abgelaufen hätte. «Zeit wird's. Wozu so eine Verbrecherjagd doch alles gut ist.»
Ächzend warf er sich auf die breite Sofaecke im Wohnzimmer.
«Also, das ist heute Abend meins.» Stellte er fest.
Ich hatte bereits meinen Kopf im Kühlschrank vergraben, fischte zwei Dosen Bier heraus und warf Jim eine zu. «Mach was du willst, ich gehe erstmal duschen. Wenn du Klamotten brauchst, oben rechts ist mein altes Zimmer. Dort sind noch Sachen. Aber lass die Finger von den Magazinen unter meinem Bett.»
Begleitet von seinem gehässigen Lachen trippelte ich die wenigen Stufen zum Badezimmer hinauf und verschloss die Tür.

Als Erstes drehte ich den Duschhahn auf. Der Blick in den Spiegel ließ mich zusammenfahren.
Mir fiel mein fehlendes Auge wieder ein. Vorsichtig, aber schnell löste ich die Augenklappe und starrte in das Nichts. Die Wundheilung war urplötzlich abgeschlossen. Zitternd tastete ich die makellose Haut ab. Nicht die kleinste Narbe. Es war einfach nicht mehr da. Als hätte ich nie ein zweites Auge gehabt. Aber die Erinnerung an den Schmerz würde ich wohl nie vergessen.
Ich machte mir erst gar nicht die Mühe, mir vorzustellen, wie ich das irgendjemanden erklären sollte. So wie die Dinge standen, würde ich eh nicht mehr lange machen. Ich wurde von einem Todeskommando gejagt und mein Körper entstellte sich selbst durch den Wunsch eines toten, offenbar sadistischen Engels. Welche Lebensversicherung würde mich bei diesen Umständen akzeptieren? Dennoch hatte ich keine Angst. Versteht mich bitte nicht falsch. Ich wollte wirklich nicht sterben. Aber was konnte ich schon dagegen ausrichten? Also blieb mir nichts anderes übrig, als den Dingen zu harren, die da kommen mögen. Würde schon nicht ins Auge gehen, haha.
Ich schälte mich aus meinen Klamotten, die auf meiner Haut wie Sandpapier rieben. Der Dampf von heißem Wasser empfing mich, als ich die kleine Duschkabine betrat. Ich genoss diesen Augenblick.
Nur die Wärme des Wasser zu spüren, wie es über meine Haut lief. Nur das Rauschen der Dusche. Mit geschlossenen Auge(n), den Kopf erhoben, stand ich bestimmt fünf Minuten still und ließ mich so reinigen. Zwischen den heißen Wassertropfen stahlen sich vereinzelte Tränen aus meinem linken Auge, ohne dass ich es erst bemerkte.
Ich atmete einige Male tief durch, dann wusch ich mich komplett, fischte mir aus der Kabine heraus ein Handtuch aus dem Regal und schlang es um meinen Körper.

Danach trat ich wieder auf die Fließen. Der Dampf hatte den Spiegel beschlagen lassen.
Ich nahm das Handtuch und wischte mir die Sicht frei. Ich hätte es lassen sollen.
Für Sekunden war es nicht ich, der mich da aus dem Spiegel mit roten Augen anstarrte. Der Engel mit den schwarzen Flügeln grinste mich finster an.
Ich erschrak und rutschte auf den nassen Boden aus. Scheppernd knallte ich mit dem Rücken gegen die Duschkabine und konnte mich gerade so abfangen, bevor ich mit den Kopf gegen die Porzellanschüssel geknallt wäre. Was wäre das auch für ein unwürdiger Abgang gewesen.
Mein Schädel hämmerte im selben Takt wie mein Herz. Ich war kurz vorm Hyperventilieren, konnte mich aber dann doch wieder zusammen reißen und kämpfte gegen den Schwindel an. Anschließend kroch ich auf allen Vieren zum Badewannenrand und zog mich daran auf die wackeligen Beine. Nicht mit mir.
Ich starrte wieder in den Spiegel, bereit meinen Peiniger gegenüber zu treten, doch war er nicht mehr da.
Stattdessen hatte sich mein Körper seit Betreten der Dusche erneut gewandelt und war wieder zu einer Instagram Fitness Model Version geworden.
Ich stierte auf die Muskelpartien, die unmöglich meine Eigenen sein konnten. Doch das war meine hässliche Visage obendrauf, daran bestand kein Zweifel. Ich schüttelte den Kopf und fuhr mir durch die nassen Haare und das stoppelige Kinn. Dann rubbelte ich mich trocken und verließ das Bad. Ich suchte mir dann ein paar frische Klamotten aus meinem Zimmer, das inzwischen von Hurrikane Jim heimgesucht worden war. Alles lag kreuz und quer im Raum verteilt. Das würde meine Mum gar nicht freuen, aber was sollte ich im Moment machen?
Gut, ich hätte es wieder aufräumen können...

Ich zog mich schnell um und machte mich auf den Weg zurück ins Wohnzimmer, um Jim einmal die Hausregeln näher zu bringen. Im Vorbeigehen nahm ich das vergessene Bier aus dem Badezimmer mit.

Ich fand den Schotten im Wohnzimmer. Seine Füße steckten in den alten Bundeswehrstiefeln von einen meiner großen Brüder und ruhten sich gerade auf dem teuren Esstisch meiner Eltern aus, während er mit geschlossenen Augen auf meiner alten Akustikgitarre rumklimperte. Dabei bewies er ein außergewöhnliches Geschick. Ich erkannte die Melodie sofort.

«Hotel California?»

Jim deutete ein Nicken an. «Aber erwarte nicht, dass ich singe. Darin war ich nie gut. Nie so gut wie sie.» murmelte er zwischen den Akkorden. Ein Schatten huschte über sein Gesicht.

Ich zog den Stuhl näher. Mit verschränkten Armen betrachtete ich meinen in sein Spiel versunkenen Freund. Sofern ich ihn als Freund bezeichnen konnte. Genau das galt es jetzt zu klären.

«Jim? Wir müssen reden.»

Jim verzog seinen Mund zu einer Grimasse. «Diesen Satz habe ich schon immer gehasst.»

«Ist mir egal. Ich stecke so tief in der Scheiße, dass ich nicht mal mehr durch den Mund atmen sollte.

Du bist mir etwas zu selbstlos für jemand Unbeteiligten. Also, was hast du davon, mir zu helfen?»

Jims Augen blieben weiter geschlossen. «Wieso? Wer sagt denn, dass ich unbeteiligt bin? Vielleicht bin ich ja verknallt in dich, so wie du in Nora?»

So versuchte er also jetzt, sich raus zu winden, aber ich ließ mich nicht beirren. «So nicht, mein Freund. Wir beide reden jetzt Klartext, oder ich mache nicht mehr mit. Was ist das schon wieder, zum Beispiel?» Ich zog mein T-Shirt hoch.

Jim warf einen beiläufigen Blick auf meinen perfekt geformten Bauch. «Mindestens 12 Monate Fitnessstudio und Magerquark, wenn du mich fragst. Und kein Bier. Schreckliches Leben also.»
«Hör auf damit!» brüllte ich ihn an.
Er hörte auf zu spielen. «Besser?»
Ich schüttelte den Kopf.
«Leck mich doch, Arschloch.»
Ich wollte gerade aufstehen, als Jim weiter sprach. «Was dein Körper erfährt, sind Symptome der göttlichen Manifestation in deinem Unterbewusstsein. So wie mit deinem Auge. Der Engel nimmt sprichwörtlich Form an. Du bist wie ein Sandförmchen in den Händen eines Kleinkindes. Die Seele macht das Gefäß passgerecht. Stell dir vor, du gehst zum Schneider und lässt deine Hosen kürzen. Fühlst du dich durch dieses Wissen jetzt besser? Ich denke eher nicht.»
Ich schwieg und kaute nervös auf meiner Unterlippe. «Was glaubst du, wie lange ich noch habe, bevor…» Ich sprach den Satz nicht zu Ende, dass musste ich auch gar nicht.
«Keine Ahnung. Ich bin echt kein Experte auf diesem Gebiet. Vielleicht Morgen. Vielleicht auch nie. Das hängt von deiner Willensstärke ab. Und von deinem Drang, zu überleben. Also gib dich nicht auf, sonst machst du es ihm nur leichter, dich zu zerbrechen und deinen Körper wie eine Hose aus dem Kik-Sonderangebot überzuziehen.»
Anstelle jetzt in einen unmännlichen Weinkrampf auszubrechen, schüttete ich mir lieber den Rest aus der Bierdose in den Kopf.
«Warum, Jim?» fragte ich schließlich.
«Was genau? Warum ist eine Frage mit vielen möglichen Antworten.»
Ich hob hilflos die Hände. «Warum hilfst du mir? Was ist da drin für dich? Bitte, ich muss es wissen. Ich drehe sonst durch. Ich weiß nicht, wem ich trauen kann. Bitte.»

Jims Augen ruhten einen langen Moment auf mir. Dann begann er wieder zu spielen. «Okay, Nate.» sagte er. «Ich tue es nicht für dich. Auch nicht für die Welt oder Himmel und Hölle. Ich will Rache. So abgedroschen das klingt. Azrael und seine Bande haben mir das Liebste genommen. Dafür sollen sie bluten.»

«Agnes.» schlussfolgerte ich.

Jims Finger glitten von den Seiten ab. Sekundenlang starrte er finster an die gegenüberliegende Wand. Dann seufzte er schwer und spielte weiter. «Du bist echt ein smarter Cookie. Nur ein bisschen zu naiv. Ich war dir nicht unähnlich. Als ich noch ein Mensch war. Und Agnes ebenfalls.»

Ich merkte, wie sich mein Magen vor Aufregung zusammen krampfte. «Erzähle es mir.» Bat ich ihn.

Jim seufzte erneut. «Ich liebte Agnes. Damals. Von ganzen Herzen. Und vor einer kleinen Ewigkeit.

Damals schien unsere Welt perfekt zu sein. Zumindest, wenn man die schrecklichen Jahre zuvor ignorierte. Wir lebten zu Dritt auf einem Hof in der Nähe von Glencoe, eine Ortschaft im gleichnamigen Tal Glen Coe. Der Ort liegt im Nordwesten des Tals an der Mündung des Flusses Coe in den Loch Leven. Schon mal vom Massaker von Glencoe gehört?»

Ich verneinte stumm.

«Auch nicht weiter wichtig, damals im Jahre 1692 gab es ein Massaker an den Clan der MacDonalds. Aber wie gesagt, nicht weiter wichtig. Ist wohl eher interessant für geborene Schotten. Jedenfalls, lebten wir damals dort zu Dritt. Ich, Timothy James Mason, zusammen mit meiner Frau Agnes und meinen Schwager, Angus McDonnell. Mehr war von unseren Familien nach dem Krieg nicht übrig geblieben. Ich hatte noch zwei Brüder, die sind aber in der Normandie gefallen. Genauso wie Agnes Vater. Nur ich und Angus sind nach dem Krieg heimgekehrt.»

Ich hielt die Luft an.

«Du meinst den zweiten Weltkrieg?»
Jim nickte und gönnte sich ein schnelles, aber schwaches Lächeln. «Ach ja, ich bin älter, als ich aussehe. Ich bin am 01.12.1919 in Glasgow zur Welt gekommen. Also zwischen den Kriegen. Ich werde also bald Hundert Jahre alt. Wir waren froh, den Krieg hinter uns gelassen zu haben. Glaube mir, dass ist eine Erfahrung, die ich niemanden wünsche. Angus und ich führten damals einen kleinen Pub in Glencoe. Eines Nachts kamen sie dann.»
«Wer?» fragte ich, als Jim nicht sofort weiter sprach.
Jims Stimme veränderte sich. Sie klang dunkler, mehr wie ein Knurren und erstickt von Zorn.
«Azraels verdammte Bande. Sie kamen und nahmen mir Agnes. Einer von Azraels Todesengeln, Kaliel die Jungfrau, war kurz zuvor im Kampf gegen den Nephilim in Nagasaki gestorben. Nun suchte er ein neues Gefäß für ihre Seele und fand es in Agnes. Sie nahmen mir meine Frau, Nate. Gegen ihren Willen trieb Rumiel, der Löwe, ihre Seele aus und pflanzte stattdessen den Keim von dem, was einst Kaliel gewesen war. Tagelang kämpfte Agnes gegen den Engel in sich an. Doch irgendwann war ihre Kraft erschöpft. Sie ließen uns zusehen. Nicht einmal diese Pein nahmen sie uns. Sie hätten die Macht dazu gehabt. Doch anscheinend erfreuten sie sich an unserem Schmerz, oder wir waren einfach nicht wichtig genug, dass es sie kümmerte. Ich konnte nichts tun.»
Tränen tropften heiß auf das Holz der Gitarre und verdampften augenblicklich mit einem Zischen. «Ich habe versucht, sie aufzuhalten. Ich habe gefleht, geschrien, ihnen meinen Körper angeboten, ich habe sogar zu Gott gebetet, doch es hat nichts gebracht. Immer wieder sehe ich den kalten Blick des Löwen vor mir. In diesen Kreaturen steckt kein Funke Mitgefühl. Nichts an ihnen ist göttlich. Kalte Werkzeuge eines grausamen Gottes. Nicht einmal den Tod gewährten sie mir.

Irgendwann waren sie einfach gegangen und hatten Agnes mitgenommen. Als ich mich ihnen in den Weg stellen wollte, kannte Agnes mich nicht mehr. Sie fegte mich zur Seite wie ein Insekt. Genauso Angus. Wir waren machtlos.» Jims Stimme stockte.

Ich hörte gebannt zu. Daher also dieses Doppelnamenspiel. Kaliel war der Name des Engels gewesen. Agnes war die menschliche Hülle, das G Wort. Der Körper seiner geliebten Frau, doch das Wesen war eine vollkommen andere Person geworden.

Für einige Momente schwieg er und zupfte eine zusammenhangslose Melodie auf der Gitarre. Danach schien er sich wieder im Griff zu haben, denn er nahm eine neue Melodie auf. Ich erkannte sie nicht gleich. «Was ist das?» fragte ich nach.

Er verzog missbilligend das Gesicht. «Ach Nate, jetzt enttäuscht du mich aber. Den großartigen Johnny Cash muss man sofort erkennen.» Ich klatschte mir mit der flachen Hand gegen die Stirn. «Ach ja, das Nine Inch Nails Cover. Das ist doch auch im Film Logan. Hurt war das, oder?»

Er schnaubte noch einmal verächtlich über meine Bildungslücke. «Aus einem Film. Unglaublich.»

Dann begann er zu singen. Dass er nicht singen konnte, war eine glatte Lüge. Ich hörte ihm gebannt zu, während er das Lied sang.

Es endete mit «If I could start again, a million miles away. I will keep myself, I would find a way.»

Er machte danach eine Pause und nutzte diese, um das Bier hastig runterzustürzen. «Hast du einen Wunsch? Eine kleine Herausforderung wäre nicht schlecht.» Ich überlegte kurz. Da ich zu Hause war, wanderte mein Blick durch die CD Sammlung meiner Eltern. «Pearl Jam wäre nett. Kennst du Alive?»

Jim verzog leicht das Gesicht. «Findest du nicht, dass der Song ein wenig ausgelutscht ist?»
Ich zuckte mit den Schultern. «Ich mag ihn. Der Text ist außerdem ziemlich gut.»
Jim nahm die Gitarre wieder zur Hand. «Nun, da muss ich dich glaube ich enttäuschen. Beim nächsten Mal kann ich es. Ich bin schnell im Lernen.» Nach kurzem Schweigen begann er, seine Geschichte weiterzuerzählen. «Einige Zeit danach kam ein Mann zu uns. Sein Name war Sephir. Er ist ein hoher Dämon der Hölle, damals noch ein Shinigami, und bot mir einen Pakt an. So wurde ich zu dem, was ich heute bin. Und seitdem bin ich auf der Jagd nach dem Löwen und nach einer Möglichkeit, Agnes zu befreien. Dabei bin ich auf dich gestoßen.»
Da war es wieder. Das Wort, was mir nicht einfallen wollte. «Was bedeutet Shinigami? Agnes schien davon doch ziemlich beeindruckt gewesen zu sein.»
Jim lachte auf. «Das täuscht. Shinigamis sind zwar durchaus mächtige Wesen, aber auch hier gibt es Unterschiede. Es sind Todesgeister. Oder Todesgötter. Je nach deinem Verständnis. Es kommt aus dem Japanischen. Es beschreibt diese Brut ganz gut.»
Bei der Erwähnung von Japan fiel mir das kurze, wenig freundliche Gespräch zwischen Seren und Hariel wieder ein. «Du warst wahrscheinlich zu KO, um es mitzubekommen. Aber ich glaube, Seren und Angela haben ebenfalls eine gemeinsame Vorgeschichte. Seren sagte etwas von Osaka und nannte Angela Yuki.»
Jim nickte. «Davon hat mir mein Informant erzählt. Vorgeschichte ist untertrieben. Seren hatte Hariels letzte Inkarnation vernichtet. Es gilt übrigens als schlimme Beleidigung unter den Celes, Auferstandene mit den Namen früherer Manifestationen anzureden.»
Ich riss die Augen auf. Das war ja ein starkes Stück. Kein Wunder, dass die beiden Damen nicht miteinander auskamen.

Jetzt erinnerte ich mich auch daran, dass ich bei Seren leichte asiatische Züge ausgemacht hatte. «Ist ein weiter Weg von Japan nach Hannover. Komischer Zufall, dass Seren und Hariel hier wieder aufeinander treffen.»
Jim spielte weiter. Ich vermutete, dass es sich um einen weiteren Johnny Cash Song handelte. «Stimmt. Aber hier glaube ich wirklich an einen Zufall. Seren ist noch nicht lange hier. Sie wurde von Marchito hierher geholt. Offenbar ist er mächtig genug, sie aus Sephirs Einfluss zu entreißen.»
«Was ist dieser Sephir für ein Typ?»
«Der geborene Diplomat. Charmant, freundlich und zunächst sehr großzügig. Aber auch verschlagen und grausam. Das haben sowohl Seren als auch ich erfahren müssen. Darüber möchte ich heute aber wirklich nicht reden.»
Ich nickte zustimmend und überdachte die Neuigkeiten. Endlich einige weitere Puzzlestücke für meine Sammlung. Fehlten nur noch um die Dreitausend. Wahrscheinlich waren die Eckstücke tief in den Sofaritzen meines Verstandes vergraben.
Die nächste Frage wagte ich fast nicht zu stellen.
«Meinst du, es gibt einen Weg, Agnes zu retten?»
Jim legte die Gitarre beiseite, ergriff die Dose Bier und schüttete den Inhalt herunter.
Als wollte er seine Pein und seinen Schmerz ertränken, tief zurück in sein Innerstes und von seiner Mauer aus Unbekümmertheit verschlossen.
«Früher, als ich angefangen habe, für die Hölle zu arbeiten, glaubte ich noch daran. Mann, war ich naiv. War ja auch alles neu für mich. Ich meine, hey. Ich kann Feuerbälle werfen und Dinge mit einen Zwinkern in Brand setzen. Wer würde sich da nicht unglaublich mächtig vorkommen? Ich dachte wirklich, ich stehe auf der gerechten Seite. Das wir in der Lage wären, die Welt zu ändern. Doch es ist nie so einfach, Nate. Leider nicht.» Er schwieg erneut einige Sekunden. «Nein, für meine

Agnes gibt es keine Heilung. Ich kann nur das, was von ihr übrig ist, von ihrem Leid erlösen.» schlussfolgerte er verbittert.
Ich stellte schnell eine andere Frage, bevor er noch tiefer in seine düsteren Gedanken abgleiten konnte. «Was ist aus Angus geworden?»
Jim starrte aus dem Fenster. «Er hat seinen eigenen Pfad der Rache gewählt. In der Hölle war nur Platz für einen von uns. Dabei bin ich noch nicht einmal ein richtiger Dämon. Ich bin nur ein halber. Meine Seele besitze ich nämlich noch. Von daher ein guter Deal. Dennoch hat Angus einen Weg gefunden, um selber im Spiel zu bleiben.»
Als mir klar wurde, dass Jim nicht weiter ins Detail gehen würde, fischte ich eine weitere Frage aus meinem Netz von Rätseln. «Sind alle Prätoren Seraphim?»
Jim zuckte mit den Schultern. «Ehrlich gesagt, die Frage hatte ich mir noch gar nicht gestellt. Keine Ahnung. Da solltest du Nora fragen. Nur weil ich die Liga kenne, weiß ich noch lange nicht, wie jeder Kader aufgestellt wird.»
Ich wischte mir den imaginären Schlaf aus meinem Gesicht. Dabei streifte meine Hand meine Augenklappe.
Jim nickte mir zu. «Aber dich, mein Freund, dich kriegen sie nicht. Wenn ich irgendetwas dazu beitragen kann, dich vor diesen Aasgeiern zu retten und ihnen ihren Plan zu versauen, dann glaube mir, werde ich alles dafür tun. Niemand soll das erleiden müssen, was ich durchgemacht habe.»
Er ergriff meine Schulter. «So wahr ich hier sitze, Nate, wir werden sie aufhalten.»
Ich schluckte schwer. «Wie sollen wir das nur tun?»
Jim stellte die Dose auf den Tisch. «Indem wir dich zu einem wertvollen Verbündeten machen. Wir finden den Killer und liefern ihn aus. Spätestens dann müssen die Engel dich in Frieden lassen.»

Ich starrte argwöhnisch aus dem Fenster. «Glaubst du das wirklich? Was sollte Azrael davon abhalten, mich dennoch abzuservieren?»

«Nicht was. Wer. Indem wir die Augen retten, tun wir nicht nur Raguel einen Gefallen. Auch die obere Etage wird davon erfahren. Und glaube mir eins, danach werden dich die Vier persönlich heilig sprechen. Dann bist du unantastbar.»

Ich nickte langsam. «Dann bleiben ja nur noch die Hölle, das Kopfgeld, welches die Metas kassieren wollen und der Symbiont in mir, der langsam die Kontrolle gewinnt.»

Jim erwiderte mein Nicken. Das schelmische Funkeln war wieder in seine Augen zurückgekehrt. «Niemand hat gesagt, das Leben sei leicht. Warte erst einmal, bis du dreißig wirst. Dann kommt Fegen noch dazu.»

Ich winkte ab. «Bis dahin bin ich verheiratet.»

Jim gluckste hinter seiner Bierdose hervor. «Ach ja? Find mal eine Frau, die bei deinem interessanten Lebensstil mithalten kann.»

Ich sah noch einmal aus dem Fenster, hinauf in den in den aufziehenden Abendhimmel. «Vielleicht habe ich das ja schon.» murmelte ich.

Jim folgte meinen Blick. «Steiger dich da nicht zu sehr rein, mein Freund. Auch wenn sie im Moment vielleicht etwas verwirrt ist, ihre Liebe und ihre Seele gehören ihrem Gott.»

Ich schüttelte unbewusst den Kopf. «Das glaube ich nicht. Ich habe es gespürt.»

Jim grunzte. «Ja, ja, ich kann mir schon vorstellen, was du da gespürt hast. Aber vielleicht gibt es tatsächlich noch Hoffnung für euch beide.»

Ich starrte ihn voll unverhohlener Neugier an. «Wie meinst du das?»

Jim zeigte wieder sein charaktertypisches Achselzucken. «Sie ist noch eine Novizin. Das heißt, sie hatte ihre Prüfung noch nicht. Ebenso wie mir gehört ihr noch ihre Seele. Ich glaube, deswegen können wir unsere gegenseitige Gegenwart auch so lange ertragen. Dämon und Engel sind von Natur aus Feinde bis ins Mark. Dass sie noch ihren menschlichen Namen benutzt, ist ein Zeichen dafür. Aber wie gesagt, erwarte nicht zu viel. Du weißt nicht, welcher Teil von ihr der Engel und welcher tatsächlich das Mädchen ist, in das du dich verknallt hast, Liam.»

Da war er wieder. Mein ungeliebter Zweitname.

Wolken zogen wie auf das Stichwort an den Himmel. «Nate. Nicht Liam.»

Jim erhob sich. «Ich hole uns noch Bier.»

Jim machte sich auf den Weg in die Küche, um die Bierbestände meiner Eltern zu dezimieren. Ich hörte, wie er neben dem Kühlschrank auch die anderen Küchenschränke öffnete und deren Inhalt inspizierte.

«Oh, Baked Beans und Weißbrot, herrlich!» hörte ich seinen verzückten Ruf.

Ich grinste, doch sollte das nicht lange anhalten, denn ein plötzlicher Schmerz, wie ein flammender Stich, fuhr von meinen Auge aus durch meinen Körper. Übelkeit und Schwindel stiegen in mir hoch.

Der Schmerz verwandelte sich von einem stetigen Brennen zu einem Kribbeln. Ich nestelte am Verband herum. Ähnlich wie bei einem gebrochenen Bein war das Jucken an einer Stelle, an die man sich nicht zum Kratzen rankommt, die Schlimmste überhaupt.

Ich musste den Verband lösen. Ich wusste, dass dies total unvernünftig war, aber ich konnte nicht anders, denn das Kribbeln steigerte sich immer weiter.

Doch bevor ich meinen Verband komplett lösen konnte, wurde die Hintertür mit einem Knall förmlich aufgesprengt.

Im gleichen Atemzug wurde ein menschlicher Körper aus der Küche quer durch den Hausflur an die gegenüberliegende

Wand geschmettert. Jim rutschte einmal mehr stöhnend an der Wand herab.

Sofort hatte ich meinen Verband und das Kribbeln vergessen, auch wenn es sich nun auf meinem Gesicht wie das Trippeln tausender Ameisen anfühlte.

Die Todesengel hatten mich gefunden.

Ich wollte zu Jim eilen, als sich eine massige Gestalt durch die Küchentür schob und mir diesen Weg versperrte.

Ich schluckte schwer.

Als ich Jims Angreifer erkannt hatte, wünschte ich mir sehnsüchtig die Todesengel herbei.

Mit verschränkten Armen hatte sich Damian vor mir aufgebaut. Seine langen schwarzen Haare hatte er zu einem eng am Kopf anliegenden, ölig glänzenden Zopf zusammengebunden.

Überraschenderweise fiel mir sofort auf, dass die Verätzungen in seinem Gesicht komplett verschwunden waren. Dafür trug er nun anstelle des zerstörten Vollbartes dicke Koteletten bis zum Kinn.

Da er nur ein schwarzes T-Shirt trug, konnte ich einen exklusiven Blick auf die baumstammdicken, muskulösen und mit allerlei Tätowierungen verzierten Arme werfen. Wie viel Anabolika er wohl allein zum Frühstück verputzen mochte?

Was sollte ich tun? Ich war Damian bereits einmal entkommen, aber auch da nur mit der Hilfe einer Meta Agentin des Himmels. Ich hörte von rechts ein Geräusch und schaute zum zweiten Kücheneingang, der das offene Esszimmer und das Wohnzimmer mit der Küche verband. Dort stand nun, lässig an den Türrahmen gelehnt, eine Frau.

Im ersten Moment dachte ich, es wäre Seren gewesen, doch trotz einer gewissen Ähnlichkeit und ebenfalls blonder Haare war mir diese Person unbekannt. Ihre lockige Mähne war länger als bei Seren, bis fast zu den Hüften. Auch sie trug einen schwarzen Mantel, dazu ein grünes T-Shirt mit einem Band Logo darauf. Ich kannte die Band. Die Dropkick Murphys.

Sie schien ein Mensch mit der Tendenz zu Sommersprossen zu sein und versprühte diesen «das Mädchen von Nebenan» Charme.

Sie grinste mich schelmisch an. «Du denkst doch nicht etwa an Flucht, oder?»

Bei ihren nett klingenden Worten entflammte sie förmlich für einige Sekunden. Es knisterte, ihre Augen leuchteten in einem alarmierenden hellgrünen Glühen auf und ihr Haar schien in Flammen zu stehen. Nur, dass ihre Flammen entgegen denen von Jim Neon grün flackerten. Eine Hitzewelle schlug mir entgegen. Dann waren die Flammen sofort wieder verschwunden. Mir lief es kalt den Rücken runter.

«Ignis?» stammelte ich hervor.

Sie nickte, immer noch dieses freche Grinsen aufgesetzt. «Und zwar ein Vollwertiger, nicht wie dein Aushilfshalbdämon-Freund da drüben. Also versuch es erst gar nicht.»

Beide schritten nun auf mich zu, sich ihrer Überlegenheit nur zu bewusst. Panik schrillte in mir hoch, begleitet von diesem unerträglichen Kribbeln. Meine Arme begannen in Pulsen zu schmerzen.

Ich ächzte vor Anstrengung. Schweiß bildete sich auf meiner Stirn. Als Damian und die Feuerteufelin nur noch eine Armeslänge entfernt waren, riss ich ohne mein Zutun beide Arme hoch und deutete mit den ausgebreiteten Handflächen auf sie.

Begleitet von einem Geräusch, dass ich nur als «woop» beschreiben konnte, und dem Gefühl, mir würden alle Fingernägel synchron ausgerissen, sendete ich einen Jedi-mäßigen Energiestoß von mir und schleuderte Damian zurück durch die offene Flur Tür, wo er krachend die alte Schrankwand meiner Großmutter zum Einsturz brachte.

Das würde ich bitter bereuen.

Genauso wie das zerstörte Wohnzimmerfenster, durch das nun die schreiende Dämonin geschleudert worden war.

Ich stieß einen kurzen Fluch aus, ließ die Arme sinken und wollte zu Jim, doch war er nicht mehr zu sehen. Dafür rappelte sich Damian bereits wieder aus den Trümmern des ehemaligen Erbstückes auf.

Erneut sah er nicht gerade freundlich aus. Ich fluchte nochmal, rannte zum Fenster und sprang hinaus.

Ich landete in dem Scherbenhaufen und sah mich um. Die Wucht meines Stoßes hatte die Ignis bis zur nächsten Hauswand geschleudert, wo sie nun bewusstlos zusammengesackt war. Ich wandte mich nach rechts und sah ein schwarzen Pick-Up auf der gegenüberliegenden Straßenseite stehen.

Die Tür stand offen und der Motor lief.

Sollten Damian und Company tatsächlich so dämlich gewesen sein? Oder hatte ich endlich mal Glück?

Ich spurtete über die Straße. Der Pick-Up war leer.

Ein Ruf ließ mich herum fahren.

Jim trottete über die Straße heran und hielt sich dabei mit schmerzverzerrtem Gesicht die linke Seite.

Ich atmete erleichtert auf.

Dann warf mich ein elektrischer Schlag zu Boden. Ich zuckte paralysiert auf dem Asphalt.

Zwei Stiefel erschienen neben meinen Kopf. Wie ich diese Perspektive hasste. Ich schaffte es, meinen gelähmten Körper auf den Rücken zu wuchten, und schaute in das Gesicht des dritten Dämons, den ich übersehen hatte und traute meinen Augen nicht.

«Kimmy?»

Erwischt. Das war das einzige Wort, was mir immer wieder durch den Kopf geisterte.

Wieder war ich reingelegt worden. Kimmy war ein Agent der Dämonen gewesen, wenn sie nicht sogar selber Eine war. Das erklärte auch, warum sie sich die letzten Wochen nicht mehr gemeldet hatte. Ihre Tarnung wäre schlicht aufgeflogen. Mir wurde schwindelig bei dem Gedanken, wie lange die Hölle mich schon beobachten ließ. Immerhin hatte ich Kim schon Wochen vor dem Attentat auf mich kennengelernt. An Zufall glaubte ich da nicht.

Nach einer längeren Autofahrt, die uns ganz offensichtlich wieder nach Hannover zurückführte, waren wir irgendwo abseits der Vahrenwalder Straße abgebogen, ausgestiegen und in eine alte Lagerhalle gebracht worden. Während der gesamten Fahrt hatte keiner ein Wort gesprochen, doch den Blicken des weiblichen Ignis nach, hatte ich mir mit ihr einen weiteren Freund in der Hölle gemacht. Als ob ich neben Damian noch weitere brauchen würde.

Nun saßen Jim und ich auf einer schmalen Bank in dem ehemaligen Bürocontainer der Halle und harrten den Dingen, die da kommen sollten.

Auch hier sprachen wir kein Wort. Jim war sichtlich nervös und rieb sich fortwährend unterbewusst die Handgelenke. Im kleinen, schlecht beleuchteten Raum wurden wir von Damian und drei weiteren Dämonen bewacht. Zu allem Überfluss starrte der Riese mich ununterbrochen an.

Ich ließ den Kopf hängen. «Jetzt würde sogar ich gerne eine Zigarette rauchen.» Flüsterte ich Jim zu, doch der antwortete nicht. Ich starrte die anderen Anwesenden an und traf auf eine Wand eisigen Schweigens.

Ein Glatzkopf mit circa fünfhundert Piercings im Gesicht erregte meine Aufmerksamkeit. Abgesehen vom hohen Eisenanteil in seinem Gesicht, mit dem er ohne Probleme als Blechmann für den Zauberer von Oz vorsprechen konnte, fielen mir seine Augen auf.

Sie waren gelb und die Pupillen wie bei einer Echse vertikal geschlitzt. Noch vor ein paar Wochen hätte ich auf Kontaktlinsen getippt, doch nun war ich mir da nicht mehr so sicher. Wie zur Bestätigung öffnete er seinen Mund ein wenig und präsentierte eine Reihe nadelspitzer Zähne. Dann ließ er kurz seine schlangenartige Zunge vorschnellen und schloss seine Kiefer mit einem klackenden Geräusch. Dabei lief mir ein kalter Schauer über den Rücken und ich war beinahe erleichtert, als sich die einzige Tür im Raum öffnete und weitere Dämonen das Büro betraten.

Angeführt wurde die vierköpfige Prozession von Seren, die mir zuzwinkerte und einen Kuss zu warf.

Dahinter kam meine neue beste feurige Freundin und warf mir mit ihren giftigen Blick einen mentalen Feuerball an den Schädel.

Hinter ihr folgte der meiner Meinung nach schlimmste Verräter seit Judas.

Kimmy machte sich nicht einmal die Mühe, beschämt auszusehen, sie schien sogar recht stolz auf ihre Maskerade gewesen zu sein.

Als Letzter kam Jemand, den ich noch nie gesehen hatte. Eine durchaus unverwechselbare Erscheinung. Er hatte dunkelbraunes, kurzes Haar, einen dichten Vollbart der gleichen Farbe, war ungefähr einen Kopf kleiner als ich und hatte zwei derart große Tunnel in den Ohren, das der komplette Elbtunnelverkehr da durch hätte umgeleitet werden können.

Dazu trug er ein weites T-Shirt, auf dem der Bandname Madball zu lesen war, eine weite Basketballshorts und Chucks. Er sah verdammt jung aus, schätzungsweise Anfang Zwanzig, aber hatte er das gleiche souveräne Funkeln in seinen braunen Augen, wie ich es schon bei Agnes oder Raguel bemerkt hatte.

Sein einladendes, warmes Lächeln konnte mich nicht in falsche Ruhe versetzen. Ich glaubte genau zu wissen, wem ich hier gegenübersaß.

Jims Stöhnen bestätigte meine Annahme.

«El.» schnaufte er leise.

El Marchito, der Pate aller Dämonen im Umkreis Hannovers. Der Mann, der mindestens genauso mächtig war wie Raguel.

Er blickte mich verschmitzt an und ließ sich auf einen Bürostuhl nieder.

«Du bist also Nate.» stellte er beiläufig fest.»

Ich nickte. «Und du bist El Marchito, nehme ich an?» Der Boss zog beide Augenbrauen hoch und fing an zu lachen. «Ich bevorzuge Marco.» Gab er mir zu verstehen. «Ich habe keine Ahnung, wie ich zu diesem Spitznamen gekommen bin. El Marchito klingt wie aus einem Rodriguez-Film geklaut.»

Ich nickte in Damians Richtung. «Nicht nur der Name scheint daher zu kommen.»

Damian schnaubte, wurde aber von einem erneuten Lachen seines Bosses ausgebremst. «Seren und Kimmy sagten schon, dass du Humor hast.»

Ich schenkte ihr meinen tödlichsten Blick. «Ja, Kimmy kann das beurteilen, als alte Freundin.»

Marco ließ sie erst gar nicht antworten. «Lass deinen Groll nicht an ihr aus. Es war mein Auftrag.»

Ich nickte. «Wo wir gerade beim Thema sind, woher wusstest du von meinem, ich nenne es mal, Potenzial als Überraschungs-Ei?»

Marco grinste und zuckte mit den Schultern. «Aus dem Äther, wie alle anderen auch. Dein «Potenzial» ist schon seit Monaten bekannt.»

Seit Monaten? Wieder was Neues.

«Das freut mich aber. Warum habt ihr mir dann denn nicht schon früher einen Besuch abgestattet, immerhin Kimmy wusste zumindest, wo ich wohne.»

Marco grinste. «Ja, wo du wohnst. Zusammen mit dem Engel, der dich abschirmt und dazu noch die Zwölf, die dich suchen. Wozu also die Eile? Wo solltest du denn bitte anders hingehen?»

Da hatte er Recht.

«Also habt ihr einfach abgewartet, was passiert? Aber ich dachte, ihr sucht nach mir. Mit Kopfgeld.»

Marco grinste noch breiter. «Das dachtest du, genauso wie die Zwölf und die anderen Engel. Was meinst du, wie viel Spaß wir daran hatten, jeden Tag eine andere falsche Fährte für sie auszulegen?»

«Aber warum?» fragte ich.

Marcos Grinsen verschwand. «Weil sich die Regeln geändert haben. Zuerst war ich der Ansicht, dass wir dich vernichten müssten, wenn du nicht bald kooperieren würdest, da bin ich ganz ehrlich. Aber mit dem Auftritt der Zwölf und der Mordserie an den Augen wurde das Spiel um einiges größer. Du bist darin eine zentrale Spielfigur. Ein Joker, sagen wir es so. Ich finde es sehr amüsant, das keiner genau weiß, was du eigentlich bist. Und was du kannst. Aber anscheinend musst du was auf dem Kasten haben, sonst hättest du Damian und Ash nicht so kalt erwischt.»

Ich nickte dem weiblichen Ignis zu.

Ash war also ihr Name. Wie passend.

«Wieso wisst ihr von der Mordserie an den Augen? Ich kann mir nicht vorstellen, dass es dafür einen Hashtag auf Twitter gab.» Hakte ich nach.

Der Dämonenboss nickte anerkennend und seine Augen funkelten belustigt. «Das ist dir nicht entgangen, sehr schön. Was glaubst du denn, woher wir das wissen. Oder wo wir dich finden?»

Ich rollte mit den Augen. «Die Metas spielen wirklich für jedes Team, oder? Valentin der alte Fuchs.»

Marco zwinkerte mir zu und klatschte in die Hände. «Exakt. Du bist wirklich nicht dumm.» Dann fuhr er in einem fast mitfühlsamen Ton fort. «Du hast eine Menge mitgemacht, wie ich hörte und nun sehe. Tut es sehr weh?»

Das Mitgefühl in seiner Stimme klang ehrlich. Doch hatte ich mir abgewöhnt, den Celes zu naiv gegenüberzutreten.

«Es ging mir schon besser.» wiegelte ich ab.

«Also, zurück zu meiner Frage. Was wollt ihr?», fuhr ich schroff fort, «Ich werde kein Dämon. Oder Engel. Willst du mich auslöschen? Dann zieh eine Nummer.» Marco klatschte mit der Hand auf seinen Oberschenkel. «Tapfere Worte, mein Junge. Aber keine Angst, ich bin nicht hinter deiner Seele her. Heute zumindest nicht. Ich will dir meine Hilfe anbieten.»
Ich musste in diesem Moment aussehen wie ein Grillmeister, der gerade bemerkt hatte, dass sein Hintern entflammt war.
«Wie? Helfen? Das sind ja ganz neue Töne. Wobei?»
Marco lächelte erneut. «Bei eurem Kreuzzug nach München, um das Auge aufzusuchen.»
Zack. Das saß. «Sagt mal, gibt es so was wie einen Internetblog über dass, was ich als Nächstes tun werde? Eure Meta Agenten sind echt für den Arsch, was Diskretion angeht.» schnauzte ich Jim an, der aber auch nichts dafür konnte.
Dann wandte ich mich wieder an Marco.
«Aber wieso willst du mir helfen?»
Marco wurde wieder ernst. «Zwei Gründe. Uns kann es ja herzlich egal sein, wenn unter den Engeln ein Mörder umgeht, aber wir hängen sehr an den Annehmlichkeiten des Äthers.»
Ich nickte. «Das habe ich mir schon gedacht. Und was ist Nummer zwei?»
Seren beugte sich zu mir vor und grinste verschwörerisch. «Wir können Azrael und seiner Bande so eins auswischen. Ich weiß nicht ob du es die bekannt ist, aber die Todesengel sind in letzter Zeit sehr in Ungnade gefallen bei Gott. Noch eine Schlappe, und Azrael muss sich vor den Vier dafür verantworten. Das wäre für uns der Zuckerguss auf den Kuchen.»
Ich begann, zu verstehen.
«Ihr seid wohl keine Fans von den Zwölf, was?»
Marcos freundlicher Ausdruck verschwand. «Du hast gar keine Vorstellung, was wir schon unter ihnen zu erleiden hatten. Jede Niederlage, die wir ihnen bereiten können, hat bei uns oberste

Priorität. Und deswegen wollen wir dir helfen. Ohne Hintergedanken. So lange die Angelegenheit nicht geklärt ist, ist die Sache mit deiner Reinkarnation aufgeschoben, zumindest was unsere Seite angeht. Also was sagst du? Nimmst du meine Hilfe an?»

Kapitel 12 Über den Wolken

«Ich bitte euch, fliegen, bleiben, fliegen, bleiben... Könnt ihr euch nicht mal entscheiden? Ich hätte mir einen Spitzenplatz reservieren können!»
- Armageddon

W illst du wirklich noch einen Kaffee trinken, Jim?» erkundigte ich mich höflich bei meinem nervlich doch recht angeschlagenen Begleiter.
Anstatt einer Antwort stand er auf, ging zum Tresen und orderte die siebte Tasse Cappuccino in der letzten Stunde. Hektisch rührte er eine halbe Tonne Zucker in das braune Heißgetränk. «Irgendwie muss ich mir ja die Zeit vertreiben, bis wir in diese fliegende Konserve gezwängt werden, oder?» gab er ruppig zurück.

Ich nahm es ihm nicht übel. Flugangst konnte offenbar etwas ganz Furchtbares sein.

«Wovor hast du eigentlich Angst? Du bist doch ein halber Dämon. Du würdest einen Absturz doch überleben? Ich meine, nur wenn du vorher nicht an einem Koffein und Zuckerschock stirbst.»

Jim erhob mahnend den langen Löffel.

«Erstens. Benutze nie wieder in meiner Gegenwart Wörter wie Absturz und zweitens weiß ich, dass ich dabei nicht drauf gehe. Trotzdem kann ich mich mit dem Gedanken nicht anfreunden. Es ist einfach unnatürlich und furchterregend. Wie Spinnen.»

«DU hast Angst vor Spinnen?»

Jim warf mir einen vernichtenden Blick zu.

«Können wir bitte das Thema wechseln? Bevor ich aus Versehen noch irgendwas oder jemanden in Brand setze? Denke daran, wir sind inkognito hier.»

Ich grinste breit. «Ja ne, Meister der Tarnung. Dein unmenschlicher Konsum fällt überhaupt nicht weiter auf. Du hast vollkommen Recht.»

Ich warf einen Blick auf mein Handy. «Check-In in dreißig Minuten.»

Als Reaktion auf diese Information schüttete Jim Verwünschungen murmelnd den halben Zuckerbecher in sein Getränk.

«Wieso zum Teufel darf man im Flughafengebäude nicht rauchen?» wetterte er wie nun schon zum keine Ahnung wievielten Male.

Ich deutete auf die gläserne Schiebetür.

«Dort darfst du.»

Jim zeigte mir mit dem Löffel den Vogel und stach sich bei diesem Manöver beinahe selber das Auge aus.

Das wäre schade für ihn gewesen.

Mit dem Zweiten sah man besser.

Ich wusste, wovon ich redete.

«Bei dem Sauwetter willst du mich vor die Tür jagen? Den ganzen verdammten Tag schüttet es schon aus Eimern. So als wollte da oben jemand nicht, dass wir fliegen.»
«Und hier unten haben wir auch so einen jemand.» murmelte ich immer noch amüsiert in meinen Drei Tage Bart. Ich mied mein Spiegelbild, so gut es mir irgend möglich war. Von daher ersparte ich mir auch eine richtige Rasur und versteckte meinen Kopf unter einer schwarzen Wollmütze. Zusammen mit der Augenklappe und der Motorradlederjacke, die ich meinen Dad aus dem Schrank geklaut hatte, sah ich aus wie die Parodie eines Mission Impossible Schurken.
Bei dem Gedanken fiel mir auf, dass ich ebenso wie Jim und die anderen Celes auf die Farbe Schwarz umgestiegen war.
Ich fragte mich, ob das nun Zufall war, oder der Engel in mir meine Entscheidungen dahingehend schon beeinflussen konnte. Ich war nie ein Feind oder Freund der Farbe Schwarz gewesen. Es gab sie halt.
Aber nun saß ich hier am Flughafen und wartete auf die Maschine nach München in voller Blacksuit Kampfmontur.
Fairerweise muss ich dazu aber anmerken, dass das Wetter und mein eingeschränktes Kleidungsrepertoire bei meinen Eltern mir nicht viel Auswahl gelassen hatten. Eine schwarze Jeans, ein ebenso schwarzer dicker Kapuzenpulli und ein zweites Paar alter Bundeswehrstiefel waren die einzigen Sachen, die für dieses Mistwetter geeignet waren.
Jim hatte seine alten Klamotten angelegt. Mir war zuvor nicht aufgefallen, dass er sie in MEINEN Rucksack mitgeführt hatte.
Nun saßen die Men in Black auf geheiligter Mission im Namen des Herrn am Airport.
«Ich kann immer noch nicht glauben, dass El Marchito uns einfach hat ziehen lassen.» sagte ich.
Jim hörte auf, sein Getränk umzurühren. «Hm, du hast ihn ja gehört. Unter anderen Umständen wären wir jetzt Toast. So

nützen wir ihm und er hilft uns. Eine Win-Win Situation nennt man das, glaube ich.»
Ich dachte wieder über die letzte Nacht nach. «Wer war eigentlich der Schlangenkopf? Oder anders gefragt, was für ein Dämon?» Jim legte den Löffel weg. «Ihn persönlich kenne ich nicht. Und das war kein Dämon, sondern ein Meta.
Das fand ich Interessant.
«Es gibt Metas mit Schlangeneigenschaften?»
Jim nickte selbstverständlich. «Aber sicher. Die Artenvielfalt ist groß bei den Metas. Genauso bei den Celes. Es gibt so viele verschiedene Arten bei den Dämonen, dass wir sogar in Hauptkategorien zusammengefasst wurden, was ich persönlich wenig schmeichelhaft finde. Ich nehme an, du willst auch noch wissen, welche das sind?»
Ich bestätigte. «Schaden könnte es nicht.»
Jim dachte kurz darüber nach. «Nun es gibt die Erstgeborenen. Das sind die Engel, die mit Luzifers Sturz in die Hölle gegangen waren. Ihre Kräfte sind von daher mit denen der Engel der ersten Generation identisch. El Marchito ist so einer. Dann die Elementa, die ihre Kraft aus den Elementen der Natur beziehen.
Feuer, Wasser Wind, Erde und sowas. Beispielsweise Ignis wie ich und Ash oder Terras wie Damian.»
«Damian ist ein Elementa?» unterbrach ich Jim.
Dieser nickte. «Aye. Er ist nicht umsonst gebaut wie ein Felsen. Dazu musst du wissen, dass weder Schlangenkopf noch Damian ihre wahre Gestalt zeigen. Auch wenn ich zugeben muss, dass Schlangenkopfs Tarnung schlampig ist.»
«Also ist Damian in seiner wahren Gestalt noch hässlicher?» hakte ich nach.
Jim grinste. «Ich würde imposanter sagen. Darüber hinaus gibt es noch weitere Arten.
Magi zum Beispiel stellen einen Großteil der mächtigeren Dämonen. Seren oder Sephir zum Beispiel. Das, was ihr

Menschen gerne als schwarze Hexenkunst bezeichnet. Es ist alles eine Sache der Ausprägung. Wir sind alle so was wie X-Men.»

«Mutanten.» Warf ich ein.

Jim warf mir einen finsteren Blick zu. «Das Wort Mutanten hat bei uns Dämonen ungefähr den gleichen beleidigenden Stellenwert wie die N-Bombe in der Bronx.»

«Entschuldige, Jim.»

Er zuckte nur mit den Schultern. «Konntest du ja nicht wissen, Liam.»

Ich verzog den Mund. «Ich hatte es dir schon mal gesagt, ich heiße Nate. Ich mag meinen Erstnamen nicht.»

Jim grinste vielsagend. «Glaub mir, das wird schon noch. Mir gefällt er außerordentlich gut. So Britisch. Außerdem, Nathaniel? Das klingt, als hättest du dich schon bei den Geflügelten eingeschrieben.»

«Wieso sind so viele eurer Bezeichnung eigentlich in Latein?» fiel mir auf.

«Wir haben ganz andere Bezeichnung dafür in der alten Sprache. Aber Menschen wären nicht in der Lage, diese auszusprechen. Daher haben wir viele Bezeichnungen für euch in eure Sprachen sinngemäß übersetzt.»

Da war sie wieder. Die unterschwellige Arroganz der Unsterblichen. Ich wechselte das Thema. «Und welche Kräfte haben Engel?»

Jim seufzte. «Welche haben sie nicht? Engel sind so was wie das Schweizer Armee Messer unter den Celes. Zwar fehlt ihnen das magische Gen, was eher eine Dämonen Domäne (Wortspiel beabsichtigt) ist. Bei ihnen gibt es lediglich Abstufungen, wie weit sie diese nutzen können. Die Niederen unter ihnen könnten zum Beispiel einen Dornbusch in Flammen aufgehen lassen, ein Erzengel hingegen könnte mit einem Fingerschnippen ganze Städte ausradieren.»

Ich musste kurz beklommen an Nagasaki denken.

«Ash ist doch auch eine Ignis oder? Also eine Elementa. Ihr Flammen schienen aber eher grünlich zu sein.»
Jims Mundwinkel gingen nach unten. «Ich wusste, dass du das fragen wirst. Du willst also wissen, was einen vollwertigen Dämon von mir unterscheidet?»
Ich nickte bestätigend.
«Nun, zum einen, Ash wurde so inkarniert. Ich hingegen nicht. Zwar könnte ich auch zu einem vollwertigen Dämon werden, aber das hieße mein Menschsein komplett aufzugeben. Zwar bedeutet das auch Unsterblichkeit, aber ich bin mit meinen verlangsamten Alterungsprozess auch zufrieden. Wer will schon ewig leben? Einige Jahrhunderte würden mir auch genügen.»
Wieder ein interessantes Nebendetail, was Jim da so beiläufig erwähnte, aber ich unterbrach ihn nicht.
Er fuhr fort. «Ansonsten unterscheidet sich natürlich das Kräfteverhältnis. Ash hat einfach mehr Feuerkraft als ich. Und sie spürt keinen Schmerz, wenn sie ihre Kräfte benutzt.»
Nun unterbrach ich ihn doch. «Du etwa schon?»
Jim nickte nur kurz. «Aye.»
Mehr wollte er wohl dazu nicht sagen.
«Ein weiterer großer Vorteil ist, dass ein vollwertiger Dämon nicht ausbrennen kann.» meinte er.
Jim sah meinen fragenden Gesichtsausdruck.
«Bei einem Halbdämon werden seine Kräfte von der Energie der menschlichen Seele gespeist, wie bei einem Dynamo. Diese Energie erholt sich nur langsam. Wenn ein halber Dämon zu viel seiner Kraft einsetzt, kann es also passieren, dass er dabei seine komplette Seelenenergie erschöpft. Bei den Ignis sagen wir, sehr treffend, Ausbrennen dazu.»
«Und was passiert dann?» fragte ich.
Jim schnaufte. «Nichts mehr, dann bist du ausgelöscht. Dann hörst du schlicht auf, zu existieren.»

Ich schauderte. «Wie machen das denn richtige Dämonen? Die werden ja auch irgendwoher Energie brauchen oder?»
Jims Miene verfinsterte sich. «Aus dem großen Seelentopf. Sie nähren ihre Energie von den Seelen der Verdammten. Oder von Menschen, die ihre Seele aufgegeben haben, um vollwertige Dämonen zu werden. Der vollständige Verlust der Individualität. Klar, deine Persönlichkeit und deine Erinnerungen bleiben die Gleichen, aber du hast keine eigene Essenz mehr. Du bist dann quasi von der Hölle abhängig.»
Ich schluckte. «Es gibt also so was wie ein großes Kraftwerk, in denen alle Seelen verheizt werden, und alle Dämonen ziehen ihre Kraft daraus?»
«Die vollwertigen zumindest. Kannst du nun begreifen, warum ich so auf meinen halben Status bestehe?»
Das konnte ich allerdings.
Jim steckte eigentlich in der gleichen Situation wie ich. Er wollte sein Selbst nicht verlieren.
Schon allein die Vorstellung daran, meine Seele als Reaktorkern abgeben zu müssen, ekelte mich an.
Jim setzte noch einen drauf. «Aber mach dir keine Illusionen, der Himmel arbeitet fast nach der gleichen Methode. Nur gibt es keine Halbengel.»
Ich stöhnte innerlich auf. Mein Blick schweifte durch die weite Halle und blieb an zwei Personen haften. Ich schlug Jim hart an die Schulter, dass er sich fluchend am Cappuccino verschluckte.
Bevor er etwas sagen konnte, zeigte ich auf die Beiden, die uns nun ebenfalls gesehen hatten und zielsicher auf uns zusteuerten.
Seren und Damian traten gemächlich an unseren Tisch. Die Shinigami Dämonin schenkte uns ein strahlendes Lächeln.
«Tom und Jerry. Wie schön, euch hier zu treffen.»
Wie witzig, doch konterte Jim sofort mit einen grüßenden Kopfnicken. «Hallo Prinzessin. Shrek.»

Damian grunzte nur.

Ich sah zwischen Jim und Seren hin und her. Seren hatte sich heute in ein sündhaft teures und vor allem sehr körperbetontes schwarzes Kleid gesteckt. Es war beinahe unmöglich, aber unter Aufwendung aller meiner Geisteskräfte schaffte ich es, meinen Blick nur auf ihr Gesicht zu fokussieren. Nicht, dass das weniger attraktiv als der Rest war. Vor solchen Frauen wurde ich als Junge von meiner Großmutter gewarnt.

Damians Blick hingegen mied ich lieber.

«Muss ich auch noch was zur Begrüßung sagen?» erkundigte ich mich.

Kichernd ließ sich die Dämonin mit der Power eines Prätors auf den freien Stuhl neben mir nieder, während Damian für uns die Sonnenfinsternis simulierte.

Seren drehte eine blonde Strähne um ihren Zeigefinger und lächelte mich weiter freundlich an. «Deine Unterstützung ist da.»

Das klang doch in der Tat mal nach guten Nachrichten. «Wie wollt ihr mir nun helfen?»

Seren zog ein Flugticket aus ihrer Jackentasche. «Du bekommst Geleitschutz.»

Ich blinzelte auf das Ticket. «Du fliegst mit?»

Bei der Vorstellung, die teuflische Sexbombe die ganze Zeit neben mir sitzen zu haben, wurde mir merklich warm. Natürlich dachte ich auch sofort an Nora, aber ich war auch nur ein Mann.

Noch dazu einer, der die Gegenwart von schönen Frauen erst seit kurzem kannte.

Seren kicherte. «Ich kann leider nicht. Einer muss ja die Engel von eurer Spur ablenken.»

Ich runzelte die Stirn. «Wer denn dann?» und dann traf mich die Erkenntnis wie eine Tsunamiwelle. «DAMIAN?»

Seren kicherte und sogar Jim unterdrückte mühsam ein Schmunzeln.

«Seren, ich glaube das wird nichts. Mit Damian als Bodyguard brauche ich keine Ablenkung für die Engel mehr. Er zerreißt mich in zwei Teile, sobald wir allein sind.»

Seren kicherte wieder und schüttelte den Kopf. «Wie niedlich ihr zwei Raufbolde doch seid. Keine Angst, Damian ist nicht nachtragend. Nicht wahr, mein Großer? Wolltest du Nate nicht noch etwas sagen?» Damian war näher an den Tisch getreten und starrte auf mich herab.

Sekundenlang geschah nichts, dann verschoben sich Damians Mundwinkel wie zwei Kontinentalplatten nach oben und weiße Zähne blitzten auf. Erst jetzt wurde mir bewusst, was dieses grausige Schauspiel darstellen sollte. Damian lächelte.

«Nichts für ungut.» grollte er wie die Viktoriafälle auf mich hinab. Ich starrte ihn nur an.

Seren räusperte sich leicht. «Und was noch?»

Damians Gesicht war das eines trotzigen Kleinkindes, dass aber Angst vor Ärger mit der Erzieherin hatte. «Es tut mir leid, dass ich damals so grob zu dir war. Nimmst du meine Entschuldigung an?»

Er streckte seine Pranke über den Tisch und ich war viel zu perplex, um nicht ebenfalls die Hand auszustrecken. Damians schaufelgroße Hand ergriff meine und schüttelte sie beinahe behutsam. Dennoch spürte ich, wie mein ganzer Arm durchgerüttelt wurde.

Seren applaudierte. «Schön, meine Jungs haben sich vertragen.» Sie wandte nun ihr Gesicht mir zu. Ihr Blick ruhte auf meiner Augenklappe. «Was soll eigentlich der Piratenlook?»

Ich zuckte unwillkürlich zusammen, doch bevor ich reagieren konnte, hatte sie bereits meinen Kopf ergriffen und schob die Klappe weg. Ohne Grund schämte ich mich dafür. Seren aber verzog bedauernd den Mund. «Armes Baby. Treibt dein Insasse sein Spiel mit dir? Das muss dir eine Heidenangst machen.»

Ich war perplex. Woher wusste sie davon?
Noch bevor ich eine entsprechende Frage stellen konnte, zog sie meinen Kopf heran und drückte mir einen Kuss auf die Stelle, wo sich mein Auge befunden hatte. «Das ist gegen das Aua», sagte sie mit sichtlicher Belustigung in der Stimme und setzte die Klappe zurück, «Und der ist für die Krankenschwester.»
Dann zog sie mein Kinn hoch und gab mir einen langen Kuss. Nichts verwerfliches, bevor sich hier jemand empört. Keine Zungenspiele oder sowas. Aber dennoch, so musste ich leider zugeben, so einen Kuss hatte ich noch nie bekommen.
Ich konnte es gar nicht beschreiben. Mein ganzer Körper war von einem wohligen, erregenden Schauer ergriffen. Bevor ich überhaupt in der Lage war, zu begreifen, war hier gerade passiert war, war es auch schon vorbei.
Ich starrte Seren einfach nur blöd aus der Wäsche an. Sie leckte sich lasziv über die Lippen. «Nicht schlecht, Nate. Du hast durchaus Talent.»
Dann wischte sie mit dem Daumen ihrer rechten Hand über meine Lippen. Ich fürchte, du hast da etwas Lippenstift.»
Ich glotzte einfach nur dämlich weiter.
Die Dämonin klopfte mir auf die Schulter und erhob sich. «Nun wird es aber Zeit. Ich werde dann mal wieder. Viel Spaß, Tick, Trick und Track.»
Noch bevor ich irgendetwas sagen konnte, schwang sich Seren vom Stuhl, gab mir einen weiteren Kuss auf die Stirn, winkte Jim und Damian freundlich zum Abschied zu und verschwand Richtung Ausgang. Ich schaute zu Jim, der mit auf dem halben Weg zum Mund erhobener Tasse inne gehalten hatte und mich ebenso perplex anstarrte.
Damian lächelte mich immer noch an. Er wirkte so unsicher wie ein Schuljunge vor der neuen Klasse. Ein paradoxeres Bild hatte ich lange nicht mehr gesehen.

«Setz dich doch.» schlug Jim vor und erlöste Damian nun aus seiner Starre. «Und hör auf zu Lächeln, du machst den Leuten Angst.»

Damian kam der Bitte erleichtert nach und ich könnte schwören, dass der Boden leicht erbete, als er sich auf die Bank fallen ließ. Jim deutete auf die Getränkekarte. «Möchtest du was trinken? Kaffee, Bier, Grog?»

«Das Blut ungeborener Kinder», fügte ich in Gedanken der Auswahl hinzu.

Damian starrte auf die Karte, als wäre sie ein Feind, den es zu erschlagen galt. Dann tippte er mit seinen riesigen Fingern auf etwas. «Ich denke, ich nehme eine heiße Schokolade mit Sahne.»

Sowohl Jim als auch ich sagten erst einmal gar nichts. «Gute Wahl.» Brachte Jim dann stockend hervor. Ich hole dir dann mal deinen Kakao.»

Damian entblößte wieder sein Raubtiergebiss. «Danke, sehr freundlich von dir, Timothy.»

Jim nickte ihm zu. «Gerne, aber denke daran: nicht Lächeln, die Leute bekommen Angst.»

Nun waren wir beide allein.

Komischerweise schien es ihm zumindest ebenso unbehaglich dabei zu gehen, wie mir. Ich fühlte immer noch eine Kombination aus Erregung und Todesangst und starrte auf den Tisch.

Ab und an warfen wir uns gegenseitig Blicke zu und nickten dann freundlich, wenn sie sich trafen. Über was sollten wir jetzt auch reden?

Hey Damian, weißt du noch, wie die Oma dir Säure ins Gesicht geschleudert hat und du mich dann durch halb Hannover gejagt hast? Oder wie du mich fast mit einem Auto erschlagen hast? War das nicht lustig?

Nein, das war es wohl eher nicht.

Also schwiegen wir uns weiter an, bis Damian den vorsichtigen Versuch einer Unterhaltung startete. «Sieh mal, anscheinend sitzen wir im Flugzeug nebeneinander.»
Ich konnte mich vor Vorfreude fast nicht mehr halten.
«Tatsächlich? Na ja, ist ja kein langer Flug. Hoffentlich streiten wir uns nicht um die Armlehne. Haha.»
Wir seufzten synchron und starrten in die Gegend. Damian trommelte mit den Fingern auf den Tisch. Für was brauchte Jim nur so lange? Plötzlich fiel mir eine Frage ein. «Hast du denn alle deine Reisepapiere dabei, oder wie macht man das als Dämon?»
Wortlos, aber mit sichtlichem Stolz, legte Damian einen offenbar druckfrischen Personalausweis auf dem Tisch. Ich betrachtete kurz das Foto, dass aussah, als ob es in Guantánamo Bay aufgenommen worden war, kommentierte es mit einem kurzen «sehr nettes Bild. Man darf ja heute nicht mehr lächeln, hab ich gelesen» und blieb am Namen hängen.
«Ist das dein Name?» fragte ich möglichst höflich.
Damian nickte. «Ja, habe ich selbst ausgewählt. Ich bin ein richtiger Dämon, weißt du? Ich war nie ein Mensch mit einem Leben davor, wie Timothy.»
«Du hast den Namen also selber ausgesucht, ja?» erkundigte ich mich im neutralen Tonfall.
Damian zuckte mit den Schultern. «Ich weiß, Dreier ist ein sehr gewöhnlicher Name.»
Ich nickte. «Ich habe mich auch eher über die Vornamen gewundert.»
Verdammt, wieso hatte ich nicht vor diesen Worten meine Zunge verschluckt? Damian sah mich nun voller Aufmerksamkeit an.
«Wieso? Was stimmt damit denn nicht?» fragte er mit nervöser Sorge in der Stimme.

Ich lächelte ihn an. «Ach nichts, Sergio. Alles super. Ein schöner Name. Sergio Thorsten Dreier. Passt wie die Faust aufs Auge. Gute Wahl.»
Damian lächelte zufrieden. «Seren meinte, ich würde eher südländisch wirken. Also bin ich ein Deutscher mit spanischen Wurzeln. Deswegen auch der Doppelname. Seren meinte, dass wäre bei denen so. Den zweiten habe ich genommen weil da «Thor» drin steckt, der Donnergott. Ich fand das sehr schön. Ich bin immer ein großer Fan.»
Ich nickte immer noch heftig. «Richtig, sehr gut bedacht. Du bist schon ein flotter Dreier.» rutschte es mir heraus, doch Damian nickte nur dankend.
Gott sei Dank war er fast schon immun gegen Sarkasmus. Ansonsten hätte ich gerne noch angemerkt, dass ich mit seinen Initialen STD einen ganz anderen Begriff verband, der wenig schmeichelhaft war. Aber das konnte ich zum Glück für mich behalten. Wer es nicht kennen sollte, ihr Glücklichen. Google half hier.
Jim kam wieder und hatte den dampfend heißen Becher vollkommen umfasst. Ein normaler Mensch würde nun seine Finger in Fäden von dem Keramik ziehen können. Genial gemacht, Meister der Tarnung.
Ich schüttelte den Kopf und nahm einen letzten Schluck aus meiner Tasse.
Der gallenartige Geschmack ließ mich die lauwarme Flüssigkeit in die Tasse zurück speien. Angeekelt betrachtete ich den Inhalt meiner Tasse. Die einschmeichelnd hellbraune Farbe meines mit Milch getränkten Kaffees war gewichen und hatte einem widerlichen gelbgrün Platz gemacht.
Wütend und gegen einen Würgereiz ankämpfend knallte ich die Tasse begleitet von einem lauten Scheppern wieder auf die Untertasse.
«Was ist das schon wieder für ein Scheiß?» beschwerte ich mich bei meinen zwei Begleitern.

Beide starrten mich nur verständnislos an, was bei Damian aber nichts Neues sein durfte. Sein Zeigefinger deutete auf mein Gesicht. «Du blutest.»

Ich fuhr mir mit meiner Hand über mein Gesicht. Unter meiner Augenklappe lief mir tränengleich ein dünner Strom Blut die Wange herab.

«So ein Scheiße.» fluchte ich zischend, während ich versuchte, mit der Serviette meines Kaffees das Blut wegzuwischen. Aber dadurch schien der Blutstrom nur noch schlimmer zu werden. Wie auf ein verabredetes Zeichen packte mich Damian und zog mich auf die Beine, die mich nur bedingt trugen.

Jim umfasste meine Hüfte.

«Flugangst.» sagte er zum verständnislos dreinblickenden Café Angestellten.

Meine beiden Flugbegleiter schleiften mich möglichst unauffällig den Gang hinunter, bis wir zur Flughafentoilette gelangten.

«Da sind wir wieder, Damian. Nur du, ich und die Pissrinne.» presste ich zwischen meinen Zähnen hervor. Jims Lachen zeigte mir, dass er den Witz verstanden hatte, während von Damian nur ein irritiertes Schnaufen kam.

Wir hatten Glück, niemand sonst war zugegen. Ich stützte mich auf der Spüle ab. Mein Herz hatte zu rasen begonnen. Ich sträubte mich dagegen, die Augenklappe entfernen zu müssen und zu sehen, was dahinter lag. Ich wollte Pandoras Büchse nicht öffnen, aber was hatte ich für eine Wahl?

Vorher schickte ich aber die anderen hinaus, teils um auf ungebetene Gäste zu achten, teils aber auch damit nur ich das Malheur zu sehen bekam.

Ich betrachtete noch kurz mein kalkweißes Gesicht, dann zog ich entschlossen den Stoff herunter. Wie von einem Schlag getroffen wich ich zurück und biss mir in die Faust, um nicht laut zu schreien.

Mein Auge war wieder da.

Halt Stopp, es war EIN Auge.
Aber es war nicht meins.
Die schwarze Pupille war geschlitzt wie bei einer Katze. Anstelle des milchigen weiß war mein Auge in dunklem rot gefärbt. Im Zentrum lag ein goldgelbes Leuchten, das mich nun feindselig anstarrte. Das war nicht ich, der mich dort anfunkelte, schoss es mir gerade durch den Kopf, als das Goldene in dem fremden Auge aufblitze und mich wie durch einen Blitzschlag zu Boden schickte.
Flammende Schmerzen durchschossen wie schon so oft in letzter Zeit meinen Schädel.
Dann wurde die Welt um mich herum kurz dunkler und die Konturen der polierten Bodenfließen verblassten.

Ich hustete schwer. Als ich die Augen wieder aufschlug, hatte sich meine Umgebung vollkommen gewandelt. Ich saß in einem Sitz, meine Arme ruhten auf Lehnen. Vor und neben mir erstreckten sich weitere Sitzreihen wie römische Legionäre in Formation. Ich starrte über eine Reihe mehr oder weniger attraktiver Hinterköpfe auf eine Frau, die in lang antrainierter Routine den verehrten Fluggästen die Funktionsweise einer Atemmaske mit der schauspielerischen Begabung eines Daily Soap Darstellers näher brachte. Rekrutierte RTL womöglich hier seine Vorabend Schauspiel Soldaten im Kampf um die Quote des Fernsehschlachtfeldes?
«Endlich wieder bei Verstand?» kam Damians gegrollte Frage von links. Wahrscheinlich wollte er mir diese Frage zuflüstern. Doch ich glaube, selbst der Copilot drehte sich gerade aus seinem Sitz im Cockpit zu ihm um.
«Mir geht's gut. Danke.» wehrte ich Damians Bemühungen schwach ab.
«Wie sind wir an Bord gekommen?» fragte ich Jim, der neben mir saß und mit zusammengepressten Lippen konzentriert die Stewardessensicherheitsshow verfolgte. Als würde das etwas

bei einen Absturz ändern. Ernsthaft, wo hatte man schon mal gehört, dass einer von hundert überlebt hat, weil er alle Sicherheitsregeln befolgt hatte?

«Du warst zwar nicht ansprechbar, aber du bist freiwillig mitgegangen. Damian hat dich wie eine Puppe an der Hand hierher geführt.» murmelte er angestrengt hervor. Schweißperlen bildeten sich auf seiner Stirn.

«Sergio», wandte Damian entschieden ein.

Jim verzog sein Gesicht. «Sergio. Entschuldigung.»

«Kein Problem, Timothy James.» gab Damian / Sergio gutgelaunt zurück.

Ich konnte Jim dabei zusehen, wie er seine scharfe Antwort verschluckte. Offenbar mochte er seinen Erstnamen auch nicht.

«Wann starten wir endlich?» brummte er hervor.

Wie auf das Stichwort gab es einen Ruck und die Maschine setzte sich in Bewegung.

Jims Finger krallten sich in die Armlehnen, seine Knöchel traten weiß hervor. Ich konnte ein leichtes Lächeln nicht unterdrücken.

Ich fasste vorsichtig in mein Gesicht. Die Augenbinde war weg. «Was ist mit meinem Auge?» fragte ich.

Jim starrte verständnislos an. «Was soll damit sein? Hast du noch Schlaf drin oder was?»

Ich stöhnte verärgert auf. «Wie konntet ihr mich damit ins Flugzeug setzen?»

Jim legte seine Stirn in Falten. «Womit? Bist du auf Drogen?»

Ich verstand kein Wort mehr. Ich zog mein Handy heraus, auch auf die Anweisung des Flugpersonals, schaltete es aus und betrachtete mein Spiegelbild im silbernen Gehäuse. Erneut hätte ich beinahe aufgeschrien, dieses Mal allerdings vor ungläubiger Erleichterung.

«Mein Auge ist wieder da!» platzte es aus mir raus.

Jim und Sergio starrten mich (wie wohl alle anderen Passagiere in Hörweite) irritiert an.

«Hast du gesoffen?» erkundigte sich Jim erneut.
Ich schüttelte den Kopf, ich wusste gerade nicht, was ich denken sollte. «Ne, aber das würde ich jetzt echt gerne. Und es würde Vieles erklären.»
Jim wollte was entgegnen, doch wurde er durch das abhebende Flugzeug abgelenkt. Die nächsten Minuten verbrachten wir alle unterschiedlich. Ich betrachtete weiter meine BEIDEN Augen, Jim presste sich in seinen Sitz und war wieder zu den Flüchen seiner Heimatsprache zurückgekehrt und Damian summte eine Melodie, die ich nach näherem Hinhören als «Über den Wolken» identifizieren konnte.
Schließlich kehrte Ruhe in den Passagierraum ein.
Ich schnallte mich los und begab mich zur Passagiertoilette.
«Schon wieder?» raunte mir Damian zu (Ich konnte mich nicht mit dem Namen Sergio anfreunden). Ich hob nur die Schultern.
Im Klo schloss ich die Tür hinter mir und betrachtete mich im Spiegel. Ich sah wieder so aus, wie ich vor meiner ersten Erschießung (ich weiß, wie das klingt) aussah.
«Vielleicht wird ja doch noch alles gut.» sagte ich und spritze mir das kalte Wasser mit den Händen in mein Gesicht.
«DA SEI DIR NICHT SO SICHER.»
Die Stimme war unmittelbar hinter mir erklungen. Was mich daran noch mehr erschreckte: es war meine eigene Stimme gewesen. Ich drehte mich um, sah aber niemanden. Als mein Blick in den Spiegel zurückkehrte, stand dort Jemand hinter mir. Ein erneuter Blick über meine Schulter bestätigte mir, dass ich die Person nur im Spiegel sehen konnte.
Ich sah mich. Zweimal.
Seine katzenartigen, blutroten Augen waren nicht der einzige optische Unterschied zwischen uns, doch konnte ich seine gesamte Präsenz nicht erfassen. Er war wie ein Schatten, ein Nebel der sich immer wieder verflüchtigte, wenn ich mich auf ihn konzentrierte.
«Wer?» brachte ich hervor.

«DAS WEIßT DU. WIESO BRINGST DU UNS IN SOLCHE GEFAHR, TÖRICHTER BENGEL? HAST DU MEINE WARNUNG NICHT VERSTANDEN?»
Ich zuckte mit den Schultern. «Ich habe keine Ahnung, wovon du sprichst. Aber ich sollte in Zukunft wohl jede Art von Sanitäranlagen meiden. Ich habe damit kein Glück.»
Ich (also er) zog eine abfällige Grimasse. «DUMMER JUNGE. BEGIBST DICH IN IHR ELEMENT. HIER WERDEN WIR FALLEN.
ES IST NUR DEINE SCHULD.»
Ich verstand immer noch nicht, was er damit sagen wollte, dann traf etwas mit Wucht das Flugzeug.
Ich wurde von den Beinen gerissen und versuchte mich vergeblich an irgendetwas festzuhalten. Als ich wieder stand, war mein zweites Spiegelbild weg.
Dafür erzitterte die ganze Maschine erneut und bockte wie ein Wildpferd.
Ich riss die Tür auf und stürzte in den Gang.
Menschen schrien panisch durcheinander.
Elektronische Alarme piepten.
Zwischendurch versuchte eine mühsam zur Ruhe gezwungene Stewardess über den Bordlautsprecher, sich bei den Passagieren für die «leichten» Turbulenzen zu entschuldigen.
Ich kämpfte mich wie ein Betrunkener auf der Titanic langsam zu meinen Sitz vor. Jim und Damian starrten aus den Fenstern.
Ich packte Jim bei den Schultern. «Was geht da vor?»
Jims Gesicht war eine Maske des Schreckens. «Sie haben uns.» schrie er mir entgegen.
«Wer?» brüllte ich zurück.
Ein erneuter Treffer brachte das Flugzeug erneut zum Trudeln. Lampen fielen aus. Atemmasken fielen herab. Jim schrie etwas über den Lärm zu mir, aber ich verstand nur ein Wort.
«Todesengel.»

Ich schob mich an Jim vorbei zum Fenster. Dann sah ich sie. Drei geflügelte Gestalten. Mit mächtigen, weißen Schwingen durchpflügten sie die Wolkendecke. Einer von ihnen hatte eine überlange Sense in seinen Händen. Das musste Moriel sein.

Alle drei Engel schienen nun in der Luft zu stehen. Blitze zuckten herab und beleuchteten die übermenschlichen Wesen kurz. Auch die anderen Passagiere hatten sie mittlerweile bemerkt und die Panik und das Geschrei steigerten sich in das Unermessliche.

Trotz der Hektik um mich herum konnte ich die drei Todesengel klar erkennen. Die beiden anderen Engel neben Moriel waren zwei junge Mädchen afrikanischer Herkunft und glichen sich wie ein Ei dem anderen. Sie sahen aus wie zwei Manga Figuren und trugen neben Pipi Langstrumpf Zöpfen sogar die obligatorischen Schuluniformen unter ihren Ledermänteln. Ich konnte spüren, wie sie mich anstarrten und mich auslachten.

Dann schwangen sie sich erneut empor und stießen mit brachialer Gewalt auf das Flugzeug hinab. Begleitet von einem hässlichen Kreischen sah ich, wie sich der linke Flügel vom Rumpf löste und abriss. Ich wurde in meinen Sitz gepresst. Alles schrie durcheinander, als wir wie ein Stein zu Boden fielen.

Der Aufprall war echt schmerzhaft, auch wenn er nicht aus tausenden Metern Höhe folgte.

Dennoch sah ich die sprichwörtlichen Sterne, als ich blinzelnd wieder zu mir kam.

Etwas Warmes, nach Metall schmeckendes lief mir aus der Nase über die Lippen. Stöhnend presste ich meine linke Hand vor den Mund und zog mich mit der Rechten am Waschbecken hoch.

Irritiert sah ich mich um, hatte noch genau das Bild vom brennendem Flugzeugflügel vor Augen und in meinen Ohren hallten immer noch die Todesschreie meiner Mitreisenden nach.

Offenbar war ich aber nur ohnmächtig geworden und mit der Nase voran am Waschbecken zerschellt.

Nachdem sich diese Erkenntnis zu meinem Hirn durchgearbeitet hatte, begann nun mein lädierter Riechkolben auch schmerzhaft zu brennen.

«Mann», näselte ich hervor, «das hätte nun nicht auch noch sein müssen. Ich werde immer mehr zu einer Mischung aus Frankenstein und Mike Tyson.»

Ich angelte mir mehrere Papiertücher aus dem Spender und drückte sie auf die blutende Fontäne, die mal meine Nase war.

Wie war das noch gleich? Kopf hochlegen oder nicht? Ich war mir gerade nicht mehr sicher.

Wie lange ich hier wohl gelegen hatte?

Da von Damian und Jim nichts zu sehen und die Lache Blut auf dem Fußboden relativ klein war, konnte ich nicht lange weg gewesen sein.

Aber wie hatte ich diese, ich nenne es mal in Ermangelung eines anderen Wortes, Vision zu deuten?

Wollte mir der Kuckucksengel einen Tipp geben? Es konnte ja auch nur im seinen Interesse sein, wenn sein Gefäß (jetzt nannte ich mich selbst schon so!) unversehrt blieb bis zur feindlichen Übernahme.

Ich kramte mein Handy aus der Tasche und sah, dass tatsächlich nur wenige Minuten vergangen waren. Der Blutfluss ließ nun ebenfalls nach und ich begann, vorsichtig den Rest abzutupfen. Erst jetzt, nachdem meine Nase nicht mehr Zentrum meiner Aufmerksamkeit war, bemerkte ich den Unterschied, der mich fast wieder ohnmächtig werden ließ.

Ich hatte wieder zwei Augen. Mein Auge war unter der Klappe nachgewachsen und durch die geschlossene Haut gebrochen wie ein neuer Zahn, nur um einiges schneller. Dann dämmerte

es mir. «Einen für das Aua, einen für die Krankenschwester.»
Seren.
Blitzheilung durch Mund zu Mund Übertragung. Verrückte Scheiße. Aber nun gut, vernünftig war hier schon lange nichts mehr. Allein meine Begleitung war Bar jeder Vernunft. Ein drei Tonnen schwerer Kerl namens Sergio mit dem Profil von Dschingis Khan und ein Feuerteufel mit Flugangst.
Gejagt von Engeln.
Die meinen Flieger abstürzen lassen würden.
Vielleicht sollte die Fluggesellschaft Eurowings unter diesem Aspekt ihren Namen überdenken.
Auf jeden Fall stand für mich fest, dass der Flug nach München ohne mich gehen würde.
Ich stieß die Tür auf und schritt auf den Gang. Jim und Damian blickten überrascht auf.
Ich erstickte durch eine herrische Geste jede Frage im Keim.

«Gentlemen, wer von euch ist im Besitz einer gültigen Fahrerlaubnis und einer Kreditkarte?»

Kapitel 13 Refugium

«Sie wollen Antworten?» - «Ich will die Wahrheit!» - «Sie können die Wahrheit doch gar nicht vertragen! Junge, wir leben in einer Welt von Mauern und diese Mauern müssen von Männern mit Gewehren beschützt werden!» – Eine Frage der Ehre

G

et your Motor running…..looking for adventure…and what ever comes next» dröhnte es blechern aus den hoffnungslos übersteuerten Boxen des alten Ford Fiestas. Doch selbst bei voller Lautstärke schafften es Steppenwolf und ihr neuer Leadsänger Jim Mason nicht, dass ungleichmäßige Röcheln des Motors (es klang so, als hätten wir einen ketten rauchenden Darth Vader unter der Motorhaube versteckt) und die Symphonie aus quietschendem Reifen und hämmernden Zylinderköpfen zu übertönen.

Hinter uns lag die Welt in Finsternis, was aber auch unsere Schuld war, denn durch den Auspuff bliesen wir mehr schwarzen Rauch aus als der Schicksalsberg in Mordor.

Jim indes schien seine Flugangst überwunden zu haben, den er flog nun förmlich mit uns in dieser rasenden roten Rostlaube, die wohl schon im Vietnamkrieg gekämpft haben musste, über die Kassler Berge und grinste bei jedem Blitzer, der ihm auf dem Wege freudig zu blitzte, was bei einer Durchschnittsgeschwindigkeit von circa 180 Km\h nicht gerade selten passierte. Erstaunlich, dass diese Nachkriegskarre überhaupt so viel Geschwindigkeit erreichen konnte, dass ich mich in meinen Sitz pressen und die Augen geschlossen halten musste.

Dazu muss ich sagen, 180 ist vielleicht objektiv nicht das Maß aller Dinge, aber wenn dich nur wenige Zentimeter Blech, das durch Kleber, rostigen Nägeln und guten Willen zitternd zusammen gehalten wurde, vom Schicksal einer überfahrenen Katze trennen, dann ist das SUBJEKTIV verdammt schnell.

«Grundsolide» hatte Jim uns die Karre angepriesen. «Und eingefahren, halt ein unauffälliger, zuverlässiger Wagen.»

Und so was von ungewollt tiefer gelegt durch Damians zusätzliches Gewicht, dass sich wirklich jede Bodenwelle in meinen Hintern massierte. Und wer die Kassler Berge kennt, dieses Achterbahnexperiment genannt Autobahn 7 zwischen Hannover und Kassel, der weiß, wie sich mein Allerwertester anfühlte.

Ich wusste immer noch nicht, was Jim an meiner Anfrage, ob er ein vernünftiges, nicht zu auffälliges Auto besorgen könne, falsch verstanden hatte.

Diese rollende Suizidkapsel war jedenfalls nicht in meinen Sinn gewesen.

«Sag mir noch einmal, wo du dieses Vehikel her hast.» Bat ich Jim zwischen zwei Bergen, die er mit kindischer Begeisterung hinunterpreschte und die Tachoanzeige irgendwo hinter 200 zur Aufgabe zwang.

«Ich sagte doch, ich habe noch ein oder zwei Freunde, die mir einen Gefallen schuldig sind.»

Ich starrte auf das vibrierende Bodenblech und rechnete jede Sekunde damit, auf nackten Asphalt zu blicken.

«Du solltest dir noch mal überlegen, ob das wirklich Freunde von dir sind.» brachte ich krampfhaft hervor.

Jim lachte. «Hey, ich bin schon ganz andere Babys gefahren, dagegen ist das hier Luxus, glaub mir. Mach es doch wie Damian und hau dich eine Runde aufs Ohr. Du wirkst ziemlich angespannt.»

Das war sowieso ein Phänomen. Seitdem wir losgefahren waren, lag Damian mit dem Kopf auf der Rückablage und schlief wie ein Dreijähriger nach dem Mittagsbrei. Andererseits: Jim hatte in einem Weltkrieg gekämpft und meine beiden Freunde waren, so glaubte ich zumindest, nicht durch einen Autounfall zu töten. Eine Eigenschaft, die mir nicht vergönnt war, zumindest ging ich davon aus.

Wieder blitzte es und Jim warf sich das Peace Zeichen zeigend in Pose für die Kamera.

«Die wievielte?» fragte ich.

Jim zuckte lachend mit den Schultern. «Wie viele gibt es auf der Strecke?»

Ich nickte.

«So viel zum Thema unauffällig.» setzte ich nach.

Jim gab sich sichtlich gekränkt.

«Hey, wir hätten auch fliegen können (ist klar, Jim), aber der feine Herr bekommt ja Informationen von der Chefetage. Ich versuche nur, die Verzögerung rauszuholen.» sagte er und zog um Haaresbreite an einem hupenden LKW vorbei. Da hätte ich auch fliegen können. Es hätte keinen Unterschied gemacht, ob ich jetzt auf dem Boden zerschellte oder von einem Laster zermatscht werden würde.

«Ist ja schön und gut, aber wir müssen nicht vor dem Flugzeug in München ankommen.» Protestierte ich schwach.

Wie von Zauberhand erschien in seinem Mund eine glimmende Zigarette, die nun von einem Mundwinkel in den anderen wanderte.

Wann hatte er denn die Hände vom Lenkrad genommen?

«Du bist viel zu negativ. Immerhin fahre ich schon seit über siebzig Jahren und hatte keinen nennenswerten Unfall. Außerdem, du kennst doch den Spruch, fahr nie schneller als dein Schutzengel fliegen kann und TATAAA!» er zeigte auf sich.

Ich blinzelte ihn irritiert an: «DU bezeichnest dich als mein Schutzengel? DU? Ein Dämon?»

«Nur ein Halbdämon.» Gab Damian vom Rücksitz einen gemurmelten Kommentar dazu.

Bevor ich darauf eingehen konnte, schnalzte Jim mit der Zunge. «Schnick Schnack, ihr Rassisten, ich kann sehr wohl alles sein, was ich will, egal wo ich herkomme. Das ist der schottische Traum (Nicht der amerikanische?). Also, entspann dich, bei mir bist du sicher wie in Abrahams Schoß.»

Wie um seine Worte zu untermauern, fuhr er auf Armeslänge an das Heck eines 911 Porsches heran, hämmerte auf die Hupe und blinkte wie ein Derwisch auf. «Verdammte Kriecher. Ehrenamtliche Stauführer, so was.»

Jim scherte nach rechts aus und zog mit schüttelnder Faust an dem Porschefahrer vorbei, der im Angesicht unseres Gefährts wohl vom Glauben abfiel.

Der rote Rostschemen, der wie eine Flipperkugel unkontrolliert die Fahrbahnen wechselte, musste mittlerweile gut 250 Sachen machen, eine für diese Baureihe vollkommen unmögliche Geschwindigkeit.

Auf meine vorsichtige Frage, wie das möglich sei, antwortete Jim mit zwei Worten, über deren Bedeutung ich die nächsten Minuten nachdachte.

«Fahrerisches Können.»

Als wir irgendwann hinter Nürnberg eine Tankpause einlegten, musste ich stark gegen den Drang ankämpfen, den Papst zu machen und den asphaltierten Parkplatzboden zu küssen.

Anstelle dessen ging ich breitbeinig in bester John Wayne Manier und vom Adrenalin berauscht in die Tanke, um mir einen Cappuccino gegen den Schrecken der letzten Stunden zu genehmigen.

The fast and the furious? Ein Witz gegen das, was ich gerade durchgemacht hatte.

Und wir waren noch nicht am Ziel unserer Reise, aber dank Jims Kamikazefahrstil hatten wir wirklich nicht lange bis hierhin gebraucht. Der Schotte grinste immer noch zufrieden darüber, dass er einen Ferrari abserviert hatte.

Mit 230. In einer zweispurigen, fahrbahnverengten Baustelle. Wo 60 erlaubt war. Und rechts viele LKWs. Mir war immer noch schlecht. Während das dampfende Getränk zu überteuerten Preisen (Tankstelle eben) in den Pappbecher lief, ließ auch langsam das Zittern meiner Finger nach.

Nach den ersten wohltuenden Schlucken ging es wieder bergauf mit meinen Kreislauf.

Ich schlenderte zum Zeitungsregal. Vielleicht fand ich was, womit ich mich während der Fahrt von diesem Horrorfilm, der vor mir als High-Definition auf dem Bildschirm namens

Windschutzscheibe lief, also Jims Death Race, ablenken konnte.

Ich blieb schließlich nach erfolgloser Suche an einem Lustigen Taschenbuch hängen, das ironischer Weise den Titel: «Tollkühne Enten in fliegenden Kisten» trug. Witzig.

Als ich mich der Kasse näherte, fiel mein Blick auf dem Fernseher über dem Tresen.

Ein Nachrichtensender lief im Moment, aber ich war mir sicher, dass es zu später einsamer Stunde ein mehr individuelleres Programm gab.

Ich grabschte mir noch einen Schokoriegel und schlurfte zur Kasse, als mein Blick noch einmal zum Fernseher zurückkehrte.

Ich sah die Bilder sofort und las auch die Meldung, die durch das Bild lief, aber ich brauchte einige Sekunden, um sie komplett in ihrer ganzen Schrecklichkeit zu erfassen.

Im Fernsehen war aus Vogel- oder vielmehr Hubschrauberperspektive die Aufnahme eines brennenden Flugzeugwracks zu sehen. Ich starrte mit aufgerissenen Augen auf das Display:

Tragödie beim Flugzeugabsturz in Deutschland. Kurzstreckenmaschine zwischen Hannover und München abgestürzt. Alle Insassen tot. Absturzursache noch unbekannt.

Die Perspektive wechselte und im Bild war eine Liveschaltung des wahnsinnig betroffenen Moderators, der mit dem nicht minder betroffenen Reporter vor Ort versuchte, die Quotenkuh schnell zu schlachten, solange die Katastrophe noch am publikumswirksamsten war.

Kranke Welt. Emotionale Vampire, Heuchler. Ich hasste diese Art von «Journalismus» schon immer.

Doch diese Mal war ich wirklich betroffen.

Denn in diesem Flugzeug sollte ich sitzen und sterben. Ich wusste genau, wodurch die Maschine abgestürzt war. Alle diese unschuldigen Menschen waren tot. Und ich war

zumindest mitschuldig. Ab hier war der Spaß endgültig vorbei. Bis hierhin war es nur ein unwirkliches Abenteuer, das womöglich schlecht ausgehen konnte. Aber hier waren nun Menschen gestorben. Völlig unbeteiligte Menschen.
Vollkommen umsonst.
Eine breite Hand legte sich auf meine Schulter.
«Du hattest tatsächlich Recht.» brummte Damian hinter mir.
Tränen der Wut stiegen mir in die Augen. «Diese Schweine.»
Jim schritt an mir vorbei, jede Belustigung war aus seinem Gesicht gewichen. «Bring ihn raus, ich bezahle alles. Ich glaube, er klappt gleich zusammen.»
Ich wollte protestieren, doch so Unrecht hatte er nicht.

Der Rest der Fahrt verlief schweigend und ohne weitere Ereignisse. Selbst Jim hatte seine Lust am schnellen Fahren verloren. Gegen Einbruch der Dämmerung kamen wir nun in München an.
Ich sah die hell erleuchtete Allianzarena, die bei uns im Freundeskreis wegen ihrer Bauweise nur als die Kloschüssel bekannt war, die prächtigen Bauten in der Stadt, doch hatte ich leider keinen Sinn dafür. So hatte ich auch keine Ahnung, wo wir uns im Moment befanden. Ich vertraute auf Jims Ortskenntnisse, der nach eigener Aussage schon einige Male in München zu tun hatte.
Nora hatte bisher noch nichts von sich hören lassen. Ging sie davon aus, dass ich im Flieger abgestürzt bin? Oder war es im Moment zu riskant für sie, sich mit mir in Verbindung zu setzen?
Ich beschloss, bis morgen zu warten und sie dann zu kontaktieren, Risiko hin oder her.
Heute Nacht sollten wir bei Freunden von Jim unterkommen. Hoffentlich waren das nicht die Gleichen, die ihm den Wagen vermittelt hatten.
Wir hielten in einer der vielen Seitenstraßen.

«Endstation.» sagte Jim und streckte sich.
Stumm verließen wir das Fahrzeug.
Jim deutete nach oben und ich folgte seinem Blick. Ich sah einen Glockenturm.
«St. Peter, nehme ich an?» fragte ich Jim.
Der Schotte nickte. «Aye, wir sind am Ziel. Aber heute können wir nichts mehr machen. Ohne das Engelchen jedenfalls. Von daher habe ich einen formidablen Vorschlag.»
Sein Grinsen kam wieder zum Vorschein, als er mit den Kopf in eine Richtung hinter mir nickte. Ich drehte mich um und erblickte ein Schild.
Auf dem Schild stand: Kilians Pub. Australian Bar. Ich nickte Jim anerkennend zu. Guter Mann, genau das, was ich gerade brauchen konnte. Jim rieb sich begeistert die Hände. «So Mates, die erste Runde geht auf mich. Und die anderen vier danach.»
Wir stiegen die Treppen in einen Keller hinab, indem die beiden Kneipen lagen.
Jim drehte schnurstracks nach rechts, ignorierte das Irish Pub und schlenderte Richtung Australian Bar.
«Ich bin Schotte, kein Ire.» rief er lachend, als er die Flügeltüren zur Bar aufstieß.
Im Laden selber war niemand, bis auf einen dunkelhaarigen Mittzwanziger Marke Austauschstudent, der gerade relativ gelangweilt Gläser putzte.
Nebenbei warf er immer einen sporadischen Blick auf den Fernseher in der Ecke, auf dem ein Cricket Spiel lief. Ein Sport, dessen Regeln und Sinn mir wohl auf ewig ein Mysterium bleiben würden.
Das dämmerige Licht tauchte den Raum in einen orange-roten Ton. Der Barmann realisierte nun anscheinend, dass er Kundschaft hatte, stellte das Glas beiseite und warf sich das Handtuch über die Schulter. Irgendetwas an ihm kam mir verdammt bekannt vor, aber ich kam einfach nicht darauf, was.

Er checkte mich mit einem flüchtigen Seitenblick ab, bevor er Jim anstarrte. Dann stahl sich ein erfreutes Grinsen auf seine Lippen.

«Du alter Hundesohn.» begrüßte er ihn.

Jim hieb mit der flachen Hand auf den Tresen.

«Ist das eine Art, seine Familie zu begrüßen, Angus?» gab er fröhlich zurück.

Beide Männer fielen sich in die Arme. Das war es also. Vor mir stand Angus. Agnes Bruder.

Und höchstwahrscheinlich war er auch irgendwie übernatürlich, denn für einen Veteranen des zweiten Weltkriegs sah er noch verdammt jung aus. Er wirkte äußerlich wie ein Mann zwischen Mitte Dreißig und Anfang Vierzig.

Ohne Umschweife zeigte Angus mit seinem Zeigefinger auf Damian. «Du hast ganz schön Nerven, einen von Ihnen hier hinein zu bringen.»

Jim hob beschwichtigend die Arme. «Damian gehört zu mir, keine Sorge.»

Angus runzelte die Stirn verärgert. «Du solltest dir Sorgen machen. Es ist keine Zeit, als Dämon oder Engel ein Refugium der Metas zu betreten. Selbst du bist hier nur willkommen, weil du mein Schwager bist und nur halb zu ihnen gehörst.»

Jim zuckte mit den Schultern. «Was soll das, Angus? Refugien standen bisher jedem offen. Egal ob Mensch, Meta oder Celes. Sie sind der einzige Ort, an dem wir uns alle gemeinsam hinsetzen, ein Bier trinken und entspannen können. Wo bleibt dein Sinn für Tradition?»

Angus stechender Blick traf mich. «Und wer ist dein Kumpel?»

Ich sah zu Jim, gespannt was er antworten würde.

Jim zuckte mit den Schultern. «Meine Sache, Angus. Ich mische mich auch nicht in deine Geschäfte ein. Vertrau mir einfach.»

Angus lachte spöttisch. «Du bringst Dämonen von Außerhalb hierher und sagst, du mischt dich nicht in meine Geschäfte ein?

Scheiße James, das riecht nach Ärger, gerade wenn die anderen Reaper kommen.»

Jim stockte. «Die Reaper sind hier?»

Wie auf sein Stichwort und zu meinen Unbehagen wurde die Flügeltür aufgestoßen und eine Gruppe junger Männer und Frauen, insgesamt zehn an der Zahl, betraten die Bar und ließen sich unweit von uns an der Theke nieder. Dabei wurden wir, und vor allem Damian, unverhohlen angestarrt. Sie kleideten sich wie eine Biker Gang, sogar mit den obligatorischen Motorrad Kutten, wie ich sie aus der Serie Sons of Anarchy kannte. Sie hatten sogar ebenfalls den Reaper als großen Patch auf dem Rücken ihrer Kutten genäht, auch wenn er entgegen seines Serien Pendants zwei Sensen in den knochigen Händen hielt und damit einen Kreis über den lachenden Totenschädel formte. Der üblicherweise Namensschriftzug fehlte allerdings. Bis auf den Reaper war die Rückseite der Kutte ohne weitere Patches. Vielleicht war es auch nur ein Fan Club? Obwohl ich das bei diesen beinharten Typen eher für unwahrscheinlich hielt. Einer von ihnen stach besonders heraus. Sein rötlich blondes Haar war heller als bei Jim. Er trug einen prächtigen Vollbart, hatte stahlgraue Augen und ein rundes, freundliches Gesicht. Ein haariger Brocken. Er war nicht größer als ich, aber um einiges kräftiger gebaut. Sein Alter konnte ich nicht einschätzen, aber ich tippte auf eine Liga wie Jim oder Angus. Sein graues, kariertes Hemd war an den Ärmeln aufgerollt und enthüllte auf dem rechten Unterarm einen Teil einer Tätowierung. Einen Sensenmann. Ich versuchte, den Aufnäher auf seiner Brusttasche zu entziffern und meinte das Wort Captain zu erkennen. Angus grüßte ihn knapp und stellte ihm ein Bier hin. «Grayson.»

Der Angesprochene Namens Grayson nahm das Bier mit einem dankbaren Nicken entgegen, ließ uns aber nicht aus den Augen. «Angus.» Erwiderte er knapp.

Er deutete mit der Flasche in Damians Richtung, sagte aber nichts. Angus beugte sich zu ihm und flüsterte ihm etwas zu, worauf Grayson kurz die Stirn in Falten warf und die buschigen Augenbrauen zusammenzog. Dann aber wandte er sich seiner Gruppe zu und hatte uns anscheinend vergessen.

Angus kam nun wieder zu uns und hatte auch für uns drei Bier in großen Gläsern dabei. «Ihr habt Glück im Unglück. Grayson sieht über eure Anwesenheit heute wohl hinweg.»

«Wie gnädig von ihm.» gab ich von mir. «Ist er der Präsident hier? Oder warum soll ich deswegen in Tränen der Dankbarkeit ausbrechen?»

Angus ignorierte mich und sprach direkt seinen Schwager an. «Kläre deinen Kumpel lieber auf, mit wem er es hier zu tun hat. Ihr habt echt Schwein, dass Grayson gute Laune hat. Und das, obwohl hier in letzter Zeit eine Menge abgeht, was nicht ganz koscher sein kann.»

Jim blinzelte. «Wie meinst du das?»

Angus starrte an ihm vorbei zu Damian. «Ich hab schon zuviel gesagt. Nicht meine Gesellschaft. Wir reden ein anderes Mal. Jetzt trink. Die erste Runde geht aufs Haus, du verdammter Bastard.»

Er lachte kurz, dann wurde Angus wieder ernst. «Ich dachte, sie hätten dich in Paris erwischt. Warum hast du dich nicht gemeldet?»

Jim nahm einen tiefen Schluck. «Sie hatten mich erwischt, Brother. Lange Geschichte. Aber wie du schon sagtest, ein anderes Mal.»

Angus nickte stumm und kümmerte sich dann um seine anderen Gäste, die zwar immer wieder einen Blick zu uns warfen, sich aber ansonsten nicht weiter um uns kümmerten. Dennoch war die Stimmung im Raum dermaßen geladen, dass es mir langte.

«Damian, wir verschwinden von hier.»

Ich setze mich ruckartig von meinen Hocker auf und wand mich zum Gehen, funkelte aber Angus vorher noch einmal finster an. «Ich bin nicht über Siebenhundert Kilometer in einer fliegenden Rostlaube gefahren, um mir den ganzen Abend sagen zu lassen, dass ich nicht erwünscht bin. Ihr Metas seid nicht weniger Rassisten wie die anderen Celes. Schönen Abend noch.» Das war vielleicht jetzt etwas undiplomatisch. Doch war es mir egal, denn nach den Knigge gingen Angus und seine Kumpel auch nicht gerade vor. Jim machte Anstalten, mich aufzuhalten, aber das musste er gar nicht, denn der Ausgang war plötzlich von einer Gruppe von Neuankömmlingen versperrt, die ohne das kleinste Geräusch die Bar betreten und alle strategischen Fluchtmöglichkeiten blockiert hatten. Anders als die Biker waren diese Jungs eher schick gekleidet, als würden sie gerade aus einem Meeting oder von einer Cocktail Party kommen. Mir schwante nichts Gutes. Dem unterdrückten Knurren an meiner Seite nach sah Damian das auch so.
Einer der Neuankömmlinge schritt gemächlich und enervierend selbstsicher zu uns herüber.
Gleichzeitig setzte sich der rote Bär namens Grayson von seiner Gruppe ab und kam ebenfalls in unsere Ecke. So musste sich General Custer am Little Big Horn gefühlt haben. Langsam begann ich meine Worte zu bereuen. Jim stellte sich vor mich. Entweder hatte er noch ein As im Ärmel, oder er war mutiger als ich dachte. Nicht das es was am Endresultat ändern würde. Ich überschlug grob den Kräftevergleich.
Wir hatten die wandelnde Dampfwalze Damian und einen feurigen Schotten und einen…, na ja, mich halt.
Gegen uns standen ungefähr dreißig Männer und Frauen. In einer Metakneipe konnte ich also davon ausgehen, dass sie welche waren. Ich hatte keine Ahnung, wie viel Power hinter einem einzelnen Meta steckte, also im Vergleich zu Damian, zum Beispiel. Aber allein die pure zahlenmäßige Überlegenheit

erweckte in mir den Wunsch, mich schleunigst aus dem Staub machen zu können.

Der blasse Typ im Anzug war nun zeitgleich mit Grayson angekommen. Er war das, was man einen Durchschnittstypen nennt. Durchschnittlich groß, nicht gerade hässlich, aber eben nichts Besonderes. Wären da nicht seine Augen gewesen. Sie wirkten alt und stachen förmlich aus ihm heraus direkt in die Seele. Mit Augen hatte ich in letzter Zeit sowieso kein gutes Händchen. Und mit schlechten Wortspielen.

Er hatte eine angenehm melodisch klingende Stimme. «James Mason, nehme ich an?»

Jim grinste. «Eben derjenige. Kilian, nehme ich an?» gab er im gleichen Tonfall zurück.

Der angesprochene nickte. Dem Namen nach hatte ich wohl den Besitzer des Irish Pubs vor mir.

«Was kann ich für euch tun?» fragte Jim, merklich unbeeindruckt. Für einen Feuerteufel war er verdammt cool.

Kilian faltete die langen Finger zusammen. «Die Frage ist eher, was wir für dich tun können. Du musst schon sehr verzweifelt sein, wenn du einen fremden Dämonen und ein laufende Kopfgeld zu mir bringst.»

Oh schick. Der Mann war im Bilde, wusste von dem Kopfgeld und hatte sich eine neue Beleidigung für mich einfallen lassen. Ich fing an, München zu mögen. Jim ließ sich immer noch nicht aus der Ruhe bringen. «Ich habe ihn nicht zu dir gebracht, Kilian. Sondern an einen neutralen Ort des Friedens. Oder ist diese Bar kein Refugium mehr?»

Kilian tauschte einen Blick mit Grayson. «Doch, aber nur für Celes und Metas. Das weißt du. Außerdem haben wir in letzter Zeit unsere Besucherpolitik geändert.» Sein Blick streifte Damian. Sergio der Schreckliche war hier so beliebt wie ein Taliban im Vatikan.

Jim sich davon nicht beirren. «Hab ich was verpasst? Früher stand diese Tür jedem offen, ob Engel, Dämon, Meta oder

Mensch. Deswegen bekommt er auch in jedem Touristenführer 5 Sternchen.»

Dann straffte er sich und spielte seine Trumpfkarte aus. «Ulf weiß Bescheid. Ich habe seine Erlaubnis hierzu.» Wer auch immer dieser Ulf war, sein Name hatte anscheinend Gewicht in der Meta Welt. Ob es sich dabei um Jims oft angesprochenen Informanten handelte? Kilian musterte Jim einige Sekunden eindringlich. Dann schnippte der hagere Mann eindrucksvoll mit den Fingern, woraufhin sich seine Meute durch die Tür zurückzog.

Nur Grayson, Angus und er blieben. «So, Ulf weiß Bescheid. Ihr habt aber echt keine Ahnung, was im Moment los ist, nicht wahr?»

Jim schüttelte den Kopf. «Bin im Moment voll damit beschäftigt, Nate den Arsch zu retten.»

Ich wollte protestieren, doch bevor ich das konnte, blinzelte Jim mir entschuldigend zu. Das hier war seine Show. Besser, ich spielte mit. Obwohl er auch nicht Unrecht mit seiner Behauptung hatte. Aber das war noch nicht vom Tisch. An ebenso einen setzten wir uns nun. Ein runder wohlgemerkt. So einer, wie man ihn in jedem Western als Pokertisch sieht. Jim hatte sich eine Zigarette angesteckt. «Also ich fange dann mal an.»

Er deutete auf Damian: «Damian, Sutor aus Hannover, wurde uns als Verstärkung mitgegeben. Nate aus Hannover, Gef... Reinkarnationskandidat.»

Jim deutete auf seine Brust. «James Mason, Ignis aus Glasgow und Schwager von Angus.»

Kilian nickte. Er deutete auf Grayson.

«Grayson Pritchard, Captain der Reaper.»

Gepaart mit dem wilden, haarigen Aussehen brauchte ich nicht Heinz Sielmann zu sein, um drauf zu kommen, was der Captain für ein Meta war.

Grayson war offenbar so was wie ein Wer- Wolf, Tiger, Bär, oder was auch immer, und Chief Justice der anderen Wandelwesen in seinem Bezirk.
Grayson übernahm nun die Vorstellung und deutete seinerseits auf Kilian.
«Kilian Grady, Helsing der Kainaten.»
«Helsing? Wie Van Helsing? Der Vampirjäger?» sprudelte es aus mir raus.
Kilian starrte mich kalt an, nickte aber. «Helsing hat in der Sprache Kains die Bedeutung eines Führers. Ein zugegebenermaßen gelungener Scherz Bram Stokers, gerade diesen Ehrentitel zu unserer Nemesis zu machen.» Er fuhr an Jim gewandt fort.
«Also, Ignis, was treibt ihr wirklich hier?»
Jim sah aus wie die Unschuld vom Lande. «Was genau meinst du? Wir besuchen einen Bekannten. Doch unser Führer trifft erst morgen ein.»
Kilian grinste. «Und da bringst du eine derart wertvolle Beute in mein Revier? Wenn es so wäre, wie du sagst, dann würden wir uns jetzt nicht unterhalten. Mach mir nichts vor, du warst dir des Risikos bewusst. Ulfs Wort hin oder her. Also wirst du von etwas verfolgt, was noch Schlimmer sein muss als wir. Noch dazu in Begleitung eines Sutors.»
Jim nickte anerkennend. «Es hat schon seinen Grund, warum du der Helsing bist, Kilian. Ich mache dir einen Vorschlag. Du verrätst mir, was du vorhin damit meintest, dass das Refugium nicht mehr allen zur Verfügung steht und ich erzähle dir, warum wir wirklich hier sind. Glaube mir, wenn du den wahren Grund hörst, wird dir das Kopfgeld egal sein.»
Ich hoffte inständig, dass es so wäre.
Kilian tauschte noch einen Blick mit Grayson aus, worauf dieser knapp nickte.
«Ich weiß nicht, auf was für einen Stand ihr seid, aber in den letzten Wochen bricht wirklich die Hölle auf Erden los»,

begann Kilian, «Der Äther ist heute zusammengebrochen, auch wenn noch nicht bekannt ist warum. Uns ist das eigentlich egal, wir können den Celes ein bisschen Chaos. Was uns vielmehr zu schaffen macht, sind die Engel. Seitdem sie ihres Netzwerkes beraubt wurden, sind sie ziemlich paranoid und sehr unfreundlich uns gegenüber. Nicht die hiesigen Engel aus der Provinz. Es sind Aufklärungstrupps unterwegs. Keine Ahnung wem sie unterstehen oder woher sie kommen.. Aber sie gehen äußert rabiat vor.
Viele unserer Gemeinde wurden von ihnen gekascht und verhört. Offensichtlich wissen die Celes nicht, von wo ihr Feind zuschlägt und das macht sie verdammt nervös. Man sollte von daher meinen, die Dämonen köpfen die Champagnerflaschen. Aber durch die Ankunft der neuen Engel sind sie alarmiert und zumindest ziemlich gereizt. Und natürlich liegt der Schluss für die Engel nahe, dass die Dämonen ihr Netzwerk gekappt haben.
Es kam in München zu einigen Handgreiflichkeiten zwischen ihnen. Und auch zwischen den Celes und Metas. Wir können noch von keinen richtigen Gewaltakten sprechen, aber die Zeiten stehen auf Sturm.
Dass wir nie Freunde waren, ist bekannt. Und das es ab und an Differenzen gab, die gewaltsam beseitigt wurden, auch. Aber noch nie, seitdem ich existiere, deuteten die Zeichen so auf einen Krieg hin wie dieser Tage. Könnt ihr euch vorstellen, was ein offener Konflikt zwischen Himmel und Hölle auf Erden bedeuten würde? Für Menschen und Metas?»
Damian knackte mit den Fingerknöcheln.
«Apokalypse.» Grollte er.
«Das Ende aller Dinge, wie sie wir kennen.» bestätigte Kilian. «Und daran sind wir nicht interessiert. Wir mögen die Welt, wie sie im Moment ist. Sie ist nicht perfekt, aber es ist unsere. Also versuchen wir den Grund für die Aggressivität der Celes zu finden und diesen Konflikt möglichst schnell zu

entschärfen. Wir befinden uns in schwierigen Zeiten. Warum es bei uns in München schlimmer zugeht als im Rest der Welt, dafür habe ich noch keine Erklärung gefunden.»
Jim kratzte sich die Nase. «Da kann ich dir helfen.»
Kilian zog überrascht eine Augenbraue hoch. «Na dann schieß mal los.»
Jim trommelte mit den Fingern auf der Tischplatte, während er sprach. «Ich weiß, dass es einen Killer unter den Engeln gibt, der die Augen ermordet. Systematisch. Ohne die Augen – kein Äther. Die Celes würden quasi blind. Chaos und Anarchie wären die Folge. Wahrscheinlich will unser Killer das.
Geisteskranker Bastard. Ein verdammt mächtiger, geisteskranker Bastard. Hinterlässt bisher keine Spuren. Sogar die Zwölf suchen sich einen Wolf ohne Erfolg.
Wir haben einen Tipp bekommen, wo das nächste Ziel, also das nächste Auge, ist. Und jetzt rate mal, warum wir heute hier sind. Genau, das Auge befindet sich in eurem Revier und wir wollen es warnen. Darüber hinaus jagen die Zwölf meinen Kumpel hier. Wahrscheinlich wegen der Essenz in ihm. Und hier fängt die Sache an zu stinken. Jemand nutzt das Chaos im Äther, um Nate möglichst unauffällig um die Ecke zu bringen. Wir haben Verbündete bei den Engeln in Hannover. Und laut denen geht es dabei nicht mit rechten Dingen zu. Von daher wollen wir mit Hilfe des Auges herausfinden, was für eine Essenz sich in ihm verbirgt, bevor die Zwölf meinen Freund kaltstellen können.»
Grayson brummte hinter behaarten, dicken, vor der Brust verschränkten Armen. «Ein Auge hier in München. Wenn ich das gewusst hätte, wäre ich nie hier her gekommen.
Das erklärt wirklich, warum die Celes so angepisst sind. Wenn das letzte Auge stirbt, gibt es keine Chance, den Äther zu retten. Und bis dann ein Auge wiedergeboren wird, können Ewigkeiten vergehen.

Deswegen sind auch so viele dieser geflügelten Bastarde in dieser Stadt. Und auch im Gegenzug immer mehr Dämonen. Das gefällt mir gar nicht. Wenn der Irre es tatsächlich schaffen sollte, das Auge zu töten, dann würden sie augenblicklich aufeinander losgehen und München wäre nur noch Asche. Jetzt verstehe ich auch, warum Ulf uns hierher beordert hat. So eine verdammte Scheiße.»
Jim legte die Stirn in Falten. «Das letzte Auge?»
Kilian nickte. «Ich nehme doch stark an, dass es das Letzte ist. Aber vielleicht ist es auch schon ermordet worden. Warum sonst sollte der Äther zusammengebrochen sein? Aber dann wäre der Kampf wohl schon im Gange. Und überhaupt, wie habt ihr euch vorgestellt, zum Auge zu gelangen?»
Jim grinste. «Wir haben Beziehungen. Wir bekommen eine Audienz.»
Grayson sah in schräg an. «Bist du dir da sicher? Es wäre schon schwierig genug, an das Auge ranzukommen, wenn alles normal wäre. Aber jetzt? Das letzte Auge? Ich denke nicht, dass die Engel irgendein Risiko eingehen werden, und erst recht nicht für ein Gefäß, an dem die Zwölf interessiert sind. Das könnt ihr euch abschminken.»
Grayson Worte trafen mich wie ein Faustschlag und auch Jim sah nicht mehr so selbstsicher aus. Was der Anführer der Metas da sagte, stimmte nur zu gut. Wie gut auch Hariels Beziehungen sein mochten, unter diesen Umständen würde es geradezu unmöglich werden, das Auge zu sehen.
Kilian schaltete sich wieder ein. «Seht es positiv. Anscheinend sind die Engel vorbereitet. Also braucht ihr das Auge nicht mehr warnen und eure Reise war nicht ganz umsonst. Bleibt noch die Frage mit den Kopfgeld und ob wir es uns leisten können, Streit mit den Zwölf zu riskieren.»
Er sprach das beiläufig aus, aber mir wurde sofort flau im Magen. Ich musste an die Menschen im Flugzeug denken. Ich begann zu zittern und funkelte Kilian an. «Unsere Reise war

nicht ganz umsonst? Diese verdammten Mörder haben ein ganzes Flugzeug mit unschuldigen Menschen abstürzen lassen, nur um mich zu kriegen. Sie sind alle tot. Wegen mir. Und wofür? Damit wir nicht rausfinden können, was diese Schweine von mir wollen? Dass sie mich weiter jagen und irgendwann töten werden, und ich nichts dagegen tun kann? Dann hätte Agnes mich auch in Hannover gleich töten können.»
Bei der Erwähnung ihres Namens versteifte sich Angus und sah zu Jim, der ihm traurig zunickte.
«Wir können ihn nicht diesen Bluthunden ausliefern. Nicht Azrael und seinen Geiern.» appellierte er an Kilian und Grayson. Der Reaper Captain strich sich über seinen Vollbart und war in Gedanken versunken, ebenso wie Kilian, der mich über seine aneinander gelegten Fingerspitzen hinweg anstarrte. Ich hielt seinem Blick einige Sekunden stand, dann brach ich dieses stumme Duell ab. «Was sagt ihr nun? Helft ihr uns, oder übergebt ihr mich den Zwölf?»
Sie tauschten erneut einen Blick. Hatten Metas telepathische Fähigkeiten oder kannten sich die Beiden einfach so gut, dass sie sich ohne Worte verständigen konnten? Kilian nickte entschieden. «Wir werden dich nicht ausliefern. Wir gewähren euch den Schutz des Refugiums, solange ihr zu verweilen wünscht. Ich werde Ulf fragen, was wir als Nächstes tun sollen. Aber in eurem eigenen Interesse rate ich euch, nicht lange zu bleiben. Wie ich schon sagte, der Sturm zieht auf und hier wird uns der Schlag am heftigsten treffen, sollte tatsächlich der schlimmste Fall eintreten.»

«18.»
«Ja.»
«20.»
«Hab ich.»
«Dann spiel doch.»

«Jim?»
«Nope, passe.»
«Mein Spiel, Dami…Sergio.»
Jim lehnte sich auf seinen Stuhl nach hinten und dreht den Kopf Richtung Tresen. «Noch eine Runde, Angus?»
Sein Schwager hob den Daumen. «Ich hoffe du kannst das alles bezahlen, James.» Mahnte er.
«Wenn du mir Familienrabatt gibst, bestimmt.»
«Dass ich dir nicht in deinen Scotch spucke, ist schon mehr als du verdienst.» Gab Angus zurück, als er eine neue Runde Fosters auf den Tisch stellte.
Ich schickte gerade die Pik Zehn auf die Reise, die Jim sehr zu meinem Missfallen stechen konnte.
«Kein Pik?» kam es ungläubig von mir.
Jim grinste mich über den Flaschenhals an, bevor einen Schluck nahm.
Man stelle sich vor: Ein Dämon, ein Feuerteufel und ein Mensch mit der Seele eines Engels sitzen in einer Bar und spielen Skat. Klingt wie der Anfang eines Witzes. Mal schauen, auf wen die Pointe geht. Ich hatte das so einen Verdacht.
«Also», begann Jim, während er mich mit einem Karo König anfütterte, «Du und Nora? Wie ist das so mit einem Engel? Oder hast du doch deinen Fable für das kleine Dämonen Mädchen entdeckt?» Wäre sein dreckiges Grinsen noch breiter geworden, wären ihm die Ohren abgefallen.
«Keine Ahnung. Mehr als der Kuss, den du gesehen hast, ist nicht passiert.»
Jim taxierte mich ungläubig. «Moment. Ich fasse das kurz zusammen. Dieses heiße Hühnchen hat bei dir gelebt. Ihr wart den ganzen Tag und die ganze Nacht zusammen, und du hast sie nicht vernascht?»
Ich nickte knapp. «So sieht es aus. Frauen die mich erschossen haben, flößen mir einen gewissen Respekt ein. Erst recht, wenn

sie mich mit dem kleinen Finger durch die Wand drücken könnten.»
Damian grunzte wie ein Traktor. Seine Form eines schmutzigen Lachens.
«Es geht mich ja nichts an, aber du stehst schon auf Frauen oder?» hakte Jim nach.
«Hatten wir das Thema nicht schon bei unserem ersten Treffen?» gab ich gereizt zurück.
«Würde aber so einiges erklären.» Warf Damian zu meiner völligen Überraschung ein.
«Was soll das denn heißen?» protestierte ich.
Damian spielte eine Karte, bevor er antwortete. «Na ja, ich kann mich noch an deine Sprüche auf der Toilette im Rockhouse erinnern. Da hast du ja versucht, mich anzumachen. Du hast ständig von deinem langen Gemächt gesprochen.»
Ich klappte den Mund auf. «Wie bitte? Ich soll dich angemacht haben? Ich hatte eine scheiß Angst vor dir. Ich dachte, dass du mir dort jeden Moment das Rückgrat brichst!»
Damian traktorte erneut. «Sei froh, dass ich nicht auf Kerle stehe. Dafür hätte sonst nicht einmal meine Hände gebraucht.»
«Boom, das saß.» Feierte Jim. «Unser Gay Liam steht also auf die großen Bockwürste. Ist ja heutzutage nichts Verrufenes mehr. Ich glaube, Kilian schwimmt auf der gleichen Welle, vielleicht reicht die Zeit ja noch für einen Abstecher. Magst du seinen True Blood Masche und seine elegante Art? Oder ist es eher der raue Naturburschen Charme von Grayson?»
Ich starrte immer noch wie ein Ochse in der Fleischfabrik. «Wollt ihr mich verarschen?»
Jim zog den letzten Trumpf. «Ja, und es klappt besser als wir dachten. Du kannst deine Karten jetzt übrigens wieder so halten, dass wir sie nicht sehen können, herzlichen Dank. Ich würde sagen, damit geht die Runde an uns und du zahlst die Drinks.»

Ich blickte vom Traktorlacher zur Grinse Katze, die sich gerade verschwörerische Blicke zuwarfen.
«Ihr blöden Penner!» entfuhr es mir fassungslos. «Das war abgesprochen. Ihr habt mich gelinkt.»
Jim und Damian zeigten eine perfekt einstudierte Maske verletzten Stolzes. «Was? Wir? Niemals!»
Jim drehte sich wieder auf seinem Stuhl Richtung Angus. «Noch eine Runde auf Nates Deckel»
Angus lachte. «Hat die Homophobie Nummer tatsächlich geklappt, aye?»
Jim zuckte mit den Schultern. «Ich habe nicht die geringste Ahnung, was du meinst.»
«Apropos keine Ahnung», griff ich die Wortwahl auf, «Dein Schwager sieht für einen Weltkriegsveteranen aber noch bemerkenswert vital aus.»
«Du kannst es dir doch bestimmt schon denken.» gab Jim zu. «Angus hat sich eine Bluttransfusion gegönnt und ist in das Metalager gewechselt. Nicht, dass ich das gut fand, aber ich konnte es verstehen. Wir haben beide unseren Weg gesucht, um uns für Agnes zu rächen.»
Also war Angus mittlerweile ein Vampir geworden. So wie Kilian einer war. Meine Neugier war geweckt. «Wie ist das denn so als Vampir? Ich meine, die Blut Geschichte.» wandte ich mich an ihn.
Jim zog eine Augenbraue hoch und sah mich an, als hätte ich etwas unglaublich unangebrachtes gesagt. Angus schien mir meine Frage nicht übel zu nehmen. «Was genau meinst du? Ob ich nachts als Fledermaus verwandelt in das Zimmer der Dorfschönheiten flattere und mich an ihren schönen Hälsen nähre?»
Ich sah ihn überrascht an. «Sowas kannst du?»
Sowohl Jim als auch Damian brachen über meine anscheinend dumme Frage in Gelächter aus.

Angus schenkte mir ein beschwichtigendes Lächeln. «Ich hab noch von keinem meiner Art gehört, der es fertig gebracht hätte, sich in eine Fledermaus zu verwandeln. Vielleicht ein Berufsmagier. Und das mit den Hälsen schlafender Schönheiten ist wohl leider auch nur romantische Fiktion, fürchte ich. Das ist schon aus physiologischen Gründen unmöglich.»
Ich verstand nicht ganz, worauf der Vampir hinaus wollte. «Wie meinst du das?»
«Hast du schon einmal einen richtigen Vampir gesehen?» fragte er zurück.
Ich zuckte mit den Schultern. «Naja, ich hab dich gesehen, dann Kilian...», begann ich.
Angus schüttelte den Kopf. «Das meine ich nicht. Ich hab die Frage vielleicht auch falsch gestellt. Hast du einen Vampir schon einmal richtig gesehen?»
Ich blickte zu Jim und Damian, die mich erwartungsvoll ansahen. Gerade als ich mich wieder an Angus wenden wollte, stürzte der Jims Schwager innerhalb von einer Sekunde über den Tresen und war mit seinem Gesicht unmittelbar vor meinen.
Obwohl Gesicht ein Euphemismus war. Seine Augen glühten rot wie Kohlen, sein Mund war so weit aufgerissen, dass es mich an eine Anakonda erinnerte. In seinem gewaltigen Rachen erblickte ich eine Reihe langer, rasiermesserscharfer, dolchartiger Zähne, wobei die Eckzähne deutlich länger waren.
«Heilige Scheiße!» brüllte ich, als ich vor lauter Schreck mit dem Stuhl hinten überschlug und krachend auf dem Boden landete. Dass ich mich nicht nass gemacht hatte, grenzte an ein Wunder. Unter dem bebenden Lachen der drei Scherzbolde erhob ich mich.
Angus war indes bereits wieder hinter den Tresen zurückgekehrt, kam aber bereits mit zwei Schnapsgläsern zurück. Er reichte mir eines davon. «Als kleine

Entschuldigung, aber ich konnte nicht widerstehen. Nun hast du aber gesehen, was ich meine. Wenn wir uns wirklich an Menschen laben würden, wäre die Sauerei unglaublich.»
Ich stürzte den Schnaps runter. Er half wirklich gegen den ersten Schreck. Im Stillen dankte ich dem Schicksal, dass ich damals nicht gegen den Vampir im Hauptbahnhof kämpfen musste. Da wären Alpträume vorprogrammiert gewesen. «Also braucht ihr kein Blut zum Überleben?» hakte ich nach, nachdem ich mich ordentlich geschüttelt hatte.
Angus räumte die Gläser ab. «Leider doch. Aber wir machen das über Transfusionen. Heute scheint das alles zivilisierter und humaner zu funktionieren, seitdem die Medizin soweit ist.»
Ich nickte. «Wie war es denn vorher?»
Angus amüsierter Gesichtsausdruck verflog. «Früher verschwanden Menschen einfach.»
Jim nippte an seinem Bier. «Andere Zeiten, Nate.»
Angus nickte zustimmend. «Das Blut ist wie eine Droge. Oder wie Doping. Je mehr wir davon nehmen, desto stärker und schneller werden wir. Allerdings hat es auch seine Nebenwirkungen. Gesteigerte Sonnenempfindlichkeit, zum Beispiel. Oder das Abbauen von Pigmenten. Heutzutage aber versuchen wir, so wenig wie möglich zu konsumieren. Menschlicher zu bleiben. Nein, das ist das falsche Wort. Zivilisierter.»
Ich dachte an Kilian. Er war eindeutig ziemlich blass. Vielleicht war er noch aus dieser anderen Zeit. Ich fragte mich, ob womöglich sogar der Helsing selbst Angus zu einem Vampir gemacht hatte.
«Wenn du sagst, es ist wie eine Droge, habt ihr dann nicht auch Probleme mit Süchtigen?»
Angus musterte mich einige Sekunden. «Du ziehst bemerkenswert gute Schlüsse aus dem, was du hörst.»

Jim nickte. «Ich sagte ja, für einen Menschen ist Liam ziemlich clever.»

Ich wollte auf diese Provokation erst eingehen, doch hörte ich Angus auf meine vorherige Frage antworten. «Das ist in der Tat ein Problem. Aber für so etwas haben wir Leute wie die Reaper.»

«Ihr habt Biker Gangs gegen Drogensüchtige?» wunderte ich mich.

«Immer wenn ich dich wegen deiner Intelligenz lobe, kommt danach so etwas.» stöhnte Jim auf.

Angus aber schien sich an meinem Unverständnis nicht weiter zu stören. «Die Jungs sind nicht nur ein Motorrad Club. Sie sind Kopfgeldjäger. Wenn ein Vampir durchdreht, oder ein Dämon in seiner Domäne in Ungnade fällt und für vogelfrei erklärt wird, erledigen sie den Job. Es ist den Metas lieber, dass wir uns um unsere Art kümmern, als die Celes. Die sind damit auch zufrieden. Denn so sind wir mehr nützlich als schädlich. Die Reaper sind ziemlich gut darin.»

Ich fuhr Jim an. «Du weißt, dass ein Kopfgeld auf mich ausgesetzt ist und bringst mich direkt zu den besten Kopfgeldjägern der Meta Welt?»

Der Schotte zuckte entschuldigend mit den Schultern. «Aye. Ein gewisses Risiko hatte ich einkalkuliert.»

Ich wollte Jim für diese Aussage rösten, eine andere Frage erschien mir zunächst wichtiger. «Wer ist eigentlich dieser Ulf? Ist das der Typ, von dem du meintest, er könnte der Anführer der Metas werden?»

Jim nickte nur knapp. «Exakt. Keiner weiß wirklich viel über ihn. Angeblich war er einer der ersten Metas, die es gab. Vielleicht lebte er schon zu der Zeit Kains. Er hält sich damit jedenfalls sehr bedeckt. Aber er weiß so ziemlich alles, was man zum Überleben wissen muss. Er hat vielen Metas bereits aus der Patsche geholfen und vermittelt zwischen Celes und Metas. Wenn es ein Wort gibt, auf das die Metas hören, dann ist es seins. Deswegen sind auch Grayson und die Reaper hier. Ulf hatte sie als Sondereinsatzkommando gegründet. Davon gibt es mittlerweile einige, aber die Reaper zählen zu den Besten.»

«Und dieser Ulf ist auch ein Vampir?»

Jim zuckte mit den Schultern. «Ich nehme es an. Ich gehe dann erst einmal für kleine Schotten» verkündete er und schwang sich aus seinen Stuhl.

Da mir nichts Besseres einfallen wollte, wandte ich mich an Damian und wollte mir zu einer bestimmten Frage seine Sicht der Dinge anhören. «Eines wollte ich noch wissen», begann ich, «Ich habe immer noch nicht ganz gerafft, was nun genau der Unterschied zwischen einen Halb - oder Volldämonen ist.»

Damian strich sich über sein markantes Kinn. «Na, ob ich da der Richtige bin, um dir das zu erklären? Seren wäre dazu deutlich besser in der Lage. Ich glaube sogar der kleine Schotte könnte das besser. Ich bin nicht so der große Redner, weißt du?»

Ich biss mir fast die Zunge ab und legte ein Gesicht auf wie ein Makler, der bei einer Wohnungsbesichtigung versuchte, die Wasserflecken an der Decke als frühen Michelangelo zu verkaufen.

«Ist mir vielleicht aufgefallen»; bestätigte ich.

Damian seufzte schwer. «Halbe Dämonen sind so wie die Novizen bei den Engeln. Quasi Anwärter. Menschen, die sich für den Weg entschieden haben. Sie haben ihre endgültige Wahl noch nicht getroffen. Deswegen sind sie auch nicht ganz so mächtig wie vollwertige Wesen. Jim, zum Beispiel, könnte es als vollkommener Ignis vielleicht sogar mit Agnes aufnehmen.»

Soweit erzählte mir Damian nicht viel Neues.

«Und wieso macht er das dann nicht?»

Damian leckte sich über die Lippen. Es viel ihm deutlich schwer, die richtigen Worte zu wählen. «Es ist ein Weg ohne

zurück. Er würde sein komplettes Sein aufgeben. Seine Seele, seine Empfindungen, alles was ihn zum Menschen machte. Ich kann das als richtiger Dämon nicht nachvollziehen, aber es scheint wohl ein hohes Opfer zu sein. Ich glaube, die Zwickmühle hierbei ist: Jim ist damals zu Sephir gekommen, weil er Rache wollte. Würde er aber den Weg zu Ende gehen, dann würde er wohl auch das verlieren.»
Ich dachte darüber nach. «Wie geht man als Dämon seinen Weg zu Ende?»
Wieder das Seufzen. «Ist unterschiedlich. Ich glaube Jim müsste sein komplettes inneres Feuer entfesseln. Er müsste sich komplett dem Pakt hingeben. In Paris war er schon nahe dran.»
Damian biss sich auf die Lippen. Er wusste, was in Paris geschehen war.
«Was ist in Paris geschehen? Hängt das mit den Stigmata zusammen?»
Damian hob abwehrend die Hände. «Darüber sollte ich wirklich nicht mit dir reden, Nate. Jim wird es dir erzählen, wenn er das will. Ich habe schon zu viel gesagt.»
«Das sehe ich allerdings auch so.» sagte Jim, der sich hinter mir genähert und wohl die letzten Worte gehört hatte. «Keine Angst, Liam. Wenn wir das hier hinter uns haben, kann ich dir von Paris erzählen. Aber im Moment haben wir andere Sorgen.»
Da ich mich ertappt fühlte, nickte ich nur und protestierte nicht über die erneute Benutzung meines ungeliebten Zweitnamens.
Jim zog seinen Stuhl wieder heran. «Ich hab gute Neuigkeiten. Deine Kleine ist in der Stadt. Und wir treffen uns morgen mit ihr.»
Eine kurze Welle der Eifersucht überkam mich. Wieso hatte Nora sich bei Jim und nicht bei mir gemeldet?
Aber sie verschwand so schnell, wie sie gekommen war und machte der Neugier Platz. «Wann und wo?»

Kapitel 14 Kassandra

«Ich lebe seit viereinhalb Jahrhunderten und ich kann nicht sterben.» «Naja, wir haben alle unsere Probleme.» - Highlander

Zu meiner großen Überraschung war Nora nicht alleine gekommen. Wir waren an einem kleinen Café am Marienplatz verabredet. Zumindest war das der Inhalt der kurzen Nachricht gewesen, die Jim erhalten hatte. Damians Körperspannung erhöhte sich merklich, als er Nora in Begleitung von drei weiteren Personen sah, von der ich zumindest eine erkannte.
«Angela?» Zu meiner Überraschung lächelte sie und umarmte mich. Ich erklärte hastig, warum der Dämon, der mich noch vor wenigen Tagen in zwei Hälften reißen wollte, nun friedlich mit mir zu Tisch saß.
Nora verzichtete zu meinem Leidwesen darauf, mich ebenfalls wie Angela zu umarmen und begrenzte sich auf ein scheues Lächeln.
Ich hätte sie nicht küssen sollen, verflucht!
Damian war immer noch angespannt. Jim war es weniger, was aber auch an seiner körperlichen Verfassung lag. Er hatte sich nach unserer Sitzung noch mit Angus hingesetzt, eine Flasche Scotch geleert und über alte Zeiten geplaudert. Und dafür hatte er heute einen Kater, der ohne Probleme für den Posten als Höllenhund vorsprechen konnte.
Zumindest Halbdämonen waren also nicht vor den Folgen des Alkoholgenusses gefeit.
Die beiden anderen Engel, ich ging einfach davon aus, dass es welche waren, hatten das optische Erscheinungsbild von gerade volljährig gewordenen Jungen und sahen fast wie Zwillinge

aus, was mich auf Aufgrund meiner letzten Vision etwas beunruhigte. Sie trugen den gleichen langen Ledermantel, aber das trugen ja fast alle Celes.
Sie hatten beide modisch kurzgeschnittenes Haar und weiße Hemden unter ihren Mänteln. Der einzige markante Unterschied war, dass einer von ihnen auffallend viele weiße Strähnen im Haar und der andere bernsteinfarbene Augen hatte. War das Absicht oder ein Gen -Defekt? Eigentlich war es auch nicht weiter von Belang. Nora stellte ihre beiden Begleiter vor.
Gelb Auge hörte auf den Namen Castor und sein Double nannte sich Pullox.
Da sollte mal einer sagen, Engel hätten keinen Humor. «Face Off» ließ grüßen.
«Habt ihr euch die Namen selber gegeben?» fragte ich neugierig.
Castor neigte den Kopf hin und her. «Teilweise. Castor und Pullox stammen aus unserem sterblichen Leben, Anixiel ist unser Engelname», endete er und sein Partner fuhr sofort fort, «Eigentlich benutzen wir die alten Namen nur, wenn wir uns unter Euresgleichen mischen müssen.»
Welche freundliche Anmerkung. Ich nickte. Ich wollte zwar noch fragen, ob ihre sterblichen Eltern Nicolas Cage Fans waren, aber ich gab mich damit zufrieden.
Als sich alle gesetzt hatten und ihre Getränke geordert hatten (Jim nahm einen extra starken Espresso zu seinen Tabletten), klärte ich Nora und Angela über unsere Erlebnisse auf. Als ich den Flugzeugabsturz erwähnte, sahen mich beide betroffen an.
«Raguel vermutet ebenfalls, dass die Zwölf ihre Hände dabei im Spiel hatten, aber wir können nichts beweisen.»
Ich wurde hellhörig. «Raguel weiß davon?»
Nora nickte. «Als ich von dem Absturz erfahren hatte, hielt ich es für das Beste, zu ihm zu gehen und alles zu erzählen. Die Zwölf waren zuvor schon abgereist. Daraufhin hat Raguel mich zusammen mit Hariel nach München gesandt. Erst hier sollte

ich versuchen, mit euch in Kontakt zu treten. Ich bin so froh, das dir nichts passiert ist.»
Mit Mühe konnte Nora ihre Erleichterung unterdrücken. Vielleicht war doch noch nicht alles verloren zwischen uns beiden. Angela indes war nicht entgangen, dass Nora ihren wahren Engelnamen benutzt hatte. Doch schien sie es überhören zu wollen und übernahm das Wort. «Es war richtig, Raguel zu informieren. Andernfalls wäre unser Vorhaben hier gescheitert, denn ohne seine Beziehungen würden wir nie zum Auge gelangen.»
Ich schöpfte neue Hoffnung. « Es existiert also noch. Und wir können zu ihm?»
Angela nickte. «Castor und Pullox sind die Hüter des Auges und uns von ihrem Prätor Rhamiel gesandt worden. Der Prätor dieser Provinz ist ein ehemaliger Waffenbruder Raguels. Er hat unserem Prätor versprochen, dich anzuhören. Wenn er dein Anliegen und deine Motive als aufrichtig erachtet, wird er dich zum Auge vorzulassen und deinen Fall dann an die Oberen weiterzuleiten. Er ist auch sehr dankbar für die Warnung vor dem Killer. Bisher hatte ihn keine Nachricht ereilt. Nun aber sind sie auf der Hut und vorbereitet.»
Ich runzelte die Stirn. «Er hatte noch keine Nachricht erhalten? Euer Netzwerk ist wirklich hinüber, aber es gibt doch auch Telefone und Internet, oder nicht?»
Angela sah mich traurig an. «In unseren Reihen herrscht momentan das pure Chaos. Das Gerücht eines Mörders geht nun um und keine Provinz traut so recht der anderen. Dazu die Inquisitoren, die auch hier in München verstärkt aufgetaucht sind. Das Auge in New York ist nun ebenfalls erloschen. Es gibt nur noch eines. Daher wäre der Äther am Ende, falls der Killer die Augen darüber aufspüren kann.»
«Inquisitoren?» fragte ich nach. Das Wort sagte mir in diesem Zusammenhang nichts, aber ich hatte einen Verdacht. «Meinst

du die Engel, die hier neuerdings aufgetaucht sind und die hiesigen Metas und Dämonen verhören?»
Angelas Augenbrauen hoben sich vor Überraschung.
Ich nickte. «Kilian hat davon erzählt.»
Ich bemerkte den fragenden Gesichtsausdruck und berichtete weiter, was sich vergangene Nacht abgespielt hatte.
Angela nickte anerkennend. «Sieh mal an, die Metas wissen mehr als manche Engel auch nur vermuten können. Schön, dass sie dich nicht verkauft haben. Ich denke, ich muss meine Meinung über sie vielleicht noch mal überdenken.»
Jim winkte ab. «Brauchst du nicht. Sie können die Zwölf nur ebenso wenig leiden wie alle anderen auch. Die sind ungefähr so beliebt wie die Jungs von der GEZ oder Staubsaugervertreter. Denen tut keiner freiwillig ein Gefallen, wenn es nicht muss. Und für diesen Ruf haben sie auch einiges getan.»
Dann hatte er wohl mehr geredet, als sein lädierter Schädel zuließ und versank wieder im Gemurmel.
«Also, wie sieht der Plan aus?» wollte ich wissen.
«Heute Nacht wirst du das Auge treffen», begann Castor, «aber wie Schwester Hariel bereits sagte, vorher möchte Prätor Rhamiel dich sehen.» beendete Pullox den Satz. «Nenne es eine Vorsichtsmaßnahme, wenn du möchtest», übernahm wieder Castor, «ich denke, du verstehst unsere Bedenken.» schloss Pullox. Beide schwiegen kurz, dann schüttelte Castor den Kopf. «Nein, ich glaube nicht, dass das nötig sein wird.» Wieder kurzes Schweigen, dann nickte Pullox. «Na gut, damit hast du Recht, daran habe ich nicht gedacht.» Sie bemerkten meinen irritierten Blick. «Entschuldige, das muss verwirrend sein.» sagten simultan.
Meine Verwirrung wurde noch größer.
Castor sah zu Pullox, der daraufhin nickte. «Einverstanden, ich mache es.» An mich gewandt fuhr er fort. «Wir sind so was

wie eineiige Seelenzwillinge. In uns beiden wohnt die Seele des Engels Anixiel.»
Castor ergriff das Wort. «Das kommt nicht oft vor, aber es passiert. Von daher kann es für Außenstehende verwirrend sein, aber wir beiden hören stets den Geist des anderen und spüren seine Gegenwart. Von daher die umständliche Sprachweise. Wir versuchen immer, darauf zu achten, aber ab und an denken wir nicht daran.»
Ich war fasziniert. Etwas verschreckt, aber fasziniert. «Das heißt, ihr seid nie alleine? Ist das nicht nervig auf die Dauer?»
Beide schüttelten synchron den Kopf. «Es war bei uns immer so, dass wir uns als Menschen unvollständig gefühlt hatten. Seitdem wir erwählt wurden, ist das anders. Um nichts in der Welt würden wir auf dieses Gefühl verzichten wollen. Wir sind…perfekt. Ein anderes Wort fällt uns nicht dafür ein.»
Es war sehr anstrengend, einen so langen Satz aus zwei Mündern gleichzeitig zu hören.
Ich nickte und verstand gleichzeitig nur die Hälfte, eine Methode, die sich schon bereits in meiner Schulzeit oder bei meiner Ex Freundin bewährt hatte.
«Ich will euch ja nicht die Laune verderben», brachte sich Jim in das Gespräch ein, «Aber was ist mit Azraels Bande? Mal ganz ehrlich, sie mögen zwar vielleicht glauben, dass Nate aus dem Weg geräumt ist, aber wenn ich auf der Suche nach den Augenkiller wäre, würde ich doch als Erstes dahin gehen, wo der Mörder als Nächstes zuschlagen würde.
Und das ist definitiv hier. Ergo, wenn die Zwölf noch nicht hier sind, ist es nur eine Frage der Zeit, bis sie hier auftauchen werden. Noch dazu schnüffeln hier überall Inquisitoren rum. Und da wollen wir wirklich noch bis heute Nacht warten?»
Jim Schlussfolgerung war erstaunlich logisch, gemessen an seinem Kater. Und ebenso niederschmetternd.

Nora stimmte Jim zu. «Er hat Recht. Ihr seid doch die Hüter des Auges. Könnt ihr nicht herausfinden, was die Zwölf derzeit tun?»

Die beiden Engelszwillinge nickten. «Zumindest bis zu dem Zeitpunkt, als der Äther geschlossen wurde.» dann schlossen die Augen.

«Was machen die denn jetzt?» fragte ich Nora.

Sie ließ die beiden nicht aus den Augen, als sie antwortete. «Sie sind als Hüter des Auges direkt mit dem Äther verbunden. Auch wenn der Äther im Moment nicht funktioniert und keine neuen Nachrichten zulässt, werden alle Informationen in Archiven aufbewahrt. Dazu zählen auch alle offiziellen Informationen, die nicht über den Äther gehen, wie zum Beispiel Emails oder aufgezeichnete Telefonate. Eigentlich braucht man, um in die Archive zu gelangen ein Medium oder muss sich zu einen bestimmtes Zugang begeben. Die Hüter können aber jederzeit in die Archive des Äthers eintauchen.»

Ich nickte. «Quasi lebende File-Server. So was in der Art, wie Falko macht, nur ohne technische Hardware.»

Nora begriff anscheinend nicht was ich meinte, ging aber auch nicht weiter darauf ein. Minutenlang geschah nichts. Stumm tranken wir unsere Getränke. Plötzlich öffneten die Zwillinge die Augen, atmeten erschöpft aus und sackten auf ihren Stühlen leicht zusammen.

«Und?» fragte Jim.

«Der Äther funktioniert immer noch nicht, dennoch gibt es neue Informationen, doch das Wenige wird euch nicht erfreuen.» eröffnete Castor, worauf Pullox fortfuhr. «Die Zwölf sind tatsächlich auf dem Weg hierher und haben eine Audienz beim Auge beantragt. Prätor Rhamiel hat heute die Anfrage bekommen. Von Nathaniel gibt es nicht ein Wort im Äther. Auch über den Flugzeugabsturz gibt es von offizieller Seite keine Beteiligung des Himmels. Über einen Serienmörder

findet sich nichts. Und es besteht immer noch kein Kontakt zu den Mächten.»
«Den Mächten?» hakte ich nach.
«Die Mächte sind so was wie die Chefetage des Himmels. Unsere Verwaltung, wenn man so will. Sie werden von den vier Ur- Engeln geführt. Jeder von ihnen vertritt einen Teil der Welt, wobei Michael als rechte Hand Gottes sowohl Amerika und Australien verwaltet. Raphael ist für Europa zuständig, Gabriel für Asien und Uriel für Afrika.» erklärte Angela.
«Klingt sehr bürokratisch. So auf Bezirke aufgeteilt nimmt es dem Ganzen seinen mystischen Touch. Aber warum vier Engel für fünf Kontinente?» Die Mienen der Engel verfinsterten sich, und Jim räusperte sich.
Angela sprach nun sehr langsam und leise. «Es gab einst Fünf. Als die Welt von Gott eingeteilt wurde, waren die obersten Mächte noch zu fünft. Doch der Morgenstern wandte sich gegen uns. Ab da waren es nur noch vier.»
Ich war wohl mit Anlauf in einen Fettnapf getreten, dessen Größe ich nicht verstand. Anscheinend war der Morgenstern, also Luzifer, ein ähnlich heikles Thema wie Voldemort in Hogwarts. «Wieso hat Gott die Welt überhaupt eingeteilt und herrscht nicht selber darüber? Ich meine, so als Allmächtiger?» Die Engel schwiegen erneut.
Jim legte mir eine Hand auf die Schulter und zog mich heran. «Hör besser auf damit. Sie werden dir nichts sagen.» Seine Stimme wurde noch leiser. «Denn sie wissen es nicht.» Damian war es schließlich, der das beklemmende Schweigen brach. «Wie gehen wir jetzt vor? Wann sind die Zwölf hier, wann trefft ihr den Prätor und wann das Auge? Ihr müsst handeln.»
«Ihr?» fragte ich Damian.
Damian sah mich verständnislos an. «Du glaubst doch nicht, dass ich oder Mason eine Bastion des Himmels betreten werden? Wir warten in der Bar auf dich.»

Jim pflichtete ihm nickend bei. Mir war gar nicht wohl bei dem Gedanken, die Kirche ohne die Beiden zu betreten. Zwar hatten Damian und ich keinen guten Start gehabt und Jim war ungefähr so ehrlich zu mir gewesen wie die amerikanische Regierung über die Vorgänge in Guantanamo Bay, dennoch fühlte ich mir in ihrer Begleitung relativ sicher.
Andererseits, Nora war jetzt wieder bei mir und mein Vertrauen in sie war noch größer als in Jim. Dennoch wusste ich nicht, was sie ausrichten könnte, falls sich die Audienz beim Auge anders entwickeln sollte als gedacht.

Prätor Rhamiel erinnerte mich an Sean Connery in seiner Rolle als Ramirez in den Highlander Filmen. An den Schläfen ergrautes langes Haar, das er im Nacken zu einem Zopf zusammengebunden hatte, einige Lachfalten und ein markantes, mit einem Spitzbart geschmücktes Kinn. Offenbar hatte Rhamiel der Ruf zur Reinkarnation erst im Herbst seines irdischen Lebens ereilt, was seinem Äußeren aber einen gewissen Charme und Autorität verlieh, die seinem jüngeren Ich wahrscheinlich abhanden gegangen wären. Er trug seiner Tarnung als Pfarrer der Petruskirche halber einen schwarzen Talar.
So empfing mich Pfarrer Rhamiel nun doch schon in den frühen Abendstunden. Unser Gespräch, was nicht wie ich befürchtet hatte in ein Verhör ausartete, war recht angenehm gewesen.
Auch von ihm ging die vorherrschende Antipathie gegen die Zwölf und ihrer Vorgehensweise aus. Obwohl er schon von seinen Adepten ins rechte Licht der Vorkommnisse gerückt worden war, ließ er es sich nicht nehmen, mich noch einmal selbst zu den Ereignissen zu befragen.
Entgegen zu den meisten unsterblichen Wesen, denen ich zuvor begegnet war, behandelte Rhamiel mich nicht

herablassend oder wie ein Kind, sondern hörte sich meine Worte ganz genau an und unterbrach mich kein einziges Mal.
Er brachte seine Trauer über den Flugzeugabsturz zum Ausdruck und versprach mir, dass die Zwölf damit nicht davonkommen würden. Ich glaubte ihm.
Auch sein Interesse an meinen Schicksal und sein Angebot, mir zu helfen und mich zu schützen, kam mir ehrlich vor und ich schöpfte langsam wieder Hoffnung. Meine Enthüllung, hinter dem Killer könnte ein bis dato unbekannter Nephilim stecken, ließ ihn sichtbar besorgt werden. Von Rhamiel erfuhr ich auch, dass die Zwölf bereits für Morgen ihren Besuch angekündigt hatten und wir uns deshalb heute Abend in den geheimen Gewölben unter der Kirche mit dem Auge treffen würden.
«Habt ihr keine Bedenken, dass die Zwölf etwas davon mitbekommen werden?» fragte ich besorgt.
Rhamiel lehnte sich in seinem Stuhl zurück. «Da mache ich mir keine Gedanken. Für die Loyalität meiner Engel würde ich die Hand ins Höllenfeuer legen.»
«Wie viele Engel sind denn in einer Provinz?» hakte ich nach. Rhamiel schien mir für ein paar klare Antworten der richtige Mann zu sein.
Er machte eine ausholende Geste. «Das kommt immer auf die Größe und die Aufgabe der Provinz an. Raguels Provinz beispielsweise ist die Größte in ganz Norddeutschland. Und dennoch haben sie weniger Krieger in ihren Reihen als zum Beispiel die Bastion in Berlin.»
«Von einer Bastion habe ich noch nie etwas gehört.» Merkte ich an.
Rhamiel lächelte nachsichtig. «Viel darf ich dir als Außenstehenden dazu auch nicht sagen. In Bastionen werden meist besondere Artefakte aufbewahrt und beschützt. Die Ranghöchsten unter uns dienen dort. Es gibt davon auch nicht so viele Bastionen auf der Welt wie zum Beispiel Provinzen. Und sie nehmen wenig Platz ein. Meist ist eine Bastion nicht

größer als ein Hochhaus oder ein Block. Zumindest augenscheinlich.»
Ich dachte daran, das Damian diesen Ort eine Bastion genannt hatte. «Also das hier ist keine Bastion?»
Rhamiel verneinte grinsend. «Nein, das ist eher Teil unserer Tarnung. Aber ich wünschte im Moment, wir wären Eine. Unsere Stärke ist mit der einer Bastion nicht zu vergleichen.»
Ich sah mich um. Sollte nicht gerade ein Ort, an dem ein Auge war, so gut gesichert sein wie möglich?
«Warum werden dann die Augen nicht auch in Bastionen untergebracht? Dort wären sie doch sicherer aufgehoben, oder nicht?»
Rhamiel zog die buschigen Augenbrauen zusammen und lächelte erneut. Dann nickte er anerkennend.
«Ein sehr guter Einwand. Leider lässt die Natur der Oculi das nicht zu. Da sie fast kontinuierlich mit dem Äther verbunden sein müssen, brauchen sie vollkommene Abgeschiedenheit und Ruhe. Ruhe, die sie in Gegenwart von mächtigeren Wesen als ich und Artefakten nicht finden könnten. Deswegen brauchen die Oculi eigene Stätten, an denen sie wirken können. Du wirst nachher sehen, was ich damit meine.»
«Aber im Moment hängt das Auge nicht am Äther oder? Warum wurde das Netzwerk abgeschaltet?»
Rhamiel seufzte. «Du stellst viele gute Fragen. Und ich darf sie dir eigentlich nicht beantworten.»
«Eigentlich?» bohrte ich weiter.
Rhamiel tippte mit den Fingerspitzen gegeneinander und musterte mich. «Ich verstehe nun langsam, was Raguel in dir sieht.» kommentierte er.
Bevor ich auf diese Bemerkung eingehen konnte, fuhr er fort. «Die Augen sind miteinander verbunden. Sie teilen ein Bewusstsein, eine Gefühlswelt, ähnlich wie meine beiden Adepten.»
«Sie meinen Castor und Pullox.» vermutete ich.

Rhamiel nickte. «Mit jedem Tod eines Auges verlieren die Verbliebenen einen Teil ihres eigenen Selbst. Wir haben den Äther so lange wie möglich am Leben gehalten. Die Augen aber durchlebten es jedes Mal, wenn einer von ihnen getötet wurde, eine verständlicherweise traumatische Erfahrung. Und jedes Mal wurden sie blinder, tauber, gefühlsloser. Hätte ich nicht gegen meine Befehle verstoßen und unser Auge nicht vorgestern aus dem Äther geholt, hätte sie das Schicksal ihres unglücklichen Bruders in New York geteilt.»
Ich hielt den Atem an. «Wieso? Was ist mit den anderen Auge passiert?»
Rubens Gesicht versteinerte. «Er ist den Wahnsinn anheimgefallen. Sein Geist hat der Belastung durch den Äther und der Morde nicht standhalten können. Er ist durchgebrannt. Nur noch eine leere Hülle. Unser Auge ist damit das Letzte. Die letzte Verbindung zum Äther.»
Ich schluckte schwer. Dann hatte Kilian also recht gehabt. Mir kam ein anderer Gedanke. «Das Wissen über den Standort der Augen ist doch eigentlich geheim, oder? Wenn der Kontakt zu den Mächten und dem Äther abgebrochen ist, woher wissen die Todesengel denn dann so genau, dass hier noch ein Auge überlebt hat?»
Rhamiel richtete sich ruckartig auf. «Daran habe ich noch gar nicht gedacht!»
Innerlich grinste ich zufrieden. Ich war cleverer als ein Engel gewesen. Aber kam der Gedanke überhaupt von mir? Wie zur Bestätigung kam mir eine weitere Idee. «Das Auge kann doch die Seele in mir identifizieren, oder?»
Rhamiel nickte.
«Kann es noch weitersehen? Die Seele schickt mir gerne Visionen, die mich auch hier her geführt haben. Das tat sie aber erst, nachdem sie mit Agnes auf Tuchfühlung gegangen ist. Kann es sein, dass die Seele in mir durch den Kontakt weiß,

was Agnes und ihre Kollegen wissen? Und kann das Auge diese Informationen vielleicht aus mir raus lesen?»
Rhamiel war über meine Schlussfolgerungen genauso verwundert wie ich. «Das wäre in der Tat möglich.»
Eine weitere Erkenntnis traf mich wie ein Hammerschlag. «Das erklärt auch, warum sie so hinter mir her sind. Sie haben Angst, dass ich Informationen habe, die nicht ans Tageslicht kommen sollen. Vielleicht wissen die Todesengel mehr über diesen Nephilim, als sie zugeben wollen.»
«ENDLICH HAST DU ES VERSTANDEN.» Heulte eine triumphierende Stimme in meinen Kopf. Aber so schnell wie sie ertönt war, war sie auch wieder verstummt. Rhamiel starrte nur stumm auf seinen Tisch. «Du glaubst wirklich, die Zwölf haben etwas mit den Morden zu tun?»
Ich nickte entschieden. «Aber es gibt nur einen Weg, um das herauszufinden.»
Rhamiel erhob sich und rief die Zwillinge und einen weiteren Engel zu sich. «Wir gehen jetzt zum Oculus. Ihr beiden, Hariel und Lunathiel begleiten uns.» An den dritten Engel gewandt fuhr er fort. «Sorge dafür, dass niemand in meiner Abwesenheit unsere Hallen betritt. Absolut niemand!»
Der Beauftragte verbeugte sich leicht und verließ den Raum.

In Begleitung von Nora, Angela und den beiden Zwillingen führte uns Rhamiel in die Katakomben hinab. Ähnlich wie im Kloster Möllenbeck wichen die alten Mauern polierten Stahlwänden und elektronischen Anzeigen. Sogar automatisch verschließbare, zentimeterdicke Stahltüren waren in den Korridoren verteilt. Und an Jeder mussten wir stehen bleiben, damit der Prätor die dortige Sicherheitssperre überwinden konnte.
Es gab wirklich jede Art von Kontrolle, die man in zahlreichen Agentenfilmen sehen konnte.

Vom Netzhautscanner über die Fingerabdrucksensoren bis hin zur Stimmanalyse war alles vorhanden. Zudem stand nun an jeder Schleuse mindestens ein in den obligatorischen Ledermantel gehüllter Engelwächter.
Wenn die Sicherheitsmaßnahmen hier nichts zum Vergleich mit denen in einer Bastion waren, wollte ich nie Eine betreten müssen.
Mit jedem Korridor veränderte sich die Umgebung weiter. Es wurden weniger Bildschirme und hektisch blinkende Lichter. Aus der Ferne vor uns hörten wir leise, melodische Frauengesänge in, so vermutete ich zumindest, Latein. Die Musik wurde immer lauter, je weiter wir uns im Gang vorwärtsbewegten, bis wir schließlich in einen großen, kreisrunden Raum kamen. Im Zentrum des Raumes stand ein Monument, dass ich schon einmal gesehen hatte.
Die Statue der Maria aus meinen Traum.
Mein Magen zog sich leicht zusammen.
Ich erwartete jederzeit, dass die Statue zu weinen beginnen würde. Unwillkürlich blickte ich mich nach der Statue eines Cupidos um, fand aber zum Glück keine. Unter der Statue, auf einem Marmorthron, saß eine zierliche Frauengestalt.
Sie trug eine weiße Robe, ähnlich wie die einer Nonne, und ihr waren die Augen mit einen weißen Tuch verbunden worden.
Sie war ungewöhnlich blass.
Wahrscheinlich kam sie nicht sehr oft hier unten raus. Jetzt verstand ich, was Rhamiel mit der isolierten Wirkstätte gemeint hatte. Der gesamte Raum strahlte eine beruhigende, wenn nicht sogar schon sakrale Atmosphäre aus. Der klerikale Gesang erschallte sanft aus in den Wänden verborgenen Lautsprechern.
Rhamiel bedeutete uns zu warten, schritt behutsam an ihre Seite und sprach sanft zu ihr. Nach einigen Momenten nickte sie, worauf Rhamiel mich heranwinkte. Ehrfürchtig näherte ich mich dem Auge und mit ihr dem Ziel meiner Reise.

Endlich würde ich die letzten Antworten erhalten.
Mit weichen Knien beschritt ich nun die finalen Meter meines langen Weges auf das letzte Auge des Himmels zu. Aus der Nähe musste ich mich korrigieren, das Mädchen war noch ein halbes Kind, vielleicht zwölf oder dreizehn Jahre alt und wirkte unglaublich dünn und zerbrechlich.
Ihre Stimme klang hoch und melodisch.
«Komm näher, Nathaniel. Ich habe von deiner Ankunft geträumt.»
Ich stockte im Schritt.
Rhamiel legte mir beruhigend seine Hand zwischen die Schulterblätter. «Nathaniel, dies ist Kassandra, das letzte Auge. Sie möchte dir helfen. Sie wusste bereits, dass du sie aufsuchen würdest. Setz dich nieder.»
Ich tat wie mir geheißen und kniete mich vor Kassandra auf den Boden. Mein Herz hämmerte in meiner Brust.
Kassandras kleine, weiße Hand legte sich auf meine Stirn. «Du hast einen weiten Weg hinter dir. Und du hast ihn trotz aller Widrigkeiten bestritten. Wir sind stolz auf dich. Nun lass mich sehen, was du in dir trägst.» sprach sie feierlich.
«Entspanne dich. Öffne dich dem Licht.»
Ich fühlte, wie sich meine Umwelt erwärmte, wie ich in weißem, strahlendem Licht gebadet wurde.
Es fühlte sich an wie bei meinen ersten Zusammentreffen mit Nora, als sie mich in der Gosse wiederbelebt hatte.
Und genau dort war ich nun wieder.
Doch sah ich das Geschehen nun aus einem komplett anderen Blickwinkel. Ich sah Nora, wie sie hinter einer Mauer das Scharfschützengewehr aufgelegt hatte und in die Gasse zielte, aus der ich gleich kommen würde. Ich sah, wie ihr Headset blinkte und sie daraufhin nickte und das Gewehr umfasste.
Und dann sah ich, wie ich in das Licht der Reklametafel trat. Ich hörte Nora beten, als sie den Abzug durchzog.

Ich sah mich fallen und Nora zeitgleich mit routinierten Griffen das Gewehr auseinandernehmen und verstauen.
Anschließend legte sie eine Hand an ihr Headset und sprach mit dem Anrufer. Danach nickte sie erneut, zog einen leuchtenden Gegenstand aus ihrer Tasche schlenderte zu mir herüber.
Ich hörte noch die ersten Takte von dem Butcher und Fast Eddie, dann verschwamm das Bild und ich hörte die helle Stimme von Kassandra.
«So wurdest du erweckt. Schon an dieser Stelle wurdest du Opfer eines Komplotts.»
Wieder verschwamm die Szenerie und machte einer unbekannten Umgebung Platz. Ich befand mich in tristen Büroraum.
Weiße Wände, keine Fenster, ein Schreibtisch.
An diesem saßen sich zwei Personen gegenüber. Ich kannte beide. Zum ersten Mal konnte ich den Herrn der Todesengel richtig sehen. Kräftig gebaut, mit markanten Gesichtszügen, langen silbrigen Haaren und stechenden Augen. Seine Haltung und sein Blick verrieten, dass er das Befehlen und Beherrschen gewöhnt war.
Irgendetwas an ihm kam mir unheimlich bekannt vor, doch ich konnte noch nicht sagen, was es war. Ihm gegenüber saß Agnes. Azrael warf einen Blick auf eine Bilddatei. Ich erkannte die Person auf dem Bild. Das war ich.
«Wie ist der Status?» fragte er.
Agnes lächelte. «Das Gefäß wurde getötet und wiederbelebt, ganz so wie geplant. Anschließend wurde er sich selbst überlassen. Ich werde ihn morgen aufsuchen und herausfinden, ob die Essenz etwas über das Artefakt weiß.»
Azrael nickte «Wie reagiert die Hölle auf eine freilaufende Seele?»
Agnes zuckte mit den Schultern. «Es gab offenbar schon einen Kontakt, aber sie halten sich an die Regeln. Ebenso wie unsere

Seite in Hannover. Das Gefäß ist noch von allen Seiten unbehelligt geblieben.»
Raguel nickte erneut. «Hat jemand Verdacht geschöpft?»
Agnes schüttelte den Kopf. «Ich denke nicht. Die Befehle trugen Gabriels Siegel. Raguel würde sie nie in Frage stellen, selbst wenn ihm der Vorgang noch so seltsam vorkommen mochte.»
Azrael lachte. «Ja, so war mein Bruder schon immer. Tapferer loyaler Soldat.»
Sein Bruder! Azrael und Raguel waren nicht nur ehemalige Kameraden, es waren Brüder! Das war es, was mir an Azrael so bekannt vorkam. Aber wieso hatte mir das niemand gesagt? Und um welches Artefakt ging es? Das Bild zerfaserte wieder, und ich hörte erneut Kassandras Stimme. «Der Herr der Todesengel persönlich wollte deine Auferstehung vorantreiben. Er sucht etwas. Und er hofft, dass der Engel in dir weiß, wo es zu finden ist. Deswegen wurde er in dir erweckt und von den Engeln in Ruhe gelassen. Damit sich Kaliel deine Geheimnisse in Ruhe holen konnte.
Ja», dachte ich, «aber um was für ein Artefakt ging es? Warum um Himmels Willen sollte man mich dafür umbringen?»

Ein neues Bild erschien. Die Nacht, in der Agnes mich auslöschen wollte. Die Sekunde, in die sie in meine Seele eindrang…und sich selbst preisgab.
Kassandra schrie in mir auf.
« Es gibt keinen Nephilim! Sie waren es! Sie haben meine Brüder und Schwestern getötet. Azrael hat sie getötet und Kaliel hat ihr Wissen geraubt. Durch die Träume der Augen wussten sie von dir und von der Essenz in dir. Sie denken, er weiß, wo sich das Schwert Luzifers befindet. Azrael ist auf der Suche danach. Er will es in seinen Besitz bringen. Doch Kaliel hatte sich geirrt…in dir…da ist kein Erzengel aus dem großen Krieg…aber was ist...

Alles um mich herum erstrahlte plötzlich in gleißendem weiß.
Ich hörte wieder den Chor der Kinderstimmen um mich herum anschwellen.
Kassandras Stimme verhallte wie ein Echo in der Ferne. Ich konnte spüren, wie sich etwas auf mich zu bewegte. Eine Silhouette zeichnete sich gegen das grelle Licht ab. Die Form eines Engels, der die Hand nach mir ausstreckte. Ich wollte zu ihm, in die Wärme, in die Geborgenheit der Schöpfung eintauchen.
Endlich vollständig sein. Ich streckte meine Arme nach ihm aus, es wurde immer wärmer und heller, nur noch wenige Zentimeter trennten mich von meinem Schicksal...

Als das Licht urplötzlich mit einem Knall verschwand.

Anstelle dessen war ich wieder in runden Raum des Auges unter der Kirche zurück in der Realität.
Der Raum war in ein dunkles, flackerndes Rot getaucht. Die Frauenstimmen sangen nicht mehr und hatten Platz für schrille Alarmsirenen gemacht.
Funksprüche kamen zerfetzt über Kanäle aus den Lautsprechern, doch mehr außer Gebrüll und Schmerzensschreie konnte ich nicht verstehen.
Rhamiel zog mich auf die Beine, weg von Kassandra und rief etwas zu den Zwillingen. Beide hatten sich an den Händen gefasst und die Augen geschlossen. Mit einem Aufschrei ließen sie sich los und sackten zusammen.
Nora und Angela stützen sie. Keuchend hob Castor seinen Kopf. «Die Zwölf sind hier. Sie sind in die Kirche eingedrungen.»
Pullox sprach weiter. «Sie haben die Wächter getötet. Unsere Brüder sind tot.»

Castor schüttelte den Kopf. «Die Inquisitoren haben uns verraten. Sie haben die Zwölf hereingelassen und unsere Verteidigung sabotiert.»
Nora und Angela starrten fassungslos auf die Zwillinge. Pullox erhob wieder seine Stimme.
«Sie sind auf den Weg hierher, Prätor. Sie wollen zu Kassandra.»
Ich zitterte am ganzen Leib. «Von wegen, Nephilim. Azrael ist der Serienkiller. Er hat die Augen getötet.»
Angela schüttelte benommen den Kopf. «Aber wieso, Prätor? Wieso dieser Wahnsinn?»
Rhamiels Knochenkiefer mahlten. «Ich weiß es nicht.»
Ich keuchte benommen. «Das Schwert Luzifers. Da hinter ist er her.»
Rhamiel starrte mich aus aufgerissenen Augen an. «Ihr müsst fort. Bringt Kassandra hier weg. Sie ist die einzige Hoffnung für den Äther und für den gesamten Himmel. Anixiel, geht mit ihnen und zeigt ihnen den Notausgang. Bringt Kassandra zu Raguel. Warnt die anderen Engel.»
Die Zwillinge weigerten sich. «Wir lassen dich nicht im Stich, Prätor. Du bist alleine den Zwölf nicht gewachsen.»
Prätor Rhamiel machte eine befehlende Geste. «Ihr tut, was ich sage, Adepten. Ihr seid die Hüter des Auges. Und ich bin der Prätor. Meine Aufgabe ist es, meine Provinz zu verteidigen und das Auge mit meinen Leben zu schützen. Keiner von uns kann die Todesengel hier besiegen. Aber ich kann uns Zeit verschaffen. Ich befehle euch, bringt sie weg. Schafft sie zu Raguel. Er ist der Einzige, der euch Glauben schenken wird. Nun geht.»
Sie wollten aufbegehren, nickten aber schließlich und stürmten zu Kassandra. Castor hob sie spielerisch auf die Arme, während Pullox einen Schalter an der Statue betätigte. Eine kleine Tür glitt hinter dem Thron auf. «Los, kommt.» riefen sie uns herüber und verschwanden in den Gang.

Wie auf das dramatische Stichwort, begann die Stahltür zum Gang unter einen grellen Blitz zu erbeben. Alarmsirenen heulten noch lauter als zuvor.
Der ganze Raum vibrierte. Rhamiel war direkt hinter uns, als Angela als Letzte den Gang betrat.
Erneut erzitterte die Tür unter einem gewaltigen Schlag. Sie würde nicht noch einer Attacke standhalten. Angela sah Rhamiel hilflos an.
«Prätor.» raunte sie.
Rhamiel lächelte sie an. «Ihr bringt das Auge in Sicherheit. Rächt unsere Brüder. Gott sei mit euch, Hariel.»
Dann schloss sich die Pforte. Bevor sie sich endgültig geschlossen hatte, konnte ich noch sehen, wie die angeschlagene Tür unter dem letzten Angriff zerbarst. Wir liefen den Gang entlang und hörten hinter uns Kampfeslärm und spürten den Boden erzittern. Nach einigen Minuten kehrte plötzlich Stille ein und die Zwillinge heulten gequält auf.
«Der Prätor ist nicht mehr.» stammelten sie synchron.
Dann liefen sie weiter den Gang entlang.
Wir folgten ihnen und ich wagte es nicht, auch nur einmal in den Gang zurückzublicken.

Wo meine Reise enden sollte, begann nun unsere Flucht vor Azrael und seinen Todesengeln.

Kapitel 15 Kein Phönix

«Aus Asche wird Feuer geschlagen, Aus Schatten geht Licht hervor, Heil wird geborstenes Schwert Und König, der die Krone verlor.» - Der Herr der Ringe - Die Rückkehr des Königs

Ich habe keine Ahnung, wie lange wir durch Eingeweide Münchens gekrochen waren.
Die Zwillinge hatten uns zielsicher durch Dutzende von Gängen, Schächten und Türen geführt.
Ich hätte mir nie träumen lassen, dass es an einem so belebten Ort wie München noch so etwas wie eine Unterstadt gibt.
Vollkommen unbemerkt vom hektischen Treiben des Lebens an der Oberfläche schlummerte sie hier friedlich den Schlaf des Vergessenen.
Obwohl dieser friedliche Schlaf nun von unseren eiligen Schritten und dem Quieken der entrüsteten Bewohner gestört wurde.
Hin und wieder riskierte ich es, einen Blick auf die wächsernen Gesichter meiner Begleiter zu werfen.

Ich konnte kein offensichtliches Gefühl von ihren maskenartigen Mienen ablesen, aber ihr Zorn und eine ihre Trauer waren fast spürbar.

Ich erschrak bei der Erkenntnis, dass ich das wirklich beinahe körperlich mitfühlen konnte. Ob das eine weitere Nebenwirkung meines Mitbewohners war? War ich nun empathisch veranlagt?

Das hätte mir noch gefehlt. Ein Softie-Engel.

Langsam forderte das schnelle Tempo, mit dem wir uns durch die dunklen Gänge bewegten, ihren Tribut. Keuchend wandte ich mich an Castor. «Wo gehen wir hin? Wollt ihr bis Hannover durchlaufen?»

Castor warf mir einen vernichtenden Blick zu.

Er hatte keine Ahnung, knallte es in meinen Kopf.

Er weiß nicht, wohin. Genauso wenig wie Pullox. Sie waren total überfordert mit der Situation.

Was ich durchaus nachvollziehen konnte.

Ihr bis hierhin sicheres Leben war ihnen mit einem Schlag entrissen worden.

Ihr Mentor wurde verraten und getötet.

Von ihren Brüdern.

Kassandra zitterte in den Armen des Engels. Auch sie sah schwer mitgenommen aus.

Ich wiederholte meine Frage. «Also, was machen wir nun? Wir bringen Kassandra zu Raguel, oder?»

Castor nickte und leckte sich nervös über die Lippen.

Ansonsten hielt es keiner für nötig, sich an dieser Unterhaltung zu beteiligen.

Ich war mit einer Gruppe apathischer Engel unterwegs. Gejagt von einer Gruppe mörderischer Engel. Ich hatte mich eindeutig für das falsche Team entschieden.

Ich rieb mir die Stirn und versuchte, meine Gedanken zu ordnen. «Okay, wir machen es folgendermaßen. Ihr wisst wo wir sind, oder?»

Simultanes Nicken der Zwillinge.
«Wir gehen zu Jim und Damian ins Refugium. Was Besseres fällt mir jetzt nicht ein.»
Angela wollte protestieren, doch dazu kam sie nicht. «Es ist mir egal, was ihr von ihnen haltet. Sie waren bisher loyale Verbündete, ganz entgegen zu euren Leuten.»
Der letzte Satz hatte sich von meinen Lippen gestohlen, bevor ich ihn zurückhalten konnte.
Und er traf Angela mit voller Wucht. So sehr, dass es mir Leid tat. Wie es für sie sein musste, dass sich Engel der Inquisition als Verräter erwiesen hatten? Wie tief ging diese Verschwörung?
Aber sie nickte nur und gab jeden Widerstand auf.
Ich machte eine Geste mit den Händen und seufzte. «Also gut, so sieht der Plan aus. Wir gehen ins Refugium, besorgen uns einen fahrbaren Untersatz (nicht die Rostlaube) und machen uns so schnell es geht auf nach Hannover zu Raguel. Auch wenn ich noch nicht weiß, was das bringen soll.»
Wieder ein Satz, den ich nicht sagen wollte. Was war nur los mit mir? Nora sah mich Stirnrunzelnd an. «Wie meinst du das?»
Zu spät. Jetzt musste ich da durch. «Ich meine ja nur, wie sollte Raguel die Todesengel aufhalten, wenn es Rhamiel schon nicht geschafft hat? Ihr habt doch gesehen, dass er keine Chance hatte. Und er war auch ein Prätor.»
Nora schüttelte energisch den Kopf. «Das ist was Anderes. Dieses Mal wissen wir, wer der Feind ist. Und wir werden Raguel im Vorfeld informieren. Unsere Provinz wird auf den Sturm der Zwölf vorbereitet sein.»
«Und wie willst du Raguel Bescheid geben? Der Äther funktioniert doch im Moment nicht.»
Dabei streifte mein Blick die immer noch sehr blasse Kassandra. Angela räusperte sich. «Nate, wofür gibt es Handys?»

Verdammt. Voll erwischt. Ich zuckte resignierend mit den Schultern. «Dieser ganze Himmel und Hölle Kram macht einfach keinen Spaß.»
Dann stapfte ich den Engeln hinterher Richtung Kilians Pub.

Unser Auftreten in der Bar hatte etwas von diesen Hollywoodwestern, indem der mysteriöse Fremde zum ersten Mal den Saloon betritt.
Die Flügeltüren schwangen auf, der Pianomann unterbrach sein Spiel, die Pokerspieler sahen von ihren Karten auf und der Barmann hörte auf, seinen ranzigen Tresen zu polieren.
So ähnlich war es auch, nur das uns statt Pokerspielern und Barmännern Jim und Angus, die sich erneut einer Flasche Scotch hingegeben hatten, erwarteten
Zum Glück waren sie noch nicht weit gekommen. Die Flasche war noch halb voll. Vielleicht war es auch nicht die erste.
Jims Augen wurden immer größer, als wir nach und nach den Raum mit Engeln füllten. «Fuck, ist hier ein Nest von denen?» Er lachte und hieb Angus auf die Schultern. «Verstanden? Ein Nest? Wegen den Flügeln?»
Anscheinend wirklich nicht die erste Flasche.
«Jim, wir haben ein verdammtes Problem.» eröffnete ich und deutete auf die zarte Mädchengestalt, die von den Zwillingen gestützt wurde.
Jim und Angus starrten sich an, dann wieder Kassandra. «Ist sie das? Das ist sie doch nicht? Das ist sie!» rief Jim.
«Du hast das Auge entführt? Bist du wahnsinnig?», entfuhr es Angus, «Wenn das einer mitkriegt, seid ihr Fischfutter. Die Gegend ist voller Inquisitoren. Raus mit euch!»
«Dafür dürfte es wohl zu spät sein.» Ertönte eine Stimme von der Tür.
Im Rahmen standen Kilian und Grayson. Hinter ihnen sah und hörte ich weitere Metas.
Wir waren vom Regen in die Traufe gekommen.

Die Engel bauten sich vor dem Auge auf. Sollte es hier zum Kampf kommen, Gott allein wusste, wie er ausgehen würde. Okay, der vielleicht nicht gerade. Immerhin hatten wir im Moment sein letztes Auge.

Ich trat zwischen die beiden Parteien und hob beschwichtigend meine Arme. «Ganz cool, Leute, wir sind alle Freunde.»

Dann wandte ich mich an Kilian und Grayson. «Wir stecken in ernsthaften Schwierigkeiten.»

Ohne lange Vorreden begann ich, den Beiden zu berichten, was sich zugetragen hatte. Als ich endete, verschränkte Kilian die langen Arme vor der schmalen Brust und Grayson hieb mit der Faust gegen den Türrahmen. Staub rieselte von der Decke.

«Was hast du nun vor?» fragte mich Kilian.

Wieso ich eigentlich? Wer hatte mich zum Commander gemacht? Ich war ja nun wirklich das kleinste Licht in diesem Kronleuchter.

Dennoch antwortete ich, ohne zu zögern. «Wir bringen Kassandra zu Raguel. Und ihr werdet uns dabei helfen.» Stellte ich entschieden fest.

Grayson knurrte. «So, werden wir das?»

Ich ließ mich davon nicht einschüchtern. Nicht mehr. «Ja, das werdet ihr. Oder was meint ihr, wie lange die Zwölf brauchen, um rauszufinden, wo wir sind? Denkt ihr, es würde sie interessieren, ob ihr uns geholfen habt oder nicht? Ihr wisst jetzt zu viel.»

Grayson zischte zwischen den Zähnen und war im Begriff, sich auf mich zu stürzen, doch ein Lachen von der Eingangstür bremste ihn.

Durch die Front der Metas schälte sich eine mir unbekannte Person. Ungefähr meine Größe, sportlich gebaut, breites Kreuz, Glatze und glatt rasiert. Er trug eine modische Brille, hinter der er mich neugierig musterte. Vom Alter her dürfte er so in den Dreißigern sein. Sein verschmitztes Lächeln erinnerte mich ein wenig an El Marchito.

«Eine gute Beobachtung, Nate.» lobte er meine Zusammenfassung. «Du hast uns also gar keine andere Wahl mehr gelassen, als dir zu helfen.»
Sowohl Kilian als auch der vom Körperbau weit überlegene Grayson schienen überrascht und durch den Neuankömmling eingeschüchtert zu sein.
Kilian räusperte sich. «Ich wusste nicht, dass du persönlich hier auftauchst, Ulf.»
Ulf. Das war also der inoffizielle Meta Boss und Gründer des Kopfgeldjäger Elite Teams.
Der Angesprochene winkte ab. «Bei dem, was hier gerade alles abgeht, kann ich nicht nur in meiner kuscheligen Heimat sitzen und zusehen. Für diese Krise brauchen wir jeden Mann und jede Frau.»
An Grayson gewandt fuhr er fort. «Der Junge hat Recht. Die Zwölf werden alle Zeugen eliminieren. Wir haben auch nicht viel Zeit. Sie wissen, wo wir sind.»
Diese Neuigkeit ließ mir augenblicklich das Blut in den Adern gefrieren.
«Samkiel.» Bestätigte Angela meine Befürchtung. Der Argus hatte bereits unsere Fährte aufgenommen.
Wie zum Beweis hörten wir einen krachenden Laut von oberhalb der Kellertreppen. Auf ein Nicken hin verließen Grayson, Kilian und ein Großteil der Metas die Bar. Ulf sah mich einladend an. «Kommst du mit nachsehen, was uns dort erwartet?»
Ich konnte nicht anders, als ihnen zu Folgen.
Die Engel blieben bei Kassandra, aber Jim und Angus schlossen sich mir an.
Als wir auf die Straße traten, war es zu meiner Überraschung keine Gruppe von Todesengeln, die uns erwartete, sondern eine ganz andere Partei. Mittlerweile war ich etwas geübter darin, Celes allein schon an ihrer Kleiderwahl zu erkennen. Und die Gruppe in schwarze Lederjacken gekleideter Gestalten konnte

nur zu diesen Klub gehören. Das entscheidende Indiz aber war der Riese, der sich von der Gruppe löste und zu mir herüber kam. Damian.

Er deutete mit den Daumen auf seine Truppe. «Ich habe mit Seren gesprochen. Sie hat uns etwas Rückendeckung aus der Gegend besorgt.»

Ich sah ungläubig zu der Gruppe Dämonen hinüber. «Sie wissen, worum es geht?»

Damian zuckte mit den Schultern. «Sie wissen, dass sie für Seren ein paar Engel vermöbeln sollen. Mehr brauchte es nicht. Seren hat ziemlich was zu sagen, weißt du?»

Ich nickte anerkennend. Offenbar wusste ich ziemlich wenig bis gar nichts über die Shinigami. Nebenbei war ich echt stolz auf mich, dass ich mir dieses Wort gemerkt hatte.

Ulf kam zu uns.

«Wir haben Verstärkung.» erläuterte ich das Auftauchen der Dämonen.

Ein Zischen hinter uns ließ uns herumfahren.

«Keine Sekunde zu früh.» bemerkte der Meta.

Ich schmeckte etwas Bitteres auf meiner Zunge. Das kam mir bekannt vor.

Ein warnender Ruf erscholl, gefolgt von einem grellen Blitz und einem Aufprall. Einer der Metas war nicht zu Boden geworfen, sondern regelrecht in den Asphalt massiert worden. Ich konnte gar nicht hinsehen. Wenigstens konnte er nicht lange gelitten haben.

«Ach du Scheiße.» Entfuhr es mir beim Anblick dieser grauenvollen Gewalttat.

Aus dem Krater des ehemaligen Brustkorbes ragte der Stiel einer Waffe heraus. Diese zuckte nun und flog wie von Geisterhand wieder in die Richtung davon, aus der sie gekommen war.

«Fuck», fluchte Ulf leise, «Das war Mjöllnir.»

Ich starrte ihn entgeistert an. «Mjöllnir? So wie in Thor´s Hammer Mjöllnir?»
Ulf ignorierte meine Frage und brüllte über den Platz. «Sie haben alte Artefakt-Waffen!»
Den Dämonen schien diese Neuigkeit gar nicht zu gefallen. Doch für eine Flucht war es nun zu spät. Ich konnte die ersten fliegenden Gestalten ausmachen, die sich auf den Häuserdächern niederließen. Ich schätzte ihre Anzahl auf ein knappes Dutzend.
Ulf packte mich an der Schulter und zog mich unsanft zurück Richtung Pub. «Wir haben Glück im Unglück. Es sind nur zwei Todesengel. Der Rest dürfte aber bald hier sein. Wir müssen abhauen.»
«Und wer sind dann die anderen Engel?»
Jim starrte finster auf die Angreifer. «Verräter, wenn du mich fragst. Anscheinend hat Azrael einen geheimen Fanclub.»
Ulf rief die Metas zusammen. «Grayson, Kilian, hier können wir nichts ausrichten. Nicht gegen diese Art von Waffen. Und erst Recht nicht, wenn die anderen Todesengel auch noch auftauchen.»
Er wandte sich an Damian. «Können deine Leute uns etwas Zeit erkaufen?» Damian nickte knapp. «Sie würden niemals vor Engeln den Schwanz einziehen. Das würde ihnen ewig nachhängen.»
Ulf packte den Hünen an der Schulter. «Sie sollen sie nur ablenken und dann schnell verduften. Es ist niemanden damit geholfen, wenn sie im Kampf gegen die Zwölf ihre Leben wegwerfen.»
Damian grunzte bestätigend und lief zu seinen Artgenossen hinüber.
Ulf war wirklich ein geborener Anführer. Er bewies in dieser Situation einen kühlen Kopf, machte sich Gedanken um andere, die nicht einmal von seiner Art waren und organisierte unseren Rückzug. Er war all das, was ich nicht war. Ich hatte

einfach nur Angst und wollte hier weg. Ich wäre wahrscheinlich einfach kopflos losgerannt. Damian kam wieder zu uns zurück. «Sie machen es. Wir sollten dann aber zusehen, dass wir hier weg kommen.»
Ulf wandte sich an die Metas. «Wer bleibt hier und hält die Stellung? Denkt daran, ihr müsst nur etwas Zeit rausschlagen. Macht euch nichts vor, das Refugium hier ist verloren. Keine Märtyrer. Wir brauchen euch alle lebend.»
Einige Metas traten vor.
Der Metaführer dankte ihnen und wandte sich dann an Grayson und Kilian. «Der Pub wird leider nicht zu retten sein. Also müssen wir Fersengeld geben. Ihr seid doch darauf vorbereitet, Captain?»
Der Anführer der Wandelwesen grunzte verächtlich, nickte dann aber. «Wir sind bereit geboren. Wir nehmen Baby für die Fahrt. Die Reaper bereiten schon alles vor.»
Kilian nickte. «Guter Plan.»
Jim seufzte. «Dabei fing der Tag so gut an. Ich gehe unsere Engel informieren.»
Wir liefen die Treppen hinunter, doch anstelle in den Pub führte uns der Meta Captain durch einen weiteren Flur in einen dunklen Raum. Als er das Licht anmachte, erkannte ich einen Lagerraum voller Regale. Ohne abzuwarten durchschritten wir den Raum bis zu seinem hinteren Ende. Hier betätigte Grayson einen verborgenen Schalter und eine bis dahin nicht sichtbare Tür glitt zur Seite auf. Dahinter erstreckte sich eine stählerne Wendeltreppe in die Tiefe. Der Meta bellte seine Befehle. «Auf geht's Kinder, Baby wartet schon.»
Ich blickte irritiert zu Grayson. «Wer oder was ist Baby?»

«Baby» war ein Ungetüm von einem Monster von einem Truck. Allein die Zugmaschine war das Imposanteste, was ich jemals in der Kategorie «mächtige Maschine» gesehen hatte. Komplett in Schwarz, verchromte Felgen und Kühlerhaube. In

der Fahrerkabine war Platz für mindestens sechs Mann. War dieses überdimensionale Ding überhaupt für den Straßenverkehr zugelassen? Es nahm sicher zwei Spuren auf der Autobahn ein. Vom Anhänger gar nicht zu reden. In diesen Truck hätten locker zwei normale LKWs gepasst.
Grayson grinste Stolz über sein Prachtstück. «Rein mit euch. Die anderen sind bereits an Bord.»
Er deutete mit seinen breiten Daumen auf die Fahrerkabine. Nacheinander stiegen wir ein und ich erstaunte erneut. Die Fahrerkabine war durch einen Schlauchkorridor mit dem Anhänger verbunden. Das Innere des Anhängers stellte sich als kleines, mobiles Militärlager heraus.
Waffenschränke, Feldbetten, Computeranlagen, alles was man brauchte, um ein kleines Land zu überfallen.
Kurz überlegte ich, ob wir einen Umweg über Lichtenstein machen sollten.
Die «Reaper» wie Grayson sein Team genannt hatte, sahen ebenfalls aus wie aus einem Michael Bay Film entsprungen. Bis an die Zähne bewaffnete, grimmig dreinblickende Männer und Frauen in dunklen Tarnanzügen. Ein Paar von ihnen hatte ich bereits in der Bar gesehen. Anscheinend waren sie schon über uns informiert, denn sie grüßten uns nur knapp, wiesen uns eine Bank zu und widmeten sich sonst wieder ihren Aufgaben. Ich beobachtete das hektische Treiben mit gemischten Gefühlen. Einer von ihnen, keine Ahnung ob Gestaltwandler oder Vampir, hatte ein Maschinengewehr auf seinen Schoss gelegt und prüfte gerade die Funktionen. Das Gewehr erinnerte mich stark an die mächtige Wumme, mit der ich bereits Bekanntschaft gemacht hatte. Die Waffe schnappte klackend zu. Der Meta betrachtete sie zufrieden. Dann stellte er sie zurück in ihre Halterung und nahm die Nächste aus dem Regal.

Angus trat nun ebenfalls in den Raum und grüßte den Waffeninspekteur mit Handschlag. «Schön dich zu sehen, Kyle.»
Der Typ namens Kyle nickte und zeigte dabei seine perfekt weißen Zähne. «Ebenfalls Angus. Hätte nie gedacht, dass du noch mal auf die Jagd gehst.»
Angus starrte einen Punkt an der Wand an. «Ich auch nicht.» Dann setzte er sich schweigend auf einen Platz gegenüber von Kyle.
Eine dunkelhäutige Frau betrat nun den Raum, musterte uns knapp und schritt dann wortlos durch unsere Reihen. Auf ihren Rücken hatte sie zwei gekreuzte Katanas in schwarzen Gurten verstaut. Sie sah aus wie die weibliche Version von Blade, nur attraktiver. Zumindest von meinem Standpunkt ausgesehen. Auch sie grüßte Angus.
«Tinu.» Gab er freundlich zurück. Die Bank senkte sich knirschend, als Damian sich wie ein Sack neben mich fallen ließ.
«Wie ist es draußen gelaufen?» erkundigte ich mich.
Er knirschte mit den Zähnen. «Nicht gut. Wir werden vielleicht noch wenige Minuten haben, bis meine Leute sich zurückziehen müssen. Und es geht mir gehörig gegen den Strich, den Schwanz einziehen und davon laufen zu müssen.»
Ich wollte ihm erst damit Trost spenden, dass man sich daran gewöhnen würde, behielt diese Erkenntnis dann aber doch für mich. Zumal es nicht stimmte.
«Ich mag das gar nicht.» Raunte er mir zu.
«Was denn?» fragte ich unschuldig.
Damian machte ein Kopfnicken in Richtung der Reaper. «Das wir mit diesen Metas reisen. Wären die Dinge anders, würde ich ihnen jetzt das Rückgrat rausreißen.»
Ich schluckte und bedachte Damian mit einem überraschten Blick. «Wieso das denn?»

Damian senkte seine Stimme noch etwas, was bei seiner Bassstimme aber nicht sonderlich viel brachte. «Sie haben sich auf das Jagen von flüchtigen Dämonen spezialisiert. Und sie sind gut in ihrem Job.»
Ich nickte und konnte nun Damians Abscheu verstehen. Diese Leute waren darauf trainiert, Leute wie Damian zu fangen und zu töten.
«Sag mal Damian.»
«Sergio.» Unterbrach er mich freundlich, aber entschieden. Ich würde mich nie an den Namen gewöhnen. «Okay, Sergio, wenn die Metas und die Engel so was wie Todesschwadronen haben, dann die Hölle doch bestimmt auch?»
Damian nickte knapp. «Ja, davon kannst du ausgehen.»
Doch mehr sagte er nicht dazu, was mich etwas enttäuschte, doch bevor ich nachhaken konnte, setzte sich Baby ruckartig und mit ohrenbetäubendem Lärm in Bewegung. Wie wollte Grayson diesen Koloss bitte unauffällig auf die Autobahn bringen?
Ein dunkelhaariger Typ saß mit Blick auf einen an der Decke herabhängenden Monitor in einem schwarzen Sessel und betrachtete angestrengt die Anzeige. Ich schritt zu ihm herüber und blickte ihm über die Schulter auf das Display. Nebenbei warf ich einen näheren Blick auf den Meta. Gestutzter Vollbart, Piercing in der Lippe, dazu das Szeneübliche schwarze Lederjackenoutfit. Er sah mich ausdruckslos an. «Alles klar, Mann?»
Es klang nicht gerade unfreundlich, aber auch nicht willkommen. «Ich wollte nur mal einen Blick riskieren.» Erwiderte ich.
Er warf mir einen scharfen Blick zu. «Okay, aber setz dich lieber hin, wir schießen gleich an die Oberfläche.» Er tippte auf eine blinkende Kontrolltafel.
«Wie, wir schießen an die Oberfläche?» wiederholte ich in bester Papagei Manier.

Der Meta deutete auf den Truck. «Meinst du, wir können einfach so mit Baby durch die Münchner Innenstadt fahren? Wir haben ein Tunnelsystem. Wir kommen zwanzig Kilometer hinter München durch eine alte Scheune an die Oberfläche und von da über eine Landstraße zur Autobahn.»
Ich pfiff durch die Zähne. «Ihr seid krass.»
Er nickte grinsend. «Hundertprozentig. Wir machen das auch schon ein paar Tage.»
Grayson steckte seinen Kopf durch die Vordertür. «Was sagt das Radar?»
Der Angesprochene brüllte genauso zurück. «Keine Ziele. Scheinen ungesehen aus der Nummer rauszukommen.»
Er nickte. «Findet raus, was mit unseren Jungs und Mädels im Refugium ist. Sie sollen da verschwinden.»
Dann begann das Fahrzeug zu rumpeln und ich tastete mich schnell zu meinen Platz zurück.
Damian hatte die Stirn gerunzelt. «Irgendetwas ist nicht richtig mit ihm.»
Ich legte den Kopf schräg und betrachtete die Monitore, ohne was Bestimmtes zu erkennen. «Wen meinst du jetzt gerade? Den Monitor Typen oder Grayson?»
Damian zog die Schultern hoch. «Keinen von beiden. Diesen Ulf. Ich kann dir nicht sagen was genau, aber so ein Meta ist mir noch nicht untergekommen. Ich glaube, er ist gar keiner.»
«Nicht? Was dann? Ein Halbdämon oder ein Mensch?»
Damian grunzte. «Ich habe keine Ahnung, das ist es ja. Wenn Seren da wäre, wüsste sie, was ich meine. Sie weiß immer alles.»
«Du bist ihr schon ziemlich treu ergeben was?» hakte ich nach. Seine naive Loyalität passte nicht zu seinem Conan der Barbar Charme. Damian rieb sich die Daumen an der Innenhandfläche. «Seren ist mein Boss. Ich höre auf das, was sie sagt. Alles andere wäre mir zu kompliziert. Ich verstehe diese ganze Himmel und Hölle Politik nicht so.»

Ich schnaubte ebenfalls. Ich konnte Damian nur zustimmen. Wer war schon das, was er vorgab zu sein? Der ganze Freund oder Feind Mist in meinen jüngeren Bekanntenkreis war verschwommener als drei Staffeln Big Brother. Die guten und die bösen Jungs wechselten die Seiten schneller als die Retortengruppen bei den modernen Castingshows.
Ich bräuchte mittlerweile schon eine Exceltabelle, einen Taschenrechner und einen Mathestudenten im 18. Semester auf Koffeintabletten, um die genauen Verhältnisse und Popularitätstendenzen zu meiner Person auszurechnen.
Ich massierte meinen schmerzenden Nacken. Mein Kopf dröhnte im gleichen Takt wie der Motor des Trucks. Ich betrachtete die diversen blinkenden Displays und schaute den Metas eine Weile bei ihrem geschäftigen Treiben zu, dann versank ich langsam in einen unruhigen Schlaf.

Tick-Tack. Ich schlug die Augen auf. Um mich herum lag alles in völliger Dunkelheit. Ich war allein. Alles war vollkommen still. Nur ein Ticken.
Tick-Tack.
Ich wunderte mich schon gar nicht mehr, sondern wartete nur noch auf das, was kommen würde.
Und es ließ nicht lange auf sich warten. Etwas links von mir fiel ein Licht in den Raum und erhellte einen niedrigen schwarzen Marmortisch. Auf dem Runden Tisch war ein Schachbrett eingelassen worden. Zwei Stühle standen davor, ebenfalls schwarz, doch aus poliertem Holz.
Ich schnaufte resigniert und nahm Platz. «Niedlich, ein Spiel ohne Figuren.»
«So ist das Leben nun einmal. Das Brett ist da, die Figuren müssen wir selber aufstellen.»
Als ich vom Brett wieder aufblickte, war der gegenüberliegende Stuhl besetzt. Mit auf der Faust

abgestütztem Kinn betrachtete mich ein dunkelhaariger Mann von undefinierbarem Alter, der mir wage bekannt vorkam.
«Natürlich tue ich das. Ich bin allen Menschen bekannt.» sagte er in dem geduldigen Tonfall eines Physikers, der einer Vorschulklasse die Vorzüge der Stringtheorie näher bringen wollte, ohne dabei mit Kasperpuppen zu arbeiten.
Ich schluckte schwer bevor ich scharf erwiderte. «Du bist bestimmt nicht ich. Der «The Cure Look» war noch nie meins, Lestat.»
Ein feines Lächeln stahl sich auf das Gesicht meines Kontrahenten. «Interview mit einem Vampir, ja?
Nun, ich finde, ich bin eher Banderas als Cruise.»
Dabei warf er sein langes rabenschwarzes Haar zurück. Ich zuckte gespielt lässig mit den Schultern.
«Es ist mir so relativ egal, was du bist.»
Zorn flackerte kurz auf, doch überspielte er ihn meisterhaft.
«Wie unhöflich! Ich hatte mir unser Wiedersehen etwas freundlicher vorgestellt. Zumal ich dir das Leben gerettet hatte.»
Ich warf ihm einen schrägen Blick zu. «Aha, wie und wann das, bitte?»
Dieses Mal gestattete er sich ein langes, beinahe diabolisches Lächeln. «Wo dachtest du, kommen die Visionen her? Der Flugzeugabsturz beispielsweise? Durch zu viel Cappuccino aus dem Flughafen Café? Oder die Information, wo du das Auge suchen musstest? Du kannst dir gar nicht vorstellen, wie schwer es ist, dich vor den Todesengeln zu verbergen. Die wenigen Fähigkeiten deiner kleinen Engelfreundin würden bei weitem nicht ausreichen, um den Argus von deiner Spur abzubringen. Du könntest von daher wenigstens etwas höflicher, wenn nicht sogar dankbarer sein.» Nebenbei hob er einen Bauer auf, der plötzlich zusammen mit allen anderen Figuren auf dem Spielbrett war, und schob ihn zwei Felder nach vorne. Danach machte er eine einladende Handbewegung.

Ich rührte mich nicht, sondern starrte ihn weiter an. «Warum solltest du das getan haben?»
Er sagte nichts, sondern deutete mit dem Zeigefinger auf das Spielbrett. «Spiel deinen Zug, dann stell deine Frage.» Forderte er mich auf.
Ich zog eine Augenbraue hoch «Quit pro quo, Clarice, oder wie?»
Dann nahm ich mir den rechten Springer, setzte ihn vor und stellte meine Frage erneut. «Warum solltest du mir helfen?»
Er sah mich nicht an, sondern war anscheinend komplett in die Partie vertieft. Seine Finger glitten blitzschnell über das Schachbrett, griffen einen weiteren Bauern und setzten ihn ein Feld vorwärts. «Weil es von unserem Interesse ist, das du am Leben bleibst. Und das Azrael dich nicht in seine Hände bekommt. Nebenbei, hätte ich die Frage nach meiner Vorstellung als Einstiegsfrage durchaus höflicher empfunden.»
Ich hob die Hände. «Verzeihung, wie konnte ich nur? Wie ist dein Name?»
Mein Gegenüber wedelte tadelnd mit dem Zeigefinger und deutete erneut auf das Spielbrett.
Ich schnaubte, griff nach der nächsten Figur und rückte sie vor. «Wie ist dein Name?» wiederholte ich die Frage.
Mein Gegenspieler setzte sofort einen seiner Springer und deutete eine leichte Verbeugung an. «Du darfst mich Adam nennen.»
Ich lachte spöttisch. «Adam? Wie der aus der Bibel?»
Er schaute mich abwartend an, ich seufzte und setzte willkürlich einen weiteren Bauern. Er schnalzte mit der Zunge. «Du vergibst deine Züge viel zu leichtfertig. Und du stellst die falschen Fragen.»
Es folgte Zug auf Zug. «Also Adam, welches Interesse verfolgst du damit, mir zu helfen?»
«Der Himmel befindet sich derzeit im Aufruhr. Es gibt gewisse, nennen wir sie, reaktionäre Kräfte, die nicht mehr mit

dem Wort Gottes einverstanden sind. Wir versuchen herauszufinden, wer die treibende Kraft hinter all dem ist.»
Ich rieb mir die Stirn. «Also seid ihr so eine Art Himmels CSI?»
Adam lachte. «So kann man es nennen.»
Ich hakte nach. «Und was genau habe ich damit zu tun? Und warum dieses Versteckspiel?»
Adam sah vom Spielbrett auf. «Wir denken, wer immer die Todesengel auf dich angesetzt hat und die Augen auslöschen will, sieht in dir eine Gefahr. Ansonsten könnte ich mir nicht erklären, warum er oder sie so einen enormen Aufwand betreibt und derartige Risiken eingeht. Du musst also irgendetwas wissen, was uns weiterbringen könnte. Also lag es nahe für uns, dich mit dem letzten Auge zusammenzubringen. So konnten wir zwei Fliegen mit einer Klappe schlagen. Nur leider haben wir das Tempo und die Entschlossenheit der Todesengel unterschätzt.»
«Der Himmel weiß also davon, dass Azrael und seine Todesengel ein falsches Spiel treiben?»
«Nicht alle. Zumindest Gott schweigt darüber. Es herrscht im Moment ein ziemliches Chaos. Wie schon gesagt, wer auch immer seine Finger im Spiel hat, er verfügt über beachtliche Möglichkeiten.»
Ich schluckte. «Also gehst du nicht davon aus, das Azrael allein dafür verantwortlich ist?»
Adam legte die Stirn in Falten. «Azrael ist ein ehrgeiziger, aber loyaler Soldat des Himmels. Ebenso wie der Rest der Zwölf. Nein, es muss jemanden noch einflussreicheren geben, der hinter all dem steckt. Bevor du dafür einen Zug und eine Frage verschwendest, wir haben keine Ahnung wer das sein könnte.»
Meine Gedanken rasten. «Also nutzt ihr das Interesse des Unbekannten an meiner Person, um ihm auf die Schliche zu kommen.»
Adam sah auf. «War das eine Frage?»

Ich winkte ab. «Nein, aber das ist eine, wie soll es jetzt weitergehen?»
Adam faltete die Hände und lehnte sich zurück. «Im Prinzip obliegt das dir. Aber meiner persönlichen Meinung nach bist du auf dem richtigen Weg. Natürlich würden wir uns für deine Kooperation erkenntlich zeigen. Wir würden dir bei deinem kleinen Problem mit der Essenz in dir helfen.»
Kleines Problem? Dachte ich. Wie wollt ihr bitte dieses «kleine Problem» in Form eines ausgewachsenen Engels in mir lösen?
Adam grinste. «Die Antwort auf diese Frage bekommst du gratis, denn du hast sie ja schließlich nicht im Rahmen des Spiels gestellt. Wir verfügen über Mittel und Wege, dich als Gefäß unattraktiv zu machen.»
Ich lachte säuerlich. «In Form einer Schrotladung in meinen Kopf oder wie? Nein, das war keine Frage.»
Adams Lächeln wich nicht von seinem Gesicht. «Deine körperliche und geistige Unversehrtheit kann ich dir garantieren. Gott ist voller Güte zu seinen treuen Dienern. Dir wird nichts geschehen. Es wird wieder alles so sein, wie es früher war. Also, hier ist mein Vorschlag: Suche Raguel auf. Er wird dann wissen, wie es weiter gehen soll. Ihm kannst du genauso uneingeschränkt vertrauen wie mir.»
Ich sparte mir die entsprechende Erwiderung, die mir durch den Kopf ging. Erst jetzt merkte ich, dass ich drauf und dran war, dieses Spiel zu verlieren. Adam sah dieses auch.
«Noch drei Fragen, fürchte ich.» Meine Gedanken rasten. «Warum nimmst du erst jetzt Kontakt zu mir auf? Warum erst Visionen und….das mit meinen Auge?
Adam nickte. «Streng genommen sind das zwei Fragen, aber ich will nicht so pedantisch sein, denn es bedarf für beide der gleichen Antwort. Hätte ich vorher auf diese Weise mit dir Kontakt aufgenommen, hätte ich Azrael und seinem Bluthund gleich deine Privatanschrift geben können. Außerdem ist nicht jeder deiner Vertrauten das, was er vorzugeben scheint. Durch

das Traumwandeln aber konnte ich unbemerkt zu dir gelangen und dich warnen. Leider ist diese Art des Gespräches nicht ungefährlich. Beim ersten Mal hast du die Konsequenzen am eigenen Leib gespürt. Die Seele in dir hätte fast den Schleier zerrissen und sich gewaltsam körperlich manifestiert. Das konnte ich gerade noch verhindern. Bei unserem zweiten Kontakt habe ich diesen Fehler behoben. Außerdem kann ich mich dir jetzt offenbaren. Es spielt keine Rolle mehr. Die Zwölf sind euch sowieso auf den Fersen.» Er hob seinen Springer auf und schlug meinen Läufer.

Zu meinen Schrecken ging der Läufer in einem grellen Flammenball auf. Aus der flackernden Feuerkugel entstieg mit einen markerschütternden Kreischen ein brennender Vogel hinauf.

«Wie der Phönix aus der Asche.» Flüsterte eine Stimme. Mir stellten sich die Nackenhaare auf. Die Stimme gehörte Jim.

«Was soll das?» brach es aus mir raus.

«Ein kleiner Ausblick auf das, was auf dich zukommt. Dein Zug.» Erwiderte Adam.

Ich protestierte. «Das sollte keine Frage sein.»

«Dennoch habe ich sie beantwortet. Wenn dir nicht noch was einfällt, dann hast du noch zwei Züge.»

Ich überlegte krampfhaft, aber ich sah keine Chance. Ich konnte lediglich versuchen, das Spiel noch in die Länge zu ziehen und so noch ein paar Fragen zu gewinnen. Ich stellte meinen Turm auf sicheres Gebiet. Dachte ich zumindest.

Wie Adam mir demonstrierte, hatte ich seinen Läufer übersehen. Als er den Turm schlug, zerbarst er in viele Stücke. Begleitet wurde es vom Donnern eines Erdrutsches. «Asche zu Asche.» Grollte die Bassstimme Damians irgendwo hinter mir. Meine Finger wurden schweißnass.

«Schach.» Kommentierte Adam.

Mein Herz schlug mir bis zum Hals. Ich suchte fieberhaft den Ausweg. Tausend Fragen kamen mir in den Sinn.

«Weißt du, welche Seele in mir ist?» als die Worte meinen Mund verlassen hatten und Adam lediglich mit einem knappen «Ja» antwortete, hätte ich mich selbst ohrfeigen können.
Ich starrte auf das Spielfeld. Adam fixierte mich genau. «Du hast nur eine Möglichkeit, um im Spiel zu bleiben. Opfer die Dame oder akzeptiere deine Niederlage. Ist dir das die Wahrheit wert?»
Ich sah, was er meinte. Ich konnte meinen König nicht retten, aber ich konnte zumindest noch einen Zug rausholen, wenn ich vorher die Dame zwischen seinen Läufer und seinen König bewegen würde. Ich berührte das kalte Holz der Spielfigur. Ein Bild formte sich vor meinem geistigen Auge. Nora erschien mir. Sie lächelte mich an. Ihre Augen strahlten. Hinter ihr zog ein drohender Schatten auf. Eine gigantische Spielfigur, der Läufer, näherte sich ihr. In seinen Händen erkannte ich die Sense Moriel, bedrohlich zum tödlichen Hieb erhoben.
Ich ließ die Figur wieder sinken. Meine Hände zitterten. «Das kann ich nicht. Nicht sie.»
Ich zog einen Bauern vor.
Adam sah mich mit einem vielsagenden Nicken an. «So sei es dann.» Er zog den Läufer durch.
Der König fiel. Adam und das Schachbrett verschwanden in der Dunkelheit. Das Ticken der Uhr wurde langsamer und verstummte dann komplett. Dann zischte etwas aus der Dunkelheit heran. Irgendetwas packte mich und warf mich von den Füßen. Ein schwerer beschlagener Lederstiefel stellte sich auf meine Brust und presste mir die Luft aus den Lungen. Über mir stand mit hassverzehrtem Gesicht Azrael. In seinen Händen hielt er ein schwarzes Schwert, dessen Klinge auf meine Kehle gerichtet war.
«DER PLATZ DES MORGENSTERNS IST MEIN.» brannte es sich in meinen Kopf. Kurz starrten wir uns an, dann stieß er das Schwert hinab.

Mit einem Ruck schreckte ich aus meinen Alptraum auf. Wie ich das satt hatte.

Nora saß neben mir und hatte mir offenbar beim Schlafen zugesehen. Ihrem besorgten Gesichtsausdruck entnahm ich, dass ich nicht sehr ruhig geschlafen haben konnte.

«Alpträume?» erkundigte sie sich teilnahmsvoll.

«Ist das ein Wunder bei all dem Scheiß, der mir passiert?» Ich wollte nicht weiter darauf eingehen. «Hast du Raguel schon erreicht?»

Sie schüttelte den Kopf.

«Nur die Mailbox.» Ein Engel mit einer Mailbox.

«Schreib ihm doch eine Nachricht bei Facebook.» Gab ich sarkastisch von mir, doch Nora nickte nur.

«Gute Idee, werde ich gleich machen.» Meine Kinnlade fiel herunter. «Ihr seid bei Facebook?»

Nora lächelte überlegen. «Wir haben Facebook erfunden. Was meinst du wie wir unser Equipment finanzieren? Du solltest mal unsere frühere Myspace Seite sehen.» Dann wechselte sie wiederum das Thema. «Ich hatte noch keine Gelegenheit zu fragen, aber hatte Kassandra dir irgendetwas zeigen können? Oder war der Kontakt zu kurz?»

Ich zuckte mit den Achseln. «Da war ein helles Licht, aber dann war es schon wieder vorbei. Aber ich kann sie ja noch mal fragen, wenn sie wach ist.»

Ich schaute zu dem zierlichen Mädchen hinüber, die zwischen den Zwillingen lag und ihren Kopf auf Castors Schoß gelegt hatte. Ihre Haare verdeckten ihr Gesicht, ihr Oberkörper senkte und hob sich rhythmisch.

Armes Kind, dachte ich, während ich dem Prasseln des Regens gegen die Panzerung des Fahrzeuges zuhörte. Ich rieb mir den Schlaf aus den Augen.

Plötzlich traf ein gewaltiger Schlag die Seite des Trucks, er begann zu schlingern und ich hörte das Kreischen von Reifen, die verzweifelt versuchten, Halt auf dem Asphalt zu finden. Ich

wurde von meinen Sitz geschleudert und prallte hart auf den Stahlboden. Der ganze Truck vibrierte. Der protestierende Motor heulte dröhnend in meinen Ohren, als ich spürte, wie der Truck noch einen Zahn zulegte. Mehrere Jäger eilten fluchend an mir vorbei, ohne mich zu beachten. Damians Pranken ergriffen mich und hievten mich ohne Mühe auf meinen Platz zurück. Ulf kam aus der Fahrerkabine gestürzt, setzte sich auf den Monitorplatz und starrte gebannt auf den Bildschirm. Dabei hatte er eine Hand an das Headset an seinem Kopf gelegt. Ich brüllte über den Lärm zu ihn hinüber. «Was war das?» Ulf blickte nur kurz von seinem Monitor auf. «Todesengel.»
Er hämmerte auf einen Wandschalter und eine Schiebetür in der Decke fuhr zurück. Über eine Leiter stiegen die ersten schwerbewaffneten Reaper auf das Dach des Trucks. Ulf schnappte sich nun ebenfalls eine Waffe und kletterte hinauf. «Verdammte Scheiße!» Ohne zu überlegen schwang ich mich auf die erste Sprosse und stieg hinterher. Die Rufe meiner Freunde ignorierte ich, nach wenigen Sekunden hörte ich sie auch nicht mehr. Als ich den Kopf aus der Luke steckte war ich mitten in einem Starship Troopers Szenario. Um mich herum feuerten die Jäger aus allen Rohren in den Himmel. In einem Himmel, indem die Zeit still zu stehen schien. Es sollte in Strömen regnen. Die Oberfläche des Truckdecks war von einem nassen Film überzogen. Doch anstelle von hereinprasselnden Regentropfen war die Umgebung wie eingefroren. Und ich schmeckte erneut den bitteren Geschmack auf der Zunge und roch Schwefel. Das konnte kein Zufall sein. Die Jäger beendeten gerade ihr Trommelfeuer und blickten unruhig in den Himmel. Direkt vor mir stand ein einzelner Tropfen in der Luft. Fasziniert stupste ich ihn mit dem Zeigefinger an. Der Tropfen platze und das Wasser lief meinen Finger hinab.

«Wow» entfuhr es mir. Dann ergriff mich jemand fluchend an meiner Jacke und hievte mich aus der Luke. Es war Ulf.
«Scheiße Mann, wenn du schon hier oben bist, dann mach dich nützlich.»
Ohne ein weiteres Wort stieß er mich in Richtung Hinterdeck. Ich staunte, als ich erkannte, was er gemeint hatte. «Alter, ist das ein Flakgeschütz?»
Er starrte in den Himmel und deutete mit dem Daumen auf das aufgebockte Maschinengewehr.
«Rede nicht lang, Zielen und Schießen!»
Bevor ich fragen konnte worauf, schrie ein Mann: «Achtung! Einschlag von links!»
Der Truck wurde von einer grellen weißen Kugel getroffen und erzitterte unter dem Aufprall. Es stank nach angesengtem Metall.
«Was zum Teufel war das?» Ulf schwenkte sein Gewehr hin und her. «Nicht was, sondern wer. Deine Kumpels haben uns gefunden.»
Wie zur Bestätigung schoss eine dunkle Gestalt über den Wagen hinweg, stieß hinab und packte sich einen der Jäger, der schreiend in die Luft gerissen und vom Truck gefegt wurde. Dann verschwand der Engel wieder in der Dunkelheit, begleitet vom Trommelgewitter der auf röhrenden Gewehre. «Jetzt schieß endlich!» brüllte mich Ulf an. Ich sah durch das Fadenkreuz. «Da ist nichts!» schrie ich zurück. Ulf löste etwas von seinem Gürtel und warf es mir zu. «Aufsetzen.»
Es war eine Sonnenbrille. «Willst du mich verarschen?» gab ich perplex zurück.
«Jetzt mach endlich!» blaffte Ulf, während er eine weitere Salve in die Luft abgab. «Scheißkerle! Das sind verdammt schnelle Bastarde.»
Ich folgte seiner Anweisung. Durch die Brille sah ich nun Grün. «Nachtsichtgerät?» fragte ich Ulf.

Er nickte. «Mit Thermalsicht. Und jetzt benutz das verfluchte Ding! Noch einen direkten Blitzschlag dürfte Baby nicht so einfach wegstecken.»

Ich sah erneut durch das Fadenkreuz. Tatsächlich. Da waren rötlich schimmernde Schatten, die sich verdammt schnell immer hin und her bewegten. Ich umklammerte die Griffe der MG und drückte ab. Die Waffe heulte auf und spuckte ihre tödlichen Kugeln in Sekundenbruchteilen in den Nachthimmel. Wassertropfen zerbarsten und setzten ihren natürlichen Weg zum Boden fort, wodurch meine Geschosse eine gerade Linie zu ihrem Ziel zog. Der Engel, auf den ich gezielt hatte, war schneller als ich. Er wich spielend den Kugeln aus, korrigierte seine Flugbahn und schoss nun auf mich zu.

«Scheiße, er kommt!» brüllte ich über das Rattern der Waffen hinüber und versuchte, das Maschinengewehr an die neue Flugbahn des Engels anzugleichen. Meine Arme zitterten jetzt schon unter den Rückstößen des MGs. Der Engel unterflog mühelos jeden Feuerstoß, den ich auf ihn abgab. Die Zeit ging jetzt nur quälend langsam voran. Der Engel kam immer näher, ich konnte seinen grimmigen Gesichtsausdruck beinahe vor mir sehen. Ein glatzköpfiger Brecher Marke Vin Diesel. Seine Flügelspannweite musste einen Nazgul eifersüchtig machen. Es war auch der erste Engel, den ich bisher hatte fliegen sehen, aber das war mir in diesem Moment egal. Was mir mehr Sorgen bereitete, war der Speer in seinen Händen, von dem kleine Blitze zuckten. Das ist doch jetzt nicht dein Ernst, dachte ich noch, als sich am Kopf des Speeres eine Kugel aus gleißendem Licht sammelte. Der Engel stoppte mitten im Flug, schwang den Speer über den Kopf und schleuderte den Kugelblitz in meine Richtung.

Das knisternde Geschoss flog schneller als alles, was ich jemals gesehen hatte.

Die Luft roch bereits nach Elektrizität.

Das war es dann. Ich würde von einem Blitz gebraten werden wie ein Stück Roast Beef. Mit ein bisschen Glück sprengt mich der Einschlag direkt in mehrere Teile. Doch bevor der Blitz sein Ziel erreichte, spürte ich, wie es in meinen Rücken auf einmal sprichwörtlich höllisch heiß wurde. Direkt über meinen geduckten Kopf hinweg zischte, oder viel eher, brüllte ein Feuerball hinweg, versengte mir die Haare und rauschte direkt auf den Kugelblitz zu. Bevor es zum Aufprall kam, wurde ich von einem menschlichen Erdrutsch namens Damian zu Boden geworfen. Was folgte, war wahrlich apokalyptisch. Als der Feuerball und der Kugelblitz aufeinandertrafen, explodierten sie in einem lauten Knall.

Die Druckwelle traf Baby mit voller Wucht. Der Truck schlingerte kurz, Bremsen kreischten auf und das fahrende Bollwerk, diese Festung aus Hightech und ungezügelter Kraft, wurde von der noch größeren Kraft der Druckwelle langsam umgeworfen. Ich hörte Schreie auf dem Deck, als Baby sich langsam im Stil der Titanic auf die Seite legte. Damian hielt mich an seine Brust gedrückt wie ein kleines Baby, als wir beide vom Deck auf die Fahrbahn geschleudert wurden. Irgendwie hatte er es geschafft, dass ich komplett auf ihm gelandet war und er so die volle Wucht des Aufpralls einstecken musste.

Dennoch tat es verflucht weh. Dem grunzenden Fluchen nach war Damian zumindest nicht tot. Ich war noch vollkommen orientierungslos, als ich mich schon wieder auf die Beine hievte. Nora war noch im Laster gewesen. In meinen Kopf schrien die Sirenen um die Wette und jemand spielte mit einem Presslufthammer auf meiner Großhirnrinde Beethovens 9. Sonst ging es mir ganz gut dafür, dass ich gerade eine kleine Atomexplosion aus nächster Nähe überstanden hatte, was man von Baby leider nicht sagen konnte. Der Truck hatte sich nicht nur zur Seite gelegt, die Fahrerkabine hatte sich überschlagen und die Achse war schlichtweg abgebrochen. Überall auf der

Autobahn lagen Körper zwischen brennenden Metallklumpen. Nur wenige von Ihnen rührten sich noch. So in etwa stellte ich mir das Szenario bei einem Flugzeugabsturz vor. Damian kam hinter mir schwer atmend auf die Beine und hielt sich die Schulter. Sein linker Arm hing nur schlaff herab. «Alles klar, Großer?»
Er schüttelte den Kopf, taumelte kurz, fing sich dann aber sofort wieder. Mit seinem Gesichtsausdruck hätte man Eier abschrecken können.
«Das kriegen sie wieder.» Grollte er.
Ich blickte wieder zum Truck und rannte los. Bevor ich ihn erreichte, sah ich zu meiner Erleichterung, wie meine Freunde aus den Überresten heraus kletterten. Castor hatte eine klaffende Wunde auf der Stirn. Pullox trug die scheinbar unverletzte Kassandra. Angela und Nora hatten wohl auch bis auf ein paar blaue Flecke nicht viel abbekommen. Engel halt. Kilian kam als Letzter aus der Ruine geklettert. Sein Blick fiel auf das Horrorszenario vor ihm.
Der Truck war zerstört. Die Hälfte seiner Leute lag Tot am Boden und die andere Hälfte lag verletzt in den Trümmern.
«Wir sind erledigt.» Sagte er in einem sachlichen, beinahe neutralen Ton.
Ich schüttelte entschieden den Kopf. «Wir können doch jetzt nicht aufgeben. Habt ihr nicht noch mehr so Flammenwerfer? Das hat doch anscheinend was genützt.»
Kilian schaute mich verwundert an. «Das war keine von unseren Waffen, Nate.»
«Und noch einmal kann ich so einen Trick nicht aus den Hut zaubern, Pal.»
Jim stand an den Truck gelehnt neben mir und versuchte zu grinsen. Ein beißender Gestank stieg mir in die Nase.
«Was stinkt hier so?» entfuhr es mir, dann sah ich die Quelle. Jims Hände waren vollkommen verkohlt. Das Fleisch war mit dem Leder der Jacke verschmolzen. «Oh mein Gott, Jim.»

stammelte ich und Nora musste mich stützen. Jim grinste mich mit schmerzverzerrtem Gesicht an. «Der ist nun wirklich nicht mein bester Freund. Hast du das gesehen? Ich habe tatsächlich Gungnir, Odins Speer, ausgekontert. Ich bin ein heißer Typ, wie ich schon sagte.»
Er begann heftig zu Husten und rutschte von Krämpfen geschüttelt am Truck herab auf die Knie.
Angela kniete sich vor Jim und betrachtete seine Verletzungen. Dann schüttelte sie langsam den Kopf. Jim lachte, doch sein Lachen ging in einem weiteren Hustenanfall unter. Jetzt wandte er mir sein ganzes Gesicht zu und ich spürte, wie sich mir der Magen umdrehte. Seine rechte Gesichtshälfte war gänzlich verbrannt. Stellenweise war sogar der gerußte Knochen zu sehen. «Hasta la Vista Baby.» versuchte er zu grinsen, doch wurde er erneut durch einen Hustenanfall ausgebremst. Er spuckte einen Schwall schwarzen Blutes auf die Straße.
«Woah. Ich glaube, Nate, hier endet unsere gemeinsame Reise.»
Ich schüttelte entschieden den Kopf. «Sag das nicht, Alter. Was soll ich denn ohne dich machen?»
Jim sah zum Himmel empor. «Lern Gitarre spielen.» Ich runzelte die Stirn. «Was?»
Jim hob lächelnd die verstümmelten Arme. «Ich kann es jetzt ja wohl nicht mehr, oder?» Ich wusste nicht, was ich sagen sollte. Hinter uns rumorte es. Grayson, Kilian, Ulf und Angus kamen auf uns zu. «Du siehst scheiße aus, Schwager.» Bemerkte Angus trocken, doch ich konnte sein Entsetzen in seinen Augen sehen. Jim spie Blut aus. «Sei still und mach dich nützlich. Hast du noch was von deinem Privatvorrat?» Angus griff in seine Jackentasche und zog wortlos einen silbernen Flachmann hervor. Jim sah zufrieden auf die Flasche, dann zu Nora. «Engelchen, wärest du vielleicht so nett?» Nora nickte, öffnete die Flasche und setze sie Jim vorsichtig an die Lippen. Nach einigen Schlucken seufzte er zufrieden.

«Schottischer Whisky. Es gibt nichts Besseres, um auf einen gelungenen Abend anzustoßen. Generell auf jeden Abend.»
Grayson mischte sich ein. «Okay, es sieht so aus, wir kriegen die Zugmaschine wieder flott, aber Baby ist im Arsch. Da die Zone noch steht, haben wir die Engel bestenfalls für ein paar Minuten ausgeknockt.»
Ich sah zu Nora. «Die Zone?»
Sie nickte. «Erkläre ich dir später.»
Ich zuckte mit den Schultern. «Was auch sonst?» Grayson fuhr fort. «Ulf wird fahren. Leider ist der Platz begrenzt. Deswegen fahren die Engel und Nate mit. Angus und Kilian auch.»
«Und was ist mit dir?» schaltete sich Kilian ein. Graysons Miene verfinsterte sich. «Ich lasse meine Leute nicht allein mit diesen Bastarden zurück. Ich werde ihnen einen heißen Empfang bereiten.»
«Klingt gut, da bin ich dabei.» Grollte es aus Damians Richtung. Der Riese hatte das MG aus der Halterung gerissen und auf seine nicht lädierte Schulter gelegt. Ich wollte protestieren, doch bevor ich dazu kam packte Damian mich an meiner Schulter. «Lass es gut sein. Dein Auftrag ist zu wichtig. Bring das Auge in Sicherheit. Lass die Schweine damit nicht davonkommen. Wenn du versagst, macht mir Seren die Hölle heiß. Und da nehme ich es lieber mit hundert Todesengeln auf anstelle mit ihr.» Es war das erste Mal, dass ich Damian lächeln sah und mich nicht bedroht fühlte.
«Damian...ich.» Begann ich, doch er grinste nur. «Ich kann den verdammten Metas ja nicht den ganzen Spaß gönnen. Außerdem schulde ich Rumiel noch etwas.»
«Rumiel?» Die haarlose Thorkopie? Die Blitzbirne?» fragte ich verständnislos.
Jim lachte. «Es ist immer wieder erhellend, wie viel Schwachsinn du in ein paar Sekunden von dir geben kannst.»
Er tauschte einen Blick mit Angus.
«Mach du für mich weiter.»

Angus nickte. «Dann sollten wir keine Zeit verlieren.» Damit drehte er sich um und rannte zusammen mit Ulf Richtung Truck. Kilian starrte Grayson finster an. «Du bist ein verdammter sturer Mistkerl, du haariges Arschloch.»
Grayson lachte schallend. «Ich hab dich auch lieb, du uraltes Klappergestell. Mach dich davon und erzähle den Jungs zu Hause, wie wir aus dieser Welt gegangen sind. Bring das Auge in Sicherheit. Ich zähle auf dich, Opa.»
Beide tauschten noch ein Lächeln, dann ging auch Kilian zusammen mit den Zwillingen und Kassandra. Nora hauchte Jim ein Kuss auf die Wange und sagte etwas zu ihm. Er grinste mich nur an. Angela trat an Jim heran. «Ich habe mich in dir getäuscht, James.»
Er grinste noch breiter. «Das tun die Meisten. Wer weiß, in einer anderen Welt, zu einer anderen Zeit, hätte ich dich gerne betrunken gemacht.»
Sie erwiderte sein Grinsen, zog ihn heran und küsste ihn auf den Mund. Dann ging sie schweigend zu den Anderen. Jim lachte mich an. «Hast du das gesehen? Du bist wohl nicht der Einzige, der bei den Flügelmädchen einen Schlag hat, Pal.»
Ich weinte und lachte dennoch. «Ich will das nicht.»
Jim sah mich ernst an. «Das weiß ich. Aber du musst. Es ist deine Bestimmung. Glaub daran. Glaub an dich. So wie ich an dich glaube. Oder der Dicke da drüben.»
Damian grunzte. «Ich verstehe es. Du glaubst, du bist das kleinste Zahnrad im Getriebe des Lebens, aber ohne dich bewegt sich hier nichts.»
Jim lachte. «Das ist das Cleverste, was du jemals gesagt hast.»
Damian nickte nach kurzem Überlegen.
Ich wollte etwas erwidern, aber mein Hals war wie zugeschnürt. Jim griff in die Reste seiner versengten Jacke. «Eine Bitte habe ich allerdings noch.»
Er zog einen USB Stick hervor. «Da ist richtig gute Musik drauf, die jeder Mann kennen sollte. Zum Beispiel die Greatest

Hits von Mr. Cash. Und ein Ordner für dich. Du wirst schon sehen, welcher das ist. Ist nur ein Song drin. Du steigst jetzt in den Truck, gibst Stoff, knallst das Ding in die Anlage, drehst voll auf und rast davon. Ich möchte, dass du genau zuhörst. Denn nur so will ich in deiner Erinnerung bleiben, verstanden?»

Ich nahm den Stick aus Jims verschmorten Händen. «Darf ich dich drücken?»

Jim lachte. «Männer kuscheln nicht. Aber ok, ich denke Grayson und Damian werden es nicht weiter erzählen können.»

Ich presste Jim an mich. Meine Tränen tropften auf seine Jacke.

«Cheers, Pal.» flüsterte er mit gepresster Stimme. «Bring es zu Ende.»

Ich nickte, drehte mich um und rannte zum wartenden Truck. Jim stieß sich ab und stellte sich leicht schwankend neben Damian und Grayson, der sich ebenfalls schwer bewaffnet hatte.

Jim pfiff durch die Zähne. «Eine Bazooka?»

Grayson gestattete sich ein wölfisches Grinsen. «Mit Wärmesucher. Mal schauen wie unsere geflügelten Freunde darauf reagieren werden.»

Jim lachte. «Ich hätte jetzt gern eine Kippe. Obwohl, ich glaube ich höre mit dem Rauchen auf. Immerhin brenne ich ja schon.»

Ein greller Blitzschlag gefolgt von einem Donnerknall zuckte am Horizont hinter aus herauf. «Ohoh, Daddy ist wach. Zeit für das Rückspiel, Rumiel.»

Mehr konnte ich nicht mehr hören. Ich stieg in den Truck und Ulf trat das Gaspedal durch. Hinter uns knallte und blitzte es. Meine Hände umklammerten immer noch den Stick. Ich steckte ihn in den vorgesehen Port am Radio.

«Was ist das?» fragte Ulf.

«Ein Abschiedsgeschenk von Jim. Wärest du so nett?»

Ulf nickte und startete das Programm.
In der Ordnerstruktur fand ich sofort den Ordner, den er meinte. Er hieß: «Für Liam.»
Ich startete die einzige MP3 in dem Ordner. Erst war gar nichts zu hören. Dann hörte ich ein Räuspern. Es war Jim. «So, mein lieber Liam. Ich hatte dir ja gesagt, ich lerne schnell. Der hier ist also für dich, auch wenn ich ihn wie gesagt, etwas ausgelutscht finde. Aber du hast Recht. Der Text ist ganz in Ordnung.»
Nora legte einen Arm um mich und ich weinte und lachte zugleich. «Dieser verdammte Mistkerl.» Fluchte ich und biss mir auf die Lippen. Ich spürte, wie mir Tränen die Wangen runterliefen. Während aus den Boxen eine Akustikversion von Pearl Jam drang und Jim mir auf diesem Wege sagte, «I´m still Alive», stieg einige hundert Meter hinter uns eine letzte Feuersäule auf, die sich wie der Phönix erhob, um dann Asche zu werden. Doch Jim war kein Phönix.

Kapitel 16 Auf der Flucht

«Ich hab meine Frau nicht umgebracht! - Das ist mir scheißegal!« – Auf der Flucht

Ulf holte das Letzte aus der Kiste raus. Lange Zeit hatten wir geschwiegen. Doch irgendwann hatte Nora angefangen, mir einige gestellte Fragen zu beantworten. Wohl hauptsächlich, damit wir nicht an den Tod unserer Freunde denken mussten. Es waren tatsächlich meine Freunde. Sie

hatten ihr Leben für uns gegeben. Meine ursprünglichen Zweifel kamen mir jetzt überflüssig und peinlich vor.
Ich erfuhr von Nora, was die sogenannte Zone ist. Es gibt einige übernatürliche Wesen, die in der Lage sind, zeitlich und räumlich begrenzte Gebiete in unsere Realität zu verändern und so scheinbar die Zeit anzuhalten. Nachdem Nora es mir hochwissenschaftlich erklärt und ich kein Wort verstanden hatte, hat Angela es mir noch einmal mit so erläutert, dass sogar ich das verstand.
Man stelle sich die Welt wie ein Spielserver in einen Online Spiel vor. Die Zone ist dann so was wie ein kopierter Bereich des Servers, in etwa wie ein Testserver, auf denen man dann transferiert wird. Alles was in dieser Welt passiert, geschieht nur den Personen, die sich auf diesem Testserver befinden. Der Zonenbereich ist aber zeitlich und räumlich begrenzt. Als wir die Zonengrenze verlassen hatten beispielsweise regnete es wieder wie vorher normal weiter. So war es auch damals gewesen, als ich erschossen in der
Gasse lag oder Damian den halben Bahnhof auseinander genommen hatte. Am Ende der Zone wird man quasi wieder auf den «normalen» Server zurück kopiert und ist wieder in der gewohnten Realität.
Willkommen in der Matrix.
Laut Angela war Rumiel, Azraels Nummer Eins, am Angriff beteiligt gewesen. Der Rest waren dann also «normale» Engel, die die Seiten gewechselt hatten. Sollte mich das trösten? Das ein geflügelter Amokläufer mit Donnerflinte ausgereicht hat, das Autobahngegenstück der Bismarck zu versenken? Das ein kompletter Trupp bis an die Zähne bewaffneter Metajäger, also quasi Spezialisten im Umgang mit der Vogelpest, einfach so niedergemacht wurden? Kassandra war indes kurz erwacht, hatte aber verlauten lassen, dass sie nicht die Kraft hätte zu bestimmen, welcher verdammte Seelenkuckucksfreak mich zur Brutmutter auserkoren hatte. Sie müsste alle verbliebene

Lebensenergie darauf verwenden, die Reste des Äthers zu bewahren. Danach war sie direkt wieder eingeschlafen. Zusammengefasst war die Reise bis hierhin also ziemlich für den Arsch gewesen. Und wir hatten noch eine lange Flucht vor den Todesengeln vor uns.

Entgegen meiner Erwartungen fuhren wir nicht weiter auf der A7 direkt nach Hannover, sondern verließen die Autobahn wenig später und fuhren durch mehrere Landstraßen stundenlang kreuz und quer durch die Botanik, bis ich jede Orientierung verloren hatte.
Irgendwann kam der Truck ächzend vor einer alten Scheune zum Stehen, die irgendwo zwischen zwei Baumgruppen plötzlich vor uns erschienen war.
«Wo sind wir hier?» fragte ich Kilian, doch Ulf antwortete. «Eines unserer Verstecke. Mit Baby können wir nicht nach Hannover fahren. Wir würden auffallen wie rosa Elefanten. Das gute Schätzchen sieht nicht mehr wirklich verkehrstauglich aus.»
Der Vampir drückte einen Knopf und das Scheunentor schwang auf. Im Inneren der Scheune erwartete mich wieder glänzend poliertes Metall und Hightech, dazu ein Fuhrpark aus mehreren Fahrzeugen und sogar Motorrädern.
«Wie könnt ihr euch den ganzen Scheiß leisten?» gab ich bewundernd von mir. Kilian zuckte mit den Schultern, während er Baby hineinsteuerte. «Die Jagd auf Celes wird gut bezahlt. Oder besser gesagt, dem Risiko angemessen.»
Wir verließen den Truck. «Und wie geht's nun weiter?» fragte Nora.
Kilian deutete auf einen Sportwagen. «Wir halten uns an Ulfs Plan. Ich fahre nach Hannover und checke die Lage. Wenn wir einen sicheren Platz gefunden haben, kommt ihr mit Angus und Ulf nach. Solange versteckt ihr euch da drüben.» Er deutete auf eine kleine, alte Kirche gegenüber der Scheune. «Das ist der

sicherste Platz im Moment. Nicht einmal Grayson kannte diesen Ort. Hier ist eines von Ulfs privaten Refugien. Angus wird derweil versuchen, einige Informationen zu beschaffen. Wir müssen wissen, auf wessen Seite die Metas in Hannover zurzeit sind. Vielleicht kann ich dann sogar Kontakt zu eurem Prätor aufnehmen.»
Angela nickte. «Sollte dann nicht einer von uns mitkommen?» Doch Kilian schüttelte den Kopf.
«Ihr steht alle auf der Fahndungsliste der Zwölf. Ich hingegen bin nur ein kleiner Meta aus München. Ich hab bessere Chancen nach Hannover reinzukommen. Und wenn ich erstmal drin bin, habe ich genügend Beziehungen, keine Angst.»
Angela schien das zu genügen.
«Ok», begann Ulf, während er sich ein Automatikgewehr auf die Schulter warf, «Dann richten wir uns mal häuslich ein. Nate, nimm doch bitte das Scharfschützengewehr von der Wand.»

Nach einigen Stunden, indem wir uns ausgeruht hatten, beschloss ich, dem Meta oben Gesellschaft zu leisten. «Ulf?» flüsterte ich in die Dunkelheit der Kirchturmspitze. Lautlos trat ein Schatten vor das einzig geöffnete Fenster.
«Was ist los, Nate?» erkundigte er sich.
Was sollte ich auf diese Frage erwidern? Wir versteckten uns hier in einer runtergekommen Kirche irgendwo zwischen Bergen und Wäldern inmitten vom Nirgendwo, bekamen keinen Kontakt zur Außenwelt oder hatten auch nur einen Schimmer, wie es weitergehen sollte.
«Hast du schon irgendwas von Kilian gehört?» antwortete ich schließlich, während ich neben ihn an das offene Fenster trat und einen Blick in die rabenschwarze Nacht riskierte. Ulf schüttelte den Kopf. Dann hob er sein Gewehr und suchte durch das Nachtsichtvisier die Umgebung ab. «Alles tot hier.

Wenigstens hat man uns noch nicht entdeckt. Hoffen wir mal, dass unsere Glückssträhne nicht abreißt.»
Ich grinste säuerlich. «Ja, wir sind wirklich vom Glück verfolgt. Nein warte, es waren ja Todesengel.»
«Und sie haben uns gegen jede Wahrscheinlichkeit nicht erwischt. Wenn das kein Glück war.» meinte der Meta. Ich schüttelte langsam den Kopf. «Das war kein Glück. Das waren Jim, Grayson, Damian und die anderen.»
Ulf musterte mich kurz, bevor er erneut hinausspähte. «Damit hast du Recht.» Gab er zu.
Seine Stimme klang dabei so teilnahmslos, dass ich einfach nachhaken musste. «Ist es dir wirklich so egal, dass deine Leute zurückgeblieben sind?»
Ulf versteifte sich und warf mir einen finsteren Blick zu. «Junge, du hast gar keine Ahnung, was es heißt, ein Meta zu sein. Ihr Menschen lebt in eurer schönen heilen Welt und werdet nicht von den Mächten behelligt. Als Meta ist das ein ganz anderes Leben. Sie wissen, wie die Welt sich dreht. Und noch schlimmer, die Mächte wissen, dass sie das wissen. Metas sind ihre Bauern. Schon immer gewesen. Spielbälle in ihrer Tombola, praktische, leicht zu ersetzende Werkzeuge. Metas können sich nur anpassen oder ausgelöscht werden. Anpassung heißt Unterwerfung. Sobald ein Meta aufsässig wird, sich auch nur die Frage zu stellen wagt, ob es nicht ein Leben ohne Unterdrückung gäbe, wird er von den Mächten eliminiert.»
Ich schluckte. «Ich dachte, die Metas wären neutral.» Ulf spuckte auf dem Boden. «Ein Scheiß sind sie. Metas arbeiten für beide Seiten, das stimmt. Aber nicht, weil sie es sich so ausgesucht haben. Sie haben keine andere Wahl. Wenn sie sich nicht als nützlich erweisen sollten, würden die Mächte sie ausradieren. Deswegen verkaufen sie sich wie Huren an diese Bastarde. Auch Metas haben Familien. Kinder. Was glaubst du, würde mit ihnen passieren, wenn wir uns aus diesem Spiel raushalten würden? Himmel und Hölle gegen die Metas? DAS

ist der wahre Kains Fluch. Das Wissen. Das Wissen um die Mächte. Glaub mir, wir würden alles dafür geben, so leben zu können wie ihr Menschen.»

Ich schwieg. Waren die Metas wirklich alles nur Sklaven? Zu einem Leben als Söldner gezwungen?

Ulf brach das Schweigen. «Also verzeih mir bitte, dass ich jetzt nicht in Tränen ausbreche. Ich habe so viele Metas sterben sehen. Das ist das Leben eines Metas. Der Tod ist immer nahe. Gerade in unseren Job. Wir sind Kanonenfutter und Sündenböcke. So war es schon immer, auch schon unter den alten Göttern.»

«Alte Götter?» fragte ich verwundert. Ulf nickte ernst. «Meinst du, der Monotheismus ist der erste Versuch, die Menschheit unter die Kontrolle der Mächte zu bringen? Du kennst doch die Geschichten über das Pantheon oder Asgard?»

«Zeus, Odin und so weiter?» warf ich ein.

Ulf nickte. «Auch das waren einst Engel. Kannst du dir das vorstellen? Engel, die sich als Götter ausgegeben haben. Aber es hatte anfangs hervorragend funktioniert. Die Menschen waren damals so viel einfacher zu bekehren als heute. Nur leider gab es langfristige Probleme, mit denen keiner gerechnet hatte.»

Ich legte den Kopf schräg. «Was für Probleme?»

Ulfs Grinsen hatte wenig Erfreuliches. «Die Engel glaubten ihren eigenen Hype. Nennen wir es mal einen Identitätsverlust. Sie wurden zu der Rolle, die sie nur spielen sollten.»

Ich zog die Stirn in Falten.

«Du meinst, der Engel Zeus gespielt hatte, glaubte dann, er wäre wirklich Zeus?»

Ulf schüttelte den Kopf. «Noch besser. Er WURDE Zeus. Mit allen Stärken und Schwächen, die ihm der Glaube nachsagte. Der Glaube ist Mächtig. Er gibt den Mächten nicht nur ihre Kraft, er verleiht ihnen auch Gestalt. Und irgendwann sahen es die alten Götter nicht ein, diese Kraft mit den Mächten zu teilen. So kam es dann zur Götterdämmerung, auch bekannt als Ragnarök. Die Mächte kämpften gegen die alten Götter. Die Götter verloren den Kampf und wurden mitsamt ihrer Reiche ins Jenseits verdammt.

So kam es dann zum Monotheismus. Den Mächten war es sicherer, die Menschen nicht mehr auf eine Personifikation zu fokussieren. Dann lieber einen himmlische Allmacht. Das ließ sich besser kontrollieren. Und man musste keine überschnappten Divas mehr fürchten.»

«Soll das etwa heißen, das Asgard und die alten Götter noch in einer anderen Welt existieren?»

Ulf nickte. «So heißt es zumindest. Aber die Frage ist, wie lange das so sein wird? Ihre Existenz ist an die Erinnerung der Menschen geknüpft. Sollten sie vergessen werden, hören sie auch auf, zu existieren. So können sie nur in ihrem Exil warten, bis sie verschwinden.»

Was sollte ich dazu sagen? Mein Weltbild war in den letzten Wochen so oft erschüttert worden, dass mich diese neue Erkenntnis nicht weiter umhauen konnte.

Ich verstand allerdings aus erster Hand, was Ulf damit meinte, dass ein Meta jederzeit mit einen Menschen tauschen würde. Ignoranz war ein Segen. Ich wollte gerade etwas erwidern, da wurde ich von Ulf vom Fenster zu Boden gezogen.

Er legte mir seine behandschuhte Hand auf den Mund, bevor ich protestieren konnte. Dann legte er sein Gewehr auf das Fensterbrett und spähte hinaus.

«Fuck» presste er zwischen den Zähnen hervor. «Sie haben uns gefunden. Runter mit dir und warne die anderen. Aber halt den Kopf unten und dich von Fenstern fern.»

Ich tastete mich zur Treppe zurück und lief nach unten. Dort saßen Nora und die anderen Engel. «Sie sind hier.» Keuchte ich hervor. Castor und Pullox sprangen wie ein Mann auf und liefen zum Fenster.

«Ich spüre nur einen.» sagte Castor.

«Vielleicht sind die anderen in der Nähe.» fügte der Anixiel hinzu. Angela trat zu den beiden. Kassandras leise Stimme erklang vom Sofa. «Es ist nur einer. Israfil.» Ich wollte erleichtert aufatmen, doch ein Blick in das Gesicht von Nora ließ mich das vergessen. «Israfil? Er ist doch nur einer. Ihr seid zu viert, plus Ulf auf dem Dach.»
Nora streichelte Kassandras Kopf, die bereits wieder eingeschlafen war. «Israfil ist mächtig. Nicht so mächtig wie Azrael oder Kaliel, aber immer noch stark. Er ist ein Krieger. Seine Macht begründet sich in seiner Stärke.
«Er ist gerade gelandet», teilte Angela mit, «Leise jetzt.»
Na großartig. Ich schlich zu den anderen an das Fenster und sah zu dem Engel hinüber, der keine Fünfzig Meter von unserem Versteck war und kniend den Boden untersuchte.
«Er hat die Reifenspuren gesehen.» flüsterte ich.
Ich dachte, ich wäre leise gewesen. Aber anscheinend nicht leise genug. Israfils Kopf ruckte zu uns herum. Dann erhob er sich. Ich dachte bisher, Damian wäre das größte überirdische Kaliber gewesen. Doch Israfil war noch eine Nummer größer, sowohl was Höhe als auch Breite anging. In seinen Händen materialisierte sich nun ein riesiger, langstieliger Hammer, dessen Kopf auf einer Seite einem Steinbock nachgebildet war. Die andere Seite lief Spitz wie bei einem Pfahl zu. Er hob den Hammer mit beiden Händen über den Kopf, schwang die Waffe und hämmerte sie in unsere Richtung auf den Boden.
«DECKUNG!» brüllten die Zwillinge synchron. Wir warfen uns zu Boden. Die Druckwelle des Hammerschlags riss nicht nur den Boden auf, sondern sprengte auch die Eingangstür inklusive der gesamten Fensterfront aus den Angeln. Scherben regneten auf uns herab. Der Knall des Hammers, der einem Donnerschlag gleich kam, betäubte für Sekunden mein Hörvermögen. Das Zimmer war vom aufgewirbelten Staub erfüllt. Ich hörte Kassandra husten. Langsam krabbelte ich zu ihr. Mächtige Schritte ließen die Dielen erzittern. Ich sah zu

den Resten der Tür, durch die sich der Todesengel wie der Terminator quetschte. Selbst gesprengt war sie noch zu klein für Israfil. Langsam blieb er mitten im Raum stehen und musterte uns abwechselnd. Die Zwillinge waren als Erste wieder auf den Beinen und sprangen mit unglaublich langen Sätzen auf den Todesengel zu. Beide hatten jeweils zwei silbrig glänzende und weiß leuchtende Kurzschwerter in den Händen. Wieso hatte hier eigentlich jeder eine Waffe, nur ich nicht? Doch bevor die Beiden Israfil damit ernsthaft zu Leibe rücken konnten, fegte er sie mit einem Schwung seiner Hammers zur Seite. Mit lautem Knall krachten beide Gegen die Wand und fielen benommen zu Boden. SO stark war also Israfil. Und er war angeblich nicht der mächtigste Todesengel. Hingegen zu seinem gewaltigen Äußerem klang seine Stimme nun sanft, aber bestimmt. «Hiermit gebe ich euch die Gelegenheit, euch zu ergeben, mir das Auge zu übergeben und euch dem Richtspruch Gottes zu unterwerfen.»
Angela trat ihm entgegen. «Du meinst wohl eher, dem Richtspruch Azraels?» Dabei schoss sie einen Art Lichtpfeil auf Israfil, der diesen aber mühelos mit seinem Hammer parierte.
Mittlerweile hatte ich Nora und die zitternde Kassandra erreicht. «Bring sie weg!» herrschte Nora mich an. Ich gestikulierte wild mit den Armen.
«Und wohin? Meinst du zu Fuß bin ich schneller als er? Zumal ich keine Ahnung habe, wohin.»
Ein Blitz flog durch den Raum. Offenbar hatte Angela ihn geworfen, doch auch diesen Angriff wehrte Israfil mit seiner Waffe ab. Nora drückte Kassandra an mich. «Wir müssen ihn von seinem Hammer trennen. Es ist ein Artefakt. Ohne ihn ist er verwundbar.»
Ich sah stumm und fasziniert dabei zu, wie in Noras Händen, begleitet von einem hellen weißen Licht, die mächtige Knarre erschien.

«Wie macht ihr das, verdammt?» flüsterte ich.
Doch Nora achtete nicht mehr auf mich, rollte sich nach vorne und gab einen Schuss auf Israfil ab. Er sah dies gerade noch kommen, riss den Hammer wirbelnd herum und hielt so der Ladung stand. Im Gegenzug hämmerte er den Stiel auf den Boden und warf damit Angela von den Beiden, deren Lichtblitz in die Decke ging. Jetzt erst fiel mir auf, dass Angela tatsächlich einen sehnenlosen Bogen gehalten hatte, der nun über den Boden schlitterte.
Israfil musterte gelangweilt Nora. «Also Novizin. Ich gebe dir einen Versuch. Ziele gut.»
Nora lud die Schrotflinte durch und fixierte ihren Angreifer. Ein Pfiff von der Treppe durchschnitt den Raum. Ulf stand dort, hatte das schweres MG im Anschlag, grinste Israfil an und zog den Abzug durch. Ich warf mich erneut zu Boden und hörte nur das Prasseln der Kugeln. Israfil wehrte auch diese ab, doch hatte Nora nun freies Schussfeld.
Sie sprang auf ihn zu, unterwanderte den Hammer, schlitterte unter den Beinen des Todesengels hinweg und drückte genau unter ihm ab. Für Sekunden tat Israfil mir beinahe leid. Ich konnte den Schmerz, den er nun in der Lendengegend fühlen musste, fast nachempfinden. Getroffen ließ der den Hammer fallen.
Mit einem Wutschrei packte er sich Nora und warf sie auf Ulf. Beide verschwanden in der nun zerspringenden Treppe. Dann sackte Israfil auf die Knie.
Angela kam langsam auf die Beine. «Der Hammer.» Presste sie hervor. «Schnell, bevor er ihn wieder...» doch dafür war es schon zu spät. Israfil hatte bereits die Hand um den Stiel gelegt, als sich die Zwillinge auf ihn warfen. Castor schaffte es, den Hammer mit seinem Fuß wegzuschieben, so dass er nur wenige Meter vor mir auf dem Boden schlitterte.
Ohne zu überlegen warf ich mich vorwärts, hörte noch Kassandras entsetzten Schrei hinter mir, doch war es bereits zu

spät. Ich landete direkt auf der Waffe. Als meine Hände sich um das Artefakt schlossen, durchzuckten Blitze meinen Körper. Doch ich konnte den Hammer weder loslassen noch aufheben. Schreiend warf ich mich herum, ungeahnte Kräfte durchflossen meinen Körper und drohten mich zu zerreißen. Schon komisch, wie oft mir das in letzter Zeit passierte. Es fühlte sich ungefähr so an, als hätte man mich an eine Autobatterie angeschlossen. Ich war mir nicht sicher, aber ich hätte schwören können, dass ich nach Steak roch. Als ich den Rauch von meinen Händen aufsteigen sah, wusste ich auch, woher der Geruch kam. Doch spürte ich auch, dass die Energiewellen schwächer wurden. Ich konnte es schaffen. Ich könnte die Macht des Artefaktes bändigen. Mit jeder Sekunde wurde der Widerstand der Waffe geringer. Ich sammelte noch einmal alle meine Kraft und riss den Hammer mit einem triumphierenden Ruf in die Höhe. Die Blitze und der Schmerz wichen augenblicklich. Dafür dampfte ich immer noch wie ein Cheeseburger. Israfil starrte mich mit offenem Mund an. «Das kann nicht möglich sein!»
Ich atmete tief durch und hielt den Hammer mit dem Kopf auf Israfil gerichtet. Ich hatte das Artefakt meinen Willen unterworfen. Ich wusste, ich brauchte nur daran zu denken und der Hammer würde dem Todesengel den Kopf abreißen. Wahnsinn. Gerade hatte ich mich noch beschwert, ich würde keine eigene Waffe haben, und nun hatte ich quasi Mjöllnir in Langformat. «So, nun gebe ich dir die Gelegenheit, dich zu ergeben, bevor ich dich in Matsch verwandele.» krächzte ich hervor.
Israfil wollte sich gerade erheben, da sendete ich einen kleinen Blitzschlag direkt über seinen Kopf hinweg durch das Fenster hinaus.
«Und ich bluffe nicht.» fügte ich hinzu.
Israfils Gesicht zeigte immer noch Unglaube. Er schien meine Worte gar nicht zu hören sondern starrte immer noch entsetzt

auf den Hammer in meinen Händen. Ulf und Nora kämpften sich aus den Resten der Treppe hervor. Angela trat neben mich und starrte mich nun ebenfalls an.

«Nate, wie hast du das gemacht?» flüsterte sie heiser.

Ich warf ihr einen irritierten Blick zu. «Zielen und Schießen, wieso?»

Ulf kam näher. «Der Hammer hätte dich verdampfen lassen müssen. Geschweige denn, dass du ihn hättest heben können. Selbst für Engel ist das schwierig und mit einen hohen Risiko verbunden. Für Menschen eigentlich unmöglich. Du müsstest mausetot sein.» Ein «Ohhh» war die einzige Antwort, die ich darauf geben konnte. «Also das war mit dem «Nein» gemeint, Kassandra?»

Das Auge legte mir eine Hand auf die Stirn und schloss kurz die Augen. Als sie sie wieder öffnete, strahlten sie förmlich. «Unglaublich. Du hast ganz alleine Mjöllnir gebändigt.»

Ich hätte fast den Hammer fallen lassen. «Mjöllnir? Du willst mir sagen, dass das hier wirklich der Hammer von Thor ist?»

Kassandra nickte.

Ulf schaltete sich ein. «Dann frage ich mich aber, wie so ein mächtiges Artefakt in die Hände eines Todesengels kommt. Immerhin ist es laut den Regeln verboten, solche Waffen einzusetzen.»

Angela biss sich auf die Lippen. «Azrael wird sie gestohlen haben. Wenn keine Augen darüber wachen, hatte er leichtes Spiel in die Festungen zu gelangen und die Artefakte zu entwenden.» Pullox begann: «Dann war der Speer von Rumiel»... «Gungnir, der Speer des Odin.» schloss Castor. Ulf schüttelte den Kopf. «Das ist wirklich gar nicht gut.»

«Ihr irrt euch.» Gab Israfil keuchend von sich. «Azrael hat die Waffen von Gabriel bekommen, um unsere Aufgabe zu meistern. Danach geben wir sie wieder zurück.»

«Wen willst du damit denn verarschen?» fauchte ich ihn an. «Ihr Todesengel kocht doch euer eigenes Süppchen. Ihr seid

auf der Suche nach einem ganz bestimmten Artefakt. Uns brauchst du nichts vorzuspielen. Ich habe euer Theater satt.»
Israfil schüttelte schwach den Kopf. Er sah nicht gut aus.
«Lügen. Wir versuchen, das Auge zu beschützen. Ich flehe euch an. Was ihr auch vorhabt, tötet sie nicht. Der Himmel braucht das Auge.»
Ich sah zu Nora. «Also ein Pokerface hat der Mann ja.» Bemerkte ich anerkennend.
Kassandra glitt an mir vorbei zu Israfil. Obwohl er kniete, war er genauso groß wie das Mädchen.
«Vorsicht.» Hörte ich die Zwillinge rufen, doch Kassandra winkte sie weg. Dann legte sie ihm die Hände auf die Stirn, wie sie es bereits bei mir gemacht hatte. Sekundenlang standen sich beide mit geschlossenen Augen gegenüber. Dann ließ Kassandra von ihm ab. «Er weiß es nicht. Er glaubt wirklich das, was er sagt.» Angela trat neben sie. «Soll das heißen, dass nicht alle Todesengel an dieser Verschwörung beteiligt sind?» Kassandra schüttelte den Kopf. «Dieser hier zumindest nicht. Er dient immer noch treu Gott. Armer Israfil.» Kassandra wand sich an mich. «Und er stirbt.» Ich umklammerte den Stiel fester. «Aber warum? Ich hab ihn doch gar nicht getroffen.» Kassandra musterte wieder Israfil. «Azrael ist nicht dumm. Er hat den Hammer an deine Essenz gebunden nicht wahr?»
Israfil nickte. «Anders hätte ich den Hammer nicht halten können. Kaliel hat das getan und nur sie kann das wieder aufheben.»
«Moment», warf ich ein. «Verstehe ich das richtig? Wenn ich ihm den Hammer nicht wiedergebe, dann stirbt er wegen der Entzugserscheinungen?»
Israfil nickte. Ich hörte Ulf in die Hände klatschen. «Hervorragend. Zwei Fliegen mit einer Klappe. Thors Hammer und einen Todesengel weniger.»
Ich spürte, wie die Macht in meinen Händen pulsierte und durch meine Finger kribbelte.

«Du bist sicher, dass er nichts davon wusste?» fragte ich Kassandra. Ulfs Freude erstarb augenblicklich. «Nate, du wirst doch nicht?»
Kassandra nickte. Ich seufzte. Israfil brach nun vollends zusammen und fiel auf den Rücken. So sah er nun überhaupt nicht mehr bedrohlich aus. «Ulf, ich wäre nicht besser als Azrael. Ich würde mir den Hammer über seine Leiche holen.» Ulfs Stimme wurde laut. «Na und? Wir dürfen uns diesen Vorteil nicht nehmen lassen. Was meinst du, wird er tun, wenn er den Hammer wieder hat? Friedlich debattieren? Er ist ein verdammter Todesengel.» Ich nickte. Ulf hatte Recht, das wusste ich.
Aber dennoch. «Manchmal müssen wir etwas Vertrauen haben, Ulf»
Der Meta starrte mich mit offenem Mund an, als wäre ich bescheuert. Vielleicht war ich das auch.
Dann drehte er sich um, machte eine wegwerfende Geste und hob sein MG aus den Trümmern. «Mach was du willst. Denke dabei aber auch an all diejenigen, die für dein Vertrauen bezahlt haben und an uns, die es vielleicht noch müssen.» Dann stapfte er wütend zur Tür hinaus. Ich betrachtete weiter Israfil. «Hariel? Nora?»
Angela sprach als Erste. «Deine Entscheidung, Nathaniel.» Nora nickte nur zustimmend.
Ich hatte noch nie in meinen Leben so viel Macht in den Händen gehalten. Der Hammer Thors. Man stelle sich das mal vor. Aber was hatte ich von Spiderman gelernt? «Mit viel Macht kommt auch viel Verantwortung.» Zitierte ich und drückte dem vollkommen verdutzten Israfil Mjöllnir in die Hände.
Innerhalb weniger Sekunden hatte sich der Todesengel erholt und kam auf die Beine. Jetzt, wo er mir direkt gegenüberstand, war er noch größer. Ich schaute ihn direkt auf dem unteren Brustansatz. Wieso mussten alle Todesengel riesige

Actionfiguren sein? Ich legte den Kopf soweit in den Nacken, dass ich sein Gesicht sehen konnte. Seine Miene wirkte nachdenklich. Er hatte ein überraschend sanftes Gesicht, wenn er nicht gerade mit Thors Hammer auf einen losging. «Und nun?» fragte ich das Gebirgsmassiv Israfil. Er sah zu Kassandra, dann wieder zu mir. «Nun werde ich gehen.» Schloss er schließlich, trat an mir vorbei und verschwand in die Nacht.
«Ich hoffe, das war kein Fehler.» Hörte ich Nora neben mir. Ich betete das Gleiche.
«Hab ich was verpasst?» ertönte die verblüffte Stimme von Angus. Ich nickte. «Kann man so sagen. Hast du den Krach nicht gehört?» Angus schüttelte den Kopf. «Habe telefoniert. Es gibt Neuigkeiten, aber wenig Gute, fürchte ich.»
Es sah wirklich nicht gerade rosig aus für uns. Kilian hatte eine Menge in Erfahrung bringen können. Doch was wir hören mussten, war wirklich alles andere als gut gewesen. Offenbar hatte es einen Angriff auf die Dämonen gegeben. Das erklärte auch, warum uns nur nicht alle Todesengel aufgelauert hatten. Die Restlichen waren in Hannover geblieben. Anscheinend hatten sie irgendwie von der Beteiligung El Marchitos Wind bekommen und hatten ihn kurzerhand angegriffen. Was den Konflikt zwischen den Celes nicht unbedingt entschärfte. Leider war Kilian nicht in der Lage, herauszufinden, ob die Dämonen diesen Angriff überstanden hatten. Da laut Radio der halbe Stadtteil in Flammen stand, erwartete ich das Schlimmste. Also hatten wir von dieser Seite wohl schon mal keine Hilfe zu erwarten. Eine gute Nachricht gab es von der Metafront. Sie waren im Moment nicht von einer Seite angeheuert worden. Aber sie wollten sich verständlicherweise auch nicht in dieses Chaos reinziehen lassen.
Über die Provinz der Engel hingegen gab es überhaupt nichts zu berichten. Alle Verbindungen dahin waren tot.

Nachdem wir uns kurz beraten hatten und uns klar war, dass wir nicht in Ulfs Versteck bleiben konnten, hatten wir uns dazu entschieden, dass Risiko einzugehen und nach Hannover zu fahren, um mit Raguel Kontakt aufzunehmen, sehr zum Widerwillen von Angus und Ulf. Aber auch die beiden mussten einsehen, dass die Metas in Hannover allein kein ausreichender Schutz waren und uns im schlimmsten Falle sogar an die Zwölf ausliefern würden. Also teilten wir uns erneut auf. Kassandra, Ulf, die Zwillinge und ich würden in einem weiteren Unterschlupf von Ulf am Stadtrand von Langenhagen warten, während Angela, Nora und Angus versuchen würden, Raguel zu erreichen. Wir waren dann aufgebrochen und erreichten einige Stunden später die Stadtgrenze Hannovers. Ulf steuerte mit angespannter Miene den schwarzen Pickup von der Autobahn. Wir würden Hannover über die A2 befahren und auf Höhe Hannover Nord abfahren, dann über die Vahrenwalder Straße links an der Kaserne vorbei und uns in einem Lagerhaus nahe des Truppenübungsplatzes verstecken.

Ich hoffte indes inständig, dass Kilian in der Lage war, die Metas für unsere Sache zu gewinnen. Eine zusätzliche Kavallerie war nie verkehrt, man denke nur an den Herrn der Ringe und die Reiter von Rohan-obwohl ich nicht davon ausging, dass Kilian auf die Schnelle 10.000 bewaffnete Lanzenreiter auftreiben konnte. Im Lagerhaus selber passierte erst einmal überhaupt nichts. Was meiner Nervosität nicht unbedingt förderlich war. Ulf war anscheinend ebenfalls nicht die Ruhe selbst. Ständig zerlegte er seine Waffen und setzte sie wieder zusammen. Dabei murmelte er dauernd, wie wenig ihm das alles gefiel. Ich schnappte einzelne Sätze auf wie: «Da hat der Typ den Hammer Thors und gibt ihn unseren Feinden zurück. Wer ist jetzt der größere Idiot? Er, oder ich, der ihn immer noch begleitet?» Das war jetzt die zensierte Version. So verharrten wir eine geraume Weile, bis die Tür der Lagerhalle geöffnet wurde. Ulf riss die Waffe herum, erkannte Nora und

ließ sie sinken. «Anklopfen wäre zu viel verlangt gewesen, oder? Beschwerte er sich.
Nora zuckte entschuldigend mit den Achseln.
«Was gibt es Neues?» fragte ich, während sie mich umarmte. Was für ein wunderbares Gefühl. Ihrem Gesicht nach nichts Gutes.
«Der Prätor und seine Engel sind nicht mehr in der Provinzfestung.» Sagte Angela, die nun durch die Tür schritt und den fluchenden Ulf ignorierte, der seine Waffe nun zum zweiten Mal sinken ließ. Ich ließ den Mut und die Arme sinken. «Und nun?»
Angela schenkte mir ein aufmunterndes Lächeln. «Er hat uns eine Nachricht hinterlassen. Wir sollen uns mit ihn treffen. Auf dem Truppenübungsplatz.»
Ich zog die Stirn in Falten. «Also dem hier? Genau gegenüber der Straße?»
Das wäre ein zu großer Zufall gewesen.
Das sah Ulf anscheinend genauso. «Scheiße, Mann! Gibt es irgendein Versteck, was nicht bekannt ist?»
Entgegen der ernsten Situation musste ich grinsen. «Und wann?» fragte ich Angela. Sie lächelte erneut. «In zehn Minuten.» Ich atmete erleichtert auf.
Wir hatten es geschafft. Wir waren am Ende unserer Reise angekommen. Hunderte Kilometer hatten wir zurückgelegt. Viele gute Leute sind gestorben. Dafür, dass wir nun mitten auf einen staubigen Feld stehen und uns die Füße abfrieren konnten. Ich war auf Raguels Reaktion auf die jüngsten Ereignisse gespannt. Und ich wurde von Minute zu Minute nervöser. Ständig blickte ich mich auf der hügeligen, zerfurchten, spärlich begrünten Landschaft um. Was mal ein Truppenübungsplatz war, war nun ein beliebter Spazierweg für Hundebesitzer. Deswegen musste man auch immer genau hinsehen, wohin man trat. Auf einer Fläche von ungefähr drei Kilometern war das Gelände vollkommen eben und einsehbar.

Ein paar Hügel, Bäume und Sträucher mal ausgenommen. Aber was waren bitte drei Kilometer Sichtvorsprung, wenn man von fliegenden Engeln gejagt wurde? Ulf sah das wohl ebenso und ließ den Pickup die ganze Zeit laufen. Ich stand neben Nora und hatte die Lederjacke geschlossen. Es wurde extrem kalt. Die Zwillinge flankierten stets Kassandra.
Angela starrte immer wieder auf ihr Handy.
«Keine Verbindung.» murmelte sie.
«Das ist gar nicht gut!» rief Ulf vom Truck herüber.
«Was ist los?» schrie ich, als ich zu ihm hinüber lief. Er deutete auf seine Instrumente. «Keine Frequenzen, keine Veränderung der Luftströme. Nichts. Keine Temperaturschwankungen. Comprende?»
Ich ahnte es, bevor ich den altbekannten bitteren Geschmack wahrnahm. «Wir sind in einer Zone?»
«Ja, aber kein Grund zur Panik.» ertönte es vom Dach des Trucks. Mit einem Satz hatte sich Ulf vom Sitz katapultiert, seine Pistole gezückt und auf die Gestalt in dem langen schwarzen Ledermantel gezielt.
«Warte.» schrie ich. Angela atmete erleichtert auf. «Endlich seid ihr da, Prätor.»
Raguel schenkte ihr ein gütiges Lächeln, dann sprang er mühelos vom Dach des Trucks. Er begrüßte mich mit einem Nicken. «Bemerkenswert, Nathaniel, wirklich bemerkenswert Du hast viel erreicht seit unserer letzten Begegnung.»
«Ja, ich bin schon ein tolles Zahnrad.» biss ich zurück. Doch schien das den Prätor nicht zu beeindrucken. Er schritt sofort zu den Zwillingen, die sich vor ihm verneigten.
«Anixiel, ich teile euren Schmerz um unseren Bruder Rhamiel und alle, die in München gefallen sind.» Beide senkten den Kopf. Raguel kniete sich vor Kassandra hin. «Du bist in Sicherheit, Auge Gottes.» Kassandra sah ihn an, dann starrten ihre Augen ins Leere und sie begann zu schreien. Raguel fuhr

herum. Am Himmel zeichneten sich dunkle Gestalten ab.
«Endstation», raunte Ulf, «Sie haben uns.»
Die Todesengel waren vollzählig erschienen. Wir waren in eine
Falle getappt. Die Zwölf hatten uns am Arsch. Raguel stellte
sich vor Kassandra und den Zwillingen. Seine Stimme
donnerte über die Ebene. «Ich bin der Prätor der Provinz
Hannover. Ich befehle hier. Das Auge und seine Gefährten
stehen unter meinem Schutz und dem Gottes. Verschwindet
von hier.»
Wie auf das Stichwort erschienen weitere Engel hinter uns aus
dem Dunkeln.
Ich schaute zu Nora. «Mordor oder Rohan»?
Ihrem Gesichtsausdruck nach konnte sie damit nichts anfangen.
«Das sind sämtliche Engel unserer Provinz. Sie stehen zu
Raguel, wenn das deine Frage war.»
Ich atmete durch. «Gut, Rohan also.» Nora schüttelte nicht
einmal den Kopf.
Es waren mit Angela, den Zwillingen, Raguel und Nora um die
zwanzig Engel. «Ihr seid in der Unterzahl. Geht nun und stellt
euch dem Gericht Gottes.» Verkündete Raguel mit
gebieterischer Stimme.
Einer der Todesengel schwebte nun näher heran. Seine dunkle
Stimme lachte dröhnend über die Ebene. «Das magst du
glauben, Bruder.»
Nun erhob er die Stimme und sprach so laut und klar, dass
jeder auf der Ebene es hören konnte. «Ich bin Azrael,
Befehlshaber der Zwölf und Gottes Richtschwert, eingesetzt
von den Vier persönlich. Hört, was sie zu sagen haben, Engel
Hannovers. Raguel, der heilige Rat der Inquisition spricht dich
hiermit des Verrates an Gott schuldig. Du übergibst uns nun
das Auge, wirst dich kampflos ergeben und von deinem Rang
als Prätor zurücktreten. Du wirst deinen Engeln befehlen, sich
zurückzuziehen. Dann wirst du uns deine Mitverschwörer

ausliefern. Dieses ist der Richtspruch Gottes, auf den du dich berufst.»
«Lüge!» schrien die Zwillinge gleichzeitig. «Ihr seid die Verräter. Ihr habt Prätor Rhamiel und unsere Brüder umgebracht.»
Azrael starrte voller kalter Verachtung auf sie herab. «Der Prätor Rhamiel war ebenso an der Verschwörung beteiligt, die das Ziel hatte, Gott zu blenden. Wir haben seinen Anteil an dieser Sünde aufgedeckt und ihn Gottes Gerechtigkeit übergeben. Das unsere Brüder sich dem Verräter angeschlossen hatten, war für Gott genauso schmerzlich wie für uns, da wir sie vernichten mussten. Ich ermahne dich ein letztes Mal Raguel. Gib deine Sünden zu und gib auf. Das Wort Gottes verlangt es.»
Auf eine herrische Geste hin pulsierte ein Lichtball wie eine kleine Sonne vor Azrael. Alle anwesenden Engel senkten ihr Haupt und schlossen die Augen. Sogar Raguel, Nora und Angela. Das glühen Verging nach einigen Momenten.
«Das Wort Gottes.» flüsterten die Engel untereinander. Ich ergriff Nora am Arm. «Was hat das zu bedeuten?» Nora Stimme klang schwach. «Azrael hat das Wort Gottes. Dass kann nur durch die Vier ausgesprochen werden. Die Mächte halten nicht einen unbekannten Nephilim, sondern Raguel für den Mörder. Das Wort Gottes wurde gegen ihn gesprochen.»
Ich starrte sie an. «Und was nun?»
Nora schüttelte den Kopf. «Wir können uns nicht gegen Gottes Wort auflehnen. Der Prätor wird sich Azrael beugen müssen. Wir haben verloren.»
Wie ein Schlag in die Magengegend. Oder sogar etwas weiter südlich. Ich weigerte mich, das so hinzunehmen. Nicht nach allem, was war. «Das glaube ich nicht. Wir wissen es doch. Wir wissen, dass Raguel es nicht war. Wir wissen, dass Azrael und seine Komplizen dahinter stecken. Ihr wollt doch nicht

aufgeben, nur weil er mit einen intergalaktischen Vollstreckungsbefehl um sich schwingt?»
Angela sah mich traurig an. «Gottes Wort ist die oberste Wahrheit. Sich gegen sie aufzulehnen, heißt den Weg des Morgensterns zu gehen.»
Ich schüttelte den Kopf. «Aber es ist falsch. Das wisst ihr doch.» Ich ergriff Nora an den Schultern. «Du weißt, was mit mir passieren wird, oder? Und wofür dann das alles? Wofür all das Leiden, wofür sind Jim und Damian gestorben? Damit wir jetzt aufgeben?» Nora sah mich an und Tränen füllten ihre Augen. «Wir können uns nicht gegen Gott auflehnen, egal was wir wissen, Nate. Es ist gegen unsere Natur. Azrael hat alle getäuscht. Und wir können nichts dagegen tun. Ich weiß einfach nicht, was ich tun soll. Woran ich jetzt noch glauben soll.»
Ich erinnerte mich an Jims Worte. «Dann glaube einfach an mich.»
Ich zog sie heran und drückte sie fest. Danach wandte ich mich mit zitternden Knien an den obersten Todesengel. «Ey Atzen, oder wie du heißt! Du glaubst doch nicht, dass ich mich kampflos ergebe? Warum versteckst du dich hinter einem Haftbefehl, Feigling? Bist du nicht der große böse Jäger? Darin bist du bisher aber ziemlich schlecht. Lange hast du mich gejagt und doch hast du mich nicht erwischt. Und weißt du warum? Weil ich eben nicht daran glaube, dass Gott oder wer auch immer will, dass ein Lappen wie du einfach mordend durch die Welt ziehen kann, ohne am Ende zu Fall gebracht zu werden. Ich bin vielleicht nur ein Mensch und kein geflügelter Ninjakrieger wie du und deine Kumpane, aber ich erkenne Verbrecher, wenn ich sie sehe. Und ich erkenne ein verlogenes Arschloch wie dich sofort.»
Plötzlich überkam es mich. Ich dachte an das Schachspiel. An all das, was ich gehört und gesehen hatte. Es war so, als ob ein Tor aufgestoßen worden war. Ich sah Azrael vor mir und all

seine Begierden wurden mir enthüllt. Es war alles so offensichtlich gewesen. «Ich weiß worauf du scharf bist. Der Platz des Morgensterns ist dein Ziel. Deswegen suchst du das Schwert Luzifers. Du hast dir nur einen Sündenbock gesucht. Und den Himmel ins Chaos gestürzt und einen beinahe Krieg ausgelöst. Und warum? Damit du jetzt als der strahlende Held dastehen kannst. Du willst den fünften Platz an der Tafelrunde einnehmen. An Luzifers Stelle treten und der fünfte Ur-Engel werden. Deswegen sterben so viele, weil du ein machtgeiles Arschloch bist!»

Vielleicht nicht die besten letzten Worte, aber ich fand sie sehr treffend. Und Azraels Reaktion war weit besser, als ich je zu hoffen gewagt hätte. Er hätte es einfach abstreiten können, mich als lästiges Insekt ignorieren oder einfach zertreten können, aber anscheinend hatte ich dermaßen ins Schwarze getroffen, dass dem obersten Richtschwert die Fassung flöten ging. «*Ich nehme nur das, was mir zusteht. Wer mir dabei im Weg steht, muss fallen.*»

Das hatte er nur gedacht. Aber er hatte Kassandra vergessen. Sie übertrug seine Gedanken direkt in die Köpfe aller anderen Anwesenden. Die Folge war ein mentaler Aufschrei unter den Engeln Hannovers.

Raguel bebte vor Zorn.

«Bruder. Dafür wirst du büßen!»

Mit diesen Worten zog er ein langes Zweihandschwert unter seinen Mantel hervor.

Die klassische Highlandernummer.

Azrael hingegen lachte. «Narr. Du glaubst doch nicht, dass ich so einfach zu überwinden wäre?»

Mit einem Wink gingen die Todesengel zum Angriff über. Eines musste man ihnen lassen, sie waren Azrael gegenüber loyal bis in den Tod.

Die Engel Raguels griffen zusammen mit ihrem Prätor an.
Azrael und Raguel trafen aufeinander. Angela und Nora warfen sich gegen die wirklich eineiigen Zwillinge der Todesengel. Castor und Pullox wehrten Moriel ab, der sich auf Kassandra stürzen wollte.
Und ich?
Ich hechtete erstmal unter den Pick-Up in Deckung. An einem Ort, an dem Engel sich mit Nahkampfwaffen zu Leibe rückten, hat ein einfacher Mensch die Halbwertzeit von Schnee in der Sahara.
Ulf kroch neben mir in Deckung.
«Und was nun?» fragte er.
«Sehen wir den Vorrundenspielen der Apokalypse zu. Ich habe keinen Plan, wir müssen doch irgendwie helfen können.»
Wir sahen gebannt zu, und was wir sahen, war gar nicht gut.
Ein Engel nach den anderen fiel unter den Angriffen der Zwölf.
«Ulf, wir verlieren!» Brachte ich panisch hervor.
Bevor Ulf antworten konnte, piepte sein Handy.
«Hervorragend!» sagte er begeistert, nachdem er die Nachricht überflogen hatte.
Was?» brüllte ich beinahe hysterisch.
Ulf sagte nichts, sondern kroch unter dem Truck hervor und deutete nach Süden auf das andere Ende des Platzes. Ich sah nichts. Dann fuhr ich durch einen Schrei gewarnt herum.
Einer der Todesengel, keine Ahnung welcher, ein schlaksiger Typ mit zwei römischen Kurzschwertern, hatte gerade einen von Unseren in der Luft aufgespießt. Verächtlich spuckte er dem sterbenden Engel ins Gesicht und schleuderte ihn vom Himmel herab. Krachend prallte der leblose Körper durch die Windschutzscheibe des Trucks. Der Todesengel grinste uns böse an, dann stieß er auf uns zu.
Ulf hob seine Waffe und feuerte. Die Kugeln schienen an dem Engel abzuprallen.
«Sterbt, Abschaum!» brüllte er uns entgegen.

Ulf feuerte immer noch, bis sein Magazin leer war. «Fuck!» brüllte er und warf in einer hilflosen Geste die Waffe nach ihm. In dieser Sekunde traf irgendetwas den Todesengel mit Wucht in die Seite. Ulf und ich tauschten einen verdutzen Blick. Dann schallte auf einmal Musik über die Ebene. Ich traute meinen Ohren nicht. «Cowboys from Hell?» fragte ich mich selbst. Dann sah ich noch einmal in die Richtung, die Ulf mir vorhin gewiesen hatte. Auf dem Hügelkamm stand jemand. Kilian! Lachend warf der Vampir die noch rauchende Bazooka von sich. Plötzlich kam Bewegung in den Hügelkamm. Die Quelle der Musik wurde sichtbar in Form eines Monstertrucks, auf dessen Ladefläche weitere Metas standen. Aus riesigen Boxen knallte der Pantera- Song über die Ebene.

«Kilian hat echt die Cowboys anwerben können. Und er liebt große Auftritte.» kommentierte Ulf. Der Monstertruck schoss über den Hügel, gefolgt von weiteren Pickups, Lastern, Kleinbussen und Trucks. Ich zählte insgesamt neun Stück und musste sofort an Mad Max denken. Die anrückenden Fahrzeuge waren nicht nur vollbesetzt, sondern auch bis unters Dach mit Wummen bestückt. Und sie eröffneten nun das Feuer aus allen Rohren auf die Todesengel. Maschinengewehrsalven und Granateinschläge gaben dem Truppenübungsplatz seine ursprüngliche Bestimmung zurück. Der Monstertruck mit Kilian machte eine halsbrecherische Wendung und kam Staub aufwirbelnd direkt vor uns zum Stehen. Ich konnte auf der Beifahrer Tür ein aufgesprühtes Logo erkennen. Es zeigte tatsächlich einen skelettierten Cowboy mit zwei Pistolen vor einem brennenden Hintergrund. Offensichtlich eine andere Gruppe von Kopfgeldjägern.

«Gute Arbeit, Nathaniel. Du darfst dich gerne bei uns bewerben, wenn der Tanz hier vorbei ist.» Bemerkte der Vampir lachend.

Ich erwiderte das Lachen.

Die Kavallerie war tatsächlich gekommen.

«Ulf, rauf mit dir, wir haben noch ein Hühnchen zu rupfen mit den Bastarden!» Ulf nickte und sprang auf die Ladefläche.
«Gute Jagd, Kleiner!» brüllte mir Kilian zu.
«Spielt den Song noch mal, jetzt ist Entensaison.»
Und erneut dröhnte Cowboys from Hell durch die Lautsprecher des Trucks, begleitet von dem Kriegsschreien der Metas und dem Dröhnen ihrer halbautomatischen Waffen.
Und ich stand immer noch nur dumm rum. Der Kampfverlauf änderte sich nun zu unseren Gunsten, auch wenn sich die Todesengel bemerkenswert schnell von ihrer Überraschung erholt hatten. Schon ging der erste Truck unter einem Blitzschlag in Flammen auf. Nora erschien neben mir. Sie war über und über von Blut bedeckt.
«Wir scheinen das Blatt gewendet zu haben.» Gab ich von mir. In dieser Sekunde zuckte ein weiterer Blitzschlag herab und zerschmetterte einen weiteren Truck. «Gungnir.» raunte Nora. Ich sah zum Himmel, wo der glatzköpfige Engel namens Rumiel schwebte und Odins Speer kreisen ließ. Ein weiterer Blitzschlag warf den Monstertruck zur Seite und ich sah Ulf und Kilian über die Ebene kullern. Beide rührten sich nicht mehr. Auch Angus war nicht zu sehen. Meine Kehle schnürte sich zu. Auch das war meine Schuld. Hätte ich verdammt noch mal Thors Hammer behalten, hätten wir jetzt eine ebenwürdige Waffe gegen Rumiel gehabt und ich würde nicht nur sinnlos in der Gegend rum stehen. So hatten wir ihm nichts entgegen zu setzen. Jetzt erst fiel mir etwas anderes auf. «Wo ist Israfil?» Nora schüttelte den Kopf. «Er war nicht bei den anderen Zwölf. Aber wir sind auch so chancenlos, wenn wir Gungnir nicht ausschalten können. Die Metas fallen wie die Fliegen.» Ich sah mich um. Dem Vampir waren mindestens einhundert Metas in den Kampf gefolgt. In einen Konflikt, der sie eigentlich nichts anging. Um einen Krieg zu verhindern. Nun starben sie als Bauernopfer. Zu meiner Erleichterung stemmten sich Ulf und Kilian wieder in die Höhe und schleppten sich

zum umgestürzten Truck, um Deckung zu suchen, während Rumiel nun ein wahres Gewitter entfesselte. Die Metas wurden immer weiter zurückgedrängt. Ihre Kugeln konnten nicht zu Rumiel durchdringen, während seine Blitze die Ebene in eine Kraterlandschaft verwandelten. Ohne groß darüber nachzudenken, sprang ich hinter das Steuer des Pickups und raste zu meinen Freunden. Ulf, Kilian und einige andere Metas sprangen auf die Ladefläche und ich gab Gas. Ulf seilte sich während der holprigen Fahrt zu mir nach vorne in die Fahrerkabine.

«So viel zur Kavallerie. Wir sind raus aus dem Spiel.» Ich nickte. Jedes Metafahrzeug brannte. Die wenigen Metas, die noch standen, zogen sich in die Deckung der Büsche und Bäume zurück. Ich lenkte den Pickup zurück zu der Stelle, wo Nora und Kassandra immer noch standen.

Kilian sprang als erster auf den Boden. Ihm folgten Angus und drei weitere Metas. Stumm sahen wir auf das Schlachtfeld. Das Eingreifen der Cowboys hatte uns nur Zeit erkauft. Zwar hatten sie Drei der Zwölf vorübergehend ausgeschaltet und die Engel Raguels wiederum Zwei weitere, doch war auch unsere Zahl zusammengeschrumpft auf die Zwillinge, Raguel, Angela, Nora und fünf Engeln der Provinz Hannover. Ihnen gegenüber standen immer noch Azrael, Kaliel, Rumiel, Moriel und die bösen Zwillinge.

«Wir sind zwar mehr, aber solange wir an Rumiel nicht vorbeikommen, können wir es knicken, von Agnes noch gar nicht zu sprechen.» kommentierte Angus, während er sich ein neues Gewehr griff. «Scheiße, fast leer.» grummelte er.

Ein greller Lichtblitz ließ uns nach oben blicken. Rumiel schwebte nun unmittelbar über uns und lud seinen Speer auf. Grelle Blitze zuckten von der Spitze, die er nun langsam auf uns richtete. Nora stieß mich und Kassandra zu Boden und stellte sich schützend vor uns, obwohl ich nicht damit rechnete, dass sie so einem Angriff gewachsen wäre. Rumiel schleuderte

das knisternde Geschoss auf uns herab. Ich schloss die Augen und legte mich auf Kassandra. Ich hörte den Knall des Aufpralls, konnte den säuerlichen Geschmack der Elektrizität in der Luft wahrnehmen, aber ich spürte nichts. Vorsichtig öffnete die Augen und sah, was uns gerade das Leben gerettet hatte. Oder vielmehr, wer. Rumiel war wohl genauso erstaunt wie wir, als Israfil den kreisenden Hammer sinken ließ, mit dem er den Blitz abgewehrt hatte.
«Du?» entfuhr es dem Todesengel. «Israfil, was soll das bitte werden?»
Israfils Stimme war voller Zorn. «Ihr habt mich getäuscht. Ihr habt mich und Gott betrogen. Das werde ich nicht zulassen.» Mit einem mächtigen Satz sprang er vom Boden, zwei riesige weiße Schwingen wuchsen ihm aus dem Rücken und mit wenigen Flügelstößen war Israfil bei Rumiel und schlug mit Mjöllnir zu. Beide droschen nun mit der Kraft eines Sturms aufeinander ein.
Ich spürte Ulfs Hand auf meiner Schulter. «Gute Entscheidung, Mann.» Raunte er, während er die Augen nicht vom Kampfgeschehen lassen konnte.
Auch ich starrte gebannt auf das Szenario. «Sag mal Ulf? Jetzt wo Rumiel abgelenkt ist, kann es doch sein, dass seine Deckung nicht mehr so gut ist, ähnlich wie bei Israfil in der Kirche?»
Ulf nickte grinsend. «Stimmt.»
Ich fuhr fort. «Und ist es nicht auch so, dass ich einen Raketenwerfer auf der Ladefläche gesehen habe?» Ulfs Grinsen wurde noch eine Spur breiter.
«Hundertprozentig.» Dann rannte er los.
Ich bückte mich zu Kassandra. «Kassandra, kannst du dich nur mit Israfil verbinden? Ohne das Rumiel was mitbekommt?»
Das Auge nickte. «Was soll ich ihm sagen?»

Ich deutete mit einen Nicken auf Ulf, der soeben mit dem Raketenwerfer auf die beiden kämpfenden Engel angelegt hatte.
«Wie wäre es mit «Deckung»?» schlug ich vor. Kasandra nickte und schloss die Augen. Israfil brauchte wohl nur ein paar Sekunden, um unseren Plan zu erfassen, denn er manövrierte derart geschickt, dass Rumiel mit dem Rücken zu uns kämpfen musste. «Auf dein Zeichen.» sagte Ulf.
Ich blickte zu dem Todesengel. «Feuer.»
Er feuerte die Rakete ab, die Zielsicher ins Schwarze, in diesem Falle Rumiels Rücken, traf. Sowohl Israfil als auch Rumiel wurden beide von der Druckwelle der Explosion vom Himmel geschleudert, nur das Rumiel lichterloh brannte.
«Der ist hinüber.» kommentierte ein sichtlich zufriedener Ulf. «Mein erster Todesengel. Da will ich mal sehen, wie du da gleichziehen willst, Kilian.»
Der Vampir spuckte auf den Boden. «Wird schwierig, wir haben keine Munition mehr.»
«Aber das Lagerhaus muss doch voll davon sein.» sagte ich mehr zu mir selbst. Kilian und Angus schauten sich an. «Wir sind gleich wieder da.»
Dann rasten die zwei mit dem Pickup Richtung Lagerhaus.
«Manche kriegen nie genug.» sagte Ulf.
Indes tobte der Kampf munter weiter, an dem sich nun auch wieder Nora beteiligte. Die Zwillinge kämpften gegen ihre bösen Pendants, was bei längerem Zusehen zu Kopfschmerzen führen konnte, und Angela war vollends mit Moriel beschäftigt. Während Azrael und Raguel sich immer noch einen erbarmungslosen Kampf lieferten, hatte Agnes die übrigen Engel der Provinz überwunden und flog auf den sich gerade wieder aufrappelnden Israfil zu. Dieser hob den Hammer, um sich ihr zu stellen. Agnes vollführte daraufhin Gesten mit ihren Händen, schwarze Strahlen löste sich von ihren Fingerspitzen und rasten auf Israfil zu. Dieser schleuderte

ihr den Hammer mit aller Macht entgegen. Die Folge war ein regelrechter Miniatompilz, der beide zu Boden schickte. «Und damit ist Agnes auch raus aus dem Rennen. Das könnten wir tatsächlich packen.» Sagte Ulf.
Kassandra ruckte nach oben. «Wir sind nicht mehr allein.» Dabei zeigte sich mit ausgestrecktem Arm zum Himmel.
Ulf trat zur Fahrerkabine, holte ein Fernglas heraus und schaute hindurch.
«Ach du heilige Scheiße!» entfuhr es ihm. Ich nahm ihm das Fernglas ab und sah selber hindurch. Aus der Ferne näherten sich dutzende geflügelter Gestalten. «Kassandra? Sie die für uns, oder gegen uns?» fragte ich, obwohl ich mir die Antwort schon denken konnte. «Das sind Engel der Inquisition. Und sie kamen auf Azraels Ruf.»
Ich schluckte. «Und warum erst jetzt?»
«Vermutlich wollte er so wenig Beteiligte wie möglich dabei haben, wenn er seine Spuren verwischt.» brummte Ulf.
«Kannst du sie nicht umstimmen? Ihnen zeigen, was hier passiert ist?»
Kassandra schüttelte den Kopf. «Der Kontakt mit Israfil hat mich ziemlich ausgelaugt. Ich könnte niemals alle auf einmal erreichen.»
«Wir müssen hier weg. Wir ziehen uns zum Lagerhaus zurück. Auf offenem Feld haben wir gar keine Chance.» stellte Ulf fest.
Ich wollte protestieren, wir konnten unsere Verbündeten nicht einfach im Stich lassen, da trat Nora an mich heran. «Er hat Recht. Es bringt nichts, dass ihr bleibt und mit uns sterbt. Ihr könnt hier nichts ausrichten. Versucht, Kassandra irgendwie hier wegzuschaffen.» Ich schüttelte entschieden den Kopf.
«Ich kann dich nicht verlassen, Nora. Ich brauche dich.»
Nora lächelte. «So wie ich dich. So wie wir alle.» Dann zog sie meinen Kopf heran und gab mir den wohl besten Kuss meines Lebens.
«Wir werden uns wiedersehen.» Flüsterte sie.

Dann wandte sie sich um und warf sich in die letzte Schlacht der Engel Hannovers. Ich rührte mich immer noch nicht. Ich wollte nicht. Ich wollte irgendetwas tun. Ich zitterte am ganzen Leib. SCHLIMM, WENN EINEM DIE EIGENE SCHWÄCHE SO BEWUSST WIRD, ODER? Meine Kehle schnürte sich zusammen. Ich hörte meine eigene Stimme in meinen Kopf, aber ich wusste, dass es nicht meine Gedanken waren. ICH KANN IHNEN HELFEN. ICH HABE DIE MACHT DAZU. KEINER VON IHNEN MÜSSTE STERBEN. DU MUSST ES NUR ZULASSEN. LASS MICH FREI. Mein Herz begann zu rasen. Aber woher soll ich wissen, dass ich durch dich nicht noch ein schlimmeres Übel auf sie loslasse?

Ich lachte mich selber aus. DAS KANNST DU NICHT. ABER WELCHE WAHL HAST DU DENN? WILLST DU SIE DOCH OPFERN? ODER WILLST DU DAS SPIEL GEWINNEN, OHNE DASS NORA STERBEN MUSS? DANN LASS MICH FREI. Die Bilder vom Schachspiel kehrten wieder vor mein geistiges Auge zurück. Damian und Jim waren bereits gefallen, wie Adam es mir gezeigt hatte. Doch ich hatte mich geweigert, Nora zu Opfern. Konnte ich so das Spiel überhaupt gewinnen? Konnte ich das Risiko eingehen? Was würde mit mir geschehen?

DU KENNST DIE ANTWORT AUF DIESE FRAGE. DEIN LEBEN FÜR IHRES. UND DU WIRST IMMER EIN TEIL VON MIR BLEIBEN. UNSTERBLICH UND ÜBERMÄCHTIG. DU MUSST ES NUR ZULASSEN.

Ich konnte all dem ein Ende setzen. Immerhin hatte es auch mit mir begonnen. Ich wusste es. Ich konnte den Krieg verhindern. Azrael aufhalten. Nora retten. Ich musste es nur zulassen…

In dieser Sekunde knallte mir die flache Hand von Ulf mitten ins Gesicht und riss mich aus meinen inneren Dialog. Mein zweites Gesicht war verschwunden. Ich blickte irritiert den Meta an, der mich finster anstarrte. «Reiß dich zusammen. Wir brauchen dich hier.» Dann nahm er Kassandra spielend leicht auf die Arme und hechtete Richtung Lagerhaus davon. Wie benebelt folgte ich ihm, ohne auch nur einen Blick auf das Gemetzel hinter mir zu werfen.

Doch sollten mich der Kampfeslärm und vor allem die Schreie mein Leben lang verfolgen.

Wir schafften es sogar irgendwie, bis zum Lagerhaus zu gelangen, ohne dass wir von einem Kamikaze Engel aus der Luft zerbombt wurden. Kilian rammte die stählerne Seitentür hinter uns in den Rahmen und führte uns zu dem Pickup, auf dem Kilian und ein mir nicht bekannter Meta gerade etwas auf die Ladefläche installierten.

«Was wird das?» fragte ich Ulf. Der Meta grunzte kurz. «Das ist die Handtaschenversion des Geschützes, was du auf Baby bedient hast. Mobile Variante. Und als Bonus hat es sogar eine Miniraketenabschussfunktion. Ich frage mich nur, warum wir das auf dem Pickup anbringen und nicht vor einem der Fenster in Stellung bringen.»

Kilian warf ein Bündel auf die Ladefläche. «Weil ihr nicht hierbleibt. Ich hatte eigentlich vor, das Angus mit dem Schätzchen zu euch fährt und ihr dann abhaut, während wir uns um die Engelchen kümmern. Da ihr aber jetzt hier seid, gehe ich mal davon aus, dass es nicht so gut für uns läuft.»

Ulf nickte. «Die Zwölf haben weitere Verstärkung erhalten. Dutzende. Ich hab keine Ahnung, wie lange unsere Engel dagegenhalten können. Also sollten wir uns hier verschanzen.»

Der Vampir schüttelte energisch den Kopf. «Und was meinst du, wie lange wir hier gegen einen Sturm der Engel stand halten können? Nein. Wir werden bleiben und sie ablenken. Ihr verschwindet.»

«Und wohin?» warf ich wütend ein. «Es gibt keinen sicheren Ort für uns. Wir sind besiegt.»

«Noch nicht.»eErtönte eine bekannte Stimme hinter mir. Ich fuhr herum. «Kimmy?»
Die hochgewachsene Agentin der Dämonen schenkte mir ein scheues Lächeln. Ihre langen braunen, gelockten Haare hatte sie zu einem strengen Zopf zusammengebunden. Durch ihren schwarzen Kampfanzug passte sie eindeutig besser zu den anwesenden Metas als zu dem Bild, dass ich früher von ihr gehabt hatte. «Ich weiß, wir sind im Moment nicht unbedingt Freunde, aber ich kann euch helfen.»
Ich starrte Kilian an, der lediglich nickte. «Sie hat Recht. Sie kann euch zu El Marchito und seinen Leuten bringen. Da sind eure Chancen deutlich höher als bei uns.»
«Wir sollen das Auge zu den Dämonen bringen?» entfuhr es mir.
«Besser als es Azrael zu überlassen oder?» warf Kim ein. Und verdammt noch mal, sie hatte Recht.
«Was wird aus euch? Kommt mit uns!» forderte ich den Vampir auf. Kilian lachte nur trocken. «Wir erwarten eure Verfolger hier und erkaufen euch Zeit. Höchstwahrscheinlich haben wir sogar größere Überlebenschancen als ihr, wenn sie merken, dass das Auge gar nicht bei uns ist.»
Eine schwache Lüge, das wussten wir beide. Die Zwölf waren nicht gerade Fans von Zeugen. Dennoch sah ich ein, dass wir keine andere Wahl hatten. Kilian legte mir eine Hand auf die Schulter. «Schade, dass wir uns nicht anders kennengelernt haben.» Dann wandte er sich an Ulf. «Ich verlass mich auf dich.» Dieser wandte sich mit einen stummen Nicken ab und sprang auf die Ladefläche, wo er unser Geschütz überprüfte.
«Der Dämon fährt, sie kennt den Weg. Angus wird euch auch begleiten.» fuhr Kilian fort, doch wurde er von Angus rüde unterbrochen. «Das kannst du so was von haken. Ich überlasse dir nicht noch einmal den ganzen Spaß. Und einen weiteren Auftritt wie vorhin gönne ich dir nicht.»

Kilians Kiefer mahlten, aber er grunzte zustimmend. Ich wollte etwas sagen, da schrie jemand eine Warnung durch die Halle.
«Sie kommen.»
«Einsteigen!» brüllte Kilian. Als wir im Wagen saßen, drückte Kilian auf einer Tafel einige Knöpfe. Der Boden unter dem Pickup begann sich zu teilen. Vor uns öffnete sich eine Rampe, die in einen beleuchtenden Tunnel führte. «Ihr kommt knapp vier Kilometer von hier am Leineufer raus. Viel Glück!»
In diesen Moment knallte etwas gegen die Hallentür und ließ das Gebäude erzittern. Ich hörte das Bersten von Fenstern und Feuersalven, gefolgt von nicht jugendfreien Flüchen. Kilian grinste ein letztes Mal, dann legte er den Hebel erneut um, die Decke schloss sich über uns und Kim trat das Gaspedal durch.

Kapitel 17 Endstation

«Hier hat für mich alles angefangen. Und hier wird es enden.«
- Das Bourne Ultimatum

M
Eine innere Stimme meldete sich wieder zu Wort.
Schon wieder läufst du weg und lässt deine Verbündeten zurück zum Sterben. Hasst du Wiederholungen denn nicht genauso wie ich? Seit wann bist du so kommunikativ? Hat doch bisher so wunderbar funktioniert, also halt die Klappe.
Lass mich kurz drüber nachdenken. Nein. Immerhin wird es gerade spannend. Ich hab lange genug stilles Mäuschen gespielt. Finale, Baby! Da will ich dabei sein. Außerdem verwechselst du mich. Ich bin nicht dein geflügelter Mitbewohner. Der ist, nebenbei bemerkt, auch eine richtig trübe Tasse. Mieser Alleinunterhalter.
Du bist nicht er? Super. Genau das kann ich jetzt brauchen. Noch eine Stimme in meinen Kopf.
Nicht noch eine Stimme. Ich bin du. Oder dachtest du, die ganzen Metaphern und Beleidigungen wären auf deinem Mist gewachsen? Von wegen. Du tickst durch, Nate. Ich bin das singende, klingende Bäumchen des Wahnsinns in dir. You can call me Al.
Al? Dein Ernst? Was willst du?
Och, ich will mich nur unterhalten. Ist recht langweilig in deinem Verstand geworden, seitdem du die Dinge so bitterernst siehst.
Sei still.
Wie unhöflich. Dabei bin ich nur zu deinem Schutz hier. War ich schon immer so undankbar?
Wieso zu meinen Schutz? Was laberst du da?

Mööp. Was labere ICH da. Ich bin du. Psychologie ist was Feines, sag ich dir. Also mir. Du, also ich, also wir, haben mich erschaffen. Und solange ich in deinem kleinen dreckigen Unterstübchen rum spuke, belästigt dich unser mürrischer Seelennachbar nicht. Ich blockiere alle seine Frequenzen. All we hear is, Radio Gaga, Radio Gogo. So sieht es aus, Nate. Aber versuch nur weiter, mich zu ignorieren, wenn es dir hilft. Ich nehme das nicht persönlich.
«So eine Scheiße!» fluchte ich.
Kim warf mir einen raschen Seitenblick zu, doch dann war das Ende des Tunnels erreicht und wir erreichten offenes Gelände.
«Wohin nun?» fragte ich Kim, in deren Gegenwart ich mich immer noch unwohl fühlte. Ich konnte ihr einfach nicht verzeihen, dass sie mich ebenfalls hinter das Licht geführt hatte.
«Steintor.» Entgegnete sie knapp, während sie den Pickup mit einer scharfen Linkskurve gefährlich ins Schlittern und Ulf zum Fluchen brachte.
«Das ist ja Mitten in der Stadt. Was ist mit den Leuten?» Kim deutete auf eine Ampel, die die ganze Zeit auf Gelb stand und sich weigerte, umzuspringen. **Woho, wir sind in der Zone. VIP Bereich für Engel, Dämonen, Metas und Menschen mit Dachschaden.** «Halt die Schnauze!» blaffte ich mich selber flüsternd an. Doch an Kims gekränktem Tonfall wusste ich, dass sie mich auch gehört hatte.
«Ich weiß, dass ich nicht ehrlich zu dir war, Nate. Ich bin da auch nicht glücklich mit, aber das war nun mal mein Job.» Ich hob abwehrend die Hände. «Sorry, du warst nicht gemeint.»
«Wer denn dann? Dein Meta kann dich wohl kaum hören.»
«Er ist nicht mein Meta», stellte ich entschieden fest, «Ich drehe durch. Ich höre Stimmen.»

Stimme. Singular. Du bist mir ein toller Student. Kim nickte nur und trat das Gaspedal weiter durch. Schizophrenie schien nichts Ungewöhnliches in ihren Kreisen zu sein.
Und das wundert dich?
Ich will sofort den Engel wieder in der Leitung haben. **Hey, das war gemein. Ich bin ja schon ruhig. Ach übrigens, ihr Supernasen, wir werden verfolgt.**
Ich warf einen Blick durch das Rückfenster. Ulf hatte ebenfalls bemerkt, dass uns drei Engel verfolgten. Ich lehnte mich aus dem geöffneten Seitenfenster, wobei mein Kopf fast von einem Straßenschild zermatscht worden wäre, als Kim vollkommen überraschend ein stehendes Fahrzeug schnitt.
«Todesengel?» brüllte ich Ulf über den Schrecken und den Fahrtwind hinweg zu. Der Meta schüttelte den kahlgeschorenen Kopf. «Normales Kaliber, aber immer noch schlimm genug. Sag unserer Fahrerin, sie soll den Wagen mindestens zehn Sekunden am Stück ruhig halten, dann kann das Tontaubenschießen beginnen.»
«Das bringt nichts. Die weichen den Geschossen einfach aus. Hat beim Angriff auf den Truck auch nichts gebracht.»
Ulf grinste breit. «Nichts für ungut, da habe auch nicht ich geschossen. Sag ihr, sie soll anhalten, bis ich weiter sage.» Ich gab seine Anweisung an Kimmy weiter. Ihr gefiel das überhaupt nicht, doch sie fügte sich und brachte den Wagen mit quietschenden Reifen zum Stehen. Ulf nahm den vordersten Engel ins Visier. Endlose Sekunden passierte überhaupt nichts. Er starrte lediglich dem heranrasenden Engel entgegen. Ich wollte gerade etwas schreien, da zog er den Abzug durch, gefolgt von weiteren, kurzen Feuerstößen. Gebannt beobachtete ich, wie der Engel jeder Salve auswich, ganz genauso, wie ich es vorhergesagt hatte. Zwischen zwei Feuerstößen hörte ich auf einmal Ulf lachen. «Jetzt hab ich dich.» rief er triumphierend. Und tatsächlich, die nächste Salve

erwischte den Engel frontal und pustete ihn buchstäblich vom Himmel. «Der Trick ist, dahin zu schießen, wo sie als nächstes sein werden. Wird ihn nicht umbringen, aber zumindest aufhalten.» Stellte er zufrieden fest, bevor er das Signal zum Weiterfahren gab.
Kimmy hatte nur darauf gewartet und gab Vollgas. Unsere beiden Verfolger waren nun vorsichtiger und blieben auf Abstand. «Kannst du sie erwischen?» rief ich Ulf zu. Der schüttelte nur den Kopf. «Negativ, zu weit entfernt und wir sind zu schnell. Sie sind nicht dumm. Für Engelverhältnisse zumindest.»
Kim meldete sich. «Wir sind gleich da. Bin gespannt, ob sie uns dahin folgen.» Und sie hatte Recht.
Kaum waren wir an der Nikolaistraße durch den Kreisverkehr links Richtung Steintor abgebogen, als beide Engel mit hohem Bogen kehrt machten. Noch bevor ich eine entsprechende Frage stellen konnte, erhellte eine grelle Explosion den Himmel. Einer der Engel stürzte in neongrünen Flammen gehüllt zu Boden. Ich starrte Kim verwirrt an.
«Ash.» War ihre knappe Antwort.
Ich erinnerte mich. Die Ignis, die ich im Haus meiner Eltern zu Boden schicken konnte. DAS nenne ich mal ein Flugabwehrgeschütz.
Ulf hangelte sich zu mir in die Fahrerkabine. «Entzückend. Wir sind mitten im Dämonenland.» Kommentierte er. «Das Steintor?» fragte ich baff.
Immerhin war ich hier schon unzählige Male feiern gewesen. Es kam mir nie wie der Vorhof zur Hölle vor. Obwohl, manche Clubs um Sechs Uhr morgens....
Kim nickte. «Gehört alles uns. Zumindest seit El Marchito den Laden hier schmeißt. Die hiesigen Metas stört es nicht. Sie dürfen ihre Refugien ganz normal weiter betreiben, solange sie sich aus unseren Angelegenheiten raushalten.» Fügte sie mit

einem Seitenblick auf Ulf hinzu. Der wirkte nicht gerade überzeugt.

«Ich dachte, die Hells Angels machen das alles hier.» Erklärte ich verwundert. Kim sah mich mit müdem Lächeln an. «Jetzt denk noch mal über deinen Satz nach. WER schmeißt den Laden?»

«Oh.»

Kim nickte nur.

Dann bog sie in die Reuterstraße ein und stieg erneut hart in die Bremse. Ulf, Kassandra und ich stiegen aus. Ich las das Schild am Eingang.

«Rocker? Wir verstecken uns in einem Rockschuppen? Originell seid ihr aber nicht.»

Kim zuckte mit den Schultern. «Ist ein Refugium. Nicht so wie das Rockhouse! Das Publikum ist deutlich älter als die bunten Fledermäuse dort.»

Weil es fast alles Metas sind.» Fügte Ulf hinzu.

Kim deutete auf die verschlossene Tür. «Rein mit euch, ich bringe den Wagen weg.» Dann brauste sie los. Ulf und ich tauschten einen Blick, zuckten mit den Schultern, nahmen Kassandra zwischen uns und schritten zur Eingangstür. Ich zog die Tür auf und hatte nicht einen Fuß in den Raum gesetzt, als ich von den Beinen gerissen und gegen die nächste Wand gepresst wurde. Ich starrte in das finstere Gesicht eines Werwolfs. Dessen war ich mir sicher. Zwar hatte er sich nicht verwandelt, doch sein langes Haar und sein ebenfalls langer Vollbart gepaart mit den Augen eines Raubtieres ließen für mich keinen Zweifel zu. Wenn das kein Meta Wolf war, dann war ich Sailor Moon. «Was machst du hier, Mann?» knurrte er mich an, während er mir seinen Unterarm fast bis in die Mandeln schob.

«Jetzt gerade? Ersticken.» brachte ich keuchend hervor. Ein mechanisches Klicken ließ den Wandler erstarren. Ulf hatte ihm eine Pistole an den Hinterkopf gesetzt und den Hahn

gespannt. «Okay, mein junger Freund, jetzt wirst du ihn langsam runterlassen, dann wird hier keiner verletzt.»
Doch leider schienen wir hier an einen ausgesprochenen Sturkopf geraten zu sein. Ob seine Mutter ein Steinbock war? Und ich meinte nicht unbedingt das Sternzeichen.
Anstelle mich abzusetzen, wurde der Druck auf meine Kehle stärker und sein Knurren lauter. «Duke, lass ihn.» Brüllte jemand aus dem hinteren Teil des schlauchartigen Raumes.
«Ja Duke. Aus.» presste ich hervor.
Widerwillig ließ der Meta von mir ab. Keuchend glitt ich an die Wand und sog die Luft förmlich auf. Dann begann ich zu husten.
«Raucherlokal?» keuchte ich hervor. Ulf nahm die Waffe von Dukes Kopf und verstaute sie wieder im Holster. Sterne tanzten vor meinen Augen, als sich eine wohlbekannte Stimme zu der Ersten gesellte. «Nate. Machst dir immer wieder neue Freunde.»
Ich hob den Kopf. «Nur wenn ich dich sehe, Seren. Nur dann.»
Die Shinigami schenkte mir ein zuckersüßes Lächeln, doch konnte mich das gerade überhaupt nicht aufmuntern. «Du bist der Türsteher hier?» fragte ich den langhaarigen Grobian namens Duke. Er schüttelte nur den Kopf. «Schlepper. Ich hole hier die Getränke.»
Ich pfiff durch die Zähne. Wenn der Schlepper hier schon so drauf war, dann wusste ich, warum ich noch nie hier war. Dabei machte der Laden auf dem ersten Blick einen netten Eindruck, nur etwas eng. Der Tresen nahm die Hälfte des lang gezogenen Raumes ein, dahinter sah ich die Tanzfläche vor dem DJ Pult. Daneben links und rechts waren zwei Türen. Vermutlich die Toiletten. Rechts neben der Tanzfläche war dazu auch noch ein Podest, auf dem ein Sofa stand. Nett, so brauchte man gar nicht nach Hause gehen, sondern konnte seinen Rausch gleich hier ausschlafen. «Duke, leiste doch Nates neuen Freund Gesellschaft.» Sagte Seren, ergriff meinen

Arm und zog mich am Tresen entlang zum hinteren Bereich. Bevor ich ging, wandte ich mich nochmal an den Wolfs Meta. «Duke ist übrigens ein Hunde Name.»
Kassandra folgte uns. «Mir ist jetzt nicht nach Tanzen.» Stammelte ich. Seren kicherte. «Da wollte ich auch nicht mit dir hin.» Sie zog mich links am DJ Pult vorbei, Richtung Herrentoilette. «Wow. Langsam.» Sagte ich zögernd. «Das ist jetzt aber weder der rechte Ort noch die Zeit für so was.» begann ich, doch hatte ich die Tür links vom Klo erst jetzt bemerkt, als Seren sie öffnete. Mit feuerrotem Kopf folgte ich ihr und betrat eine Art umgebautes Festzelt, in dem sich neben einigen Tischen eine weitere Bar befand. Bier strahlte mich verführerisch aus zwei großen Kühlschränken an. Meine Aufmerksamkeit nahm aber der Boss der Dämonen in Anspruch, der sich an einen der Tische gelehnt hatte und mich über ein Bier hinweg beobachtete. Ich hätte schwören können, dass seine Tunnel noch größer waren als beim letzten Mal. Sein Blick wanderte von mir über Seren nach Kassandra und wieder zurück. Dann richtete er sich zu seiner vollen Größe auf, wobei er immer noch ein Kopf kleiner als ich war.
«Willkommen in unseren ganz persönlichen kleinen Vietnam.» Begrüßte er uns. «Alf, gib Nate bitte ein Bier.» Ich drehte meinen Kopf zur Bar und zuckte zusammen. Wie aus dem Nichts stand dort auf einmal der große Bruder von Mike Tyson hinter dem Tresen und hielt mir ein offenes Bier hin. Ich blickte in sein freundlich lächelndes Gesicht und nahm zögernd die Flasche an mich. Wie hatte ich den Typen übersehen können? Na? Wer hatte Angst vorm schwarzen Mann? Ich stürzte das kalte Bier fast mit einem Zug runter. Oh Mann, genau das hatte ich jetzt gebraucht. Marchito fixierte mich. «Besser?»
Ich nickte heftig. «Du hast keine Ahnung. Danke.» Sein Lächeln verschwand augenblicklich. «Gut, dann kann ich dir ja

sagen, wie sehr wir am Arsch sind.» Fast hätte ich mich am zweiten Zug verschluckt.
Marchito sprach weiter. «Wie du schon mitbekommen hast, haben die Zwölf eines meiner Verstecke in Rauch aufgehen lassen. Dabei sind eine Menge meiner Leute drauf gegangen. Die Metas haben sich auf unsere Seite geschlagen, aber die wurden auch schon fast komplett aufgemischt. Und Raguel und seine Leute…» Er schwieg.
Ich trat näher nah ihn heran. «Was ist mit ihnen?» Er zuckte mit den Schultern. «Ich habe keine Ahnung. Ich weiß nur, dass die Zwölf und ihre Verbündeten angeschlagen, aber siegreich vom Feld gegangen sind. Somit stehen nur noch wir zwischen ihnen und dem Auge. Dazu hab ich noch einen ganzen Trupp meiner Leute losgeschickt, um euch zu suchen, nachdem Masons Licht erloschen ist. Und die sind auch noch nicht wieder da.»
Seine Worte trafen mich mit voller Wucht. «Jim.» presste ich hervor.
Plötzlich brüllte er mich an. «Jetzt reiß dich verdammt noch mal zusammen! Siehst du mich heulen? Weißt du, wie viel Zeit und Mühe es mich gekostet hat, all das hier aufzubauen? Und dann kommt ein durch geknallter Superengel mit seinem Gefolge und verwandelt alles in Asche. Und das reicht noch nicht. Das Ende ist nah. Der Krieg beginnt. Und zwar genau hier. In meinen Heim. Und wir werden diese erste Schlacht womöglich verlieren. Ist dir das eigentlich klar? Ganz Hannover wird brennen. Zone hin oder her. Hier wird es beginnen. Die Apokalypse. In MEINEM scheiß Bereich. Und ich frage dich noch mal, siehst du mich heulen?»
Ich schüttelte überrumpelt den Kopf.
Marchito lächelte wieder. «Geht doch.» Er ließ sich ein weiteres Bier geben. «Ich habe jeden Dämon im ganzen Land mobilisiert, aber es wird dauern, bis sie hier sind. Solange müssen wir ausharren. Aber mach dir da keine Sorgen, ich

denke die Zwölf werden uns in näherer Zukunft direkt angreifen.»

«Was machen wir nun?» fragte ich nervös.

Waren wir jetzt soweit gekommen, um doch am Ende zu scheitern?

El Marchito zuckte erneut mit den Schultern. «Kämpfen. Sieg oder Tod. Eine andere Wahl haben wir nicht. Also nimm dir so viel du willst, die Drinks gehen heute auf das Haus.»

Serens Handy klingelte. Sie nahm den Anruf entgegen, bestätigte knapp und legte wieder auf. «Wir haben unerwartete Gäste.»

Endlich gab es auch einmal gute Überraschungen. Als wir auf die Straße traten, die zu meiner Überraschung mittlerweile voll von Personen war, erkannte ich die Gäste. Es waren die überlebenden Engel Raguels.

Ich sah Nora von weitem, wie sie Castor stützte, der eine tiefe Wunde über seinem Auge davongetragen hatte. Ich rannte ihr entgegen und ließ ihr gerade noch Zeit, den Zwilling abzusetzen, als ich ihr um den Hals fiel und sie fest an mich drückte. «Du lebst.» Flüsterte ich und kämpfte erneut mit den Tränen, doch dieses Mal aus Erleichterung.

Nora erwiderte meine Umarmung. Ich hätte sie ewig so festhalten können, diesen ganzen Wahnsinn um mich herum einfach hinter mich lassen. Ich wollte nur weg. Mit ihr zusammen an einem Ort, wo uns niemand finden würde.

Um dann was zu tun?

Ich muss dich ganz schnell wieder loswerden.

Widerwillig löste ich mich von ihr und sah den Rest der Neuankömmlinge an. Alle sahen schrecklich abgekämpft aus. Angelas linker Flügel war verbrannt und sie zog ein Bein nach. Zu meiner Überraschung erkannte ich Israfil, der sich schwer atmend auf Mjöllnir stützte. Auch er sah ziemlich mitgenommen aus. Ich drehte mich um, und suchte zwischen

den argwöhnisch dreinblickenden Metas und Dämonen die anderen. «Wo ist Pullox? Und Raguel?»
Nora schüttelte nur stumm den Kopf. «Kaliel hat Pullox getötet. Und Raguel wurde von Rumiel hinterrücks mit Gungnir gepfählt, als er unseren Rückzug gegen Azrael verteidigte. Ohne Israfil und Mjöllnir wären wir alle dort gefallen.»
Ich sah zum ehemaligen Todesengel. «Danke.»
Mehr konnte ich nicht sagen.
Israfil schüttelte nun ebenfalls kraftlos den Kopf. «Spar es dir. Ich konnte uns zwar aus der Gefahrenzone bringen, doch hat es mich den letzten Rest meiner Kraft gekostet. Ich werde euch zu Nichts weiter Nütze sein. Wir haben nur das Schlachtfeld gewechselt. Der Ausgang bleibt vermutlich der Gleiche.»
El Marchito trat neben mich. «Also ist Raguel tot. Ein Jammer. Ich mochte ihn. Ein guter Gegner. So ein Ende hat er nicht verdient.»
Angela warf ihm einen abschätzenden Blick zu. «Du bist El Marchito, nicht wahr?»
Der Boss der Dämonen nickte nur. «Wir haben keine Zeit für diese Spielchen, Hariel Aka Angela Priest. Unseren Grabenkrieg können wir gerne wieder aufnehmen, wenn wir das hier überleben sollten.»
Angela wirkte für eine Sekunde überrascht, nickte dann aber nur. Marchito wandte sich an Israfil. «Wer von deinen ehemaligen Kumpanen steht denn noch? Auf wen dürfen wir uns freuen?»
Israfil seufzte schwer, bevor er antwortete. «Unbeschadet ist keiner geblieben, nicht mal Azrael. In einem fairen Kampf hätte Raguel ihn womöglich besiegt. Kaliel ist auf jeden Fall dabei. Dazu Rumiel, sowie Moriel und einige Dutzend Engel.»
El Marchito fuhr sich über den Bart. «Weniger, als ich dachte. Aber mehr, als wir besiegen könnten.»

«Wir kämpfen auf jeden Fall mit.» Stieß Castor hervor. Beim Klang seiner Stimme fuhr mir ein Schauer über den Rücken. Jegliches Gefühl war aus ihr gewichen. Er hatte heute nicht nur seinen Bruder, sondern auch einen Teil seiner Seele verloren. Erst sein Mentor, dann sein Heim, und nun dies. Wie viel Leid konnte selbst ein Engel ertragen? Ich wandte mich an El Marchito. «Wo sind Ulf und Kim?»
«Dein Metakumpel hat darauf bestanden nachzusehen, was aus euren Freunden in dem Lagerhaus geworden ist. Und da wir jede weitere Feuerkraft gebrauchen können und Kim seiner Meinung war, hab ich sie ziehen lassen.»
Ein Schrei durchschnitt die Nachtruhe, gefolgt von einem gleißendem Blitz, der auf einem Häuserdach in der Nähe einschlug.
El Marchito brüllte. «Ash!»
Seren wandte sich ab. «Ihr Licht erlischt.»
«Kontakt! Sie sind da!» rief ein Dämon vom gegenüberliegenden Dach.
Der Boss der Dämonen fluchte. «Seren, sieh zu, dass du Ash lebend hierher schaffst. Der Rest, macht euch bereit.»
Die Shinigami verschwand augenblicklich. Angespannt erwartete der Rest von uns den Sturm der Zwölf. Ich überflog unsere Zahl. Knapp dreißig, doch wusste ich nicht, wer davon Meta und wer Dämon war. Die Zwölf hatten im Alleingang fast einhundert Metas ausgeschaltet. Zu meinem Erstaunen sah ich Kassandra, die sich gerade über den an einer Hauswand ruhenden Israfil beugte. Warmes Licht pulsierte von ihren Händen, die sie dem großen Engel auf die Stirn gelegt hatte.
«Was macht sie da?» fragte ich Nora. «Erste Hilfe. Kassandras Magie ist mächtig, auch wenn sie nicht so aussieht. Sie ist mindestens so stark wie Kaliel.»
Wieder eine verblüffende Neuigkeit. Das Pulsieren verebbte und Israfil erhob sich wie der junge Morgen und stellte sich zu uns.

«Ich bin bereit.» Bemerkte er grimmig.
Nacheinander kümmerte sich Kassandra auch so um die anderen Engel. Angelas Flügel heilte augenblicklich, genauso wie Castors Verletzungen. Danach wollte ihr Wächter sie wieder in das Refugium schicken, doch weigerte sie sich. «Ich kann euch nicht immer meine Kämpfe austragen lassen. Azrael will mich. Also werde ich mich nicht verstecken.»
Castor wollte protestieren, doch bekam das Auge unerwartet Beistand von Israfil.
Mutlos ließ der ehemalige Zwilling die Schultern hängen.
«Heilige Mutter Gottes.» Entfuhr es Angela. Ich sah auch, warum.
Die Todesengel schritten gemächlich die Straße hinauf. Azrael, flankiert von Moriel und Agnes. Im Hintergrund sah ich die restlichen Engel. Es waren weniger als wir. Aber ob mir das Mut machte, wusste ich nicht. Ich sah zu meinen Mitstreitern, die alle auf einmal wieder ihre Waffen in den Händen hielten.
Mann, ich will auch eine Seelenwaffe.
Seelenwaffe?
Was meinst du denn, wo sie die Knarren, Schwerter und Bögen verstecken? Es sind Manifestationen ihrer Seelen. Deswegen kann man mit ihnen auch Engel und Dämonen töten. Thors Hammer ist auch so eins. Aber den wollten wir ja nicht.
Wieso weißt du so was und ich nicht?
Habe zwischendurch mit unseren Untermieter geplaudert. Netter Kerl, nur etwas angespannt zurzeit. Ich soll dir auch was ausrichten, von wegen lass mich frei und keiner muss mehr sterben bla.
Wenn du das so sagst, klingt es gar nicht mehr so verführerisch.
Genau deswegen hast du mich ja eingestellt. Aber jetzt konzentriere dich, da passiert etwas.

Azrael und sein Gefolge waren wenige Meter von uns auf der anderen Straßenseite stehengeblieben. Azrael sah gelangweilt auf den letzten Widerstand, der sich ihm bot.
«Hatte ich nicht schon einige von euch getötet?» sagte er in einen gelangweilten Tonfall.
«Wer von euch hat hier das Sagen?»
El Marchito trat vor. «Das bin dann wohl ich. Was willst du? Mir den Schaden für das abgefackelte Viertel bezahlen?»
Azrael schenkte ihm einen Blick, den mein großer Bruder für Ameisen kurz vor deren Vernichtung reserviert hatte.
«Mäßige deinen Tonfall, kleiner Dämon. Sonst wird es nicht bei einem Viertel bleiben.»
«Deine Mutter kann meinen Tonfall mäßigen. Was soll dein Aufmarsch hier? Wir haben heute nicht geöffnet, ganz davon abgesehen, dass wir Typen wie dich nicht in unserer Gegend wollen.»
Azrael sah mehr angeödet als verärgert aus. Ohne auf den Boss der Dämonen weiter einzugehen, wandte er sich an die Gruppe Engel. «Ihr enttäuscht mich. Ganz besonders du, Israfil. Hat euch Raguel keinen Gehorsam gegenüber Gott gelehrt?»
Angela trat nun ebenfalls vor. Jedes ihrer Worte waren Giftpfeile voll heiligen Zornes. «Doch. Und genau aus diesem Grunde werden wir dich aufhalten, du Mörder und Verräter.»
Azrael lächelte amüsiert. «Wie mutig. Raguel muss so stolz auf euch sein. Nicht wahr, Bruder?»
Etwas fiel vom Himmel und schlug zwischen den Gruppen auf der Straße auf.
Nora schrie auf. Raguel.
Sein Flügel waren ihm ausgerissen worden. Seine Beine und Arme waren zerschmettert.
Azrael lachte. «Da habt ihr euren großen Anführer. Ihr Narren folgtet einem Blinden.»
Angela schlug die Hände vor ihr Gesicht und selbst Israfil verschlug es den Atem. Raguel lebte noch. Krümmend hob er

den Kopf. Seine Augen waren ihm ausgestochen worden. In seinem Rücken klaffte eine hässliche Wunde. Sein ganzer Körper war mit seinem Blut bedeckt. «Prätor» schrie Angela. Azrael lachte noch lauter. «Ihr seht, ihr solltet euch lieber gleich ergeben. Nicht einmal der große Raguel konnte bestehen. Welche Chance räumt ihr euch da ein?» Links von mir brannte förmlich die Luft. Ich löste meinen Blick gerade lange genug von dieser abscheulichen Szene, um El Marchito anzustarren. Er hatte die Kiefer aufeinandergepresst und bebte förmlich am ganzen Leib. Seine Augen explodierten förmlich in höllischen Rot. «Wie kannst du ihm so etwas antun?» hörte ich Nora schreien. «Er ist dein Bruder.» Azrael spuckte auf den gepeinigten Leib seines Bruders. «Gerade das sollte dir zeigen, wie ernst es mir ist.» Azrael wollte weitersprechen, doch wurde er von einer zittrigen Stimme unterbrochen. Erst konnte ich sie nicht zuordnen, doch dann erkannte ich sie. Es war Raguel. Es war mehr ein Flüstern. Selbst Azrael hatte ihn nicht verstanden. Er packte seinen Bruder im Nacken und zog ihn hoch. «Was wolltest du sagen, Brüderchen?» Raguel schluckte mehrfach hart.

Dann nahm er alle seine Kraft zusammen: «Hariel. Engel. Dämonen. Metas. Kämpft nicht für mich oder Gott oder die Hölle, kämpft für die Welt. Rettet alle. Ihr...»

Doch bevor er weiterreden konnte, hämmerte Azrael den Kopf des Prätors krachend auf den Asphalt. «Ich schneide dir deine Zunge raus, du.» Nun wurde er wiederum unterbrochen. Und zwar in Form eines roten Blitzes, der sich aus El Marchitos Armen entlud und den überraschten Anführer der Todesengel gegen die Häuserwand warf. «Verhandlungen beendet», brummte er, «Macht sie nieder!»

Und dann brach die Hölle auf Erden aus.

Wie ein Mann stürzten sich die Dämonen, Engel und Metas aus Hannover auf ihre Angreifer. Feuerbälle und Blitze schrien über meinen Kopf hinweg, als ich mich hinter eine Tonne in

Deckung warf. Dennoch wurde ich nicht übersehen. Direkt vor mir erschien ein Schatten. Es war die hagere Gestalt von Moriel.
«Endlich, kleiner Mensch. Du hast mir ganz schön Kopfzerbrechen bereitet.»
Mein Herz schlug mir bis zum Hals, als ich die lange Sense in seinen Händen sah. «Naja, ein schöner Kopf ist es eh nicht.» Stammelte ich.
Das fand Moriel nicht sehr witzig. Mit Schwung zog er die Sense durch. Ich hatte nicht einmal die Chance rechtzeitig zu blinzeln. Die Sense traf. Aber nicht mich, sondern sprichwörtlich auf Granit. Verdutzt schaute Moriel auf den Neuankömmling, der ihn mit geschwungener Steinfaust direkt von den Beinen holte. Vor mir stand ein Fels. Ein sich bewegender. Auf zwei Beinen. Dann drehte er sich zu mir um. «Damian»? entfuhr es mir. Es war zumindest Damians Gesicht. Doch sah er nun eher aus wie eine Mischung aus einem steinernen Nashorn und Mensch. Seine Stirn war von Knochenplatten bedeckt, genauso wie der Rest seines Körpers. Er sah aus wie ein überdimensionales Gürteltier. Mit knöchernen Stacheln. «Freut mich, dass du noch lebst, Nate.» Grollte die altbekannte Bassstimme. Dann stürzte sich Klingonen-Damian wieder auf Moriel und ließ seine Steinfäuste auf den Todesengel nieder hämmern, worauf sich das Adlergesicht von Moriel innerhalb weniger Schläge in Muss verwandelte.
«Was zum Teufel?» Sagte ich, dann hörte ich ein Kichern hinter mir. «Nicht ganz, aber nah dran, Nate!» Ich drehte mich und sah Seren. Ich deutete einige Male auf Damian und versuchte was zu sagen, was nicht nach «habbelabehaba!» klang.
Seren kicherte. «Das ist Damians wahre Gestalt. Elementa. Leider etwas zu auffällig für die Fußgängerzone. Entschuldige mich jetzt bitte, Tante Seren würde gerne mitspielen.» sagte

sie, sprang auf Damians breite Schultern, vollführte ein paar komische Gesten mit den Fingern und schoss dann einen schwarzen Feuerball auf einen der fliegenden Engel, der darauf allergisch reagierte.

Damian hatte inzwischen Moriel wortwörtlich den Erdboden gleich gemacht. Der Todesengel war nicht der einzige Engel, der die Kraft der Dämonen unterschätzt hatte. Azrael stellte sich El Marchito zum Duell und musste erkennen, dass der jämmerliche Provinzdämon bei weitem nicht so unterlegen war, wie der Anführer der Zwölf es gern gehabt hätte. Jim hatte damals mit seiner Einschätzung Recht behalten. Ein erstgeborener Dämon konnte es mit einem Erzengel aufnehmen.

El Marchito bediente sich allerdings einer Technik, die ein Martial Arts Experte vielleicht als Kängurustil bezeichnet hätte. Spielend wich er jedem Klingenhieb Azraels aus und schleuderte seinerseits unablässig dornenartige Blitzgeschosse auf den Todesengel. Doch konnte dieser ebenso gut parieren und ausweichen wie sein Kontrahent. Dennoch schien ihm diese Art des Kampfes nicht zu behagen.

«Halt still, Feigling!» Brüllte er.

Marchito grinste. «Oh, wir beleidigen den Feind, damit er stillhält. Brillanter Plan. Lernt man das bei euch Engeln? Psychologische Kriegsführung?»

Einige Meter entfernt davon trafen Blitz auf Donner, also Israfil und Rumiel. Und wie bei ihrem ersten Aufeinandertreffen schenkten sich die beiden ehemaligen Waffenbrüder nichts.

Ich sah Kassandra, die sich in einen Hauseingang kauerte. Ihr Aufpasser Castor war nicht zu sehen und wahrscheinlich gerade selber in einen Kampf um Leben und Tod verstrickt. Ich begann langsam zu ihr zu kriechen und hoffte dabei nicht von einem Irrläufer geröstet zu werden. Mein Blick blieb kurz gebannt auf einem Engel haften, der von einem der Echsen

Meta regelrecht ausgeweidet wurde. Ich sah auch Dämonen und Metas fallen. Doch wie es schien, wurde das Unwahrscheinlich wahr. Wir gewannen.
Dazu trugen auch die Hannoveraner Engel bei, die sich wie Berserker in den Kampf gestürzt hatten. Castor hatte gerade einem Engel seinen beiden Kurzschwerter ins Herz gerammt, während Nora einem anderen fast in zwei Teile geschossen hatte. Ich fand die Relation Kurzschwert gegen Schrotflinte immer noch etwas unausgewogen.
Angela hatte sich Agnes entgegengestellt. Alleine wäre sie wahrscheinlich kein Gegner für die Nummer zwei der Todesengel gewesen, doch sollte sie Hilfe von Seren bekommen. Gerade als es so aussah, dass Angela einen Lichtblitz nicht schnell genug parieren könnte, errichtete Seren neben ihr einen Schild aus Schwarzen Licht, an dem das Geschoss schrill kreischend abprallte.
Angela und Seren tauschten einen Blick. «Das ändert gar nichts.» kommentierte der Engel trocken, bevor sie sich erneut in den Kampf gegen den Todesengel war.
«Hab ich gerne gemacht.» Gab Seren ebenso trocken zum Besten und folgte ihr. Nun sah ich auch meine Annahme bestätigt, dass Serens Macht als Shinigami sich mit der Kaliels messen konnte.
Beide warfen sich magische Geschosse um die Ohren, das es nur so knallte. Sie lenkten die Blitze zurück zum Absender oder errichteten Energiefelder, an denen die Strahlen abprallten.
Jeder Street Fighter bis Dragon Ball Fan hätte seine wahre Freude an diesem Feuerwerk gehabt.
Ich leider nicht, denn ich war einfach viel zu nah am Geschehen dran.
Als ich nur noch zwei Meter entfernt von Kassandra war, krachte ein Feuerball vor mir auf den Bürgersteig und überschüttete mich mit Splittern, die mir die Haut aufrissen.

Ein größeres Stück hämmerte mir gegen die Schläfe und ließ mich Sterne sehen. Ich hörte Kassandra vor Schreck aufschreien. Ich hob meine Hand um ihr zu zeigen, das mir nichts passiert war.

Ein anderes Geräusch ließ mich aufblicken. Das Aufheulen eines PS starken Motors. Angus, Kilian, und Kim kamen in dem schwarzen Pickup herangerast, während Ulf von der Ladefläche aus in voller Fahrt das Feuer auf unsere Gegner eröffnete. Gleich zwei Engel schickte er so zu Boden, bevor der Wagen schlitternd an der Ecke zum Stehen kam und sich die Metas und Kim Deckung suchten.

Keine Sekunde zu früh, denn ein schwarzer Feuerball von Agnes ließ den Pickup Augenblicke später mit einem lauten Knall in Flammen aufgehen.

Man sollte nun annehmen können, dass die Todesengel so gut wie geschlagen waren, aber von wegen. Diese Bastarde waren gut. Und Azrael war der Beste. Mit einem gewaltigen Stoß verschaffte er sich für einen Augenblick Luft von El Marchito. Er erkannte, dass das Schlachtenglück sich gegen ihn wandte und beschloss, zu schummeln.

Sein umherwandernder Blick blieb auf Kassandra haften, dann wandte er sich an zwei seiner Engel und deutete auf Israfil.

«Ihr da, packt euch den Verräter.» Man kann über Engel sagen was man will, sie waren unglaublich loyale Soldaten. So stürzten sich die beiden Selbstmordkandidaten auf Israfil, der zwar mit Beiden fertig werden würde, aber nun war Rumiel wieder unbeschäftigt.

Darauf hatte es Azrael abgesehen. «Rumiel, wir haben keine Wahl. Töte das Auge.»

«Nein!» schrie El Marchito. «Bist du jetzt komplett durchgeknallt, du Psycho? Dadurch löst du das Ende der Welt aus!»

Der Dämonen Boss versuchte an Azrael vorbei zu kommen und einen Blitz auf Rumiel zu werfen. Doch Azrael nutzte seine Chance und trieb ihm das Schwert tief in die Seite.
El Marchito keuchte, glitt von der Klinge, fiel und krachte auf den Asphalt.
«Jetzt springst du nicht mehr, kleiner Floh.» Lachte er, bevor er ihm die Klinge durch die Brust stieß.
Rumiel derweil folgte dem Befehl und zielte mit Gungnir auf Kassandra.
Castor wollten sich auf den glatzköpfigen Todesengel werfen, doch erwischte ihn ein Feuerball von Agnes, die dann wiederum von Seren attackiert wurde. Doch nun war der Weg frei für Rumiel. Er warf seinen Kugelblitz nach ihr. Keiner konnte sie mehr rechtzeitig erreichen. Nur ich.
Also tat ich das Mutigste und gleichzeitig Dämlichste, was ich jemals getan hatte.
Ich stieß Kassandra zur Seite und warf mich in die Flugbahn. Und der Blitz traf mich mit voller Wucht. Ich wurde von den Füßen gehoben, flog ein paar Meter und knalle gegen das zerberstende Schaufenster des Rockers.
Überraschenderweise tat es nur ein paar Sekunden weh. Im Fliegen konnte ich noch sehen, wie sich Damian, der Echsen Meta und Duke auf den überraschten Todesengel stürzten.
Castor war wieder auf den Beinen und rannte zu Kassandra, die sich um ihren Beschützer klammerte.
Geschafft, dachte ich erleichtert, bevor ich hart aufschlug. Sie war sicher.
Und ich war dabei zu sterben.
Bemerkenswerterweise sah ich alles völlig klar. Ich hatte keine Angst, eher ein tiefes Verständnis für das, was jetzt folgen würde. Ich hatte nicht versagt.
Zwar würde ich es nicht schaffen, aber die Todesengel waren so gut wie erledigt.

Lediglich Agnes, Rumiel und Azrael kämpften noch. Von unserer Seite standen noch Angela, Nora, Seren, Castor, Duke und Damian sowie wenige Dämonen und Metas. Ich sah Nora wie sie zu mir sah, während ich durch die Luft flog. Sie lief los. Dann kniete sie neben mir und starrte mit aufgerissen Augen auf mich herab. Ich spuckte Blut und spürte, dass ich mir bei meiner unsanften Landung einige Knochen gebrochen haben musste. Ich erkannte, dass meine Haut zu einem Großteil verkohlt war. Ich musste an Jims Verbrennungen denken. Nun war der schottische Mistkerl nicht mehr der einzige, der einen Kugelblitz pariert hatte. Mein Tod würde ähnlich dem seinen sein. Doch berührte mich das gerade nicht. Für mich zählte nur, dass Nora bei mir war. Ich sah ihr wunderschönes, von Tränen und Entsetzen gezeichnetes Gesicht. Sie ergriff meine Hand.
«Irgendwie witzig.» stöhnte ich hervor. «Wie bei unserem ersten Date.»
Sie weinte und küsste meine Hand. «Stirb nicht, bitte! Ich glaube an dich.»
Ich versuchte zu lachen. «Das wurde aber auch Zeit. Und ich versuche zumindest alles, um nicht zu sterben.» Obwohl ich wusste, dass das eine Lüge war.
Seren erschien neben Nora.
Sie sah mich an und schüttelte nur den Kopf.
«Gegen einen Blitz Gungnirs helfen auch keine himmlischen oder dämonischen Heilkräfte.» Sagte sie, und in ihrer Stimme nahm ich tatsächlich Bedauern wahr.
«Sehr aufbauend, danke.» Keuchte ich heiser hervor. Das war es wirklich, wurde mir damit bewusst.
Meine Reise hatte ein Ende.
Nicht das erhoffte, aber kein allzu schlechtes Ende.
Ich spürte, wie sich mein Herzschlag verlangsamte und meine Sinne trüber wurden.
Dennoch konnte ich mich an alles ganz klar erinnern. Während sich Seren um mich kümmerte, hatten sich Angus und Kilian

Agnes gestellt, die gerade Angela mit einem Blitz zu Boden geschickt hatte. Doch anstelle sie zu erledigen, als er die Chance hatte, starrte Angus nur auf seine Schwester. Diese hatte weniger Skrupel und schoss einen weiteren schwarzen Blitz in seine Richtung. Kilian war genauso dämlich wie ich, denn er sprang zwischen Angus und dem tödlichen Geschoss und sackte sofort tot zusammen. Also toter als vorher. Angus schrie und wollte sich auf Agnes stürzen, doch wäre sie ihm wohl zuvor gekommen, wenn Angela nicht eingeschritten wäre und Agnes kurzerhand einen Lichtpfeil in den Hinterkopf gejagt hätte. Mit einem Kreischen, dass einer Todesfee alle Ehre gemacht hätte, verging der Todesengel in einer Explosion aus weißem Licht.

Als dann ein blutüberströmter Damian neben mich trat, konnte ich mir ausmalen, was wohl aus Rumiel, geworden war. Dennoch hatten wir noch nicht gewonnen. Azrael war immer noch da. Er hatte den verletzten Raguel im Nacken gepackt und schwebte einige Meter über uns. Seine Schwingen peitschten wütend durch die kühle Abendluft und wirbelten Asche und Staub auf. «Ihr Würmer werdet mich nicht aufhalten. Ich werde jeden Einzelnen von euch vernichten!»

Seine Stimme hatte dabei den heiseren Klang eines Wissenschaftlers, der immer wieder sagte: «Verrückt haben sie mich genannt. Nun sehen wir, wer wirklich verrückt ist.» und dann den Hebel zur Wiederbelebung seiner zusammengeflickten Kreatur umlegte.

Mit einem Schrei durchbohrte er mit der bloßen Hand die Brust seines Bruders und riss ihm das Herz heraus. Die Engel schrien auf. Raguels Körper schlug nun zum zweiten Mal auf den Boden auf. Dieses Mal war er tot. Ein Erzengel, ein Engel der ersten Generation, hatte zum ersten Mal sein Lebenslicht verloren. Angela starrte auf ihren toten Mentor, dessen lebloser Körper sich in einem schwachen Glühen langsam auflöste. Azrael lachte nun wie jemand, der kurz davor war, in eine

Kreissäge zu springen. In seiner Hand hielt er das immer noch schlagende Herz Raguels.
«Was hat der Spinner vor?» keuchte ich.
Seren fluchte irgendetwas in einer mir nicht bekannten Sprache. «Und das heißt was? Für Nicht Celes?»
Seren wagte nicht laut zu sprechen. «Er wird fallen, wie einst der Morgenstern. Nur wird er seine Seele dadurch verderben. Ein gefallener Erzengel!»
Damian grollte. «Dann können ihn nur noch die Reiter oder die Ur-Engel aufhalten.»
Ich zog Nora zu mir herab. «Bitte, wenigstens ein einziges Mal, erklärt mir was hier vor sich geht. Wird Azrael gerade selbst zu den Nephilim, den er erfunden hatte?»
Nora barg meinen Kopf in ihren Armen. «Ich weiß es selber nicht. Das ist einfach nur Wahnsinn.»
Serens beugte sich zu mir herab. «Wahnsinn. Aber mit Methode. Er will die Essenz von Raguel in sich aufnehmen, um seine Macht zu mehren. So lange das Herz von Raguel noch schlägt, ist seine Lebensessenz daran gebunden und kann nicht in den Lebensstrom zurückgehen. Die Macht eines Erzengels. Azrael will sie stehlen. Es ist die größte Sünde, die man begehen kann. Nicht einmal Luzifer hätte das gewagt.»
Azrael lachte noch immer. Dann starrte er das Herz an und verschlang es.

Wenn Bruder wieder Bruder mordet... kommt dir das nicht bekannt vor, Nate?
«Gott steh uns bei.» raunte Angela.
Azrael hörte auf zu Lachen.
Was immer mit und in ihm vorging, er schien keinen Spaß daran zu haben.
Er fing an zu schreien und zuckte spastisch, dann griff er sich an die Kehle und schrie noch schriller.
«Raguel scheint ihn nicht sonderlich gut zu bekommen.» kommentierte Ulf.

Azraels schlug wild um sich, dann falteten sich seine Schwingen um seinen zusammengekrümmten Körper, so dass er einen Art fliegenden Kokon bildete. Schwarzes Licht umwaberte sein Silhouette.
Angela starrte immer noch auf Azrael. «Für ihn gibt es kein Zurück mehr. Er wird schlimmer sein als alle Höllenfürsten selbst.» Dann schien sie sich endlich von ihrem Schock erholt zu haben und von neuem Kampfgeist erfüllt worden zu sein. Sie wandte sich an unsere restlichen Kämpfer.
«Noch ist es nicht soweit. Raguels Essenz kämpft gegen ihn an. Wir müssen ihn aufhalten, bevor er sie sich vollständig einverleibt hat.»
Damian nickte, fing an zu brüllen und stürzte in die Schlacht. Castor, Israfil und die restlichen Dämonen und Metas warfen sich in ihr letztes Gefecht.
Seren, Nora und ich blieben zurück und sahen gebannt unserem letzten Aufgebot zu.
Ulf hatte sich ein Sturmgewehr gekrallt und feuerte, was das Zeug hergab. Duke hingegen vertraute nun auf seine zweite Gestalt als riesiger Werwolf. Nebenbei bemerkt, niemand will einen Meta bei seiner Verwandlung zusehen. Es sah so aus, als würde ihm seine eigene Haut zu klein werden. Also wenn ihr dachtet, ich hätte schon von Angus Verwandlung Alpträume bekommen, hätte ich nun eine regelmäßige Therapie nötig.
Trotz aller Feuerkraft die wir gegen ihn aufboten, hatte sich Azrael inzwischen von seinem Snack erholt. Mit einem gewaltigen Stoß schossen seine Flügel auseinander und die Druckwelle fegte die meisten Angreifer zu Boden.
Sein Gefieder hatte sich schwarz gefärbt und seine Haut war kreidebleich geworden. Anstelle seiner Augen glomm rotes Licht aus den Höhlen.

Das haben wir doch schon mal gesehen? Am Ende fügte
sich dann doch alles zusammen und Träume machen Sinn.
Wie tröstlich.
Seren schüttelte neben mir den Kopf. «Das wird nicht reichen.
Wir verlieren.» Stellte sie mit beinahe sachlichen Tonfall fest.
Kassandra trat zu uns heran. Ihre hohe Stimme klang
angenehm über den Kampflärm. «Es gibt vielleicht noch einen
Weg, aber er hat seinen Preis.»
Seren musterte das kleine Mädchen mit gerunzelter Stirn.
«Wovon sprichst du, Auge?»
Kassandra sah mich an. «In ihm schlummert etwas von
ungeahnter Kraft. Vielleicht sogar stärker als der Gefallene.
Wir beide zusammen könnten es befreien. Und wahrscheinlich
wieder einsperren.»
Seren biss sich auf die Lippen. «Das mag schon sein, aber er
kann es nicht kontrollieren. Was ist, wenn wir noch ein viel
größeres Übel auf die Welt loslassen? Und wenn wir es eben
nicht wieder einfangen können? Es ist eine mächtige Essenz,
ich weiß nicht ob unsere Bannzauber das halten können.»
Nora schaltete sich dazwischen. «Außerdem würden wir Nate
damit auslöschen. Das können wir nicht tun.»
Ich lächelte schwach. Noras Sorge um mich, den guten alten
Nathaniel, war alles, was ich brauchte, um Frieden zu finden.
Dann soll der verdammte Dreckskerl in mir halt das Steuer
übernehmen, solange es Nora und meine Freunde retten würde.
Ich war dazu bereit, mein Selbst aufzugeben.
Doch dann legte Kassandra Nora eine Hand auf die Schulter.
«Es besteht eine geringe Möglichkeit, Nathaniels Ich zu
wahren. Aber auch das geht nicht ohne Opfer. Eine Seele für
eine Seele.»
Ich hatte keine Ahnung, wovon sie da sprachen. Aber ich war
aus Prinzip dagegen.

«Kommt nicht in Frage, keiner rührt Nora an. Das will ich nicht.» flüsterte ich.
Seren und Nora tauschten Blicke.
«Wie?» fragte sie Kassandra. Diese hatte nur eine Frage an Nora: «Glaubst du an ihn?»
Tränen liefen über ihre Wangen, als sie lächelnd bejahte.
Kassandra nickte bestätigend. «Dann hast du deine Glaubensprüfung bestanden, Schwester.»
Dann legte sie Nora ihre Hände auf die Stirn. Einige Sekunden passierte gar nichts. Noras Blick veränderte sich. «Ich verstehe. Tun wir es, Auge.»
«Keine Jedi- Gedankennummer!» versuchte ich zu protestieren. Doch versagte mein Körper mir den Dienst und mein Widerspruch wurde nicht gehört. Nora beugte sich zu mir und lächelte mich an. «Habe keine Angst. Ich glaube an dich.»
Dann schloss sie die Augen und legte eine Hand auf meine Stirn. Ich wollte sie weg schlagen, aber ich konnte mich nicht mehr bewegen. Innerlich schrie ich auf. Mein mit mir selbst gemachter Friede war augenblicklich dahin. Ich hatte akzeptiert, hier zu sterben. Ich hätte den Engel in mir alles überlassen. Ich hätte alles geopfert. Nur nicht sie. Sie konnte ich nicht verlieren. Meine Verzweiflung trieb mir Tränen in die Augen. Ich wollte das nicht.
Kassandra kniete sich neben mich und legte eine Hand auf meine und eine auf Noras Schulter.
Seren murmelte irgendeinen satanischen Kauderwelsch, erschuf dabei eine kleine schwarz leuchtende Feuerkugel, öffnete die Augen und stopfte mir die Kugel in den Mund.
Was dann folgte, waren die schlimmsten Schmerzen meines Lebens. Man stelle es sich wie rückwärts geboren werden vor. Ich war nicht mehr ich.
Als ob sich etwas durch jede Faser meines Bewusstseins fressen würde. Finger glitten durch meinen Geist.
Flutwellenartig schlugen fremde Gedanken und Gefühle über

mich herein und drohten den restlichen Teil, der von meinem alten Ich geblieben war, völlig zu ertränken.

Ich fühlte mich nackt und allein in totaler Finsternis. Ich starb und lebte wieder. Immer und immer wieder. Und das Schlimmste daran, ich war nicht allein.

Tausende triumphierend johlende, hässliche Stimmen brachen um mich herum aus.

Der körperliche Schmerz war dagegen das kleinere Übel. Ich spürte kaum, wie meine Knochen knackend brachen, meine Sehnen und Muskeln rissen, mein Rücken aufbrach und sich zwei mächtige gefiederte zusätzliche Glieder den Weg hinausbahnten.

Gestorben und Wiedergeboren.

Die alte Seele war frei.

Doch ich war immer noch da.

Ich stand aufrecht. Stark und voller Macht.

Gottgleich berauscht von meiner Unsterblichkeit. Doch da war etwas im Dunkeln, was mich packen wollte. Was den Nate in mir töten wollte.

«DU DARFST NICHT HIER SEIN. ES IST UNSERE ZEIT. DIE ZEIT DER RACHE IST GEKOMMEN. GEH. ES GEHÖRT UNS. UNSER GEFÄß. UNSERE RACHE»

Schatten waren überall um mich herum.

«Wer seid ihr?»

Dann war Stille. Aus dem Dunkeln trat das kleine Mädchen aus meinen Träumen

«WIR SIND DIE UNGELIEBTEN KINDER EINES HASSENDEN VATERS. GETÖTET UND ERTRÄNKT. WIR WOLLEN UNSERE RACHE. WIR SIND DIE NEPHILIM.

DIE TAUSEND SEELEN IN EINER. UND WIR WOLLEN DEN VATER TOT SEHEN. ALSO GEH,

NATHANIEL. ES IST UNSERE ZEIT. DIE GRÖßTE SÜNDE DES VATERS MUSS GERÄCHT WERDEN. KEINE GNADE FÜR DEN UNGNÄDIGEN.»
Und dann stürzten sie auf mich herein. All die Seelen der Kinder von Engeln und Menschen, die durch die Sintflut in Gottes Namen getötet worden waren.
Ich spürte jeden einzelnen Tod am Leibe, ertrank tausende Male, spürte ihren Schrecken, den Verrat ihres Vaters, ihre Gier nach Rache.
Und ich zerbrach an ihnen. Es waren zu viele.
Ich ertrank in der Dunkelheit. Ich wusste nicht mehr, wer ich war. Ich hatte meinen Namen vergessen. Ich war einer von Ihnen, ein verstoßenes Kind, hinab in die Dunkelheit eines nassen Grabes getrieben. Ich wollte Rache. Ja.
Wir würden uns rächen an unserem Vater.
Wir. Die Nephilim.
Wir, die ins Dunkel getrieben wurden.
Dann erschien ein Licht vor mir. Ein kleiner Funke in der Dunkelheit. Begleitet von einer Akustikgitarre. Rauchte da jemand?
Plötzlich strahlte ein Scheinwerfer auf einen Gitarrenspieler, der auf einen Hocker saß. «Pal, du musst unbedingt spielen lernen.»
Er nahm einen tiefen Zug an seiner Zigarette. Dann grinste er mich an. «Ich sagte dir doch, ich glaube an dich. Gib nicht auf. Erinnere dich daran, wer du bist!» «Aber wer bin ich? Und wer bist du?» schrie ich ihn an. Anstelle einer Antwort begann er zu klimpern. «Hör auf den Song. Dann wirst du es wissen.»
Ich lauschte wieder den Klängen der Musik. Ich kannte das Lied. Dann begann er zu singen.
Well, look way down the river, what do you think I see?
I see a band of angels and they're coming after me
Ain't no grave can hold my body down
There ain't no grave can hold my body down.

«Johnny Cash!» schoss es mir durch den Kopf.
«Du bist Jim. Du nennst mich Liam.»
Jim lachte. «Aye. Dabei soll ich dich so nicht nennen. Wer bist du noch?»
Ich wusste es. «Ich bin Nate!»
Es fiel mir alles wieder ein.
Jim lachte erneut. «Sagte ich es nicht? Jetzt geh und schnapp dir deine Seele wieder. Wir sind bei dir, Pal.»
Das Licht verschwand.
«Jim! Geh nicht. Bitte!» schrie ich.
Sein warmes Lachen hallte von den Wänden wieder. «Ich werde immer bei dir sein, mein Freund.»
Dann wurde es wieder still. Und kalt. Ich hörte Wassertropfen fallen. Wieder fühlte ich, wie mich eine Kraft in den Sog der Kälte hinabziehen wollte. Wie tausende von kleinen Kinderhänden, die mich hinabreißen wollten. Zu ihnen in ihr nasses Grab. Doch jetzt sah ich erneut das Licht.
Und dieses Mal war es über mir. «Habe keine Angst. Ich glaube an dich. Ich liebe dich.»
Noras Stimme. Ich musste zu ihr. Ich musste ihr sagen, dass ich sie auch liebte. Dass alles gut werden würde. Ich durchbrach das kalte Gefängnis, schüttelte die Hände ab die nach mir griffen, ignorierte die Schreie der Kinder um mich herum, die mich halten wollten, stieß durch das Meer von Geistern und war.....wieder ich.
Jetzt war ich wirklich ich.
Ich, Nathaniel, ein Wiedergeborener, der wahre Nephilim. Mit der Macht der tausend ermordeten Kinder der Engel.

Und ich war frei.

Was auch gerade rechtzeitig kam, denn Azrael hatte auch nun den letzten Widerstand gebrochen. Gerade war Israfil zu Boden gegangen. Auch die Kraft Mjöllnirs konnte gegen den

Gefallenen nicht bestehen. Ich stieß mich vom Boden ab, schlug mit den Schwingen, die sich so vertraut anfühlten, als hätte ich nie etwas anderes getan, flog auf meinen Feind zu und stellte mich ihn. Azraels Augen waren nun pupillenlos und dunkelrot verfärbt, dennoch konnte ich in seinem Gesicht die Abscheu und die Angst erkennen, als er mich erkannte. «Der wahre Nephilim . Mehr als nur eine Legende. Das also hatte Kaliel in dir gesehen. Sie hat es nur nicht verstanden, das dumme Ding. Aber auch du wirst mich nicht mehr aufhalten. Deine Kraft wird mich weiter nähren. Mit deiner Macht werden selbst die Vier mich nicht aufhalten können. Dann brauche ich Luzifers Schwert nicht mehr. Ich werde Gott.»
Ich lächelte dünn. «Träum weiter. Viel zu lange war ich das schwächste Glied in der Kette. Und dennoch haben alle an mich geglaubt und sich für mich geopfert. Hier und jetzt ist nun Schluss damit, Azrael. Ich halte dich auf.»
Wir stürzten uns mit bloßen Händen aufeinander. Seine Kraft war unbeschreiblich. Nie war auf der Welt ein schnelleres und tödlicheres Wesen als er gewesen. Doch jetzt war ich da. Ein Engel wie tausend. Ich verstand nun alles. Meine Kräfte und meine Stärke fühlten sich selbstverständlich an. Wir umflogen uns und tauschten einzelne Angriffe aus. Ein erstes Antesten. Dann warfen wir uns Energieblitze entgegen, die alles im Umkreis zum Einsturz brachten.
Azrael bot alle Macht eines Gefallenen auf. Und er erkannte sehr bald, dass er mir nicht gewachsen war. Ich wusste nicht, wie lange wir kämpften. Zeit wurde zu einem relativen Begriff. Ich sah alles wie in Zeitlupe. Ich nahm meinen Gegner nicht als Person war. Ich sah seine Essenz. Und die von Raguel. Vermengt zu einem widernatürlichen Zwitterwesen. Azrael und ich kämpften verbissen, Schlag auf Schlag, doch am Ende fiel der Gefallene und machte damit seinen Namen alle Ehre.
Ich umklammerte die Handgelenke meines Widersachers und blickte in das bleiche Gesicht meiner Alptraumgestalt. Und ich

sah Raguel, der gegen seinen vom Wahn befallenen Bruder immer noch ankämpfte. Azrael bäumte sich mit aller Macht gegen mich auf, doch half es ihm nicht. Er sah mich an, und Panik erfüllte ihn.
«Unmöglich.» Stammelte er hervor. «Er hat mir gesagt, ich würde herrschen. Als einer von ihnen. Ich musste nur das Schwert finden, um mich zu beweisen. Für den Himmel.» Ich zwang ihn, mir in die Augen zu sehen. Mein Blick bohrte sich in seine Seele. Ich löste seine Essenz und die seines Bruders voneinander. Nun standen er und Azrael sich gegenüber. Raguels Essenz leuchtete noch einmal hell auf und ich könnte schwören, so etwas wie Dankbarkeit zu spüren.
Dann wandte ich mich der bloßen Essenz Azraels zu, während sein Körper immer noch in meiner Umklammerung tobte.
«Azrael. Obwohl du deinen Bruder geblendet hast, warst es am Ende du, der nicht sehen konnte. Azrael der Verblendete.»
Azrael schrie. «Nein, ich habe es für den Himmel getan. Meine Taten waren gerecht.»
Ich verspürte Mitleid für den Gefallenen. Ich sah in Azrael hinein. Sah, dass er nicht immer so war wie jetzt. Einst hatte er Liebe für seinen Bruder empfunden. Stolz und Pflichtgefühl. Doch dann hatte ihn etwas verdorben. Wie ein schleichendes Gift. Doch selbst mir blieb verborgen, was das gewesen war. So saugte ich ihm das Gift aus und ließ ihn frei.
Ich nahm die Dunkelheit von seiner Seele und ließ ihn los.
Azrael starrte mich an. Voll stummem Entsetzen begriff er langsam, was er getan hatte. Er sah sich um. Sah die toten Engel in den zerstörten Straßen liegen. Blutige Tränen liefen über seine Wangen.
Er sah auf seine bleichen Hände. «Was habe ich getan?» Dann sah er mich an. Flehend.
«Bitte!» brachte er mühsam hervor.
Ich nickte. Meine Hand hob sich und aus der Dunkelheit sauste ein langes Objekt heran. Ich fing den Speer Odins mitten im

Flug auf. Blitze zischten aus dem Ende der Klinge hervor. Wie wir bereits wussten, gegen den Blitz Gungnirs halfen nicht einmal himmlische oder dämonische Heilkräfte. Der Anführer der Todesengel sah auf die Waffe, dann wieder auf mich. Mit einem dankbaren Gesichtsausdruck nickte er mir zu. Dann trieb ich ihm den Speer durch die Brust und jagte ein regelrechtes Gewitter durch ihn durch. Anschließend ließ ich den Speer verschwinden und fing den stürzenden Engel auf. Azrael sank in meinen Armen zusammen. Der Fluch wich aus seinen Augen. «Finde Frieden, Bruder.» Wünschte ich ihm, als er von mir abglitt und zu Boden stürzte. Ich warf sein Herz hinterher. «Gut gemacht, Liam.» Hörte ich eine Stimme wie ein Echo in mir verhallen. Mit wenigen Schlägen war ich wieder am Boden angelangt. Meine Flügel verschwanden. Fragt mich nicht, wohin. Aber ich wusste, dass ich sie jederzeit wieder rufen konnte. So war das bei uns Engeln. Ich war in Hochstimmung. Wir hatten tatsächlich gewonnen. Das Auge lebte, der Verräter war vernichtet, ich war nicht tot und immer noch Herr meiner selbst. Ein Sieg auf ganze Linie. Auch wenn er teuer erkauft worden war. Ich wollte jetzt nur noch Nora in die Arme schließen.

Doch als ich mich dem Rocker näherte, traf mich der Anblick härter, als es Azrael jemals gekonnt hätte. Damian stand neben Seren. In seinen Armen lag Nora. «Nein.» Schrie ich. «Nein, nicht sie. Was habt ihr getan?» brüllte ich sie an.

Duke versuchte mich zurückzuhalten, doch ich warf den großen Meta mühelos ab wie eine Spielzeugpuppe. Schon drohte mich mein Zorn zu überwältigen, als sich die kleine Kassandra mir in den Weg stellte. «Es war Lunathiels Entscheidung. Nur so konntest du gegen die Essenz in dir bestehen. Durch ihre Liebe und den Glauben deiner Freunde. Nur durch sie bist du noch Nathaniel. Vergelte ihr Opfer nicht mit Zorn. Sie hat es aus Liebe getan. Sie hat an dich geglaubt.»

Ich starrte das Auge an, dann sank ich auf die Knie und brach in Tränen aus.

Kassandra legte ihre Arme um mich. «Warum das alles? Warum lässt Gott das zu? Wieso bestraft er jene, die ihn mit so vieler Hingabe dienen?»

Kassandra sah mich fest an. «Das ist die einzige Frage, auf die ich die Antwort nicht kenne.»

Ich erhob mich. «Dann war für mich alles umsonst. Es ist vorbei.»

Seren räusperte sich. «Nun Nate. Nicht unbedingt.» Ich starrte sie an. «Wie meinst du das?»

Seren schnippte mit den Fingern. «Ich denke, dass es einen Weg gibt, das Engelchen zu retten. Aber das ist nur eine Theorie.»

Hoffnung kam in mir hoch. «Dann sag mir wie!» Seren musterte Kassandra. «Als wir die Seele befreiten und Luna ihre gab um Nates zu wahren, hast du es auch gespürt, Auge? Die Präsenzen?»

Kassandra schien kurz zu überlegen. «Ja, du hast Recht. Daran hätte ich gar nicht gedacht.»

«Woran bitte?» schrie ich sie nun ungeduldig an.

Seren legte den Kopf schräg. «Ich vermute, dass Luna immer noch einen Teil ihrer Essenz in dir hat. Kein Wunder, bei all den tausend Seelen in dir. Sie hat deinen Platz eingenommen.»

«Was soll das heißen?» fragte ich erneut.

«Sie ist nicht im Seelenstrom. Du warst kurz ein Teil der Nephilim. Sie hatten versucht, dich hinab zu reißen, konnten es aber nicht, weil Luna für dich in die Bresche gesprungen ist.» erklärte mir Seren.

Ich schluckte. «Soll das heißen, dass Nora nun in der Finsternis mit diesen Dingern eingesperrt ist, aus der sie mich befreit hat?»

Die Dämonin nickte und deutete auf Noras Körper. «Ihr Körper ist nicht vergangen. Auch wenn er leblos wirkt, scheint er

immer noch einen Rest Anima zu enthalten. So schrecklich das klingt, das Positive daran ist, dass sie nicht vollkommen von uns gegangen ist. Das heißt theoretisch, und ich meine hier sehr theoretisch, gibt es von dort einen Weg zurück. Wir könnten sie aufspüren. Es ist nur eine Frage des Schlüssels.»
«Es gibt also einen Schlüssel, mit dem wir sie zurückholen können?» schlussfolgerte ich.
Seren nickte zaghaft. «Wie gesagt, theoretisch ist das möglich, aber ich habe keine Ahnung, was dieser Schlüssel genau ist. Wir suchen ein mächtiges Artefakt, mit dem wir die Wände zu den Zwischenwelten durchbrechen können. Dann müssen wir allerdings noch vorher rausfinden, wo genau sie sich aufhält. Und es ist selbstverständlich absolut verboten, danach zu suchen. Von jeder Seite aus.»
Ich schüttelte den Kopf. «Das ist mir egal. Ich werde den Schlüssel finden. Nora ist an diesen verdammten Ort gelandet, weil sie mich retten wollte. Ich werde sie nicht im Stich lassen.»
Seren pfiff durch die Zähne. «Du weißt schon, was das heißt oder? Rebellion gegen den Himmel und die Hölle. Der alte Vertrag verbietet die Suche nach solchen Artefakten. Wenn das jemand von der oberen oder auch unteren Chefetage mitbekommt, dann wird das nicht witzig für dich. Es gibt noch weit mächtigere Wesen als Azrael. Dann bist du auf jeden Fall ein Nephilim und würdest auch so von beiden Seiten gejagt werden.»
Ich nickte erneut «Ich weiß. Dennoch werde ich sie nicht aufgeben.»
Seren grinste mich an. «Du bist total verrückt. Das macht dich ein wenig sexy. Okay, ich bin dabei. Ich lebe schon so lange auf dieser Welt. Endlich passiert mal was Interessantes. Was ist mit dir Damian?» Damian grollte. «Wo du hingehst, gehe ich auch hin.» «Wir werden dir auch beistehen.» pflichtete Angela bei. «Wir werden diese Provinz wieder neu aufbauen. Danach

werden wir dir bei deiner Suche beistehen. Der Himmel hatte sich gegen uns gewandt. Azrael war nicht allein in der Lage zu so einem Komplott. Ich möchte dir helfen, die wahren Schuldigen zu finden und meine Schwester zu befreien. Das hätte auch Raguel gewollt.»
«Ebenso wie Rhamiel und mein Bruder. Ich werde dir auch helfen.» sagte Castor.
«Auch ich möchte helfen», meldete sich Israfil zu Wort, «Ich habe viel zu büßen, was meine Brüder und Schwestern in Azraels Namen getan haben.»
Kassandra nickte nur lächelnd. «Solange ich euch helfe, werden wir den Inquisitoren vielleicht einen Schritt voraus sein.»
Duke, Angus und Ulf stellten sich dazu. «Wir sind auch dabei, wenn es darum geht, diesen verdammten Pennern Eins auszuwischen. Das hätte Grayson, Kilian und dem Rest gefallen. Wenn ich somit ihr Andenken ehren kann, umso besser.» Sagte Ulf und kurz verzehrte der Schmerz das Gesicht des Meta Anführers. Ich nickte dankbar.

Azrael und seine Gefolgsleute waren fürs erste besiegt. Ich war immer noch Ich geblieben, allerdings nun mit der Kraft der Nephilim. Und ich hatte Freunde an meiner Seite. Wir würden herausfinden, wer für das beinahe Ende der Welt und den Tod unserer Gefährten verantwortlich war. Und ich würde Nora befreien.

Daran glaubte ich fest.

Und der Glaube ist mächtig...

Eine Liste der wichtigsten Personen:

Die Hauptprotagonisten:

Nathaniel: Held der Story. Das Geschehen wird aus seiner Perspektive in Tagebuchform erzählt.

Nora: Engelsname Lunathiel. Eine Novizin der Provinz Hannover.

Jim: James Mason, Ignis. Halbdämon aus Schottland.

Die Engel:

Angela: Engelsname Hariel. Protektor der Provinz Hannover und Mentorin Noras.

Raguel:	Prätor der Provinz Hannover. Lokaler Anführer der Engel. Ein Erzengel.
Azrael:	Anführer der Zwölf, einer Elite Einheit des Himmels. Auch als das Richtschwert Gottes bekannt. Ebenfalls ein Erzengel.
Kaliel:	Ein Engel der Zwölf. Durch die gewaltsame Reinkarnation in den Körper von Jims Frau Agnes wurde sie zum Ziel seiner Rache.
Rumiel:	Ein Engel der Zwölf. Stellvertreter Azraels. Kommt in den Besitz einer mächtigen Artefaktwaffe, den Speer Odins.
Israfil:	Ein Engel der Zwölf. Erhält Mjöllnir als Waffe durch Kaliel. Wurde von Azrael getäuscht und wechselte zum Ende die Seiten.
Samkiel:	Ein Engel der Zwölf. Auch als der Sucher bekannt. Ein Argus, der für die Zwölf als Fährtenleser tätig war.
Die Zwölf:	Auch als Todesengel bekannt. Elite Einheit von Azrael. Menadel die Jungfrau, Rumiel der Löwe, Kaliel die Waage, Moriel der Skorpion, Bethany und Caressa die Zwillinge, Samkiel der Stier, Pagiel der Widder, Tariel der Fisch, Janiel der Wassermann, Israfil der Steinbock und Azrael, der Schütze.
Rhamiel:	Prätor der Provinz München. Wächter des Auges.
Kassandra:	Das letzte Auge des Äthers.
Anixiel:	Ein Engel, dessen Seele sich in den zwei Körpern der Brüder Castor und Pullox aufteilte.

Die Vier:	Auch die Mächte genannt. Die obersten vier Erzengel, oder auch als Ur-Engel bekannt. Michael, Gabriel, Raphael und Uriel.
Die Dämonen:	
Seren:	Eine Shinigami und Magi. Versucht zusammen mit Damian, Nate für die Hölle anzuwerben.
Damian:	Terra Elementa Dämon. Seren loyal ergeben.
El Marchito:	Ein Erstgeborener. Pedant zu den Erzengeln der 1. Generation. Boss der Dämonen in Hannover.
Ash:	Ignis aus Hannover.
Kim:	Dämon aus Hannover. Freundete sich auf Befehl El Marchitos mit Nate an und überwachte ihn auf diese Art.
Sephir:	Erstgeborener. Serens ehemaliger Boss.
Die Reiter:	Auch als Höllenfürsten bekannt. Die ehemalige Leibgarde Luzifers. Tod, Hunger, Krieg und Pestilenz. Alte Engelnamen: Belial, Behemoth, Leviathan und Sataniel.
Luzifer:	Der Gefallene. Der eigentliche Herrscher der Hölle, auch als der 5. Reiter Chaos, der 5. Ur-Engel oder der Morgenstern bekannt. Aufenthaltsort unbekannt.

Die Metas:

Ulf:	Inoffizieller Anführer der Metas. Gründer der Reaper, einer Kopfgeldjäger Truppe.

Grayson:	Ein Wandler. Captain der Reaper.
Kilian:	Ein Vampir. Leitete ein Refugium in München. Erschaffer von Angus.
Angus:	Bruder von Agnes und Schwager von Jim. Wurde auf sein Wunsch hin von Kilian in einen Vampir verwandelt, um weiter Jagd auf die Zwölf machen zu können.
Valentin:	Ein Wandler. Arbeitete als Hüter des Wissens für den Himmel.
Duke:	Ein Wandler. Schlepper im Rocker.

Lightning Source UK Ltd.
Milton Keynes UK
UKHW041942181218
334232UK00001B/100/P

9 783748 121336